▲ 當代文學與人文生態：2003 年東南亞華文文學國際學術研討會與
　會學者合照

▶ 研討會開幕典禮嘉賓

　前排左起：黃玉祥伉儷、唐愛文教授、傅春安先生、王潤華教授、李瑞騰教授

▲ 研討會籌委會主席吳耀宗博士致歡迎詞

▲ 唐愛文教授代表研討會主辦單位贈送紀念品予大會嘉賓傅春安先生

▲ 大會專題演講嘉賓李瑞騰教授

▲ 大會專題演講嘉賓王潤華教授

▶ 分場研討會
　左起：黃萬華教授、陳鵬翔教授、杜南發先生（主席）、陶然先生、
吳耀宗博士

▲ 張錦忠副教授在臺下發表意見

▶ 分場研討會
　　左起：黃錦樹副教授、陳實教授、鍾怡雯博士（主席）、朱崇科先生、廖建裕教授、王永炳副教授

▶ 研討會最後一天晚上，黃玉祥先生在其巴塞羅娜俱樂部宴請與會學者

當代文學與人文生態

吳耀宗　主編

編者序：微笑的火源

　　本論文集收錄的是 2003 年 2 月在新加坡舉行的「當代文學與人文生態：2003 年東南亞華文文學國際學術研討會」的大部分論文。研討會為期兩天，由新加坡國立大學藝術中心和新加坡作家協會聯合主辦，邀請來自中國、臺灣、日本、香港、泰國、菲律賓、汶萊、馬來西亞和新加坡九個國家地區的 37 位學者專家宣讀論文，就二十世紀／二十一世紀東南亞華文文學的人文生態做了宏微兼具、精闢深入的分析和討論，引起文教和傳媒界廣泛的注意。

　　東南亞華文文學恆為世界文學之一環，此乃不爭之事實。然而進入二十一世紀，因為種種因素，關於此一文學的研究和討論卻仍未臻理想，未能如其他學科研究般蔚為宏偉壯觀的風景。新加坡作家協會是少數關注東南亞華文文學之發展與研究的團體之一。早在 1988 年 8 月，即與新加坡歌德學院（Goethe-Institut Singapore）攜手合作，以東南亞華文文學為中心課題，舉辦了「第二屆華文文學世界大同國際會議」，是為新加坡最早一次關於東南亞華文文學的大型國際學術研討會。翌年，將討論的結果結集出版，分「傳統」、「外來影響、獨特發展及變化」和「前途」三部分，共刊印會議論文 30 篇，[1] 保留了一年前聚會的美好內容。其中一些論文發表者如李瑞

1　王潤華、白豪士主編：《第二屆華文文學大同世界國際會議：東南亞華文文學》（新加坡：新加坡歌德學院、新加坡作家協會，1989 年）。

騰、王潤華、陳鵬翔、廖建裕和楊松年幾位教授即是這十數年來東南亞華文文學研究領域的開拓和奠基者，建樹良多。

1993年，新加坡國立大學藝術中心成立。擔任中心主任的英文詩人唐愛文（Edwin Thumboo）教授，同時在國大英文系教授英國文學，然而對東南亞華文文學卻十分關心，一直給予大力的支持和鼓勵。而新加坡作家協會會長王潤華教授不論是在新加坡國立大學中文系任教，抑或領導作協期間，都盡其心力，使東南亞華文文學成為教研和討論的重點課題，刺激跨學系的思考，尋求突破性的發展。在兩位教授的導航下，國大藝術中心和作協乃在1999年2月初次連帆出航，合辦了「人與自然——環境文學國際研討會」。[2] 此一會議雖非全力探討學術，其中還加入文學創作朗誦，更未以東南亞華文文學為大會主題，但卻產生重要的影響。首先，它奠定了兩個團體日後再聯合召開研討會的基礎。其次，是使其會議籌委會從人與自然的互動關係生發他想，擬定了「當代文學與人文生態」這個以人為本、意義深重的會議主題。這一切成就了2003年新加坡的東南亞華文文學國際學術研討會。

在2003年研討會上宣讀的37篇論文，[3] 或基於學術考量，或因為著作版權的關係，或因作者另有出版打算，無法悉數收錄本論文集中。此外，有少數學者在會後重新思考問題，另撰專文寄來，更切合大會主題，因此捨舊取新。今編入本論文集者共計25篇，大體上保留了研討會的主要骨幹和基本精

2 有關會議上發表的論文和文學創作，見《新華文學》第49期，2000年6月，頁1-243。
3 會後關於這些論文的簡介和彙述，見伍木：〈重建邊陲文學的本土精神——《當代文學與人文生態研討會》總結彙報〉，載《蕉風》第490期，2003年8月，頁126-134。

神。

領銜登場的是兩位專題嘉賓針對大會主題所作的宏觀論述。李瑞騰的〈文藝生態與東南亞華文文學〉維持其演講辭的形式，先將「人文生態」界定為一種協助或阻礙文學發展的人文環境，然後聚焦分析「文藝生態」和東南亞華文文學的互動關係，論述不同的傳媒如政府的資助、報業的推動，高等學府學術力量的支持，文學社群、團體的活動，以及文學刊物的出版等如何在東南亞不同的國度裏影響華文文學的生產和傳達，生存和發展。王潤華的〈重新幻想：從幻想南洋到南洋幻想——從單元的中國幻想到東南亞本土多元幻想〉，則從空間詩學此一角度切入，來把握東南亞華文文學發展的脈絡。他指出此地區之文學固然啟端於南來中國作家的南洋幻想，但在第二次世界大戰前卻已開始走向本土化，其作家有意識地從本土的多元想像重新出發，建構了具有邊緣思考，多元文化、多族群的一種新傳統的華文文學。

接續的論文面貌紛呈，思路不一，但根據討論的聚焦和方法，可以約略歸納為幾類。以篇數之多少計，傾向於解讀文本主題的一類居冠，共計7篇。黃萬華的〈「自童年到老年，必經之地，竟是童年」——人文關懷和東南亞華文文學生態〉強調東南亞華文作家為了抗衡文明的失落，不斷地重返「童年」去尋回人文精神，使書寫童年成為東南亞華文文學一個重要的命題，而此一地區之華文文學也在這童年的不斷找尋中繼續成長，擁有年輕的活力。梁春芳的〈從文化角度看戰後新華新詩的包容性〉探討戰後的新華詩歌，認為新華詩人因為繼承了中國文化的包容性，所以能泰然地在詩歌中融入異族的文化色彩，妥善處理涉及異族的主題。胡月寶的〈都市變遷中的新華

女性思考——20世紀70與80年代新華女性小說之社會觀〉認為中國五四文學針砭時事、映照社會的傳統，以及七、八十年代現代化新加坡社會所賦予的獨立自主意識，使新華女性小說作者往往忘卻其女性的身分，而肩負使命地去書寫社會課題，關切社會現代化、城市化之後傳統斷裂、華族語言文化淪落、人性異化、孝道淪喪、青少年墮落的種種問題。許福吉的〈傾訴聆聽・克制昇華——新華散文人文關懷論述〉回顧新加坡華文散文近數十年的發展，發現許多作品都致力於表達人文關懷，對多元文化體系、社會環境變遷、都市意識形態作出懇切敦厚的回應和反思，強調人文素質與自然和諧的關係，形成一種獨特的人文景觀。鍾怡雯的〈論當代馬華散文的雨林書寫〉指出在日本、香港和臺灣的文學創作者向都市靠攏，都市文學成為亞洲集體書寫趨勢的當兒，馬華散文家卻另闢途徑，使雨林書寫成為建構馬華文學最重要的路徑之一。不過，她認為雨林書寫不能只限於感性抒發，還要傳達複雜的地理學識，感知並重，同時必須選擇「在地人」的視角來書寫，才不至於淪為泛泛的雨林旅行文學。不同於以上5篇宏觀論述，錢虹的〈陽光與燭光的映照，心靈與生靈的對話——新加坡女作家蓉子的「城市系列」中的終極關懷〉和陳鵬翔的〈商晚筠小說中的女性與情色書寫〉這兩篇論文專論新馬個別女作家的文本主題。前者討論新華作家蓉子的「城市系列」文章，指出其重點書寫老齡題材，不僅體現了一種新的城市文明和人文關懷，更填補了東南亞華文文學在此一主題上的空白。後者則通過女性和情色題旨的分析，來探討馬來西亞女作家商晚筠如何告別父權社會體制，突破性別的障礙，在其小說中代表「中性人」發言，演出女同性戀者出櫃的儀式。

　　專門探討東南亞華文文學批評的論文共有 5 篇，數量居次。此中 3 篇圍繞著確立主體性／本土性／獨特性的問題侃侃而談。古遠清的〈強化新華文學的主體性和獨立性——新加坡文學評論與研究生存狀態考察〉對新華文學研究的整體狀況作了一番鳥瞰，肯定方修、王潤華和楊松年等人的貢獻，認為他們努力使新華文學批評具有鮮明的主體性，成為世界華文文學理論批評的一個重要組成部分，一支獨立於中國文學之外的華文文學理論批評力量。南治國的〈新馬華文文學的本土性建構——以王潤華的相關論述為中心〉可以說是前文的進一步補充，主要顯示王潤華在文學評論中有意識、有計畫地突出新馬華文文學對中國現代文學經典的棄用、挪用和突破，努力建構自身的本土性。朱崇科的〈書寫策略：尷尬與超越之間的遊走——以《新加坡華文文學史初稿》為中心論新華文學的定位〉採用逆向思考，從「新華文學」一詞的合法性到關於此文學本土性的傳統詮釋，一一提出質疑，重新思考新華文學的本質和內涵，並以黃孟文與徐迺翔合編的《新加坡華文文學史初稿》為觀照的樣本，論述其優缺點，藉此彰顯書寫新華文學史之不易。另外兩篇論文則涉及文學論爭。舛谷銳的〈關於僑民文藝論爭的幾個問題〉從 1947 年的僑民論爭談開去，指出 70 年代兩部大系的編者在為新馬華文文學進行分期時，對所引用的同一份民意測試資料各有所偏，各有隱藏，因此結論並不客觀。舛谷銳接著指出「文學史創出期」的成果，已經很難獲得現代作家，尤其是生於六十年代後的作家的承認，因此有編寫新的文學史的必要。韓寶鎮的〈新馬文壇的現實主義與現代主義論爭〉偏重解釋新馬作家在現實主義書寫主流中倡導現代主義的理由，闡明現代主義詩學與新馬都市化的緊密關係，為這場發

生於上個世紀50至60年代新馬華文文壇的重要論爭提供了一個觀望臺。

另有3篇論文專從敘事學的觀點如結構、場景和話語的功能來探討文本的建構，可視為一類。在〈滅殺踵武者：論英培安與希尼爾小說的孤島屬性〉一文中，吳耀宗先就新華小說家英培安與希尼爾對現代主義與後現代主義的接受程度，解釋二者重視敘事結構，力求避免重複的原由，然後進一步論析，說明這些原創的敘事結構如何使二者的小說具有孤島般的排他性，使模仿喪失意義。孫愛玲撰寫的〈「場景」與文學創作——以新加坡華文文學為例〉，則主要參照高辛勇和Edgar V. Roberts與Henry E. Jacobs的論述，以審視新加坡作協期刊《新華文學》中的文本如何借助場景，來加強敘述的功能，影響人物和作者要表達的意思。許文榮的〈離散文學與政治無意識——馬華文學的個案〉著重挖掘馬華文學中的離散／族裔散居話語，認為其表現在身體的遷徙和心理上的漂泊這兩種形態上，具有「用情不專」、「難兄難弟」或「漂泊心境」的內在指涉，借此對馬來西亞的現實政治做出回應。

又有一類隸屬文類研究的範疇，共2篇。陳大為的〈論當代馬華都市散文〉從文類特質的角度，來解釋當代馬來西亞華文散文如何在書寫都市題材上呈現獨特的策略、焦點、技巧和風貌。在其眼中，較諸詩的濃縮和意象化，散文所具備的高度敘述自由、情節設計和真實感表現，能使作者更從容地書寫街道、住宅的題材，敘述生活感受，觀照都市社會和民生實況，乃至是社會議題。劉海濤和其學生劉天平合著的〈本土特色與藝術創新——新加坡華文微型小說創作評述〉，以新加坡作家協會出版的《跨世紀微型小說選》為中心，探討自1992年至

2002 年的新華文微型小說，認為這小說次文類在題材上是從華文情結、文化鄉愁的抒發轉向都市生活、情感婚戀的表述，在書寫策略上則是逐漸融入了詩歌、散文的因素，發明不少多樣化的新技巧。

鎖定語言此一關鍵以進行論述的有 2 篇，歸為一類。張錦忠借用 Gilles Deleuze 與 Félix Guattari 的理論，在〈小文學，複系統：東南亞華文文學的（語言問題與）意義〉中將東南亞華文文學描述為由複系統所建構的小文學，認為這小文學之所以缺乏經典，無法蓬勃發展，最主要的原因是作家生活在特殊的多語環境中，只能以弱勢的「華文」書寫，無法像中國、臺灣、港澳的作家用強勢的「中文」書寫。謝川成撰寫〈對話與對質：《大馬詩選》／《赤道形聲》量詞的比較研究〉一文，則採用修辭學方法，通過對兩部具代表性的選集中量詞的統計與分析，說明 70 年代和 90 年代的馬華現代詩人在量詞的使用上一樣保守，挑戰後來者較前行者多變的一貫說法。借助語言學的知識來研究東南亞華文文學並不多見，這是一個值得大力開拓的領域，希望很快的將來會有更多的專家投入這方面的研究。

另有 2 篇論文以作家群為考量的中心，藉以說明東南亞華文文學的特色。王永炳的〈文學與社會心理──以新加坡海南作家作品為例〉就強調祖籍中國海南的新加坡作家不僅通過書寫來影響社會，其本身實際上也受社會所影響，由此形成的社會心理正是決定創作意向的重要因素。許維賢的〈在尋覓中的失蹤的（馬來西亞）人──「南洋圖像」與留臺作家的主體建構〉則專注談馬華留臺作家，認為他們身分尷尬，既不為臺灣人所承認，亦不為本國人所接受，為求生存，在書寫時乃常常

使馬來西亞人失蹤，抹去馬來西亞真正的色彩，努力經營那結合了南洋和雨林，富於傳奇性的場域，以供馳騁。在許維賢看來，這種充滿策略性的書寫方式，正好駁斥了「南洋」一詞在新馬華裔的書寫中早已不具重要性的論點。

東南亞華文文學大多發端於中國南來移民之手。此批論文中，就有2篇以移民的探討為起點，論述當地華文文學的整體發展概況。曾心的〈移民意識在泰華文學的取向〉回顧自五四運動以來的三波移民潮，肯定中國移民在泰國這陌生的背景和語境中，通過書寫、出版和組織文學團體，積極建構華文文學的貢獻。與之相映成趣的是王昭英的〈華文文學世界的吉普賽人——汶萊華文文學掃描〉，指出汶萊是例外的國家，因為其自來華人移民就極少，又不容許註冊為公民，因此華文文學並不發達，傳統亦不深穩，大部分文本所顯現的也是一種吉普賽人式的漂泊心境。

綜而觀之，這25篇論文雖然各主一說，論述紛紜，然而殊途同歸，終究顯示了東南亞具有不同於世界其他地區的人文生態，而在此特殊的人文生態中所建構的華文文學也自有其內涵與特質，有其生存與發展的價值。將這些論文匯於一集，當能為東南亞華文文學今後的發展提供一些思考的方向。

編輯論文集，先求格式統一，以符合學術與出版作業之需要。經得臺灣中央研究院文哲所所長王師靖獻教授允許，使用文哲所季刊的論文格式作為參照樣本，謹此向王教授及文哲所致謝忱。論文集承萬卷樓梁錦興經理毅然答允出版，新加坡李氏基金慷慨贊助部分出版經費，編製期間又得陳欣欣小姐設計排版，陳大為賢伉儷協調後期製作，新加坡國立大學藝術中心和新加坡作家協會全力支持，不勝感激，一併申謝於此。在東

南亞這樣一個不以華文為強勢語言的人文環境中討論華文文學，而竟能獲得多方的贊襄和勉勵，這份相知相惜之情，是促使東南亞華文文學及其研究繼續燃燒的火源。

吳耀宗　謹識
2003 年 9 月 20 日
於新加坡國立大學中文系

研討會開幕詞

⊙唐愛文[1]

　　我謹代表新加坡國立大學藝術中心以及新加坡作家協會歡迎大家出席本屆研討會，尤其歡迎主題演講嘉賓李瑞騰教授和王潤華教授，以及與會的學者代表。

　　正如其他學術會議，本屆研討會也獲得許多的贊助，特別是來自那些認識到語言文學對文化和生活之重要性的機構和人士。李氏基金會慷慨解囊；國家藝術理事給予新加坡作家協會經濟資助；傅春安先生、黃玉祥先生和林得楠先生鼎力支持，我們在此特表謝意，更感謝他們對文學的關心。大會貴賓還有中華人民共和國大使館教育參贊王永利先生、華文文化國際交流會副主席翁華宇先生、從事新華文學事業多年的黃孟文博士、林廷高博士以及劉蕙霞博士。他們的蒞臨給予我們很大的鼓舞，因為沒有這樣的支持，文學不可能前進。當然，大會能成功舉辦，還仰賴籌委會的努力。我們要感謝籌委會主席吳耀宗博士、許福吉博士，新加坡作家協會的其他成員，以及國大藝術中心的林南伶助理主任、林嘉儀女士和卓振傑先生。

　　中國和東南亞的聯繫有兩千年以上的歷史，其中有不少輝

1　唐愛文（Edwin Thumboo）教授，新加坡國立大學藝術中心主任，開幕之講辭原以英文發表，今由新加坡國立大學英文系包智明副教授譯成中文。

煌的時刻,如鄭和下南洋即是。其最後一次的行程是從 1430
年到 1433 年,所經之處包括印度洋和阿拉伯海。當美國人到
波斯灣去時,他們謹記古人行經的路和建立起來的營利方式。
可見影響力和道德權威要比炸彈的威力來得持久。無論是納貢
還是商貿,南洋是六次海洋探險的必經之路。中華帝國自給有
餘,對外講求的是影響,而非永久的佔據或設置殖民地。不
過,鄭和帶來的一批中國人在馬六甲的班達希勒(Bandar Hilir)
落腳,成了華人移民的先驅。

西方對於本區域的統治吸引了華人移民前來落戶。他們對
這裏每一個國家的歷史、發展、繁榮、身分認同和命運做出了
不同但深刻而廣泛的貢獻。我們知道這些事實,而這些國家的
人民更應記取這些事實。華人社團的地位曾經受到排華的威
脅,那不過是中華聯邦歷史上的一個小插曲。學習和教育是儒
家君子的理想境界,一直很重要。1956 年福建會館捐地五百
英畝辦南洋大學,實現了由來已久的願望。

文化、語言和文學很早就開始在新加坡移植、生根。對這
方面的研究貢獻良多的楊松年博士寫道:

> 許多學者認為新加坡、馬來亞的華文文學開始於 1919
> 年。《新國民日報》創辦《新國民雜誌》文學副刊,發
> 表現代華文文學作品,把現代觀念介紹給新、馬人民。[2]

楊博士簡明的論文追溯了華文文學在新加坡和馬來亞(不是馬

2　附屬於《新國民日報》的《新國民雜誌》副刊為新加坡和馬來亞人民提
　　供了發表現代華文創作和介紹新思想的管道。見 Leo Suryadinata ed.,
　　*Chinese Adaptation and Diversity: Essays on Society and Literature in
　　Indonesia, Malaysia and Singapore*（Singapore: Singapore University Press,
　　1993）, p.170.

來西亞）直至獨立後的成長過程。今早，我想談談現在和將來的情況。

　　國家要嘛現代化，要嘛停滯不前，甚至滅亡。現代化意味著變化。在變化過程中，文化、語言以及文學起著重要的作用。語言即是身分認同——我通過你的語言認識你，你通過我的語言認識我。大國如中國、印度和日本憑著他們的國力以及地域政治、知識、文化等方面的傳統和資源，能夠用自己的國家或官方語言來實現現代化。他們的基本身分認同比較堅定，足以代代相傳，因此得以延續。他們的文學持續繁榮，在吸收其他文學影響的同時，保持千年傳統的核心內涵。

　　但是，在像新加坡和馬來西亞這樣的國家，一個語言，比如華語，可以是官方語言或被接受的語言，卻不是新經濟現代化的工具。這工具在馬來西亞是馬來語和英語，在新加坡則主要是英語。在這種情況下，國家強調使用兩種語言：一種能保留文化的認同感和根，另一種具現實經濟用途。新加坡顯然重視母語，通過特別補助計畫學校有系統、有深度地教導學生掌握母語。但是，即使再敬業樂業和充滿熱忱，這樣的語言教育還是無法教導出對文化及其語言文學的深刻體會。我們甚少有精通兩種語言的。有些東西只能失去。其後果是，語言才華流失，不足以產生詩人、小說家、散文家，甚至是讀者。再者，隨著全球化的深入，網際網路貧乏的語言，特別是俚語和縮語，更會削減語言和文學的表達力。再者，由於其他元素如音樂、電影和電視也吸引著我們，文學在文化中所佔據的空間乃跟著縮小了。文學依附於語言、文字，而現代生活卻越來越依賴影像。人們忽略的是，影像確實可用於評論影像，但真正能夠全面評論任何主體（包括非文學的藝術）的，卻只有語言。

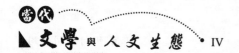

因此，作為最終的溝通媒介，語言是絕對的關鍵。而要使用好的語言，你必須有好的文學，因為文學保存和伸延文化的菁華，使文化生氣勃勃。文化的力量終究見諸文學，見諸語言。

因此，像本屆大會這樣的研討會及其所帶來的短期和長期利益就十分重要。新加坡作家協會和國大藝術中心長期以來合作，在新加坡、馬來西亞以及南洋其他地方極力推進華文文學事業。我們藝術中心對王潤華教授、黃孟文博士、作協理事和新進學者吳耀宗博士的配合和支持深表謝意，並希望繼續合作。為此，藝術中心將每兩年推出一部書，或為收集評論、作家和評論家訪談記錄、作家傳記和他們對寫作和時事的感想的集子，或為文學創作選集，輪替出版。書交由吳耀宗博士編輯，臺灣中央大學中文系主任李瑞騰教授和王潤華教授擔任顧問。將來，中國、日本、韓國、美國和歐洲各地的資深學者也會參與。我們要茁壯成長，就需要大家的幫忙，這話我每兩年就要說一次。文學創作和評論同樣重要，因為它們彼此扶持，缺一不可。不過，創作終究是力量的主要來源，是能量創造的主要部分。我們希望在座各位積極支持這些計畫，以及下屆的研討會。下屆研討會將在兩年後的臺灣舉行，我們要確保它順利舉行。為此，我們要感謝來自臺灣的兩位嘉賓——李教授和王教授。

南洋文學是在其各國人民的經驗感受上建構起來的，它需要我們全力的支持。為了這個目的，我們相聚，而且還會再相聚。我曾經到過西安，有感於白居易和震動唐代社會的安祿山之亂，寫了一首詩，題為〈竹——憶白居易〉，後來由新加坡國立大學英文系高級講師何智力博士翻譯成中文。我想把這首詩獻給大家，作為今天講辭的結語：

面對北風，竹在吟唱
詩文簇簇如浴陽光；
環抱著它們，交織的
桃花，正含苞待放。

漫步幽徑，過了傷心的溪流，
拈著小鬚，弄著詩韻，
尋覓那亦夢亦真的隱喻，
猶望修復這苦痛、破碎的河山。

字字比飄零的花瓣還輕
由蒼穹落入靜水一潭。
字字比哀傷還深
讓邊塞的鼓聲敲入胸襟。

啊，歡樂的昏君，
充耳不聞。
你脫卻冠袍，
寧要一個美人的腰，與淚，
腿間之快，眉際的愁，
任蠻方牽著王朝的雙耳。

面對北風，詩文隨竹
詠嘆。宮廷棄城，
命運寫著暗去的蒼天
詩人在其中拈著禿筆
紛紛花落，終歸於靜寂。

研討會開幕詞

⊙傅春安[1]

　　遠道而來的各國華文作家學者們，我謹代表新加坡國立大學藝術中心和新加坡作家協會，歡迎大家出席今天和明天在怡閣酒店（York Hotel Singapore）舉行的「當代文學與人文生態──2003年東南亞華文文學國際學術研討會」。

　　這是新加坡國立大學和新加坡作家協會第二次聯合主辦這類型規模龐大的國際性研討會。上一回是在1999年，主題是「人與自然──環境文學」。四年後的今天，這兩個文化機構再次合辦這個國際研討會的目的，是在於探討本地區當代文學所屬的人文生態的關係，強化國際與區域間華文文學創作與理論分析的交流，並在一定程度上提高大家對華文文學的整體認識。

　　本屆研討會所要探索的文學課題，環繞著都市變遷、科技發展、消費文化、移民意識和其他相關課題，從這些外在的人文景觀對文學創作所產生的實質意義，深入瞭解各個國家和地區的生活情況和思想面貌。在整個華文文學史中，這樣的交流和瞭解、研究和發展是相當重要的，尤其是在這個不利於文學

1　傅春安先生，新加坡作家協會名譽理事長。

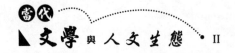

發展的大環境中，它起著一定程度的催化作用。

研討會主題「當代文學與人文生態」中的「當代」，是指1950年代到二十一世紀今天的這一段時期。在這半個世紀以來的東南亞地區，人文精神是否有所改變？人文關懷是否已被全球化的科技與時代洪流淹沒？華文文學作品的真正價值取向是什麼？

在今、明兩天裏，我們請到來自中國、臺灣、日本、馬來西亞、泰國、菲律賓、香港、汶萊和新加坡的37位作家學者們，發表他們寶貴的意見，參與討論，透過對都市變遷與文化轉型、科技的極限與人文的無限、消費文化與現實主義、移民意識的文學追求，以及都市化的女性文學和相關教育課題等的探討，來闡明當代文學與人文生態的關係。

我謹祝研討會成功舉行，更希望海外嘉賓們的這趟文學之旅收穫豐富，謝謝大家。

目　次

附錄

人文生態與東南亞華文文學

⊙李瑞騰

　　傅先生，唐教授，王院長，吳博士，各位親愛的朋友，大家早安！

　　要在這麼重要，而且對我來說非常具有意義的一個研討會上，把我多年來在東南亞華文文學場域裏的相關心得向各位報告，我心裏有一些激動，也感到非常高興、榮幸。我回想剛剛吳耀宗博士提到的，1988年由新加坡作家協會跟歌德學院聯合主辦的東南亞華文文學國際會議，對我來說，那次會議打開了一個非常寬闊的文學視野，讓我認識了來自於東南亞各地以及大陸，甚至於在歐美的很多學者，對我爾後的學術生命有著決定性的影響。此外，我又特別想到1980年代的初期，我協助柏楊先生編輯一套非常特別的《新加坡共和國華文文學選集》，[1]那是一種驚豔的過程，我到今天都難以忘懷！我曾經寫過一篇文章叫〈南方的誘惑〉，[2]敘述我在東南亞華文文學領域的探

1　柏楊主編的《新加坡共和國華文文學選集》一套五冊（臺北：時報出版公司，1982年），分詩歌、散文、雜文、小說、史料五卷，我個人參與了編輯工作，除小說由已故詩人周安托（筆名歐周，1944-1999年）負責以外，四卷都由我執行，並為各卷寫下導言。

2　見臺灣《聯合報》1998年9月20日「文壇行走」專欄。此外我個人曾撰〈我在菲華文學領域的探索〉一文，文載臺灣《文訊》雜誌第142期，1997年8月。

求。我自己常常覺得，「南方」對我來說，彷彿是永遠在召喚我的一種聲音，縱使再怎麼忙碌，甚至於說根本找不到堅強的理由，只要有來自南方的約請，即使要自己花錢，我都會來。我不知道這到底是一個什麼樣的原因，1988年那場研討會，到今天十幾年過去了，我還是非常懷念。剛剛吳耀宗博士特別提到在1999年有一場研討會，討論「人與自然」的環境文學課題。那一次，我很遺憾沒有躬逢其盛，但是今天我來了，而且大會特別希望我在這個地方把我自己的心得向各位報告，大家應該可以理解我現在的心情。

　　這次大會的主題——「當代文學與人文生態」，關於「人文生態」這個辭彙所代表的意義，對我來說，其實也就是我多少年來，不管是面對臺灣的文學，或者面對東南亞的華文文學，所一直想要去瞭解的。它其實是指一種環境，一種人文的環境，它到底能給文學發展什麼樣的助力，或者是什麼樣的阻力？「生態」兩個字，來自「自然生態」，是「生態學」的一個概念，討論的就是生物及其周遭的生物以及那個環境之間的關係，易言之，是從個體的生物，到族群，到一個聚落，到整個生態系統，有一個複雜而微妙的發展過程。

　　各位瞭解，自然界有其複雜性與互動性，以海洋生態來說，昨天搭飛機快到新加坡的時候，潤華先生指著機場跟我說，那是填海而成的。這是典型的人跟自然在爭生存空間的例子。但是，當人爭贏的時候，自然的某一部分改變了，連帶著人也會產生變化。這種變化性，當我們極力要開發經濟的時候，通常是不會考慮到的，但是，當經濟開發到相當程度時，你就不能不考慮，否則的話，我們很可能會一起毀滅。各位都知道，臺灣前幾年有一場很大的地震，就是所謂的「九二

一」，在那個地震之前，我從來沒有聽說一個名詞叫「土石流」，山會走山，聽都沒聽過，但是現在，每一次下大雨，那個山上的河流，不是真的水啊，是沙石湍急成河。這種現象，是標準的大自然向人類反撲。上一次研討會，處理的就是人與自然的關係反映在文學上的複雜課題，但我們今天處理的是人文生態與文學關聯的部分，不是生態文學，而是文學生態，拉高層次就是文藝生態、人文生態。

　　它到底能不能成為一門學問，叫作「文藝生態學」。而實際上，大陸已經有一個學者，寫了一本《人文生態學引論》，[3]談的是人、文學的、綠色的一種思維。綠色是大地，是生命的本色，是我們所追求的一種純淨的、合乎我們生態的一種顏色。過去我買到這本書的時候，一直不注意它，因為把書一翻開，第一章叫作馬克思主義文藝生態。各位都知道，我們在臺灣長大的人，對姓馬的人，心情都很複雜。過去我們看到馬克思這三個字會發抖，現在我們看到姓馬的人都很喜歡，因為臺北市有個馬英九。這也是一個人文生態的變化。《文藝生態學》這本書，對我這次在準備這個課題幫助很大。最近我的學校有一個博士班的研究生剛寫完博士論文，三四十萬字，很大的一部書，叫《臺灣自然寫作研究》，[4]這個同學在寫作的過程中，用了很多包括土地倫理、環境社會學的相關資料，我因為要口考這篇論文，也花了很多時間讀相關的東西。另外還有一個機緣對這個題目產生很大的興趣，我的大兒子今年上大學，

3　本書為任教於成都大學的曾永成先生所著，書名叫《文藝的綠色之思》，「文藝生態學引論」是副題，2000年5月，北京人民文學出版社出版。
4　作者吳明益是一位年輕的小說家及自然寫作者，前者有《本日公休》、《虎爺》，後者有《迷蝶誌》，臺灣中央大學中文系博士，已應聘花蓮東華大學中文系。

去讀社會福利系。社會福利基本上就是社會工作，是社會學的一種應用。為了要幫助他盡快進入這個環境，我自己就到書店、圖書館去看各種不同的社會學的書，有很多是社會學的分支學科，包括了文學社會學、環境社會學等。我突然發現，這些各種不同的社會學學科，以及我剛剛跟各位提到的有關於生態的一些書籍，它們所處理的課題到最後可以說是萬流歸宗，都與人所生存的環境有關。

我今天在這個地方想把「文藝生態」跟「東南亞華文文學」做一種結合，我知道這難度很高，生態學又不是我的專業，對東南亞華文文學我比較感興趣而且接觸比較多的，只有新加坡、馬來西亞，還有菲律賓，其他地方，比如泰國、越南、印尼等地的華文文學，我並沒有深入的瞭解，所以談這個問題，並不能全面。但是我們想到了文學的問題，最根源的地方還是創作者。創作者透過他自己的生命跟外在環境之間互動，然後以他自己所能掌握的文學形式把它表現出來。表現出來以後，必須透過很多種傳媒去跟他所要訴求的對象，那些社會上不確定的多數（也就是所謂的讀者，或者叫作接受者）做接觸。他在寫作的過程當中，受到很多外在環境因素的影響，這其中有自然的因素，有人文的因素。當作品寫完了以後，他讓它變成社會上一個流動的產品。所以這中間就會有很多傳媒，沒有透過這些傳媒，原來的文藝需求或者社會的功能，基本上是沒辦法發揮的。在這整個複雜的體系當中，我剛剛提到的那本書裏面有一個叫作「文藝生態系統」的圖表，[5] 我把它略作修改成

5　《文藝的綠色之思》，頁150。原表中「政府」稱「管理主體」，「企業」稱「投資主體」，「批評家」稱「批評主體」，表示彼此關係的實、虛線極複雜，略作簡化，主體位置亦有所更動。

這個樣子：

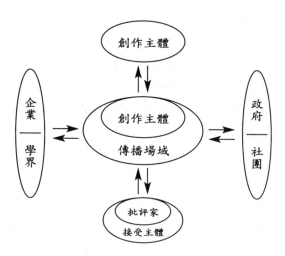

這個文藝生態系統，有一個創作主體，而在這樣一個大結構裏面的核心地帶，就是文藝本體，它包括文藝的表現（創作文本和文藝性活動等），以及中間這個傳播媒介，傳播者、接受者、批評家都有其主體性。作為最重要的政府，或者其他社團，另外有企業，都和文藝本體產生聯動，也都自成主體，都存在於生態環境裏面。每一個主體都是非常複雜的構成，產生了一個有機的運作，到最後總的回歸到這個文藝表現上面。像我們今天在這個地方，基本上就是一種文藝表現。那麼，這種文藝表現的質與量，我們怎麼樣去檢驗它？我們怎麼樣把它擺在一個脈絡裏面去給它定位？這樣的一種表現對於文藝的創作，對於我們講的生態系，那種世界性的華文文學生態圈，就像我們研討會鎖定在東南亞，但是東南亞是一個大的文藝生態圈，一個大的文藝生態系統，對於各子系統，到底會產生什麼樣的影響？值得我們觀察。

　　從主辦單位來看，新加坡國大藝術中心是一個很重要的教研單位，新加坡作家協會是一個非常重要的文藝團體，還有其他贊助單位，政府的因素進來，民間有經濟能力的人的因素進來，之後才能夠集中在文藝表現上面。但我們要知道，當政府決定要給你某些經濟贊助的時候，那筆錢原來很可能是要給另外的活動的。這之間就形成了一個抵消的作用。它不可能增加，政府的預算就是這個樣子。你今天爭取到了，別人可能就爭取不到。這樣的支援就是資源。各位都知道，在自然界中，大魚吃小魚，小魚吃蝦米，蝦米呢？牠就吃泥沙，就是這麼一種互動的狀態，非常複雜。你不知道你今天用的錢，原來是用在哪裏？它很可能是擠出來的，在這種情況下，你壓制到一個東西，而內容你不知道。所以這些因素都非常重要。它們彼此聯動，如果用生態學的話來說，就是所謂「生態關聯」。這種生態關聯太重要了，在每一個因素跟文藝表現之間的關係，我們原來可以進行分析，但是今天因為時間的關係，沒有辦法好好討論。下面我想把這樣一種結構，這樣的一種生態系統放在東南亞華文文學領域簡單說明一下。

　　我們把每一個因素擺進東南亞各地的華文文學情況去思考，政府對待華人的態度，對待華文的態度，對待華文文學的態度，都相當程度制約、影響到這個地區華文文學的發展。我想這個道理很簡單。東南亞各國的政府或者執政黨，有哪一個會對華文文藝提供經濟的協助？用我們的話來說就叫「文藝資源」。新加坡政府提供了這一個活動某些贊助，如果在馬來西亞，戴小華女士能向政府爭取到足夠使活動順利展開的資源嗎？也許她必須以她個人的魅力、能力去向民間的企業爭取。各位都知道，企業家裏面有一些有很深厚人文素養的人，也有

很多人在寫作。企業家對於文藝的支援，有時候也並非純是文藝理由，有時候是私人關係，有時候也是不得已的。譬如說，臺灣有許多企業家成立基金會，把協助文藝採取一種機制來運作，它是可以減稅的。所以政府在這個部分就必須建立一套制度，把企業家的資金轉移到文藝的活動上面。文藝的活動，當社會可以提供它成本的時候，譬如說通俗文學、大眾文藝，社會可以提供發展的空間，就不必管它，讓自由經濟市場去解決吧。但如果是一個前衛藝術，是一個小眾的、學術性的、嚴肅性的活動，政府在進行資源分配的過程中，必須把一些力量轉移運用在這些少數的或者弱勢的文藝表現上面，才能夠達到所謂的文藝生態均衡。但我們發現，某些地方不能提供文藝資源，文藝生態失衡，當然就萎縮了，譬如說，我們能夠期待印尼的政府來幫助華文發展嗎？這是不可能的，從上個世紀末起，印尼華文終於可以不必受到強迫性的壓抑了，這個壓抑一解除，華文就開始要長出來了，所以有一些公開性的文藝活動。政府在這個地方應該扮演一個支援的角色，當政府沒有辦法扮演這個角色的時候，各位看看馬來西亞，華團對於文學做了什麼事？出版叢書，舉辦座談會、研討會，更重要的是，很可能各種不同的大系就這樣出來了。所以我們在每個地方都要調查，開發文藝資源，文藝的創作主體，或者說表現主體，就應該有能力去把這個資源開發出來，讓我們的文藝可以自由自在的發展。更進一步可以回饋到整個社會環境上。

這裏面相關的問題非常多，包括華文報刊。我們發現，馬來西亞的報紙，最近幾年也曾經出現過一些狀況，有一些爭論。但是，不管怎麼樣，《南洋商報》可以編年度的文學選集，《星洲日報》可以辦「花蹤」文學獎，配合當地的華語文

學教育，在馬華文學發展過程中產生了很大的促進作用。在座有很多來自馬華文學界的朋友，我一直覺得，馬華的文學在整個東南亞，以目前的情況看來，是最優質的。甚至於很多作家的作品，擺在現階段全世界華文文學的場域裏面，都非常優秀。有一些年輕的學生到臺北去讀大學，各位知道，大一之前他們就是讀獨中的。我覺得，馬來西亞的獨中教育，對於馬華文學的發展來說，非常重要，現在研究獨中教育的相關論述不少，但是獨中教育對於馬華文學的發展到底產生什麼樣的影響？值得探討。各位想一想，泰國的華文教育，連臺商的學校都有，但它有沒有高等學府？新加坡國立大學有中文系，新加坡南洋理工大學有中華語言文化中心，這兩個機構，對於文化界、文學界所產生的影響很大。各位知道，一大群人在從事寫作，背後那個支撐的力量，很大的一部分來自於能夠從事批評、從事研究的那些學者。新加坡的華文文學以及華文文學的研究背後，有一股學術的力量。各位如果去比較一下，在新加坡國立大學，我們看到王潤華教授，他本身是個詩人，也寫散文，他做專業性的學術研究，也可以做大眾文藝批評。吳耀宗博士也一樣，他們在學院裏面把手伸出去跟文壇握手，給予力量。這個力量，各位想一想，在馬來亞大學裏面，中文系的教授有哪一些人做到這個地步？有年輕的潘碧華、孫彥莊，但她們很年輕，可能還沒有辦法掌握實際權力（今天王潤華教授對文壇的影響力，有一部分來自於他的行政權力，這個我們絕對不能夠否認）。但是，再看菲律賓，菲律賓華文的最高學府是什麼？可能是中正學院了。它有沒有我們今天講的文學的學術研究？批評家或研究者所扮演的角色有時候真的很重要，我們都知道，黃孟文教授從事寫作很久，在臺灣有一個年輕的研究

生寫了一本黃孟文的研究。[6]黃教授不一定會直接跟這個人產生什麼樣的關聯，但是，他聽到這個訊息，想必會得到很大的鼓舞。文人創作其實不一定是想要創造什麼利潤去買房子、環遊世界，常常就是心裏的那種感覺。各位，幸福不也只是一種感覺嗎？那種感覺可以轉化成為前進的力量。所以外在的環境對於文學的發展影響真的很大，過去長期以來，我們討論文學史，討論文學批評，都只針對創作文本，我覺得在現在，或者在未來，應該有比較大的突破，我們應盡可能把文學的相關問題擺進文藝生態系統去討論。

我們進一步回到文學的創作主體來看，作家結集成為社團的這件事情，作家的個體與個體之間的關係的問題，各位想一想，我們常常講「以文會友」，這裏也是以文會友的場所，以文會友的真正意義是彼此在寫作上可以互相切磋，真正的交流對話。「對話」如果能夠真正去實踐的話，彼此可以互為主體：他得到，我也得到，互為主體也互惠。文人彼此之間，這個社群跟那個社群之間就應該如此。最近潤華先生到臺灣去，行政工作繁重，楊松年教授也到臺灣去了。當他們兩個先後離開新加坡的時候，我心裏面有一種感覺，那就是，新加坡華文文學研究這塊領域裏面會不會產生變化？但是，我們到了這個現場，我們看到，今天這個會議發表很多論文，有很多人來參與，我們一看，它產生了變化，對我們來說這一點可能蠻重要的。潤華先生離開了等於沒有離開，他隨時會回來；楊松年教授可能比較抽離，因為他的個性，他現在到了佛光山，那個地方，很好修行，他的心境開始會產生比較淡然的轉變。這個轉

6　葉玉慧：《新加坡華文作家黃孟文作品研究》（臺灣淡江大學中文所碩士論文，2000年），何金蘭教授指導。

變可能會影響到他對社會、公共領域事物的投入，他這個個體的變化跟他者之間也在互動。但是，這個社會有一種自然的調解機能，我們看到這個會議在年輕的吳耀宗博士全力的促成下，今天如期召開，我們看到許福吉博士參與其中，當然，還有很多國大的朋友、作協的朋友共同來幫助。所以文人的社群，這個所謂文人圈，在文學社會學裏面一直是探討的核心地帶。它們之間會彼此消長，有些時候，我們可以這樣講，彼此消費、彼此創造。當然還會出現一種機制來幫忙調節或者復原。這是一個生態現象，而這種生態現象我們也在另外的地方看到不一樣的情況，譬如說，我們看到印尼，目前華文文學有復蘇的趨向，但是，它會形成一個什麼樣的景觀？我們可能需要久一點的時間去觀察。我們看菲律賓，菲律賓華文文學的社群很多，那麼，這些社群與社群之間，跟外在環境間會有什麼樣的互動關係？各位想一想，我們《聯合早報》、《聯合晚報》，馬來西亞的《南洋商報》跟《星洲日報》，它的版面就是生產的工具。它這個版面是要賣廣告、賣錢的，它是要放在報社經營的大結構下去看待的。裏面的文學編輯非常重要，他是一個中介，一個守門人，是文學表現場域裏面的關鍵人物。批評家跟文藝編輯在這個社會上，絕對是站在關鍵性的角色。但是，菲律賓華文社群怎麼樣去表現它自己的文藝，它的刊物在哪裏？它的刊物在報紙上，那個報紙的版面是租借來用的，可能不必付租金，但是，你自己必須去經營它，然後把那個報紙買下來後，把那塊割下來，變成自己的刊物。文藝生態的不同，對於當地的華文文學產生很大的影響。各種因素之間都在互動，我們剛剛講過的，在菲律賓，它背後沒有強大的學術力量來支持文壇繼續往前走的情況底下，就非常需要新加坡、馬

來西亞、臺灣、中國大陸的學者，對他們提出可能的協助，而
那些也應該擺進這樣的文藝生態裏面，一起來研究。

　　由於學養和時間都有所不足，我今天只能簡單的把我對於
文藝生態和東南亞華文文學的關係提出來，供大家參考，其中
可以繼續發展的地方非常多，我希望以後有機會可以進一步深
化探討。我自己在華文文學領域的研究，最近幾年跑到砂勞越
去做一些比較實際的調查，我在拉讓江盆地的一個叫詩巫
（Sibu）的地方，進行實地調查。最近我可能繼續再做第二次工
作，所以比較上有不同的感覺。今天現場也來了一個汶萊的朋
友。南洋理工大學的雲惟利教授編的《東南亞華文文學選集》[7]
裏面，有一卷是「汶萊卷」，在來之前，我幾乎把它看完，非
常感佩在那樣一個很不健全的文學生態中，有一批人願意組一
個「寫作組」，在那裏經營他們的文學，他們連一份報紙都沒
有，而必須跟《美里日報》借用版面。我想這樣的一個情況，
他們居然可以提出那麼一本很大的選集，讓我們更加覺得非常
珍貴。謝謝各位，謝謝。

7　王昭英主編：《東南亞華文文學選集‧汶萊卷》（新加坡：南洋理工大學
　　中華語言文化中心，2001 年）。

參考書目

李瑞騰：〈南方的誘惑〉，載臺灣《聯合報》，1998 年 9 月 20 日
　　「文壇行走」。

─────：〈我在菲華文學領域的探索〉，載臺灣《文訊》雜誌第
　　142 期，1997 年 8 月。

柏楊主編：《新加坡共和國華文文學選集》，共五冊，臺北：時
　　報出版公司，1982 年。

曾永成：《文藝的綠色之思》，北京：北京人民文學出版社，
　　2000 年。

葉玉慧：《新加坡華文作家黃孟文作品研究》，臺灣淡江大學中
　　文所碩士論文，2000 年。

重新幻想：從幻想南洋到南洋幻想

——從單元的中國幻想到東南亞本土多元幻想

⊙王潤華

一、空間詩學下的南洋

根據巴切拉德（Gaston Bachelard）的《空間詩學》（*The Poetics of Space*）的理論，空間通過一種詩學過程而獲得情感與意義。一個客觀的空間，如一所房子，需要幻想或想像（imagination）的、心靈直接的親密感、舒適感、安全感。風水師往往就是根據一個人心靈對這所房子的感受，加上一些外在的地理情況，來決定風水好不好。其實走廊、客廳、房間本身，遠遠沒有想像的、感覺的所造成的空間詩學意義重要。這種想像的、虛構的價值，使本來是中性的或空白的空間產生了新的意義與價值。[1]

---

1 Gaston Bachelard, *The Poetics of Space*（Boston: Beacon Press, 1958）.

二、破壞後創造自己的形式的西方幻想／
中國的神思

在現代西方文學理論中，幻想或想像（imagination）被詮釋為創造高等、嚴肅、充滿情欲的詩歌的心智能力。想像往往把東西溶解、消散、擴散，然後重構、創造。想像愛把東西理想化，統一化。理想有強大的生命力，它像植物活動與生長。所以柯爾律治（Coleridge）說幻想在溶解外在物體後，產生與製造自己的形式。幻想在知識的形成扮演重要的角色，幻想也與思想、感情、個性結合.[2] 怪不得劉勰在《文心雕龍》說，「形在江海之上，心存魏闕之下」，這句話固然是指「其神遠矣」，「思接千里」，或者回到莊子原文所說，他還想著做官，但在文學書寫的互文性中，我卻認為這個人不管他走到天涯海角，他還是帶著朝廷的心態與語言來觀察與書寫。劉勰以神與思兩個元素來建構想像，不是單純認定是思的功能，可見他是非常明白文學的創作與作者本人心智狀態之關係。[3]

作家的幻想往往大膽解構異域的新事物，然後根據個人的文化心智把它重構。從這個角度來重讀中西作家在東南亞的書寫，我們就明白他們的南洋幻想的形成。

---

2 I. A. Richards, *Coleridge On Imagination*（London: K. Paul Trench, Trubner & Co, 1934）；M. H. Abrams, *The Mirror and the Lamp*（Oxford: Oxford University Press, 1953），chapter 7.

3 劉勰：《文心雕龍》（香港：商務印書館，1960 年）下冊，頁 493-504。

三、文化優越意識，霸權話語下的幻想南洋

西方自我中心主義與中國的中原心態（Sino-Centric atti-tude），使得一元中心主義（mono-centrism）的各種思想意識，在東亞本土上橫行霸道，一直到今天。另外語言本身是權力媒體，語言就是文化意識。當年西方或中國移民作家把自己的語言文字帶到環境與生活經驗都很異域的南洋，這種進口的英文或中文企圖用暴力征服充滿異域情調的、季節錯誤、又受異族統治的熱帶。從單元的、大漢主義的、霸權的幻想開始便可瞭解。[4]

不管是空間詩學，幻想或神思，優越的文化心態，還是霸權話語，都是一種詩歌化過程，這種種想像力，擁有同化、吸收，將許多不同的東西綜合成一個有機體。幻想南洋與南洋幻想便是這樣產生的。解讀幻想的產生，是閱讀與解讀文本的第一步。

四、南洋、星洲、岷江的中國性創造

當我用微軟 XP 的中文拼音輸入法（Microsoft Pinyin IME），每次打 nan yang 二字，首先出現的一定是南陽二字，不是南洋，開始我百般不解。我在南洋出生長大，又研究南洋文學文化，而又在此生活工作到老，我想今天南洋地名，應該

---

4 王潤華：〈邊緣思考與邊緣文學：重構東南亞本土幻想／語言／史地／文化的策略〉，《中國文學與東亞文化》（漢城：中國語文研究會，2002年），頁 187-196。

比諸葛亮住過的在今河南省的南陽來得常用。但那是我南洋人的想法、我的空間詩學。後來發現，這套系統是由微軟與哈爾濱科技學院合作的產品。中國北方人對南洋陌生又遙遠，他們的幻想對 nan yang 二音產生的心智地理，肯定是以中國歷史文化的地名為先。同樣的，這是由在中國共產黨統治之下長大的人在編碼，我每次打 tong zhi 二字，先出現的聯想漢字，必定是同志，而不是通知，或統治，或童稚。電腦系統中已灌輸了中國人的記憶與幻想，所以電腦不管被賣到哪裏，就像當年中國人移民到那裏，他們的思考多數是中國的，他們的空間詩學也是中國文化思想的。

其實南洋這地名的中國性也很強。尤其在清朝的時候，通稱江蘇、浙江、福建、廣東沿海一帶為南洋，而沿海以北各省為北洋。魯迅到日本留學時，進入仙台醫學專門學校，滿清政府稱他為「南洋官費生周樹人」。[5] 後來東南亞一帶也通稱南洋。新加坡，以前常常通稱為星洲，它出自唐朝盧照鄰的詩〈晚度渭橋寄示京邑好友〉，其中有這一句：「長虹掩釣浦，落雁下星洲」。據說星洲作為新加坡的地名，最早被邱菽園用來命名它的星洲寓廬。邱菽園是當時海峽殖民地的傑出的華人菁英，由於教育都在中國接受，他從政治歸屬感到文化取向，都是以中國認知為本。在中西文化的撞擊下，他永遠以華僑的身分來回應。因此他思考新加坡時，主要從中國出發。[6]

今天很多人在唱〈岷江夜曲〉，想到的岷江便是四川的那條大江，其實這首歌曲寫的是菲律賓的馬尼拉海灣，當年馬尼

5　同註4。
6　李元瑾：《東西文化的撞擊與新華知識分子的三種回應》（新加坡：新加坡國立大學中文系、八方文化企業公司，2001年）。

拉的移民多是閩南人，他們唸馬尼拉（Manila）市的第一個音節，常發出岷字的音，我想閩南方言與懷鄉都有關係。而當年作曲作詞的作者（高劍聲，司徒容，都是同一人，原名李厚襄），作為一個中國人，到了馬尼拉，他的中國鄉土意識很容易的便使他用岷來代表馬尼拉，這是中國人的幻想，中國化的南洋。[7]

薩義德（Edward Said）說，亞洲通過歐洲的想像而得到表述，歐洲文化正是通過東方學這一學科的政治的、社會的、軍事的、意識形態的、科學的，以及想像的方式來處理，甚至創造東方。中國學者與文人也是如此創造了南洋。[8]

五、想像南洋的水果花草：中國化與西方殖民化的榴槤與植物

在東南亞，尤其鄭和下西洋船隊訪問過新馬，很多人迷信榴槤是鄭和下南洋時，在叢林中留下的糞便所變成。說得難聽一點，榴槤的果肉，就像一團一團的糞便。東南亞的人都迷信，榴槤樹很高大，果實表面長滿尖刺，如果從樹上掉下打中人，必定頭破血流。但卻從沒聽過有這種悲劇發生。神話中都說因為鄭和的神靈在保護。鄭和在東南亞後來已被當作神靈來膜拜。

榴槤所發出的香味極富傳奇性。本土人，尤其是原居民，

---

7 高劍聲（曲），司徒容（詞）：〈岷江夜曲〉，《上海老歌名典》（臺北：遠景出版公司，2002年），頁115。其實高與司徒都是李厚襄的筆名。他是浙江寧波人，到過馬尼拉。

8 愛德華‧薩義德著，王宇根譯：《東方學》（北京：三聯書店，1999年），頁4-5。

一聞到它，都說芬芳無比，垂涎三尺。可是對多數中國人與西方人而言，榴槤的香味變成臭味，一嗅到氣味，便掩鼻走開。初來東南亞的明代的馬歡，形容榴槤「若牛肉之臭」，現代作家鍾梅音說它「雞屎臭」。西方人則形容氣味為腐爛洋蔥或乳酪。我曾說榴槤神話代表典型的後殖民文本。[9]

由此可見，在東南亞，即使水果花草的想像，也難逃被中國人或新移民南洋化與東方主義化的命運。東南亞的本土的水果菜蔬及植物，就像其公路街道，都披上被南洋化或西方殖民的名字。叢林中的豬籠草，世界上最大的花朵（bunga patma），因為萊佛士（Stamford Raffles）自己首次在馬來西亞與印尼叢林看見，便武斷地說這是第一次被發現，結果現在用英文的記載，都用 Raffesia 來命名，前者命名 Nepenthes Raffesiana，後者叫 Raffesia flower。[10] 東南亞的蘭花因為長在當年尚未開墾蠻荒的東南亞，從歷史文化悠久的中國人看來，那是胡人之地，所以命名為胡姬花，胡姬，即野蠻美女之花，蠻荒之地美女之花，雖然胡姬原是英文 orchid 的音譯。

六、通過小說的想像：西方東方化了東方，中國南洋化了南洋

在康拉德（Joseph Conrad）的熱帶叢林小說中，白人到了

9　王潤華：〈吃榴槤的神話：東南亞華人創作的後殖民文本〉，《華文後殖民文學》（臺北：文史哲出版社，2001 年），頁 177-190；（上海：學林出版社，2001 年），頁 158-170。

10　David Attenborough, *The Private Life of Plants*（London: BBC Books, 1995）.

東南亞與非洲的神秘叢林，很容易在情欲與道德上墮落。這些
白人本來都是有理想，充滿生活氣息的殖民者，最後毀於性
欲。康拉德的熱帶叢林小說怪罪這片原始的叢林，把白人鎖在
其中，不得不墮落。[11] 毛姆（Somerset Maugham）的英國人也
常常在馬來西亞的橡膠園鬧情殺案。[12]

　　在中國 1930 年代作家的筆下，中國是禮儀之邦，太多的
社會倫理，會扭曲人類自然的情欲需求。而南洋是義理與律法
所不及的異域，這神秘的南洋即是化外之邦，自然之地，因此
被想像成是原始情欲的保護區。林春美用徐志摩與張資平小說
中的南洋，也就是他們想像中的南洋，論證 1930 年代中國作
家想像建構的南洋性都是如此。張資平的小說〈苔莉〉，表弟
與表兄的妾，〈性的屈服者〉弟弟與嫂嫂，〈最後的幸福〉美
瑛與妹夫，都因為逃到南洋而能消解倫理，自由發洩情欲。所
以林春美說：[13]

　　　西方通過想像東方化了東方，同樣的，中國也通過想像
　　　南洋化了南洋。所以，如若上述把「西方─東方」置換
　　　成「中國─南洋」的說法可以成立的話，那麼，有論者
　　　提出的「中國是西方的『他者』……」的論點，也就可
　　　以被置成「南洋西方的『他者』……」。

11　王潤華：《老舍小說新論》（臺北：東大圖書公司，1998 年），頁 47-
　　78；《華文後殖民文學》，頁 19-36（臺版）；頁 19-36（上海版）。
12　Anthondy Burgess ed., *Somerset Maugham's Malaysia Stories*（Singapore:
　　Heinemann, 1969）；G. V. De Freitas ed., *Maugham's Borneo Stories*
　　（Singapore: Heinemann, 1976）.
13　林春美：〈欲望朱古律：解讀徐志摩與張資平的南洋〉，新加坡：中國現
　　代文學亞洲學者國際學術會議論文，2002 年 4 月 20 至 22 日。

在現實中的郁達夫，他也有幻想南洋的情懷。在鬧家變之後，郁達夫在 1938 年帶著王映霞遠赴新加坡的其中一個原因，也是非常浪漫的，充滿幻想南洋的嚮往。他以為與她感情破裂，遠赴遙遠、陌生的南洋，神秘的、原始的、充滿性欲的南洋可以把感情醫治，神秘的南洋可以消除義理，一切可以回歸原始。[14]

七、魚尾獅：東南亞本土幻想典範

今天在新加坡河口，有一座獅頭魚尾的塑像，口中一直地在吐水，形象怪異，它被稱為魚尾獅。根據古書《馬來紀年》的記載，在十二世紀有一位巴領旁（在今天的印尼）王子尼祿‧烏多摩（San Nila Utama）在淡馬錫（即今天新加坡）河口上岸時，看見一隻動物，形狀奇異，形狀比公羊大，黑頭紅身，胸生白毛，行動敏捷，問隨從，沒人知曉，後來有人說它像傳說中的獅子，因此便認定為獅子，遂改稱淡馬錫（Temasek）為獅城（Singapura），並在此建立王朝，把小島發展成東南亞商業中心。那是 1106 年的事。魚尾獅塑像置放在新加坡河口，今日成為外國觀光客必到之地，魚尾獅也供奉為新加坡之象徵。[15]

後來的新加坡人把這頭獅子描繪成獅身魚尾。新加坡英文詩人唐愛文（Edwin Thumboo）在一首題名 "Ulysses by the

---

14　王潤華：〈郁達夫在新加坡與馬來亞〉，《中西文學關係研究》（臺北：東大圖書公司，1987 年），頁 189-206。

15　魯白野：《獅城散記》（新加坡：星洲世界書局，1972 年），頁 86-97。

Merlion" 的詩中這樣描寫： [16]

> 可是這隻海獅
> 鬃毛凝結著鹽，多鱗，帶著奇怪的魚尾
> 雄赳赳的，堅持的
> 站立在海邊
> 像一個謎。
>
> 在我的時代，沒有任何
> 預兆顯示
> 這頭半獸、半魚
> 是海陸雄獅
> 在擁有過多的物質之後，
> 心靈開始渴望其他的意象，
> 在龍鳳、人體鷹、人頭蛇
> 日神的駿馬外，
> 這頭海獅，
> 就是他們要尋找的意象。

由於在東南亞群島熱帶叢林的原居民的想像總是與森林的動物有關，住在海島上的人往往靠魚為生，因此把這頭神話中的怪獸用森林之王與河海中之魚來描繪，是理所當然的，符合心理與想像的需要。所以我認為這是東南亞最早的本土想像的典

---

16 Edwin Thumboo, *Ulysses by the Merlion* (Singapore: Heinemann, 1979)，pp.31-32. 我對這首詩做過一些分析，見《華文後殖民文學》，頁 97-120（臺版）；頁 77-100（上海版）。

範。王子烏多摩家族原是印度後來成為印尼，同時其家族又從佛教改信回教，這說明東南亞自古擁有多民族的多元文化傳統背景。

對現代新加坡人來說，魚與獅代表了海洋與陸地，正說明新加坡人具有東西方的文化、道德、精神，而這個社會，也是由西方的法治精神與東方的價值觀所建設的一個獨特的國家社會。在一個多元民族的社會，強調混雜多種性（hybridised nature）是一種優點不是弱點。新加坡就是因為吸收了東西方與亞洲各種文化的優點，才能產生新加坡經驗與新加坡模式。

近年來經過多次的公開討論，新加坡人還是接受這隻怪獸作為新加坡的象徵，它經得起時間的考驗，主要是因為它出自東南亞的本土的想像。

八、重新幻想與書寫本土歷史、地理與生活

重新建構本土文學傳統，除了重置語言，創造一套適合本土生活話語，也要重置文本（re-placing the text），才能表達本土文化經驗，把西方與中國文學中沒有或不重視的邊緣性、交雜性的經驗與主題，跨越種族、文化、甚至地域的東西寫進作品中，不要被西方或中國現代文學傳統所控制或限制。葛巴・星（Kirpal Singh）曾分析新加坡的詩歌，他認為建國以後，多元民族的社會產生了跨文化的詩歌。多元種族的文學，需要運用一個多元種族的幻想意象，來進行跨文化書寫。[17]

---

17 Kirpal Singh, "Inter-Ethnic Responses to Nationhood: Identity in Singapore Poetry", in Anna Rutherford ed., *From Commonwealth to Post-Colonial* (Sydney: Kangaroo Press, 1992), pp.3-17.

　　其實新馬的華文文學在第二次大戰前，已開始走向本土化。譬如在 1937 年，雷三車寫了一首反殖民主義的詩，〈鐵船的腳踏了〉，作者的幻想力非常的後殖民化，顛覆了中國新詩的語言，他創造的「鐵船」意象，是英國在馬來亞發明的一種開採錫礦的機器，很適當的象徵英殖民者霸佔吞食土地，把殖民地剝削得一乾二淨，因為鐵船開採錫礦後，留下草木不生的沙漠似的廣闊的沙丘湖泊，破壞了大地：[18]

> 站在水面，
> 你是個引擎中的巨魔；
> 帶著不平的咆哮，
> 慢慢的從地面爬過。
> 你龐大的足跡，
> 印成了湖澤，小河，
> ……
> 地球的皮肉，
> 是你唯一的食糧。
> 湖中濁水
> 是你左腦的清湯。
> 你張開一串貪饞的嘴，
> 把地球咬得滿臉疤痕。

這是重新幻想，重新建構了新馬本土歷史、地理與社區時，本

18　雷三車在 1930 年代寫作，大概 1945 年前去了（回返）中國，他的出生背景不詳。詩見《馬華新文學大系》（新加坡：星洲世界書局，1971 年）第 6 冊，頁 198-200。

土幻想在本土化華文文學中的試驗性作品。

在東南亞，第一代華人作家用自己的中國語言書寫完全陌生的異域環境與生活，到了第二代本土出生作家，他們要用幾乎是外國語言的華文來書寫屬於自己本土社會與生活，因此兩者在幻想上都需要做極大的調整。我在別處已引用許多例子，討論過新馬華文作家如何從事本土性建構，從單一族群走到多元文化的書寫。[19]

本土作家利用其東南亞的想像改造語言與意象，讓它能承擔新的本土經驗，譬如一棵樹，它居然也具有顛覆性的文化意義，一棵樹它就能構成本土文化的基礎。吳岸的婆羅洲想像在〈達邦樹上〉選了達邦樹（Tapang），它是婆羅洲生長的一種樹木，木質堅硬，樹身高大，在砂勞越的伊班族民間傳說中，它是一棵英雄樹。它最後都被殖民者砍伐掉。[20]

被英國人移植到新馬的橡膠，很象徵性的說明它是開墾南洋勤勞華僑之化身。我在〈在橡膠王國的西岸〉曾說：

> 橡膠樹是早年開拓南洋勤勞的華僑之化身。綠色的橡膠樹從巴西移植過來後，再依靠華人移民的刻苦耐勞，才把南洋時代的蠻荒，毒蛇猛獸，原始森林，統統驅逐到馬來半島最險峻的主幹山脈上。所以橡膠樹象徵新加坡和馬來西亞早年的拓荒者，同時也是經濟的生命線。[21]

19　王潤華：〈從放逐到本土，從單一族群到多元文化書寫：走出殖民地的新馬華文後殖民文學〉，《新馬華人傳統與現代的對話》（新加坡：南洋理工大學中華語言文化中心，2002 年），頁 333-354。

20　吳岸：《達邦樹禮讚》（吉隆坡：鐵山泥出版社，1982 年），頁 123-126。我另有文章討論，見〈道出聽見伐木的聲音〉，《華文後殖民文學》，頁 168-9，176（臺版）；頁 149-157（上海版）。

新馬的華文作家本土化的幻想，以橡膠樹來記載殖民時代個人或千百萬個華人移民勞工的遭遇，以表現殖民地資本家剝削的真相，正適合各個現象。橡膠樹與華人都是處於經濟利益被英國強迫、誘惑來到馬來半島，最早期種植與經營橡膠都是殖民主義的英國或西方資本家，天天用刀割傷樹皮，榨取膠汁，正是象徵著資本家剝削、與窮人忍受兇殘欺凌、苦刑的形象。橡膠樹液汁乾枯，滿身創傷，然後被砍掉當柴燒，這又是殖民主義者海盜式搶劫後，把當地的勞工當奴隸置於死地的象徵。[22]

　　《微型黎紫書》中的第一篇微型小說〈阿爺的木瓜樹〉，用很怡保的想像創造了一家三代的馬來西亞華人，熱帶雨林常見的木屋、橡膠樹、木瓜樹，熱帶暴風雨，及英國殖民地開始建造的老人院、華文報紙等意象，最後建構了馬華文化傳統的危機感。[23] 最後黎紫書又在《天國之門》與《山瘟》中，再度用陰暗的、大馬華人的幻想，重組很馬來西亞熱帶雨林的雨水，陰沈潮濕的天氣、噁心腥臭的橡膠廠、白蟻、木瓜樹，在創造她的邊緣話語小說。她的幻想又與1980年代以前的作家的幻想不一樣了。[24]

21　王潤華：〈在橡膠王國的西岸〉，《秋葉行》（臺北：當代叢書，1988年），頁155-156。

22　王潤華：〈橡膠園內被歷史遺棄的人名記憶：反殖民主義的民族寓言解讀〉，《華文後殖民文學》，頁121-136（臺版）；頁101-116（上海版）。

23　王潤華：〈馬華傳統文化患上老人癡呆症：黎紫書的微型華族文化危機意識〉，世界華文微型小說研討會論文，2002年8月2至5日，馬尼拉。我另有簡評，見〈最後的後殖民文學：黎紫書的小說小論〉，《華文後殖民文學》，頁225-226（臺版）；頁197-198（上海版）。

24　黎紫書：《微型黎紫書》（吉隆坡：學而出版社，1999年）；《天國之門》（臺北：麥田出版公司，1999年）；《山瘟》（臺北：麥田出版公司，2000年），有王德威與潘雨桐的序。最近黃美儀發表〈黎紫書與李永平文字花園中的後殖民景觀〉，見《人文雜誌》，2002年3月號，頁79-89。

九、幻想使中性／空白的地域產生了意義

空間通過一種詩學的過程，創造了感情與意義。經過這個程序，本來是中性的、空白的空間，就產生了意義。在詩學的過程中，作者的思想、感情、文化、知識、社會意識都被其幻想力吸收與綜合起來。我這篇文章，只是關於中國作家幻想南洋與南洋幻想，東南亞華文作家的本土幻想的一個小註解。這是閱讀／研究東南亞華文文學的第一步。

幻想是創造新文學的開始。中國現代小說史，是以魯迅的〈狂人日記〉中一位五四反傳統的狂人的幻想開始。這種反傳統的新幻想，構成五四新文化運動的代表精神，開創了一種新的文化傳統。[25] 日本人寫臺灣的漢詩，有時他們的想像是中國的，不是日本的，因為一些日本學者受太多中國舊話語與文化的影響，如明治時期日本漢詩詩人森槐南，他的〈丙申六月巡臺篇〉，對臺灣的描述遠離事實，他的想像臺灣是參考、引用中國的典籍而形成。[26] 東南亞華文學是從中國作家的幻想南洋與南洋幻想開始，再由本土的鐵船、橡膠想像重新出發，目前這種本土多元文化的幻想，已創造出具有邊緣思考，多元文化、多族群的一種新傳統的華文文學。[27] 由於想像的重要，劉勰才把〈神思〉列為《文心雕龍》的五十篇之一，並指出：「夫神思方運……登山則情滿於山，觀海則意溢於海」。[28]

25　王潤華：〈西洋文學對中國第一篇短篇小說的影響〉，《魯迅小說新論》（上海：學林出版社，1993年），頁61-76。
26　黃憲作：〈想像臺灣：日本帝國心態下的漢詩〉，《風華初現》（花蓮：東華大學中文系，2002年），頁207-228。
27　王潤華：〈邊緣思考與邊緣文學：重構東南亞本土幻想／語言／史地／文化的策略〉，同註4；《華文後殖民文學》，同註9。
28　同註3，頁493-494。

參考書目

《上海老歌名典》，臺北：遠景出版公司，2002 年。

王潤華：〈從放逐到本土，從單一族群到多元文化書寫：走出
　　殖民地的新馬華文後殖民文學〉，《新馬華人傳統與現代的
　　對話》，新加坡：南洋理工大學中華語言文化中心，2002
　　年。

———：〈邊緣思考與邊緣文學：重構東南亞本土幻想／語言
　　／史地／文化的策略〉，《中國文學與東亞文化》，漢城：
　　中國語文研究會，2002 年。

———：《華文後殖民文學》，臺北：文史哲出版社，2001 年；
　　上海：學林出版社，2001 年。

———：《老舍小說新論》，臺北：東大圖書公司，1998 年。

———：《魯迅小說新論》，上海：學林出版社，1993 年。

———：《秋葉行》，臺北：當代叢書，1988 年。

———：《中西文學關係研究》，臺北：東大圖書公司，1987
　　年。

李元瑾：《東西文化的撞擊與新華知識分子的三種回應》，新加
　　坡：新加坡國立大學中文系、八方文化企業公司，2001 年。

吳岸：《達邦樹禮讚》，吉隆坡：鐵山泥出版社，1982 年。

林春美：〈欲望朱古律：解讀徐志摩與張資平的南洋〉，新加
　　坡：中國現代文學亞洲學者國際學術會議論文，2002 年 4 月
　　20 至 22 日。

《馬華新文學大系》第 6 冊，新加坡：星洲世界書局，1971 年。

黃美儀：〈黎紫書與李永平文字花園中的後殖民景觀〉，《人文
　　雜誌》2002 年 3 月號，頁 79-89。

黃憲作：《風華初現》，花蓮：東華大學中文系，2002 年。

愛德華‧薩義德著，王宇根譯：《東方學》，北京：三聯書店，
1999 年。

黎紫書：《微型黎紫書》，吉隆坡：學而出版社，1999 年。

———：《天國之門》，臺北：麥田出版公司，1999 年。

———：《山瘟》，臺北：麥田出版公司，2000 年。

魯白野：《獅城散記》，新加坡：星洲世界書局，1972 年。

劉勰：《文心雕龍》，香港：商務印書館，1960 年。

Abrams, M. H., *The Mirror and the Lamp.* Oxford: Oxford
University Press, 1953.

Attenborough, David, *The Private Life of Plants.* London: BBC
Books, 1995.

Bachelard, Gaston, *The Poetics of Space.* Boston: Beacon Press,
1958.

Burgess, Anthondy ed., *Somerset Maugham's Malaysia Stories.*
Singapore: Heinemann, 1969.

De Freitas, G. V. ed., *Maugham's Borneo Stories.* Singapore:
Heinemann, 1976.

Richards, I. A., *Coleridge On Imagination.* London: K. Paul Trench,
Trubner & Co, 1934.

Singh, Kirpal, "Inter-Ethnic Responses to Nationhood: Identity in
Singapore Poetry", in Anna Rutherford ed., *From Common-
wealth to Post-Colonial.* Sydney: Kangaroo Press, 1992), pp.3-
17.

Thumboo, Edwin, *Ulysses by the Merlion.* Singapore: Heinemann,
1979.

「自童年到老年，必經之地，竟是童年」

——人文關懷和東南亞華文文學生態

⊙黃萬華

人文生態的惡化，文學的沈淪，是個世界性遭遇的問題，但對於社會轉型更為複雜糾結的東南亞華人社會來說，這一課題顯得更加嚴峻、艱難、急迫。

菲華詩人月曲了有這樣的詩句：「自中年到老年／必經之地，竟是童年」。[1] 人類面對日益惡化的人文生態，文學也許是唯一可以尋回的童年。而進入「而立」、「不惑」之年的東南亞華文文學，它不斷重回的「童年」，則是它不斷尋回的人文精神，這使得它有可能在不斷成長中仍擁有年輕的活力。其中極有意味的是，東南亞華文文學在走出「童年」中重回「童年」的尋求。

在人文生態互相制衡的各個環節中，人文精神顯然是最重要的一環。人文精神，雖然在時間向度和空間容量上，都深長

1　月曲了：《月曲了詩選》（臺北：林白出版社，1986 年）。

豐富於文學，但它又常常跟文學同在。文學所流貫融會的人文精神，往往會以心靈相交的方式，負載起民族魂魄和人生智慧，成為滋養人文生態豐沛的一潭活水。

在文學日益被「邊緣」化的環境中，東南亞華文作家為什麼要寫作？孫愛玲說，她的新作「都是因此種種隔離而寫，在九十年代的十年裏，獨身於蒼茫，心裏總是隔離，」[2]希尼爾說，寫作是「陷身末世」「孤寂總難免」中，又面對「文學在多媒體藝術形式衝擊下，最直接地凸顯其脆弱性」時，「抗拒歷史健忘症的最基本努力」。[3]黃錦樹說，他寫作是出於那種「隱形族群」的身份困惑，因為「活在塵世裏的每個人，都是他自己的異鄉人」；也為了「將來能順利克服早已被前輩們建構成避風港的現實困境，讓第三世界的豐沛得以次第顯現」。[4]謝裕民說，「綜觀今日，從事『知識』行業的『份子』，確實十分『江湖』的『各處流浪靠賣藝生活』」，而他寫作，是為了避免「自己也成了時代的荒謬」。[5]鍾怡雯說，她寫作，是「渴望」在「都市叢林」中，自己的「油棕園野性」仍「沒有消失」。[6]梁文福說，如果他「不能獻出更好的給生命」，那麼，容他「雙手獻上」「自己的文學夢」。[7]辛金順說：「詩人

2 孫愛玲：〈序〉，《獨白與對話》（新加坡：新加坡文藝協會，2001年），頁2。

3 希尼爾：〈後記〉，《認真面具》（新加坡：SNP綜合出版私人有限公司，1999年），頁127-128。

4 黃錦樹：〈代序〉，《夢與豬與黎明》（臺北：九歌出版社，1994年），頁3-4。

5 謝裕民：〈江湖氣的知識份子〉，《世說新語》（新加坡：潮州八邑會館，1994年），頁172-175。

6 鍾怡雯：〈渴望〉，《垂釣睡眠》（臺北：九歌出版社，1998年），頁245。

7 梁文福：〈夢說文福〉，《梁文福的21個夢》（新加坡心情工作室，1992年），頁2。

除了需勇敢的凝視自我內心的感情經驗外，也應要走入真實的
生活當中，開拓詩更遼闊的天地」。[8]⋯⋯無須再多引用，這
些 1990 年代的人生獨白，足以傳達出當代文學的人文生態，
並非僅僅是文學不得不面對的都市化、消費性、高科技的環
境，它更是作家在這種環境中的心靈尋找。

　　就當代人文生態而言，無論是工商潮流中的都市變遷，還
是大眾取向的文化消費，或是資訊科技裹挾而來的聲畫網路，
都使文學承受著日益沈重的壓力，甚至無可避免地使文學在人
類生活中「邊緣化」。奇蹟幾乎不可能出現，因為人類幾乎無
暇也無力構築一個抗衡、制約工商潮流、媚俗消費、資訊科技
的體系。但文學仍在堅守，在人文主義遭受衝擊而不得不有所
變形甚至有所扭曲的情況下，作家對人文精神的尋找成為其心
靈所在。這種尋找，在東南亞華文文學中表現得最為獨特和強
烈。

　　東南亞華人社會跟歐美華人社會不同，在於其一直努力於
「土生社會的傳統化」，就是說，它更恐懼於自身被「原住民族」
同化，又無法靠新移民來「新陳代謝」，它必須基本上依託自
身孕蓄的力量，在土生土長的第二代、第三代，乃至更多代中
傳承華族傳統，而華文文學一直是可以依恃的最重要的力量。
幾乎可以說，在東南亞華人社會，只要在用漢語進行創作，就
一定會有華族人文精神的開掘和堅守。我們需要關注的是，東
南亞華人社會的轉型更為複雜，後殖民社會、工商社會、民族
主義國家、冷戰意識形態等矛盾糾結在一起，交錯影響著華人
社會的政治、經濟、文化轉型。新加坡作家協會的《新華文學》

8　辛金順：〈詩情如水，笑色如花〉，張永修：《給現代寫詩》（馬來西
　　亞：雨林小站，1994 年），頁 1。

在 2002 年末曾推出特輯《世紀交替的童年寫真》。[9]「回到童年」，一直是人類尋回自我的努力；童真視角，也一直是作家抗衡文明失落的利器。而新華作家筆下的童年餘味攪起著我們前所未見的人生況味，即使在寫實回溯的層面上，也既有著異族的想像（愛薇〈她要將我變成「花蒂瑪」〉）、「他者」的構圖（王潤華〈後殖民的榴槤滋味〉），又有著傳統的出入（君盈綠〈小時候〉）、民族的記憶（駱賓路〈童年二三事〉）。而如果將童年的回溯馳入象徵、寓意的層面，童年就負載起了難以估衡的沈甸。伍木的〈文字童年〉只寫童年時代文學的浸潤，卻已幾乎包容了人生的一切根源。希尼爾的〈火燒河上的童年〉寫「浴火的童年」，「人手田米和劉三姐」被「化為灰燼」，「一屋的童真」也無法「隱藏幾個阿里巴巴」，「鄉思」被「漫不經心」地「折疊、撫平」，「族群」的記憶被「溺斃」於「決堤的河岸」中，……被「燒得乾乾淨淨」的童年卻向無限的時空攀援、延伸，伴隨著「我們依舊劃著一排木筏在河上討生活／隨塵土坡上慌張的蜻蜓一同迷路」。童年的毀滅溝通著傳統的消亡、族群的凋敝、文化的式微……。吳耀宗的〈涉及童年和蜥蜴的四行體〉所抒寫的童年蛻「舊」的痛苦更是一種相伴終身的創傷，「蜥蜴斷尾」是逃竄，是抉擇，是自戕，是求生……

　　新華作家筆下的童年已不是「昨日」「記憶」「稚愛」「舊夢」這樣的字眼所能尋回的，它反映出南洋華人社會轉型的複雜，顯示出「尋回」人文精神的艱難。但也正是在這樣的背景上，我們更容易辨識出華文作家們用心靈構築人文環境的努

力。其中讓我們感受最強烈的是作家們艱難走出童年「夢魘」的努力。李憶著筆下滄桑人生中的女性，其失落常來自於抉擇，而其小說〈親愛的，我們曾在義大利〉中的女主人公姚春雪抉擇的艱難則來自她有過一個她終生放不下的童年。[10] 姚春雪常「像做夢似的想起小時候與母親睡在蚊帳裏的那些無數個夜晚。母親胖墩墩的身軀，在那些燠熱的夜裏，老是不住地出汗。於是，姚春雪便看見一道汩汩的汗，從她敞開領口的脖子上一直流下去……慢慢地滴到乳溝間，然後很快地滲入內衣裏，變成一朵朵悄然綻開的花朵……姚春雪在昏黯的蚊帳裏睜大眼凝神地看著那一朵朵綻開在母親胸脯前的花朵，心裏仿佛也在出汗……母親睡著了。濃重的呼吸，沈沈的，在那些寂靜的夜裏竟變成了溫柔無比的催眠曲。」，「一直到 12 歲，姚春雪仍不肯離開母親的蚊帳」。而在以後的日子裏，「每當姚春雪深深地懷念小時候蚊帳裏的溫馨時」，她又會「覺得後患無窮」。在這裏，母親的蚊帳不只包含著幼時的溫馨，也意味著一種對人生的恐懼。只是因為母親的悲劇是生命結束於漫長的「等待」中，姚春雪便永遠「厭惡那個『等』字」，即便在那場跟李承晚的「所有的大痛大悲都似乎在一瞬間消失無遺」的戀愛中，她也不相信「等」，「不論是她等抑或人等她」。母親的蚊帳，對她而言，是命定，是傳統，是禁圍。李憶君在小說中還安排了一個跟姚春雪命運足以構成對照的人物李承晚，自小浪迹天涯的「半唐番」李承晚在跟姚春雪分手時有過一番話：「在歐洲，我常在不知不覺中觀察民族性格。然後發現民族性

10　李憶著：〈親愛的，我們曾在義大利〉，陳政欣主編：《馬華文學大系．短篇小說（二）》（吉隆坡：馬來西亞華文作家協會、彩虹出版社，2001年），頁 237-250。以下簡稱《大系．短（二）》。

是一種與生俱來的東西」,「我當然最先思考中華民族。然後
發現這民族的特徵是拼搏、冒險,有著無比堅韌的意志力;所
處的環境越是惡劣,越顯不屈不撓。」這番話似乎跟情侶分手
的氛圍難以契合,透露出作者的一種焦灼,她急於要向讀者表
明,姚春雪和李承晚性格迥異,是孕成於不同的「童年」。走
出對「母親」的依賴,回到「獨自在田野上奔跑」的「童
年」,正是〈親愛的,我們曾在義大利〉對讀者一種急切的呼
喚。

　　以「走出童年」的方式「尋回童年」,是近年來東南亞華
文文學書寫主題、傳達策略的獨異之處。對於東南亞華族而
言,歷史的久遠、傳統的深厚,會瀰漫出神聖、肅穆,孕蓄著
恭謹、慎敬,也催生出恐懼、「疏離」。而恰恰是後者,包含
著反思、突圍和新生。鍾怡雯的〈凝視〉曾被余光中推崇為
「真正詭奇而達驚悚境地的傑作」。[11] 發生在年幼的「我」跟
去世的曾祖父母之間的日常魔幻中,就隱伏著太多的敬畏。而
這一切得以一再發生,就因為「我」一歲時,曾祖父、曾祖母
就過世,四世同堂未留給「我」任何一點親情的溫暖,而只有
其身後的威嚴。當曾祖父母成為一種純然的傳統、凝固的歷
史,那麼,「我」凝視他們的遺照所能接收到的訊息就只有責
怪、懲罰了。儘管兩老的眼光無所不在,「任憑我走到哪裡,
都被盯著,眼神簡直就貼在我背後一般」,但初生牛犢的
「我」,仍有辦法化解來自祖輩的戒慎恐懼。過年大掃除時,家
裏派定「我」清掃祖先的供台、儘管「我實在沒有勇氣把雞毛
撢子拂到照片上,愈靠近照片,他們的表情愈嚴肅,五官咄咄

11　余光中:〈狸奴的腹語——讀鍾怡雯的散文〉,鍾怡雯:《聽說》(臺北:
　　九歌出版社,2001),頁8。

逼人」，然而「我」顫抖的心理仍在「不停的盤算，如果雞毛逗出他們的噴嚏，我該往哪兒躲」，這種兒童恐懼，會引起發笑聲，輕而易舉瓦解了維繫了三代的祖輩威嚴。接著，「我」在曾祖父的照片後面，發現了幾顆小小的壁虎蛋，其中竟然有只小壁虎破殼而出，那吃力挪步的極少動作，似乎在兩老冷峻的眼神、嘴角上攪起一絲笑意，祖輩無可置疑的權威被這小小生命徹底傾覆……當鍾怡雯在文章結尾寫道：「那次大掃除好象一個告別儀式，永別那段被凝視的日子。可是凝視的力量卻從來未曾停止……」，[12] 人們讀到的是一種要告別「原鄉」，走出傳統的心靈訴求。

南洋雨林世代累居的歷史，有時甚至在鍾怡雯的回溯中瀰漫出某種屍腐味，「多少年後，我依然記得那種氣味……那混濁而龐大的氣味，像一大群低飛的昏鴉，盤踞在大宅那個幽暗、瘟神一般的角落。」（〈漸漸死去的房間〉）即便是對童年那口「帶著青苔的清香」的井的憶想，也是出現在「我」尋找奇異逃逸的鑰匙，來到電梯間的地下室，面對「一潭混濁的積水」的時刻，那「芝麻開門」的童年「咒語」中多少包含著無處容身的恐懼（〈芝麻開門〉）。鍾怡雯的這種表達具有極有代表性的象徵意義，走出的是傳統陰影下的「童年」夢魘，尋回的是「童年」自我，這便是許多作家「走出童年」而又「尋回童年」的尋求。

正因為如此，「走出」的題旨，在 1980 年代以來的東南亞華文文學中表現得越來越多。唐瑉（馬來西亞）的小說〈信〉（1991）中，李帶娣終老也未能走出「親善村」，是因為「她的夢破了，但她不願意醒」，她甚至只求「從別人的夢中得到了

12　鍾怡雯：〈凝視〉，見《聽說》，頁 115-125。

快感」。[13] 小說南洋鄉土意興酣暢，濃密的細節常有一種攝人心魂的力量，例如李帶娣請侄兒給自己的養子回信，獄中養子的信是寫給他哥哥的，「信裏從頭到尾沒提到她這個媽媽一句」，只是催促哥哥儘快賣掉電單車去贖回她女朋友那要斷當的項鏈，而那電單車正是「他這個媽挖出棺材本買給他的」，當小說淡淡一筆，帶出李帶娣「上過夜學」，完全看得懂養子的信時，李帶娣那番信囑，「記得告訴他上次帶給的觀音娘娘的護身符，晚上也要枕著來睡。轉運的背心要拿來穿……」，就凝聚起濃重的生活悲涼：她其實「醒著」，但命運（從她被剪了臍帶，姥姥便念咒似的對她這個長外孫女說：「你精精乖乖，靈靈醒醒，帶個弟弟來……」，到她終生膝下無親子而遭種種冷落，小說都有生動入骨的描寫）使她「心甘情願的接受自己的欺騙」，自我麻醉於「從別人的夢中得到了快感」。小說將李帶娣的「夢」置於「親善村」被拆遷的背景上，一面是厚重的封建人倫仍在，一面是冷漠的現代人情襲來，將李帶娣的「夢」一個接一個地夾碎。這樣的構思呈現出作者的清醒，她強烈意識到傳統封閉的南洋華人社會面臨社會轉型時的危機。這種危機感在不少華文作品中被表現得急迫而深重。例如，當我們從駝鈴的小說〈板橋上〉（馬來西亞，1991），借馬來老人阿裏爺的眼光看到華族老婦人鍾華太太「殉葬」於那座跟南洋華族歷史一樣久遠的長板橋時，既會扼腕長歎於那種走不出古舊傳統的悲劇，又會去思考這樣的問題：即便鍾華太太走出了長板橋，其命運又能好到哪裡去？她那賣掉祖業卻受勳拿督的兒子的作為早已給她的命運帶來了更濃重的悲涼。[14]

13　唐珉：〈信〉，《大系.短（二）》，頁403-414。
14　駝鈴：〈板橋上〉，《大系.短（二）》，頁421-431。

　　自然，在東南亞華人命運中，「走出」往往跟另一種形式相聯繫，那就是「被驅趕」。所以，我們在東南亞華文作品中，不時能見到「拆」的場景。雨川（馬來西亞）就將自己的一部小說集直接取名？《村之毀》（1991），[15] 小說中「拆村」的場景跟老人彌留之際「這村拆不得」的「夢囈」交織起半個世紀華人的命運遭遇：殖民殺戮，種族暴亂，家族分裂，……其中包含著形形色色的漂泊。潘雨桐（馬來西亞）的小說〈鄉關〉（1981）將「鄉關何處？」的傳統主題演繹成以「進地獄」的代價來完成逃亡的現代悲劇，[16] 小說人物急切裸露的直白推出一幕幕情侶被「拆」散的人生慘景，呈現出華人不斷地從一個國度驅趕往另一個國度的命運，華人的這種生存危亡中包含著太多可以引起的思考的歷史意味。

　　甚至 1990 年代馬華文壇接二連三提出的那些爭論性課題，也未嘗不可以看作又一種「走出」，從馬華文學的「正名」，「經典缺席」，到馬華現實主義的「困境」，中國性和「斷奶」論等，[17] 人們都會強烈地感受到「影響的焦慮」，因為所有的爭論性課題幾乎都指向馬華文學如何走出「童年」的「誤區」。無論是對南洋華人社會，還是對東南亞華文文學，都已經有了不算短暫的歷史，也就有了自己的傳統。而歷史命運的坎坷使傳統無法去卻種種陰影，而現實境遇的緊迫，使得作家們急於告別「童年」的陰影，但在從容的走出，或倉促的逃離中，會不會連「童年」的自我也一併拋離了，這個答案的求

15　雨川：〈村之毀〉，《大系.短（二）》，頁 518-526。
16　潘雨桐：〈鄉關〉，《大系.短（二）》，頁 340-355。
17　張永修、張光達、林春美主編：《辣味馬華文學——90 年代馬華文學爭論性課題文選》（吉隆坡：雪蘭莪中華大會堂、馬來西亞留臺聯合校友會，2002 年）。

得自然要經歷比「走出」「逃離」要長得多的過程。在「走出
童年」中「返回童年」，自然意味著要在現實環境中用現代人
文關懷，尤其是民族人文關懷去維護、修復文學的「童年」。
當南洋華人社會的轉型面臨著比任何一種華人社會都要多的矛
盾時，東南亞華文文學作出了多方面的呼應，其中有在生命形
式的層面上對民族語言的細心呵護，有在生存方式的層面上對
他族命運的關注，更有在現實應對的層面上對文學自身的執
著。他們用這些努力表達著他們對人文精神的尋求。

　　1994 年在新加坡舉行的首屆世界華文微型小說研討會
上，希尼爾的〈變遷〉成為被與會者評述最多的作品。[18] 這
篇剛問世不久的微型小說如此快地成為「引經據典」的物件，
甚至迅速獲得了華人傳統的象徵意味，再次傳達出「語言」幾
乎是華族人文血脈的歷史資訊。當劉氏訃告格式用詞由嚴格規
範的華文傳統表達變化到中西文相雜，乃至最終為純然的英語
文體所替代時，一個家族相隔僅 20 年的語言「實錄」變遷的
確濃縮了新加坡華人遭受過的「被連根拔起」的迷惘感、恐懼
感和遺棄感。稍後寫的〈回〉以「浮城初級學院」（舊稱浮城
私立中學，前身為浮鄉私塾）50 周年校慶典禮上，[19] 歷屆學
長代表上臺致詞用語實錄的形式，呈現華語在「國語」、「母
語」、「方言」、「第二語文」、「第一語文」等各種身份間的
遊移變動，瀰漫出一種濃重的生存困惑。胡月寶的小說〈撞牆〉
也不妨被看作一則關於「語言」的民族寓言。[20]「我」「一度
醉心於古典詩文與戲曲」，所言皆是「吳儂的清軟、國風的生

18　希尼爾：《認真面具》，頁 53-54。
19　同上註。
20　胡月寶：《胡月寶小說選》（新加坡：新加坡文藝協會，2001 年）。

活」，「就連耳垂上的小墜，也是宋體的字、唐韻的詩」，這種
古典的、傳統的「語言」成為「我」的生存方式，而這種生存
方式，「我」只能讓人欣賞，卻容不得別人有絲毫侵犯，一旦
「侵犯」發生，「我」就會像「紅樓夢中的司祺、桃花扇中的
李香君」，「乃至竇娥的沈冤飛濺白練，尤二姐吞金，劉蘭
之、鳴鳳投水……以死殉志，絕不肯委屈自身」……不同的文
學總植根於不同的文學傳統，「如馬來文繼承印尼、馬來西亞
的文學傳統，淡米爾文字帶著印度文學傳統，英文擁抱英國文
學，華文文學的傳統又來自中國」，[21] 同時，不同的文字又構
成人們不同的生命形式，文字的改變、語言的放棄，意味著的
是根本性生存方式的改變，無怪乎華文作家們會如此敏感「母
語」受到的傷害，會如此在乎華文空間的任何變動。

正是出於對語言的細心呵護，東南亞華文文學對語言的失
落保持著敏銳的危機意識。蘇子玲的〈張文出書〉（1984，馬
來西亞）講述的是華文作家出書遭冷落的平常故事，[22] 但值
得注意的是小說中寫到的是那個在某國中負責華文學會的老李
的身份，作者特地交代他一直擔任該中學的國文兼華文導師，
所以他將張文心血所成的華文創作集棄之如草芥，就不僅反映
出他工商社會的市儈心理，更包含著他在雙語生存空間中對
「母語」日益鄙夷、疏離的心態。孫彥莊的小說〈開麥拉〉
（1993，馬來西亞）以「開麥拉」這樣一種現代影視的拍攝場
景輕而易舉消解了布袋戲從「楚漢相爭時」就開始了的歷史和
陳氏「振興班」祖孫相傳的精湛技藝，而恰恰是布袋戲這樣的

---

21 王潤華：《華文後殖民文學》（上海：學林出版社，2001 年），頁 97。
22 蘇子玲：〈張文出書〉，《大系.短（二）》，頁 387-391。

民間藝術最豐厚地負載著華族的語言資源。[23] 小說讓掌中班這一民間藝術空間充溢著華族的久遠歷史、溫馨人情、幽默智慧,可是卻轟然倒坍於「不打架便沒什麼趣味」的現代影視拍攝場景中。在布袋戲這樣的民間藝術無奈屈從現代工商社會藝術的遊戲規則中,小說清晰呈現了羅拔張、方麗麗等影視從業人員跟觀眾在追求娛樂趣味上互為推波助瀾的局面,暗示出傳統民間藝術空間跟大眾文化消費空間的分離,使「振興班」的孤軍奮戰更透出一種歷史的悲涼。跟以往一些相近題旨的作品有所不同,這些小說表達的人文危機意識更直面現實,警醒於民族的、傳統的文化機制所面臨的現實危機,更警醒於人文工作者對現實危機的麻木不仁,乃至「助紂為虐」。

東南亞華族是中華民族中跟異族直接相處時間最長久的群體,近年來,異族形象在東南亞華文文學中逐漸增多,並且表現出多種指向這種創作趨勢表明,華族跟異族的相處這一重要人文生態,越來越被作家心靈所關注。我在拙著《新馬百年華文小說史》之一章〈最獨異也是最困難的:多元種族題材的開掘〉中述及了 1970 年代前新馬小說處理異族題材的情況。[24] 無可諱言,即便在 70 年代後,由於族群紛爭、民族主義傾向、文化認同對國家體制的影響等複雜因素,異族題材仍是一個敏感而艱難的領域。儘管如此,東南亞華文文學還是出現了一些處理異族題材視野開闊而開掘深刻的作品。

陳紹安的〈古巴列傳〉(1995)在馬華文學中之所以值得關注,是因為它在多層面人事的交織上使異族形象獲得了多向

23　孫彥莊:〈開麥拉〉,《大系.短(二)》,頁 392-402。

24　黃萬華:《新馬百年華文小說史》(濟南:山東文藝出版社,1999 年),頁 101-113。

的意義。[25] 小說講述了「一生下來就注定要與村裏的華裔子女同甘同苦」的印度裔平民再也古巴為了保全檳榔阿當 300 戶華裔居民的祖傳木屋奔走卻「眾叛親離」，鋃鐺入獄的故事。北極熊樣笨重的再也古巴在生活中有著種種可愛，他會因為華人「不把他當作『同類』」而生氣得「白天也要突然變成黑夜了」；他以「一口流利英語、國語再加上什麼人權、人道的理論，把地方政府官員霹靂叭啦得一個個瞠目結舌，一舉成為木屋居民依賴的大柱子」……。小說在成功塑造再也古巴這樣一個馬來亞社會中少數族裔的異族形象時，將筆觸伸進了現實生活的各個領域。它以戲謔的敘事觸及了由國家政策造成的種族不平等，逼使歷史遺忘回到歷史真相本身，它營造反省氛圍，以「他者」的視界呈現華族「國民性」的弱點（例如，再也古巴跟華裔少女戀愛而被女方家長逐出家門，聲稱代表 500 萬華裔同胞的馬華公會領袖視他為「黑鬼」等）；它也以近於悲憫的筆調，將再也古巴拋至孤立無援的絕境，以其心靈煎熬呈現人性弱點……在這樣的穿梭敘事中，再也古巴這一異族形象已非單一的或質疑「他者」，或審察自我，而包容起一種較為博大的人文關懷。

洪泉的〈誘惑〉（1989）也呈現了一種獨異的異族形象。[26] 小說的男主人公會在一個邂逅的異族女子身上喚起童年、少年的種種回憶；沐浴在月色中的母親的身體，從學校回家鄉路上嗅到的野花味，小時候對星星的種種奇想，尤其是當他跟那異族女子同枕共眠時，她的一切舉止、形體、氣息、膚色……都讓他感到母親的存在。一個異族風塵女子竟然以「親情在撫

---

25 陳紹安：〈古巴列傳〉，《大系．短（二）》，頁 71-84。
26 洪泉：〈誘惑〉，《大系．短（二）》，頁 188-204。

摸著他的神秘良知」，或者也可以說，他竟「在露意莎的眼中才能回到他的童年」，這種異族形象的引入，也許可以呈現多個層面的「救拯」，從生活方式到心靈依歸，並從中反映人物生存困境的深絕。

相比較於歐美華文文學而言，東南亞華文文學在異族題材資源上擁有更多的優勢，然而，其異族形象的刻畫，無論是數量還是深度，似乎都不如歐美華文文學。這多少反映了東南亞華人社會在文化優越感和文化恐懼感交織中形成的傳統封閉性。因此，上述異族題材小說在東南亞華文文學中出現，數量雖不算多，但的確讓人看到了，文學在用自己的努力構築華族人文生態環境中極其重要的一環。就如碧澄散文〈夜幕，投在十五碑〉（1990）中對印裔族民發出的自責，「同為一國的公民，我們對他們到底有幾許瞭解？我們只顧著本族的生活，對他們何曾有過少許的關心？」[27] 不再是只為了己族而關注他族，從而包容起對異族的更真誠更恒久的關愛，反映出華族人文胸襟的拓展。

如果將視野放開去，那麼我們日益欣喜地看到，東南亞華文作家在不斷突入那些社會人文障礙重重的題材領域，包括歷史事件的「禁區」和「盲區」。這中間，不斷生長、增強的是一個民族在「異鄉」建立家園的自信，自然包含著一個民族對置身其中的人文環境越來越廣泛深入的關注。

當今的寫作已無法擺脫商業體制操作的氛圍，簡單化的對抗商業體制幾乎已無濟於事，而創作淹沒於商業操作中的危險也在日益增加。在這種境遇中，自覺的文學意識成為用心靈去

27　碧澄：〈夜幕，投在十五碑〉，小黑主編：《馬華文學大系‧散文(二)》（吉隆坡：馬來西亞作家協會、彩虹出版社，2002年），頁15-19。

構築人文生態的重要基石。梁文福在導讀其世紀初新作《散文@文福》中談及「另類的媚俗」，就表現出了一種自覺的文學意識。[28] 正如米蘭・昆德拉說過的：媚俗不「僅僅意味著某種美學風格，低劣的藝術」，更「是一種由某種對世界的看法所支撐的美學，是美化事物、取悅於人的意願，是完全的因循守舊」。米蘭・昆德拉還曾進一步解釋說，「小說家的才智在於確定性的缺乏，它們縈繞於腦際的念頭，就是把一切肯定變換成疑問。小說家應該描繪世界的本來面目，即謎和悖論」，而「媚俗的世界，即美學的確定性和因循守舊的王國」。[29] 如果這樣去看，那麼，梁文福所言「另類的媚俗」是存在的，而且更值得警惕。梁文福稱這類「媚俗」為「潛意識的媚俗」，即標榜特定的知識份子姿態，以「高深文學的包裝」「有意投讀書人的所好」，從而「排除一般讀者」[30]。這種「媚俗」也不妨稱作「媚雅」，即那種「刻意賣弄『先鋒』技巧，效名家之顰，自以為『入流』，實則自欺欺人，不知所云，根本沒有讀者的『高雅』」[31]。如果把「媚俗」和「媚雅」的實質聯繫起來考察，這兩者實際上是互有滲透的，都是「取悅於人」的「因循守舊」而導致文學的失落。媚俗和媚雅固皆不可取，但媚俗和媚雅的互動關係卻可對文學構成一種警戒、一種壓力，促使文學的「雅」「俗」雙方各自在自己的藝術層面上銳意創新，而又能引導閱讀消費。梁文福的創作是從「唯美」而逐漸

28　許維賢：〈真實與實像——梁文福的散文和散文的梁文福〉，《新華文學》第 57 期，2002 年 12 月，頁 150。

29　〈米蘭・昆德拉訪談錄〉，呂同雲：《20 世紀世界小說理論經典下卷》（北京：華夏出版社，1996），頁 439。

30　同註 28，同頁。

31　同註 28，同頁。

變得「入世」的，但在「入世」中他又始終「和『媚俗』保持
一個適當的距離」。例如，梁文福不拒絕那種商業體制中的專
欄寫作，但「他不追求時效性」，而「在專欄文學的操練中追
求一種雋永性，即使事過境遷，他認為那些專欄文學的閱讀價
值依然在」[32]。他不僅不被專欄文章的商業操作性所囿，而且
想方設法變專欄對字數、形式，乃至風格的設定為磨煉文章的
「迫力」，使自己的專欄文章在簡潔中顯得雋永，在緊湊中呈現
疏淡。

　　梁文福的情況並非個例，將文學的殉身精神跟自覺創新的
應對策略相流貫，是許多華文作家，尤其是年輕一代華文作家
的一種主動姿態，是他們不斷尋求「成熟」的文學「童年」的
努力。

　　1994 年前後，在中國大陸也曾產生過一場關於人文精神
失落的讀者討論，當時出現了兩種傾向，一種是過於古典的激
憤，一種是難免犬儒主義的現實認同。這幾年，我陸續讀到了
東南亞華文文學中一些關於人文精神失落的文章，覺得平和而
執著得多。這也許是因為面臨東南亞華人社會轉型中信仰危機
和精神虛空的後果，作家們越來越清醒，走回「童年」將是一
個漫長的過程。

參考書目

小黑主編：《馬華文學大系・散文(二)》，吉隆坡：馬來西亞華
　　文作家協會、彩虹出版社，2002 年。

32　同註 28，同頁。

王潤華：《華文後殖民文學》，上海：學林出版社，2001 年。

月曲了：《月曲了詩選》，臺北：林白出版社，1986 年。

希尼爾：《認真面具》，新加坡：SNP 綜合出版私人有限公司，1999 年。

孫愛玲：《獨白與對話》，新加坡：新加坡文藝協會，2001 年。

張永修、張光達、林春美主編：《辣味馬華文學——90 年代馬華文學爭論性課題文選》，吉隆坡：雪蘭莪中華大會堂、馬來西亞留臺聯合校友會，2002 年。

———：《給現代寫詩》，吉隆坡：雨林小站，1994 年。

陳政欣主編：《馬華文學大系。短篇小說（二）》，吉隆坡：馬來西亞華文作家協會、彩虹出版社，2001 年。

梁文福：《梁文福的 21 個夢》，新加坡心情工作室，1992 年。

黃錦樹：《夢與豬與黎明》，臺北：九歌出版社，1994 年。

《新華文學》第 57 期，2002 年 12 月，頁 1—71。

謝裕民：《世說新語》，新加坡：潮州八邑會館，1994 年。

鍾怡雯：《聽說》，臺北：九歌出版社，2001 年。

———：《垂釣睡眠》，臺北：九歌出版社，1998 年。

胡月寶：《胡月寶小說選》，新加坡：新加坡文藝協會，2001 年。

黃萬華：《新馬百年華文小說史》，濟南：山東文藝出版社，1999 年。

許維賢：〈真實與實像——梁文福的散文和散文的梁文福〉，《新華文學》第 57 期，2002 年 12 月，頁 148—151。

呂同雲：《20 世紀世界小說理論經典下卷》，北京：華夏出版社，1996 年。

滅殺踵武者：論英培安與希尼爾小說的孤島屬性

⊙吳耀宗

一、緒言

「孤島」（Island）原為西方語言學術語，是約翰・羅斯（John Robert Ross）在1967年根據喬姆斯基（Noam Chomsky）所提出轉換生成法的制約條律，發展出來的理論概念，描述不可移位的構成成分在句子中形成封閉的結構單位的語法現象。[1]筆者並非語言學專業，借用這一概念，著眼點即在其所強調的封閉、不容移位的屬性，正好適合形容新華作家英培安和希尼爾，說明兩人的小說既富於原創性，自成體系，又極具排他性，使欲追步者難以模仿，無從「克隆」，故而在這三十年來的新華小說界既維持了個體強勢的書寫，卻也使兩人成了慘澹經營、寂寞孤單的「文學島嶼」。

1　John Robert Ross, *Infinite Syntax*（Norwood, NJ: Ablex Publishing Co., 1986），pp. 271-289.

二、形式力度：書寫主流外的理念和追求

英培安和希尼爾原籍廣東，在新加坡出生，相距十載，屬於兩代人。前者生於 1947 年，1960 年代末步入詩壇，兼攻雜文，1980 年代轉戰小說疆域至今，成就見諸十萬字左右的中、長篇。[2] 後者生於 1957 年，於 1970 年代末崛起文林，詩文並進，1980 年代開始在篇幅一、兩千字內的微型小說體裁上大放異彩。[3] 兩人任職於不同領域，一為書商兼自由寫作人，一位德資電池公司品質管理工程師，平素各自為文，不相為謀，卻同樣成了新華小說界的「異端分子」，努力不懈地「標新立異」，煢煢獨立於島國的書寫主流之外。

長期以來，新加坡的華文書寫注重內涵意識甚乎一切，觀念根深柢固，已成為不易動搖的傳統。這是因為和東南亞許多

2　英培安至今出版著作共二十部，計有詩集《手術檯上》（1968 年）和《無根的弦》（1974 年）；雜文集《安先生的世界》（1974 年）、《敝帚集》（1977 年）、《說長道短集》（1982 年）、《園丁集》（1983 年）、《人在江湖集》（1984 年）、《拍案集》（1984 年）、《破帽遮顏集》（1984 年）、《風月集》（1984 年）、《瀟灑集》（1985 年）、《翻身碰頭集》（1985 年）、《身不由己集》（1986 年）和《螞蟻唱歌》（1992 年）；短篇小說集《寄錯的郵件》（1985 年）；中篇小說《孤寂的臉》（1989 年）；長篇小說《一個像我這樣的男人》（1987 年）和《騷動》（2002 年）；評論集《閱讀旅程》（1997 年）；和戲劇集《人與銅像》（2002 年）。

3　希尼爾原名謝惠平，早年署名齊斯，與弟弟謝裕民（依汎倫）出版合集《六弦琴之歌》（1978 年）。其後在文壇各自發展，希尼爾出版詩合集《八人詩匯》（與伍木、戴畏夫等，1982 年）；詩集《綁架時間》（1989 年）和《輕信莫疑》（2001 年）；微型小說集《生命裏難以承受的重》（1992 年）和《認真面具》（1999 年）。在其存在許多論述盲點的《海外華文文學史》中，陳賢茂只探討了希尼爾的詩，對其獨樹一幟的小說卻未論及。見陳賢茂主編：《海外華文文學史》（廈門：鷺江出版社，1999 年）第一卷，頁 719-729。

地區一樣，新加坡的華文文學也是源出中國五四新文學傳統，[4]
而自 1919 年迄國家獨立後近乎四十年的今天，雖然經歷不同
文學思潮的來襲，卻仍然以強調鏡映現實的現實主義為主要創
作取向。新華小說界尤其如此，平穩（近於沈悶）發展，缺乏
地動山搖式的革命，也缺乏地動山搖式的經典。

　　現實主義長久統制東南亞華文文學，其初受質疑和挑戰，
是在新、馬尚未分家的 1960 年代初期。先是文藝期刊《蕉風》
大量刊載歐美、臺灣現代主義作品及其評介，推動對現代派文
學的討論。其後，因鍾祺、余秋和陸夫在《星洲日報》、《銀
星詩刊》等刊物上，強烈批判現代詩，林綠、林方等人進行駁
論，雙方一共打了三次筆戰，是為新馬華文詩歌史上的「現實
主義與現代主義之論爭」。[5] 論爭所引發的是新華文壇對現代
主義詩學的迅速接納和倡揚。如 1960 年代末有牧羚奴（陳瑞
獻）、賀蘭寧、南子、英培安等現代主義健將的紛紛崛起，作
品如林。而 1978 年，更見五月詩社的成立，更多詩人如文
愷、謝清、流川、喀秋莎、林方、王潤華和淡瑩等，都聚集到
現代主義的大纛下。[6] 可是現代主義在新華小說界卻是乏人問

4　此話之重心在尋求新華文學最直接的源頭，和美國學者周策縱在 1988 年
　　為新華文學提出的「中國文學傳統」和「本土文學傳統」的「雙重傳統」
　　（double tradition）並無衝突。關於周氏的論點，見王潤華、白豪士主
　　編：《東南亞華文文學》（新加坡：新加坡歌德學院、新加坡作家協會，
　　1989 年），頁 359。

5　因為篇幅的關係，本文不擬細述新馬華文文壇關於現實主義和現代主義
　　的論爭。詳情可參閱潘華福：《1959 年至 1965 年新馬華文詩歌研究》
　　（新加坡：新加坡國立大學中文系碩士論文，2000 年），頁 21-55。

6　有關五月詩社的成立、發展概況與詩學主張，見李瑞騰：〈新加坡五月
　　詩社的發展歷程〉，《五月詩刊》第 30 期，1998 年 12 月，頁 31-45；王
　　潤華：〈新加坡的五月詩社〉，《文訊雜誌》，2000 年 6 月，頁 49-50；
　　陳賢茂：〈五月詩社的藝術追求〉，《五月詩刊》第 33 期，2002 年 10
　　月，頁 30-48。此外，在筆者指導下，新加坡國立大學中文系學生黃蕙
　　心亦以《論五月詩社的發展及其在新加坡華文詩歌史上的地位》為題，
　　在 2002 年完成榮譽學士論文。此文對五月詩社之論述頗詳細。

津，此間雖有牧羚奴和南子以荒誕之書寫開闢反現實主義的道路，卻因個別緣故沒有持之以恆，似乎只有英培安不斷地在小說這體裁上實踐現代主義的美學理念，而近期更有逐漸向後現代主義靠攏的趨勢。

1980 年代以降，新加坡迅速發展，躋身亞洲經濟四小龍之列，繁榮昌盛，近乎發達國家。為求進一步拓展，升騰為區域高科技資訊和管理中心，吸納更豐厚的外資，乃強調環球化（globalization）的重要性，努力朝世界大都會、地球村之一員的方向邁進。在外資大量注入、外國流行消費文化通過各種資訊管道輸入新加坡的同時，早在西方因為反思現代主義之不足而衍生的後現代主義思潮，也開始如涓涓細流般流入文壇。然而新華作家對後現代主義似乎不甚熱衷，除了王潤華和英培安曾個別論述之外，[7] 一般不見分析討論，更遑論標榜和提倡了。迨千禧年，真正運用後現代主義於文學的依然屈指可數，而得到精神真諦，在微型小說的殿堂中恣意馳騁的，則莫過於希尼爾。

既然置身於島國的書寫主流之外，英培安和希尼爾在創作時所關切的問題，自然有異於其他許多新華作家。筆者以為，從《寄錯的郵件》的荒誕不經，到《一個像我這樣的男人》的心理寫實，到《孤寂的臉》的懺悔復查，英培安的小說始終離不開一種華校生的[8]「挫折的語境」（context of frustration）。即

7　關於後現代主義的討論（中文）在新加坡並不多見。英培安編雜誌《接觸》，刊載和譯介相關理論的文章。王潤華借用後現代理論探討新華文學，撰寫了〈走向後現代主義的詩歌——讀韋銅雀《孤獨自成風暴》〉一文，見韋銅雀：《孤獨自成風暴》（新加坡：點線出版社，1995 年），頁 3-15。

8　筆者另撰有一文，以英培安、張揮和南子的作品為例，討論新華作家反覆書寫的華校生的「他者性」。見 Gabriel Wu, "Expressive Otherness: A Dominant Theme of *Xin Hua* Literature Since 1965", *Asian Culture*, 27 (Jun 2003)：48-52.

使在新作《騷動》中表現了極大的野心，把敘事場景迴環往復搬動於20世紀50、60年代的新馬南洋、[9] 70年代的中國大陸和80年代的香港、廣東之間，他念茲在茲的還是如何書寫此半世紀中存在個體的孤寂和失落，不管是在政治上、文化上、事業上，抑或婚姻情欲上，在在面對被邊緣化（marginalized）的深沈的空虛。

至於希尼爾，則經常處在抽離的狀態，書寫他深感興趣的課題。他熱衷於把探時事脈動，關注島國的熱門話題，從中探討被刻意扭曲和破壞的生存空間。然而這樣的書寫，與其說是主動發自內心的一種憐憫情懷的表現，毋寧說是出於品質管理的職業病，以其慣性的高度警覺和銳利目光去審視、勘察現實的結果。《生命裏難以承受的重》借助客觀投影，[10]《認真面具》仰賴紀實和虛構的交接，一次又一次，希尼爾冷靜而堅決，把這短短數十年來現代化過程中新加坡所經歷的土地、歷史和文化傳統的慘痛變遷重新建構，再推翻，重新建構，再推翻，不留情面地嘲弄和反諷人文生態的虛幻多變。

可以察覺到的是，不論是陳述個體深陷的孤寂困境，還是重現集體面對的紛紜變遷，英培安和希尼爾創作小說，都是有

9　張錦忠認為《騷動》書寫的是「南洋華裔好男好女政治活動，男歡女愛，與小說敘事」。見張錦忠：〈南洋華人的記憶與欲望之書〉，《蕉風》復刊號，2002年12月，頁115。然而，正如許維賢所觀察的，《騷動》中的記憶和欲望其實並不限於南洋華裔，因為習見於李永平、張貴興和陳大為作品中的南洋時空和景物都在書中缺席，英培安所寫的毋寧是「新、馬兒女何去何從的文化窘境憂思」，「每張海外華人孤寂的臉」。見翁弳弦（許維賢）：〈受挫的男（陽）性與他們的蠢蠢「騷」動〉，同期《蕉風》，頁118。

10　王潤華：〈《華人傳統》被英文老師沒收以後——希尼爾微型小說試探〉，見希尼爾：《生命裏難以承受的重》（新加坡：新加坡潮州八邑會館，1992年），頁3。

意識地擯棄「思想至大」的傳統書寫觀念，旨在追求一種反現
實主義霸權的表述美學。這種表述美學，筆者稱之為「形式力
度的追尋」，所涵蓋的層面有二。其一，是小說家否定了傳統
敘事的角度、事件、人物、情節，乃至語言，改變（甚至是強
逼）讀者閱讀的速度和習慣。其二，是不停變換敘事結構，使
文本的重心從主體轉移到形式，從內涵的沈澱轉移到表達的模
稜，從作者的全盤操控轉移到邀請讀者參與和介入。這種為閱
讀尋找新震撼力和樂趣的企圖，正是現代主義和後現代主義思
想薰陶的結果。它為新華的小說敘事打開了一個新格局，也為
英培安和希尼爾兩人的個體強勢書寫提供了最大的原動力。

三、結構的焦慮與頻變

　　自千禧年至 2002 年間，新華文壇一共出現了五部洋洋灑
灑的長篇小說，分別是美華的《獅城記》和《跨世紀的審
判》、流軍的《海螺》、原甸的《活祭》，以及英培安的《騷
動》。書出版後，四位作家一同接受《聯合早報》記者張曦娜
的專訪，其中三位均以小說為反映時代而作，唯獨英培安質疑
直接模擬是否就能還原現實的看法，強調敘事結構的重要性。
英氏認為「任何一部描繪歷史現場的文學，都不可能真實地再
現歷史的現場」，「文學的敘事，實際上是對歷史的『誤
現』，而他的《騷動》，正是運用「想像力和綜合力」，運用新
穎、複雜的敘事結構，來書寫「生活經驗以外的事」的。[11]

11　張曦娜：〈時代留痕歷史遺跡——訪作家流軍、英培安、原甸及美華談抒
　　寫時代〉，《聯合早報》，2002 年 6 月 6 日，第 6 版（文藝城）。

　　美華、流軍與原甸自是遵守中國五四時期以來「為人生而藝術」的現實主義創作原則，而強調反映現實的。在西方，這種書寫理念最早見諸1830、1840年代，要求以批判現實為創作的出發點，通過客觀、直接、樸素的模擬，將社會最普遍、最屬於本質的、起決定性作用的特徵加以複製，然後展現於紙面。深信此原則的作家乃拒絕將人孤立於社會環境之外。他們極力追求典型，把焦點放在人物、事件的矛盾衝突上，隨著直線式順序的時間去思考和書寫。然而，誠如法國哲學家尊—弗朗索瓦・利歐塔（Jean-Francois Lyotard）所言，現實主義書寫的弊端在於「力圖迴避隱含在藝術問題內部的現實問題」。[12] 過分強調複製的直接書寫，往往使作品流於概念化，所追求的典型變得「放諸四海皆準」，反而脫離了現實。

　　兩次世界大戰後，作為西方精神支柱的人道主義崩潰了。迷惘困惑的知識分子在急速工業化、現代化的城市中重新思考人存在的價值，發現人其實是長期為社會環境所孤立的。處在孤立、封閉狀態下的城市人，其心靈孤寂而扭曲，其心思複雜而多變，其思緒往往是東一下西一下的飄忽，實無必然、邏輯性的連貫。要書寫這樣的現實，就無法繼續依賴傳統的表述方式，於是現代主義乃應運而生。

　　1920至1940年代，愛爾蘭的詹姆斯・喬伊斯（James Joyce）、英國的維吉尼亞・伍爾芙（Virginia Woolf）和美國的威廉・福克納（William Faulkner）等作家首發其端，以流水般心理意識變化的敘事方式開創了現代小說的格局。迨1950年

12　Jean-Francois Lyotard, "Answering the Question: What is Postmodernism?", in Thomas Docherty ed., *Postmodernism: A Reader*（New York: Harvester Wheatsheaf, 1993）, p.41.

代以降的二十年間，則由法國新小說（Nouveau Roman）派接過棒子，繼續顛覆敘事傳統。亞蘭‧羅伯－格利耶（Allain Robbe-Grillet）、娜塔麗‧薩羅特（Nathalie Sarraute）、米歇爾‧布托爾（Michel Butor）和西門‧克羅德（Simon Claude）等作家皆以為小說的目的不在講故事，而在書寫這意識活動本身，只有不斷變化的書寫形式才能為小說帶來嶄新的意義。所以格利耶特別聲明：

> 在我們的周圍，世界的意義只是部分的，暫時的，甚至是矛盾的，而且總是有爭議的。藝術作品又怎麼可能預先提出某種意義，而不管是什麼意義呢？…… 現代小說是一種探索，在探索過程中逐漸建立起它自身的意義。[13]

英培安之所以如此重視敘事結構，正是受到法國新小說的影響。在《騷動》的序文中他再次提到變換形式的需要，書寫時存在著一種結構的焦慮：

> 我寫過兩部小說，敘事方法和結構都不一樣，而且在當時的新馬文壇，這兩部小說的敘事方法，還算是相當新的。我希望第三部小說，在敘事方法與結構上都和前兩部不同。…… 我的確是有創新的野心與企圖的，主要是向自己挑戰，希望在小說這門藝術上為自己開拓一個

---

13 Allain Robbe-Grillet, *Pour un Nouveau Roman*（Paris: de Minuit, 1963），p. 120. 中譯見張容：《法國新小說派》（臺北：遠流出版公司，1992 年），頁 45。

新的局面。[14]

　　這裏英培安所說的「兩部小說」，指的是獨立完整的《一個像我這樣的男人》和《孤寂的臉》，不包括短篇小說集《寄錯的郵件》。《一個像我這樣的男人》共十三章，每一章開端都不是敘述物理時間上先發生的事，而是任意插入主人翁生命中的某一片斷，以此為起點，讓他去回憶過去，之後回返現在，復回憶過去，將過去和現在重複交叉敘述，如此一章一章地構成整部小說。可是整體觀之，全書又是按照時間的先後敷演而成的。從國民服役中的建生（涓生）與相識七載的女友子君分手開始，到前者開書店，和舊鄰居美芬重逢；到美芬自願地在下班後到書店幫忙，建生和她發生關係，兩人一同經營書店；到子君突然回心轉意，和建生發生關係，準備和美芬爭奪舊愛；到美芬見建生無意和她結婚而離去；到建生和子君同居一段日子後，終因瞭解而分手；最後建生後悔，決定去找尋嫁到吉隆坡去的美芬，故事循序遞進，整體時間是直線式的（見附錄一）。這種結合傳統順序時間和索爾・貝婁（Saur Bellow）式變化多端心理時間的作法，為小說提供了一個反傳統的敘事結構，有力地展現主人翁一方面因厭倦現實而總是沈湎於過去，另一方面又不得不面對現實過日子，內心痛苦交戰的困境。

　　在《一個像我這樣的男人》中，英培安特地花了一大段的文字寫志強、米雪、子君和建生大談由格利耶編劇的法國電影《去年在馬里安巴》，以說明其小說觀念。英培安通過志強的口說：

14　英培安：《騷動》（臺北：爾雅出版社，2002 年），頁 3。

> 這是一部完全打破傳統的電影。整部戲，不但沒有連續
> 性的時間，也沒有故事，沒有情節，連人物也沒有姓
> 名，對白更是東一句，西一句地，散漫無章。15

又借子君的話肯定新小說的美學概念：

> 如果這部電影真的是雜亂無章，它當然是垃圾。……
> 問題是，如果它的亂是作者苦心經營的結果，那就不是
> 真的亂，它只不過是打破一般電影敘述故事的常規罷
> 了。這樣的亂，反而會給觀眾帶來新的衝擊，新的美感
> 經驗。16

因此，當他書寫《孤寂的臉》時，就發揮了法國新小說的觀點，創造一個不同於《一個像我這樣的男人》的敘述結構。《孤寂的臉》共十二章，描述一個受過傳統華文教育的男人在情欲、倫理價值和從業選擇上所面對的困境。可是作者沒有給他一個名字，而是重複交替地使用「你」、「我」、「他」三個不同的敘事觀點，在跳躍、片斷式的時間結構中，對其受挫心理做全方位的觀照。讀者倘若無法跟隨此一表述方式，就會覺得小說人物的思緒非常紊亂，無脈絡可循，難以理解。

其實，《孤寂的臉》故事情節相當簡單，述說男主人翁因妻子綺敏攜子離他而去，內心十分痛苦，因此乘搭旅行巴士北上馬來西亞雲頂高原散心。英培安以主人翁的三個不同敘事觀點「你」、「我」、「他」來進行敘述，每三章重複一次，使整

---

15 英培安：《一個像我這樣的男人》（新加坡：草根書室，1987），頁97。
16 同上。

部小說變成三個整齊相似的環節。每次採用「你」的敘事觀點時，敘事場景必定在目的地雲頂，主人翁出現在酒店內、湖畔或賭場，這在時間上是故事中最遲發生的（筆者按：時間3，環節1）。而改用「我」來敘述時，則把焦點放在旅行巴士上，前往雲頂途中，時間居中（時間2，環節2）。最後使用「他」時，場景改在未出發前主人翁的家中，時間上是最早的（時間1，環節3）。如此順著小說章次閱讀，可知英培安是以倒敘的時間結構來配合其三重敘事觀點的（見附錄二）。小說最後兩章的場景安排和它們各自所屬環節（即2和3）中之其他篇章的稍有出入，卻和前一環節第一章的相同，目的即是為了前後呼應，使整部作品的結構整齊劃一。如此苦心經營的敘事結構，卻往往不為讀者所視察，因為跳躍、斷裂的心理時間敘述，早已叫他們昏頭轉向，難以卒讀了。

由於英培安十分介意重複自己，因此在撰寫第三部小說時，又決定放棄前兩部作品的書寫形式。《騷動》的故事稍微複雜。男主人翁之一的偉康在馬來西亞的三合港長大，少年時代逢英國殖民政府鎮壓馬共，被迫住進新村，[17] 後來到新加坡求學，1956年參與反殖鬥爭被學校開除，回返三合港後不久遭英殖民政府逮捕。獲得釋放後，戀人淑玫與親友不復和他往來，於是決定離開傷心地，在1961年杪從新加坡乘船投奔中國。到大陸後捲入文化大革命，和愛人李紅一起被批鬥、下放閩南山區七年，才平反回返廣東老家。而在新加坡低偉康一班的國良，也因參與示威遭學校開除。他在避禍廟宇時認識了

17　從1950至1954年，英殖民地政府為打擊馬共，建立了幾百個新村，強迫森林邊緣的華裔墾荒者搬入，進行監視、戒嚴，斷絕他們對馬共的糧食和經濟支援。有關新村的研究，見林廷輝、宋婉瑩：《馬來西亞華人新村五十年》（吉隆坡：華社研究中心，2000年）。

偉康,在後者到中國去的前一晚和他醉酒發生了關係。其後,
國良在水果攤、書店工作,娶了個失戀的同班女同學(初戀男
友叫建華)為妻。雖然如此,國良其實很早就對班上的另一位
女同學子勤有意,只不過礙於她已有男友達明,不敢有所表
示。達明是學校裏的鋒頭人物,思想左傾,為了革命理想,帶
著未滿十八歲的女友子勤乘船前往中國,不料卻在香港住了下
來,而且一住三十年。這期間,達明漸漸放棄社會主義的信
仰,從商創業,而子勤則在書店工作。達明投資地產,事業有
成,生活亦漸糜爛,開始對妻子不忠,婚姻瀕臨破裂。 1987
年,國良為尋求商機,到廣州和偉康見面。年中,國良從廣州
回香港,聯絡子勤,已屆中年的他們發生婚外情。末了,子勤
一方面以跟隨丈夫移民加拿大為藉口,拒絕和國良繼續來往,
另一方面,卻和達明分手,獨自留在香港生活。

　　這樣的故事,要以現實主義那種平鋪直敘的書寫策略來處
理並不太難。可是在英培安眼中,現實主義實不足以承載其人
物的情感和欲望,而他又不願重複自己,於是賦予它一個更雜
亂、叫人難以把握的結構。《騷動》共分十三章,其中個別篇
章結構嚴整,如第二章分六節,一節寫廣州,一節寫香港,重
複三次。又如第四和第五章各分三節,同樣是以「他」、
「我」、「我」的敘事觀點分寫偉康、國良和子勤。但從整體來
看,卻無法找到類似前兩部作品那般整齊劃一的大結構。事實
是,英培安有意要迴避以往的整齊劃一,刻意去凸顯書寫的隨
意性。這明顯可見於小說各章任意跳躍的時空,以及章節標題
的長短參差不規則,排列起來有如後現代主義風格的建築物。

　　英培安還把《騷動》的創作當成主題來書寫,向讀者揭櫫
這意識活動的過程和細節,反覆說明作者可以隨意介入。例如

第一章「舊情綿綿」共分九個小節，開宗明義第一小節第一句
話就告訴讀者「幾天後的一個早晨，小說的男主人翁（國良）
在辦公室接到她（子勤）從香港打來的電話」，作為敘述者的
作者已然現身。接著第三小節第一句話又說「小說其實也可以
從這一段開始」，寫子勤捏著國良的名片，為和他上床後是否
應該繼續來往而猶豫，說明敘事時間其實是沒有絕對先後的。
然後，第五小節寫子勤在盥洗間的鏡子前刷牙，而作者「我」
「一直注意著她」，意識到「她是我這部小說的女主人翁」。第
七小節中作者再度出現，英培安說「我看見小說的女主人翁悄
悄爬起床」。在第九小節中，敘事焦點毅然回到子勤身上，作
者仍然以「我」的身分出現在文字中。[18]

　　許多時候，乾脆把讀者也帶入敘事結構中。如第二章第二
節「1987 年 2 月中香港」的第二小節，寫子勤從盥洗室回到床
上，國良滔滔不絕說著他們的往事，英培安借用讀者的視角進
行敘事：「你再次看到女主人翁的時候，她正從盥洗間出來，
頹喪地回到房間。你知道她頹喪，因為你是小說的讀者 ⋯
⋯。」到了第六節「1987 年 2 月中香港」的第二小節，他再次
讓讀者扮演敘事者的角色：「敬愛的讀者，女主人翁第二天早
上發生的事，你在第一章就閱讀到了。你知道第二天早上，她
與這男人一起去喝茶，然後在地鐵撇下他。現在，你不妨把目
光暫時從她的床上移開，移到第二天早上她撇下男主人翁的那
個地鐵站。⋯⋯」在第三章「突如其來的敲門聲」的第八小
節，又說：「你在注視著她。我的意思是說，作為小說的讀
者，不管是在哪一天，什麼時候，你隨時都可以通過她打開的

18　同註 13，頁 1、4、9、16、20-21。

窗口，或關上了的窗口窺視她。」在後現代主義的世界裏，不管是作者，還是讀者，一律參與了小說的創作過程，成為書寫的對象。這是現實主義的簇擁者所不能理解或接受的。

四、文類與格局的實驗

黃萬華在其《新馬百年華文小說史》中，曾借用王潤華論析韋銅雀詩的觀點，指出希尼爾的小說同樣具有不能單純地歸為現實主義或現代主義的特點。[19] 他沒有明言的是，希尼爾的小說其實就是「走向後現代主義的小說」。

後現代主義始於西方建築界對日趨多元、雜匯的建築風格的反思，濫觴於詹明信（Frederic Jameson）對晚期資本主義社會中資本霸權瓦解和大眾文化興盛的論述。[20] 其轉用於文學，則至少引發了三個關鍵性的主張。「文本互涉」是其一。由於對一切既定的、完整的、自足的書寫形式產生懷疑，否定語言的穩定性，論者乃相信文本是由許許多多前文本所拼湊、組合成的，不復為一獨立、封閉的個體。「遊戲性質」是其二。書寫被理解成一種表現「不確定內在性」（indeterminence）的活動，因此鼓勵戲謔（parody），使用隱喻（allusion）、模擬（imitation）、引述（quotation）、改編（adaptation）或拼貼（pas-

---

19 黃萬華：《新馬百年華文小說史》（濟南：山東文藝出版社，1999年），頁357。

20 Frederic Jameson, "Postmodernism, or The Cultural Logic of Late Capitalism", *New Left Review*, 146: 53-92. 亦見 Linda Hutcheon, *A Poetics of Postmodernism: History, Theory, Fiction*（New York & London: Routledge, rpt. 1995），p. 6.

tiche）等表現手法，造成文本意義的模稜，眾聲喧嘩。「作者
的死亡」是其三。書寫這活動不再由作者「獨裁」，而是仰賴
讀者來完成。作者在寫下文本後，即喪失對文本詮釋的操控
權，讀者可以主動介入，填補文本的空白，以決定其意涵。

　　希尼爾並非一開始創作就接受後現代主義思想。自 1980
年至 1988 年，其小說基本上是取法於艾略特（T. S. Eliot）的
詩學主張，不時使用「客觀投影」（objective correlative），[21]
「通過象徵來表達思想的一些外在的事物或對象」，[22] 稟承的
是西方現代主義的精神。像作於 1982 年的〈退刀記〉，即是此
中代表。不過，此篇先寫老太太到某店退刀，接著交代退貨的
理由在於刀子曾經殺人無數，相當平鋪直敘，直至篇末突來轉
折，點出刀子乃是「日本製造」，譴責二次大戰時期日本侵犯
東南亞國家的罪行，畢竟無法跳脫 1980 年代微型小說作者一
窩蜂地以意外收場為敘事結構的窠臼。

　　值得注意的是，希尼爾的小說在 1989 年有了脫胎換骨的
新創變，他開始挑戰本地書寫主流，改而朝後現代主義的道路
邁進。在這一年寫下的〈新春抽獎〉、〈燕子同志〉、〈校園二
三閒話〉、〈那一天，人民的坦克前〉、〈關於鼠族聚居吊橋小
販中心的幾點澄清〉、〈所謂蒼鷺，在水何方？〉和〈園の物
語〉等篇章，敘事形式皆大不同於集子《生命裏難以承受的重》
中的其他作品。像最早完成的〈新春抽獎〉，就寫某機構以通
告式的口吻邀請公眾人士參加抽獎遊戲，遊戲規定回答三道選

21　T. S. Eliot, "Hamlet and His Problems", in T. S. Eliot, *The Sacred Wood:
Essays on Poetry and Criticism*（London and New York: Methuen, Barnes &
Noble, 1964）, p. 100.

22　同註 9。

擇題，針對日本裕仁天皇駕崩、明仁太子繼位之事表態。小說
先臚列一連串的獎項，諸如「中國東北三省——南京屠殺城二
十日歡樂遊」之類，吸引預設讀者（intended reader）的目光。
然後排出三道問題，每道問題設三個答案供讀者挑選。在這
裏，作者依然掌握著詮釋文本的權力，因為其所設的三個答案
都指向同一個目的——印證該道問題所提出的觀點，讀者其實
沒有選擇的餘地。然而，三道問題各有焦點，題一是重演偽滿
皇帝們的妥協求和，題二是表現受害國學生對日本軍國主義者
的仇恨，題三是反映新加坡年輕一代對此段慘痛歷史的漠不關
心，如此依次排列，一目了然，形式力度強勁地把三種對待歷
史的不同態度所印證的事實——歷史始終要向時間妥協——推
到我們的面前來揶揄一番，其戲謔的創作精神無疑是後現代
的。

　　如果說希尼爾在 1989 年叩響了後現代主義的大門，則進
入 1990 年代的他更是直闖其宏大的殿堂，任意發揮。對此，
希尼爾是有所認識的，所以在第二本小說集《認真面具》的
〈後記〉中稱言：

　　　對微型小說文體與格局的實驗——擬與研究者的理論互
　　　為衍生——一直是我潛意識的創作企圖。[23]

在筆者看來，希尼爾對文體和格局的實驗，主要表現在兩方
面。其一是「文體滲透」，在微型小說中借鑑和化用其他文類
的形式。希尼爾頻頻借用「現代社會中眾多的大眾媒介，如新

23　希尼爾：《認真面具》（新加坡：SNP 綜合出版私人有限公司，1999
　　年），頁 127。

聞報導、廣告、調查與分析報告、會議檔案、抽樣調查，乃至
請柬、訃告等」，固然如黃孟文和徐迺翔主編《新加坡華文文
學史初稿》所觀察的，是為了「讓其成為『一組較大規模的社
會現象』的濃縮」，[24] 但筆者卻認為，他更多時候是為了革新
微型小說的敘事結構，具有追求形式力度的企圖。其所謂文體
滲透，不僅僅是按照應用文的體例樣式來寫小說而已，更是以
此類文體所慣用的中立（性）、冷靜的口吻和視角來敘事，以
致和所表達主題（如感嘆傳統價值的淪落）背後應有的強烈情
感形成一種尷尬對立的反差局面，達到反諷的效果。這方面的
例子眾多，如〈回〉、〈姻親關係演變初探——一份新的倫理
關係調查與分析報告〉、〈讓我們一起除去老祖宗〉和〈禁忌
的遊戲〉都是。而經典之作，則數〈變遷〉。

　　〈變遷〉擯棄了小說體裁傳統的敘述方式，全文僅僅列出
南洋劉氏三代的三則訃告，不做任何附加的說明敘述，這使讀
者必須主動參與，自往訃告中攝取訊息，加以解碼和整合，才
能掌握文本的意義。三則訃告各相距十年，不同處在於第一則
是以文言文書寫，死者劉清忠屬家族第一代人，安葬於華人墳
場，其親屬眾多，按禮稱呼，輩分井然；第二則文白夾雜，死
者是第二代的劉國宗，葬於基督教墳場，只有幾個直屬家眷，
使用英文姓名，且泰半居住國外；第三則完全以英文書寫，死
者是第三代的 Joseph Lau，遺體將火化，親人甚少，只有妻子
住在國內。三則訃告按時間先後排列，從嚴格遵守傳統中文訃
告的格式要求，到較為隨便的文白夾雜書寫，以至全盤英文，
比照出來的是島國文化的變遷，華人傳統在短短三十年間讓位

24　黃孟文、徐迺翔主編：《新加坡華文文學史初稿》（新加坡：新加坡國立
　　大學中文系、八方文化企業公司，2002 年），頁 309。

給西方傳統的悲哀。小說沒有敘述者。筆者以為是希尼爾故意
不要敘述,「謀殺」了敘述者,因此這小說其實也是一篇為敘
述者而作的訃告(像以填字遊戲表格呈現的〈禁忌的遊戲〉,
就是另一顯著的例子)。訃告與訃告之間沒有敘述文字的聯
繫,所留下的空白涵蓋了文化傳統逐漸變遷的過程,須交由讀
者去聯想(或回憶),去詮釋,去完成整個書寫的活動。敘事
結構所呈現的傳統淪落的冷靜應對,和文本背後文化的焦慮暗
中相抗衡,形成意義的張力,也增加了文本的震撼力。

　　《認真面具》一書共分三輯,希尼爾將「輯三」中的作品
特別標明為「新聞小小說」。這種「次文類(sub-genre)的探
索」,正是他積極試驗文體和格局的另一突出表現。希尼爾認
為「歷史不僅是消失的過去,也是繼續完成的現在,以及不可
預測的未來;許多事件在歷史的單擺中來回擺盪」,若要加以
觀照,就必須通過新聞小小說的創作,將「現實事件與小說情
節的虛實輳轇及滲透,再輔以敘事結構的反諷、戲謔與後
設」。[25] 例如1990年代初,島國立法禁食香口膠(又稱「口香
糖」),一度成為人們茶餘飯後的話題。有關當局對禁令做了解
釋,其中不乏列舉吃香口膠的種種弊端。希尼爾卻透視此一事
件的弔詭處,寫成〈吃香口膠的正確方法〉。小說虛構了一場
關於禁食香口膠的學術研討會,通過後現代的拼貼手法,排列
出〈吃香口膠的習慣研究〉、〈香口膠的再循環〉和〈香口膠
的醫學突破〉三篇論文的摘要,言之鑿鑿,藉種種科學的分析
來證明吃香口膠其實好處良多,進行一種文本上理直氣壯的示
威活動。整個事件說來荒誕,但希尼爾卻故意寫得十分正經嚴

25　同註22。

肅，造成一種加倍滑稽的氣氛和效應。細心閱讀的讀者就在這三個似是而非的文本的並列（文本之間留下空白）與相互激盪中張開心靈之眼，看到了作者（希尼爾）和虛擬作者（三篇論文的不同作者）對有關當局連小如吃香口膠都要連根拔起的作法，所給予的辛辣嘲諷。

五、結語

　　這半個世紀以來，新華小說界繼續為現實主義浪潮所淹沒，英培安和希尼爾是少數對書寫具有高度自覺，且不斷反思、再認識，不斷努力推翻和重建自我的作家。他們以顛覆傳統的複雜多變的敘事結構挑戰時下閱讀的態度與方法，要求讀者擯棄陳舊、閉塞的小說觀念，從現代主義和後現代主義的角度去理解文本，從而把握書寫的本質、意義和價值。這使許多墨守成規、缺乏耐性和新學養的讀者無所適從，使那些除了現實主義不知有其他書寫方式的作者深感威脅和驚慌，因而倍加排拒，或以為故作晦澀艱深，或譏斥為玩弄技巧、不顧小說微言大義的使命。

　　在被孤立的同時，英培安和希尼爾的小說亦具有強烈的排他性。他們的每一篇作品都以推翻前此之作為鵠的，不斷尋找嶄新的敘事結構來承載題材，追求最強的形式力度，發揮書寫的素材和價值。如此一再變換書寫模式，既是自成一格，也是自我封閉，每一個新的敘事結構都是「劃地自限」，只許使用一次，重複則不僅失去新鮮感、更失去文本震撼和感發的力量，因此杜絕了踵武者模仿和克隆的可能性。然而筆者認為，

恰恰是這種封閉、排他的孤島屬性，造就了英培安和希尼爾充滿個人魅力風格的強勢書寫，為這數十年來缺乏經典的新華小說界，提供值得反覆閱讀和詮釋的優質文本。新華小說若要擺脫時下普遍可見的「敘事疲勞狀態」，還需要更多的個體強勢書寫，更多孤島的浮現。

參考書目

王潤華、白豪士主編：《東南亞華文文學》，新加坡：新加坡歌德學院、新加坡作家協會，1989 年。

李瑞騰：〈新加坡五月詩社的發展歷程〉，《五月詩刊》第 30 期，1998 年 12 月，頁 31-45。

希尼爾：《生命裏難以承受的重》，新加坡：新加坡潮州八邑會館，1992 年。

———：《認真面具》，新加坡：SNP 綜合出版私人有限公司，1999 年。

林廷輝、宋婉瑩：《馬來西亞華人新村五十年》，吉隆坡：華社研究中心，2000 年。

英培安：《騷動》，臺北：爾雅出版社，2002 年。

———：《一個像我這樣的男人》，新加坡：草根書室，1987 年。

韋銅雀：《孤獨自成風暴》，新加坡：點線出版社，1995 年。

張容：《法國新小說派》，臺北：遠流出版公司，1992 年。

張錦忠：〈南洋華人的記憶與欲望之書〉，《蕉風》復刊號，2002 年 12 月，頁 115。

張曦娜：〈時代留痕歷史遺跡——訪作家流軍、英培安、原甸及美華談抒寫時代〉，《聯合早報》，2002年6月6日，第6版（文藝城）。

黃萬華：《新馬百年華文小說史》，濟南：山東文藝出版社，1999年。

黃孟文、徐迺翔主編：《新加坡華文文學史初稿》，新加坡：新加坡國立大學中文系、八方文化企業公司，2002年。

翁尉弦（許維賢）：〈受挫的男（陽）性與他們的蠢蠢「騷」動〉，《蕉風》復刊號，2002年12月，頁118。

Docherty, Thomas ed., *Postmodernism: A Reader.* New York: Harvester Wheatsheaf, 1993.

Eliot, T. S., *The Sacred Wood: Essays on Poetry and Criticism.* London and New York: Methuen, Barnes & Noble, 1964.

Hutcheon, Linda., *A Poetics of Postmodernism: History, Theory, Fiction.* New York & London: Routledge, rpt. 1995.

Robbe-Grillet, Allain., *Pour un Nouveau Roman.* Paris: de Minuit, 1963.

Ross, John Robert., *Infinite Syntax.* Norwood, NJ: Ablex Publishing Co., 1986.

Wu, Gabriel., "Expressive Otherness: A Dominant Theme of *Xin Hua* Literature Since 1965", *Asian Culture,* 27 （Jun 2003）: 46-57.

附錄一

英培安《一個像我這樣的男人》的敘事結構圖：

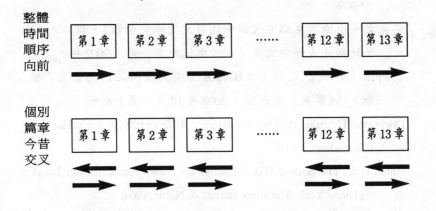

整體
時間
順序
向前

　第1章　　第2章　　第3章　……　第12章　第13章

個別
篇章
今昔
交叉

　第1章　　第2章　　第3章　……　第12章　第13章

附錄二

英培安《孤寂的臉》的敘事結構圖：

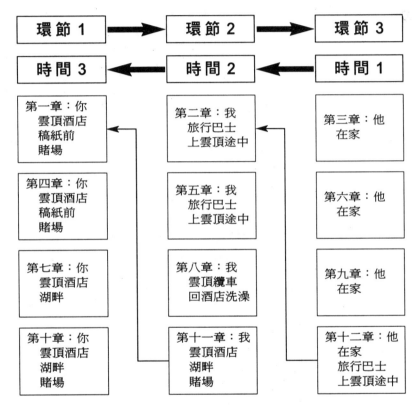

按：筆者於2002年開設新馬華文文學課程時，曾以評析英培安
的《孤寂的臉》為題，讓本科生撰寫學期作業。學生中有
莫偉文者，即敏銳地洞察到《孤寂的臉》的敘事脈絡而整
理出一簡明結構圖來。筆者獲益於此，不敢掠美，僅對其
圖表略作修整，增添空間和時間對應關係的考量，呈示於
上。

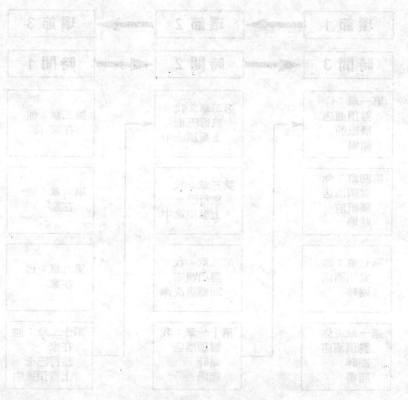

「場景」與文學創作

——以新加坡華文文學為例

一、場景的定義

　　高辛勇在〈結構主義與敘事理論〉分析人物、場景與敘述時，解釋查特曼（Seymour B. Chatman）理論中有關「場景」的說法：陳述（Statements）可分兩大類，其一代表動態的事件（events），另一代表靜態的景物（或存在體，existents）。動態的事件又可分為兩類：一種可用英文 do 代表（人類行為），另一可用 happen 代表，而「存在體」或「景物」包括人物與時空背景的「場景」（Setting）。前者「人物」有行動能力，後者「場景」無此能力。[1]

　　羅伯茨（Edgar V. Roberts）與雅各布斯（Henry E. Jacobs）在 Fiction — An Introduction to Reading and Writing 一書指出，「場景」包括了地點、對象和文化（Setting: Place, Objects, and

---

1　高辛勇：〈結構主義與敘事理論〉，《形名學與敘事理論：結構主義的小說分析法》（臺北：聯經出版事業公司，1987 年），頁 171。

Culture），並說明地方、對象和文化如何影響到小說的角色。小說的角色像人類不能孤立存在，是會受其他角色相互影響，他們獲得辨認是因為他們的專業、工作，和心屬的文化和政治，以及和他們的住處、工作、愛有關，因此故事需要包括地方、對象和背景的描述。更廣泛的，場景是自然的，也可以是營造的，文化環境是作者使角色生活和活動其中，包括作者他們生活中所有的、也包括他們的知識。同時，故事中的角色很可能直接受周圍事物所傷害和得到幫助，角色也可能在被佔有和達到目的時起衝突。當角色彼此對話的時候，他們會分享真實生活的習慣和概念。[2]

以上說明了幾點：

(一) 場景包括小說中的地點、對象和文化；

(二) 場景是自然的，也可以是營造的；

(三) 角色獲得辨認是通過他們的專業、工作、住處、愛和心屬的文化和政治；

(四) 角色及其故事受場景安排影響很大；

(五) 作者他們生活中的意識形態、文化環境、生活的概念和習慣會由場景中的 角色反映出來。

本文以新加坡文學為例子，從上面的小說「場景」看東南亞文學創作特色，分析作品的地點（包括時間）、對象、角色的背景文化，作品呈現的語言和區域文化的面貌。「場景」可以是將來東南亞文學創作的方向和思路，使東南亞文學成為大家注意的文學，在文壇上更具代表性。

2　Edgar V. Roberts & Henry E. Jacobs, *Fiction — An Introduction to Reading and Writing*（Englewood Cliffs, New Jersey: Prentice Hall, 1992），p.241.

控制小說的背景同時是作者創作的另一含義。[3] 作者如何利用「場景」開始創作，甚至如何安排場景，是有用意的，同時可以帶出一種本地本土的文學面貌。

二、如何利用場景的安排

研究場景安排（The Uses of Setting）時，最重要的是要找出所有地點、對象和文化的細節部分，然後界定作者怎樣用它們。根據作者的目的，看地點、對象和文化細節有多少的變化，然後探究它如何影響了角色和作者要表達的意思。

（一）場景和可信度（Setting and Credibility）

羅伯茨和雅各布斯說明場景安排最大的目的是帶出真實性。因為地點的描述和對象是可以很特別和詳細，使得事情的發生更令人相信。就算是未來的、象徵的、幻想的、甚至是鬼故事，如果從日常生活經驗中的地點和對象去描述，更能令人相信。[4]

例 1：希尼爾〈克里斯多夫瘤〉

我的上司克里斯多夫劉頸上那顆瘤使我對它產生了憐憫與巴結的遐想。

雖然，我對腫瘤的認識只是從數年前報紙上圖文並茂

3　同註2。
4　同註2，頁245。

相關報導的新聞《放大鏡》中得知，譬如淋巴腺的功用、淋巴瘤的種類、病徵的分期等，至於如何避免與瘤結緣，似乎沒有進一步做詳盡的報導。

我的憐憫心理是聽說克里斯多夫劉尋遍多家專科後情況並沒有顯著的進展才產生的。我的巴結心態是聽說一位老中醫能治百瘤才臨時浮現的。倘若克里斯多夫能讓我介紹的大夫「死馬醫成活馬」的話，說不定在公司裏分個「肥缺」給我。雖然過去八年來他還沒有真正「賞識」過我，雖然，這種作法並不符合我一貫處世的原則。

在「救人一生命，勝造七級浮屠」的落伍思想的作祟下，我伸出了援助之手。我的第一個難關是如何說服他改變「醫略」，看一看中醫。5

(1)對象：上司頸上那顆瘤。作者從日常生活經驗中的地點（公司）和對象（瘤）去描述，用圖文並茂報導的新聞《放大鏡》講述淋巴腺的功用、淋巴瘤的種類、病徵的分期，引入讀者的經歷，使讀者的經歷和故事文字會合，知道這顆瘤非同小可。

(2)文化背景：除了報紙上刊登醫療的知識外，看中醫也是一個華人社會的文化背景，尤其對付疑難雜症。

(3)作者為小說主角設計一個難題：「我的第一個難關是如何說服他改變『醫略』，看一看中醫」，讀者猜想到底「我」會不會說服上司克里斯多夫劉去看中醫，讀者一面閱讀故事，一面猜測情景。場景造成可信度十分強。

---

5 希尼爾：〈克里斯多夫瘤〉，《新華文學》第 41 期，1998 年 3 月，頁 16。

例 2：柯奕彪〈紅顏〉

　　A

　　　夜涼。

　　　和一位警官朋友在露天 Café 喝啤酒。

　　　幾杯下肚，不期而然想起了你。

　　　然後收到你的簡訊，Dear，你的論文已閱畢，有幾個別字，我也給你提了一些意見。對了，下星期我老公出國……

　　　我的心怦然跳動。

　　　心動之餘，迷惘和困惑紛湧。[6]

(1)地點：讀者所熟悉的露天 Café。
(2)時間：涼夜。
(3)對象：啤酒，簡訊。
作者安排的簡訊，其內容充滿了曖昧的語言：
(1)「我」被稱呼為「親愛的（Dear）」。
(2)對方能力身分強過「我」：對方完成閱畢論文任務，挑出「別字」來，並提了一些意見。
(3)對方告訴「我」下星期她老公出國。

　　作者從日常生活經驗中的地點和對象去描述，使未來的事情的發生更令人相信，增加了讀者對故事的懸疑和推測，到底主角「我」會不會和「她」相會。這裏的場景造成讀者對文本內容的可信度。

6　柯奕彪：〈紅顏〉，《新華文學》第 57 期，2002 年 12 月，頁 115。

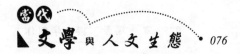

例3：陳晞哲〈夢會小王子〉

　　　　星期五的深夜。

　　　　最後一班的列車開走以後，白晝裏人潮熙攘的地鐵站也卸下了疲憊的妝，開始準備沈沈睡去。

　　　　從地鐵站出來以後，拖著疲累的步伐，整條寂靜的街只有我一個人披星戴月，在路燈的指引下循著熟悉的小徑往歸家的方向走去。累了一天的神魂早已鑽進家裏溫暖的被窩，只待我把自己的軀殼慢慢拖回去會合。

　　　　抄快捷方式是我一直不能改掉的習慣。……

　　　　走著、走著，忽然看見小徑旁的木椅上有一小小的人影。……

　　　　「我的玫瑰和羊，都被老虎吃掉了。」說完，又嗚嗚的哭個沒完。

　　　　霎時間，他的回答使我怔住了！玫瑰和羊？難怪剛才我一直覺得他的模樣似曾相識，難不成他就是安東尼・聖艾修伯里筆下那個「小王子」。[7]

(1)時間：星期五的深夜，最後一班列車的時間。

(2)地點：從地鐵站出來，抄快捷方式。

　　作者營造的環境是地鐵、公園、夜歸來，是讀者真實的生活經驗。

(3)角色：小王子。

(4)文化背景：在童話故事的小王子是一個人住在星球上，小王子孤獨、不開心，而「我」遇見小王子，小王子到底是象徵

7　陳晞哲：〈夢會小王子〉，《新華文學》第56期，2002年6月，頁63。

的或是幻想的？作者要通過小王子告訴讀者什麼訊息；或者讀者認為小王子就是外星人！對可信度引起懷疑。

（二）場景和角色的關係（Setting and Character）

場景能影響角色，換句話說，是作者暗中把地點情況和時間放入人的成長和改變中。在很多場景裏面，我們可以看到是許多的角色對社會、政治和宗教（道德）的情況有所反應，他們如何去適應和衡量自己的堅強或軟弱。[8]

例1：范瑞忠〈她〉

儘管來新加坡前已教了十幾年大學，但當我受聘到政府一所鄰里中學擔任華文老師時，還是像懷著初戀時躍躍欲試的心情一樣，充滿了期待……她。

報到那天，校長的門半掩著，裏面一位女老師與校長隔桌對坐在交談。她最引人注目的是一頭像黑色瀑布一般的鬈髮披在肩上，穿著大紅底色撒滿白色小花的上衣，下身則著黑色短裙，讓人感到摩登而脫俗。由於她背對我，無法看到她的臉。只見她說話時雙手不時有力地揮動，鬈髮也隨著手勢抖動；說話的聲音尖細而流傳，既抑揚頓挫又急促激烈，我猜可能是老師間有什麼芥蒂，她是來彙報情況的，要不為什麼那樣激動呢？

我耐心的等待著，足足過了一個鐘頭，才見她利索地起身，風風火火地走出校長室，高跟鞋發出「嗒、嗒、嗒」

---

8 同註2，頁245。

清脆的響聲。

……

她？

她……

她！[9]

(1)地點：政府一所鄰里中學。

(2)文化背景：鄰里學校華文與英文的教學文化。

(3)人物：「她」──一位英文教師。

　　作者在佈局時，以敘述者的角度看主角「她」，敘述者以一個華文教師的身分看一位英文教師──「她」，同時說她的故事。作者用四個「她」做標題，即是：「她。她？她……她！」，每一個她都給予仔細的描述。在第一個她內寫主角的頭髮──「黑色瀑布一般的鬈髮披在肩上」；寫她穿的衣服──「穿著大紅底色撒滿白色小花的上衣，下身則著黑色短裙」，寫動作──「說話時雙手不時有力地揮動」；寫聲音是「尖細而流傳，既抑揚頓挫又急促激烈」。「她」是一個開放而亮麗的形象，一個有信心的、敢說敢言的英文老師的形象。故事的場景以人物的形象為主，也因此帶動小說的情節。

　　故事從敘述者「我」對工作期待開始而遇到「她」，「她」不能在學校開心的生活，最後自殺了，而「我」在受訓後又回到新的期待裏。寫主角「她」在故事中如何適應學校生活，看起來是個強者，結果卻是一個弱者。

9　范瑞忠：〈她〉，《新華文學》第50期，2000年8月，頁126-130。

例2：田流〈積穀之患〉

　　　　午夜剛過。

　　　　中央醫院的周遭，是一片寂靜。

　　　　幾道彎曲斜傾的小路旁邊，三幾盞不明亮的路燈，遠看還真像佝僂而骨瘦如柴的老人，無祈無望地在黑暗中，企立期待著翌晨的來臨。

　　　　驀地，一輛「德士」（計程車）打從醫院的大門開了進來，直往醫院大廈第四座的候車站，停下。

　　　　一個年輕的探病者，從車廂內匆匆鑽出，頭戴鴨舌帽，身披假皮外套，黑夜間還戴著太陽墨鏡；隻手從衣袋內掏出一張拾元紅色現鈔，遞給司機，揚聲道：「不用找了！」[10]

(1)背景的時間地點：午夜剛過，一片寂靜的中央醫院。

(2)場景安排：中央醫院彎曲斜傾的小路旁，不明亮的三幾盞路燈，老人在黑暗中企立。一輛「德士」（計程車）打從醫院的大門開了進來，直往醫院大廈第四座的候車站，停下，一個年輕的探病者從車廂內鑽出，如影片的畫面說明場景。讀者看到這裏會猜想年輕人到底和老人有什麼關係？然後描述人物「一個年輕的探病者，從車廂內匆匆鑽出，頭戴鴨舌帽，身披假皮外套，黑夜間還戴著太陽墨鏡」，場景中的人物和時間地點配合。

10　田流：〈積穀之患〉，《新華文學》第54期，2001年7月，頁163。

（三）場景的安排和組織（Setting and Organization）

作者往往利用場景的安排成為故事的中心，沒有這種場景的安排恐怕角色兩人不能相遇，故事也不會如此發生，角色的命運也不是如此這般；另外一種情況是場景成為故事的結構和結局，作者開始一段特別的描述，然後結局時候又回到原處，於是就形成了一個還原的框架。[11]

例1：梁文福〈往事只能回味〉

〔阿梅版〕

〈時光一逝永不回〉

我十歲那年，這首歌唱遍了大街小巷，鎮上每一個人都會唱。

〈往事只能回味〉

琴姐唱這首歌，特別好聽。不過她不在別人面前唱，只有在我和阿雄面前，一面做家務，一面輕輕地唱。我們就是從琴姐那兒學會唱這首歌的。

〈憶童年時竹馬青梅〉

阿雄大我兩歲，他家在我家隔壁，我們從小就認識了，天天一起上學，一起玩耍。很小的時候，我們在外面玩泥沙玩髒了，怕大人罵，從後門回家，琴姐還經常偷偷幫我們洗澡，一起洗乾淨呢！

〔阿雄版〕

〈時光一逝永不回〉

11　同註2，頁245。

我十二歲那年，這首歌唱遍了大街小巷。鎮上每一個人都會唱。

〈往事只能回味〉

琴姐唱這首歌，特別好聽。琴姐大我四歲，我是從小跟著阿梅叫她琴姐的。我媽總是說，我叫琴姐就還可以，阿梅叫琴姐就不對了，她應該叫琴姐嫂嫂。畢竟琴姐是阿梅的媽為阿梅那早死的大哥娶回來的童養媳。我問媽什麼是童養媳，媽說我長大了就知道了。

〈憶童年時竹馬青梅〉

阿梅小我兩歲，她家在我們家隔壁，我們從小就認識了，一起上學，一起玩耍。很小的時候，琴姐還經常幫我們一起洗澡。不知道從什麼時候開始，我就喜歡琴姐幫我們洗澡的感覺，所以我經常故意拉阿梅去玩泥沙，玩髒了，琴姐就會幫我們洗澡。[12]

作者在作品裏面營造了時間、地點、角色的背景文化：

(1)時間和對象：流行歌曲〈往事只能回味〉代表了對象，其實也代表了時間——1970年代的風華。

(2)地點：小鎮、大街小巷。

(3)角色與文化：阿梅、阿雄和琴姐。琴姐是童養媳，童養媳也代表了華人社會婚姻文化，而琴姐更是封建社會的畸形婚姻主角，她是阿梅的媽為阿梅那早死的大哥娶回來的童養媳。童養媳在1960、70年代的新加坡和馬來西亞還存在。

場景的安排推動了故事情節的發展，讀者會問琴姐的命運如

---

12 梁文福：〈往事只能回味〉，《新華文學》第57期，2002年12月，頁119。

何？阿梅和阿雄是否在一起？作者用歌詞貫穿故事，歌曲繞梁
三尺，故事也縈繞歌曲左右。

　　戴衛・赫爾曼（David Herman）主編的《新敘事學》指出
哲學家大衛・康・劉易斯（David Lewis）的論點：「在故事世
界裏，講故事行為就是實話道出講述者所知之事的行為」，而
且「（在這個故事世界之內）故事是作為已知事實來講述的」。
這種形式到底有多大的規範性？當代文學實踐和當代理論似乎
提出了嚴肅的懷疑或挑戰。敘事學最近的發展已經清楚地顯
示，即使在標準的回顧敘述裏，也有假敘述的地帶。[13] 以上
小說就算是歌曲的真實回顧，也有許多假的敘述地帶。

（四）場景和氛圍（Setting and Atmosphere）

　　羅伯茨、雅各布斯認為場景有助於氣氛和情緒。活動不只
是單靠一個場景的描述，例如活動是在一個樹林裏，需要描述
樹木的句子。如果你讀到形狀、光和影、動物、風、聲音，你
知道作者為故事活動營造氣氛。此外，有好多方法造成情緒的
反應，對顏色的描述如代表亮的顏色有紅色、橙色、黃色，它
們會呈現一種快樂的情緒；利用嗅覺和聲音更能使場景和真實
生活連在一起，使讀者加上感官反應。場景如在小鎮或大城
市、田野或雪地、中產階級或低層階級的住宅，都體現不同的
氣氛。[14]

13　戴衛・赫爾曼（David Herman）主編，馬海良譯：《新敘事學》（北京：
　　北京大學出版社，2002 年），頁 91。
14　同註 2，頁 246。

例1：林高〈畫童年〉

下午，橡膠樹林裏依然靜得彷彿正等待敵人到來陷入四面埋伏一般。我和鄰居相仿的孩子喜歡到林子裏去拾橡膠種子。蚊子狂多，嗡嗡地飛，轟炸機似的，見人就「炸」。我們啪啪啪打個不停，卻沒放在心上。半途，猛然聽見樹梢噼里啪啦、噼里啪啦；是殼爆裂，種子紛紛跳落下來。我們搶先去拾，都鮮亮光滑，比在泥地裏糟蹋了一些日子的更令人珍惜。種子暗褐色，紋理好比畫家的水彩變化多多，真好看。[15]

〈畫童年〉雖然是散文的例證，如果把以上這一段作為小說的一個場景，其描述恰恰配合了氛圍的安排。主角活動在樹林裏，作者形容橡膠樹林無風，靜得彷彿正等待敵人到來陷入四面埋伏一般，蚊子狂多，嗡嗡地飛，大家啪啪啪打個不停；作者利用動的一面反映靜的一面，樹膠種子爆裂霹靂啪啦霹靂啪啦的聲音，隨著種子紛紛跳落下來。作者用聲音為角色或故事的活動營造氣氛，使得讀者感受到樹林的情景。

例2：民迅〈看守瓜園的日子〉

看守黃瓜園是件令人非常厭煩的工作。如果有得選擇，我寧願到菜園去除草、捉蟲，絕不願去看守黃瓜園！如果是除草捉蟲，太陽升到半空便可回家休息，可是看守瓜園必須整天待在瓜園裏，不能離開，午餐時間，不是由家人送來一碗稀飯，便是回家匆匆把午餐吃進肚子，然後

15　林高：〈畫童年〉，《新華文學》第57期，2002年12月，頁27。

> 即刻再趕回瓜園去，一直等到太陽下山，天色濛濛暗了才
> 准回家！在瓜園裏你能做什麼？孤獨一個人整天走來走
> 去，望著天空，望著黃瓜藤，敲敲破桶或廢鐵罐，偶爾出
> 聲喊幾下，這種生活，煩悶極了，無聊極了！[16]

作者通過在田野的場景，把看守瓜園的日子襯托得非常煩厭。
時間是「從早到晚」，主角必須待在瓜園裏，不能離開；然後
作者再描寫孤獨的活動：行動包括整天走來走去，用感官的視
覺眼睛望著天空，望著黃瓜藤，用手敲敲破桶或廢鐵罐，偶爾
出聲喊幾下，在寂靜的瓜園發出聲音。作者用感官的安排讓讀
者感受「煩悶極了，無聊極了」的場景。

　　高辛勇在〈結構主義與敘事理論〉指出：場景與人物之間
可以構成不同的空間。隨著人物與事物、場景的距離、觀點角
度等的變化，敘事裏可以呈現不同的意識上的故事空間。場景
可能有各種不同功能：除了充當行動的空間背景，製造氣氛
外，又可增強人物的情緒感覺，與之形成衝突對比，或是象
徵、或是襯托人物的心境。[17] 從以上的描述可以看到作者利
用場景的功能，充當角色行動的空間背景，製造人物無聊煩悶
的氣氛，又同時增強人物的情緒感覺，例如用對比：「我寧
願到菜園去除草、捉蟲，絕不願去看守黃瓜園！」襯托人物
看守瓜園的心境是極不願意的。

16　民迅：〈看守瓜園的日子〉，《新華文學》第 57 期，2002 年 12 月，頁
　　42。
17　高辛勇：〈結構主義與敘事理論〉，頁 174-175。

（五）場景和諷刺（Setting and Irony）

場景令角色更突出，也令故事主題更明顯，場景也使得讀者有一種期待，而這期待往往和故事發展剛剛相反，形成一種反諷。[18]反諷常使得常理背道，使讀者有沈重的感受，成了一種沒有期待的狀況。

例1：李慧敏〈機械類的愛國方式〉

二月三十日是機械國的國慶。該國的統領頒佈命令，說這一年的國慶深具意義，所以慶祝活動絕不能隨便，絕不能馬虎，一定要做到最好的。其實機械國什麼時候做的任何一件事情是胡亂辦成的？敷衍了事，根本不符合機械國的辦事風格。不過，這一年，西元3000年，確實是很特別的一年，是機械類擺脫人類的管束後，邁入完全屬於機械類的新世紀。而且，這一年又是機械國成立後的第五百個年頭，機械類走過了五個世紀還屹立不倒，真是值得大事慶祝。早在一年前，也就是三十世紀末的那一年，機械國的統領就已派了品質優良、屬於高檔次的機械類為其他普羅大眾編寫愛國程式了。品質優良、屬於高檔次的機械類當然不須花上一年時間來編寫程式啦。編寫程式只須用上幾天的工夫就行了，之後的幾個步驟如試用程式、更改程式直到它完全不會出現錯誤為止，只需一個星期。[19]

18　同註2，頁246。
19　李慧敏：〈機械類的愛國方式〉，《新華文學》第56期，2002年12月，頁102。

(1)時間地點：二月三十日是機械國的國慶。讀者明知二月根本沒有三十日；又西元 3000 年，確實是很特別的一年，是機械類擺脫人類的管束後，邁入完全屬於機械類的新世紀，那是九百九十七年以後。

(2)反諷文化：機械國慶祝國慶。機械國的機械類，它們的工作是為其他普羅大眾編寫愛國程式。

　　這究竟是反諷哪個族類？讀者會猜測到底機械國諷刺什麼國家？這個國家依照作者給的提示是「機械國什麼時候做的任何一件事情是胡亂辦成的？敷衍了事，根本不符合機械國的辦事風格」。換句話說，機械國辦事十分認真，絕對不會胡來，那麼機械國指的是我們所熟悉的國家乃呼之欲出。

例2：李忠慶〈滅〉

　　我們即將面對的是人類群中所謂頂尖知識分子，但我們絲毫都不畏懼，反而興致勃勃。今天，是我們和人類簽署歷史性條約的大好日子。這對我們族群的政治發展具有非同凡響的意義，所以我今天特別把自己打扮一番，也許我的玉照有機會登上網頁報章甚至是史書上也說不定。

　　那些西裝筆挺的蠢鈍的人類個個戰戰兢兢地坐成一排，恭候我們的蒞臨。於是我們攜著戰勝國的餘威昂首挺胸地走進會堂。那些愚昧的人類族立即站起來，向我們做了個九十度鞠躬，臉上套著卑微、諂媚的笑容。有時我也不得不對人類群憐憫起來。他們以全世界最高智慧的動物自詡，並運用這所謂的高智慧創造文明，製造奇蹟。這其中最大的建樹就是製造了我們這個擁有優質細胞的族群。但他們萬萬也想不到，人類今天會卑躬屈膝地跟我們簽署

不平等條約，並以他們最恭敬的禮儀來奉承我們。

　　他們一行六十人，虛偽的微笑背後有一抹藏之不去的悲哀。我看看他們的資料，他們的確都是我們通過智商測試篩選出來代表人類族群的精英分子。[20]

(1)時間：今天，是我們和人類簽署歷史性條約的大好日子。

(2)角色：包括了優質細胞族群和蠢鈍的人類。優質細胞族群由人類製造，他們的工作是篩選通過智商測試的精英人類。蠢鈍的人類族在小說中是說六十個西裝筆挺的人類族，對優質細胞族群做九十度鞠躬，臉上套著卑微、諂媚的笑容。

(3)反諷事件：人類與優質細胞族群簽署不平等條約。

　　讀者想要知道他們到底簽定什麼不平等條約？在反諷的場景裏面，假設的故事情節，甚至角色、時間地點、文化背景都是虛構的，以達到與常理背道，形成反諷效果。

三、結論

　　寫故事時，「開頭」十分重要，「場景」的安排對於寫故事的開頭有一定的影響。希利斯·米勒（Hillis J. Miller）在《解讀敘事》指出：「開頭即需要作為敘述的一部分身處故事之內，又需要作為先於故事存在的生成基礎而身處故事之外。」[21] 依照以上對於如何利用「場景安排」的說法，如果「場景安排」是「開頭」的話，應該屬於敘述的一部分，與故

20　李忠慶：〈滅〉，《新華文學》第54期，2001年7月，頁159。

事不可分割。但如果作為先於故事存在的生成基礎，那就可以是在任何的位置，或者需要與故事抽離。無論如何，「場景安排」在故事中一定存在，當然它也是支架的支撐所在，是小說的支撐部分，使作者發揮建構才能，也同時讓讀者在其中參與建構。

如今的小說由於不太注重情節，甚至故事要讀者去拼湊。因此許多時候，場景安排的描述，營造可靠的環境、營造一種氣氛、角色寫真（包括了形象和意識）、時間地點對象等細節的組織和拼合、安排反諷意境，成了作者的精心安排。作者先引導讀者進入故事的開始，然後讀者猜想情節，作者和讀者保持一定的距離，故事的結局讀者可能猜到，也可能料想不到，作者和讀者共同建構起閱讀歷程，使得小說真正完成。這也說明了場景和創作的關係。

參考書目

田流：〈積穀之患〉，《新華文學》第 54 期，2001 年 7 月，頁 163-176。

民迅：〈看守瓜園的日子〉，《新華文學》第 57 期，2002 年 12 月，頁 39-43。

21　希利斯・米勒著，申丹譯：《解讀敘事》（北京：北京大學出版社，2002 年），頁 55。說明「開頭」的作用：當身處故事之內時，開頭就不成其為生成基礎或者源頭，而是任意的開場，就像是在缺乏岸上支撐點的情況下，從河流中間開始架橋。當身處故事之外時，開頭就不會真正構成敘事線條的一部分。它與敘事線條相分離，就像是一個與架設這座橋梁無關的塔椿或者橋臺。

史蒂芬・科恩、琳達・夏爾斯著，張方譯：《講故事——對敘事虛構作品的理論分析》，板橋：駱駝出版社，1997 年。

李忠慶：〈滅〉，《新華文學》第 54 期，2001 年 7 月，頁 159-161。

李慧敏：〈機械類的愛國方式〉，《新華文學》第 56 期，2002 年 12 月，頁 102-103。

希利斯・米勒著，申丹譯：《解讀敘事》，北京：北京大學出版社，2002 年。

希尼爾：〈克里斯多夫瘤〉，《新華文學》第 41 期，1998 年 3 月，頁 16-17。

林高：〈畫童年〉，《新華文學》第 57 期，2002 年 12 月，頁 25-28。

范瑞忠：〈她〉，《新華文學》第 50 期，2000 年 8 月，頁 126-130。

佛克馬・蟻布思著，俞國強譯：《文學研究與文化參與》，北京：北京大學出版社，1996 年。

柯奕彪：〈紅顏〉，《新華文學》第 57 期，2002 年 12 月，頁 115-116。

陳晞哲：〈夢會小王子〉，《新華文學》第 56 期，2002 年 6 月，頁 63-64。

高辛勇：《形名學與敘事理論：結構主義的小說分析法》，臺北：聯經出版事業公司，1987 年。

梁文福：〈往事只能回味〉，《新華文學》第 57 期，2002 年 12 月，頁 119-122。

戴衛・赫爾曼（David Herman）主編，馬海良譯：《新敘事學》，北京：北京大學出版社，2002 年。

羅鋼：《敘事學導論》，昆明：雲南人民出版社，1994 年。

Roberts, Edgar V. & Jacobs, Henry E., *Fiction — An Introduction to Reading and Writing*. Englewood Cliffs, New Jersey: Prentice Hall, 1992.

Steven, C. & Linda, M. S., *Telling Stories: A Theoretical Analysis of Narrative Fiction*. London and New York: Clays Ltd, 1997.

van Peer, Willie & Chatman, Seymour., *New Perspectives on Narrative Perspective*. New York: State University of New York Press, 2001.

商晚筠小說中的女性與情色書寫

⊙陳鵬翔

　　我這篇論文主要在探討商晚筠小說中兩個尚未受到深刻探索的題旨／書寫：女性與情色，這兩個課題跟作者自身的身分、性向與關懷，隱隱然是有些本質上的關聯的，雖然作者在好幾次受訪時，都一再強調，作家在創作時，最好是能把自己的身分「隱去」，變成一個「中性人」。這麼說來，書寫之所出（即文本）顯然跟她的「剖白」是有些扦格的，這益使得我的研究有特別的意義。

　　商晚筠於 1977 年夏天自臺大外文系畢業，那時臺灣的女權運動在呂秀蓮和李元貞等前輩的推動下，已沈寂了下來，而第二波（亦即是持續到目前的那股強大力量）根本尚未現端倪；這時她正跟同班同學顏宏高（筆名凌高）在談戀愛，只是尚未論及婚嫁而已。這年 12 月，她的第一本短篇小說集《癡女阿蓮》在臺北市由聯經出版，12 月 8 日她自臺灣返回馬來西亞，翌年 3 月進入八打靈市《建國日報》任副刊助編。

　　在此，我們得正視一件文壇惡評對一位相當有才華的作家的傷害。話說商晚筠自 1977 年 2 月以〈木板屋的印度人〉這個短篇，贏得了臺北幼獅文藝社舉辦的臺灣短篇小說大競寫優勝獎以來，之後又分別以〈君自故鄉來〉以及〈癡女阿蓮〉榮

獲《聯合報》第二屆和第三屆小說獎，1977年杪第一本小說集又已出版，這些對一位年輕小說家來說都是非常大的肯定，不想1978年7月，她發表在《蕉風月刊》第三〇五期上面的一篇四萬餘字的中篇《夏麗赫》，可卻幾乎擊倒了她。刊物主編理應是要找位文壇大老來為這篇力作推薦、不想她竟找了位柳非卿（當然是筆名）寫了一篇兩千多字的〈評夏麗赫〉，從人物、對白、思想、內容、寫作技巧到宗教習俗等諸多層面，把商晚筠這中篇抨擊得體無完膚。為此，商晚筠的未婚夫顏宏高還坦然坐不改姓，寫了一篇四千餘字的〈「評夏麗赫」文中的幾點謬誤〉（刊《蕉風月刊》第三〇七期），來為她緩頰辯護。坦白講，顏文確實寫得肯切理性，而柳非卿不僅不受教，還老氣橫秋寫了一篇〈反「反批評」〉，說「〔他〕的觀感依舊不變，〔他〕的立場還是一樣」（頁4），兩千多字已能擊中「要害」，他已「慈悲得像個老婆子」（頁6）。受到這麼一個莫名其妙的打擊，「商晚筠頹喪到極點，停了相當久的時間沒提筆；不巧，這時她的後天哮喘病發作，病了好長一段時間，只好辭職回老家」（楊錦郁：〈走出華玲小鎮〉，頁145）。引文所描述商晚筠的感受來自臺北楊錦郁的事後採訪，最令商晚筠難以承受的是，這個文壇耆宿在隱約之中，暗指她的文本書寫帶有「沙文主義色彩」，[1] 這種酷評險些就奪去一位年輕作家的創作生命。

---

1 事實上，柳非卿在〈評「夏麗赫」〉裏並未採用「沙文主義」或「沙文色彩」這些名詞，而是批她的人物對白「沒有一點民族特色」（頁109），她的第一人稱敘事者滲露了「種族優越感」（頁108）。倒是顏宏高在〈「評夏麗赫」文本中的幾點謬誤〉中，搶先用了「沙文主義者」（頁6）來指稱柳。前頭兩個術語見諸楊錦郁：〈走出華玲小鎮〉，以及〈你會來道別嗎？——哀商晚筠〉，南方學院馬華文學館編：《商晚筠研究資料集》（士姑來：南方學院馬華文學館，2000年），頁144、168。

　　商晚筠的婚姻與就業道路亦佈滿波折。1979 年 1 月 20 日，她與顏宏高在檳城結了婚，4 月離開飽受人事傾軋的《建國日報》副刊主任職位，5 月轉入一個名叫《商海》的商業雜誌當記者，工作了將近一年。1980 年杪前往臺灣，想報考研究所念書不成，又因臺灣的生活水平已比當年高出許多，應付不易，她只待了三個月，可說是「失望至極」地返回大馬（楊錦郁：〈走出華玲小鎮〉，頁 144）。1981 年 6 月加入《大眾報》，僅僅工作了三個月就因健康原因離職。更坎坷的是，她與宏高維持了四年多的婚姻於 1983 年結束。為了生計，她於當年 8 月進入馬華屬下文化協會所經辦的一份綜合性刊物《文道》工作，從採訪編輯開始，一直當到它的總編輯，然而於 1986 年 1 月辭去這個職位。浪蕩了一陣子，1987 年她到新加坡來當廣播局電視臺的編劇。

　　1991 年，商晚筠的第二本小說集《七色花水》在李瑞騰的協助下，在臺北由遠流出版。出版之後，我曾讀到一篇由李有成執筆撰寫的書評叫作〈女性關懷〉，這書評除了相當肯定商的女性意識與才華之外，還從集子中篇幅最長、分量最重的〈暴風眼〉這一篇看出，「商晚筠正擴大她的普遍關懷」（《中時晚報》，1991 年 10 月 27 日，第 10 版），像這樣的溢美之詞，絕非無的放矢。

　　回到我論文的第二個主題「情色」來。「情色」英文叫作 eroticism，「情色」並非「色情」，廣義上它雖包括了色情作品（pornography），可並不必然全等於色情。我在這篇論文中要凸顯商晚筠文本中不太多的情色／欲書寫，目的是要討論其女性主義意識。商的第一本小說集《癡女阿蓮》所收輯的十一篇短篇中，〈木板屋的印度人〉和〈巫屋〉這兩篇寫的是國族

建構中，印度人和馬來人這兩個「想像中的族群共同體」，其他都僅僅涉及華族。在這些短篇文本中，我們看到的只有男性施暴於女性，或是華族相當根深柢固的重男輕女觀念（如〈林容伯來晚餐〉裏阿婆對阿爹的疼愛）；如果真要勉強辯證說，這就是商晚筠小說文本展現了女性意識的雛形，這當然勉強說得通。可是我們還是毋寧說，她1976至1977年的小說文本，是極其質樸地反映了馬來西亞多元種族社會中的精神面貌，尚未「真正」跨入有意識地進行女性主義書寫。

　　商晚筠的女性（主義）意識應是形塑於1980年前後，之前1972至1977年她在臺大念書時，應該已略有耳聞或閱讀到臺灣1970年代初期那些婦運／權先驅的論述，真正認真思索女性主義的議題，應是她結了婚之後、1980年杪再赴臺灣想考取研究所這個階段，甚至更為晚一些。

　　1987年終左右，我經由永樂多斯的聯繫，希望直接從她那兒獲得一些她發表在新馬報章雜誌上的作品，以支持我於1988年8月在新加坡發表的那篇長論〈寫實兼寫意──馬新留臺華文作家初論〉，[2] 商晚筠於1988年4月15日即回了信，並且寄來〈季嬤〉和〈茉莉花香〉等一共七篇小說以及兩首詩和一篇散文之影本，無奈這些資料輾轉寄到我家時險些過了「時效」，所以我在上文中拿她跟潘雨桐做比較時，我只觸及《癡女阿蓮》、1983年比賽獲獎的〈簡政〉，以及在這本小說集之後（1986年之後）所發表的〈蝴蝶結〉和〈七色花水〉兩個

2　我當時想到要直接跟商晚筠聯絡，主要是我一直認為她跟潘雨桐是留臺後返馬中小說寫得最好的兩位，對於他們的文本不能較深入地探討根本是一件不可思議的事。另一方面，我在那之前有整十年較少關注與蒐集新馬華文文學的書籍。當時協助過我（聯繫及蒐集）的文友還有王祖安和李錦宗等人，在此理當誌謝。

短篇。那次的會議是由新加坡歌德學院與新加坡作家協會所合辦，我記得會議期間有一晚曾在史坦福酒店見到商晚筠，見她跟兩三位瘦削、披長髮的女性擁簇在一起，而她剪成赫本／半男生頭，的確像永樂所說的「一襲襯衫一條長褲，她〔已〕拒絕再扮演依纏孃繞的菟絲」（頁205）；這麼一副打扮跟十幾年前我在臺北所見到那副純樸小女生的打扮已完全不同，我正考慮趨前去跟她多說兩句話，可她已宛如一陣輕風忽地消逝。很明顯地，商晚筠這時候的裝扮已儼然是一位同女男人婆慣常的裝扮，[3] 有無「出櫃／現身」（coming out of the closet）[4] 做公然坦陳其身分／主體已不重要，重要的是我們可否在其文字書寫之中，讀出一些或隱或顯的女性意識來。

經由對《癡女阿蓮》之後文本的閱讀，我當時即發覺商晚筠1986年之後所推出之文本，跟七八年前的文字在風格上已有改變；我當時曾這樣說過：

> 商晚筠最近的風格跟1976至77年的不太一樣，她的文字從冗長趨向短促簡潔，佈局變得嚴謹，加上象徵性的應用、意識流的應用（例如〈簡政〉末尾，李安娘在市集人潮中見到先生簡政來探班那一幕），她是在趨向成

3　同女中男人婆有一個特定造型，「她們」總是喜歡理短髮、穿著筆挺的襯衫西裝褲，甚至以很帥的姿態叼根煙。請參張娟芬《姊妹戲牆》（臺北：聯合文學出版社，1998年），頁43。

4　「出櫃／現身」是1990年代以來非常重要的兩個酷兒術語，其根源請參莎菊維克（E. K. Sedgwick）的 *Epistemology of the Closet*（衣櫃認識論）（Berkeley: University of California Press, 1994）和弗斯（D. Fuss）編的 *Inside/out: Lesbian Theories, Gay Theories*（櫃內／櫃外：同女理論、同男理論）（New York: Routledge, 1991）。至於這兩個術語之間的一些隱微差異，中文可參考由馬嘉蘭（Fran Martin）撰述而由紀大偉譯成中文的〈衣櫃、面具、膜：當代臺灣論述中同性戀主體的隱／現邏輯〉，《中外文學》第26卷第12期，1998年，頁130-149。

熟的坦道走去。（頁282）

跟這種文字風格和技巧的進展的「發現」同樣重要、甚或更重要的是，我竟在〈七色花水〉這個短篇中之細膩描寫經營，「看出」商晚筠有西方英美第二波女性主義者本質派（essentialist）所強調的「專長」，強調書寫女性經驗這是「『非我莫屬』的經驗領域，而男性作家只有依靠想像、靠感覺來投射描述了」（頁280）。對於我也跟1960、1970年代西方女性主義本質派觀念上有這種契合，當今想起來當然有點悚然而驚愧，不過，我卻由這麼一篇書寫姐妹情懷（一對姐妹花擠在一個木澡盆洗七色花水）的文本預推，她會走向堅實的女性主義甚或同性戀之道路。這麼說來，1986年商晚筠發表於臺北《聯合文學》上頭這篇〈七色花水〉，可構成她創作歷程上的一個分水嶺[5]——她已準備從〈簡政〉（1983年）和〈疲倦的馬〉（1986年）等這些短篇中的異性戀，要（或已正在）過渡到〈街角〉（收入《七色花水》）以及未及殺青的中篇《跳蚤》這樣兩篇有關同性戀的書寫。

　　1988年8月中旬，我和李瑞騰夫婦在參加完在新加坡舉辦的「第二屆華文文學大同世界國際會議」返回臺北之後，李夫人楊錦郁即把她專訪商晚筠之所得，寫成〈趨向成熟的坦道走去〉一文，發表在當年12月號的《幼獅文藝》上頭，這個標

5　根據素來跟商晚筠多所聯絡的楊錦郁的「資訊」（頁169），商這篇〈七色花水〉在書寫過程中刪刪改改，一直到定稿（1986年發表）已費時三年。換言之，它應是跟〈簡政〉（1983年獲獎）先後期的作品，也應該是1983年她跟 "Boy-boy" 顏離婚時，即已醞釀或已在創作中的作品。這麼說來，在創作時間上，它跟收輯在《七色花水》中其他八篇在寫作時間上應是較早的一篇；書寫親密的姐妹情懷之較可靠，必然會令人想到這主題跟她不幸離婚有刻骨的肌膚關聯。

題即取自我在新加坡發表的那篇〈寫實兼寫意〉,楊與商提到
我所指陳她文字風格技巧的成長應是話題之一,然後我們就看
到楊文底下這一段商晚筠的自剖:

> 我從 1986 年開始到現在所寫的幾篇小說,都是從女性
> 的觀點出發,在臺灣這已經發展一大段了,可是在馬來
> 西亞仍然沒有任何共鳴,所以我還會朝這個方向寫〔下〕
> 去,因為如果我寫男性,受限於性別的障礙,我的刻畫
> 可能不會那麼成功。當我們在寫小說時,都希望自己是
> 一個小型的上帝,所塑造的人物都是赤裸裸〔的〕,男
> 的會有怎樣的衝動,女的會如何反應,我都可以想像出
> 來;但是如果據實寫出來,在馬來西亞的社會,會遭到
> 很多非議和攻擊,對女作家來講就成了絆腳石。也就是
> 說,你不能突破性別的障礙來寫作。我很希望能突破,
> 不把自己當作女作家,如此我就可以坦然的把自己所想
> 寫的東西寫出來。(《資料集》,頁 146-147)

這一段剖白之重要在於它是作家本人最早提到她小說創作重心
之轉變——轉向書寫女性,[6] 更重要的是它提醒我們,她對女
性主義原質派這種「唯我獨尊╱莫辯」的禁地╱禁臠執著,其
實並不很贊同;她希望能突破,「不把自己當作女作家」,而

6　1993 年永樂多斯專訪商晚筠時,商也提到她的「女性使命感」,並對其
　「不刻意強調女性主義」並且「不自覺地往這方面走」的根源有所辯解
　(自小的耳濡目染、父親的大男人思想和女人的逆來順受等等),可並未
　對如何「受到西方女權主義的影響」有所說明,殊為可惜。永樂這篇專
　訪題叫〈寫作,我力求完美〉,於商晚筠逝世之後分兩次刊於《星洲日
　報·文藝春秋》,1995 年 6 月 27 日和 1995 年 7 月 1 日。我之引文見《資
　料集》,頁 139 和 140。

能達致作為「一個小型的上帝」的境界。[7] 至於她對臺灣女性
主義的發展，她的瞭解可說相當片面：因為那些轟轟烈烈造成
「移風易俗」的女性／女權主義再次運動，這時還處在「風雨
中的寧靜」階段，學界的研討還處在「啟動」階段。[8]

在楊錦郁這篇專訪中，商對馬來西亞父權社會體制對女性
的壓迫感到憤怒且又無可奈何，社會大眾的無知與原質派的可
能抨擊也令她感到痛苦，所以她在訪談中補了一句：「所以我
只好從女性觀點來寫女性主義的小說，在我的作品中，男性倒
成為次要的角色」（《資料集》，頁147）。這種坦誠的交代對我
們在同情地詮釋、分析她1986年之後發表的作品應有幫助，
使我們能更深刻切入她作為一位作家的主體甚至情欲的轉變。

我在下面要從商晚筠的文本中挑出數段來分析其女性意識
的變化。任何閱讀過商晚筠〈七色花水〉這個名篇的人，對下
面這一段情色文字書寫印象應都會很深刻：

7　類似的觀點也在翌年在新加坡《聯合早報・文藝城》所召集的一個座談
　　上得到發揮。這個座談係為歡迎香港女作家林燕妮的范訪而召開，參與
　　者除了林和商晚筠之外，還有尤今、孫愛玲、蔡淑卿和圓醉之，一共是
　　六人。她們當然談到了創作經驗與社會，更談到兩性關係、女性主義以
　　及同性戀等議題；商晚筠發言的一個重點是「作家寫作時」，最好將自己
　　當作一個「中性人」，而她這個發言頗能配合她當時頂個男式短髮並且穿
　　著襯衫西裝外套這一「中性」裝扮。這一個座談叫作〈女性作家與創作
　　題材〉，刊在1989年9月24日《聯合早報・文藝城》，引文及商之照片見
　　《資料集》，頁153以及155。
8　我何以說臺灣這第二波的女性／權主義運動還處於「啟動」階段，而能
　　「蔚為風潮」則是在1980年代中期，見張小虹：〈性別的美學／政治〉，
　　《慾望新地圖》（臺北：聯合文學出版社，1996年），頁109與110；也
　　請參見奚修君整理的〈臺灣女性主義文學與文化研究書目〉，附在張小
　　虹：《慾望新帝國：性別・同志學》（臺北：聯合文學出版社，1996
　　年），頁202-244。

姐身子養得極白，頸項一逕白到腳板。她長年踩縫衣機踏板，鎮日不曬太陽，了不起晨早去一趟菜市；她底白和股憂鬱蓄養了好些年，越發不肯黑了。她嬌弱底薄身子積不出半斤力，可打撈那勁卻猛有一把，水桶一起一落，連帶渾圓小巧的奶，彈勁地顫動。

往年浴七色花水，總沒覺出與姐兩人赤身裸體有何怪異。而今彆得緊。臉上驟地燙熱，怕她回身瞧見，忙覆臉膝頭上，一壁掬水拍打臉面。

井旁水聲一蓬一蓬退落。

姐坐進盆裡，水更溢出盆外。

她解開袋子往澡盆傾盡七色花水。水仍流失，數瓣菊花和大紅鳳仙正漂出盆沿。我放手去撈，不意姐抓著我底手腕，那般認真使了勁，捏疼了我，我不解地瞅姐。姐輕嘆：「不！流掉就流掉算了。」

我這下半年開始拔高，手腳長得快。澡盆原就不小，這會得猛收膝蓋才容下兩個女體，也的確，腳趾就尖頂尖了。

水閒閒緩緩流掉一半。

姐盡屈抱膝蓋，瘦伶伶的肩窩像挖空的兩個肉坑，銜接兩條白冽冽的胳膊。雪白的乳房給膝頭抵成兩墩肉團。

姐承了媽一雙明眸，總有兩汪水色在眼瞳裏的溜溜地盈轉。從來，沒見姐快樂過，即使小小的喜悅也不曾。

姐怔怔地瞅著落在木澡盆外數瓣黃菊和淡紅秋海棠。

（《七色花水》，頁 195-197）

我在寫〈寫實兼寫意〉（1988 年）那個階段，由於跟商晚筠一

樣太執著於女性原質派的主張，因此很強調這一段文字以及
〈七色花水〉這整個文本之中滲露／暴露出來的那種細膩的心
理反應，以為由這個十六七歲的敘事者所獲致的敏銳洞察（經
驗），「似乎比較不容易由男性作家『道』出，而〈蝴蝶結〉
中那個知覺中心的『我』的感覺也極為敏銳」（頁281）。我當
時做這種觀察時，並未完全從女性主義的視角來探討商的文本
內涵，對她1986年寫作重心的大轉變也一無所悉，更甭論對
她本人有可能已轉換性欲嗜好有所瞭解。不過，不管怎麼說，
現在再細細檢視上引這一段女性／情色書寫，我發覺敘事者的
猛勁抖動「渾圓小巧的奶」，甚至無意間「認真使了勁」捏疼
了敘事者，所有這些可能都已洩漏了她的欲望——一種潛藏內
心深處無意識的情欲！

　　跟〈七色花水〉一樣，〈季嬤〉寫的也是一對相互依存的
姐妹，不過這一對同父異母，姐姐季嬤長妹妹季若六歲，小時
非常疼愛住在城裏店鋪裏的妹妹，高中畢業後在泰馬邊境跑單
幫，業餘玩相機，在泰國勿洞街頭邂逅了美聯社記者肯尼迪而
跟肯結婚，由於先生的職業關係，四處為家。小說情節從季嬤
意外逝世第十天開始寫起，敘事者（妹妹）季若已從鄉下園坵
搬回城裏，並答應母親要把生活過得好。這短篇所描述的姐妹
情懷固然叫讀者感到刻骨銘心，可其中所觸及的一個主題「饑
餓」——物質的兼情欲的雙重饑餓——卻跟底下這段情色／情
欲書寫糾結在一起，讀後令人無以忘懷：

　　　　鏡子明澈中自有一番清新世界，那是一個謎樣的小千。
　　　　伊看到一隻盲目撲燈罩的飛蛾，不忍地盲目愚昧而揮手
　　　驅趕牠。轉向牆燈不經心的立姿，伊看到季嬤，從錯綜

的時空，破千重繭而出，步子施然。那柔滑的肌膚泛著
流動的蠟光，一片溜蠟，是不肯也不會留住任何事物，
無止境地滑落，伊凹凸有致的肩膀，是更接近季嫵的形
體了。伊幾乎無遺地展露伊內在的世界，那是一種刻意
的浮雕，試圖表現伊內在的七情六欲。從伊蒼白的肌
膚，那種未經世俗愛欲污染底最原始的女體，可以感覺
到她軀體蘊藏著一股緩緩流動的憂悒，像一張糾結的
網，禁錮著一朵待迸的情欲。

（《七色花水》，頁 226-227）

在這一段文字裏，如真似幻，敘事者「我」轉化為「伊」
為「季嫵」，這無非要說明妹妹季若跟姐姐季嫵在形體上的酷
肖；這個形體肌膚蒼白，正好要呼應這一段文字之前四段中那
個三十五歲的女子，「裸赤中帶著一股無助和懦弱的蒼白」
（頁 226）的季嫵。然後該注意的是「最原始的女體」這一
句；這當然是要指明季若這時是未婚的處女，可她軀體卻像一
張緩緩流動著憂悒的網罟，「禁錮著一朵待迸的情欲」。

如果說季若的情欲像一座正要爆迸的火山，那麼，上引這
一段文字之後第三和第四段，卻把季嫵的情欲塑造成「文明情
欲後的不滿足，但絕不是非洲饞民裏憔悴不堪的年輕女子」
（《七色花水》，頁 229）。從情欲的正待開挖一直寫到開挖之後
的饞渴不滿足，然後又由季嫵的兩個短鏡頭的操作安排，作者
又把物質的匱乏也給扯上了。由此來看，商晚筠在〈季嫵〉的
前段即已把「饞渴」此一主題經營得饒富韻味。在此我要特別
指出來的是，商晚筠經由〈季嫵〉這一短篇之營構，她在不知
不覺之間已闖入西方1980、1990年代以來，女性主義同女同

男以及酷兒理論之間在爭論不休的情欲（sexuality）以及身分
／認同（identity）的情境；情欲是流動不居的，而身分卻跟個
體有沒有斗膽現身有關，我們實在沒有什麼道理非要書寫者都
坦白一番不可。

商晚筠在上面我們討論過的兩個短篇中，都把姐妹相互依
存的情懷寫得極為溫馨，甚至可以說是瀝血銘心地溫馨，但是
她什麼時候要向這個「最原始的女體」做正式的告別？我想任
何拜讀過商的〈蝴蝶結〉的人，他們都不會忘了敘事者從從從
回來奔生母的喪，卻變成一縷魂魄奔回來向養母溫熱的胸脯做
道別的那一幕：從從在「冷而僻」的黑暗中摸上了樓房，然
後：

> 我跪在床側，輕輕愛撫媽媽的額、眼、鼻、唇。我無法
> 揩去她眼角不知何時湧出的淚。
> 我發誓一輩子不傷害媽媽。我移開她底手，把報紙收藏
> 在我旅袋包。
> 我解開媽媽胸前的鈕釦。第一次，也是最後一次仔細看
> 了媽媽完美無疵的純潔乳房。
> 我珍惜地，輪轨吮吸我孩童時候不曾吮吸的奶頭。那乳
> 香清雅馥甜。（《七色花水》，頁 223-224）

這一幕仍然是情色書寫，情懷溫馨而蘊藉，可卻充斥著儀式以
及象徵意義。「媽媽完美無疵的純潔乳房」在這短篇裏，當然
是要指明養母的處女主體身分，這身分跟〈季嫵〉中的「最原
始的女體」身分顯然是一脈相承。媽媽出污泥而不染，以聖潔
對抗混濁，從從的魂魄來向這麼一個女體道別顯然是生命意義

的完成。然而往深一層揣測，這一道別儀式是否也意味蘊含著作者商晚筠在潛意識中，要向父權社會體制所強調的童貞情結道別？

　　跟父權社會錙銖必計的性別差異說再見，這其間的象徵意義必然言人人殊；不過，商晚筠要突破性別的障礙以及要做「中性人」的發言，必然在這時已是她創作活動的驅動力量，因此，在此期間，我們終於看到她寫成的第一篇同性戀小說〈街角〉。[9]〈街角〉是一篇寫得極維妙維肖的三角同女戀小說，主要地點為「雅癖閣」，坐落在吉隆坡城中區一個隱蔽的街角，主要情節是過慣了波希米亞生活的敘事者我（席離）遊歐歸來後，她為了打發孤寂苦悶，切入到一對叫紀如莊和任沁齡的同女生活圈中，而激發了無數連漪來。任沁齡相當注意敘事者，然而「我」在不知不覺之中就被任的細心和體貼所吸引住，而催發出愛苗來。非常明顯地，在這篇小說中，敘事者席離和任沁齡扮演的是T與婆的角色。令我這個詮釋者感到好奇的，除了上提作者對同女的情感變化的維妙維肖的刻畫之外，更加好奇的不如說是想從其中讀出作者的主體性來。總之一句話，商晚筠在書寫這個三個同女戀文本時，她的心智（由其道德性用語看來）仍舊受到強大的父權社會體制的鞏固宰制。怎麼說呢？

─────────────

9　其實，過分敏感或激進的評論家可能早已在〈暴風雨〉這篇長短篇裏，兩位女主角度幸舫和簡童童這對相互依賴甚深甚至到了「掏心掏肺」（頁20）的姐妹淘身上，嗅到同女的一些「蛛絲馬跡」。例如簡童童當司機載度到北部邊鎮客地度年假，在路上由於抱怨及一句「你有才無貌」（頁46）強烈地刺傷後者時，度在「一隻巴掌揮過去了，竟神奇地停在童童俏麗恣意的臉頰，輕佻地反手背摩挲她」（頁46）。這麼一個親暱動作，在一般人看來可能只是一種姐妹淘親情的表現，可是在同女圈中看來，這已強烈地蘊含情欲的含義。

〈街角〉是一篇充滿欲望甚至情欲的小說，但是在描述中，作者卻有意地含蓄或隱晦。先說敘事者「我」，她雖然在任的關懷和體貼下萌生了愛戀之情，可卻不敢對後者有直接的大動作撩撥親暱表態，相反地，她卻把「這股渴慕之情盡量壓抑心底」(《七色花水》，頁 76)。她經常比任早到雅癖閣來，

> 然後固定在樓房後半爿窗側牆落。窗簾撩開，可以遠眺無窮黑夜裏盞盞燈火。我任由它大幅大幅垂落。清風徐來，伊們便無拘無束地悠閒曳擺，輕輕觸撫我，摩挲我底膚髮。我竟錯愕的渴想著那是任沁齡曳地軟綢的飄柔，撫拂我無以言喻的迷惘。我終於了悟我是為了內心一股不斷滋長的錯謬感情而尋求撫慰。(《七色花水》，頁 76-77)

作者竟用移情投射的方式，把敘事者渴望獲致的體膚之摩挲藉由窗簾「伊們」來完成。這當然是情欲的具體表現，可作者卻說「我」跟任沁齡的感情是「錯謬的」！至於任沁齡和紀如莊的情欲互動則是赤裸裸地「現身」。〈街角〉文本第三節寫到「我」首次跟紀如莊碰面時，紀被描述為反應冷漠，「臉無七情」，而任沁齡除了不以為忤，還「伸手撩撩紀如莊腦勺短髮。紀仍無表情，任一點也不生氣，反還不時微笑地投注紀如莊，那種傾慕神態，蘊含一種特別的感情」(《七色花水》，頁 73)。文本第四節有一段寫到任沁齡浴後，其一身清香，不管是鬈曲的濕短髮甚至「潔白完美的腳踝」等，都蠱惑住了敘事者和紀如莊。紀雖對任的話不感興趣，在行動上可卻「索性靠攏任，用手指一遍一遍為她梳頭，狀極親密，也許沒留意濕

髮糾結一綹一綹，把任鬈曲的髮給扯緊了。任低低地噢了一
聲，然後將紀的手輕輕扳開」（《七色花水》，頁 78）。在這一
個情節裏，任從浴室踏出來，然後又跟其男人婆紀如莊有如此
這一幕親暱行為，那當然是一種出櫃／現身儀式，有坦然昭告
天下的象徵意義，這個場面當然叫另一位男人婆席離感到尷
尬。不過當現身儀式完成後，作者還從敘事者的角度給補了一
句：「我無法無視無聞，當一切透明空無」（引同上，頁
78）。單就此一情節而言，我們何嘗不可以說，作者商晚筠顯
然是在利用此一情節演義出酷兒理論（queer theory）中，同女
出櫃／現身的儀式過程，雖然參與這個儀式的只有情節中的三
位同女以及她們在雅癖閣的朋友。

　　最後，我們還是得回到作為作家的商晚筠的主體來。單就
〈街角〉這一個文本來看，這個文本敷演的當然是同女在新馬
的境況，[10] 由於新馬在女性主義（包括同男、同女及酷兒理
論等）比起亞洲其他地區如港臺來，可說還是較遲緩落後的地
區（參見 1988 年楊專訪時，商直說「在臺灣這已經發展了大
段了」的話），而又由於她要向社會做交代，所以她在〈街角〉
中所塑造的三位同女戀愛，她們的主體意識與作者一樣，那絕
對不是波瀾壯闊的，而是深陷桎梏之中。〈街角〉第五節「我」
正在籌措返鄉數月時，有一天任沁齡直截了當問起她對任與紀
間感情的事，敘事者不聞不問當然並不表示她不知情，然而任

10　依據檳城理工大學社科院阿里芬（Rohana Ariffin）的研究發現，許多民
　　間團體鮮少敢於堅持其理念，對於婦女施暴等議題也不敢提出強硬立
　　場，在此情境底下，馬克思主義或是激進派女性主義根本不可能在馬來
　　西亞出現，請參 Rohana Ariffin, "Feminism in Malaysia: A Historical and
　　Present Perspectives of Women's Struggles in Malaysia", *Women's Studies
　　International Forum* 22:4（1999），pp.420-421, 422。

卻補了如下這一句：「我和紀如莊那種感情，從群體的道德準
則和價值觀來看，是人世間一椿不對稱事件」（《七色花水》，
頁85），敘事者雖然有所辯解，說對稱或不對稱顯然是主觀的
意識投射，並非絕對。在〈街角〉最後一節，敘事者從北馬風
塵僕僕地趕到都城去找任沁齡想賡續前緣，才發現紀如莊已遠
離這個重視對稱的同女而去，離去之前還給任留下一筆錢；而
在這個最最節骨眼時刻，飽受愛情挫折與傷害的任沁齡竟然
「變得不敢再付出愛，害怕再落空」，因而「要求席離離去」
（林雲龍：〈商晚筠短篇小說中的愛情〉，頁91）。根據林雲龍
的說法，她們「這三人都是極度愛惜自己，不願意付出感情的
人」（同前引，頁91）。我的看法是，作者商晚筠在敷寫〈街
角〉這個文本時，她的心防或潛意識仍未突破新馬這一帶父權
社會這一強大符籙的宰制。

　　話說商晚筠逝世前一兩年要寫成三兩個中長篇小說，其中
有兩個是關於同性戀的（楊錦郁：〈你會來道別嗎？〉，頁
109），不過，我們從她逝世之後所刊出的〈南隆·老樹·一輩
子的事〉，和《人間·煙火》以及《跳蚤》這兩個未完成的長
篇手稿之中，只看到《跳蚤》這個已完成了兩萬六千多字的中
篇確實是處理了同女的情愛（其他還處理了愛滋病與死亡），
其他〈南隆〉這個兩萬餘字的長短篇涉及的是愛與恨、進步與
衰退等題旨，其中只有小片斷涉及情色，而《人間·煙火》處
理的則是一個叛逆的女兒對一個執意「失蹤」而去的父親的愛
恨交織。

　　依據商晚年堅決而又艱苦地改改寫寫而仍未殺青的這兩個
中長篇，及已完成的〈南隆〉這一篇來檢討，她的文字又有所
突破，不管是對白或是描述，都顯得越來越簡潔。在人物刻畫

方面，男性角色都僅居邊緣地位。例如《人間‧煙火》，在她所草成的四十四小節裏，敘事者許典爾的風流父親許百洲在第十四小節之後即已「失蹤」，這一來，這個中篇幾已變成敘事者與其繼母這兩個女人的搏鬥。許百洲失蹤前已六十五歲，他迎娶了敘事者的高中同學陳謹治為繼室，其實他們過的是無性生活；我們讀者只「聽到」許百洲如何風流倜儻，可就未見到任何有關的情色書寫，當然更甭談刻骨銘心的愛情場面。在所完成的將近三萬字之中，我們根本看不到任何有關同性戀的伏筆，由於小說家商晚筠已於 1995 年 6 月 21 日去世，她悶葫蘆中到底要賣的是什麼藥可已永遠消逝了。

　　正如三幾位評論者所指出的，商晚筠的小說文本就不太經營男歡女愛的場面，通常是「性不是一種享受，愛也凄楚」（李瑞騰：序《七色花水》，頁 10）。[11] 由於我這篇論文著重在情色和愛欲這些較另類的文本上頭，因此對於比較屬於愛情這部分就都盡量略而不論，不過在進入探討另外一個未完成的中篇《跳蚤》之前，我們還是先引用〈南隆〉這約兩萬字的短篇中唯一的一段情欲書寫於下：

> 　　她二十三生日那天，柏年信沒來電話也沒來。她心情低劣，把柏年進大學之前送她的訂情戒指泡在啤酒桶裏。那個雨夜，出奇的燙熱……
> 　　她只低喚他名字，卻除了鼻息，什麼也沒說。他想是不是應該送她回家，卻怎麼也開不了口。驀地她一個轉身

11　類似的看法，至少請參林雲龍的〈商晚筠短篇小說中的愛情〉，收入《資料集》，頁 88-89。林雲龍這篇論文是諸多談論商晚筠小說中「愛情」這主題較好的一篇。

面對他，阻擋了窗外景色。他的視線落在她略微撇開的
衣領下，一片泛著晶亮汗水的桃紅肌膚，他已經沒有後
退轉身的餘地。

半打啤酒給她壯了膽豁出去。人在懸崖，他不想勒馬，
任她兩手勾緊脖子，往自己身上掛，他笨拙地移動她的
身體，不敢正眼銜接她媚麗的眼光。他把臉埋在她桃紅
色的胸口，緊緊貼著她小巧有勁的乳房。兩個人置身於
侷促低矮店鋪閣樓，他不想再抽身後退。

大半夜的，父親以為他醉酒跌床，上來叩了幾次門板。
「阿義，喝醉啦，別喝那麼兇了，早點睡，明早起不來
了。」

兩人徹夜沒睡。水秀像一件貼身的軟綢，貼著他汗濕的
身體。他興奮地將她反覆翻騰，在歡娛的吮吸中墜入她
肢開的女體，同時承受她痛苦的嚙咬。

（《南隆·老樹·一輩子的事》，頁 191-192）[12]

在這個性愛場景裏，水秀之所以會跟青梅竹馬的玩伴楊正義纏
綿在一起，理由非常簡單，她遠在新加坡就讀大學的未婚夫在
她生日那天未來電致候，致使她「心情低劣」，甚至可能懷疑
他對她感情已有變化，再加上酒精的激發，她就在這樣不由自
主的情景下，把自己「豁出去」。其實，在商晚筠好幾篇寫到
男女的情愛部分，這一篇中的性愛書寫似乎還是較為「單純」
一些的。不過，一旦等到水秀的未婚夫沈柏年回到鎮上，並駕

12　編者按：商晚筠的遺著《跳蚤》在召開是次會議的五個月後，由南方學
　　院馬華文學館出版，共收小說五篇，包括〈南隆·老樹·一輩子的事〉
　　和〈跳蚤〉。以上所引段落，亦見商晚筠《跳蚤》（士姑來：南方學院馬
　　華文學館，2003 年），頁 106-108。

機車來向楊討回公道時，楊的懦弱與善良就完全暴露無遺，在水秀哭得死去活來的求情下，他竟然會把自己跟水秀的愛情結晶都可以「犧牲」掉；他所認為所要繼承的雜貨店以及店前的老樹不會倒，那都已是癡人說夢了。相對於水秀的冷靜與機會主義性格，他顯然是太優柔寡斷了；他之最後為了拯救父親，在貨車上活活被衝過來的挖泥機的挖手打死，這才似乎是其「救贖」呢。有一位批評家說得好，「商晚筠短篇小說中的愛情，大多數都不是良好的關係，不是一種彼此成長的關係，而是一種讀來令人覺得悽愴、心靈痛楚、悲觀迷惘的愛情」（林雲龍：〈商晚筠短篇小說中的愛情〉，頁89），水秀與楊正義的情愛確實就是這樣一種關係，互耗而不曾成長。

論文前頭已提到，商晚筠一直都希望能突破性別的障礙，在書寫時能臻至一個小上帝的制高點，證諸她1980年代中期性向轉移之後，她並沒有完全撒手不碰異性戀（〈南隆〉即是最佳例證）或其他議題。她似乎有點遊走於女性主義中原質性與非原質性之間。她最後未完成的另一份手稿《跳蚤》，處理的是名模公孫展雙染上愛滋病的故事，其中情色與死亡的意象／題旨反覆出現，令人讀來有窒息之感，根據商晚筠之摯友湯石燕寫給楊錦郁的信中說，商晚筠在逝世之前，為了處理好這篇中篇的各細節兼場面，她曾一再修改，謄謄寫寫，越抄越亂，一共抄謄了六稿（信引見李瑞騰：〈商晚筠未結集作品略述〉，頁52）。她在在寫作這篇死亡之書時，自己也在走向死亡，其內心的掙扎應當殊為強烈。

《跳蚤》這一篇採用倒敘法和意識流技巧，時空不斷跳躍，背景從檳城寫到瑞士巴塞爾和德國海德堡等地，背景寬廣，全篇佈滿情色／欲的意象和暗示。既然說的是要寫一篇有

關同女的故事，照說（或至少）應該有比〈街角〉這短篇更激越或是亢奮的同女情愛場面吧，或者說主角之一的公孫展雙這名模之感染上愛滋病，應與她的性伴侶名記者榮世寧有關吧，讀者如果往這個角度思考，那就失之交臂了。她之患上愛滋病是來自於跳蚤，千真萬確，因為在海德堡賣跳蚤給展雙的那個吉卜賽流浪漢已被證實是「死於愛滋病」（《跳蚤》手稿，頁51），[13] 而她在下海當東方美女跟尋芳客性交易時，曾被流浪漢的跳蚤叮咬了八、九次。另一方面，《跳蚤》雖只完成了四十五個章節中的二十五個，而從作者留下的故事大綱「天書」中，我們也未發覺她有意經營比已寫成的前半部更加勁爆的情愛書寫場面。

　　無論如何，《跳蚤》是一篇有關同女的情欲掙扎的故事是不容置疑的。它採用倒敘法和意識流，打從公孫展雙的死亡展開，然後是「未亡人」榮世寧的孤寂與近乎崩潰的情緒，她在獲悉這個青天霹靂那時起，就決定放棄工作來陪伴展雙。經由敘事的不斷跳躍，她倆的關係也由誤會、相識到進入瞭解，以至聯袂出遊，甚至惺惺相惜的階段，其間當然有她倆劇烈的爭執甚至情欲的暗示，可就沒有她們的性愛書寫。我們看來看去，最勁爆的情色文本應該是第十一節展雙「下海」充當東方美女這一幕：

　　　　展雙平躺床上，頸項到小腿肚包紮密實，除了兩條裸露在外的胳膊，在忍受凍僵的秋寒……
　　　　端送到客人眼前這一道中國點心，是一顆肉香四溢的人

肉粽子，等待一隻跳蚤。

客人先是一怔：「天啊，木乃伊！」

大吉利是什麼木乃伊！你摸摸看，貴族的臉貴族的肌膚，她眼睛還眨啊眨的，這道名菜還是正宗的帝王後裔呢。我當然心痛五十馬克把她給糟蹋了，祖先積德無奈子孫不肖，說來一言難盡，麻煩你先付押金五十馬克please。

客人一臉色豬簡直是上魚市場採購心態，左挑右揀，無非貪圖新鮮活猛。他好不容易點了一隻肥大有勁上了白漆的跳蚤。我把蟲子塞入繃帶裏，展雙鎖眉沈吟，嗯哼一聲。

限時三十分鐘，這隻白色跳蚤你抓了還我，活的算數，我立刻把押金外加五十馬克奉上，我包你穩賺，喂你還愣什麼愣上啊，這神奇小蟲吸飽了血它就拍拍屁股溜了！

客人經我一疊聲吆喝催促，尋花問柳的心情早就兵荒馬亂。他亂無頭緒的摸索繃帶口，更沒時間解褲腰帶。

　　　　　　　（南方學院館藏《跳蚤》手稿，頁20-21）[14]

這一幕全由敘事者榮世寧想出的點子而把展雙推上祭（妓）壇，就這樣讓她們賺夠盤纏，那年秋天才不至於餓死異鄉。如果故事的進展係到此一美女／跳蚤為止，則出餿主意的榮世寧應是展雙之死的巨惡罪魁。問題是，商晚筠的「天書」大綱第三十九節中提到，展雙真正染上愛滋病的秘密寫在她朋友從海

德堡寄來的一封信中，這封信才是《跳蚤》這個文本的最大轉折，可這帶動情節轉折的秘密卻已隨著作者的去世，而永遠無法「真相大白」了。

總之，從商晚筠留下來不太多的小說文本裏，我們可以發覺，她是非常嚴謹的一位小說家；她的文字與技巧都能與時俱進，女性意識與對女性的關懷也越來越顯著。令我們感到遺憾的是，新馬社會的父權體制彷彿一直對這個才女加壓，使她一直過得很窘迫。[15]

參考書目

永樂多斯：〈寫作，我力求完美（專訪）〉，《星洲日報・文藝春秋》，1995 年 6 月 27 日、7 月 1 日；收入《資料集》，頁 138-140。

───：〈對成人沈默與孩子笑〉，《新潮》第 366 期，1992 年 5 月 1 日；收入《資料集》，頁 205-206。

任芸芸記錄：〈女性作家與創作題材〉，《聯合早報・文藝城》，1989 年 9 月 24 日；收入南方學院馬華文學館編：《商晚筠研究資料集》，士姑來：南方學院馬華文學館，

---

15 本論文 2003 年 2 月 22 日早上在新加坡舉辦的「當代文學與人文生態」國際學術研討會上宣讀時，承我以前師大的學生張錦忠博士提醒我其中一個時間點可能有錯誤，致使我回臺北之後重讀檢索相關資料，加以改正過來，特此致謝。同時，我也特別參考了李錦宗發表在《星洲日報・文藝春秋》上那篇〈商晚筠年表〉，希望把商的一些行蹤以繫住年份，俾能提供較可靠的資訊。至於我對西方同女自 1960、70 年代的本質派一直進展到 1990 年代的酷兒理論的瞭解，主要參考了 Linda Garber 的 *Identity Poetics*（New York: Columbia University Press, 2001）一書。

2000 年，頁 152-155。

李有成：〈女性關懷——評商晚筠的《七色花水》〉，《中時晚報》，1991 年 10 月 27 日，第 10 版。

李瑞騰：〈商晚筠未結集作品略述〉，1997 年 11 月 28 日至 12 月 1 日在「馬華文學國際學術研討會」發表；收入《資料集》，頁 49-60。

———：〈《七色花水》序〉，商晚筠：《七色花水》，臺北：遠流，1991 年，頁 5-11。

林雲龍：〈商晚筠短篇小說中的愛情〉，1994 年 9 月 11 日在「馬來西亞華裔婦女學術研討會」上發表；收入《資料集》，頁 87-93。

柳非卿：〈反「反批評」〉，《蕉風月刊》第 308 期，1978 年 10 月，頁 4-6。

———：〈評「夏麗赫」〉，《蕉風月刊》第 305 期，1978 年 7 月，頁 108-111。

馬嘉蘭撰、紀大偉譯：〈衣櫃、面具、膜：當代臺灣論述中同性戀主體的隱／現邏輯〉，《中外文學》第 26 卷第 12 期，1998 年，頁 130-149。

奚修君整理：〈臺灣女性主義文學與文化研究書目〉，附在張小虹：《慾望新地圖》，臺北：聯合文學出版社，1996 年，頁 202-244。

張小虹：〈性別的美學／政治〉，《慾望新地圖》，臺北：聯合文學出版社，1996 年，頁 108-132。

張娟芬：《姊妹戲牆》，臺北：聯合文學出版社，1998 年。

陳鵬翔：〈寫實兼寫意——馬新留臺華文作家初論〉，王潤華和白豪士編：《東南亞華文文學》，新加坡：新加坡歌德學院

　　　與新加坡作家協會，1988年，頁277-311。

商晚筠：《跳蚤》，十姑來：南方學院馬華文學館，2003年。

———：《跳蚤》（遺稿），藏南方學院馬華文學館，一共五十

　　　四頁，另附八頁〈故事／分場天書〉。

———：〈南隆・老樹・一輩子的事〉，收入王錦發和陳和錦

　　　編：《南隆・老樹・一輩子的事》，八打靈：南洋商報，

　　　1996年，頁174-199。

———：《七色花水》，臺北：遠流出版公司，1991年。

黃梅雨（李錦宗）：〈商晚筠年表〉，《星洲日報・文藝春

　　　秋》，1995年6月27日；收入《資料集》，頁227。

楊錦郁：〈你會來道別嗎？——哀商晚筠〉，《南洋商報・商

　　　餘》，1995年7月18日；收入《資料集》，頁168-169。

———：〈走出華玲小鎮——訪大馬作家商晚筠〉，《幼獅文藝》

　　　第420期，1988年12月（原題〈趨向成熟的坦道去〉）；收

　　　入《資料集》，頁142-149。

顏宏高：〈「評夏麗赫」文中的幾點謬誤〉，《蕉風月刊》第307

　　　期，1978年9月，頁4-9。

Ariffin, Rohana. "Feminism in Malaysia: A Historical and Present

　　　Perspectives of Women's Struggles in Malaysia", *Women's*

　　　Studies International Forum 22: 4 (1999), pp. 417-423.

Garber, Linda. *Identity Poetics: Race, Class, and the Lesbian-*

　　　Feminist Roots of Queer Theory. New York: Columbia

　　　University Press, 2001.

強化新華文學的主體性和獨立性

——新加坡文學評論與研究生存狀態考察

⊙古遠清

一、新加坡是最適合研究本土華文文學的國家

如果將新加坡的文學評論與研究放在整個世界華文文學範圍內來考察，就不難發現：新加坡的文學評論與研究在海外華文文學中所取得的成績，堪稱獨樹一幟。

這個成績的取得，和新加坡的華文文學主體性的覺醒有極大的關係。自 1945 年脫離日軍統治後，於 1947 年末到 1948 年初，新馬華文壇展開了一場聲勢浩大的有關「馬華文藝」與「僑民文藝」關係的辯論。在這場論戰中，儘管中國派的作家陣容強大，如有郭沫若、夏衍這類大家參與，但當時的政治和社會氛圍均不利於外來的作家，且「僑民文藝」已不符合新加坡在日戰後的文學發展潮流，與當時社會政治的發展步伐不合拍，因而在這場論戰中佔了上風的本土派，促使不少寫作人意識到：南洋文藝應有「洋」的色彩，它不應再是中國文學的延續，或將其看作為中國文學的一個分支；無論是新華文學還是

馬華文學，都應具有熱帶叢林的鄉土色彩。只有這樣，才能成
為名副其實的新馬華文學。對一位作家而言，不應再把中國生
活作為創作的主要源泉，而應著重反映赤道線上人民的苦與
樂。對一位評論家來說，不能再像過去那樣言必稱中國上海，
而應把本地文學創作現象納入自己研究的視野。這場討論不僅
對作家轉變文學觀念起到重要作用，而且對評論工作者也有劃
時代的意義。因為只有當作家、評論家明確了自己的文化身分
後，才能意識到該寫什麼，該選取什麼對象作為自己研究的目
標，才能不負時代的使命，創作出優秀的作品和盡到評論家的
職責。

這場論爭只能說是基本觀念趨向一致，還不能完全說已消
除歧見，也不可能由此割斷與中國文學的聯繫，因而有的評論
家在論爭過後，仍埋頭評論和研究中國的文學思潮及其作家作
品，但畢竟難成氣候。特別是到了今天，新加坡已較難找到以
研究中國當代文學為主業的評論家。即使把中國文學作為主修
目標之一的研究者，一旦研究起中國文學來，用的也是新加坡
人的視角，如王潤華研究老舍在新加坡寫的作品〈小坡的生
日〉，[1] 所強調的就不是北平的豆汁味，而是南洋的榴槤味。
他認為，不能只透過中國文化、社會和價值觀去瞭解這部作
品，還必須「吃過榴槤或穿過紗籠」，「對新加坡多元種族的
社會及教育問題」有所瞭解，才能看懂作品中兒童們的遊戲所
表現的意義。[2] 他多次強調：在新加坡研究中國文學，最終目

---

1 老舍：〈小坡的生日〉，《小說月報》第 3 期，1938 年 1 至 4 月，頁 56-
  62。
2 王潤華：〈老舍在新加坡及其南洋小說〉，《秋葉行》（臺北：合志文化
  事業公司，1988 年），頁 238。

標一定要本土化，以新加坡人的立場及眼光作為出發點，這樣比較有收穫，而且有意義。[3]

　　新加坡的評論家之所以會把眾多精力投入本土文學研究，高揚新華文學的主體性和獨立性的旗幟，從外緣條件方面來說，有如下幾種原因：

　　一、在時空上，中國離新加坡太遙遠。要去研究國外的文學自然會有許多障礙和力不從心之處，至少在資料的佔有及資訊的傳遞方面，會遇到巨大的困難。

　　二、評論家已明確自己的身分：是新加坡作家而非中國學者。本國評論家把主要精力放在本土文學研究上，是天經地義和順理成章的事。

　　三、不同於馬來西亞、泰國，新加坡華人在當地佔大多數，新加坡華文文學評論家自然會對主流作家作品懷有巨大的研究興趣和熱情。何況新加坡當局不但對華文文學不採取歧視政策，反而把它視為國家文學的一部分。這在客觀上便鼓勵新加坡評論家去研究本地文學現象及其作品。

　　四、新加坡有眾多的華文文學報刊，為華文文學評論家施展自己的評論才華，提供了用武之地。

　　總的說來，作為華人佔多數的新加坡，中華文化是不可能斷絕的。當前的統治者為了與世界接軌，強制推行英文壓制華文，這對掌權者只會有害而無利。在精神上如此接近中國的環境裏，新加坡是不可能完全被西化的。南洋大學被解散最後又想恢復──雖然這恢復很可能是徒具「形」而不具「神」，但表明當局畢竟還是把華文文學與英文、馬來文和淡米爾文平等

3　王潤華：《華文後殖民文學──本土多元文化的思考》（臺北：文史哲出版社，2001 年），頁 2。

對待，因而新加坡仍是最適合研究本土華文文學的國家。

二、方修：新馬華文文學史學科的開創者

　　新加坡文學評論主體意識的覺醒，雖然始自 1940 年代後期，但真正取得突破性進展是 1960 年代以後的事。

　　方修是突破性進展的一個代表，同時是海外華文文學史上鮮見的以研究本土文學著稱的文學史家。他對東南亞華文文學所做出的重大貢獻，表現在他對第二次世界大戰前後包括新加坡文學的馬華新文學研究，編著有三本以「史」的名義出版的《馬華新文學史稿》、《馬華新文學簡史》、《戰後馬華文學史初稿》，另有《新馬文學史論集》、《馬華文學史補》，還編纂了戰前與戰後的《馬華新文學大系》、《馬華文學六十年集》、《馬華文學作品選》，及以著名作家為對象的作品選集。文學創作則有雜感隨筆《避席集》、《長夜集》等約二十種。

　　關於方修對馬華文學研究的貢獻，筆者在〈方修：馬華文學史研究第一人〉[4]中說過：方修是自馬華文學誕生以來，系統深入研究馬華文學、對馬華文學的性質和特點做出科學界定、對馬華文學的源頭和分期做出合理介說的第一人，方修也是在海外華文文學界本地人寫本地文學史的第一人。

　　以前的馬華文學研究，多局限於作家作品評論及某些文學論爭的評價和文學現象的描述上。自從方修的《馬華新文學史稿》等著作出版後，馬華文學才開始成為真正一門學科，從根

4　古遠清：〈方修：馬華文學史研究第一人〉，《人文雜誌》第 16 期，
　　2001 年 9 月，頁 85-91。

本上改變了馬華文學研究不算學問及馬華文學無史的局面。

　　當然,方修用現實主義文學觀來描述馬華文學史,對現代主義還表現了一種貶斥態度,並用政治事件作為文學史分期的標誌,尤其是在剖析文學思潮時多用政治視角而審美色彩淡薄;此外,還遺漏了華人用馬來文等文字書寫的文學,因而他的馬華文學史研究,還不能說是這門學科的成熟標誌。但必須強調的是:馬華文學自來無史;有之,則自方修始。正因為我們把方修的論著看作是馬華文學作為一門學科創始的標誌,故此後關於馬華文學史的研究著作,儘管運用的研究視角和方法及取得的成績與方修不甚相同,可在整體思路和框架設計上,無疑參考過方修的論著,吸收過他的研究成果。年輕的旅臺馬華學者儘管對方修著作持懷疑和否定態度,但他們由於未把臺灣視角與馬華本土實踐結合起來,因而這種批判說服力量不強。至於中國學者編海外華文文學辭典一類的工具書,大段大段引用方修的著作,也不在少數。因而可以毫不誇張地說,在馬華文學史研究領域,至今仍未脫離「方修時代」。

　　方修所做的是資料的搜集、整理、歸納與吸收的工作,這是學院派評論家的基本功,但還不能由此認為方修是一位典型的學院派評論家。學院派評論家的學院身分固然重要,但一般含義上的學院派評論家,是指他們十分強調批評的主體性,提倡文學批評的學科建設,重視文學評論的範疇、術語和關鍵字的詮釋等問題。方修那時還不完全具備這些基本理論建設的條件,只有像王潤華這樣受過本土及西方高等教育的學者,在承繼華族文學傳統的同時不斷吸收西方新思想,以開放的眼光對中國領土以外的華文文學做現代思考,努力把新加坡及東南亞華文文學向國際文壇推薦,從新華文學到世界華文文學做整合

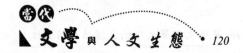

性研究，才有可能產生真正的學院派批評。

三、作為學院派批評代表的王潤華

　　作為新加坡學院派批評代表的王潤華，無論是研究新華文學還是探討世界華文文學，他所強調的均是學理性。他雖然也是一位多產作家，但他一旦操起批評的解剖刀，便講究學理背景，注重學術積累，強調知識傳統和學術規範。和寫詩、寫散文的王潤華不完全相同，從事評論與研究的王潤華有一種學院批評身分確立的訴求。在 1960、70 年代中國大陸學術研究陷入低谷時，王潤華和司馬長風、夏志清等人一直在從事為沈從文恢復名譽的活動。王潤華在研究沈從文的作品時，用唐人張操「外師造化，中得心源」的名言，說明將思想移入自然造化之中，正是藝術品所應表現的最高境界。正如楊瑞仁所說：「王潤華的批評無疑拓展人們對沈從文作品中象徵意義的認識」。[5] 對馬華文文學的研究也是如此。如王潤華提出的「從『雙重傳統』、『多元文化中心』看世界」的觀點，[6] 所做的就是一種學術清理工作。這一工作所確立的是新華文學也是世界華文文學的一個中心，而不能認為只有中國文學才算中心或只有一種中國文化傳統。從這個角度看，王潤華的學術成果並不是案頭式、書齋式的研究，而是有很強的實踐性與批判性。其所批判和揚棄的，是新華文學是中國文學的延伸或充其量只是

5　楊瑞仁：〈域外學者關於沈從文與世界文學比較研究述略〉，《文學評論》2002 年第 6 期，頁 20。

6　王潤華：《從新華文學到世界華文文學》（新加坡：潮州八邑會館，1994年），頁 267。

「邊緣文學」的觀點。

從新加坡建國後到現在的華文文學評論與研究，大致可分為兩個系統：一為從中國南來的，二為新加坡土生土長的。這兩者難免有交叉，但越到後來，其文學概念均不再從中國那裏簡單移植過來，而是生根於本土，立足於本地。這就不是中國的文學評論，而是具有新華文學個性及主體性的評論。以研究新加坡華文文學發展史為例，過去的研究者均把注意力投射到中國「五四」文學的影響上面，以及來自中國的政治及社會思潮的左右力量。而王潤華研究新華文學史，他的著重點是「新加坡當時的社會因素」對新華文學發展所造成的重大影響，即「新加坡文學的形成及發展，應該看作新加坡國家之成長的一環，這樣更能準確的尋找出它發展的正確方向及精神內涵」。王潤華本人雖然沒有寫過新華文學史，但他的〈論新加坡華文文學發展階段與方向〉，[7] 簡明扼要地敘述了新加坡華文文學從「最早期的華僑文學」到「南洋文藝的提倡」，再到「馬華文藝的誕生」、「馬華文學之獨立」的過程，並展望了新華文學的走向，它和黃孟文的〈新加坡獨立以來的華文文學〉[8] 一樣，是研究新華文學必讀的參考文獻。

作為自覺認同學院派評論家身分，又沐浴過歐風美雨的知識分子，王潤華對新加坡文學評論另一貢獻，是把比較文學方法引入新華文學的研究領域。還在研究沈從文的《邊城》時，他就把《邊城》和海明威的《戰地春夢》加以比較。在〈比較文學與新馬華文文學研究〉[9] 中，王潤華把中國現代文學「感

7　同註6，頁3。
8　黃孟文：《新華文學評論集》（新加坡：雲南雅舍，1996年），頁3-14。
9　同註6，頁86。

時憂國」的社會意識，與新華文學中出現的中國情意結加以比較，然後肯定從浪子到魚尾獅的華人困境意象是戰前新馬華文學的最大特色。〈從中國文學傳統到海外本土文學傳統：論世界華文文學之形成〉，[10] 則把新馬與中國文學的關係，擴大到新馬與其他國家的關係，顯出作者視野的寬廣。在評希尼爾、郭永秀、伍木、黎紫書、林幸謙等人的作品時，把宏觀研究落實到個別作家作品的分析上，其中還涉及與新加坡國內其他語文的關係。這種微觀研究，對認識本地的文化根性，反思新華文學的文化空間，仍有啟發意義。

學院評論其本質是一種書齋批評而不是媒體批評。在消費時代，媒體批評鼓吹消費至上，批評家一旦參與其中，批評就會變成一種廣告，這與文學批評的職能是相背的，但不能由此完全把傳媒與學院批評對立起來。只要不是媚俗的大眾化媒體，那這種媒體對文學批評只會有益無害。像王潤華在某些傳媒如《新華文學》上發表的評論，既沒有時尚性、暫態性，也沒有誇飾性、商業性，仍然保留了學理批評的功能。這說明作為學院的高度專業化的評論家，王潤華進入的不全是一種高度自立、自律乃至自我封閉的場域。大學分工的專門化，並沒有削弱他的公共參與能力。相反的，他還長期擔任了新加坡作家協會及《新華文學》雜誌負責人。像他 1999 年主持的「人與自然——環境文學」國際研討會，其論文集就作為《新華文學》專號出版。他在媒體批評中融進學理批評成分，不把學理化批評與傳媒批評對立起來，更不因學院批評轉向傳媒批評取消了學理批評的功能，這對化解媒體與學院的矛盾，無疑是一個很

10　同註6，頁256。

好的示範。

　　王潤華是一位經常注意更新文學觀念的批評家。他最重要的評論著作是《華文後殖民文學——本土多元文化的思考》。[11]這是一本學術界期待已久的研究世界華文後殖民文學的著作。它雖然只是論文集，但作者以多元文化、本土知識、後殖民邊緣性的對話，「一種新的文化視覺與創造力，解讀中國、臺灣、東南亞各地區的華文文學，呈現出跨國族文化的新意義，也幫助我們重新認識世界華文文學的地圖，對多元文學中心的肯定」。像他論述魯迅，與中國大陸學者的角度完全不同。他不從政治思想上著眼，而是論述魯迅在後殖民文學中的位置，魯迅如何使人吃驚地在東南亞曾先後成為反殖民英雄與殖民霸權文化。此外，他還「發掘出老舍的〈小坡的生日〉、〈二馬〉及評論康拉德熱帶叢林小說中的殖民帝國思想書寫，是世界上最早最重要的後殖民文本與理論」。該書對白先勇《臺北人》小說的研究，也是採用全新的角度，認為這篇小說蘊藏著移民殖民地的後殖民文本的結構。他這些研究成果說明：「在全球化與本土化衝擊下，跨國界的流動多元文學現象，已不能只用現代西方或傳統中國文學為典範發展出來的解釋模式去詮釋，要不然對華文文學會造成嚴重忽略與誤讀」。[12]

四、為新華文學學科的建立打下基礎

　　在新加坡，自覺地把文學評論從隨感式的品評提高到學術

11　同註3，〈自序〉。
12　同註3，頁227。

層面上的，還有楊松年。他和王潤華一樣，也是戰後土生土長
的新一代評論家。在 1970 年代末崛起文壇後，他亦曾參與傳
媒工作，主編過新加坡教育出版社的《新加坡文藝》，對培養
文學新人和推動新華文學的發展，起到了積極的作用。不過，
他廣為人知的是他對早期新馬華文報章文藝副刊的研究。在楊
松年看來，「推動戰前新馬華文文學發展的主力，是創設於新
馬報章的文藝副刊」。研究這些副刊，對瞭解早期新馬華文學
的生態環境及傳媒與作家的關係，把握新馬華文學的發展態
勢，是很有幫助的。他在發掘史料時，把史家的意識和學院派
的眼光結合起來，盡可能返回歷史情境裏。他對方修的文學觀
雖有繼承的一面，但也有改進的地方，如他不用政治史而以文
學思潮作為文學史分期的依據，就是一種超越。這裏所彰顯的
個人歷史觀點和處理方式，以及他對早期新馬華文文學史的探
討，還有在〈編寫新馬華文文學史的新思考〉[13] 以及《新馬華
文現代文學史初稿》專著中，對「新馬華文學」等關鍵字的詮
釋，均為新馬華文文學作為一門獨立學科的建立，打下了扎實
的基礎。

　　楊松年的另一合作夥伴周維介除以密集、深入的方式，系
統地整理早期報章資料外，還出版有《評論風景》。[14] 他在評
王潤華、寒川等人的詩作時，體現了新馬華文學創作的多面性
和流動性的特點，表現了作者對本土作家文化身分的認同和反
思。周維介在另一本評論集《新馬華文文學散論》中，[15] 從

13　莊鍾慶等主編：《世紀之交的東南亞華文文學探視》（福建：廈門大學出
　　版社，1999 年），頁 317。
14　周維介：《評論風景》（新加坡：阿裕尼文藝創作與翻譯學會，1986
　　年），頁 63。
15　周維介：《新馬華文文學散論》（香港：三聯書店，1988 年），頁 184。

多角度論述新馬華文文學的成敗得失,展示其發展軌跡。《燈火飄搖十六年》,概述新加坡獨立十六年來的華文文學,屬斷代史範疇。所有這些研究,強化了新華文學的主體性和獨立性。

學院派批評的另一重鎮是年輕的評論家,尤其是一些研究生。還在 1966 年,新加坡大學中文系就開始有新馬華文文學課程,南洋大學則在五年後才把本地華文文學列入教學計畫。新加坡國立大學於 1980 年成立後,繼續保留了「新馬華文現代文學」課程。正是在學院派評論家指導下,產生了一小批具有新意的論文,如 1970 年代有鄭玉芬的《論馬華十部長篇小說》、周亞珠的《馬華文學南洋色彩的提倡(1927-1930)》。林萬菁的《中國作家在新加坡及其影響(1927-1948)》,以新加坡人的立場與眼光,考察和剖析了中國作家與新加坡作家的關係。[16] 來自中國的郭惠芬在楊松年的指導下,寫成了《中國南來作者與新馬華文文學》,[17] 對以往中國南來作家的研究做出了超越,是目前最系統論述中國作家與新馬華文學關係的專著,所體現的仍是注重學理而非注重經驗的學院派評論特點。1990 年代以後還出現了一批帶有前衛色彩的論文。如許吉福對美國非馬網路詩的國際交流研究,和對於都市變遷與文化情結的探討,[18] 改變了以往總是在「作家—作品—讀者」這三位一體建構中打轉的局面。這不僅擴大了新馬文藝研究的疆域,

16 林萬菁:《中國作家在新加坡及其影響(1927-1948)》(新加坡:萬里書局,1978 年)。

17 郭惠芬:《中國南來作家與新馬華文文學》(福建:廈門大學出版社,1999 年),頁 314。

18 許福吉:〈現代詩的新方位〉,《期望超越》(廣州:花城出版社,2000年),頁 160-189;〈都市變遷與文化情愁〉,《香港文學》第 11 期,2002 年 11 月,頁 18-21。

而且也使新馬華文學研究遠離了「馬共／中共」即文學與政治的關係，從而充實了新馬文藝研究的歷史文化內涵。

　　新華文學的文學評論隊伍除來自作家、評壇新秀和大專院校師生外，還有一部分來自媒體編輯。像曾主編《新加坡作家》又寫微型小說評論的黃孟文，便出版有《新華文學評論集》。[19]從事文學和組織工作並主編《新加坡文藝》的駱明，出版有《新華文學——另一片華文文學天空》，此外還有《塵世小語》，[20]對新華文學、東南亞華文文學乃至世界華文文學各自特點、地位及其相互關係和走向，做了進一步探索，對新華文學的發展起到了推動作用。曾負責過新加坡幾家出版社和一家週報編務工作的忠揚，則是 1950、60 年代活躍於新馬文壇的評論家。在他的文學觀念裏，從不嗜好吟風弄月和作無病呻吟狀。他的評論以尖銳潑辣、剖理透徹而少有挖苦諷刺之辭為其主要特色。在新加坡與香港的文化交流方面，他也做了許多有益的工作。曾一度移居香港後又回新加坡定居的原甸，他所著的《香港・星馬・文藝》、《馬華新詩史初稿》、《我思故我論》，[21]對新馬文學創作表現了一種親近力和容受力。書中體現的真知灼見，均表現了創作型、編輯型出身的評論家與新馬文藝所保持的密切聯繫。尤其是《馬華新詩史初稿》，論述了1920 至 1965 年四十五年間詩壇的發展面貌。著者本身是詩人，對詩人詩作的評價常常有獨到之處，這是繼方修的馬華文

19　同註 8。

20　駱明：《新華文學——另一片華文文學天空》（新加坡：新加坡文藝協會，1999 年）；《塵世小語》（新加坡：新加坡文藝協會，2000 年）。

21　原甸：《香港・星馬・文藝》（新加坡：萬里書局，1981 年）、《馬華新詩史初稿》（香港：三聯書店，1987 年）、《我思故我論》（新加坡：萬里書局，1988 年）。

學史著作出版後又一力作,是研究新馬華文學文體發展史的新收穫。來自作家隊伍的史英新近所著的《新華詩歌簡史》、《馬華詩歌簡史》,[22] 不按學者的方式處理史料,而是以詩人的眼光,評價新華詩歌萌芽之初直到緊急狀態期間的演變軌跡;另以十年為一期的竹節式分期法,論述 1920 至 40 年代馬華詩歌起伏不定的演變情況,無論是在史事還是史料的鑑別上,均不受別人的束縛,在一定的程度上表現了自己的研究個性。歐清池的博士論文《方修及其作品研究》,則是目前出現的對新馬作家最具規模的個案研究。他的《文藝絮語集》與《海外來風》,[23] 或討論母語的教育與傳播,或闡述文化傳統的繼承和發揚問題,無不體現了作者在文化大背景下,對華文文學命運的思考和對華人精神家園建設的關懷。

五、獨立於中國之外的一支華文文學批評力量

從上面對方修、王潤華、楊松年等人的評論作品的評論中,可歸納為一個根本性問題:即他們的評論與研究均具有內在的規定性,總的目標是為強化新華文學的主體性和獨立性服務,就是論爭,如方修與他人因馬華文學史觀不同而引起的論戰,不完全是雙方代表不同社會力量爭奪文學史詮釋權的爭鬥,而是兩種不同文學觀念產生碰撞後所出現的一場文學論

22　史英:《新華詩歌簡史》(新加坡:赤道風出版社,2000 年)、《馬華詩歌簡史》(新加坡:文化出版社,2002 年)。

23　歐清池:《方修及其作品研究》(新加坡:春藝圖書貿易公司,2001 年);《文藝絮語集》(新加坡:中外翻譯書業社,1992 年);《海外來風》(哈爾濱:黑龍江教育出版社,1992 年)。

戰。

　　和文學創作具有濃郁地方色彩一樣，新華文學批評具有鮮明的主體性。它是世界華文文學理論批評的一個重要組成部分，也是獨立於中國文學之外的一支華文文學理論批評力量。它在探討中國「五四」新文化運動與新馬華文學的關係、中國作家對新華文學所產生的影響，以及文學現象、文學思潮、文學史編寫和作家個案、新馬華文學不同階段的文體研究及文學史資料整理方面，均取得了一系列成果。

　　然而，新華文學評論與研究的生存狀態也還有不少令人不滿意之處：

　　一是對文學基礎理論研究和美學探討滯後，這方面的論著較難看到。

　　二是評論多是個人自發的分散行為，對一些重大研究項目缺乏協作精神，直到最近《新加坡華文文學史初稿》出版後，這種局面才開始改變。

　　三是不少文學評論仍然停留在隨感式和泛論式階段，尤其是缺乏對新加坡華文文學的文化身分，及其相關的與世界華文文學關係等問題的深入研討。在重寫馬華文學史方面，不如馬華文學界討論得深入。

　　四是商品化、世俗化思潮給文學批評帶來消極影響，使一些評論家或退役，或改行，或未改行卻為了迎合媒體的需要，將評論文字寫成廣告。這類文章所體現的大眾消費或休閒的欲望，解構了文學評論的歷史感和使命感，不能不說是一種倒退。也正因為受經濟大潮的衝擊，使新加坡一直缺乏專門的研究人才和專門發表文學評論的園地。當然，這並不是新華文學獨有的現象，而是整個海外華文文學運動的通病。如何走出這

一困境，將是新華文學評論與研究能否邁上新臺階的標誌。

參考書目

方修：《馬華新文學簡史》，吉隆坡：馬來西亞董總，1986 年。

王潤華：《華文後殖民文學——本土多元文化的思考》，臺北：文史哲出版社，2001 年。

———：《從新華文學到世界華文文學》，新加坡：潮州八邑會館，1994 年。

———、白豪士主編：《東南亞華文文學》，新加坡：新加坡歌德學院、新加坡作家協會，1989 年。

莊鍾慶、陳育倫主編：《世紀之交的東南亞華文文學探視》，福建：廈門大學出版社，1999 年。

陳賢茂主編：《海外華文文學史（第一卷）》，廈門：鷺江出版社，1999 年。

論當代馬華都市散文

⊙陳大為

在馬華文學各文類當中，都市書寫成果最顯著的首推新詩，小說和微型小說次之，都市散文的創作成果一直沒有獲得討論與重視。其主要原因並非都市散文的品質欠佳，而是馬華的文學評論大都集中在詩和小說；加上散文評論沒有合適的西方文學理論可以援用，整體的評論成果自然不及詩和小說。本文以馬華作家近十年來發表的都市散文為對象（包括對街道、公寓等都市空間的敘述、生活感受的表達、存在境況的分析、乃至於最根本的都市認同等等），透過散文的文類特質對都市文學創作的間接影響，進行微觀的論述。為了增加一份不同的參照，本文徵引幾位國際有名的都市計畫專家和建築大師的都市學／建築學觀點，讓文人與建築師的都市觀在論述中對話。

法國建築大師柯比意（Le Corbusier, 1912-1965）在 1925 年出版的《都市學》（*Urbanisme*）中，記述了一段他對大都市的基本觀感：「儘管沿著城市中的路程，靈魂評估著整體預測的品質或無效性，儘管它意識到協調且崇高的輪廓線，我們的眼睛，相反地，順從於視力範圍的有限能力，只能看見一個接一個的基本單位：斷斷續續、不連貫、多樣、複雜且使人精疲力

竭的景致；天空被撕碎而每幢住宅表現出不同的秩序，直到產生鋸齒狀的邊緣線。喘不過氣的眼睛只能感受到疲憊與痛苦，而美麗的輪廓線在此初步的失敗之後，就只能吸引煩擾、疲憊不堪且深感不滿的靈魂罷了」（柯比意，頁81）。這位目光敏銳的建築大師，之所以感到煩擾和疲憊，主要是因為都市空間的碎裂所形成的壓迫感，並非來自都市生活的壓力。

柯比意寫下這段話的時候，正值現代都市建築史上的一個黃金時期。從1890至1930年代，芝加哥、紐約曼哈頓陷入一片摩天大樓的競建狂潮，[1] 越來越成熟的鋼骨水泥建築技術，促使各大財團和建築師盲目追求視覺的崇高與雄渾。這場炫耀性的建築競賽一發不可收拾，「整個城市像是一個由街道分割的巨大與厚重結構物，街道純粹成為行進通廊與通風管道」（Relph，頁68）。一九二五年柯比意所感受到的「超級都市」的空間壓迫，屬於硬體建築的感受，絕對適用於只有一幢摩天大樓的吉隆坡，和島國城市新加坡。

當年美國詩人桑德堡（Carl Sandburg, 1878-1967）面對芝加哥這座當時美國第二大城，以及全國主要的鐵路樞紐，他的詩沒有像柯比意那般焦聚在建築物所產生的壓迫感，他用詩的快門攝取了眾多市民的形象；其成名作〈芝加哥〉的前半首，他向詩中預設的抨擊者坦然承認：芝加哥是粗暴、邪惡、殘酷、險惡的。後半首卻筆鋒一轉，回敬那些抨擊者：「你們能不能給我看另外一座城市，像這樣驕傲地昂首高歌，而顯得如此有活力如此粗魯茁壯精明？」（飛白編譯，頁1325）。粗暴

---

1 1913年落成的Woolworth大樓就有五十二層，並於當年被某個委員會票選為世界上最美的建築物；1931年完工的Empire State Building更高達一百零二層。

與粗獷、險惡與精明，或許真的是認知與授受的不同；經過一番簡單、具體的詭辯之後，他終究肯定了芝加哥無比旺盛的生命力。若要透過〈芝加哥〉來認識芝加哥，恐怕會失之淺薄與刻板。詩本來就不具備這樣的導覽功能。

詩這個文類在創作時要兼顧的條件太多，尤其具象與抽象的平衡，以致許多生活中真實的情境無法原汁原味收納進來，通常免不了一些必要的轉換，把情緒意象化、使情節濃縮得更有力而簡單，而且所有的敘述必須保持起碼的節奏感……所以，要在詩中完整地呈現一幅社會學視野的都市生活境狀、仔細分析都市人口變遷的理由和結果、將人性的「功利」一詞擴展成一種「濃厚的計算性格」，或者想透過人物的對話、眼神和舉止來流露他們對未來的不確定感……根本就是天方夜譚，除非有一手鬼斧神工。唯有大師，才有這麼一手鬼斧神工。

詩，是一個不宜太複雜的文類，因為它必須再經過解碼。馬華詩人筆下的吉隆坡，大都是簡單或負面的；除了一系列關於茨廠街的街道書寫，比較能融入主體的情感，其餘詩作的思考框架稍嫌固定，現象的陳述多於問題的探究。總而言之，缺乏一種學理上的縱深。[2] 暫且不管馬華都市詩的質地如何，它畢竟累積了非常可觀的創作成果，堪稱馬華都市文學的地標。

桑德堡的都市景觀是詩的形式，所呈現的畫面是概念性的；柯比意的敘述則是論說性散文，視覺與感受獲得良好的共振。散文的文類特質跟詩不同，它更自由，可以從容地出入學理與抒情，可以在敘述中充分地表現主體情感對景物的共鳴，

---

2 關於馬華都市詩的論述，詳見〈街道的空間結構與意義鏈結——馬華現代詩的都市書寫〉和〈感官與思維的冷盤——1990年代馬華新詩裏的都市影像〉二文，收入於陳大為：《亞細亞的象形詩維》（臺北：萬卷樓圖書

況且散文本來就具備論說的功能，是最接近學術論述的文類。所以讀者應該對都市散文在文化視野、敘述策略、情感和思想深度方面，比都市詩要求得更嚴格。從「理論」上來看，擁有高度「敘述自由」的散文，「似乎」比詩更適合都市題材的書寫，[3] 雖然散文是一種易寫而難工的文類。

其次，散文的先天本質便是一個比較「真實」的文類。文本中的「真實」或許是生活情節和感受的剪裁，也或許是「虛構出來卻看起來非常真實」的事件與情境（其實只有作者知道什麼才是「真實」）。不幸的是，長久以來讀者對散文的傳統認知和閱讀心態，讓這個文類擺脫不了「真實」二字（更精確的說法是：「真實（感）」三字）。這股潛在的創作／閱讀意識，在某個程度上影響了都市散文。

「敘述自由」加上「真實（感）」，已足夠讓都市散文和都市詩產生詮釋心態與策略上的明顯差異。

都市中的個人生活感受，遂成為馬華散文作家最熱門的素材。

了無新意的「塞車」情節是詩和散文都少不了的，那是每一個吉隆坡居民的頭號噩夢（絕對負面的真實生活感受）。土生土長的陳富雄（1977-）在〈霖〉一文中，對塞車進行了最典型的描述：「在這一刻，一切都似凝滯了。我在行駛與停頓間挪移而行，電單車就在車與車之間偏身而去。都是走在夾縫中，時間也是在縫隙中流連，但是坐在車內的我，像處於囚房的犯人，什麼也抓不住」（《文藝春秋》，2001 年 7 月 15 日）。他設計了一場大雨，配上夜色，再用綿綿不絕的形容詞去描繪

---

3 這個現象可以在飲食、旅遊、自然寫作等主題的創作，獲得更明顯的印證。

塞車的感覺，還有如何從車陣中突圍而出的思緒。要是這篇散文就這麼一路濕答答淋下去塞下去，不如乾脆別寫。

所幸陳富雄另有埋伏。當大雨隱去車外全部的畫面，便傳來一陣救護車的警鳴，「從倒後鏡上仍不見其影，但是遠遠近近地傳來，尖拔的聲音叫人心急」（同上）；警鳴活絡了淤塞的車流和意識，像一枚巨大的問號釣走大夥兒的好奇。文章的重點不在最後揭曉的車禍內容，而是都市人對這場不幸的心理反應：「這些人不會記得她，可是卻會記得曾經有這麼一場厲害的雨，耗費了他們的時間」，「然而，又會有什麼長駐於記憶中？報章上每天都有車禍罹難者的照片，一聲嘆息後還會殘留什麼呢？」（同上）從最常態的塞車所造成的「煩悶」（正），到車禍所引發的另一場因「好奇」（奇）而造成的堵塞，再轉折到事後的「冷漠」（正），這一系列「奇正互換」的情節變化，道盡駕駛人的道德心理，精準地印證，微妙的默認，假假輕嘆一聲。

這個在都市詩裏長期被眾多一體成形、陳舊不堪的塞車意象所統治的題材，或許因為散文的篇幅較為寬廣，讓作者得以在車陣中埋設起伏的情節，替大雨配上煩躁與好奇的背景音樂，塞車的心理不但細膩，還能產生階段性變化，最後再加上一段力道適中的省思。對塞車題材的詮釋，〈霖〉表現得比一般典型化的都市詩來得深刻、多變，而且扎實。

馬華都市詩對生活／生存境況的描寫俯拾皆是，主要傳達某種概念化的感受：孤獨、冷漠、沈淪、茫然、絕望、支離（如：方昂〈KL即景〉、周若鵬〈酒吧即景〉、張光前 "One Night Stand"、李笙〈冷漠是一種傷〉和〈廢墟懷想〉、呂育陶〈末世紀寓言〉和〈你所未曾經歷的支離感〉等等）。這些詩作

的敘述都很集中，題旨明確，情節簡單，不會像黎紫書
（1971-）的〈游擊一座城市〉那般多層次經營與繁複鋪陳。

　　〈游擊一座城市〉距離柯比意的《都市學》七十三年，但
兩者對都市的視覺感受沒有本質上的差別：「灰黑色的天空懸
在這城市的井口，看來像一小片寒磣的碎布」（陳大為、鍾怡
雯編，頁479），「這城市的著色日益深沈，粗糙的線條壓抑
著內在的動盪。即便是在炎陽灼人的正午，唯有炭筆和8B鉛
筆可以利用畫紙製造出極強的光影反差，卻被處處聳立的高樓
大廈投射巍峨的暗影，猶如昏鴉的巨翅遮蔽人們虛無又藐小的
想像空間」（頁481）。可見，有些本質性的感覺是歷久彌堅，
永續延伸的。不同的是，黎紫書筆下的都市較柯比意多了幾分
似幻似真的意境。

　　為了有效凸顯都市的灰暗與僵硬，黎紫書在「真實」的都
市經驗中，「虛構」了一隻線條優美、色澤雪亮的白鴿，穿梭
在現實與冥想的夾縫中，進行冷熱的比對，釋放壓抑在視覺底
層的心靈訊息。透過這隻白鴿，以及「繪畫式」的敘述，她成
功創造一幅充斥著巨大色塊的城市風景；白鴿之輕與建築之
重，虛實交錯，忽而流暢忽而淤滯，產生對比強烈的視覺效
果。在近四千字的散文版圖中，她充分利用鴿子和城市的「互
動效應」，營造出極為獨特的都市視野與心理景象。這種揉合
了視覺與心理活動的「互動效應」，唯有較大篇幅的敘述方能
承載。

　　散文較寬闊的敘述版圖，如劍之雙刃，並不保證一篇都市
題材的成功，有時剛好足以鬆懈作者的自律，肢解主題、稀釋
文氣。同樣是街道書寫，鄭世忠（另有筆名文征，1954-）在
〈邊走邊看邊想〉就犯了「逛街」的毛病：「我看著這十分唐

人的街道,心底不禁浮出許多大城中的唐人街,總侷促於一
隅,偏安一時,也不強求什麼,因為都是平凡人的意願,不會
讓人不安。走完那條街,前頭有幾幢摩天大廈,居高臨下俯看
這個已漸漸沒落的地區」(《文藝春秋》,1997年6月29日)。
在都市文本裏「逛街」,不能走馬看花,要逛出價值、要有所
「發現」。尤其這條文化特質十分鮮明的唐人街(茨廠街),它
「是一條以人物和店鋪組織起文化面貌與性格的街道,強大的
文化魅力使它在眾多詩人的筆下,顯現出獨特的『地方感』
(sence of place),一種經由親身經驗、傳媒見聞、視覺意象建
造而成的自主心靈之產物,雖然它在一定程度上仍然維繫著與
歷史和社會的關係」(陳大為,頁27)。

　　這場歷時二十年的「造街運動」,可視為馬華都市詩重要
成果之一;如果將之化整為零,逐篇細讀,其中大半「茨廠街
詩作」不免失之單薄與簡略。都市詩好比廣告,凸顯創意,直
指核心;都市散文則像電影,對「地方感」和「感覺結構」的
經營,對都市人性的刻畫,遠比都市詩來得從容。「每一個城
市都曾經歷過興盛和衰敗的歷程……每個時期的建築技術、都
市設計和道路的規畫方式都不同。如果都市變遷過程的時期明
顯,我們可以讀出一個城市的成長興衰規模和背後隱藏的故
事」(胡寶林,頁90)。茨廠街儲蓄了大量都市變遷的痕跡,
馬華詩人已經傳神地勾勒出它的歷史輪廓和空間質感,更細部
的工作應該由散文(或都市研究論文)來完成。鄭世忠雖然很
努力地去描述茨廠街的景象,並企圖營造出一種時間流逝的蒼
涼,但他沒有凝聚出敘述的焦點,沒有展現他的都市文化視
野,所以無從「發現」或「凸顯」茨廠街的文化或社會問題。

　　另一位中生代散文作家陳蝶(1953-)在〈毒龍潭記〉

裏，用滿地的「痰」來焦聚關於茨廠街的文化批評。茨廠街不但「五步一小痰十步一大痰」，而且「有的新鮮熱辣，有的清有的濁，有的稠而黏，有的白而泡，不論溝邊路面街中道左，我剛在心裏呸完，迎面而來的仁兄仰天吸納又吐一口！」（蕭依釗編，頁214）陳蝶對痰的種種描繪，加上那位「仁兄」的神來一吐，非常有效地凝聚成一個令人作嘔的文化焦點。茨廠街的空間特質與文化形象，便由這遍地的、多元形態的痰，一口一口地建構出來……從強烈的鄙視到無奈地接受，陳蝶還是忍不住反諷：「發現唐人街給人吐了滿地惡痰值得那麼大驚小怪嗎？沒有痰癮的街還叫唐人街嗎？」（頁215）

　　經過一番歷歷在目的噁心敘述，「痰」已成為「茨廠街低俗的市井文化」之象徵；但她並沒有就此打住，隨即又指出：茨廠街一帶共有五家中文書店，少說也有十幾萬冊書刊，加上印度人的書報攤，「浩瀚的文字和資訊居然教化不了一幫路過者去認識一個粗淺的公民意識——不可隨地吐痰！而我注意到多數吐痰者都是中年以上的華籍男人」（頁215）。「五家中文書店」跟「隨地吐痰」擺在一起，立即擴大且深化了問題，那口「痰」遂升級到「華社低俗的市井文化性格」的象徵地位，茨廠街變成一個把現象濃縮在喉、然後猛力一吐的舞臺。

　　陳蝶花了近五千字的篇幅，多層次地鋪敘她對茨廠街／吉隆坡的文化批評、對國族的認同和感受，以及個人愛恨交織的都市情感。從文化批評的深度而言，〈毒龍潭記〉確實超過所有「茨廠街詩作」；不過詩人方路（1964-）筆下的三首「鬧中取靜」的〈茨廠街〉、〈茨廠街習作〉、〈茨廠街店鋪之書〉，卻捕捉／營造了茨廠街的另一種空間質感：流動、朦朧、古舊、洋溢著飄忽如煙的襯底音樂，飄忽和疏離的場所精

神躍然紙上（陳大為，頁37-44），這一點是〈毒龍潭記〉遠遠不及的。兩者一實一虛，各有千秋。散文和詩在文類特質上的差異，間接影響了詮釋策略、焦點、技巧的運用，連都市文化視野的傳達也有層次上的差異。不同的文類「很可能」形成兩個風貌相異的街道書寫。

在義大利著名建築師暨學者羅西（Aldo Rossi, 1931-1997）眼中，古老的建築是極其珍貴的作品，他指出：「有些作品在古老的城市組織中代表著某種原始事件，這些作品不僅能禁得起時間的考驗，並能表現出特性；雖然它們的原始機能可能已經改變或完全喪失。最後乃成為城市的『片段』，使我們不得不以都市的觀點而非建築的觀點加以探討」（Rossi，頁170）。茨廠街正是一件不可多得的「前賢遺作」，一個歷史的「片段」；作為一條「唐人街」，它卻被吉隆坡大量的華人人口稀釋掉原始的角色，殘餘一絲隨時被湮滅的史料價值。但它奇特的文化地位／角色，有十分迫切的研究價值和書寫價值。「茨廠街散文」是值得經營的方向，它會比詩更能探究吉隆坡的社會與文化變遷。

除了茨廠街，吉隆坡可以挖掘的事物一定不少。在吉隆坡定居多年的鄭秋霞（1963-），對首都的衛星市——八打靈再也（Petaling Jaya）——有相當深入的考掘，〈變身〉一文表現出不凡的洞悉力。相信沒有誰會去追查Jaya的詞源或本意，其實它源自梵文，涵蓋十四個意思：神的兒子、侍衛、征服、克制、勝利、太陽等等。她大膽想像當年路經馬來半島的印度商人為何說出Jaya一詞，「為成功登陸一塊淳樸的土地而慶幸？抑或為讚嘆熱帶陽光的明豔燦爛？」（《文藝春秋》，2002年10月27日）可是「變身另一種語言的『再也』，不再有如

其原文般寬闊的胸襟，而小器寒酸地以單一意思現身——馬來文的『再也』，喻成功」（同上）。接著她花了另一半的篇幅去比對、去反省吉隆坡的今昔變化。鄭秋霞的長鏡頭捕捉到一些細微的事物，比如「那戰前流行的英式三角形樓頂」（同上），和它被強行現代化的怪模樣。當她赫然發現這座發育中的都市正吞噬古老的事物，也只能感嘆：「所謂的保護舊建築計畫，簡化成保護一面據謂足以代表歷史的牆」（同上）。吉隆坡該如何對待古建築的問題十分專業，超出鄭秋霞的能力範圍，她對建築風格背後的歷史意涵也所知有限；當然，那是屬於柯比意或羅西這種都會計畫建築師的本行。不過從她那憂心忡忡的敘述，誰都能感受到她對吉隆坡的關切。「探本溯源的關切」和「火力全開的抨擊」，乃都市散文和都市詩另一項重大差異。「對現象的（片面）攻擊」，早成為都市詩的傳統性格，或許是狹小的篇幅壓縮了文本中的討論空間，詩人遂把思維導向重點式的抨擊。

除了街道，住宅生活是另一個重要的創作素材，鄭秋霞的〈城市鴿子〉是一個相當成功的例子。

她鎖定百無聊賴的公寓社區生活，安排了兩隻棲身在後房陽臺的鴿子，來承擔全文的象徵大任。在文章的第二節，鄭秋霞再度展開她考據的功夫，替兩隻鴿子找出正式的學名：Stretopelia Chinensis（Spotted Dove）和 Geopelia Stiata（Zebra Dove）。為何如此大費周章？每隻鴿子都是「咕咕咕」的，有加以區別的必要嗎？這個狀似蛇足的伏筆極為重要。

第三節，原本一片死寂的公寓，E座外，一輛菜車把悶了半天的主婦們統統召來，蝟聚成迷你的市集。「初時我百思不解，可後來，我從一張張興奮的面容、一雙雙煥發的眼神中找

著了答案:林叔的菜車,宛然是這些主婦們單調的公寓生活中
難得的調劑之一……三三兩兩圍攏比拚獨創廚藝或閒話他人家
事……譜成一首大都會特產的粵語交響曲。」(《文藝春秋》,
2002年9月1日)鄭秋霞不直接描寫主婦在家裏的苦悶,反而
透過一輛菜車來引爆壓抑的寂寞;這幾個段落的語言和節奏,
表現出令人不禁掩耳的嘈雜感,居然被一群主婦炒熱了文章。

　　更精彩的設計還在後頭:「林叔的菜車咕隆咕隆駛開了
去,統稱『主婦』的城市公寓區婦女心滿意足地挽著菜籃兜著
袋子,噗啪噗啪走上樓。E座外馬路上,殘菜肉屑零落攤散。
這時候,統稱鴿子的公寓區禽類……噗噗啪啪飛降下來,落足
點,恰恰是先前主婦們圍攏佔據的空間」(同上)。

　　鴿子們「噗噗啪啪」鼓翅聲,正好契合主婦們上下樓時
「噗啪噗啪」的拖鞋聲;無須分類的「公寓區禽類」,和面目一
致的「城市公寓區婦女」(同樣沒有加以區別的必要),都慘遭
大環境的「統稱」。不斷咕咕咕的「牠們」,根本就等同於高唱
粵語交響曲的「她們」。巧妙且準確的情節設計,加上生動的
譏諷語氣,深化了本文的寓意。散文的文類特質容許鄭秋霞處
處伏筆,層層鋪述,用「咕咕咕」的聲音貫穿全文,成為電影
般充滿暗示的背景音樂;最後再用「噗噗啪啪」和「噗啪噗啪」
的聲音關係,把人鴿合一,完成所有的象徵和寓意。這種寫法
在近二十年的馬華都市詩裏,不曾出現。很多有關公寓居住心
理的詩篇,大都抽除了主體情感,並脫離真實的生活情境,改
以某個既成的概念來驅動全詩,人物心理較平面、單一、模式
化,「孤獨」、「疏離」等詞彙俯拾即是。都市詩的創作在自
我設限的書寫空間裏,對公寓生活的詮釋策略,很容易導向概
念性書寫。

用散文來處理都市的社會議題，會不會比詩來得周全呢？

鄭秋霞的〈城市電影〉輕輕碰觸過這個議題。它的篇名很容易讓人錯以為是一篇關於看電影的散文，其實她透過都市捷運系統對空間的穿透力，暴露了吉隆坡市政建設的敗筆。本來鄭秋霞對自己「有緣在自己的國土乘搭最先進的公共交通工具而自豪」（《南洋文藝》，1999 年 2 月 5 日）。儘管這種輕運量的 LRT 單軌火車的出現，比新加坡的 MRT 晚了十幾年，這份遲來的自豪照樣在文中披露無遺。

單軌火車即是一間活動的電影院，把乘客帶到平時不會深入的城市腹地。當她自車窗望見：人造湖、回教堂、高尚豪宅、木屋區、中下層密集住宅區，「儼然是一齣絕不欺場的吉隆坡縮寫紀錄片……所有美麗的謊言都無法掩蓋暴露眼前的事實，所謂的貧富懸殊、粗糙失策的發展；越是誇張的現代化設計，越突出落後的、受忽略的一群，這醜陋的一面」（同上）。原本美好的都市觀感和興奮的期待，立時被現實的黑暗面摧毀，「取而代之的，是一絲絲難以按捺的悲哀和無力感，為這座擁有世界最高大樓的城市」（同上）。可惜鄭秋霞沒有進一步延伸她的觀察，憤慨的思維僅僅停留在車上，停留在這篇近千字的散文裏面。或許，用一首三十行的短詩，即可完成她的觀感與敘述；然而，真正導致〈城市電影〉深度不足的主要因素，並非文類特質，而是作者的創作意圖和生活經驗。[4]

從文類特質的差異，來評量散文和詩在都市題材上的表現空間，是一件危險的工作。所有的論點都是相對的，備受爭議

4　都市社會問題在馬華散文作家和詩人筆下都沒有令人滿意的作品，主要原因是社會關懷之不足。新華作家蓉子以老人院裏的老人生存情境為題的「城事系列」，極具參考價值。

的。所以暫時只能「相對而言」，散文「顯然」比詩擁有更自由、更廣闊、更接近都市社會學研究的敘述空間，作者能夠從容地敘述他的生活感受，去關切、分析都市社會及民生問題，或者主動吸收都市學者的研究洞見，強化本身對都市的觀察成果。這個觀點並不意味著詩不能適任於都市題材的書寫，只不過詩要兼顧的創作條件實在太多，比較適合進行思辨性、批評性、本質性、概念性的都市論述，把龐大的濃縮，把複雜的簡化，讓創意去驅動詩筆。

文類本身的特質和創作形態之差異，足以影響作者選擇詮釋的角度與策略，進而發展出兩種不同的都市文學風景。

本文選取了七篇發表於 1990 年代後期至今的都市散文，分別出自馬華文壇五、六、七字輩作家之手，橫跨三個跟現代都市關係最為密切的世代。此外也旁徵了一些「非文學類」的都市觀點，作為參照之用。作為一項主題性的文本分析，論者必須同時評量都市散文的文學技巧（文學性）與都市視野（社會性），唯基於論述策略以及樣本素質的考量。文學研究的立論是沒有絕對的，本文的「推論」基礎建立在論者過去八年對亞洲華文都市詩的研究心得，以及對臺灣和馬華都市散文的閱讀記憶。限於篇幅，無法展開大規模的「都市散文 vs.都市詩」的文類辯證。馬華都市散文的創作，「因文類特質的不同，而產生詮釋的差異」──這個論點本身很容易引起學者們的詮釋差異。希望這個差異得以引發更多關於馬華都市散文的討論。

參考書目

柯比意著,葉朝憲譯:《都市學》(*Urbanisme*),臺北:田園城
    市出版社,2002 年。

胡寶林:《都市生活的希望》,臺北:臺灣書店,1998 年。

桑德堡:〈芝加哥〉,收入飛白編譯:《詩海·世界詩歌史綱·
    現代卷》,桂林:漓江出版社,1990 年,頁 1323-1325。

陳蝶:〈毒龍潭記〉,收入蕭依釗編:《花蹤文匯》3,吉隆
    坡:星洲日報社,1996 年,頁 213-217。

陳大為:《亞洲中文現代詩的都市書寫(1980-1999)》,臺北:萬
    卷樓圖書公司,2001 年。

陳富雄:〈霖〉,《星洲日報·文藝春秋》,2001 年 7 月 15 日。

鄭世忠:〈邊走邊看邊想〉,《星洲日報·文藝春秋》,1997 年 6
    月 27 日。

鄭秋霞:〈城市電影〉,《南洋商報·南洋文藝》,1999 年 2 月 5
    日。

———:〈城市鴿子〉,《星洲日報·文藝春秋》,2002 年 9 月 1
    日。

———:〈變身〉,《星洲日報·文藝春秋》,2002 年 10 月 27
    日。

黎紫書:〈游擊一座城市〉,收入陳大為、鍾怡雯編:《馬華文
    學讀本 I:赤道形聲》,臺北:萬卷樓圖書公司,2000 年,
    頁 479-482。

Barthes, Roland, trans. Richard Howard. *Empire of Signs*. New
    York: Hill & Wang, 1982.

Girouard, Mark, *Cities and People: A Social and Architectural*

History. New Haven: Yale University Press, 1985.

Nye, David, "The Geometrical Sublime: The Skyscaper", in Thomas Moller Kristensan et al. ed., *City and Nature: Changing Relations in Time and Space.* Odense: Odense University Press, 1993. pp.29-44.

Relph, Edward 著，謝慶達譯：《現代都市地景》(*The Modern Urban Landscape*)，臺北：田園城市出版社，1998 年。

Rossi, Aldo 著，施植明譯：《城市建築》(*L'architettura della città*)，臺北：田園城市出版社，2000 年。

論當代馬華散文的雨林書寫

⊙鍾怡雯

　　對非馬來西亞讀者而言，「雨林」或許是他們對馬華文學最粗淺而直接的印象。至少在臺灣，論者慣以「雨林」概括馬華文學的特質。雨林，或熱帶雨林，是一種簡便／簡單的方式，用以凸顯馬華文學的特徵，也彰顯讀者對馬華文學的想像和欲望。雨林印象大都來自馬華小說，其中又以張貴興的小說為大宗。神秘而傳奇的雨林，固然是小說的溫床，近五年來的馬華散文，雨林書寫也蔚然成風，彷彿雨林果然成了最具馬華風情的創作，也是本土建構的最好捷徑。相關的評論和想像，或許也回過頭來影響了創作者。放在盡是情欲流動、缺少傳奇的都市文學裏，雨林的奇花異草、生猛野獸確實引人側目，也很快的為創作者贏得一席之地。

　　評論者和創作者聯手打造的雨林，成了傳奇中的傳奇。特別是當雨林書寫出現在散文這種相對真實的文類，可能形成更複雜的問題。除了情感，雨林書寫必須處理知識，多識蟲魚鳥獸之名，洞悉雨林的雲雨變化，以及地理植被，委實是一個十分繁複的高難度主題。跟自然寫作一樣，它是專業，在臺灣，投入自然寫作的隊伍不小，但是好「散文」卻不多。具自然觀

察經驗者，未必是好的創作者，他可能更適合報導文學；相對的，創作者沒有積累實地的自然觀察，也無法寫出好作品。雨林書寫亦然，除了要動用複雜的知識，還必須經過「散文」的處理，它是「知性」和「散文」二者的融合，先天上，它是一種「難寫」的題材。

除了技術層次，雨林書寫還牽涉到書寫者的心態。首先，書寫，是揭開雨林神秘的面紗，或者使之更加神秘化？其次，它可能涉及全球化的議題例如環保，馬華文學的主體追尋和定位等問題，這個書寫位置亦可視為有利的書寫策略，一種自覺的自我邊緣化，也十分方便評論者援引各種理論切入。其三，書寫者亦是旅遊者，既是遊客，卻也是在地人（馬來西亞籍），充分知道讀者的需求和口味，掌握了看與被看之間的角度，也知道拿捏書寫的虛實。雨林小說允許高度虛構，傳說和真實之間界限模糊，雨林散文則相對接受真實的限制。評論者如何看待這個問題？第四，地理上的雨林不變，書寫中的雨林卻是流動的，因此有心於此的創作者，可能需要長年的經營，投入心力和時間，在真實經驗上建構雨林想像。本文試圖探討雨林書寫的多種樣貌，並且在散文的框架下，思索雨林書寫可能展現的高度。

分別在 1995 及 1996 年，潘雨桐的〈東谷紀事〉和〈大地浮雕〉為馬華散文開闢了一扇新的窗口，可視為雨林散文的拓荒者。[1] 潘雨桐的雨林書寫雖是首航，卻示範了一套繁複的美

1　就散文的藝術成就而論，潘雨桐的雨林之作遠在邟眉之上，相關討論詳後。在時間上，潘雨桐的雨林散文寫於 1995 及 1996 年，邟眉的雨林系列則發表於 1998 到 2000 年間。兩年後，溫任平竟如此評價邟眉的散文：「這樣的題材似乎沒人寫過，邟眉作為『拓荒者』，應該被鼓勵」（曾翎龍：2002 年 2 月 10 日）。

學，開拓混合環保、旅遊以及專業訓練的一種散文類型，乃至
某種程度的小說性——兩篇散文的寫法和觀點，假設潘雨桐不
是學農出身，至今仍在油棕園工作，時常因為工作需要而出入
雨林——我們可能以為那是小說。尤其是〈大地浮雕〉的故事
性頗強，意外死亡的阿祖、血和水妖的意象、傳說和禁忌、動
植物、河流與沼澤、不停吹襲的風，以及被壓抑的低迷敘述，
在在構成類小說的散文。濃稠黏膩的雨林，基調是黑與紅，敘
述者是旁觀者、說故事者。穿插其間的說明，則是這篇散文最
重要的環保主題：

> 野生動物保護局頒佈：每年大量砍伐熱帶雨林，象群的
> 生存環境已遭破壞。由西南往東北遷徙的象群已來到沼
> 澤地帶，生存將面臨困難。
> 濕地局宣佈：天然沼澤經過人工調整後，整個沼澤地的
> 生態已被徹底破壞。無人能評估這一生態的失衡所造成
> 的巨大損失。（潘雨桐，頁242）

雖然直接嵌入新聞是寫法上的敗筆，但是環保議題卻是幾個最
基本的要素之一。從現實的角度來看，砍伐雨林將破壞地球的
生態；根據原住民的泛靈論傳說，破壞雨林會觸怒山神。阿祖
的工作是電鋸手，是雨林的破壞者；此外，在雨林討生活的阿
祖不相信鬼神和禁忌，敘事者試圖透過阿祖的死亡說服自己和
讀者，雨林諱忌不可忤逆。阿祖的死亡原因敘事者沒有交代，
僅在結尾時，敘述阿祖不僅鋸樹，而且把較小的林木連根拔起
燒成灰燼。最後一組意象尤具詩性的暗示：

大火就這樣的在河岸水邊焚燒過去，留下一大攤一大攤的烙印，在殘存的巨大原木忽而燃燒忽而止熄中改變景觀。烙印是大地的淤傷，雨來時，淤傷淌著黑水，在風雨中哭泣。但在風和日麗的日子裏，巨大的原木下暗藏的火種會忽然爆發開來，起始則白煙直冒，在風中申冤，揚天告狀，直到火高高燎起。火是大地最好的清潔劑，火苗熄後，大地必然重生，猶似火浴的鳳凰——滿山遍野全種了作物，哺育蒼生。（頁242）

這段文字以強烈的黑紅二色交織而成，紅是歧義的，既是毀滅和死亡，同時也是新生（大火、鳳凰）。紅色的意象反覆出現：阿祖死時是一個血人，原木的大樹被砍倒後，樹脂赤紅，猶如凝結的血塊。以上所引用的這段結尾只是詩性的樂觀（或者只是美好的想望），接下來環保組織的呼籲，否定了樂觀的展望：「哺育蒼生的作物不能取代熱帶雨林，那將導致地球升溫，禁止砍伐！」（頁242）所謂滿山遍野的作物，並不能取代原始雨林，暗示雨林和人類的生命一樣，只有一次，消失了，就不可能再重來。

這令人想起李維－史特勞斯（或譯李維－斯陀，Claude Levi-Strauss）的《憂鬱的熱帶》。《憂鬱的熱帶》精彩之處在於作者結合洞識和想像，示範了散文和知識整合的可能，它是文學的，同時也是知識的。當然《憂鬱的熱帶》原初並非以文學為出發點，它是李維－史特勞斯在亞馬遜森林做的人類學調查。但這部 1955 年完成的作品，卻有好文學歷久彌新的特質。它橫跨人類學和文學，帶著自傳性質，兼有環保和旅遊等要素，要視之為旅遊文學亦無不可。雖然李維－史特勞斯一開

始就說：「我討厭旅行，我恨探險家」（1999，頁1）。

李維－史特勞斯又說，他希望能活在真正的旅行時代，「能夠真正看到沒有被破壞、沒有被污染、沒有被弄亂的奇觀異景其原本面貌」（頁39）。然而，「沒有破壞和污染」的想望根本是烏托邦，世界永在壞頹中，當人類意識到環保，恆是破壞和污染經已開始之時，因而李維－史特勞斯所揭櫫的發現：「我在抱怨永遠只能看到過去的真相的一些影子時，我可能對目前正在成形的真實無感無覺，因為我還沒有達到有可能看見目前的真相發展的地步。幾百年以後，就在目前這個地點，會有另外一個旅行者，其絕望的程度和我不相上下，會對那些我應該可以看見但卻沒有能看見的現象的消失，而深深哀悼」（頁40），這番話奇異的預言了潘雨桐，以及具環保意識的寫作者所書寫的林相，不必等到幾百年，五十年後，一批雨林散文便呼應了李維－史特勞斯的觀察。

相對於〈大地浮雕〉抽離時空，是一則神秘而沈重的世紀寓言／預言，山神和水妖合寫的瑰麗傳奇；〈東谷紀事〉則較入世，空間感明確，除了清楚的交代地理位置在婆羅洲東馬外，寫法上離報導文學近而離小說遠，現實多而幻想少，易於解讀，卻缺少了雨林詭譎的氛圍。

東谷的野蕨和鯽魚都面臨死亡，失去了二者，食物取諸大自然的原住民是最直接的受害者。敘述者透過為他準備午餐的原住民一再強調，失去大自然賜與的食物，得從現在起吃罐頭，「要什麼有什麼」（潘雨桐，頁231）。當然這是反諷。雨林被砍伐、使用農藥、燒芭、野生動物減少，終至生態失衡。馬來西亞有百分之五十八的森林地，敘述者最後無奈的結論：「要一個發展中的國家保存廣袤的森林並非易事」（頁236），

結尾是失去水源的原住民四處奔相走告，呼應散文起始所說的野蕨和鯽魚逐漸消失。

文中以數則新聞直接說明雨林的快速消失，雖略顯生硬，卻也達到「救救雨林」的呼籲，《憂鬱的熱帶》有一段文字可互為註腳：「在新世界，土地被虐待、被毀滅。一種強取豪奪式的農業，在一塊土地上取走可以取走的東西以後，便移到另一塊土地去奪取一些利益。拓荒者行動所及所利用的地區被稱為邊緣點綴（fringe），是有道理的」（頁 112）。

也許是雨林先入為主的深邃神秘之感，讀者的期待視野總在預期雨林書寫能夠滿足好奇的眼睛，部分書寫者也難免預設隱藏讀者（implied reader）。傳奇性的雨林題材，如果我們視之為感性書寫，很容易成為「共相」，也即是放諸任何雨林皆可，筆隨意走，在感性範圍內滿足讀者的好奇即可。反正所謂「馬來西亞的雨林」，除了少數的植物學者或專業人士，沒有人瞭解它該具備哪些獨特的物種。因此雨林書寫也可以成為傳奇之作，以其奇特招數吸引讀者。邴眉的「熱帶雨林手記」系列以東馬為地理背景，手記形式記錄雨林。〈尋找白獸〉是這系列的第一篇。白獸是一隻靈獸，傳說曾經救過迷路的孩子，然而見過的人也說不出牠的樣子，只知道披一身白毛，行動如人，是熱帶版的喜瑪拉雅山雪人。雪人的存在是謎，這似乎早已預知尋白獸必然不果。

這趟雨林之旅十分平淡，除了被水蛭攻擊之外，一切平安。「奇花異草」用以概括所有無以名之的植物，顯見作者並未在知識的層次下功夫。如果我們視雨林書寫是專業，特別是邴眉一開始即以「系列」表明有志於此，更應該做點功課。卡達山導遊柏特民蓋樹屋的經過，不禁令人聯想起《湯姆歷險記》

的湯姆,他也蓋了一間以樹枝綁成的樹屋,敘述者以簡單數句交代柏特民神乎其技的技術,近乎不合理,此其一;其二,柏特民只懂卡達山語,簡單的英語仍拼不成句,但為了說服讀者他蓋樹屋的專業,文中強調他曾協助外國林木學家入山。眾人夜宿樹屋,本是十分奇特的經驗,惜作者著墨不多,睡樹屋的感覺比睡平房更安穩,「我們不知不覺睡得如豬一樣」(《南洋文藝》,1999 年 7 月 18 日)。經過冗長的鋪敘至此,讀者本以為傳說中的白獸終將在望盡秋水的等待下現形,然而白獸僅是驚鴻一瞥,連敘述者也說不清來者為何:

> 這團雪白的物體在綠色中異常突出,完全無法偽裝或掩飾,會不會是傳說中的白獸?
>
> 在攝影機的廣角鏡中,物體雖然細小,仍然可以清清楚楚看見它一臉雪白的茸毛,鏤著一對靈活的黑眼珠兒。那是一張近似鼠科哺乳動物的臉,而身披長毛的四肢,又有點像猿猴,倒攀在一株樹上。(《南洋文藝》,1999 年 7 月 18 日)

這隻臉如鼠又如猿的動物形象模糊,而敘述者逕自以為那就是白獸了。敘述者試圖說服自己,卻無法說服讀者,於是不得不安排「白獸」被朋友的大動作和大嗓門嚇走。「不過傳說最後終歸傳說,它蒙上神秘的輕紗並不容易卸下,白獸的存在只是謎一樣的故事」(同前引),白獸仍然是謎,狐猴乎?猿乎?如此,走入雨林和走出雨林的敘述者用意為何?即使尋白獸不果,事後作者至少應該要翻書查出那隻驚鴻一瞥的動物可能為何,然而,沒有。如果雨林書寫帶著旅行文學的特質,那麼,

至少應是「深度旅遊」，而非「觀光」，〈尋找白獸〉僅是「到
此一遊」的寫法可惜浪費了題材。

〈豐收〉則是「熱帶雨林手記」系列之二。〈尋找白獸〉
寫傳聞中的奇獸，而〈豐收〉寫現實人間。地點依然是北婆羅
洲，一個叫吉林當干（Kulin Tangan）的地方，卡達山人的豐
收季節。不同於潘雨桐強烈的環保意識，邨眉的寫法比較接近
旅遊文學，為讀者閱讀一個鮮少在文學裏被注意的第三世界。
在細節處理上，這篇比〈尋找白獸〉具說服力，卡達山人慶豐
收時的嘉年華氣氛、狂歡的舞蹈、卡達山女人的嫵媚風情、風
俗、食物、服飾和樂器、酒和節慶的關係，是〈豐收〉書寫最
力之處，結尾尤其簡潔有力：

> 徹夜的 Tapai、Lihing 和蘇馬紹，加上整隻撕開來吃的
> 鹿和馴牛，和著在田裏剛採集的鮮菜與香氣騰騰的熱
> 飯。（《文藝春秋》，1999 年 9 月 5 日）

這段文字概括性強，部落長宵達旦的歌舞昇平景象，徹夜的舞
蹈徹夜的宴飲。其中 Tapai 和 Lihing 都是米酒，一烈一淡，盛
在瓷甕供眾人邊觀舞邊傳著喝。蘇馬紹則是慶豐收之舞，內容
多為栽種和收割的動作。食物取諸自然，一派的原始粗獷。這
節小標名為「豐收節」，卻只佔了全文三分之一，換而言之，
前面的三分之二幾乎可以刪去，只著重在豐收的描寫。這系列
「手記」式的隨意寫法傷害了散文的整體結構。

系列之三〈傾聽河水〉則「介紹」毛律人（mulut）的生
活，地點在北婆洲的山打根，採取報導文學和散文的混合寫
法。毛律人善造獨木舟，喜食一種奇特的食物：生魚和飯混裝

竹筒內，保留一兩個月之久。他們以收集樟腦、樹脂、蜂蜜和蜂蠟為生。此文的結構和第二篇一樣鬆散，第三節的「高空金礦」分明寫的是採集燕窩，與題目相關的河水沒有任何關聯。「高空金礦」獨立出來擴大為單篇，是十分值得深耕的題材。

　　大抵邴眉的雨林書寫偏向旅遊文學，提供讀者現象界的描述，缺少深層的思索，對世界不夠好奇，以及人文訓練不足，使得這系列手記流於浮面。《憂鬱的熱帶》當然也可視為旅遊文學，然而它深入當地民族生活，將這些部落放在世界的脈絡之中，呈現思考深度和人文關懷。邴眉既然有心於此，這樣的高度要求並不為過。本文一開始，即提出雨林書寫不是感性文字，它要動用複雜的知識，否則極易變成雨林旅行文學，如果我們期許它成為馬華文學的獨特題材，就不能以旅行的角度去處理它，而必須選擇一個「在地人」的書寫視角。

　　1999年3月10日，為了解決巴生谷供水問題，雪蘭莪州政府發佈將於2002年興建雪河水壩。莞然（郭蓮花）的〈一箋水書〉曾以此為題，採散文和報導文學混合的形式，引用大量的報導和實際的數據寫成長文。此文前半是感性的書寫，在興建水壩消息發佈後，則分析水壩對雪河生態可能造成的傷害，以及兩造民眾和官員們的態度，看似冷靜，實則壓抑著巨大的憤慨。由於本文一開始即以在地人的身分，回憶雪河與其生命不可分割的情感，從童年、青年而壯年，雪河就像沈從文的《邊城》裏茶峒山城的那條水，作者稱之為「思念的水路」（《文藝春秋》，1999年5月23日）。早期人口稀少，紅樹林茂密，入夜之後螢火蟲漫飛，成為觀光景點後，又稱螢河。作者卻不是以旅遊的角度切入，他選擇每一件與雪河相關的小事敘述，從小處見真情。譬如潮汐、月光和雨水如何影響螢火蟲的

作息，河水與海桑樹葉如何提供食物養分；老家漸頹，作者不捨得把它賣掉，姐妹三人乃合資買下重修：

> 千金散去還復來，賣掉了祖屋就等於賣掉了你這條日牽夜縈的綠水，失去了你，我就沒有了家，沒有了家，我的歷史、我的身世將會失落。（同前引）

正因為把河水視為生命的一部分，〈一箋水書〉呈現了和郁眉的「熱帶雨林系列」旅行者迥異的角度，情感的處理也更細膩，河的歷史和身世承載了作者的歷史和身世，這是一個足夠說服讀者，何以下半篇作者用了那麼巨大的篇幅據理力爭，力陳建壩之不可行，動之以情，說之以理，甚而動用形而上的力量——神，來說服或恐嚇破壞者：

> 得姆安人相信，他們在世上的任務是保護熱帶雨林和他們的家園。雪蘭莪河有一條龍和一條蛇保護他們，也堅信每一條河流、小溪、山坡、石頭和大樹都有守護神和靈魂。（同前引）

這段引文顯示了中國文化在馬來西亞的轉變，龍是中國，蛇則是熱帶雨林，泛靈論是面對無解或神秘的大自然時所產生的想像，同時也是環保的神話式說法。

鄭秋霞的〈河魂〉發表於同年的 9 月，同樣為雪蘭莪河請命。河被擬人化，「河在哭泣」的意象並且貫穿全文。散文以原住民的歌舞開始，他們試圖禱告神明以化解災難。作者並未言明災難為何，然則從本文發表的時間，以及散文所提供的線

索來看，應與〈一箋水書〉所寫相同，即雪河建壩一事：

> 「我請土地的守護神阻止工程的進行。」美娜大姐，先
> 前的歌手稍息時，請我們到屋子裏，向我們解釋歌曲的
> 內容。「我們生於斯，死於斯，決意不搬！」談及當局
> 將給予一筆賠償金，她忿忿然：「賠不了我們的生活！」
> （《南洋文藝》，1999 年 9 月 28 日）

從以上引文可知，土地神是人格神，求之可得神之庇佑，美娜
即是儀式的歌者，剛抵達的作者，即從她的歌聲裏體悟到河的
命運和原住民的命運合而為一，那聲音具有穿透力，彷彿在召
喚、在哀求。

　　雨林的破壞並沒有停止。沈慶旺於 2001 年發表了系列小
品，地標鎖定東馬砂勞越的拉讓江，〈當大自然不再沈默〉以
憤怒的語氣控訴紅樹林遭砍伐，樹被放倒，鳥無完巢。處女林
中尚有許多來不及命名的新品種動植物。這一切犧牲的代價，
只為興建兩間工廠。〈在我們那個年代的魚〉則是描寫拉讓江
的部落老人們，如今只能回憶他們那個美好的年代：

> 每年樹枳成熟時，也是魚兒最肥美的時刻，一群群的魚
> 兒，趁著月光追逐飄浮在水面的枳實，含高脂肪的樹枳
> 果實，把這些魚兒一條條養得肥潤可口；清澈的江水清
> 可見底，只要看看魚兒在哪就在哪下網，包管滿載而
> 歸；每年十一、二月雨季來臨，河水可暴漲至河岸上甚
> 至淹沒長屋二樓曬臺。（《星雲》，2001 年 10 月 24 日）

這段文字可解讀成雨林的訃文，也是失去的桃花源和烏托邦，而今拉讓江遭濫伐，殘餘農藥流入河流，幼魚暴死，以及土石流。今昔形成強烈對比。「在我們那個年代」指的是 1950、1960 年代，也是《憂鬱的熱帶》完成的年代。四十年後，熱帶不只憂鬱，甚且是令人憂慮的。這篇散文沒有控訴，只有老人們對那已經瓦解的、舊的好東西的懷念。換而言之，雨林書寫可說是從新的壞東西著手。壞毀，形成書寫的動力，沈慶旺的〈都市與叢林〉因此有此一問：「如果至今人類還留在那叢林裏，這世界將會是什麼樣子？是仍然荒涼？還是依舊自然？還是早已不復存在呢？」(《星雲》，2001 年 7 月 12 日)

　　大抵沈慶旺的散文環保意識強烈，少數如〈鳥兆〉等則是單純記錄肯雅人如何解讀「鳥的叫聲」。他們深信一種叫「伊夕」的尖嘴鳥和雜毛啄木鳥鳴聲皆為不祥預兆，一種叫「貢」的鳥鳴宛如大笑，是他們深感畏懼的「死鳥」，表示隨時會遭遇不測。肯雅人的耕作、狩獵都由鳥兆決定。這系列散文提供一個「在地」的觀察角度。

　　東馬始終是雨林書寫最主要也最重要的地標，催生了潘雨桐、邠眉、沈慶旺等的散文。雨林可供書寫的角度是多樣的，除了樹林生態，尚有山城。前者寫大自然，後者寫人。雨林中的山城幾如世外桃源，作者們從尋常生活出發，把奇異的寫成尋常。梁放〈夢寄山城——閒記如樓〉從故鄉的角度去呈現如樓的寧靜安穩，數十年山中歲月和天光雲影相伴。文中提及一位朋友，除了幼時到過古晉，許多年再也不出遠門，寧可盡心維持創辦的咖啡店。這樣的人物彷彿是山城書寫的縮影，對山城居民而言，山中無歲月，時光凝結，從童年到中年，連回憶和情緒都是憩淡的，梁放寫來不慍不火：

> 談起湮遠的童年時代，時而有一些伊班父老，一身刺
> 花，耳墜上與頸項戴著鳥冠獸牙製成的飾物，腰間裹著
> 樹布皮，留著長及膝蓋的兩端，掩住前後的重要部分，
> 配著刀柄刀鞘精緻的巴冷刀，在鎮裏的黃泥路上出現，
> 往往都會引起一陣騷動。（《南洋文藝》，1997 年 9 月
> 26 日）

這段純粹是白描，邜眉〈豐收〉亦有卡達山人的描述，和梁放
相反，她呈現的是旅行者／觀看者的角度。在書寫策略上，邜
眉拉開彼此的距離，強調「他者」的差異，提供觀賞的新鮮
感，以文明和落後的對比，使之陌生化。梁放則相反。童年時
他曾被冠上「如樓」來的，也即是混在伊班族中長大的鄉巴
佬，被視為當地的一分子，因此散文也呈現泯滅差等的特色，
把一切生活化、平凡化。或許正如胡興榮在〈山中的日子〉所
說的：「山中的日子，實則不如武俠小說般富有傳奇性的色
彩，所謂『傳奇』，許多時候只是可遇不可求罷了。」（《南洋
文藝》，1995 年 10 月 24 日）。

　　對當地人而言，也許山林的傳奇在他們看來一點也不傳
奇。雨川的〈母親・山林〉就充滿了比傳奇更奇詭的真實。三
歲時，母親抱病為他買奶粉，卻為了躲日軍而浸在河裏，以致
沈痾不起。懂事後，他溯水而上尋找母親，迷失山林，被發現
時肛門還吸附著吃飽血的水蛭，村子裏的人斬釘截鐵的論定他
被迷路鬼帶走了。紫茵的〈蝸牛的家〉敘述主軸雖是房子，蛇
和敘述者如影隨形的關係，是全文的焦點。蛇在家裏蛻皮，卻
無論如何也逮不著，牠神出鬼沒，有時出現在浴室的水缸，有
時在廁所門口。有一回，竟在睡床的鋪蓋底下現身。終於搬離

那蛇影幢幢的家，新家卻又潛入一條青花蛇。房子與蛇彷彿是糾纏的宿命。

碧枝的〈故鄉蛇〉則是寫盤結在意識深處的蛇。多少年後，蛇依然在夢境追逐他。從小住在山野，蛇與人的關係實在太過密切，常常在膠林裏走著，便有一條青蛇垂懸而下；在野地裏冶遊，也隨時遇上細紋花蛇。闖進家裏的毒蛇被打死，錦蛇則成為食物。蛇也曾是寵物，可是太窮，連蛇也都餓死了。〈故鄉蛇〉裏的蛇是故鄉的象徵，作者認為人們看到蛇總是把牠們打死，是源於無知的恐懼。

> 那些蛇若無害人之心而遭此橫禍，不知會否蛇魂不散？
> 冤氣難伸呢？事隔多年，幾度春秋，蛇仍會在一個又一
> 個夢裏追來，還好，是夢就會醒，醒來慶幸安然無恙。
> （頁5）

那是作者潛藏的憂慮和不安，也是雨林的憂鬱和不安，砍伐和殺戮背後看似都有一個文明的理由，實則是人類無盡欲望的投射。這兩篇散文的雨林生活如此寫實，對所謂文明世界的讀者而言，卻十分魔幻。然而魔幻寫實終究敵不過「文明」和「進步」的浪潮。林陽〈綠色的呼喚〉其中一節寫年少時，每次芽草芭被燒後，他和死黨便去「尋根」——把茅根拔起，拿回去加黑糖煮來喝。「尋根」另有歧義，亦可指被文明的進步風暴一步一步推著前進，而臉仍朝向過去的這群雨林書寫者——他們仍在尋找那一片再也回不去的桃花源：「看來頑強堅毅的茅草，終究難擋文明的前進和摧殘。而我那一片失去的草浪，再怎麼呼喚都回不來了。」（《文藝春秋》，1999年4月18日）

　　雨林書寫如果從感性出發，通常會出現美好時光難追、樂土難再的感懷，繼而追溯源由，環保意識生焉，此其一。然而也可能只是一種歸結於無力的感慨，並且對雨林發出批判，毅修〈山水有情〉寫入山之後的感想是：「於是，文明不外是另一種形式的森林，森林一族在明爭暗鬥的當兒，還虎視眈眈地伺機弱肉強食，可結果又落得兩敗俱傷的殘局」（《文藝春秋》，1997 年 3 月 30 日）；另一篇〈訪霧〉寫瘸一隻腿的大象無法爬坡，「牠吃力地爬了一回又一回，也不知從斜坡處滑下了多少回，才成功攀上斜坡，隱沒在叢林裏」（《南洋文藝》，1998 年 9 月 2 日），毅修以冷靜的筆調形容大象爬坡不成的模樣，並且透過馬來同胞的口轉述，大象因為破壞作物，被人開槍打傷，文章乃驟然結束，留下思索的空間。

　　綜觀以上所論，馬華的雨林散文有一個相同的特質：從新的壞東西著手，壞毀，是書寫的動力。我們悲觀的假設，再也沒有更好的狀況，此刻就是最好的，世界恆在壞毀中，因此目前的雨林書寫只是起點，更好的雨林書寫在未來。馬來西亞擁有面積廣大的雨林，雨書寫林無疑佔了先天的優勢。當日本、香港和臺灣的文學創作者向都市靠攏，都市文學成為集體趨勢，雨林書寫可能成為建構馬華文學最重要的路徑之一。地理上的雨林不變，書寫中的雨林卻是流動的，因此有心於此的創作者，可能需要長年的經營，投入心力和時間，在實際經驗的基礎上建構雨林想像。雨林書寫不是異化自己，亦非旅行文學的變相，它應該是人文思索的起點，是「知性」和「感性」二者的融合，散文作為一種自由且跨領域的整合型文類，雨林書寫極可能是最好的示範。在環保議題全球化的時代，雨林書寫也適時的展現了它的道德意義。我們也許無法奢求散文拯救地

球，但雨林書寫的環保意識，卻成為馬華文學在華文文學上的共時性議題。

參考書目

小黑：〈一座堤岸、兩棵樹〉，《星洲日報‧文藝春秋》，2001年1月14日。

王莇棠：〈湖之戀〉，《南洋商報‧商餘》，2001年5月3日。

田思：〈環保意識的三大支柱——談何乃健的環保散文〉，《新華文學》第49期，2000年6月，頁156-166。

何乃健：〈年輪〉，《南洋商報‧南洋文藝》，1996年2月9日。

李維－史特勞斯著，王志明譯：《憂鬱的熱帶》，臺北：聯經出版公司，1999年；Claude Levi-Strauss, *Tristes Tropiques.* Paris: Plon, 1955; Claude Levi-Strauss, *Tristes Tropiques.* John & Doreen Weightman trans. New York: Atheneum, 1974（c.1973）。

沈慶旺：〈在我們那個年代的魚〉，《星洲日報‧星雲》，2001年10月24日。

———：〈自然界的預言——鳥兆〉，《星洲日報‧星雲》，2001年9月12日。

———：〈命運〉，《星洲日報‧星雲》，2001年8月29日。

———：〈都市與叢林〉，《星洲日報‧星雲》，2001年7月12日。

邟眉：〈火城的雨〉，《星洲日報‧文藝春秋》，1998年7月26日。

———：〈尋找白獸〉,《星洲日報 · 文藝春秋》,1999 年 7 月 18 日。

———：〈傾聽河水〉,《星洲日報 · 文藝春秋》,1999 年 10 月 17 日。

———：〈豐收〉,《星洲日報 · 文藝春秋》,1999 年 9 月 5 日。

周錦聰：〈山林走一回〉,《星洲日報 · 文藝春秋》,1998 年 7 月 5 日。

林陽：〈綠色的呼喚〉,《星洲日報 · 文藝春秋》,1999 年 4 月 18 日。

林艾霖：〈當大自然不再沈默〉,《星洲日報 · 星雲》,2001 年 10 月 4 日。

雨川：〈年輪〉,《南洋商報 · 南洋文藝》,1998 年 9 月 5 日。

胡興榮：〈山中的日子〉,《南洋商報 · 南洋文藝》,1995 年 10 月 24 日。

柴茵：〈蝸牛的家〉,《星洲日報 · 文藝春秋》,1999 年 8 月 1 日。

梁放：〈夢寄山城——閒記如樓〉,《南洋商報 · 南洋文藝》,1997 年 9 月 26 日。

莞然：〈一箋水書〉,《星洲日報 · 文藝春秋》,1999 年 5 月 23 日。

陳大為：〈寂靜的浮雕：論潘雨桐的自然寫作〉,《南洋商報 · 南洋文藝》,2002 年 2 月 27、33 日。

———：〈隱喻的雨林：導讀當代馬華文學〉,《誠品好讀》第 13 期,2001 年 8 月,頁 32-34。

———、鍾怡雯編：《馬華文學讀本I：赤道形聲》,臺北：萬卷樓圖書公司,2000 年。

曾翎龍記錄：〈花縱文學獎馬華散文決審記錄：在雨林和書房中〉，《星洲日報·文藝春秋》，2002年2月10日。

無花：〈尋找水的源頭〉，《星洲日報·星雲》，2001年5月27日。

順子：〈河的風景〉，《蕉風》第468期，1995年9、10月，頁41-43。

碧枝：〈故鄉蛇〉，《蕉風》第473期，1996年7、8月，頁3-5。

毅修：〈山水有情〉，《星洲日報·文藝春秋》，1997年3月30日。

────：〈訪霧〉，《南洋商報·南洋文藝》，1998年9月2日。

鄭秋霞：〈河魂〉，《南洋商報·南洋文藝》，1999年9月28日。

關於僑民文藝論爭的幾個問題

⊙舛谷銳

一、何謂馬華文學？

馬華文學在當代文學裏是指馬來西亞華文文學。在本文中，筆者將「馬華文學」界定為「馬來亞華文文學」（Malayan Chinese Literature），是一個歷史名詞。所以筆者所指的馬華文學包括新馬兩地的華文文學。

二、僑民文學論爭及其評價

僑民文藝論爭發生在 1947 至 48 年之間，是一場發生在華文報上的有關馬華文藝獨特性的論戰。論戰的中心論題是：「馬華文藝有沒有獨特性？」有關論戰的經過，諸多論文中都有涉及，在此筆者不再贅述。在論戰白熱化時，曾有過一場對論戰產生重要影響的民意測驗。本文將以這次民意測驗為題展開討論。下面是該次民意測驗的統計表。

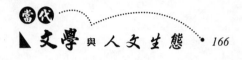

馬來亞未來政制華僑民意測驗統計表[1]

參加者總數：24012

〔一〕贊成馬來亞

作為英國殖民地	0.1%
作為獨立共和國	55.3%
在英國聯邦內作為民主自治邦	32.9%
不表明意見	10.8%

〔二〕主張新加坡與馬來亞

分離	0.02%
合併	98.2%
不表明意見	1.8%

〔三〕主張馬來亞政治

由英國人管理	0.03%
由中國人管理	0.3%
由馬來人管理	0.3%
由印度人管理	0.01%
由馬來亞各民族共同管理	98.2%
不表明意見	1.2%

〔四〕馬來亞應當是

英國人的馬來亞	0.03%
馬來人的馬來亞	0.3%
中國人的馬來亞	0.3%
馬來亞人的馬來亞	98.2%
不表明意見	1.2%

1　《南僑日報》，1947 年 6 月 13 日。

〔五〕你願意

脫離中國籍做馬來亞公民	3.1%
不做馬來亞公民	0.1%
做馬來亞公民而不脫離中國籍	95.6%
不表明意見	1.2%

〔六〕主張立法會議應當

完全民選	94.1%
完全官委	0.7%
一部分民選一部分官委	3.7%
不表明意見	1.5%

〔七〕華民政務司應當

維持原狀	0.3%
加以廢除	36.5%
改為華僑選舉	60.1%
不表明意見	1.5%

〔八〕馬來亞正式通用語文應當是

英語	0.2%
馬來語	21.3%
中國語	1.4%
各民族語	75.6%
不表明意見	1.5%

1960 年代雖然是馬華文學在文學創作上的低潮期，但是同時也是全面開始整理文學史資料的時期。這對 1970 年代初期兩部馬華文學作品集的問世，產生了積極的影響。筆者將此時期稱為「馬華文學史創出期」（age of invention）。這兩部大

系分別是學者方修編纂的《馬華新文學大系》，[2] 及身兼作家
與批評家於一身的李廷輝、孟紫、周粲、苗秀、趙戎和鍾祺編
著的《新馬華文文學大系》。[3] 但是這兩大系的編纂方針明顯
不同，後者把戰前文學定位為「僑民文學」，並特別強調戰後
文學的獨特性。讓我們來看民意測驗的結果。在「做馬來亞公
民而不脫離中國籍」這一結果中，同時也是小說家的苗秀並沒
有言及保持中國國籍這個結果，而只說了「做馬來亞公民」這
一點。並把它做為人們意識變化的一個參照物，用此說明戰後
文學的獨特性。民意測驗的結果引用如下：

> 四：主張居住馬來亞的華僑，應做馬來亞的公民，共計
> 二萬二千九百五十一人，佔投票總數百分之九十五·
> 六。

由此足見戰後的馬來亞華僑在思想意識上發生了如何的變化。
從視馬來亞為「逆旅」，到把馬來亞當作自己的「永久家鄉」；
從效忠中國，到把自己當作當地人，爭取當地的公民權利，要
求過問當地政治；這是戰後馬華社會的一個進步現象。[4]

　　李潤湖曾以〈從民意測驗看馬來亞的前途〉為題，在《南
僑日報》上撰文報導這次民意測驗。這一次參加測驗的，共有
二萬四千零十二人，其中有五個答題佔著絕對多數，由百分之
九十四到九十八，而這五個答題都是說明戰後馬來亞中國人的

2　方修編纂：《馬華新文學大系》（共十冊）（新加坡：世界書局，1970 —
　　1972 年）。
3　李廷輝、孟紫、周粲、苗秀、趙戎和鍾祺編著：《新馬華文文學大系》
　　（共八冊）（新加坡：教育出版社，1972 年）。
4　苗秀：〈導言〉，《新馬華文文學大系》1，1971 年，頁 10。

進步的。與民族問題相關聯的是國籍問題，有二萬二千九百五十一人（佔百分之九十五，六），主張居住在馬來亞時，做馬來亞公民，但不放棄中國國籍。這種主張從表面上看似乎有點「自私」，但在這個世界裏，馬來亞中國人這種主張極正常。[5]

　　李潤湖是戰前作者之一。方修在《馬華文學六十年集》裏也收錄了他的作品集。[6] 方修認為以苗秀為代表的上述對戰前文學的評價，抹殺了人們對戰前馬來亞所做的歷史性貢獻。方修一直反駁上述觀點，並引用郭沫若的文章，進行了批判。[7] 以下是郭沫若的原文：

　　　　文章發表之後，夏衍兄才把這個問題的全貌，詳細地告訴了我。〔中略〕特別是夏衍兄告訴我一個事實：去夏《南僑日報》民意測驗，華僑中有百分之九十以上不願放棄中國國籍。這更使我相當惶恐了。因此我在這兒要坦白地承認前文所提供出的我一個人的意見，事實上有不充分的地方，有加以補充的必要。[8]

雖屬同樣的測驗結果，方修則側重強調「不願放棄中國國籍」這一點。從中我們可以看出，為得到與苗秀相反的結果，他跟夏衍、郭沫若一樣，省略了「做馬來亞公民」這部分。

　　後來的研究者對這場論戰的描寫亦大同小異。與苗秀或方

5　李潤湖：〈從民意測驗看馬來亞的前途〉，《南僑日報》，1947 年 6 月 16 日。

6　方修《馬華文學六十年集》（新加坡：上海書局，1980 年）。

7　方修：《戰後馬華文學史稿》（吉隆坡：董總，1984 年），頁 70。

8　郭沫若：〈申述「馬華化」問題的意見〉，《南僑日報》，1948 年 3 月 16 日。

修相同，他們都只片面地涉及「不願放棄中國國籍」或「做馬來亞公民」，亦即二者選一。沒有涉及中國國籍或馬來亞公民。

三、原始資料的重要性

綜上所述，充分利用原始資料，對現有定論逐個予以推敲，筆者相信這將會對馬華文學產生巨大影響。新加坡國立大學有收藏南洋大學藏書的中文圖書館。那裏有很多二十世紀的華文圖書及華文報刊的縮微膠卷。這些縮微膠卷差不多都是中文系的學者從英國複製帶回來的。比較完整地收藏了東南亞各國 1950、60 年代的華文報刊的圖書館，僅有廈門大學南洋研究院資料室一家。至於有系統性藏書的圖書館可以說一個也沒有，研究資料處於斷層之中。

南方學院（Kolej Selatan）位於和獅城比鄰的新山，設有馬華文學館，館藏五千多本馬華文學藏書。筆者任職的日本立教大學的圖書館也有馬華文庫，名為 Goh Collection。和馬華文學館一樣，收藏原馬來亞大學吳天才的一部分藏書。立教大學的 Goh Collection 有一千八百二十三本藏書，除圖書外，還有文藝雜誌。該文庫不僅收藏新馬的圖書，同時也收藏總數百分之一的菲律賓、泰國和印尼的華文圖書。新加坡擁有國立大學中文圖書館，且其附近有馬華文學館，因此新加坡應該成為華文文學研究中心。

海外的華文文學多為自費或以獲得贊助的方式出版。出版社也幾乎不會再版。印刷出版的數量通常也不足一千冊。因

此,按時代順序往前進行收集非常困難。如收集這方面的出版物,要從書店購得,還不如向作者本人直接索取更為有效。海外華文書籍的這一現狀,酷似泰國人的所謂「葬禮贈書」。與「葬禮贈書」類似的是,這一類書籍的內容自傳色彩濃厚。其間的差別僅僅在於作為葬禮的「珍藏本」,在作者百年之後才散發,抑或類似名片,在其生前分贈。在此筆者再次強調,與上述的華文報刊一樣,我們必須重視對海外華文書籍的系統性收集。

四、「後方修文學史」的可能性

在 1960、70 年代「文學史創出期」所構築的文學史成果,在其後似乎在既無前進亦無退步的情況下,被繼承下來。但是對於青年作家來說,這一類的文學史已顯得不充足。比如 1990 年代馬來西亞華文文藝副刊上關於經典的論戰即為一例。

發表在《星洲日報》上的〈開庭審訊〉,[9] 為當時正在日本留學的禤素萊所作。[10] 這篇短篇小說以筆者就馬華文學在日本學會上所做的研究發表,以及日本學者對此的反應為題材。篇中稱馬華文學為「馬來西亞的中國文學」,並與日本的《朝日歌壇》一樣,是同屬文字遊戲。該觀點與馬華文學被處絞刑的插圖一起,引起轟動。其後連續四個月,論者紛紛向

---

9 《星洲日報》,1992 年 5 月 1 日。
10 禤素萊:《吉水河水去無聲》(雪蘭莪: Comerlang Publication Sdn, Bhd.,1993 年)。

《星洲日報》的《文藝春秋》等副刊投書，展開了討論。討論
初期，論者僅限於反駁外國人的觀點。[11] 後來，探討馬華文
學自身狀況的文章慢慢佔了主流。[12] 這場論爭後來被稱為
「經典論爭」。其焦點是馬華文學的經典創作問題。它具體體現
在以下幾個問題上，比如現代馬華文學中有無傳世之作，在以
諾貝爾獎為顛峰的世界文學體系中，馬華文學所處的地位，以
及其語言狀況和地域獨特性等。此次論爭本屬糾正外界對馬華
文學的錯誤評價之爭，然而隨著論爭的展開，原以為已經塵埃
落定的 1960、70 年代「馬華文學史創出期」中的獨特認同問
題，實際上仍未能說已有定論。正如論爭中的一些議論所顯示
出來的那樣，[13] 1960、70 年代的文學史創出期的成果，已經
很難獲得現代作家，特別是 1960 年代後出生的作家的承認。
筆者相信，今後「後方修文學史」將以什麼樣的方法去建構，
使用什麼樣的資料去構築，對於馬華文學來說，應該是一個重
要的問題。

參考書目

方修：《戰後馬華文學史稿》，吉隆坡：董總，1984 年。

———編纂：《馬華新文學大系》，新加坡：世界書局，1970 —
1972 年。

11　岳衡：〈日本史學權威的偏見〉，《星洲日報》，1992 年 5 月 16 日。
12　王炎：〈馬華文學與日本學者〉，《星洲日報》，1992 年 5 月 16 日。
13　曾慶方：〈馬華文學「經典缺席」〉，《星洲日報》，1992 年 5 月 28 日。
　　陳應德：〈馬華文學正名爭論〉，《星洲日報》，1992 年 5 月 30 日。劉國
　　寄：〈期待經典的出現〉，《星洲日報》，1992 年 6 月 8 日。

王炎：〈馬華文學與日本學者〉，《星洲日報》，1992 年 5 月 16 日。

李廷輝、孟紫、周粲、苗秀、趙戎和鍾祺編著：《新馬華文文學大系》，新加坡：教育出版社，1972 年。

李潤湖：〈從民意測驗看馬來亞的前途〉，《南僑日報》，1947 年 6 月 16 日。

岳衡：〈日本史學權威的偏見〉，《星洲日報》，1992 年 5 月 16 日。

郭沫若：〈申述「馬華化」問題的意見〉，《南僑日報》，1948 年 3 月 16 日。

陳應德：〈馬華文學正名爭論〉，《星洲日報》，1992 年 5 月 30 日。

曾慶方：〈馬華文學「經典缺席」〉，《星洲日報》，1992 年 5 月 28 日。

劉國寄：〈期待經典的出現〉，《星洲日報》，1992 年 6 月 8 日。

禤素萊：《吉水河水去無聲》，雪蘭莪：Comerlang Publication Sdn, Bhd.，1993 年。

傾訴聆聽‧克制异華

——新華散文人文關懷論述

一、前言：人文關懷與文學書寫

翻閱任何一本與新加坡歷史有關的書籍，讀者都會感到十分驚訝：為什麼新加坡能從一個貧窮落後的殖民地，迅速崛起成為一個智慧島？有學者認為新加坡是靠人文策略，用一代人時間，讓自己脫離後殖民期貧困的國家，是世界史中最獨特的經濟發展案例。[1] 建國以來，移民與身分的確認，一直是新加坡華人急於探索的矚目課題，從國家認同（national identity）、鄉社認同（communal identity）、文化認同（cultural identity）、種族認同（ethnic identity）到階級身分的認同（class identity），[2] 是許多作家文學書寫的主題，也是作家肯定自我身分的重要形式。

1　《新加坡年鑑 2001》（新加坡：新聞藝術部與《聯合早報》，2001 年），頁 3。
2　王賡武：〈東南亞華人的身分認同之研究〉，見《王賡武自選集》（中國：上海教育出版社，2002 年），頁 238-266。

　　自從新加坡政府宣佈「文藝復興城市報告書」之後，文化藝術上的人文關懷，成了學術界與報章上關注的課題，不少文章討論如何加強人文關懷，尋找消失的文藝復興城市。[3] 回顧新加坡華文文學發展，不難發現許多作家在作品中，一向致力於人文關懷，強調人文素質與自然和諧的關係，蔚成一種獨特的人文景觀。[4] 本文所說的人文關懷，基本上沿用人文主義代表人物已故哈佛大學教授歐文·白璧德（Irving Babbitt）的主張，他認為人文關懷是以「人的法則」反對「物的法則」，強調理性、道德意志與道德想像是人的特點和美德，文學的作用在於給讀者道德知識，其作品的真正價值取向是以人為核心，強調文學應表現良心理智與自我克制。[5]

　　新華不少作家，對新加坡這片土地的多元文化與歷史遺產，情有獨鍾，他們堅守文化人格，懷念往昔崇高澄淨的精神境界，表現出一種關切的人文情緒。這些散文的文字中，潛藏著一種普遍的深層意識趨向，形成許多文化人的主導心理傾向。這使到新華散文，在面對後現代散文文本的跨越與整合

3　自從新加坡宣佈「文藝復興城市計畫書」之後，就有作家不斷在尋找，一個適合新加坡真正能夠模仿的文藝復興城，如新加坡年輕作家陳穎佳，在〈寫給文藝復興城的一封信·致羅德里戈·蒙泰費爾特羅公爵〉中，仿效文藝復興時代人文學者為已故古人寫信的方式，撰寫書信題散文，對「文藝復興城」提出了自己的看法。全文見新加坡《聯合早報·周刊》，2003 年 2 月 9 日。

4　人文景觀的形成，與新加坡的社會變遷與發展有關，如早期從甘榜（南洋一帶鄉村的俗稱，多居住在亞答屋或鋅板屋）遷徙至政府組屋。不少懷舊的作家開始感受到失落，他們回憶往昔的美好，對故居與童年有無限的懷念，這些散文如文愷：〈夜探故居歲月〉、謝清：〈故居，一把湮遠的回憶〉、莫河：〈鳳凰園裏的童年〉、洪生：〈那竟已不在的兒戲〉等，他們有同樣的人文感受與懷念，這不僅緣於美好的自然風物，更緣於親人與鄰里之間親近互助的美好記憶。

5　見《現代西方文論選》（臺灣：書林出版有限公司，1999 年），頁 237-238。

時，在思想上顯得較開放、多元與活躍，並能配合全球化時代的步伐，強烈地創造出散文意境的人文關懷意識。從新華散文創作的背景與現象來看，其題材、思想、風格與新加坡的國家建設與發展有密切關聯，許多作家從早期的「南洋色彩」，[6]漸漸轉變到「國際都會文化」。[7] 1980 年代初期，由於新加坡朝向先進國際都市邁進，全國上下，正在為國際化與全球化做積極的準備，都會文化（cosmopolitanism）已經在這裏開始萌芽。[8]在接受新事物與排除舊包袱的時候，傳統人文精神與現代物質科技常出現相互對立的局面。散文創作文類（literary genre），[9]最能表現作家這方面的個人體驗與感受，且逐漸形成社會上一種人文力量與意識形態，有學者用「文學體制」來強調這種面向。[10]在華文文學世界裏，這種散文文類中的人文關懷類型，最能看出其現代社會體制現象，它能發揮文學可能具有的特殊性質與功用，我們循著這一軌跡，亦可瀏覽散文

6　南洋、殖民地與多元文化這一特殊的地理位置與歷史背景，提供了新加坡散文作家不少寫作的素材，形成獨特的南洋圖像，許多散文作家從熱帶雨林的植物、飛禽、水果、生活習俗等取得靈感，創作大量富有南洋色彩的精美散文，如王潤華的〈雨樹〉、〈沈默的橡膠樹〉；南飛雁的〈九重葛〉；林臻的〈火焰多多綴滿枝〉、〈喜啖榴槤六月香〉；李藝的〈椰林滿園的漳宜村〉等，都是膾炙人口的散文，展現出獨特的南洋風采。

7　見蔣淑貞：〈都會文化 vs 本土認同——新加坡英文文學之定位〉，《中外文學》第 25 卷第 9 期，頁 67-74。

8　根據牛津字典 cosmopolitanism 的定義：都會文化是屬於世界的每一部分，不限於某一個國家及其居民（Belonging to all parts of the world, not restricted to any country or its inhabitants）。

9　參見楊牧：〈中國近代散文〉，《當代臺灣文學評論大系・散文批評卷》（臺北：正中書局，1995 年），頁 124-125。

10　關於「文學體制」的基本定義，參見德國學者何恆達《建立一個民族文學》（Ithaca: Cornell University Press, 1989）。亦可參看張頌聖〈文學場域的變遷〉一文，見《文學體制與現、當代中國／臺灣文學》（臺北：聯合文學出版社，2001 年），頁 135-155。

作品的流變、特徵與規律。

　　筆者由於近年來編輯《城市的呼吸》、《新華文學》、《東南亞華文文學選集》[11] 和《寫》系列三輯，[12] 有機會閱讀大量的新華散文作品，發現許多作家都以文化的審美價值為主軸，強調人的個體價值，提升生活素質和美化人生為散文的基本素材，將散文的人文關懷，推向一個極高的境界。作家們將激動的感情、敏銳的觀察、堅定的理念，融合於理性與感性的字裏行間，力求捕捉瞬間美感。這些作家，有土生土長的老中青一代，也有不少最後選擇在新加坡定居的南來作家，[13] 他們通過文字語言的隱喻符號，或傾訴，或克制，猶如都市的脈搏在律動。由於篇幅有限，加上本文所關心的是不同時代的新加坡作家對人文關懷的模式與內涵，所以在選擇文本時，筆者採用了抽樣考察與對比映照的方式，如老中青不同年齡層、土生作家與外來作家的對照等角度，希望藉此一窺新華散文的另類風景。新華作家一直在靜待聆聽、期待昇華，他們在經濟、資訊科技與英語掛帥的主流環境下，力爭上游，並不只是想成為個人或一個小團體的組合。新華作家立足島國，放眼世界，心懷

11　《東南亞華文文學選集》為南洋理工大學中華語言文化中心編輯出版的系列南洋文學選集，今已出版《東南亞華文文選選集汶萊卷》（新加坡：南洋理工大學中華語言文化中心，2001年），主編是汶萊作家王昭英。

12　《寫》系列是新加坡國立大學中文系、南洋理工大學國立教育學院中文系聯合出版的文學刊物，於2001年由教育部長張志賢主持發佈儀式，至今已出版三輯，對象為學生與社會青年。

13　這些作家人數眾多，如邢濟眾、王潤華、羅伊菲、淡瑩、尤今、君紹、周粲、林高、蔡欣、長風閣、陳華淑、潘正鏕、杜南發、依然、林錦、方然、李永樂、郭永秀、董農政、希尼爾、伍木、張千玉、君盈綠、劉培芳、余雲、蔡寶龍、梁文福、吳耀宗、柯思仁、蔡深江、雲谷涵、王昌偉、胡月寶、流蘇、劉瑞金、非心、陳志銳、景祥、周兆呈、黃志偉等等。

寰宇，期盼通過人文關懷模式，對多元文化體系、社會環境變遷、都市意識形態，做出剴切的回應和反思，蔚成一種獨特的人文景觀，具有獨立自主的人文精神，保持著作家自身一貫的人文尊嚴。

二、生態良知與仲介傾訴

1977 年出生於新加坡的年輕作家黃志偉，在其得獎散文〈新山水詩〉一文中，[14] 對沒有山水、四季和人文關懷的新加坡，越來越不習慣，他說：

> 不知道。是島人越來越經不起流行的傳染，還是島，老早就患了病？而所以我時常在懷疑島，島是懷著什麼一種信仰領養我們。[15]

黃志偉冷眼旁觀新加坡，他認為有關於島的歷史、傳統、文化等，對於新加坡年輕人來說是一個很重的包袱，他說：「島只能依賴成長來繼承它。用一個秘密來領養一座島有些許殘酷，可是因為這樣，微不足道成了這裏的人最偉大的地方。他們學會怎樣謙虛地開著車，而且是沿著山，沿著這島的信仰」。[16]

---

14 黃志偉，1977 年生於新加坡，此文獲得新加坡大專文學獎散文組首獎，畢業於新加坡國立大學中文系榮譽班、南洋理工大學國立教育學院中文系，現職教師，著有詩文集《小本經營》。

15 引自黃志偉：〈新山水詩〉，見趙麗宏、許福吉主編：《城市的呼吸》（上海：文藝出版社，2002 年），頁 26-30。

16 同註 15，頁 27。

　　黃志偉選擇「流行、傳染、懷疑、領養、秘密、依賴」等弔詭與象徵的語言書寫，藉此勾勒出一幅逆向的關懷畫面，讓身處在變化迅速的後全球化環境，面對一個充滿變數與自我分裂的後現代世紀，提供了一個反思的空間，尤其當人文關懷在「島上反而成了島人心中微不足道的東西。沒有什麼比這更危險了：當一座山的尊嚴停止在島人的心中扎根。而獨立之後的島，更是有意無意地讓許多模仿了山的姿態的摩天高樓，一一聳立」。[17] 愛之深，責之切，筆鋒一轉，黃志偉感嘆「在島上成形，人文的悲哀慢慢：我們能夠精心策畫一棵樹的蔭翳，卻流傳不了一座山的名字」。當這種哀傷化為生態良知，黃志偉放聲傾訴：

　　　　島上，故步而自封的島人居多，所以儘管孤獨，島離「詩」的距離卻又是那麼遙遠。那些攤開文學的早晨總讓人氣餒。我專注的版位往往沒有什麼詩出現，或者，出現的詩往往只能讓「詩」把我們丟棄得更遠。沒有島人會在意「詩」的存在，我這麼想，但到了「詩」死亡的時候，島人必定有一番紀念活動。[18]

　　由中國南來新加坡念書、後來在這裏定居的年輕作家周兆呈，是新加坡《聯合早報》的一名高級編輯，他所寫的〈老照片〉，[19] 是一篇深動的人文關懷散文，他曾留意新加坡報上介紹老歌的文章和斑駁的海報，發現那是一種幾乎觸摸到歷史劃

17　同註15，頁28。
18　同註15，頁29。
19　周兆呈，1973年出生於中國。新加坡國立大學文學碩士畢業，現為新加坡《聯合早報》高級新聞編輯。多篇評論、散文等刊登於新加坡、香港、中國等報章雜誌。

痕的閱讀經驗。他感覺到那時的人少有笑容,美的是那份憂鬱含蓄與神秘。他認為新加坡能看到的老照片太少了,也沒有人給予文化梳理,所以當他看到大型的《新加坡:1819 年至 2000 年的圖片歷史》時,就感慨這是一本「填補出版空白」的畫冊,從街道、建築、住屋的變遷、政黨鬥爭到碼頭興衰,周兆呈從人文關懷的角度觸摸,發現這種文化瞬間正是自己要找的,尤其是隱藏在老照片的「言外之意」和背後的那段歷史。他說:

> 想知道的是,那個時候的人們在做些什麼,穿些什麼衣服,吃些什麼零食,看些什麼戲和電影,怎麼過日子,來給今天的自己找個參照。人生要尋找的根就在其中了吧。或許在每一段海上夢迴裏,最難捨的就是那飄逝的記憶。[20]

身處在熙攘喧囂的城市中,另外一位新加坡出生的年輕作家陳志銳在〈解讀城市〉這篇散文中,[21] 嘗試以「人文」展開「救贖活動」,他通過現代家具概念、童年往事、高中語文特選課程、軍隊生活等散文書寫,解讀新加坡這座城市背後的靈氣,並且期待新加坡城市的獨特性格能形成,而新加坡人的生活氣質,也將日趨美麗;對於人文往事,陳志銳詩一般地傾訴:

---

20 引自周兆呈:〈老照片〉,見《城市的呼吸》,頁 31-35。
21 陳志銳,福建惠安人,1973 年生於新加坡。現職為初院教師。著有散文合集《四書》、《陳志銳詩選》、《隔岸觀我——陳志銳文集》和《造劍地》。

> 我總是怯弱地將之輕輕藏匿於回憶的底層，深怕一個不
> 經意地翻開，現實現世的空氣會無情地把曾經的美麗氧
> 化，為時空距離的美感鋪上一層時光的鏽。說艱難，因
> 為越是美麗，潛藏得就越隱蔽；說是易事，卻是因為翻
> 開後的洶湧，竟是如此自然地澎湃在紙上，蕩漾在字裏
> 行間。[22]

　　陳志銳以打針作為具體現象，認為人在未打針之時，驚惶
忐忑、無所適從，可是當針頭刺入肌膚之時，除了全心全意忍
受痛苦，別無他想，陳志銳說：「打畢卻又覺得沒什麼大不了
了，甚至有的還開始偷偷懷念起那打針的刺激和那種痛到極限
後浴火重生的快感。這痛苦的溫柔回憶，就成為了男人的集體
秘密，無論如何再說解、再炫耀，都無法讓未打針的男孩、正
在打針的新兵和不必打針的女子——明瞭。」

　　上述散文的人文關懷，從創作內涵到散文敘述，都蘊涵著
後現代所謂平面拼圖的深度和意義。他們通過散文拼湊的片言
隻語，加上詩的想像與意境，跨越自身環境與語境，自由開放
地抒發、辯論、推敲、修正、反對，保持一種人文的關懷，不
斷自我反省、自我解嘲，不斷讓腦力激盪思考，具有散文普遍
理性的文學特質與後現代的歷史觀和認知地圖。[23] 這種認
知，近似當今亞洲知識分子所擔心美國文化入侵所帶來的隱
憂，其中涉及所謂的全球化（globalization）與全球主義（glob-

22　引自陳志銳：〈城市解毒五帖〉，見《城市的呼吸》，頁 36-42。
23　有關後現代的歷史觀和認知地圖詳見唐維敏譯：《後現代文化導論》（臺
　　灣：五南圖書公司，1999 年），頁 3。另見 Steven Connor, *Postmodernist
　　Culture: An Introduction to Theories of the Contemporary* （New York:
　　Blackwell Publishing Limited, 1989）。

alism），身處島國，心懷寰宇，如何呈現多元形態的同時，又尋找本土與全球的牽引，正是新華散文尋求辯證與濾清觀念，為自己定位的最佳說明。

三、聆聽家及門的心聲

空間（space），在資訊科技虛擬時代中變得越來越狹小；家，對許多人來說是最重要的空間，也是任何一個離家出門之後，都想回來的地方。回顧空間的社會歷史變遷，新華文學作品中「場所」（site）和「他者的地理史」（geohistory of otherness），在創作中顯得十分重要，記者出身的李永樂，[24] 在其散文〈開門〉這樣寫道：

> 一顆心，如果被關閉在一扇門內，就變成悶，所以我們必須把心門打開，才能馳騁千里，迎接新天地。[25]

這是一篇以人文關懷為主導的散文，尤其在全球化的世界裏，敞開國門，打開心門，容納更多元的人才與事物，這包含「迎進來」和「走出去」兩方面。李永樂說：在全球化時代，不論是「進來」或「出去」，當中最關鍵的要素無非就是人。國際化意味著我們必須爭取樞紐地位，成為人才、資金與技術的磁場，國門要開，心門就不能緊閉，所以李永樂說：

24　李永樂，畢業於南洋大學，曾任記者，現職為《聯合早報》上海特派員，擅長報導文學與散文創作。

25　李永樂：〈開門〉，見《城市的呼吸》，頁 11-12。

打開國門的結果是，廣納百川，往返皆通暢，就像一流
的高速公路，不會一片死寂，它應該是人來車往，卻不
容堵塞癱瘓。而心門大開的結果，無形中增加了「容積
率」，就好比一個大筐，和淺淺的口袋相比，自然能夠
裝下更多的東西，即使其中混雜些許垃圾。[26]

新加坡產量豐厚的作家尤今，[27] 除了致力於小說創作外，也
出版了為數不少的散文集，而且大部分的散文都與人文有關，
例如她的新書《傷心的水》，[28] 總共收集了一百篇與人有關的
散文，尤今說：

> 人間有愛，萬物有情，即使是一滴水珠，一片樹葉，也
> 有感覺，只要用心眼去體會，便能通過它們，聽到一條
> 河、一棵樹的故事；而當小河匯入大海、小樹扎根於大
> 地時，我們便也同時能夠聽到驚濤拍岸的澎湃，聽到根
> 鬚入土的呢喃。

尤今膾炙人口的散文〈家在新加坡〉，回想在大雜院、公寓與
組屋居住的環境，寫出一段充滿聲音與氣味的回憶生涯，離不
開人與人之間的關係。尤今說那段回憶雖然離開得十分遙遠近
乎生鏽，但內心深處仍對那些人有著很深的感謝，因為那樣的

---

26 同註25，頁12。
27 尤今，原名譚幼今，南洋大學中文系榮譽學士，目前任教於先驅初級學
    院，已出版約一百二十部作品，包括小品文、小說、遊記、散文，曾獲
    頒第一屆萬寶龍——國大藝術中心文學獎。「尤今研究中心」正式成立於
    中國重慶師範學院，這是中國第一所以個別海外作家命名的研究中心。
28 尤今：《傷心的水》（新加坡：玲子傳媒私人有限公司，2002年）。

生活，讓她在苦澀的日子裏，學會把目光放遠、胸懷放闊，憧憬更好的，期盼更亮的明天，讓我們靜靜地聆聽尤今愉悅的心聲：

> 現在，母親坐在栽滿了鮮花的陽臺上，享受著徐來的清風，回首前塵，總不由得露出欣慰的笑容，說道：啊，總算熬過來了。[29]

同樣寫家，梁文福的散文〈家〉從現代角度切入，[30] 以人文關懷為終極目標，他寫自己到朋友家作客，發現父母都把孩子自己的房間叫作他的「家」，每天放學回來，孩子就鎖著門，除了吃飯，其餘時間都在他的「家」裏，反正裏頭有他需要的一切：電視機、電唱機、收音機、電話、電腦、電子遊戲機、書本和作業，還有小魚缸呢。梁文福感嘆這時代，這城市，究竟成長著多少劃「家」為營的孩子？他也擔憂沒有國，哪有家？現代孩子若各自為「家」，將來我們的社會若都是「私家」人士，國家的未來將會怎樣？

梁文福聯繫自己住的「家」，這「家」曾經是別人的居所。但搬進來以前，他就不擔心「不純屬自己」的感覺，因他深信，家是一種奇妙的氛圍，房屋讓主人住久了，就會呈現主人的生命風格，四壁之間讓一個真正的家住久了，自然就成其一「家」。梁文福說：「每一個人，都可以慢慢在這世上，於

29　尤今：〈家在新加坡〉，見《城市的呼吸》，頁 47-56。
30　梁文福，1964 年生，新加坡人，祖籍廣東新會。新加坡國立大學文學碩士，南洋理工大學中國文化與語文系文學博士。曾出版《曾經》、《盛滿涼涼的歌》、《最後的牛車水》、《其實我是在和時光戀愛》、《梁文福的二十一個夢》、《眉批情》、《自然同窗》、《嗜詩》、《散文@文福》等。

生命的不同階段，建立自己的新家」。最後寫到「身家」，梁文福認為對於每個人來說，今生最原始、最根本、最長久的「身家」，是我們的身體。他說：

> 這個「家」從我們第一次呼吸，就為我們所有，直至我們最後一次呼吸，才告別它。但我們真的瞭解它嗎？對它的生成、變化、衰滅，對它的深處和微處，我們真的清楚而「擁有」了嗎？連這副「身家」，也不過暫時借住幾十年而已。那些不斷追求更巨大的「身家」的人，真的很可憐啊。[31]

梁文福認為，大部分的人都疏於照顧自己心靈的家、精神的家，而這是我們人類的「本家」。

　　從個人的家，走出去到別人的家、別人的國，新華散文作家在探討人與人之間的現實關係中，發掘人性的本真，以傳統、清雅、溫柔敦厚的儒家文化精神，抵抗物質文明的侵襲，正是散文的一個重要的思想向度和理性主題。通過這些人文書寫與建構，一種有深度的共同體逐步形成，這也是一種集體記憶的文化行為，可以抵抗失根、失憶的物質洪流，在多元環境下，仍保持著自身文化身分的意義與功能。

31　梁文福：〈家〉，見黃孟文主編：《新加坡當代散文精選》（瀋陽：瀋陽出版社，1998 年），頁 23-26。

四、在沈思冥想中自我克制

　　面對環境變化，資深散文女作家淡瑩細膩、感性與沈穩的情緒克制，[32] 最後將人與大自然的和諧融為一體。她的散文〈把森林還給眾鳥〉就好比一首悅耳動聽的協奏曲，把終年是夏的新加坡，在散文意境中轉化為明媚的春天。從馬來西亞、臺灣、美國，最終選擇定居新加坡，養尊處優的淡瑩有一天忽然察覺：「當你從酣夢中醒來，窗外的呢喃不復聞，代之的是人為的噪音，你會感到失落了什麼嗎？也許你的聽覺對這些不關緊要的天籟不十分靈敏，你根本沒察覺到有何不同。」[33]

　　淡瑩是一個特別關心周遭人文環境變化的詩人，在散文意象中，她一直深信自己是一座臨海的危崖，不但可以聆聽到窗外有節奏的濤聲，還常常夢見自己就是峻崖，因此喟嘆不已。這種想像，一直縈繞在她的腦海，甚至想像自己就如莊周夢蝶的感覺一樣，當電鋸的工人鋸去她心中的春天後，她的心雖晦暗無比，仍自我克制，寫道：

> 櫛比鱗次的高樓大廈代替了颯颯英姿的松樹，收音機代替了啁啾，我心坎深處的春天呢？森林呢？眾鳥呢？到哪兒去找尋？我也曾想到野外去探訪春的足跡，到植物園去瞻望老邁蒼勁的古樹，到飛禽公園去諦聽更多禽鳥

32　淡瑩，原名劉寶珍，原籍廣東梅縣。生於馬來西亞霹靂江沙。高中畢業後前往臺灣，就讀於臺灣大學。獲學位後赴美深造，取得威斯康辛大學碩士學位後，到聖塔巴巴拉加里福尼亞大學執教，現為新加坡國立大學華語教學中心高級講師，新加坡國家藝術理事會文化獎得獎人。出版詩集《千萬遍陽光》、《單人道》、《太極詩譜》、《髮上歲月》等。

33　淡瑩：〈把森林還給眾鳥〉，見《城市的呼吸》，頁59。

的鳴唱，但是一離開那裏，回到市區裏來，春天也更遠
了，不像以前，春天就在窗外，早晚開窗關窗，它都駐
足在伸手可及之處。34

　　邢致中是早年南來新加坡定居的散文大家，一生專注於散
文創作，出版不少與人文關懷有關的散文集，35 其近作《雪
泥鴻爪》反映作家真誠不渝地追尋人文理想，36 記錄了作者
不平凡的經歷與生活經驗，其中有一篇感人的散文〈滿園春
色〉，寫晚年居住的「晚香園」，因芒果樹和紅毛丹樹被砍伐之
後，心情由悲轉喜，「塞翁失馬，焉知非福」，他認為凡事有
失有得，兩棵果樹消失後，院中眾花卻有了新的空間、姿采與
氣象，這種廣闊的胸懷，提升作家的精神境界，他與自然和諧
相處，在「滿園春色」優美風姿的鼓舞下，把大自然的成員照
顧得更周到、護衛得更好，甚至深信它們會有更為美好的未
來，邢致中說：

　　早晚時分，我常在小院中悠然彳亍，那些生機蓬勃、蔥
　　鬱健壯、秀麗可愛的成員們，都昂首挺胸含笑以迎，大
　　概是做一種感激性的回報吧。這時，我的臉上自然也會

34　同註33，頁61。
35　邢致中，本名濟眾，原籍浙江東陽，上海暨南大學中文系畢業，南來新
　　加坡後曾任教華僑中學、義安學院中文系、南洋藝術學院文學科講師等
　　三十餘年，也曾擔任新加坡教育部課程發展署儒家倫理組教材編撰員。
　　並曾獲臺灣地區頒發的「華文著述散文獎」。出版《南遊心影》、《鐵鉤
　　情》、《一園濃翠》、《晚香園隨筆》、《滿園春色》和《邢致中散文
　　集》。
36　邢致中：《雪泥鴻爪》（新加坡：新亞出版社，2001年）。

泛起笑意,這是我一天中最得意的時刻。[37]

同樣關心人與自然的和諧,王潤華在充滿熱帶雨林風味的散文〈雨樹〉中,卻表現得十分人文,[38] 他常幻想自己置身在熱帶雨林天堂,植物茂盛地生長,他盡情地觀察植物的個性與生活,聆聽植物與鳥群風雨的對話。而在眾多的樹木中,王潤華選擇了雨樹,認為它最能表現南洋的人與萬物的生態與文化。王潤華說:

> 到歐洲旅行,古老的教堂是必定要參觀的,它是歐洲人歷史文化的象徵。雨樹在我看來,就是熱帶雨林區的古老教堂,在每一棵樹上,您可以找到熱帶人的信仰、生活習慣,甚至神話與夢想。[39]

在王潤華的散文書寫中,每一棵雨樹都與人文精神有關,對華族移民來說,這種葉子合閉起來時,就如人們祈禱時合著的手掌,樹葉一閉一開之間,就如給人報告了時間。而這時間,正是熱帶人日出而作,日落而息的時候。王潤華把大自然與人文和諧相處,寫得絲絲入扣,讓人感受到人文與自然的不可分隔。王潤華說:

37　〈滿園春色〉,收入《雪泥鴻爪》,頁 194-196。
38　王潤華,生於馬來西亞,現為新加坡公民。美國威斯康辛大學文學博士,曾任新加坡國立大學中文系教授兼主任,現任新加坡作家協會會長,臺灣元智大學人文社會學院院長。重要作品有《患病的太陽》、《高潮》、《內外集》、《橡膠樹》、《南洋鄉土集》、《山水詩》和《王潤華自選集》等。曾先後獲得創世紀二十週年紀念獎、《中國時報》散文推薦獎、中興文藝獎、東南亞文學獎、新加坡文化獎及亞細安文學獎。
39　王潤華:〈雨樹〉,見黃孟文主編:《新加坡當代散文精選》,頁 16-19。

> 南洋的居民與雨樹的年齡最難隱藏，因為人的年齡一
> 大，便得了風濕病。二三十年老的雨樹，都會因潮濕寄
> 生著各種各類羊齒植物、胡姬花草，其中以看起來像羚
> 羊犄角的鳳尾草最吸引人。這種跡象跟葉子的一開一閉
> 有關係，每天從葉子張開時滴在樹幹上的雨露，造成樹
> 幹高度的潮濕。二三十年老的雨樹上寄生植物種類之
> 多，簡直就是一個空中植物園，美麗極了。[40]

當然王潤華也感嘆，這種樹木為了適合有限的空間和土地，方
便高大的重型車輛之行駛，雨樹的枝幹經常遭受修剪的厄運，
它只能向高空發展，不能接近土地。所以他說：「雨樹生態之
改變，與我們這些生長在熱帶上熱情奔放的人生態是一樣
的。」

　　閱讀上述在沈思冥想中自我克制的散文，不難發現他們與
美國學者布魯姆（Allan Bloom）所描述人文作家一樣，一直致
力於人文與自然的和諧，「他們是一夥閒散和優雅之徒，卻置
身於一個追求明顯的功利和效用的社會。他們的王國是在永恆
和沈思冥想之際，可是其社會背景卻注重的是此時此地與行
動。」[41] 人文學者與自然科學家之間「存在著互不理解的鴻溝」
的描述，以及對於溝通科學與人文的「第三文化」的呼喚，不
過在新華散文作家裏面，卻得到很好的和諧的統一。[42]

40　同前註，頁 17-19。

41　參見布魯姆（Allan Bloom）著，繆青等譯：《走向封閉的美國精神》
　　（The Closing of the American Mind）（北京：中國社會科學出版社，1994
　　年），頁 377。

42　參見斯諾著，紀樹立譯：《兩種文化》（北京：三聯書店，1994 年），頁
　　68。

五、生命場景的變化,人文關懷的昇華

希尼爾雖然以小說與詩見稱於新華文壇,[43] 但他有不少
散文也是耐人尋味的,他常以生命場景對應人文環境,把關懷
提升到審美共識框架的文字之中,在〈荒涼自下一個世紀〉
中,[44] 希尼爾曾經指出,網路科技支配的時代,也許能賦予
文學正面的衝擊,相對地也給很多人帶來負面的隱憂,他認為
作家以文本形式出版,依舊有它的人文功能,文學不會消失,
除非人類的心靈出現枯竭狀態。希尼爾說:

> 我們擁有第一遠瞻的藝術抱負(復興文藝),第一荒蕪
> 的文學園地(以經濟效益的方程式推算)、第一繁忙的
> 藝術碼頭(每年有定期的舶來展)。只惜,這些都不像
> 是影響或引導一個人文心態與心境的主要因素。我想,
> 也許我追尋的僅是一個精緻的文學心靈,即使處身於一
> 個紛擾的大環境裏。[45]

希尼爾化悲傷為力量,讓我們感覺到新華作家人文關懷的提
升,他彷彿是新華文學風景中的一尾翠鳥,獨立於喧嘩邊緣,

43　希尼爾,原名謝惠平,1956 年生於新加坡,畢業於早期的華校工科班,
　　中學畢業來到工藝學院進修,獲得工程文憑,國民服役時擔任陸軍軍
　　官,業餘大量閱讀經典文學作品和勤於寫作,1980 年代初期在報章上發
　　表了不少詩作。著作包括詩集《綁架歲月》(1989 年)、《輕信莫疑》
　　(2001 年),微型小說集《生命裏難以承受的重》與《認真面具》,曾兩度
　　獲得全國書籍理事會頒發的書籍獎、金獅獎(小說與詩歌)首獎以及亞
　　細安青年文學獎微型小說首獎。
44　希尼爾:《輕信莫疑》(新加坡:新加坡作家協會,2003 年)。
45　《輕信莫疑》後記,頁 116。

不斷在熱鬧、忙碌與冷漠的現實生活中，旁觀、鳥瞰、檢視新加坡社會的變遷，搜索創作題材，並將一己的心得與喜怒哀樂，化而為文，抒發心中之不快，表達他對社會的關心、關懷、關愛與譴責。希尼爾並不因「愛之深，責之切」而顯得衝動，失去理智，反而是將內心的感受，冷靜、客觀、含蓄地通過象徵與隱喻的技巧表達出來，同時，他也結合了虛構與魔幻的寫作方式，將弔詭、荒謬與幽默的筆調貫穿統合，勾勒出新華作家赤誠浪漫的精神形象。解讀希尼爾潛藏在散文文字背後的意境，明顯地蘊藏著滾滾江流石轉的興奮，有淡淡哀愁的無奈，有濃得化不開的情懷，顯現了另類中華文化的關懷模式。

與希尼爾創作風格雖不同，羅伊菲散文所關心的人文主題卻是一樣，[46] 她以華夏人文精神本質為原點，用文字記載生命場景的變化，人文關懷在她的散文中，是用心最多，也是最深的。在〈父親的手〉，[47] 羅伊菲把傳統上父親溫和與威嚴結合的形象，寫得栩栩如生。從父親柔潤的手、深邃的雙眸，到父親如何影響自己的學習興趣，持之以恆，讀者深深感受無限溫馨。當她寫到晚年父親在輪椅上瘦骨嶙峋時，我們看到的是她用歌聲「點亮爸爸慈愛的眼眸」。〈母親教我的歌〉裏寫淚光笑影中的媽媽，[48] 如何教她唱第一首歌，那是她學習和追

46　羅伊菲，1940 年生於中國。畢業於臺北國立政治大學新聞系，美國夏威夷大學社會學碩士。自 1973 年始定居新加坡，任工藝教育學院研究部門經理。早年以「尚珞」為筆名發表短篇小說及散文作品《牆》，獲臺灣皇冠雜誌社短篇小說比賽首獎。1985 年以《母難日》獲新加坡社會發展部舉辦短篇小說比賽首獎。近年改以「于飛」為筆名發表小說及小品文。已出版的著作有《高處不勝寒》、《大地有情》及散文集《歲月如歌》、《穹蒼外的歌聲》等，並著有《當代社會問題》及《婚姻與家庭》等。現為華夏知音協會理事。

47　見羅伊菲：《穹蒼外的歌聲》（新加坡：新加坡作家協會，2003 年），頁28-29。

尋藝術的起點，匯聚成永恆；〈老根植新土〉寫媽媽教她的第
二首歌：勇往直前。把父母親在黃金年華，依然果敢與堅毅，
寫得十分感人。[49]〈清平樂〉寫媽媽一生幸福快樂的源頭，就
是對人保留熱忱與信賴，把母親形容成一盞智慧的燈，照亮她
人生的歷程。[50]孩子與孫子成長的過程，也是羅伊菲散文創
作的題材。早年在新加坡，羅伊菲寫他們堅持讓孩子接受華文
教育，使孩子有機會涵泳於中華文化廣闊的海洋，對文化有感
性與理性兼備的認知，也許是因為提供了這種環境，所以在
〈父母心，兒女情〉中，我們看到一幅溫馨的畫面：「儒家文
化的知恩圖報、孝敬家書的欣慰萬分。」鏡頭與時空一轉，我
們又看到羅伊菲在〈悲喜生命〉中寫道：「甫履人間的小生
命，莫不是前世壽終的老者？冥冥間轉了一圈，又回歸塵世？
……如果生命是這麼循環不息，代代迢遞，死別又何須悲
惻？」[51]〈母親的心〉中，她把自己的孫子與孩子做對比，[52]
從香港的早春到時空倒流的馬來西亞，病痛與焦慮，親情與關
懷，成了她聯繫與聯想的創作題材，不止如此，她還把空間轉
移到菲律賓、芝加哥郊外、紐約、臺北、廈門、福州等地區，
把人文關懷的範圍擴大。

　　從「家情」擴大到「鄉情」、「國情」，羅伊菲的散文不斷
流露出對故鄉文化的關懷和希望，她的關懷有時是「愛之深，
責之切」，有時是一種居安思危的警惕，然而她總是流露出樂
觀積極的一面，給人一種安詳愉悅的舒適，可以這麼說，她把

48　同註47，頁32-33。
49　同註47，頁24-26。
50　同註47，頁27。
51　同註47，頁30。
52　同註47，頁36。

華夏文化中的美善，與儒家溫柔敦厚，發揮得淋漓盡致。

聆聽羅伊菲細說生活的真，人性的善，華夏的美，我們彷彿和她一道行吟於新華作家的人生歷程，細看春花秋月，聆聽絲竹管弦，用文字奏出一首首感人動聽的樂章。這些融合在人文情感的元素，包括文字技巧中的節奏、色彩、線條與音符等，如四季的自然變化，或靜或動，皆來自心靈深處，有一種愉悅的氛圍，能平衡急躁的性情，讓你感覺到「不知瞬息的下一刻，是什麼？」羅伊菲一再籲請我們珍惜、把握、用真情摯意去擁抱當下擁有的一切。將文學書寫的愉悅提升到人文關懷的另一個境界，藉此希望人生越加美好。

六、結論

結合以上新加坡華文作家的散文，我們不難發現人文關懷在新華散文的價值系統與文化模式，作家在態度、評價及情緒傾向等方面表現出的精神品質，就是獨具一格的文化特色。[53]

新華作家以關懷社會為出發點，以促進社會和諧，以生活越加美好為原則，用散文理性與感性的筆調，記錄一個時代與城市的變化，構成一道獨特的人文景觀。[54] 人文關懷，一直

53　單光廣等主編：《文化學辭典・文化精神》（中國：中央民族學院出版社，1988 年），頁 155。

54　大陸學者袁勇麟就曾經認為散文是新華文學的一大支柱，其創作數量巨大且有增無減，獨立後的新華散文，在內容題材及創作方法等方面都有其獨具的特質，與以往南來的作家相比，其作者更具有本土性，與獨立前的題材相比，其變化和發展都相當巨大。袁勇麟認為獨立前的題材多反映殖民統治下的人民生活，作者對現實的不滿、勞作者的同情、殖民統治的憤怒情緒溢於言表；獨立後的作品，反映勞作者的依然存在，但

以來是中華文化的精神本質，也是傳統散文作家的文化使命。
人文關懷與現代科技格格不入，主要原因是人類追求物質財富
的欲望永無休止，而事實上，人的欲望又是永遠無法得到最後
的滿足，因此文化素質與人文關懷在間中就顯得十分重要，[55]
新加坡中華總商會會長郭令裕在接受《華商》訪問時，[56] 對
人生價值觀、文化建設、社會進步和文化發展的關係全面闡述
自己的看法。他認為，當社會發展到一定階段，物質積累到一
定程度之後，社會要走向成熟，就必須借助文化的再提升。因
為事實證明，只有文化素質達到相當水準的社會，人們才有湧
泉般的科技創新精神和能力。 他說：

> 因為創新與突破的源泉，來自於感性的、抽象的思維能
> 力，這種能力不是技能教育所能培養的，而是需要進行
> 綜合的、長久而深入的文化教育。……沒有必要總是說
> 我們的歷史短，沒有文化根基；沒有就去創造，即使從
> 現在開始也不晚。[57]

數量極少，作者的心態也截然不同。他們由僑民轉變為國民，心中的國
家已不再是中國，而是新加坡。有了文化認同感和生命歸屬感，又目睹
國家走出困境，發生日新月異的變化，新華散文家筆下的題材自然而然
地呈現出豐富多彩的人文景觀。在創作方法上，獨立前的散文領域，現
實主義一枝獨秀，獨立後則是現實主義和現代主義雙峰對峙，蔚為風
氣。詳見〈海外：中華文化的延伸與發展〉，收入《當代漢語散文流變論
散文》（上海：三聯書店，2002 年），頁 123-128。

55　1970、80 年代，新華文壇出現不少以商業社會所帶來的人文問題為主題
　　的散文，如林錦〈鼠屋〉、周粲〈就這麼過一天〉、何曉〈新窮人〉、杜南
　　發〈人間變〉、易梵〈組屋長廊〉等，他們把一幅都市的眾生相匯聚在組
　　屋區，把市井小民的生活描寫得十分生動。然而還有另外一些散文作
　　家，開始著眼全球環保的課題，呼籲讀者「聽聽地球的哭泣」，如王潤華
　　〈把黑夜帶回家〉等。

56　《華商》，新加坡中華總商會，2003 年 1 月。

57　同前註。

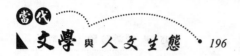

有人說新加坡是一個體系嚴密、思想拘束的社會，一針見血地
道破了新加坡文化建設與人文關懷方面的不足。[58]

　　其實從新華散文作品中的人文關懷層面來看，我們可以印
證新加坡社會其實還是開放自由的，作家可以自由地選擇創作
題材（甚至多元語言），表達對社會的願望與看法。從新華散
文的人文背景觀察，我們可以看出新加坡華文散文作品的內容
與風格，逐步發展成一種將本土文學傳統（Native Literary
Tradition）[59] 與亞洲文化圖像（Asian Cultural Configurations）結
合的趨向。我們把這些作品的點線面串起來，然後用放大鏡把
文字慢慢放大，你會看到新加坡的文化歷史，從國家、鄉社、
文化、種族到階級身分認同等意識，一一隱藏在文字的背後，
跳躍著時代的脈搏，有作家的興奮、感嘆與無奈……。閱讀每
一篇散文，都給我們一種接近歷史的臨場感，不僅在心靈上得

58　例如龍應台闊別新加坡多年，在檢視新加坡經驗時，她認為新加坡的情
　　況非常特殊，比喻新加坡為一間十星級的酒店，有乾淨的桌布，一流的
　　服務，美麗的花園，優美的音樂，但她懷疑是不是一個在文化上可以安
　　身立命的地方？龍應台說：「我要去度假，我可以選擇一個旅館。像很
　　多歐美人願意到新加坡工作，我作為一個過客，當然選擇那個十星級的
　　旅館；但是我要一個我的感情可以有出處，我的記憶可以傳承，痛苦不
　　必躲避我，可以深刻面對，我要生老病死，生於斯、死於斯、歌哭於
　　斯，我不會選擇一個旅館。」（新加坡《聯合早報・副刊》，2003年7月
　　13日）筆者按：從現實角度觀察，龍應台確實一針見血地道破了新加坡
　　文化建設方面的不足，這是值得我們慎重反思的。然而進一步探究，對
　　文化藝術的關懷，一直是新加坡政府與民間努力的目標，自從政府提出
　　「文藝復興城市報告書」，強調文化藝術在提高生活素質方面的重要性，
　　全國上下就不斷有人創意地嘗試，把新加坡變成一個有人文關懷氣息的
　　國家。
59　相關論文詳見王潤華：〈從放逐到本土，從單一族群到多元文化書寫：
　　走出殖民地的新馬華文後殖民文學〉，收入李元瑾：《新馬華人：傳統與
　　現代的對話》（新加坡南洋理工大學，中華語言文化中心，2002年），頁
　　333-354。

到衝擊，在知識上也得到啟迪，有一種社會良知、道德醒悟、
文化觸覺、從關照中積極入世的情懷和應世策略。

參考書目

王賡武：《王賡武自選集》，中國：上海教育出版社，2002 年。

王潤華：《從新華文學到世界華文文學》，新加坡：新加坡潮州
　　八邑會館，1994 年。

──：《王潤華文集》，廈門：鷺江出版社，1995 年。

──：〈從放逐到本土，從單一族群到多元文化書寫：走出
　　殖民地的新馬華文後殖民文學〉，收入李元謹：《新馬華
　　人：傳統與現代的對話》，新加坡：南洋理工大學，中華語
　　言文化中心，2002 年，頁 333-354。

方修：《新馬文學史論集》，香港：三聯書店、新加坡文學書
　　局，1980 年。

尤今：《美麗的胎記》，石家莊：河北教育出版社，1996 年。

──：《傷心的水》，新加坡：玲子傳媒私人有限公司，2002
　　年。

布魯姆著，繆青等譯：《走向封閉的美國精神》，北京：中國社
　　會科學出版社，1994 年。

邢濟眾：《滿園春色》，新加坡：新加坡作家協會、新亞出版
　　社，1991 年。

希尼爾：《輕信莫疑》，新加坡：新加坡作家協會，2001 年。

柏楊：《新加坡共和國華文文學選集》，臺北：中國時報出版公
　　司，1982 年。

梁文福：《曾經》，新加坡：冠和製作，1987年。

淡瑩：《淡瑩文集》，廈門：鷺江出版社，1995年。

黃孟文：《新加坡當代散文選》，瀋陽：瀋陽出版社，1997年。

覃光廣等主編：《文化學辭典・文化精神》，中國：中央民族學
　　院出版社，1988年。

《新加坡年鑑2001》，新加坡：新聞藝術部、《聯合早報》，2001
　　年。

張頌聖：《文學體制與現、當代中國／臺灣文學》，臺灣：聯合
　　文學出版社，2001年。

袁勇麟：〈海外：中華文化的延伸與發展〉，《當代漢語散文流
　　變論散文》，上海：三聯書店，2002年，頁123-128。

唐維敏譯：《後現代文化導論》，臺灣：五南圖書公司，1999
　　年。

楊松年：《新馬華文文學論集》，新加坡：南洋商報印行，1982
　　年。

楊牧：《當代臺灣文學評論大系・散文批評卷》，臺北：正中書
　　局，1995年。

趙麗宏、許福吉主編：《城市的呼吸》，上海：文藝出版社，
　　2002年。

賴伯疆：《海外華文文學概觀》，廣州：花城出版社，1991年。

謝克：《新華文壇十五年》，新加坡：新加坡文藝出版社，1991
　　年。

羅伊菲：《穹蒼外的歌聲》，新加坡：新加坡作家協會，2003
　　年。

Ashcroft, B., Griffiths G. and Tiffin, H. eds., *The Post-Colonial
Studies Reader*. London and New York: Routledge, 1995.

Ashcroft, Bill et al eds., *Theory and Practice in Post-Colonial Literature.* London: Routledge, 1989.

Connor, Steven, *Postmodernist Culture: An Introduction to Theories of the Contemporary.* New York: Blackwell Publishing Limited, 1989.

During, S., *The Cultural Studies Reader.* London: Routledge, 1999.

McGuigan, Jim., *Modernity and Postmodern Culture.* New York: Open University Press, 1999.

Manchester, F. and Shepard, O. eds., *The Columbia Encyclopedia.* New York: Columbia University Press, 2003. Sixth Edition.

Mulhern, Francis., *Culture / Metaculture: The New Critical Idiom.* London and New York: Routledge, 1999.

Suryadinata, Leo ed., *Ethnic Chinese in Singapore and Malaysia: A Dialogue between Tradition and Modernity.* Singapore: Time Academic Press, 2002.

移民意識在泰華文學的取向

⊙曾　心

一、前言

　　泰國是早期中國移民於東南亞的重鎮之一。泰華文學的源頭，則在中國先輩的移民。有了早期的中國移民，才產生了泰華文學。

　　據《漢書‧地理志》記載，遠在西漢武帝年間（西元前 140 至前 87 年），中國與泰國地區的國家就有使節往來。[1] 之後，便有中國移民陸續南來，直至二十世紀辛亥革命之前，移民幾乎都是「外出謀生」的。之後，便有一批知識分子到泰國開展文化工作，辦學辦報。相繼出現了《漢境日報》、《湄南公報》、《華暹新報》、《中華公報》等。發表在副刊的作品（文言文），既是泰華文學的發端，也是開啟了「移民文學」的先河。

1　班固：《漢書》（北京：中華書局，1962 年），頁 1670。

二

中國五四運動期間，泰國歷史上出現了第一次「移民潮」。一批南來的知識分子，包括僑生，逐漸成為一支以中國為母體血緣關係的文學生力軍。他們紛紛成立各種文藝團體。如林蝶衣等人的「彷徨學社」，郭枯等人的「柳文學社」等，首次在湄南河畔出現了華文作家群與詩人群，出版了一批華文詩文集。1933 年，同年出版林蝶衣的《破夢集》（新詩集）、《扁豆花》（小說集），符先開的《孤霞》（新詩集），鐵馬的《梅子》（雜文集）等。林蝶衣的《破夢集》是泰華文學第一本自由詩集，明顯烙著中國五四文化的印跡，揭開了泰華自由詩的新頁。

由於這些作家在中國歷盡世故滄桑，備嚐人生艱苦，在對新的環境還不太適應的情況下，提筆創作時，或記述自己在家鄉酸甜苦辣的生命故事，或書寫寄寓他鄉異國落魄的複雜心緒。作品多數具有「身在泰國，心在中國」的雙重性。

林蝶衣的《破夢集》是詩人自畫「一幅灰暗陰沈的人生圖畫」，「詩中皆是憂愁而沒有喜悅」。[2] 如〈夕陽與落英〉，前節寫在夕陽的樹底下，「拾到幾片落英」。後節寫著：「我沒有愛人可贈，我沒有花瓶可供，我只得放在袋裏，明天我掏出來一看，呵！這是不是我昨晚拾來的落英？為何憔悴得這般快？」[3] 這反映了當年客居異國他鄉的知識分子，在人生道路上找不到前途，找不到屬於自己的「家」，而苦惱、而惆悵、而迷惘、而憔悴。當年這些移民都有著較深沈的「中國情

2　林蝶衣：〈自序〉，見林蝶衣：《破夢集·橋上集》（曼谷：泰華文學出版社，1998 年再版），頁 14。

3　同註 2，頁 20。

結」，深埋著「葉落歸根」的念頭，在意識形態上大都有著特
定的「回唐山」的取向。

三

　　二次世界大戰結束後，泰國出現了第二次「移民潮」。當
年南來新移民，一到泰國，幾乎很快都能領到合法的「隨身
證」，沒有無身分證之憂。有志從文者，多數還年輕，文化水
平較高，又有學習的欲望，加上受到「老移民」作家的牽引、
指導，一批新移民作者便活躍在文壇上。由於有兩支隊伍（一
支南來謀生的新移民作家，一支原先在泰生長的作家）的結
合，「泰國的華文文學在 1950 年代達到了前所未有的全盛
期。長中短篇小說、散文、詩歌獲得全面豐收，戲劇（這裏主
要指的是劇本）也有可觀的收穫。」[4] 尤其以長篇小說為強
項。如陳仃的《三聘姑娘》，譚真的《座山成之家》，接龍小說
《破畢舍歪傳》，《風雨耀華力路》（1960 年代）等。

　　《三聘姑娘》是以古老唐人街為背景，寫唐人愛情、家
庭、商場的糾紛，展示了泰國華人社會生活習俗、思想潮流。
《破畢舍歪傳》是寫曼谷一個華裔「阿舍」，花天酒地，弄得家
破人亡，淪落街頭當「乞丐」。《風雨耀華力路》是寫泰南來
到曼谷尋找職業的一對青年，流落在耀華力路求生、拚搏、奮
鬥的艱苦歷程，反映了泰華下層民眾的風風雨雨的生活。

　　以上的作品很值得注意的是，在題材上已有新的蛻變，以

4　陳賢茂主編：《海外華文文學史》（廈門：鷺江出版社，1999 年）第 2
　　卷，頁 318。

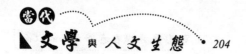

前那種以描寫寄人籬下與懷念家鄉為主的「葉落歸根」的思想
內容，已向以描寫當地泰國現實生活為主的「落地生根」的思
想內容轉化。但應該看到，這「根」還不是扎在廣袤的泰國土
地，多數只扎在華人、華裔較集中居住的地方，尤其是在唐人
街一帶。

從「葉落歸根」到「落地生根」，反映了寄寓客居到融入
居住國的社會歷史變遷，也反映了僑民意識向公民意識巨大的
轉化，使泰華文學有了較濃的本土化特色。

四

1980 年代末至 1990 年代初，泰國出現第三次「移民潮」。
雖然此時此地文學並不受重視，但也有一些新移民執著地握起
筆桿，白天工作，晚上寫作，比一般人多做了一份有益的工
作。

由於泰國華文教育斷層了整整一代人，泰華文學出現了青
黃不接，土生土長的新作者寥若晨星。有了這批新移民，泰華
文學便有了一部分新鮮活潑的血液，使泰華文壇還不會顯得太
過於寂寞。

近十年，泰華文學界出版了十一本新移民著作：李經藝的
《白中白》、《升起來》，鍾子美的《飛天》、《天涯草隨筆選
集》，陳雨的《一線情絲兩地牽》、《幽嫻的紫蓮》，藍焰的
《小木船的傳說》，曉雲的《問情為何物》，夢凌的《織夢的
人》，菡子的《菡子隨筆》，林雲的《三腳馬》等。

由於這些新移民到異地，腳跟尚未站穩，好像「水蓮漂

浮」，既要為立足於社會生活而奔波，又要為尋找精神生活而
熬煎，在各種矛盾聚焦中「磨難」、「苦鬥」，過著「不確定感」
的日子；情緒時有孤寂、躁動、悲愴、起落、超越等現象。因
而他們的作品，對社會、對人生、對生命、對人性、對命運都
有個人的感受和取向。

（一）反映新移民的新處境與遭遇

藍焰的短篇小說〈燃不盡的火焰〉，[5] 寫一對情侶和一位
老師到了湄南河畔，由於人地生疏，語言不通，一切得從零開
始。這對情侶，共同攻克了第一道語言關，但第二道身分證難
關卻無法解決，時常遭到警察「抓捕、恫嚇、罰款」。為了取
得身分證，女的嫁給一位泰國男士，生了一個孩子，不幸男的
有了新歡，被一腳踢開，落得母子相依為命。老的原是這對情
侶的老師，能拉一手小提琴，對集郵「廢寢忘食」。他跟隨著
獨生子與一位泰籍女子結婚而到泰國來，不幸兒子死於車禍。
在寄人籬下生活中，受盡兒媳一家人虐待，不幸因心臟病發作
而死。更令人痛心的是，他一生辛辛苦苦收集下來的珍貴郵
票，也被他兒媳「全部燒掉」了。因而「我」發出這樣的慨
嘆：「難道這就是新移民的生活，難道這就是新移民的夢想，
命運在戲弄人，時代在欺騙人，現實在摧殘人。」這是反映了
新移民在新環境中普遍的遭遇和發出痛苦的心聲。

（二）坦露內心複雜的情感與志向

陳雨從雲南隻身來到泰國，在風風雨雨的人生道路上，她

5　藍焰：〈燃不盡的火焰〉，見藍焰：《小木船的傳說》（曼谷：泰華文學
　　出版社，2000 年），頁 1。

的複雜內心世界幾乎在《一線情絲兩地牽》和《幽嫻的紫蓮》
書裏坦露無遺。她的〈雨渡〉是這樣寫著：

> 敞開的沙浪
>
> 打著感悟與忘記的手勢
>
> 在黑暗的審視與諦聽中獨白
>
> 歲月的高度
>
> 將紅塵的碎片飄散
>
> 於是
>
> 天邊有了紛飛的蝶影
>
> 腳下有了流動的詩泉
>
> 就向水中的魚兒展示
>
> 今生今世
>
> 最後的飛翔[6]

這種內心感受或甜或苦、或喜或悲、或淒或美的經歷，正是反
映出新移民在困惑、苦鬥中內心的執著意向與追求。從這些情·
感思緒中，似乎見到新移民心靈深處有個共同點：蘊藏在抑鬱
孤寂的背後，有一身要展示自己拚搏的「功夫」。在浮沈榮枯
中，在消沈時時襲來時，他們的取向：要「飛翔」、要自由、
要冒尖。

（三）解剖醜惡、貪婪、虛假、猥瑣等人性

鍾子美從東半球到西半球，又從西半球到湄南河畔，經商

---

6 陳雨：〈雨渡〉，見陳雨：《幽嫻的紫蓮》（曼谷：泰華文學出版社，
  2001年），頁4。

起起落落，人生坎坷。他寫的「《天涯草》展現了『天涯人』的心路歷程和天涯軌跡」。[7]他的另一部科幻微型小說《飛天》，用豐富的想像力對人性的醜惡、貪婪、虛假、猥瑣等進行解剖。如〈夜店〉，[8]寫男女之間的「幽會」被改為「明會」。「明會」的地點一律都在夜店。在「明會」裏，約翰的情人甘札娜是個非法的假人——只要將「指甲揭開，泛著暗紅色螢光的零件」，便「歷歷在目」。更使人感到意外的是，作為「全球委員會委員」的約翰本身也是機器人，他的「黃金吉也是假的」。甘札娜的「淚囊裏的淚水準是假牌子貨」，全銀河系最壯麗的店的牌照也是假的。作品結尾：「夜店蒂克的故事，其中真真假假莫辨。」作者顯然是有感於現實中假的東西太多，「打假」打不勝打，故意用「真真假假莫辨」的非現實手法，去反映社會現實中存在的嚴重問題。

（四）書寫人生的悲愴和生命的感悟

李經藝的兩部詩文集，《白中白》的主旋律是悲愴的美麗；《升起來》的主旋律是生命的感悟。在〈雨季重來〉裏，最後一段寫道：

> 雨季重來
> 想你時便沒有界限了
> 目光如水悠遠成岸
> 卻總找不到／那隻載渡的船

7　司馬攻：〈天涯芳草擁紫荊·序〉，見鍾子美：《天涯草》（香港；日月星製作公司，2001年），頁7。

8　鍾子美：〈夜店〉，見鍾子美：《飛天》（香港：日月星製作公司，2000年），頁62。

如何在你的汛期裏回應
天蒼地茫
輕泣一聲
絲髮皆白[9]

這首詩叫人「跌落在深沈的『悲愴世界』的情境裏」。[10] 我想只有在這樣的「悲慘世界」中，才能用眼淚寫出這樣淒美的詩境。李經藝的《白中白》，幾乎是在消沈、苦惱中完成的，因而有一種一般人無法理解的深層次的內涵。她的《升起來》是在「消沈」之後，盤腿而坐，「悟」到心靈嚮往那塊「淨土」：「這是一條路，它乾乾淨淨地通到上面。」「沒有語言，每個日子都像開花的小女孩。」「裏面，一種喜悅滿滿地蔓延，在很遠很遠的盡頭。忽倏一下，你升起來！你在升起來，它說，你解脫了。」這不是光靠寫詩的想像力，而是「坐禪」人修鍊到了一定層次所出現的生命「悟境」。

（五）記述鄉情、愛情、親情、友情與社會的關愛

曉雲的《問情為何物》和夢凌的《織夢的人》多屬這類題材。[11] 他們的作品「得以從普遍的『新移民文學』作品中那種壓抑鬱悶的氣氛中解脫出來，以一份輕鬆愜意的心情享受作品中所流露出來的愉悅和欣慰」。[12] 如曉雲的微型小說《黑

---

9 李經藝：〈雨季重來〉，見李經藝：《白中白》（曼谷：萬通文化事業社，1994年），頁125。
10 林煥彰：〈夢，漂泊和遠方的雪花〉，李經藝：《白中白》，頁3。
11 曉雲：《問情為何物》（曼谷：泰華文學出版社，2000年）。夢凌：《織夢的人》（曼谷：泰華現代詩研究社，2000年）。
12 劉華：〈論「新移民文學」的文學意蘊〉，《汕頭大學學報》第1期，2002年1月，頁91。

影》，寫「我」到夜校學電腦，必須走過幽靜的小巷，每晚回家，總有個黑影子若即若離地跟著。「我」很害怕，在老師幫助下，終於「捉」到了他。原來他名叫「猜納伯」，妻子曾在這條黑巷裏夜歸時遇上了壞人，一時想不通而跳河。現在他暗地裏充當「我」的「護花使者」。這篇作品閃爍著一抹「愛」的亮色，讓人看到當今社會還有像那位「護花使者」的好人。

五、結論

　　總之，移民意識文學只是屬於一種「過客」。隨著他們闖過一個陌生的背景和語境，又在生存、溫飽、愛情、家庭、事業上得到解決之後，他們文學意識的取向必然會向當地現實社會「靠岸」，找到自己扎根的土地。其文化意識的取向也會與當地本土文化磨合，其作品的移民意識特色也逐漸消失，漸漸融入泰華文學中。但不管新移民、老移民，甚至是他們的後裔，在他們的文化、文學磨合後，並不是完全「無痕」的。在他們作品中還會或明或暗、或深或淺，隱埋著一條不隨時光推移而消失的「根」：「中國人無論被西風吹到天涯海角，那片華山夏水還是永遠留在心中。人往往是文化的人。對於新移民來說，縱然是失落文化身分，也總逃不脫中國性執念。『中國情結』已作為一種集體無意識不停地喚起飄零遊子心靈深處的家園記憶和鄉土情感。」[13]這是因為文化是血液裏面的東西，任何輸血的辦法都改變不了它的血質與血型。

13　同註 10，頁 89。

參考書目

李經藝：《白中白》，曼谷：萬通文化事業社，1994年。

林蝶衣：《破夢集·橋上集》，曼谷：泰華文學出版社，1998年（重版）。

陳賢茂主編：《海外華文文學史》第2卷，廈門：鷺江出版社，1999年。

劉華：〈論「新移民文學」的文學意蘊〉，《汕頭大學學報》第1期，2001年1月，頁86-92。

鍾子美：《天涯草》，香港：日月星製作公司，2001年。

離散文學與政治無意識

——馬華文學的個案

⊙許文榮

一、離散意識

　　離散／族裔散居（diasporas）[1]這術語最早是描述猶太人離開故國散居在世界各地的境況。過後，在黑人／非洲人的群體中也挪用這個概念來論述他們的飄移與奮鬥。晚近，這個詞語也使用在海外華人身上，討論四海漂泊的中國人的命運與抗爭。其中一位始作俑者是旅美華裔學者周蕾，她的《書寫族裔散居》（*Writing Diaspora*）便是一部反抗西方學術霸權的著述，矛頭直指哈佛大學的中國詩學權威史提芬·歐文（Stephen Owen），為的是後者在《新共和國》（*The New Republic*）

1　關於離散／族裔散居話語的經典性論述，參見 Stuart Hall, "Cultural identity and diaspora"以及 R. B. Kitaj, "First diasporist manifesto"; in Nicholas Mirzoeff ed., *Diaspora and Visual Culture*（London and New York: Routledge, 2000），pp.21-33 & pp. 34-42。霍爾（Hall）的〈文化身分與族裔散居〉的中文翻譯載於羅鋼、劉象愚主編：《文化研究讀本》（北京：中國社會科學出版社，2000 年），頁 208-226；吉達澤（Kitaj）的〈第一位離散者的宣言〉還未有中文譯本。

上譏評北島的詩和歐美的詩「無異」，「中國韻味」全無。[2] 族裔散居的書寫與對抗話語在此找到了介面。

這篇論文的重點是考察馬華文學文本的離散／族裔散居話語，[3] 並試圖揭示這項話語在無意識層面的政治抵抗隱喻，以及這些隱喻所蘊含的更深廣的政治與文化指向。

「離散」這詞在本文的使用沒有嚴格地遵照一般的定義，而是指一個族群／群體從一個國家／地區遷徙到另一個國家／地區的「漂泊流離」歷程。他們沒有一個持久性的地域／國家觀念，對國籍身分與政治效忠也持「流動」的立場。這概念看來是對民族－國家（nation-state）意義的超越，同是也似乎是對居住地（hostland）官方霸權的反抗。[4]

二戰之後東南亞國家紛紛從西方殖民者手中獲取獨立，成立新興民族主義國家。由於想要在這些新興國家之中享有公民的權益，再加上大陸的國共戰爭以及後來共產政權的建立，使到東南亞的華族移居者別無選擇地申請成為居住國的國民。他們從中國人的身分倉卒地轉換成東道國的公民，過去落葉歸根的思想不得不做痛苦的心理調整，去適應落地生根的現實。帶

2　Rey Chow, *Writing diaspora: tactics of intervention in contemporary cultural studies* (Bloomington and Indianapolis: Indiana University Press, 1993), pp. 1-26.

3　張錦忠曾經把馬華文學定義為「離散華文文學」(diaspora Chinese literature)，當然這並不能完全準確地概括馬華文學的特性，無論如何，它至少說明了一些學者的觀點，馬華文學蘊含著一定程度的離散意識。參見 Tee Kim Tong, *Literary Interference and the Emergence of a Literary Polysystem* (Ph. D. Diss., National Taiwan University, 1997), p.107.

4　See William Safran, "Comparing Diasporas: A Review Essay", *Diaspora* 8：3, 1999, p.255; See also Steven Vertovec, "Three Meaning of 'Diaspora,' Exemplified among South Asian Relidions", *Diaspora* 11：3, 1997.

著華人（不再是中國人）的身分重新去面對與適應新興國家民族主義的執政精英，一同為新的獨立邦國的建國（nation-building）與現代化（modernization）而奮鬥。東南亞的民族主義執政精英，基本上延續殖民主過去保護主義的政治與經濟制度，再加上民族主義的情緒不斷蔓延，因此華人在政治、經濟、文化、社會上，都面對著土著單元化國族建構的壓力，馬來西亞的華人當然也不例外。

1970 年代開始，就有不少馬來西亞華人選擇再移民，或者到外國留學的選擇滯留在外國、或者在外國尋找就業機會、或者為了孩子的教育選擇移民、或者想把資金轉到國外等等，這種情況也在馬華文學中獲得再現。華人從中國移居到東南亞，從中國人意義的華僑身分到馬來亞公民、從馬來西亞再遷移到其他國家，然後又在另一個國家安家落戶，這樣的歷程形成了華人的漂泊經驗。以中國傳統文化的保守主義與安土重遷的價值取向來看，如果不是因為現實與存在的壓迫與險惡，這種離散的觀念不可能如此強烈。因此，從另一個角度來評論，這種漂泊離散的行動正是對官方霸權的一種抵抗姿態。海外華人（包括馬來西亞華人）身分的飄移不定，印證斯圖亞特·霍爾（Stuart Hall）所說的：「與其把身分看成已經完結的事實，……不如把身分視為一種『生產』（production），它永不終結，永遠處在過程之中……。」[5]

王德威曾如此地評論馬華文學：「馬華文學的傳承一向頗有曲折。華人雖佔馬來西亞人口的大宗，但華族文化卻並未受到官方應有的重視。然而落籍於斯的唐山子民卻化不可能為可

5　Stuart Hall, "Cultural Identity and Diaspora", p.21.

能，逐行發展出一脈文學傳統。六、七〇年代以來，馬華學生
絡繹來臺就學或定居，在寶島又植下極有特色的文學花果。擺
盪在僑鄉亦是故鄉、彼岸猶若此岸的不確定性間，馬華文學所
透露鄉關何處的慨嘆，以及靈根自植的韌性，在在值得離散文
化研究者的注意，更不提馬華文學的精緻處，每每凌駕自命正
統的大陸及臺灣文學。」6 王的評述涉及多方面的課題，但是
認同馬華文學的離散意識卻是極為明顯的。下文我們即切入這
項論題，以潘雨桐的小說文本為主，分析與思索馬華文學的離
散話語與政治對抗意識的關係，我們把涉及這種關係的離散話
語歸納成三種模式：即「用情不專」、「難兄難弟」與「無根
漂泊」。

二、「用情不專」式的離散話語

　　潘雨桐小說的離散話語可以和他的小說中經常所表現的題
旨——「用情不專」聯繫起來。這些作品所敘說的「用情不
專」，不是單純地只圍繞在愛情或婚姻的層次（雖然往往都有
愛情或婚姻的場景），而是超過這個層次的所指，進入政治、
文化與社會的隱喻。

　　佛洛伊德（Sigmund Frend）對夢的研究給予我們在文學的
研究上不少啟發，例如他所提出的「移置」（displacement）概
念，可以使我們衝破文本表面的煙霧而進入它的深沈隱意中。
移置，指夢的隱意在顯意中被替代或移位。移置的方法有二：

6　王德威：〈黑暗之心的探索者——試論黎紫書〉，載於黎紫書：《山瘟》
　　（臺北：麥田出版公司，2001 年），頁 3-4。

一、隱意元素不以自己的部分為表徵，而以不相關的其他事物相替代；二、隱意的重點由一個重要元素移置於另一個不重要或次要元素上，使中心偏移，使隱意與顯意的關係更加撲朔迷離。[7] 潘氏的小說文本所敘述的「用情不專」，具有佛氏的第一項方法論特徵，即以「用情不專」作為離散漂泊的替代（substitution），[8] 感情上的不專一被轉換成在身體上及政治認同上飄移不定的代碼（code）。因此，在男女情感上的「用情不專」（本體）可以被移置為在政治／國家認同的「游離不定」（喻體）。

在潘的文本中「用情不專」的產生，主要與兩個因素聯繫在一起，一是經濟（這是華人移居的最重要原因）；二是欲望（包括主體與族群文化自我實現的欲望）。下文聚焦於這兩項因素展開論述。

（一）經濟因素

「用情不專」即在感情上的不忠誠、不專一，表現在男女愛情上的虛情假意、或情感很容易從一個對象轉移到另一個對象，或同時對超過一個對象產生戀情，在婚姻上則出現婚外情或地下情的出軌行為。

短篇小說〈天涼好個秋〉[9] 裏的女主人公束慶怡，基於經

7　王一川：《語言的烏托邦——二十世紀西方語言論美學探究》（昆明：雲南人民出版社，1999 年），頁 61。

8　佛洛伊德用「替代」來指一事物取代一被壓抑的欲望或一潛意識表象內容的過程。充當替代的東西，可以是一種行為，一種幻覺，一種症候。參見穆斯達法‧薩福安著，懷宇譯：《結構精神分析學——拉康思想概述》（天津：天津社科院出版社，2001 年），頁 17。

9　潘雨桐：《因風吹過薔薇》（臺北：聯合文學出版社，1987 年），頁 51-90。

濟原因下嫁比她大二十多歲的丈夫，因為對方答應婚禮一完
成，就給她的家人匯去五萬元美金，這樣她的父親便可入院治
療，而她的弟弟（由於受馬來西亞不公平的配額制影響，而不
能進入本地大學）也可以來美國留學。為了家庭和未來有更美
好的（物質）生活，她也只有無奈地接受了這樁終身大事。在
婚禮舉行之前，她顯得很拘束，「她沒有笑，她笑不出來」；
在婚禮後，她也莫名其妙地「感到有點暈眩……」。[10]

　　從讀者的觀角透視，小說似在影射早期華族移民的無奈與
彷徨。他們離開中國大陸的南方，不也就是基於經濟因素，才
飄洋過海到外地尋求生存與發展的機會。[11]當時中國農村經
濟破產，原因除了自鴉片戰爭後西方列強的窮兵黷武及弱肉強
食，更有頻仍的自然災荒的摧殘，[12]使貧瘠的生活更是雪上
加霜。他們居於「窮則變、變則通」的道理，配合在東南亞的
西方殖民主對勞動力的熱切要求，因此唯有選擇南向的路程，
大批湧入南洋諸島（包括當時在英帝國統治下的馬來亞）。當
然如果以儒家文化安土重遷的傳統來看（就如束慶怡的婚姻沒
有獲得母親的祝福），中國人（束慶怡）如果不是現實所逼，
是不願意漂泊流離奔赴遠地（出嫁），想到此去經年，何時才
能重返家園，內心肯定是充滿茫然與無奈。這種心境正如束慶

10　〈天涼好個秋〉，同註9，頁88-89。

11　1969、70年新加坡南洋大學歷史系學生所進行的訪問調查中，發現和經
　　濟因素有關的「尋求（經濟）發展」和「親友牽引」約佔百分之七十
　　五。黃枝連：《東南亞華族發展史》（上海：上海社會科學院出版社，
　　1992年），頁205。

12　曾松華在〈華族南移的背景與動向〉一文中，列舉了自1912年至1937
　　年中國共發生了十四次的自然災荒，華南地區受的蹂躪最大，這也是為
　　何早期的移民多來自那個地區。林水檺、駱靜山合編：《馬來西亞華人
　　史》（吉隆坡：留臺聯總，1984年），頁23。

怡待嫁的心情,首先是她選擇出嫁(就如早期中國人選擇移居)是完全出於經濟的考量,她與未來的丈夫沒有真正的感情基礎。從馬來西亞到美國留學,又下嫁美國華裔,從一個國家遷移到另一個國家(一如她的祖輩過去從中國移居到馬來亞),明天是否會更好呢?她感到彷徨!無論如何,海外華人畢竟選擇了漂泊的生活,從祖輩的土地遷移到南洋諸邦。有了第一次的遷移,第二次、第三次……,也就不是什麼新鮮的事了。

短篇小說〈紐約春寒〉[13]的沈芩,也和〈天涼好個秋〉的束慶怡有著共同的命運,而沈芩的抵抗比束慶怡的彷徨與無奈更進一步,她背著自己的丈夫,在外和另外一個男人發展地下情。沈芩也是被逼嫁給她「根本沒有愛」的人——柳若愚,卻不能和她的心上人殷以誠在一起,因為殷以誠無法拿出一個大鑽戒給沈的母親(也是因為經濟因素)。後來作者巧妙地安排他們在異國(美國)相遇,並舊情重燃地經常相約在一起。另外,沈芩也反抗她丈夫所為她安排的應酬生活,不想再陪同丈夫參加同事的社交聚會。結合小說情節的安排與文本深層結構的分析,沈芩的反抗是很明顯的。沈芩這個角色隱喻了海外華人的處境,因為經濟原因(以及母親的慫恿)而下嫁不是自己所愛的人,正如許多華族移民遷移到海外也並非他們所願,而是因為現實生存的問題(以及西方殖民主的慫恿)。她的丈夫柳若愚則隱喻了東道國土著執政精英,總在潛意識裏要改變沈芩的生活方式,以迎合自己的身分與職業(馬來文化特徵)。沈芩對他的安排產生反感與抗拒,表徵了華人對土著執政精英同化企圖的反抗,因為同化正是以強迫的方式改變一個(弱勢/少數)種族的生活方式,以便貼近另一個(強勢/多數)種

13　同註9,頁91-140。

族的構想，當然這種霸權的手段更加激化華人的離心，一有時機就選擇「再移民」，一如沈對其丈夫越來越離心一樣，並選擇投向其他男人的懷抱。馬國現任總理馬哈迪（Mahathir Mohamad）透露，馬來人曾經懷疑華人對馬來亞的效忠。[14] 這話當然說得有道理，但是他是否能夠真正洞悉華人「不效忠」的根本原因呢？與其說是對國家的「不效忠」，不如說是對馬來執政精英文化霸權的「不順從」更為恰當。

（二）欲望因素

「用情不專」的另一種形態表現在尋求情欲的滿足上，即在婚姻或終身伴侶以外的性發洩。情欲的衝動可以在一定的程度上揭示主體的潛意識狀況，[15] 情欲對象的轉移作為一種政治隱喻，可以指涉國家認同的轉移，或者在國家認同上的經常游移、不堅定，這正如詹明信（Fredric Jameson）所說的，第三世界的文本，甚至那些看起來好像是關於個人和力比多驅力的文本，總是以國家寓言的方式來投射一種政治。[16] 這種驅力在離散者群中有一定的普遍性，正是對居住土地沒有很深厚及堅固不移的情感，他們才能夠在心理上很快地調適家國的遷移。但是，從深層的文化意識與社會結構上去審察，華人固有的安土重遷的集體潛意識，以及濃厚的落葉歸根的心理定勢，除非是社會結構的扭曲所形成的心理壓抑與不滿，要不然這種

14　Mahathir Mohamad, *Jalan Ke Puncak*（Selangor: Pelanduk Publication, 1999），m.s. 3.

15　精神分析學派認為，欲望是潛意識的，另外，和意識相比，欲望是離心的。參見穆斯達法·薩福安：《結構精神分析學——拉康思想概述》，頁92。

16　詹明信（Fredric Jameson）：〈處於跨國資本主義時代的第三世界文學〉，載於張京媛主編：《新歷史主義與文學批評》（北京：北京大學出版社，1997年），頁235。

離散的情緒是不可能浮上臺面的。

　　潘雨桐的中篇小說〈煙鎖重樓〉[17]裏的凌浩天是一位典型的離散者（diasporist），從馬來西亞到美國留學，爾後居留在紐約任教於某大學，並已獲得了美國國籍。這篇小說藉著「用情不專」來影射離散者的政治抵抗。凌浩天在美國獲取博士學位，是一名高級知識分子，這是 1970 年代後馬來西亞華裔的「再移民」人口中佔最大比率的群體。[18] 凌浩天和妻子楊可璐在紐約生活，兩口子的感情並不是很融洽，雖然同睡一張床，但明顯的是同床異夢，在性生活方面雙方都興趣索然。凌浩天看見妻子從浴室中走出來，光著身子，在衣櫥中找衣服時，並沒有激起他一丁點的情欲，反而是「不想看，拿起腰際的枕頭壓在臉上，心裏盤算著：今天不如（帶爸媽）到大都會博物館去，如果還有時間，不如到中央公園去乘馬」。[19] 為了避孕問題，為了資助凌浩天的弟弟在美國念書的費用問題等等，過去、現在，他們都經常拌嘴，連從馬來西亞去美國探望他們的凌父沒住上多少天，也覺察出蹊蹺來，並對凌浩天說：「我看可璐並不快樂！」[20] 凌浩天背著他的妻子和她的同鄉遠房妹子葉若蘭大搞婚外情，她的妻子竟然一點也不知情，還邀請葉住在家中，不自覺地幫助自己的丈夫得償所願。後來，葉有了身孕，凌也不是對她真心誠意，耍了兩下手段，又把葉「轉讓」給他的一名研究生印大豪，拍拍屁股什麼責任也無須承擔。凌

17　同註 9，頁 141-309。

18　關於 1970 年代至今去國離境的華裔移民人數，馬來西亞官方至今仍然沒有公佈任何資料，因此難以做出估計。筆者乃是通過報章及直接的消息做出這樣的推論，當然這只能視為一種假設，不能作為嚴肅的學術結論。

19　同註 9，頁 161。

20　同註 9，頁 220。

浩天在情欲對象上的「轉移」、對情感的不忠誠，隱喻著一個離散者對於居住地的離心，而這種離心的背後隱藏著複雜的政治因素。

「用情不專」在這裏隱藏著一定的政治寓言，可以和在文本的表層結構不時地在言說的家國互相參照。例如凌浩天和父親在談到弟弟和弟媳異族通婚時說：「在美國這個地方，一切都很自由，他們的結合，不會受到客觀環境的影響，他們的子女，一樣享有美國公民的地位，並不會淪為二等公民，反而是在別的地方，常常會面臨許許多多複雜的問題，那才真是令人擔憂的事。」[21] 這段話明顯是在借題發揮，聲東擊西。其中所提到的「二等公民」，是針對馬來西亞的官方政策從 1970 年開始實行新經濟政策後，把人民劃分為土著與非土著，[22] 土著受到官方的特別照顧，在經濟、語文、教育、文化、社會福利等領域獲得優惠的待遇，結果在非土著行列的華人便感到漸漸被邊緣化，淪為「二等公民」或「私生子」的處境，導致華人感到心理極不平衡。

到美國探望兒子的凌叔同，對美國有這樣的觀感：「從唐人街的報紙雜誌，我沒有看到華族還糾纏在他們身在美國的身分問題、地位問題，也沒有（被限制）什麼可以談，什麼不可以談。身居要津的老美，也沒有劃清界限，時不時提醒華族是外來移民，然後什麼什麼的，這還不夠自由嗎？」[23] 顯然的，這句話對凌浩天上面那段言說做了進一步的補充，對美國比較淡化的種族情緒與人民所享受的言論自由稱羨不已。那句「時

21　同註 9，頁 169。
22　同註 14，m.s. 8.
23　同註 9，頁 277。

不時提醒華族是外來移民」，這也是指桑罵槐地把矛頭直接指向馬來西亞的土著執政精英。他們在面對華人爭取平等待遇的壓力時，總會提醒華人不要忘記自己外來移民的身分。 1980年代末期，曾經有一位馬來執政黨的部長甚至以非常激烈的語氣質問華人到底還要什麼？言下之意是，馬來西亞的華人已經比世界上任何地方的華人都幸福，如果仍然身在福中不知福，最後恐怕什麼都沒有！

如果我們對照作為「用情不專」的隱喻和文本的表層敘說，兩者皆具有某種共同性，那就是它們都展示了抵制的意圖。凌氏父子的言說可以說是反映了華人對官方的幾個方面的不滿，包括教育上的不平等、馬來文至上的政策、泛種族主義的政治體制、「移民說」的話語暴力等等，形成了華人與主導民族之間的權力差距越來越大，並逐漸地被邊緣化。官方的壓抑使得一開始就沒有多少政治資本的華人感到很無奈，然而又不得不接受既定的政治事實。在平時只有把這些壓抑吞下去，除非壓抑過大超出所能忍受的程度，才有較激烈的反抗行動，如 1961 年的強逼華校改制、 1987 年的委派不諳華文教師擔任華校高職的事件，不然華人仍然是默默但無奈地承受官方的宰制。當然從精神分析的視角洞察，這種外在的壓抑並沒有自動煙消雲散，而是被擠入（集體）無意識的深谷中。凌浩天由於夫妻不和而沒有和妻子涉及魚水之歡，這種性壓抑或佛洛伊德所說的力比多驅使他尋找紓解情欲的對象（葉若蘭），做出不忠於妻子的事兒。官方的霸權使華人的國家認同顯得游離不定，國族身分可能隨時轉移，而這種趨向是源自更隱秘的無意識作用，一種在遭受激烈的情緒壓抑後所形成的無意識抵抗。

24

三、「難兄難弟」式的離散話語

　　斯圖亞特‧霍爾在他那篇有關離散話語的經典性論文〈文化身分與族裔散居〉中分析說，本來黑人（奴隸）來自非洲的不同國家、族群、村莊，有著不同的語言和宗教，他們的差異是明顯的，並且以不同的生存方式存活在非洲大陸或被移置到大陸之外。例如，他們所信仰的宗教是那麼的五花八門，有海地的服都教（voodoo）、狂熱的循序漸進教（pocomania）、本土的五肋骨教（Native pentacostalism）、黑人浸禮教（Black baptism）、拉斯特法里教（Rastafarianism）和黑人聖拉丁美洲天主教（black Saints Latin American Catholicism）。「弔詭的是，正是由於奴隸制和流放制度的徹底消滅……，才使這些民族跨越差異而『統一』起來，在同一時刻也切斷了他們與過去的直接聯繫。」[25] 分佈在東南亞（甚至世界各地）的海外華人似乎也有這樣的經歷。他們的離散也都與過去的殖民主義有關（提供廉價勞工），也因此而從中國大陸遷徙到世界各地。然而，當居住國由殖民地變為新興獨立國家之後，他們各自生活在不同的政治體制與社會氛圍下，由於是移民／非主流族群，他們在不同的國度裏，都面對著程度不一但卻是事實的被邊緣化與歧視。正是這種特殊的經歷使他們共用著相似的生存體驗，使他

24　我們知道在理智上大馬華人都意識到對國家效忠的必要性與好處，也盡最大的努力去給予國家不二的忠誠，這是無可否認的事實。但是在集體無意識的層面，我們只能夠借用藝術的表現形式來闡釋其中的微妙了。See Zawawi Ibrahim ed., *Cultural Contestations： Mediating Identities in A Changing Malaysian Society*（London: Asian Academic Press, 1998），p.78.

25　同註 5，頁 25。

們過去的差異（不管是族群的或國家的）頓時消失，而產生了兄弟同胞之情。馬華文學文本經常也表現了馬華人對其他國家華人的不幸遭遇的那種感同身受之情。

我們也可以把這種情感稱為海外華人的同質化衝動，近似科內爾・韋斯特所說的，在黑人的抗爭中，也依靠著這樣的一種同質化的衝動（當然華人的抗爭遠遠沒有黑人抗爭那麼地聲勢浩蕩與體制化），認為一切黑人實際上都完全相同（受白人的歧視與壓迫），因此應該抹掉黑人之間在階級、性別、地區、性取向等方面的差異而聯合起來。[26] 法農（Frantz Fanon）也曾發表過類似的言論，以激發非洲人建構非洲人的民族文化共同體。[27] 這種心理用比較江湖味的說法，就是「同是天涯淪落人」的情結。用比較通俗的話說，就是那種「難兄難弟」的心理。這種情結或心理，我們認為是具有微妙的政治抵抗的，以下就讓我們舉一些具體的文本加以論證。

潘雨桐的短篇小說〈天涯路〉[28] 就敘說了這種「同是天涯淪落人」的情結。小說主要敘述幾位馬來西亞的華裔人士〔Y.T（敘述者）、A.K、K.Y、K.N〕，協助已經從越南投奔怒海出來、或正計畫欲從越南逃離出來的華裔同學（李光宇）及李的其他越南友人，以便能夠更快地遷移到其他第三國家安家落戶。有些所協助的越南華人可以說素昧平生，但是他們仍然以極大的熱情與百折不撓的精神為他們效勞。例如他們為了要

---

26 科內爾・韋斯特：〈新的差異文化政治〉，羅鋼、劉象愚編：《文化研究讀本》，頁153。

27 詳見弗朗茲・法農（Frantz Fanon）：〈論民族文化〉，羅鋼、劉象愚主編：《後殖民主義文化理論》（北京：中國社會科學出版社，1999年），頁277-294。

28 同註9，頁1-50。

探望暫時被安置在馬來西亞比農島的越南難民，屢遭馬來西亞及聯合國官員官僚主義的阻攔，但是他們還是想盡辦法和這些官員鬥智鬥法，雖然最後仍然沒有辦法到達目的地，但還是成功地把所要寄送的物品通過第三者轉交給當事人。文本比較著重地敘述李光宇在越南的落難與辛酸，政治與社會形勢越來越惡劣，他根本無法在越南繼續待下去，因此千方百計地策畫與努力，只是想從曾經是他居住了幾十年的國家逃出來，以便能轉到臺灣去定居。文本如此地形容李光宇：

> 李光宇是我們（在臺灣）念大學時，同校不同系的同學，同住在一個宿舍裏。他念的是畜牧獸醫，畢業之後，即回去越南的西貢。這是他的老家，家境相當富裕。父親在西貢經營金陵大酒店，他自己則在農校教書，後來結婚成家，日子過得平平穩穩。可是，當西貢淪陷之後，一切都改變了。大概是分屬地主吧？金陵大酒店被當局沒收，農校的教職也被撤銷了。政局的改變，無可奈何；家境的改變，卻使他面臨困境。但是，日子總是要過的，大人可以勒緊褲帶，小孩卻挨不起餓，受不了凍。於是，他改變生活，白天做點小買賣，晚上幫太太在街邊擺地攤，賣紅豆冰，賺取些許蠅頭小利過日子。可是，這種日子並不好過，員警又三番四次的隨意逮捕，他們才想起出走、逃亡，更想回到臺灣。[29]

這是 1970 年代越南華人的一闋悲歌，當時，越南國家政權的轉移也導致了政策的改弦易轍（特別是對華人的政策），

很多私人資產被國家收回（國有化），種族官僚作風氣焰的高
漲，華人的謀生之路被人為的剝奪，導致了生存的危機。就像
李光宇這樣在臺灣大學畢業後滿懷抱負回返越南報國的優秀青
年，也遭遇困境。他們家族的資產被沒收，他的教職也被撤
銷，無可奈何地當起了小販，但是仍然無法解決基本的生存需
求，在無計可施之下，只有策畫從越南逃出來。

李光宇在向馬來西亞友人解釋，他懷孕的妹子被安排獨自
離開越南（丈夫沒有陪伴，因為籌不足買路費）時所說的話，
讓人更理解當時在越南的生活是何等惡劣：

> 想全家人不離開將來只有一個死字，能離開一個總有一
> 個希望，而且，對肚子裏的孩子（來）說，假如他命
> 好，將來可以做一個自由人，否則生在越南，倒不如死
> 掉，免得將來受罪，所以決定（讓）她離開。[30]

這段敘述在指涉越南時，用了兩個非常悲觀的詞語：「死」
（兩次）、「受罪」；反之，在指稱外面世界時，卻引用兩個非
常樂觀的語詞：「希望」、「自由（人）」。兩相比較之下，我
們可以感受當時的華人對居住國是何等心灰意冷，對外面的世
界則是如何地充滿憧憬。是的，「不自由，毋寧死」，這是被
壓制者向霸權所發的怒吼！越南的情況是一個極端例證，他們
逃避被壓迫的苦境、追尋自由的世界；寧可冒著被狂濤大海吞
吃的危險，也不願意留在那黑暗的國度，這樣的敘事本身其實
就是一種文本性的抵抗。以下這段具有象徵意味的表述給予這
種抵抗推波助瀾的作用：

---

30 同註9，頁43。

> 左方有殘破的船身龍骨半埋在沙裏，在呼嘯的風中，在
> 海浪的拍打聲裏，靜默無言。天是祭壇，海是血淚，無
> 言是千年萬載沈冤的一種控訴，沈冤在灘上海裏張大了
> 口，張大了千個萬個千萬年不閉的口。[31]

　　這是對已經損壞不堪的越南難民船的描述，文本借用難民
船這個意象來象徵命途多舛的越南難民，那殘破的、被半埋在
沙裏的龍骨（這詞可能具有指涉華人的意圖，因為當時的越南
難民中，絕大多數是華人），仍然得面對呼嘯的狂風和海浪的
拍打。面對強權的暴力，他們只能無言地反抗，並且以逃亡的
行動（投奔怒海）把這種反抗推向極致。

　　文本中有一個非常重要的策略，就是把越南難民的遭遇和
敘說者自身（代表著馬來西亞華人）的遭遇聯繫起來，也就是
越南華裔所經歷的一切，敘說者都能夠心領神會並感同身受。
這可能是海外華人（特別是東南亞華人）都有的共同經歷：離
開自己的文化母體、自己祖輩的國度，在新的國度裏逐漸落地
生根；然而由於是移民後裔（不是土著），由於在經濟上的特
出表現（引起主導民族的嫉妒）等因素，導致他們經常成為被
攻擊的對象，因此對其他國家的華裔的困境，一般就能夠具有
比較敏銳的感受力，並「奇妙地」從他們的身上看到自己的影
子：

> 這就是難民了，他們和我們有什麼不一樣？黑頭髮、黑
> 眼珠、黃皮膚。如果有什麼不一樣，那就是我們四個人

31　同註9，頁28。

都是一身光潔的衣著，頭髮梳得油亮油亮；皮鞋也擦得油亮油亮。要是我們也只穿一條短褲，把頭髮的油脂洗去，光著腳丫和他們站在一起，不也是難民嗎？[32]

從外表的相似到境遇的相似〔只是表面上（衣著）的不同，本質上（身體）卻是相似的〕，文本似乎把所有海外華人的際遇都聯繫起來，成為一個生命的共同體。努力協助同學移居他國，探望滯留在比農島難民營的親屬，表現了患難與共的兄弟真情。另一方面，也是對把他們逼得走投無路不顧一切地投奔怒海的政權，以及藉故不讓他們靠岸登陸的馬國當局一種無聲的反抗。美國大使館的官員爽快地答應協助把錢物帶去難民營，可是政府當局連一張到難民營的許可證都遲遲不發，在兩相對比下不得不令人感嘆。更令書寫者難以忍受的是：

有人已經給難民的流離失散下過判詞：越南難民的流離，是大馬華人的殷鑑。[33]

「有人」指的是誰呢？除了大馬官方，不會再有其他的可能。這句話的發言者有一個潛臺詞：如果在這裏的華人仍然不感到滿足，下場必然與越南的華人無異。由於類似的話語暴力，使得這些大馬華人更努力地協助越南同學、友人，這除了是對同學的一份情感，更「是對人性尊嚴的屈辱，做一點軟弱的反響（抗）」。[34]

---

32 同註9，頁39。
33 同註9，頁48。
34 同註9，頁49。

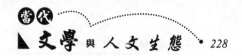

四、「漂泊無根」式的離散話語

　　我們在馬華文本中也可以窺視到馬華個體與族群的漂泊心境或無根心靈，所謂「漂泊無根」指的是在精神上／心境上沒有一個安定的居所，大有天涯任我行的灑脫，當然從另一方面來審視，實際上也是一個無奈的選擇，沒有多少人願意浪跡天涯，如果原居地能夠有令人滿意的棲身之所；也沒有多少人願意四處漂泊，如果自己的家國能夠有更好的生存與發展的空間。漂泊心境的形成一方面是個人的因素，但是也有客觀的形勢催逼，這似乎成為海外華人的一種宿命。[35]

　　著名的海外華人研究權威學者王賡武[36]在 1950 年代初期（馬來西亞還未獨立之前），寫了一首很能夠表現海外華人漂泊無根心境的英文詩〈難以描述的人〉（Nondescript），其中幾段這樣的表述：

I am nondescript	我是難以描述的
It doesn't matter	不必在乎
Just something or other are we all	我們是此類或彼類
We are bastards, all,	我們是雜種的　全部

35　安妮·布魯斯得（Anne Brewster）說，遷移和邊緣化已經成為後殖民與移民社會的典型話語。See Anne Brewster, "The Discourse of Nationalism and Multiculturalism in Singapore and Malaysia in the 50s and 60s ", in SPAN, *Journal of the South Pacific Association for Commonwealth Literature and Language Studies*,（Murdoch, WA）24（April 1987）, p.147。

36　出生於印尼，成長於馬來（西）亞，曾在南京大學前身的中央大學受教育，後又負笈澳大利亞。曾經擔任香港大學校長，現為新加坡國立大學東亞研究所所長，南京大學兼職教授。

Claiming synthesis	聲言是混合體
I am nondescript,	我是難以描述的
In baju-sam or falsied sari.	或穿衫服,或穿紗莉 [37]
There is no race or nation	不歸屬任何種族或國家
For us bastards,	我們這群烏合之眾
Bastards of mind and desire	在心智與欲望上的雜類
Claiming synthesis	聲稱是混合體
Or other in falsie;	或戴上虛假的乳房
Something in a sari,	或穿上紗莉　衫服
Something or other in Sam-fu.	或此或彼
No reason has bastards	沒有原因的雜種
No prayer has bastards	無法祈禱的雜類
We are something or other,	我們或此或彼　都是
Nondescript	難以描述的 [38]

　　這首詩表述了一種不願意被歸類與定型的心態,外在的拒絕被定型／確定地描述,可以作為層面更廣的內在隱喻,即在民族國家屬性上的拒絕被標籤──「不歸屬任何種族或國家,我們這群烏合之眾」。這表達了一種無根的心境,或此或彼的隨意性,身上沒有純正的種族與國家血統,可以隨著需要、環境、要求而變換身分。

　　這種主體身分與國家歸屬的隨意性與可轉變性,當然與傳統的族群認同與國家定位的確定性截然不同。傳統意義上的主

37　衫服(baju-sam)是指中國人的服裝;紗莉(sari)是指印度人的衣著。

38　同註35,頁139。

體總是要有確定的民族（種族、血統等）身分與國家（社區、鄉鎮等）的屬性，拒絕被歸類本身就是一種反叛的表徵，這種追求任意性的欲望正是對傳統／支配者的宰制的抗爭姿態。

潘雨桐短篇小說〈鄉關〉裏，就有一段饒富意味的話語：

> 他已不能像別人那樣隨遇而安了，那一夥的鄉親朋輩，隨著海水，像是水風信子一樣，到處撒著種子，一代又一代的繁衍著子嗣。漸漸的，已經忘了源自何處，回歸何方，只好自我認定是一個新的變種，這些變種有的悲愴憂戚，有的欣喜若狂。但是，不管怎樣自我認定，一陣風雨一排波浪，這些變種水風信子，都無以自處，回首北望，鄉關何處？[39]

「水風信」象徵海外華人，當年他們的鄉親朋輩一夥離開故國，到另一個陌生的國度安家落戶。之後他們落地生根，在居住國一代一代地繁衍下去。但是不管在殖民地時代，或者獨立後的新興國家，他們都面對了當權者在政治上、經濟上、文化上、教育上、語言上等的壓抑。這種壓抑對於老一輩的華人，一般更激起他們的中國意識／情結。引文中「回首北望，鄉關何在」的「北望」，很明顯地是北望神州大地，他們的故國。但是事過境遷，他們已經沒有回頭路了，神州只能活在他們的思念中。因此不少海外華人似乎也具有白先勇《臺北人》裏頭人物的處境，無法適應現實而老是活在過去或夢裏的神州。這是第一種流離的類型，我們稱之為內在的流離。另外一

39　潘雨桐：《昨夜星辰》（臺北：聯合文學出版社，1989年），頁96-97。

種流離的類型，就是選擇再移民／再遷徙。這種類型的華人在
潘雨桐小說裏頭，有比較普遍的再現，[40] 如〈紐約春寒〉、
〈我愛沈芩〉裏的殷以誠和沈芩，〈煙鎖重樓〉裏的凌浩天兄
弟，〈鄉關〉裏的魯雲漢、老趙、玉茹和阿仙等等，[41] 都在
一定的程度上表達了馬華個別主體的這種選擇。〈鄉關〉裏有
這麼一段敘述，可窺視這種話語的一個重要特徵：「當年在家
鄉真窮，天天把地瓜南瓜當飯吃的日子不好過，便……過番到
南洋做新客……魯雲漢……以能稟承父親當年的壯志豪情遠走
他鄉而自傲。」[42] 魯雲漢似乎延續了父親「漂泊」的血統，並
以能夠承續父親過去的「漂泊」而自豪，這種漂泊心境的延續
似乎就像榮格（Carl Jung）所謂的「集體無意識」，一代又一
代地傳承下去。

　　潘雨桐的另一篇短篇小說〈分裂〉，[43] 唯一出現的人物徐慎
行是從馬來西亞到美國的一位學者，在美國的一所「長春藤」
大學從事植物學的研究與教學。在一個徹骨冰寒、晚風呼嘯、
雪花飄飛的冬天，他下課後再到圖書館抄錄資料，又回去他的
辦公室兼實驗室工作，一直到非常晚才回去他所住的那幢小公
寓。在文本的最後部分，以比較虛幻的筆調敘述了他乘坐的那
班「無終站」的地鐵列車，這裏的「無終站」在文本中顯然是

40　吳煥明評論道：「作者（潘雨桐）以其廣及四海的遼闊視域，寫下了散
　　居各地、花果飄零的中國人的血淚，彌補了大陸、香港、臺灣華文作品
　　中多年來在這方面的疏漏」。參見張超主編：《臺港澳及海外華人作家詞
　　典》（南京：南京大學出版社，1994年），頁372。
41　還包括〈冬夜〉裏的小儲、〈天涼好個秋〉裏的束慶怡、〈月落澤西城〉
　　和〈昨夜星辰〉裏的「我」、〈靜水大雪〉裏的吳怡南和李蕾等人物，都
　　是典型的離散者。
42　同註39，頁96。
43　潘雨桐：《野店》（柔佛巴魯：彩虹出版社，1998年），頁176-184。

指發生了意外事故,「地下火車飛駛入地下,越來越遠,越來越深」,文本就以此告結,他能否回到自己的家呢?文本中沒有明確的交代。

他搭了「無終站」的列車永遠無終點的飛馳,隱喻著他從此漂泊天涯,沒有最終的歸屬。這與他離家前,家人的「落葉要歸根,莫忘了轉來」的叮嚀,成了極為對立的意指關係。這裏的「落葉歸根」一語雙關,可以是歸回他阿公的根(中國),也可以是回歸他自己的根(馬來西亞),然而,無論是中國或馬來西亞,由於客觀因素,他顯然的都無法「回去」,雖然在他的潛意識裏頭,他有著思鄉的情感,這細節在文本中通過他撫弄「銀元」表現出來。這枚銀元是他離家時家人給他帶在身上的,而這枚銀元也是他阿公從中國南遷時帶在身上的。「帶一瓶故鄉的井水可治水土不服,攜一把故鄉的泥土可解鄉愁,而幾枚銀元——千山萬水,壯膽行色。」銀元帶在身上有「壯膽行色」的功能,當然它更加象徵著一股濃濃的鄉情。銀元從阿公的手中,再傳到他手裏;從中國到馬來西亞再到美國,這種聯繫使我們聯想到海外華人的漂泊好像具有一種「家族遺傳」,或者類似榮格所說的「集體無意識」。這種漂泊也沒有終結,在不同的時空舞臺,在不同輩分的海外華人身上,不斷地在上演著一套又一套的離散劇情。阿公「從古老的南方大陸邊陲翹首望天,天際無雲,雨露難沾。往南方流徙」。[44]到「他卻成了一片飄落溪水的竹葉,飄飄而去;沒有掙扎,沒有擔憂。滿以為這一去,風會回,水會轉,三年五載,終必回航。可是,可是——徐慎行把銀元緊緊的握在手心。……他一

驚,手裏緊握的銀元掉落地面」。[45] 這兩段很微妙地寫了兩代人的漂泊,似乎有著某種的相似性。阿公為了謀生而往南方遷徙,以為三年五載必能「衣錦還鄉」,但最後卻不是葉落歸根,而是在另一個國度落地生根了。徐的離去也以為是與家人短暫的分離,但是卻是此去經年,回歸遙遙無期。同樣的他們的漂泊,也是為了尋找更好的發展機遇,而這看似人的本能追求的欲望,卻不得不同時與現實的形勢聯繫起來。如果自己生於斯、長於斯的家國能夠很好地滿足個體的願望,誰願意選擇漂泊到另一個未知的國度／地方尋求機遇呢?而且這不是兩、三個主體的行動,而是一個群體的集體選擇。這裏頭的潛文本揭示的是弱勢者藉著逃避／漂泊來表現內在的抵抗。當然,人間畢竟不是天國,何處才是真正的樂園,還是世間根本就沒有「桃花源」?但是人與生俱來的對美好事物(如真、善、美)的追求,特別是中國人(苦盡甘來、柳暗花明等)的觀念,注定了海外華人的漂泊宿命。

五、結論

我們發覺,馬華文學的離散話語是以一種近於「超國家主義」的意識去質疑(馬來)民族-國家建構的狹隘觀念,這項話語可以表現在兩種形態上:一是身體的遷徙,即身體從一個國家移民到另一個國家;二是心理上的漂泊,雖然身體並沒有遷移,不過在心理上卻為了抵抗官方／主導權力的擠壓,把自

45　同註43,頁182。

身孤立於官方／主導認同之外。馬華文學的離散話語涉及這兩種形態，在「用情不專」、「難兄難弟」、「漂泊心境」的具體內在指涉下，形成獨特的離散詩學。「用情不專」藉著情感上的矛盾而轉移愛戀對象，來隱喻在現實政治的壓抑下對效忠對象的轉移。「難兄難弟」藉著對海外華裔同胞的苦難所築構的共同體情緒，批判在地國土著政府的擠壓與排斥，「漂泊心境」則和祖輩的南來似乎有著心理上的聯繫，類似榮格所稱的集體無意識，使海外華裔似乎有著繼續漂泊與流離的內在衝動，以回應現實政治的挫敗。

參考書目

王一川：《語言烏托邦──二十世紀西方語言論美學探究》，昆明雲南人民出版社，1999 年。

林水濠、駱靜山合編：《馬來西亞華人史》，吉隆坡：留臺聯總，1984 年。

張京媛主編：《新歷史主義與文學批評》，北京：北京大學出版社，1997 年。

黃枝連：《東南亞華族發展史》，上海：上海社會科學院，1992年。

福柯（Michel Foucault）著，佘碧平譯：《性經驗史》，上海：上海人民出版社，2000 年。

黎紫書：《山瘟》，臺北：麥田出版公司，2001 年。

潘雨桐：《因風吹過薔薇》，臺北：聯合文學出版社，1987 年。

─────：《野店》，柔佛巴魯：彩虹出版社，1998 年。

———：《昨夜星辰》，臺北：聯合文學出版社，1989 年。

穆斯達法·薩福安著，懷宇譯：《結構精神分析學——拉康思想概述》，天津：天津社科院出版社，2001 年。

羅鋼、劉象愚主編：《後殖民主義文化理論》，北京：中國社會科學出版社，1999 年。

———、———編：《文化研究讀本》，北京：中國社會科學出版社，2000 年。

Chow, Rey, *Writing diaspora: tactics of intervention in contemporary cultural studies.* Bloomington and Indianapolis: Indiana University Press, 1993.

Ibrahim, Zawawi ed., *Cultural Contestations: Mediating Identities in A Changing Malaysian Society.* London: Asian Academic Press, 1998.

Mohamad, Mahathir, *Jalan Ke Puncak.* Selangor: Pelanduk Publication, 1999.

Mirzoeff, Nicholas ed., *Diaspora and Visual Culture.* London and New York: Routledge, 2000.

Tee, Kim Tong, "Literary Interference and the Emergence of a Literary Polysystem", Unpublished Ph. D. diss., National Taiwan University, 1997.

陽光與燭光的映照，
心靈與生靈的對話

——新加坡女作家蓉子的「城市系列」中的終極關懷

⊙錢　虹

　　處於當今全球化浪潮洶湧澎湃的時代，城市發展的節奏越來越迅速，城市人口的數量越來越龐雜。日新月異的都市變遷，既給城市的發展注入了活力與生機，也給社會造成了一系列的問題與弊病，城市的老齡化問題即是其中之一。隨著城市居住條件和生活品質的改善與提高，醫療機構及其救護設施的完善與齊備，城市人口的壽命不斷延長，城市老齡化的問題日益突出，並且這一社會性的問題正越來越帶有「全球化」的傾向和色彩，不僅人口出生率偏低的西方發達國家早已面臨適齡勞動力嚴重不足的窘境，素以人口眾多著稱的發展中國家和地區也開始深受這一問題的困擾。[1] 東南亞各國自然也不能倖免。然而，華文文學作品中對這一問題的反應卻顯得並不熱情，甚至頗為冷淡，很少有作家對此懷有關注的興趣和熱情。幸好，新加坡女作家蓉子是個例外。她不僅對老齡題材表現出了關注的熱情，還以創辦並擔任老人院院長十年的親身經歷，

為華文文壇奉獻了描述城市老人問題的「城市系列」。這些作品，向人們啟開了一扇扇探視形形色色的城市老人及其兒孫們的心靈窗扉，讓讀者在感嘆生活於當今城市的老人或喜或悲的種種結局之餘，也引發了對這一社會問題的深深思考。

蓉子筆下的「城市系列」，大部分由反映城市老人在老人院的生活狀態及其心態的作品所構成。主要收在《誰道風情老無份》、《芳草情》、《燭光情》等集子中，《陽光下的牢騷》中的個別篇目，如〈鵝情〉雖非直接描述老人生活，但記述的

1　即以香港和上海為例。據新加坡《聯合早報》載，「香港特區政府昨天發表的新的人口政策報告書」及援引政務司長曾蔭權的話指出，「隨著港人平均壽命延長和生育率下降，到2031年每四人中就（有）一人年齡在六十五歲以上；其中八十五歲以上的人口將增加兩倍。香港總人口將從2001年的六百七十二萬增加到2031年的八百七十二萬，但勞動人口只會增加百分之八，『這表示到時會有五百萬人（即人口的百分之五十八）不再參與經濟活動』」。見《聯合早報》，2003年2月27日，頭版。無獨有偶，上海的報紙從今年2月起，開始關注「寂寞夕陽心」的社會問題：《新聞晨報》2月20日刊載〈親兒放逐寂寞夕陽心〉，報導了上海「單身老人大約六十萬，去年再婚者僅十對」的現狀，原因是老人的再婚「首先得過兒女關」，「這條道路比年輕人坎坷得多」，「記者瞭解到，多數老人是瞞著子女走進婚介所。」見《新聞晨報》，2月20日。該報章又刊登了一篇題為〈兩位男性登上本市長壽排行榜〉的報導，其中寫道，「隨著生活水平的提高，戴上『長壽』帽子的男性老人將越來越多。截至去年底，本市共有百歲老人四百二十八位，絕對數比2001年底增長百分之十五‧一」；「與2001年底相比較，男性老人增加了百分之二十五‧三五，是女性增長幅度的兩倍。」見《新聞晨報》，3月28日。《解放日報》則以〈上海人口形勢不容樂觀〉為題，披露了「人口老齡化程度加快」的事實：「2002年，本市戶籍人口中六十歲及以上老年人口為二百四十九‧五萬，佔戶籍人口的百分之十八‧八一。據預測，2010年這一數字將增加到三百一十二萬人，2020年達四百七十三萬人。老年人的醫療、健康問題突出，社會保障壓力越來越大，將對未來上海經濟和社會發展產生多方面影響」。見《解放日報》，4月10日。又，《新聞晨報》以〈2010年五十位老人爭一個床位　想進養老院不容易〉為題，報導了市老齡委課題組對二千九百位上海老人進行的調查結果，「其中有百分之四‧二的老人表示願意選擇在養老院或老人公寓中度過晚年，與發達國家老人的觀念非常接近。但不少老人卻面臨著想進養老院卻進不了的問題。」見《新聞晨報》，4月11日。

也屬老人院發生的事，「鵝情卻似人情」，所以也可歸入這一類。[2] 這些作品大約有近五十篇之多。就其所描述的內容、所反映的問題而言，大體上可分為四類：(一) 關於城市老人的社會化「贍養」的人文關懷與獻身精神的倡導，如〈老人與我〉、〈老人飯〉、〈大葫蘆〉、〈蘭卡姑娘〉等篇；(二) 關於城市老人，尤其是入「院」老人的晚境及其生命狀態的展示，如〈老寶〉、〈老大姐〉、〈亞答屋著火〉、〈生老病死總無情〉、〈落幕時候〉等篇；(三) 關於城市老人，尤其是失去生活自理能力的耄耋老者的情感寄託及其心態的披露，如〈老情人〉、〈老人樂園〉、〈模型〉、〈人間慈母心〉、〈醋媽媽〉、〈上帝打救〉等篇；(四) 關於兒女親屬對入「院」老人盡孝的迥異態度及其透顯出的世態炎涼的描述，如〈賢婦教子〉、〈死要減價〉、〈笑聲〉、〈林嫂〉、〈痛苦〉等篇。這幾類有關老人題材的作品連綴起來，構成了一幅有關城市老人——這一當今城市一個為數不少的弱勢群體的「燭光圖」，從中透露出一系列關於城市進入老齡化社會之後的人文情懷與哲學思考。首先——

一、「你若年輕，多培養愛心」

隨著年齡的增長，人逐漸會邁入老年，體衰多病，並最後

2　這幾部蓉子的作品有《誰道風情老無份》（新加坡：金陽出版社，1996年4月初版）、《芳草情》（新加坡：健龍科技傳播貿易公司，1998年1月初版）、《燭光情》（新加坡：SNP綜合出版私人有限公司，2000年初版）、《陽光下的牢騷》（新加坡：SNP綜合出版私人有限公司，2000年初版）。

走向死亡，這是自然界無法抗拒的客觀規律。「老」，往往與「病」相依為命。在當今世界，衰老加上疾病，對於一個充滿競爭、需要時刻拚搏的城市和家庭而言，都是不合時宜的，甚至成為一種負擔和累贅。時代不同了，「從前，家有人瑞，子孫在家孝順，出外榮耀。現在家有老病人就像一堆掃不去的垃圾，看見就討厭，開口就抱怨！」[3] 即使不討厭，不抱怨，有愛心，懂孝道，正在為事業拚搏的兒女們，也實在分身乏術，無法日日廝守在老人身邊，侍奉左右。況且，假如「九十歲的老母親躺在床上，六十歲的兒子先她而去。此後的責任誰付（負）？」[4] 在蓉子的早期作品中，她曾創作過兩篇專寫老人的晚境生活及其心態的小說：〈茫然的歲月〉和〈老太太的煩惱〉。其中以十分細緻的筆觸和生動的細節，刻畫了老人在進入人生的黃昏階段後，身體上、精神上的種種毛病，以及性格上的明顯改變：固執而易怒，健忘而糊塗，神情恍惚而茫然等等，寫出了老人們的晚境的孤獨、淒涼與悲哀，以及由此帶給兒孫們的重荷、煩惱與痛苦。但是，如何解決老人的晚年頤養這一帶有普遍意義的城市問題，作者在小說中並未提供明確的答案。因此，對老人，尤其是對那些失去生活自理能力的耄耋老人的社會化「贍養」乃至為其送終，已越來越成為老齡化城市的社會必然需求與文明程度的一桿尺規。「老人院」的出現，正日益成為當今城市的社會化公益事業的重要構成。

為「老人院」取名為「陽光」，這是蓉子的創意。1980 年代末，她毅然決然創辦了「陽光愛老院」，以一流的服務品質、出色的護理工作與潔淨衛生的食宿條件、人性化的管理模

---

3 蓉子：〈百歲之難〉，《燭光情》，頁 128。
4 蓉子：〈賢婦教子〉，《誰道風情老無份》，頁 37。

式，為老年人，尤其是生活無法自理的老人提供頤養天年的場
所，也為他們的兒孫們解除奉養與事業之間的矛盾和後顧之
憂。她筆下那些「與老人結下不解之緣」的作品，絕大多數取
材於 1980 年代末至 1990 年代末老人院中的真人真事，這使得
這些大多發表於報刊上的專欄文章，[5]具有很強的社會紀實性
和現實意義。這是她身體力行並親任老人院院長十年的文字收
穫。儘管其中有些難免屬於急就章，並且幾部集子中的作品有
所重複，尤其是作者幾乎用的皆是白描加議論的手法，但其中
所反映出來的城市老人、尤其是那些百病纏身、喪生自理能力
的耄耋老人，在生命的黃昏階段所表現出來的對於人倫親情和
人道關懷的渴望與需求，還是深深震動了讀者的心。〈媽媽，
我要聽你的聲音！〉中的那位已經病入膏肓的老太太，為求兒
子的歡心，竟悄悄掙扎起床，學習走路，結果跌破額頭，只因
為「我兒子說，我做運動，他就來看我，我要他高興嘛！」[6]
像這樣渴求兒女和別人的關懷與安慰的老人，在蓉子筆下比比
皆是。正如作者在《燭光情・序》中所分析的：「家庭意識淡
薄，社會焦點只在一些眼前有貢獻價值的人身上，大家對老人
只有憐，少有愛，更缺乏尊重與關心」；「都市生活少閒暇，
人們欲望無止境，也都影響了兒女對長輩的關懷」；「倫理受
衝擊，親情已淡化，家庭裏老人沒了地位，……許多人在匆忙
步入老齡後，才發現自己原來沒有做好充分的準備。現實和理
想的距離太遠了。於是無可奈何地讓步，老得很痛苦。」[7]

5　據蓉子在其作品結集《誰道風情老無份》的〈代序〉中說明：第一輯
　「誰道風情老無份」，寫在《聯合早報》的「與我同行」專欄；第二輯
　「燭光年華」，曾刊於《新周刊》雜誌；第三輯「塵緣」，曾分別發表於
　《星洲日報》、《南洋商報》等。
6　蓉子：〈媽媽，我要聽你的聲音！〉同註3，頁57。
7　蓉子：《燭光情・序》，同註3，頁1。

〈鵝情〉中那隻痛失良伴的白鵝，好不容易從喪妻的哀痛中掙扎出來，在專心守護、養育幼鵝中獲得了新生；誰知幼鵝長大後，一到談婚論嫁，便將老鵝撇在一邊，不予理會，老鵝又開始了孤身無伴的人生輪迴。[8]動物尚且如此，人又豈能倖免？

於是，我們發現，以前浪漫文學作品中那些面色紅潤、慈祥和藹的老奶奶和身板硬朗、充滿智慧的老爺爺的形象，在當今的城市中消失得無影無蹤，在蓉子筆下「入院」的老人，大都「老得很痛苦」，不但自己「很痛苦」，還使好心照料他們的人也一起「很痛苦」，甚至有些老人的舉止行為讓人看了觸目驚心：

> 三十號有皮膚病，浴後搽藥膏，她不管痛不痛，只要碰觸到她，便驚天動地大喊大叫起來。儘管護士們溫言軟語，她還是鎮天價響地叫。憐憫的心也煩了。⋯⋯

> 阿乙很和氣，見人就問：「我的床在哪裏？你帶我去好嗎？下回我就知道。」帶她回房，扶坐床上，仔仔細細說了，才走開，她後面又跟來，還是問：「我的床在哪裏？你帶我去好嗎？⋯⋯」半天十幾次，絕不言煩。我們都在接受她耐心的訓練。

> 阿比有異曲同工之妙，她端個空杯來要水，倒給她，替她送回房。我前腳走開，她後腳走出來，把水倒掉，倒完再來要。重複又重複，給工作人員嚴格的考驗。

---

8 蓉子：〈鵝情〉，《陽光下的牢騷》，頁125-128。

> 亞荷先生破壞性特強，撕紙吐痰，滿床滿地沒完沒了，
> 撒尿拉屎，踢被咬枕，誰見到頭就暈！有回他的孩子送
> 他去醫院，他在車裏大便，順手畫圖。而他可是清醒的。
> 亞成整天吃不停拉不停，家裏供應吃，我們負責清理，
> 一天洗澡五次。
> 小婦人不會走，可是很忙碌，脫衣扯褲拉鈕釦，手腳沒
> 閒過，只差沒拆掉床，見人不是吐痰就是傻笑，冷不
> 防，狠狠揪護士一把。
>
> 三十七號是收音機，一睜眼就廣播，句句詛咒，全家都
> 是仇人。[9]

「老人院」，這無疑是當今城市的一個特殊角落；生活於其中的
老人，就成了當今城市中一個特殊的群體——風燭殘年的弱勢
群體。尤其是送進來的「無奈的住院者，總有一身病，癱瘓、
心臟病、糖尿病、癌症、癡呆症、摔斷腳不良於行的，還有那
渴酒病、心理病……無病住院者，是稀客」。[10] 面對這樣一群
被許多人稱為「又髒又臭！又病又可憐！」的黃泉路近的難纏
老人，作者和「陽光愛老院」的護理人員表現出了常人難以想
像和相處的絕大愛心、耐心、關心和同情心。她們把人間的
「藍天下的至愛」，毫無保留地奉獻給了那些正在邁向和已經走
到生命盡頭的老人。這是一項幾乎無利可圖的社會公益性事
業，從經濟角度而言，創辦老人院十年，作者所耗費的體力、
精力和所承受的精神上的重荷，與所得到的經濟上的回報，根

9　蓉子：〈模型〉，同註4，頁35-36。
10　蓉子：〈醋媽媽〉，同註4，頁61。

本不能成正比！請看她任院長期間關於工作情形的一張自畫像：

> 現代的老人院，在經營與管理方面，與過去大不相同。
> 不落力工作，永難成功。
> 清晨六點半上班，夜晚九點半回家，十五小時的工作時間，星期天公共假期照做，不知有誰不怕？
> 醫生說我是工作狂，好似酒精中毒者！
> 大多數的人笑我：什麼工作不去做，卻開老人院！又髒又臭！又病又可憐！人家避之唯恐不及，你幹得這麼起勁！
> ……
> 全院的老人，九成是臥病者。有病有痛時，我跟著緊張，為了替一個老人找醫生，送醫院，我可以忙半天。晚上有事，護士一通知我，外衣套上，半夜兩點也著睡衣趕到。通宵沒眠，是很正常的事。[11]

因此，「愛老院，一個愛字十三畫，一畫一辛苦，畫畫絲絲縷縷」[12]實乃肺腑之言。院長以「老吾老以及人之老」的人文情懷如此敬業，下面的護士也同樣慈悲為懷，奉獻自我。她們將在許多患病老人的人生「落幕之前」，為他們進行臨終關懷和護理，視為應盡的職責與義務：一位癱瘓病人身上的褥瘡，「全身可打高爾夫球，大洞小洞十餘處，最大一個塞上三十八塊紗布。護士蒙著口鼻做了半天護理，走出門外嘔得像條煮熟

11　蓉子：〈辛勞有價〉，同註3，頁52。
12　蓉子：〈大葫蘆〉，同註3，頁65。

的蝦。」[13] 這些正值青春妙齡的「護士們都是令人尊敬的好姑娘，不嫌惡臭，為這些可憐的病者服務，無微不至，不喊辛苦」。[14] 那位「蘭卡姑娘」伊玲在為一位身上「惡臭冒出，**觸**目是個鮮紅大洞，四周死肉焦褐」的老人做完護理，「抱著病者的頭，溫柔地撫摸她」。她以自己對於這些已經無法用語言來表達的老人的仁愛之心和出色的護理工作，「榮獲全國老人護理第一獎」。[15] 而社會上的一些好心人，除了關心、支援老人院外，也以各種方式表達著他們的愛心：素昧平生者抽出**寶**貴的星期天，帶上食品前來探視老人們；「更有全家出動，到老人院，把溫情分送」；大年初一，有善心人上門向老人遞上紅包，使這些渴望人倫親情的老人感動得老淚縱橫；更有那些各行各業的「義工」們的溫馨人情，直「教人深深感動！」[16]

對於老人院的社會化關注程度的提高，體現的正是一種新的城市文明與人文關懷。然而，老人畢竟已是風燭殘年，他們對於人倫親情和人文關懷的渴望與需求，也從另一個側面表現了當今世界不可避免的「代溝」之確實存在，父母在家庭中的權威性，隨著他們垂垂老矣而逐漸喪失，老人越來越成為當今社會的弱者，而需要更多的關愛和照顧。「以前，老人院幾乎是地獄的代名詞，人們提到老人院就色變」；如今「風氣好像漸漸變了，人們開始接受老人院。有的老人甚至自己選擇住進去」。[17] 所以——

13　蓉子：〈雜碎新聞〉，同註 3，頁 126。
14　蓉子：〈落幕時候〉，同註 4，頁 28。
15　蓉子：〈伊玲〉，同註 4，頁 16。
16　蓉子：〈人情最溫馨〉，同註 3，頁 76-77。
17　蓉子：〈醋媽媽〉，同註 4，頁 61。

二、「你若年老，請看破世情」

　　這些以老人院為題材的小品和雜文，作者在其中當然並不僅僅只是寫「陽光愛老院」對老人們的人道主義的愛心、善舉與臨終關懷，她一方面無怨無悔地做著「替人行孝」的愛老院的工作，把毫無功利可言的人文情懷奉獻給那些風燭殘年、百病纏身的老者；另一方面，她又將老人院作為觀察世態人情、洞悉人性善惡的一個崗哨、一扇視窗，在「認識眾生困苦」的同時，也描盡世事炎涼和人生百態。於是，我們看到了在老人院內上演的一幕幕劇情生動、真真切切的「活劇」。〈賢婦教子〉中那位代替亡夫向纏綿於病榻的九十歲婆婆行孝的中年婦女，在老人的親生女兒以「我是嫁出去的呀」為由甩手不管時，帶著兒子陪小叔子來到老人院，她對小叔子說：「你是兒子，應該簽名，錢不夠，我來負責。老人一口氣還在，誰都有責任！」她對兒子說：「祖母是我們的，沒有她就沒有你爸爸，沒有你爸爸就不會有你。現在你爸爸走了，我們再辛苦，也要承擔責任。一個人在世，做什麼事情，一要對得起良心，二要對得起天地。……」[18] 她在老人院裏給兒子上了一堂如何尊老敬老的人生教育課。〈林嫂〉中的「幾個當小販的兒子，每次風雨不改，到來給母親按摩做運動，與她閒話家常。她總是開開心心地唱：床前明月光……」，[19] 兒女們的孝順和融融的親情，使這位癱瘓的中風老人快樂地走完了最後的生命之旅程。

18　蓉子：〈賢婦教子〉，同註4，頁54。
19　蓉子：〈林嫂〉，同註3，頁42。

　　然而，老人院的其他老人可就沒有林嫂這麼幸運了，〈百歲之難〉、〈笑聲〉、〈死要減價〉、〈磨心〉等一幕幕上演的「悲喜劇」，叫人看了心情感到壓抑和沈重：有一對渾身上下綴滿沈甸甸、亮晶晶的金飾的年輕人前往老人院，其目的「只為問生日和身分證號碼，問他們幹什麼，答曰：買馬票」。[20] 另有兩對連去探視入院老父都要實行 AA 制的兄弟，「B 老人有四個兒子，分成兩派，一派各負責六個月」，在不歸自己負責的期限內，那一對死活不問。[21]〈磨心〉中那位「夫離子遠」的病弱老婦，每日三次接聽旅居海外的親子來電，「盡情傾倒自己的不幸與哀痛」，直攪得老母親神情恍惚，無法安生，終日以淚洗面。作者實在看不過去，撥通國際長途電話勸其善待母親，不要來電騷擾，他竟公然吼道：「她罪有應得，誰教她害我一生這麼慘！」「就是不讓她心裏好過！」一副與親生母親不共戴天的架式。[22]〈死要減價〉則描述了凌晨時分在老人院上演的一齣現代「吝嗇鬼」的鬧劇。一位渾身是病的賈老太太，入住老人院後時常進出醫院，身為大商人的兒子感到不勝其煩，終於當著母親的面抱怨：「病成這樣，不如早點死去，免得大家辛苦！」話音剛落，彌留之際的老太太一命嗚呼。收了屍，兒子跟老人院結帳，竟提出要減免一半費用，理由是：「人都死了，還要還這麼多錢？」遭到身為院長的作者嚴詞拒絕後，他還企圖行兇打人。作者譴責他：「我照顧你母親五個月，沒有見過你一次！打人？虧你有臉！」他居然擺出一副無賴嘴臉，預備不付費用走人。後來還是其妹聽了作者說「我就

20　蓉子：〈笑聲〉，同註 4，頁 109。

21　同上註，頁 108。

22　蓉子：〈磨心〉，《芳草情》，頁 82。

是不收！讓你欠我一輩子」的義正詞嚴的警告之後，加以勸
阻，此人才總算開出全額支票。[23]

　　蓉子筆下對於那些漠視老人、不肯盡孝的兒孫表示了深惡
痛絕，她在作品中多處描述這些不肖子孫的種種劣跡：九十八
歲老人，因為又爛又臭而被送來，女兒說：算起來，我是外
人。孫子說：論關係，你才是直系親人！兩人爭了半天，竟沒
人肯簽名負責他的住院費。[24] 另有一位兒女皆有卻主動要求
住進老人院的老人：

> 問他可有孩子？
> 老人比了一個手掌：五個。
> 他們呢？為什麼沒陪你來？
> 女兒嫁出去，兩個男的在打官司。
> 幹什麼？
> 爭我的屋子。[25]

也有對至愛親人久臥病榻渾身長滿褥瘡卻麻木不仁的：

> C老人入院時，全身潰爛得不像樣，問他家人，說是聞
> 到臭味才知道的，知道後就馬上送來咯！都是女傭不
> 好，沒告訴他們！
> 女傭真的這麼好用？可憐老人的血糖二百五，家屬還說
> 他沒有糖尿病。[26]

23　蓉子：〈死要減價〉，同註3，頁48-49。
24　蓉子：〈百歲之難〉，同註3，頁128。
25　蓉子：〈照路燈〉，同註3，頁120。
26　蓉子：〈笑聲〉，同註3，頁108。

更可怕的應屬「孝心」背後近乎謀殺的別有用心了：

> E老人鋸了腿，嚴重的糖尿病，醫生要她減少食量。孩
> 子們卻挺有孝心的，大包小包買著來，老人見食物就
> 吃，不斷地進出醫院，我們屢勸家屬，就是不被接受。
> 終於，老人又入醫院，這一次不復返，其媳來收物件，
> 興高采烈，兩手搖擺，歡聲叫道：「她死啦，她死啦！」[27]

作者在通過各色人等對待入院老人的迥異態度並由此所表現出
來的人性善惡時，基本上都是從旁觀者的觀察角度，以客觀冷
靜和極其簡練淺白的語言進行敘述，並加以簡短的評論，三言
兩語，勾勒出世態人情的剪影來。然而，當她在感慨如今世風
日下、孝道難再的同時，日日面對那些因年老體衰而性格扭
曲，甚至心理變態以及有些形同「植物人」般知覺全無的老
人，在心靈深處，卻又充滿著矛盾，並對一些毫無康復希望的
老人的護理意義和價值產生懷疑和質詢，因為——

三、「生命如此延續，有何意義和尊嚴！」

　　人到老年，體衰多病，這種外形上的改變是明顯的，令人
一目瞭然。然而，那些風燭殘年的老人精神上、性格上的變
化，卻是內心世界發生扭曲，甚至是心理變態的某種外化。蓉
子的「城市系列」作品，在觀察人生百態、洞悉人性善惡的同

27　同上註，頁109。

時，又以一種獨到的心理解剖的視角，向人們揭示了有些享受到社會化「贍養」恩惠和人道關愛的頤養天年的老人們，有時候並不領這個情，他們以種種常人難以理解的方式，發洩著心中的怨氣和怒火，作為對自己失去天倫之樂的精神補償。於是，我們看到那些「人生責任已盡」的老人們，在老人院中「為了找點事做做，只有吵架。在雞蛋裏挑骨頭，在暮夜裏擦火花。為一杯開水，為鄰床的風油味，為半張紙片，撒潑哭鬧，尋死覓活，驚天動地，給大家忙碌的生活添些熱鬧，加點色彩。彼此精神不至於太空虛」。請聽一位整天吵鬧不休的罵人者的自白：「我辛苦一世，現在老了，人家都不要我，罵罵也過癮！」[28] 還有整天將「死」掛在嘴邊的：「有的老人愛耍賴，動不動以死相脅。招式雖老，百試百靈。於是他們一招走天涯，從家裏帶到老人院，一路死纏爛打，要求的盡是『神燈』奇事。任你百般勸說，勸得自己晚上講夢話，他就是捨身忘死地嚷：『我死，死給你看！』」可是只要一聽到讓兒子掏醫藥費，則立刻收斂不提「死」字。[29] 還有一位施了神經線手術的老婦人，「除了不能行走，一切正常」，卻將老人院徹底當成了吊嗓子的「練功場」：開始，「不論白天晚上，她一喊就有人到，遲了一點，聲音響徹雲霄。可憐的護士，夜夜要替她按摩腳，泡牛奶，陪她說話，一走開，馬上大聲喊痛。早晨，她總是裝神弄鬼，不肯洗澡，人家工作，她睡覺，醒來再大嚷大叫」；當護士不再陪她玩這「狼來了」的遊戲時，她竟然「扯掉褲子，拉出尿布，撕碎了往窗外撒，在床上挖玩大便，東塗西抹……」，最後從半夜兩點直叫喊到凌晨四時，廚

28　蓉子：〈胸口永遠的痛〉，同註22，頁87-88。
29　蓉子：〈錢為何物〉，同註22，頁89。

師亞珍忍無可忍，前去制止，她卻倒過來大叫「上帝打救！」一副無辜受害者的可憐相。[30] 更有一位半醒半醉的老人，整天「閉著眼睛講的都是當年風月情，R加三級。隔鄰老人齊聲怒斥，問罵他何來？說：天天講的都一樣！」[31]

由此可見，老人們的精神、心理和人格的健康問題，並沒有隨著老人院一流的服務品質和衣食無憂的生活待遇而加以改善，相反的，他們以形形色色有違常理和人性的乖張、怪異的行為，來體現自己的存在意義，以期引起旁人的關注與重視。對此，作者在文中所做的解析和歸納，大體上有三方面的原因：

首先是心理上的孤獨感。在老人們的心靈深處，真正渴望的還是兒孫繞膝的天倫之樂，以及闔家團圓的家庭氛圍。逢年過節，尤其是「過新年」，儘管老人院內「掛花飾，打彩帶，擺糖果，封紅包，播年歌，紅柑一堆堆」，一派喜氣洋洋，但還是有些老人並不快活：福伯意興闌珊，獨自發呆；丁嬸只顧發脾氣，抓腳皮，因為「不能回家過新年，是心底最大的悲哀！遊子還有歸家日，老人院的住客，住下就是家」。對於老人院中的老人而言，「任你山珍海味堆滿桌，不如家中子孫圍繞坐」，[32] 人文關懷無法取代人倫親情。

其次是對死亡的恐懼感。住進老人院的老人們，猶如塞林格（J. D. Salinger）筆下的「麥田的守望者」，「在茫然的歲月中等待，一天又一天」，而最後等到的卻是人生的盡頭——死亡。因此，他們忌諱一切與死亡有關的事情和字眼，「除了癡

30　蓉子：〈上帝打救〉，同註3，頁130-131。
31　蓉子：〈雜碎新聞〉，同註3，頁126。
32　蓉子：〈過新年〉，同註4，頁57-58。

呆者忘了死為何物，幾乎人人怕死，正確地說：是自己很怕死，對別人的死就真很淡」，「他們總是笑談他人生死，毫不傷感。話題一轉到自己身上，悲傷就來了」。[33] 因此，他們想方設法將自己對人生末日的恐懼感以尋釁的方式轉嫁給別人，以此得到心理平衡與精神慰藉。

第三是雖老而未泯的情欲需求。每個老人都是一個獨立的存在，當他們形體上老態龍鍾，並非等於所有的人性需求都已結束。老女人也有自己的「少女的夢」：那位八十歲的「單身貴族」江小姐，「每每聽見醫生要來巡院，趕著喚護士給她換衣」，搽粉描紅；甚至主動要求院方幫己增肥，為的是能「找個老公公」。[34] 更令人咋舌的是，「那癱瘓了的人，還終日不忘芽籠風光，隔鄰古稀阿伯更是叮嚀：要去告訴我，一同去住幾日！」「八十老頭，身龍鍾，心蠢蠢，朝思暮想要一親芳澤的，竟是僅餘呼吸的『標本』。生蹦活跳的人，又怎怪他偷香竊玉？」[35] 關於老人的情欲問題和性的需求，在目前的老人院中是不予考慮和不被允許的，但還是有人偷吃了禁果。「食色性也，至老未休，下世紀的老人院，是否列情欲為護理項目之一，也照顧了？」[36]

一座老人院，就是一幅色彩斑斕的社會剪影，只不過，聚集於其中的大都是一些風燭殘年的老人。對於這些已基本完成人生使命的有意識、有情感的血肉之軀，進行社會化「贍養」與臨終關懷，已成為一種社會共識與義不容辭的人道職責。然而，對於其中一部分已失去知覺和清醒意識、現代醫藥尚無可

33 蓉子：〈錢為何物〉，同註3，頁20。
34 蓉子：〈少女的夢〉，同註3，頁88。
35 蓉子：〈老人院春秋〉，同註3，頁8。
36 同上註，頁9。

救治的「軀體」，又該如何善待他們，讓他們在人生的終極階段體現生命的尊嚴和意義，減輕他們的兒孫及其家庭的痛苦與負擔，同時也讓他們自己早日得到解脫，這正是老人院所面臨的兩難選擇。在蓉子的「城市系列」中，這一無法迴避的問題呈現出人道主義與自然生命形態之間的二律背反的矛盾，例如：有的老人明明已無可救藥，自己也「早已放棄生存」，「一心求死」，但「『愛護』他的人，想盡方法給他吊葡萄（糖）水，強灌營養汁，還混入維他命等等，由不得他了」，[37] 以此強迫他們苟延殘喘，生不如死地苟活下去，這難道是人道關懷的初衷嗎？有一位怕拖累兒子和別人而絕食求死的風癱老人，既不能動也不會說話，她在作者的規勸和開導下，終於放棄了絕食：

> 兩年，她還活在床上。
> 我以為，成功了！
> 看她的子女們日日來探，坐在床沿，面對一個不能動不能說話的物體。我心困惑：他們是否背負責任與痛苦而來？
> 我開始覺得自己勸食的殘忍，萬般無奈！[38]

對於像這一類不死不活、無知無覺卻又帶給兒女及其家庭痛苦和負擔的「物體」，實行人道主義的關懷與護理的意義和價值何在？〈落幕時候〉中那因糖尿病而癱瘓在床、渾身佈滿褥瘡的昏迷病人，護士每天都頂著惡臭與噁心為其進行清創護理，

---

37 蓉子：〈人間慈母心〉，同註3，頁2。
38 同上註，頁3。

「做到半死,再怎麼盡心盡力,她也不會站起來,不能吃飯、不會講話、不再有思想!」「可憐還有她的女兒,一天天的帶淚奔波。生命如此延續,有何意義和尊嚴!」作者對此不免發出了「既是落幕時候,何必硬拖延,徒費人力、醫藥、金錢和感情」[39]的呼問!像這樣有違生命的自然形態的苟延殘喘,從另一重意義上來說,也是對這些老人的親屬、兒孫的健康人生和生命的摧殘。那位一邊替老母繳付住院費,一邊問「我媽媽幾時才死?」的女兒,大逆不道的話語中,也充滿著生活的無奈和艱辛:「我起早摸黑做到半死,養孩子,孩子要讀書;養老人,老人要醫藥費。孩子讀了書還可以做工,到時我可以退休;老人吃再多的藥,病也不會好。她不如早點死了,我還可以少受些苦。」從老人院的角度、從人道主義的立場而言,「不允許見死不救,拖多久是天意,我們的責任是盡量不讓她死。」[40]雖然作者對這對「躺著的受罪,看著的受累」的母女充滿同情,但卻無法放棄護理的職責。冠冕堂皇的大道理與正在忍受精神和財力雙重折磨的健康生命相比,顯得多麼蒼白無力,不近人情。在「城市系列」中,作者不斷地捫心自問:「病入膏肓的人,有年紀有呼吸,沒有知覺沒有希望,再苟延殘喘,對生命是不是一種折磨呢?生者都在履行責任,不敢有怨,病者魂兒有知,怪不怪我們?」「我們對生命如此執著,究竟是癡還是善?」[41]「如果,人類尊重生命,是不是應該更為尊重、甚至珍惜更有生存意義的生命?」[42]

「天要下雨人要老」,「生老病死總無情」。這既是生命形

---

39 蓉子:〈落幕時候〉,同註4,頁28。
40 蓉子:〈天要下雨人要老〉,同註3,頁178-179。
41 蓉子:〈生老病死總無情〉,同註3,頁46。
42 蓉子:〈安樂死〉,同註3,頁158。

態的自然規律，也是作者在「城市系列」中道出的至理名言。為維護生命的自然形態和人的尊嚴，作者表示贊成「安樂死」的觀點：「其實可以再活多久，並不是問題，問題在於活得像一個人，還是像一件物體。」因為，「大好生命，用於照顧毫無意義、毫無生命的『物體』上，生活中有關聯的人，怎能不悲哀地發出疑問呢？」[43] 這就又回到生命的終極意義與自然生態上面來了。

由此，蓉子的「城市系列」雖然文體比較單一，描述也極少帶修飾語詞，但給予讀者的啟示和思考的東西卻不能不說是豐富而深刻的。她給讀者留出了非常值得回味與深思的餘地和空間。

參考書目

《聯合早報》，2003 年 2 月 27 日，頭版。

《新聞晨報》，2003 年 2 月 20 日；3 月 28 日；4 月 11 日。

《解放日報》，2003 年 4 月 10 日。

蓉子：《燭光情》，新加坡：SNP 綜合出版私人有限公司，2000年。

────：《陽光下的牢騷》，新加坡：SNP 綜合出版私人有限公司，2000 年。

────：《芳草情》，新加坡：健龍科技傳播貿易公司，1998 年。

────：《誰道風情老無份》，新加坡：金陽出版社，1996 年。

---

43 同上註，頁 158。

在尋覓中的失蹤的(馬來西亞)人

——「南洋圖像」與留臺作家的主體建構

◎許維賢

一、前言

馬華留臺文學近十多年的表現,無論在文學生產或者學術論述上,都在前有的傳統馬華文學論述框架下突破重圍,在馬華文壇建構起一套強勢話語。陳大為在〈躍入隱喻的雨林——導讀當代馬華文學〉(以下簡稱〈導讀〉)一文中下了結論:馬華留臺文學十分強勢地建構起臺灣讀者的「第三大馬印象」。[1]陳大為認為,只有很專業或很博覽的讀者會進入第三大馬印象:「一個由『馬華文學』構築起來的圖像。」這幅圖像「雨林必定盤據著最大的面積」,陳大為略舉了張貴興的幾部婆羅洲雨林大作、黃錦樹經營的膠林以及陳大為本身書寫的「南洋」為例,說明了留臺作家都在「尋找一個完全屬於自己的座標,沒有他人的影子,歡唱著獨一無二的高音。這便是『第三大馬印象』。」

　陳大為:〈躍入隱喻的雨林——導讀當代馬華文學〉,臺北《誠品好讀》第 13 期,2001 年 8 月,頁 32。

在這「第三大馬印象」中，除了大量著墨雨林的飛禽走獸，可惜陳大為沒有告訴我們，馬來西亞人的能見度在哪裏？我們現在只能從留臺作家善於經營的「南洋」去尋找。如果說雨林作為一個空間盤據在讀者的腦海，「南洋」作為一種曖昧的時間座標，其實是和雨林相輔相成，以孿生的符號方式在留臺文學中近親繁殖、難解難分。「南洋」和「雨林」是留臺文學中高頻率出現的關鍵字。從 1980 年代王潤華的《南洋鄉土集》，1990 年代張貴興的三部大塊頭南洋雨林長篇書寫，跨入到二十一世紀初陳大為一系列囊獲各大獎的〈南洋史詩〉結集，「南洋」和「雨林」鋪天蓋地在留臺文學中反覆出現。整個文學生態的發展趨勢並沒有一如黃錦樹曾指稱的那樣：「在新馬華裔的書寫中，『南洋』一詞早已不具重要性，很少人在用，已漸漸隱遁為古典名詞」。[2] 在視覺面上，只要稍微瀏覽留臺文學結集作品在臺灣出版社旗幟下所呈現的宣傳文案和設計，便一目瞭然：「南洋」和「雨林」是宣傳重點，[3] 再附上陳大為那篇〈導讀〉，就好像可以彙集成一本南洋旅遊宣傳手冊。大陸學者劉小新在一篇〈論黃錦樹的意義與局限〉（以下簡稱〈局限〉）認為，「以異國情調……成功介入臺灣文學場是旅臺作家的生存策略。」[4] 總之，類似的「異國情調」的後殖民論述，可以很快變成議者對留臺文學輕易行使的「標籤」或「咒語」，但這畢竟還不足以讓我們全面理解留臺文學的生

---

2 黃錦樹：《馬華文學：內在中國、語言與文學史》（吉隆坡：馬來西亞華社資料研究中心，1996 年），頁 212。

3 這些例子不勝枚舉，請翻看在臺灣聯合文學出版社出版的張貴興小說集《猴杯》和時報文化出版的另一本《群象》的設計和宣傳文案。

4 劉小新：〈論黃錦樹的意義與局限〉，《人文雜誌》第 13 期，2002 年 1 月（吉隆坡：華社研究中心），頁 92。

態：既不在馬華本土，又不屬於臺灣文學史，而流落在以中華
民國臺灣（中原）為參照的「南洋」。[5]

　　從陳大為那篇在中臺讀者看起來充滿南洋異國情調的〈導
讀〉裏，我認為留臺作家在文本中所投射的主體建構是應該得
到關注和處理的時候了。本論文所將採用的主體一詞，更接近
拉康所指稱的主體：不具有某種可定義的實質，像一個能指顯
示的那樣，被託附於「南洋」、「雨林」才能顯示出來，也可
以說，主體是因能指的效果而確立的，能指是針對其他的能指
來表象主體的，它對主體發揮主導權。[6] 無論是陳大為本身所
念茲在茲的〈南洋史詩〉書寫，或者是那篇馬華文學〈導
論〉，再或者是張貴興那座豐沛的南洋雨林，與其說是由「南
洋」和「雨林」這兩塊拼版所組成的「第三大馬印象」，不如
說是「南洋圖像」的鏡像顯現，「南洋」和「雨林」是留臺作
家逐步辨認到自己的身體（在鏡子中）的形象的開始，從而逐
漸探視自己身分認同的整個經驗過程，可是留臺文學與南洋圖
像（「我」與「鏡像」）不是一對一相互對應的同等形式的東
西，「鏡像」是給「我」這一不確定實體的主體穿上衣裝，將
主體隱藏起來，在形象中將之捧起來的圖像：「南洋」和「雨
林」，這構成了當代留臺文學生態的洋洋奇觀，本文一律以
「南洋圖像」概括這個景觀，本意是逆其思維，追探「南洋」
符號背後未能解碼的話語：為什麼是「南洋」？而不是馬來西
亞？

　　馬來西亞人作為一種在充滿爭議的國家文化政策正在建構
中的國族身分標記，這種國族身分是建構在以馬來土著文化與

5　黃錦樹認為「南洋」對臺灣當局仍具有實質的意義。同註2，頁213。
6　參閱拉康：《拉康選集》（上海：三聯書店，2001年），頁89-243。

回教價值觀為中心的基石上。馬來西亞華人一直居於劣勢，痛苦地意識到自己真切的「邊緣」地位。[7]馬來西亞處於主流的種族政治操作，更進一步導致種族之間的分化，普遍上，馬來西亞人的自我能見度只停留在膚色、宗教和生活習慣上，所謂的馬來西亞人只是佔少數，佔大多數的是普遍意義上的（馬來西亞）華人、馬來人和印度人。因此我不得不以括弧來設置（馬來西亞）人，[8]（馬來西亞）人純粹停留在一種政治身分。[9]

在本文我選擇以（馬來西亞）人來介入留臺文學中的「南洋」，表面上似乎是估量到留臺文學和馬來西亞若近若遠的關係，但更重要的一點卻需要闡述的是，留臺文學經常重複出現的模態：永不厭倦都在重演「失蹤／尋覓」的敘事意識，故事中的（馬來西亞）人經常宣告「失蹤」。劉小新在論文〈局限〉裏已指出，黃錦樹的「大多數故事有一個相同的模式或套路……，都是失蹤─尋找的故事」，然後批評他「暴露出其文學想像力和語言表達能力的局限」。但問題是重複這樣的一個模式，不單是黃錦樹一人，而是留臺文學的集體，[10]那很可能就不是那麼簡單的表達能力的問題。要回答這個問題，我們需要

7 　何國忠：《馬來西亞華人：身分認同、文化與族群政治》（吉隆坡：馬來西亞華社研究中心，2002年），頁7。

8 　為馬來西亞人加入括弧（馬來西亞）人，這裏借用了胡塞爾（Edmund Husserl）的現象學「只有當我為它加上了括弧以後，我才有權接受這樣一個命題」。見胡塞爾著，李幼蒸譯：《純粹現象學通論》（臺北：桂冠出版公司，1994年），頁114。

9 　以（馬來西亞）華人為例，「華人獨立之後放棄中國而傾向馬來西亞的認同，是政治力量的結果。」請參閱陳志明：〈華人與馬來西亞民族的形成〉，新加坡《亞洲文化》第9期，1987年4月，頁66。

10　包括《猴杯》（張貴興）和〈落雨的小鎮〉（黃錦樹）各自失蹤的妹妹，《群象》（張貴興）、《雨雪霏霏──婆羅洲童年紀事》（李永平）和〈魚骸〉（黃錦樹）不約而同都出現一些在雨林中有待尋覓的失蹤的革命分子／屍首等等。

把這「失蹤／尋覓」的模式和有關「南洋圖像」的論述結合在一起，逐步先探清留臺作家的主體建構與馬來西亞歷史的鏡像關係。

二、誰的歷史？誰的南洋？

南洋在哪裏？作為一種歷史學上的共識，南洋這塊區域地名，一如王潤華在《南洋鄉土集》自序中所意識到的，「早已在世界地圖上消失了」。[11] 南洋一詞，推測最早出現在清初陳倫炯《海國聞見錄》之〈南洋記〉一文中：

> 南洋諸國，以中國偏東形勢，用針取向具在丁末之間，
> 合天地，包涵大西洋，按二十四盤分之……。[12]

陳倫炯編寫《海國聞見錄》，成書於 1730 年，其中一個重要的目的，是為了向那些欲赴海外的商賈提供寶貴的資料（王賡武，1987 年，頁 106-108），可見當時「南洋」的命名和十八世紀中國沿海的經濟有直接的聯繫。「南洋」指示了一個中國以南的領域，它是需要經由海——中國南海才可以抵達的，[13] 至於南洋的界限在哪，對當時的商賈來說可能不是個重要的問題。我們可以這樣推測：南洋一詞在一開始是用來描述到達某

11　王潤華：《南洋鄉土集》（臺北：時報文化出版公司，1981 年），頁 5。
12　見林運輝等人編：《中文古籍中的馬來西亞資料彙編》（吉隆坡：馬來西亞中華大會堂總會，1998 年），頁 379。
13　Wang Gung Wu, *A Short History of the Nanyang Chinese*（Singapore: Eastern University Press, 1959），p.2.

個中國以南未知領域的「水道」而已，它甚至是「合天地，包涵大西洋」，何時「南洋」開始變成泛指整個區域？這個問題一直懸而未決，導致有關南洋過去的地理位置指涉，有幾種不同的說法：

（一）第一種是史家許雲樵在《南洋史》的看法：「南洋者，中國南方之海洋也，在地理學上，本為一曖昧名詞，範圍無嚴格之規定，現以華僑集中之東南亞各地為南洋。」[14]

（二）第二種看法是出自馮承鈞著述的《中國南洋交通史》。該書認為今之所謂南洋，就包括了明代史籍所謂的東西洋：今之印度洋為西洋，以東為東洋；元代的人隱約以今日的爪哇和蘇門答臘南部的巴領旁為界標，由此而東為「東洋」，由此而西為「西洋」。[15]

（三）最後是根據李長傅在《南洋史入門》的分類，有廣義和狹義說。廣義的南洋包括印度支那半島、馬來半島和群島：始自澳大利亞，止於紐西蘭，東面太平洋諸島與西面印度。狹義的則只指馬來半島及馬來群島而已。[16]

第一種說法，比較受到重理論的黃錦樹和林建國等人採用。黃錦樹曾從王賡武的《南洋華人簡史》那裏轉述史家許雲樵的南洋觀，再從許雲樵那句「南洋——本為一曖昧名詞」引伸開來，調侃「南洋」一詞在此時此地的合法性（黃錦樹，1996年，頁215）。黃錦樹對「南洋」的「政治—文化」的選擇性理解，主要志在於要對作家的「政治—文化」身分認同的批判，做出理論上的鋪路。是黃錦樹提醒了大家：「在『南洋』

14 許雲樵：《南洋史上卷》（新加坡：星洲世界書局，1961年），頁3。
15 馮承鈞：《中國南洋交通史》（臺北：臺灣商務印書館，1965年），頁1。
16 李長傅編著：《南洋史入門》（東京：萃牙書局，昭和17年／1942年），頁數不詳（沒有標明頁碼）。

中徹底被遺忘的,是『馬來西亞』」(黃錦樹,1996 年,頁185)。我想這跟那封李永平給黃錦樹的私函中曾提及的這一段話,可能不無關係:

我的中國,可是包括「南洋」的哦![17]

這就讓人聯想到古代中國的封建統治,長期以天朝大國自居,視中原以外的區域包括南洋諸國為「番國」、「蠻夷」。李永平把南洋置放在中國的版圖之下,馬來西亞這塊獨立自主的國土自然在他的想像的家國中消失了,取而代之的是一個中國以南模糊的島嶼:婆羅洲。李永平坐鎮中原(臺灣),對「南洋」一詞的理解寧願停留在明代史籍所謂的東西洋,較接近有關南洋的第二種說法,其神秘猶如清初統治者施行的「海禁」政策下的中原人對眾「番國」充滿原始荒誕的想像,其神秘被另一位李永平的同鄉、同樣入籍臺灣的作家張貴興發揮得淋漓盡致,付諸三部大塊頭的雨林大作:《群象》、《猴杯》、《我思念的長眠中的南國公主》巨構文字見證下。

另一位留臺學者林建國因而憂心忡忡,他擔心南洋這個曖昧名詞,一般批評家會認為「南洋是個沒有內容的名詞,是個沒有歷史的地方,跟世界上其他地方一樣平板空洞」。[18]陳大為在他的〈南洋史詩〉的序曲〈在南洋〉,就緊扣住這個洞見,為他的南洋史詩「正名」,賦予〈南洋史詩〉存在的必

---

[17] 轉引自黃錦樹:《馬華文學與中國性》(臺北:元尊文化出版公司,1998年),頁 330。

[18] 林建國:〈為什麼馬華文學?〉,《中外文學》第 21 卷第 10 期,1993年 3 月,頁 99。

要：「在南洋／歷史餓得瘦瘦的野地方」[19]。相對於黃錦樹對前清辭彙「南洋」的不耐，陳大為卻明顯不做如此觀，他駁說南洋不是一個空洞的歷史名詞，它蘊含了巨大的創作能量，可以開發出許多有關文學及歷史價值的訊息，正如一塊有待琢磨的和氏之璧，灰濛濛地埋沒在馬華文學的詩域之外。[20] 陳大為選擇了「一種家族史和精神史的綜合體」[21]來書寫〈南洋史詩〉，指涉的那個南洋，更多時候是指向「陳家」從中國南來活動在馬來半島／群島所遭遇的「歷史」。這樣的一個「南洋」比較接近第三種李長傅有關南洋地域的狹義分法，也呼應了另一位早期留學臺灣的王潤華筆下《南洋鄉土集》的南洋：一個在作者筆下的童年鄉土，依舊美麗和豐饒的活在那個再也回不去的烏托邦「南洋」。

　　黃錦樹和陳大為、李永平、張貴興對「南洋」的分歧，正好冰山一角顯示出留臺作家對記憶中「居住的空間」重新命名的困擾。我認為首先需要解決的不是南洋此時此地在文本中的合法性問題，而是誰的歷史？誰的南洋？作為一個在地圖上消失而又帶有強烈「中國性」的前清名詞，「南洋」經常在馬來西亞官方撰述的馬來歷史教科書中缺席，被馬來文的東南亞 "Asia Tenggara" 一詞取代，而這源自於英文的東南亞 "South-East Asia" 一詞。"South-East Asia" 的命名是第二次世界大戰的產物，英國盟軍為統劃這一地區為戰區，以東南亞一詞指出了該地區的地理位置（許雲樵，1961 年，頁 4）。留臺文學重

19　陳大為：《盡是魅影的城國》（臺北：時報文化出版公司，2001 年），頁148。

20　陳大為：〈說書〉，刊於馬來西亞《南洋商報》副刊〈南洋文藝〉，2001 年 10 月 8 日。

21　同註 20。

新召喚南洋的意義何在？如果答案是為了抵抗第二次世界大戰後的國家霸權，在那種國家霸權意識形態主導下被抹消意義的少數民族移民史：南洋，問題似乎比較容易處理，但問題是留臺文學呼喚的「南洋」似乎不是要跟正統歷史的「東南亞」一詞角力，而是好像要藉「南洋」這條「水道」繞過東南亞複雜的歷史，航向未知的美學烏托邦。借用黃錦樹對張貴興的批評即是「精神繞過歷史」，位移向神話，導致「美學上的過度充盈滿溢，而讓歷史在其中自我貧困化」。[22] 東南亞各民族複雜的歷史在這裏好像已經變成一個龐然大物，留臺文學的帆船隊伍彷彿需要藉著古代中國南洋水道的指引，在霧中繞過這塊龐然大物，才不至於面臨跌入現實時空和東南亞「相撞—沈船」的命運。

乍看之下，在海上漂流似乎是留臺文學的宿命，在各種族群身分認同之間擺盪而無法草草登岸，尋求一個永恆的「居住的空間」。於是乎對陳大為之輩來說，他的「流動的身世（南洋）」即是他當下的歷史情境；張貴興和李永平卻在小說文字的漂航中，暫行登岸以換取源頭活水：返回他童年的婆羅洲熱帶雨林。黃錦樹是少數敢以背離南洋水道航線，從海路搶攻登岸闖進馬來半島膠林深處的革命戰士。從這個分叉點上，留臺作家開始各自在文本經營他們的歷史。歷史這個詞在希臘文中源出於「敘述」這個詞，所謂歷史，在其語源學意義上說乃是敘說往事。[23] 探究留臺作家敘說往事的模式，即是某種程度上窺探留臺作家暴露的歷史位置：是站在作為符號的歷史南

22　相關意見可參考黃錦樹：《謊言或真理的技藝：當代中文小說論集》（臺北：麥田出版公司，2003 年），頁 270。

23　周憲：《超越文學——文學的文化哲學思考》（上海：三聯書店，1997年），頁 163。

洋，抑或作為馬來西亞史實的歷史？誰可以合理的說服大家：他的記憶是曾駐足南洋而不是馬來西亞？如果是前者，到底他的想像運作如何使整個南洋圖像的操作變得可能？馬來西亞圖像反而變成不可能？如果一切在文學中都可以變成可能，誰是作者「我」？馬來西亞人？「南洋人」？但拉康提醒我們，人不能在自己的內部發現自身的中心，[24] 人不是靠人本身的思索而發現，而是通過歷史來發現。[25] 回到起點，我們還是要追問留臺作家各自在文本中顯現的主體意識：誰的歷史？誰的南洋？

三、想像的再認：陳大為的（歷史）南洋

這樣的問題拋向擅長於後設技巧的陳大為，就很容易變成不需要回答。「誰的南洋」的提問還沒到達他的史詩內裏，〈南洋史詩〉最長的一首組詩命名〈我的南洋〉，題目本身已自動設置了一個回答「我的南洋」。一言以蔽之，通篇史詩是詩人慣用的後設語言，書寫詩人本身如何「構詩」，怎樣「記史」，面對著評論者對此類「即解即構，即構即解」的史詩策略的詰問，[26] 這樣的反應也早已被詩人在「詩局」中謀算在內：「但我沒有用詩來後設讀者的詰問／或大力解構／搖晃的史實」（陳大為，2001年，頁175）。詩中的敘述者極不願意承

24　福原泰平：《拉康——鏡子理論》（中國：河北教育出版社，2002年），頁50。

25　蘭德曼（Michael Landmann）：《哲學人類學》（中國：貴州人民出版社，1988年），頁255。

26　有關分析，請參閱唐捐：〈寫實一頭遙傳的麟獸〉，《聯合報》副刊（讀書人週刊），2001年7月9日。

認他是在後設讀者的質問，不願承認反過來的解讀其實卻是：作者承認了本身書寫的焦慮，因為焦慮，所以作者要不斷通過後設的「反敘述」來抵抗那種恐懼，詩人恐懼什麼？焦慮的源頭在哪裏？只是因為他有一個南洋？恐怕問題先得從作者「在臺北／我註冊了南洋」（頁195）那兒說起：「我試寫馬華詩人不寫的南洋／他們說：太舊／又嫌它腐朽」（頁196）。

　　留臺作家對「南洋」一詞的迷戀，經常遭受本土派當代馬華作家的質疑，跟陳大為同齡的詩人呂育陶的這段話，很能代表馬華本土派的困惑：

> 我們可不可以寫些比較現實的馬華的東西，來作為一種身分的定位……，我們來來去去只能寫馬共或是一些陳舊的南洋。[27]

呂育陶的言外之意是，「南洋」使得留臺作家無法處理到大馬華社當代尖銳的問題。似曾相識的質疑早在戰前1930年代就被當時強調馬來亞性的作家提出過：

> 目前在我們的文壇上與「馬來亞文學」並行著的，有「南洋文學」這一個名稱，我認為事實在要求著我們把後者放棄。因為「南洋」不僅在區域上是廣寬散漫的，就是在政治關係的隸屬上，也有著它們各自不同的宗主國……。何況，實際上，我們目前的工作範圍，也只在

27　請參閱許通元等人整理：〈旅臺與本土作家跨世紀座談會會議記錄〉，刊於馬來西亞《星洲日報》副刊（新新時代），1999年10月24日。

28　一礁：〈零零碎碎：給曾艾狄先生〉，刊登在《星洲日報》副刊（晨星），1936年10月19日。

馬來亞。[28]

那時正興起新馬文學的馬來亞地方性提倡（1934年至1936年），很多作家開始以馬來亞文學、馬來亞文藝來取代過去南洋文學的稱謂。在那之前，是南洋色彩的提倡時期，張錦忠認為，南洋色彩的提出，象徵了南來中文作家開始對「本土」產生興趣與關懷（不一定是歸屬感），開始把南洋納入文學的所在地。[29]

陳大為是意識到上述這段歷史的存在的，所以在書寫〈南洋史詩〉的時候，就對外界表示以前1920、1930年代的人沒把南洋寫好（許通元：〈旅臺與本土作家跨世紀座談會會議記錄〉），所有前輩詩人都未曾把它成功地詮釋過（陳大為：〈說書〉）。這些話流出來的弦外之音近乎就是：整段1925年到1933年的南洋色彩萌芽和提倡時期的新馬華文文學必須重寫。因此陳大為給呂育陶的回答是：「根本的原因是你要把南洋寫好，人家才理你。」（許通元：〈旅臺與本土作家跨世紀座談會會議記錄〉）

我們看到的是，陳大為對這些質問迫不及待的反擊，反而不小心暴露了他史詩書寫的焦慮源頭，不在那座署名的「南洋」，而是位於現實的馬來半島以本土性自居的「馬華」。馬華本土派作家以自己身處馬來西亞本土的位置來衡量留臺文學的偏差，認為留臺作家以「陳舊的南洋」來投臺灣文學市場之所好，本土派以「地理決定論」的本土發聲。[30] 這些聲音造成

29　張錦忠：《南洋論述：馬華文學與文化屬性》（臺北：麥田出版公司，2003年），頁105。

30　有關分析可參考張光達：〈馬華旅臺文學的意義〉，馬來西亞《南洋商報》副刊（南洋文藝），2002年2月11日。

史詩書寫的困擾，這個立足以此時此地的「馬華」的本土位置，構成了一個完全對立於詩人的「南洋」鏡像，讓我們看到詩人無意中回頭窺視到自己可能還不完整的恐懼，正漂泊在那一片似真似幻的海域——南洋：

> 我在案前啃食一冊頭暈的南洋……。（頁137）

林建國注意到通篇史詩很多時候用了「童稚的語氣」，但他認為這「削弱了各篇史詩的筆觸」。[31] 我覺得此類「童稚的語氣」正是理解詩人的主體意識在文本中操作的關鍵岔口。我們姑且把這位反敘述者稱之為「詩人兒童」：詩人在無意識裏把這位反敘述者的語氣降低到兒童的「鏡像階段」期，讓這個「詩人兒童」本來還「不完整的自己」面向一張鏡子，希冀消除那種恐懼和焦慮，讓兒童慢慢獲得了對自己身體完整性的認識：有關自己身世的（歷史）南洋可以像一首史詩般被鏡子朗朗讀出。但在書寫的後設過程中，很快的「詩人兒童」意識到自己仍服從於想像虛幻的領域：南洋，詩人需要在鏡子中安插一些景物，以證明那絕對不是一個虛構的景象。於是「我忙著架設山水／使時間的結構更為深邃」（頁160），「雨林」顯現：「雨林把史料埋得更加凌亂」（頁162），然後「詩人兒童」「我進一步架設山水」，「猴子」、「飛魚」、「鼠鹿」接著以影像般在鏡子裏乍映乍現（頁162-198），這也是陳大為在〈導論〉所帶給臺灣讀者的第三大馬印象：雨林和各種飛禽走獸。「詩人兒童」像個小孩般抓點著鏡子中的那個影像，認為這些影像

31　林建國：〈詩人城國的惡之華〉，《中國時報》副刊〈開卷週報〉，2001年7月22日。

在不斷地接近他和挑逗他：「而南洋／誘捕了我書中巡狩的麒
麟」（頁195）。中國古代謠傳的「麒麟」頻頻複現：「從辭海
／我結識一匹／無從簡寫的麒麟」（頁193），這時候「兒童詩
人」逐漸發現鏡子中所映現的不再是一個實在的事物，而僅僅
是一個影像。既然只是影像，很多的歷史事件也以「來不及」
或「忘了」或「不在場」來快速處理或者剪接掉，對五一三事
件的處理也是這樣：

> 可他從不提那次排華的事／五一三只是心有餘悸的惡數
> 字。（頁187）

五一三事件作為二十世紀大馬華人歷史的傷痕，有關五一三歷
史的人民記憶一直被國家機關的官方霸權意識所隱瞞。臺灣學
者楊建成認為，五一三事件是馬來人教訓華人的一場政治事
件，馬來人極端分子不惜以暴力行為，來建立一種能確保馬來
人政治特殊地位的制度。[32] 大馬國內出版的《馬來西亞華人
史新編》在官方出版法令的監控下，卻是另一番說詞，它被描
述成喚醒華人社會真正理解多元種族國家的本質的一場歷史教
訓，為華人社會往後的發展製造較多有利的條件。[33] 國內外
學者在研究五一三事件出現太多的分歧和懸殊，本來留臺作家
身在外國，大可以在他們的文本中提供一個對五一三事件有力
的批判或思考的距離。但顯然陳大為不願去介入這段馬來西亞
歷史，在這裏我們看到，如果鏡像階段是主體「我」（陳大為）

---

32 楊建成：《馬來西亞華人的困境》（臺北：文史哲出版社，1982年），頁
237。
33 曾松華：〈華人社會發展（1957-1990）〉，收入何國忠、何啓良、賴觀福
等人合編：《馬來西亞華人史新編》第1冊（吉隆坡：馬來西亞中華大
會堂總會，1998年），頁186。

的初形的話，它也預示了主體在想像中的異化情況：詩人只是在觀賞電視螢幕上的歷史紀錄片，手上操作著遙控器，歷史（紀錄片）可隨自己後設的操作選擇性的調速和刪略，詩人在歷史的面前變成純粹的一個觀者，昭示著詩人本來就在這段歷史裏面缺席，不是從其中逃脫而出，而是主體在自我疏離的鏡像的周圍最後完成了自己。

於是麒麟成為詩人自我的象徵（唐捐：〈寫實一頭遙傳的麟獸〉）：「我的麒麟／加速穿越赤道的詞庫／／點選一批炎熱的形容詞／三十三度」。「詩人兒童」到最後不但把鏡子中的那個反射看成是影像，而是他已能確認出那個影像「麒麟」就是他自己的影像，背景是南洋的雨林，把它們看作主體自己的影像：第三大馬印象，從而獲得了對自己身體的同一性與整體性。這就是陳大為對主體的辨認，通過自己在鏡子中的影像逐漸再認自己，「鏡子階段」是一個比喻，主要是要道出詩人自我再認的想像性特徵，詩人是通過一個署名為「南洋」的光學影像，認識自己的同一性的，而不是通過自己客觀的身體獲得自身的同一性的。因此我要指出，〈南洋史詩〉是詩人辨析自己身世的一個「想像的再認」，鏡子中主體對自己同一性的辨認，導致了日後主體在想像中對他物「麒麟」和雨林的誤認，唯有「麒麟」自由出入我的（歷史）南洋。有關「南洋」歷史真相的發現和推演，因此就不在現實的「我」陳大為史詩的著力之處，也因此可從這一點來理解：南洋在陳大為的文本裏，前提是麒麟（我），那個林建國所謂的「小我掙扎的身世」（林建國：〈詩人城國的惡之華〉），其次才是南洋。詩人不斷強調歷史書寫的虛構與主觀，整個「我的南洋」是：麒麟（我）必定先要在場言說，然後才產生了南洋。這一點詩人早有自知之

明，在〈南洋史詩〉的書寫階段，詩人強調他不打算藉著書寫南洋來「重現」南洋，因為「重現」歷史是不可能的，他只想通過書寫再思考南洋書寫的價值，寫一則思考史詩的史詩。這一系列史詩偏向思考，而不是展現。[34] 在南洋史詩完成後，詩人在他的一篇散文〈說書〉裏卻說，欲藉史詩「開拓一片可以再現南洋華人拓荒史和異族殖民史的新天地」。前一句話是說無意藉〈南洋史詩〉來「重現」南洋，後一句話卻說要「再現」南洋。前言和後句互相抵消，到底「南洋」「再現」了多少，沒有「重現」多少？

陳大為的「南洋」就在詩人的不斷承認「再現」和否認「重現」中互相抵消。整個史詩書寫到最後要處理的不再是「南洋」，而是詩人自己關於史詩／非史詩的爭端，這就進一步關係到詩人對自身歷史感的拿捏。艾略特（T. S. Eliot）說過：「歷史感蘊含了一種感悟，不只意識到過去的過去性，而是能意識到過去的現在性。」[35] 陳大為意識到「南洋」的過去性，但卻一直無法在史詩裏處理到「南洋」過去的現在性，當詩人直言：「我從來不處理馬來西亞的現實」（許通元：〈旅臺與本土作家跨世紀座談會會議記錄〉），詩人既已放棄了他介入當代馬來西亞歷史的可能權力，就無從以這個歷史位置去處理到「南洋」過去在馬來西亞的現在性。因此，當陳大為要把「南洋」以「史詩」貫之，這種企圖把一個在當今地理學上缺席的名詞全新賦予歷史化的嘗試，這整個過程中他不得不面對一些不容易解決的操作難題：誰的歷史（南洋）？還是「我」的歷

---

34 許維賢：〈都市裏一頭遙傳的麟獸：走訪新生代詩人陳大為〉，馬來西亞《南洋商報》副刊（南洋文藝），1999 年 11 月 13 日。

35 D. Ritcher ed., *Critical Tradition*（New York: St. Martin, 1989），p.194.

史,「我」的南洋嗎?可惜這些問題不能再通過後設的設置化約,畢竟歷史不是單數,不能簡化成「我」。在許雲樵的未竟之作《南洋史》裏,他明確表示他理想中的南洋史「蓋須綜合南洋各族之史實,冶為一爐,成一整體」(許雲樵,1961年,頁4),可見南洋歷史在許雲樵的眼裏是個複數。但陳大為已經明言他的苦衷:「我的當代就是在臺北,這就是我的困境。」(許通元:〈旅臺與本土作家跨世紀座談會會議記錄〉)詩人對「南洋」後繼無力的歷史感在這裏表露無遺,這種無以為繼的「南洋」歷史感也就不可能接上當下的「馬華」,整個詩人的書寫焦慮就被夾在位於「南洋」和「馬華」的歷史裂縫中。

　　於是陳大為的史詩／非史詩的反覆說唱,就好像在模擬荷馬史詩《奧德賽》裏那位在大海裏飄遊高唱的英雄阿基里斯,不是詩人在書寫史詩,而是史詩在書寫詩人。陳大為的〈南洋史詩〉不屬於傳統史詩的範疇,不是詩人的抉擇,而是詩人的宿命,委實是因為詩人無法用吟唱敘述歷史事件和英雄事蹟,而只能以後設的反敘事手法來模擬史詩的英雄姿態與精神特質:「就在這片／英雄頭疼的／／野地方／／我將重建那座會館／那棟茶樓」(頁150)。問題是阿基里斯的漂流是最終航向特洛伊城的戰役,陳大為的歷史戰場是在哪裏?除了那「盡在魅影的城國(臺北)」,詩人能做的也只是把一頭的歷史意識完全栽進那面署名為「南洋」的鏡像裏,讓自己的靈魂在馬來西亞的版圖中失蹤——消失,藉此回到華人拓荒史的起點:飄動的南洋。這是精神歷史的永劫回歸,像他當年南來的父親那樣苦思:要／不要作為馬來西亞人的身分可以重新得到思考和抉擇。而陳大為的〈南洋史詩〉正是以個體國族身分(馬來西亞)人或「中國人」的失蹤,來作為歷史言說(想像)下去的憑

據，一如他的爺爺當年站在唐山跟巷人深談，談他兒子（或未來的詩人）：

> 一去未返的南洋。（頁172）

四、邪惡的確認：張貴興和李永平對南洋雨林的招魂和遙控

　　相對於陳大為在南洋上的飄擺不定和掙扎，他的前輩們張貴興和李永平（以下簡稱張李）在很早就出乎冷靜地做了他們的抉擇：入戶寶島臺灣，坐鎮臺灣的中原想像，追憶那座位於「邊疆外域」過去童年居住的空間：南洋婆羅洲；而反覆召喚他們原鄉思緒的是那文本中受難的母親，提升到在精神史上孕育他們童年的大地之母：豐饒的婆羅洲雨林。論者多有共識，張李兩人在文本中與母親其實是常處於交融的非分化關係，兩人所生產的文本都出現母親在「邊疆外域」的受難意象，這階段缺席的是父親（黃錦樹，1998年，頁299-350）。因而張李兩人的主體所欲望的對象，是屈從於母親的欲望，是把自己想像成母親欲望的欲望，就是極力滿足母親的欲望。

　　這個能滿足母親匱乏的對象就是陽具，因此張貴興會幻想手中抓住的筆是那根陽具：「我的禿筆乾癟癟深入你的陰道子宮亂戳一氣，仍然體會不出你溫柔精彩的億萬分之一」（張貴興，2001年，頁12），恨不得把自己與母親所需要的陽具同一起。而李永平在更多時候是面臨一個存在的辯證法難題：做還是不做母親所欲望的陽具？李永平一直到《雨雪霏霏——婆羅

洲童年紀事》之前，[36] 一直不願正面以長篇書寫去介入有關「南洋」地形魅影的紀實記錄，因為「南洋」作為他母親在世居住的一個神聖故鄉，他只能通過召喚古南洋追念那葬身於「邊疆外域」的聖潔的母親，而委實不願也不敢通過文字去「長驅直入」那塊潮濕的「大地之母」。來到《雨雪霏霏——婆羅洲童年紀事》，李永平開始要在創作中著手處理南洋的童年記憶。作為書寫的一個對話和聆聽者，作者卻把母親從那裏抽掉，取而代之的是那位還未變成母親的早熟少女朱鴒，「少女即本真的母親……是以李永平一再嘗試命名她」（黃錦樹，2003 年，頁 73）。在〈望鄉〉裏，那位替代的母親是小阿姨：「晚上就光著身子摟著我睡，讓我躺在她懷中，吮吸她身上的乳香和肥皂香……那一整夜，小阿姨那雙柔膩的手爪子不停地探伸過來，搓弄我的身子……」[37] 替代的母親的愛撫使作者得到快感，從自己的快感，作者也感覺到替代母親在愛撫他的同時，她自己也得到了快感。換言之，作者與女性之間的直接關係使他把自己看成是母親所缺少的欲望對象。

「做還是不做陽具」這個問題雖形成了一個不穩固的平衡點，但卻支撐了張李文本中的主體建構，拉康把它稱之為「邪惡的確認」，張李兩人不再像陳大為，把自己與鏡像的對象同一起來，而是從對象母親（或替代的母親）那裏得到一種類似亂倫的刺激，把大地之母「雨林」情欲化，成為張李遠在臺北遙控南洋記憶的「殘酷劇場」。論者一般都意識到張李兩人愛

36　早期的小説《婆羅洲之子》雖有觸及，但只是中篇小説。《雨雪霏霏——婆羅洲童年紀事》是由九個短篇和一篇《尾聲》所組成的小説集，因敘事之間都各有牽連，可把它視為長篇小説。

37　李永平：《雨雪霏霏——婆羅洲童年紀事》（臺北：天下文化出版公司，2002 年），頁 233。

以繁麗的文字演繹人性的「罪惡」和「暴力」。這裏主要是要思考：張李何以召喚「南洋」和「雨林」作為「殘酷劇場」的表演場，而不是他方？要回答這個問題，不得已之下，要先從兩人現實中的國籍身分談起。

李永平在 1987 年入籍臺灣，張貴興卻在更早之前的 1982 年入籍，整個抉擇過程，在他們的文本裏不容易看出絲毫的猶豫和掙扎。[38] 張貴興在 1983 年交出的小說〈彎刀、蘭花、左輪槍〉，是作者唯一的一篇間接對自己毫不猶豫放棄馬來西亞國籍而選擇入籍臺灣的強烈說詞。〈彎刀、蘭花、左輪槍〉的男主角因為不會說馬來話，身上所背著的假的達雅克彎刀和臺灣製玩具左輪槍被巫裔同胞錯認為是真刀真槍，導致男主角像個歹徒那樣被他們追殺：

> 我是怎麼變成歹徒的，我一點也不清楚，但是每個人都認為我是歹徒了……我現在要開始逃亡了……[39]

張貴興的逃亡，在黃錦樹看來是留臺作家「詞的流亡」的例證（黃錦樹，1998 年，頁 353），這種「流亡」和中國大陸因政治原因所造成的知識分子的流亡是不同的，留臺作家不持有中國異議人士的「流亡簽證」，沒有這個「特權」傲立在國際文學的舞臺上展示中國的苦難，然後競相成為中國良心的象徵。黃錦樹認為留臺作家張貴興「詞的逃亡」是另一種出路：

38　李永平接受記者訪問時說：「（我）申請很多年中華民國籍，直到七十六年領到身分證的隔天，我馬上到（大馬駐臺）辦事處去宣誓放棄馬來西亞國籍。」他對臺灣有毫不猶豫的認同。轉引自林建國：〈異形〉，《中外文學》第 22 卷第 3 期，1993 年，頁 78。

39　張貴興：《柯珊的兒女》（臺北：遠流出版社，1990 年），頁 221。

> 在被種族主義的封殺和溺斃於中國性之間，寫作者必須
> 自尋活路。這正是詞之所以必須流亡、必須以流亡作為
> 生存的可能條件所在。流亡是唯一的出路。（黃錦樹，
> 1998 年，頁 371）

上述是黃錦樹賦予留臺文學的「流亡宣言」，一個富有生存戰略色彩的主觀寄望。這種寄望其實面對著一些落實到文本所不容易解決的操作窘境：留臺文學的主體所投射的集體無意識不是流亡，而是「失蹤」，不是因為流亡，言說的敘事才開始，而是文本中的「人」與「物」失蹤，敘事的契機才隨著尋覓的行動而開始。

　　《群象》的敘事方式就是以舅舅余家同走入雨林參與砂共武裝鬥爭到他在那裏失蹤，男孩（敘述者）潛入雨林尋覓他的蹤跡作為故事展開的核心，到發現雨林裏的象骸作為敘事的高潮；李永平的〈雨雪霏霏，四牡騑騑〉也同樣以尋找在森林武裝鬥爭的葉月明老師和師丈為由，兩個小孩闖入砂共游擊隊出沒的雨林，到最後在那裏發現一座墳墓。整本李永平的《雨雪霏霏——婆羅洲童年紀事》，其實就是以小女孩朱鴒的失蹤，來作為敘述者展開追憶的契機：

> 然而有一天，她卻突然不見了……我開始浪跡紅塵中，
> 尋找朱鴒。（李永平，2002 年，頁 5）

李永平以朱鴒來作為「讓我鼓起勇氣檢視我在南洋的成長經驗」（頁 259）的聆聽者，但這位「謎樣的出現，謎樣的消失」（頁 260）的七歲小女孩，卻在敘述的穿插中若隱若現，不斷

的返回與失蹤，讓敘述者的故事中斷了又接駁回去，斷斷續續說完了九個故事。作者卻懷疑那位小女孩「只是我心中創造的一個幻影」（頁260），讀者大可懷疑整個追憶過程根本只是李永平一個人的喃喃自語，但倒有一點最後作者似乎非常自信：「與我有緣邂逅臺北街頭的小姑娘，終於把我這個自我放逐、多年來逃亡在外四處漂泊的浪子，給帶回家了……。」（頁260）

何以李永平這麼自信一個丫頭就可以把浪子給帶回家？這就關係到這個丫頭的曖昧身分。她雖然和作者是在臺北街頭相遇，但最後失蹤於「臺北古晉婆羅洲南洋東海中國世界」（頁32）之間，是李永平打從《海東青》開始一直尋尋覓覓要付諸言說的對手。這位小女孩急著長大的形象，在張貴興《猴杯》裏得到進一步的塑像，她是敘述者雉的學生王小麒，和雉發生肉體關係，為避開師生給予的壓力，雉黯然從臺北返回婆羅洲，李永平要藉與一個小女孩的言說關係，把自己帶回南洋婆羅洲的想法，在張貴興文本所打造的現實裏得到落實，方案是：與小女孩的言說關係必然要推展到肉體關係，那是張貴興心中「主體欲望的對象，也是欲望失落，敘述開始的契機」。[40]

《猴杯》以妹妹在雨林中攜子失蹤為故事的導線，雉循著河流深入豐腴如女體的雨林尋找妹妹。整個「失蹤／尋覓」的過程穿引出家族的秘史，暴露的不只是南洋華人財主的黑暗面，而是主體的歷史位置：那近乎是個遠古時空，文明和時間一起停頓，空間的雨林紛紛暴長，蠻荒淫亂的番國。彷彿人性

---

40 王德威：〈在群象與猴黨的家鄉——張貴興的馬華故事〉，收錄在張貴興：《我思念的長眠中的南國公主》（臺北：麥田出版公司，2001年），頁30。

還不是主導的主體意識，動物性才是。那些五彩斑斕、綿長細膩的象形文句，極像李永平所謂的「一窩交纏的花蛇」（李永平，2002年，頁122），互相交媾和繁衍，變形成各種具有「動植物意象」的託辭、隱喻、比喻、轉喻和疊詞，齊向對準的是南洋雨林的奇花怪獸，就在那裏文字發生了暴力和罪惡。其描寫細膩的程度，遠遠蓋過對人物形象和內心的刻畫和掌握。彷彿失蹤的不再只是雉的妹妹和孩子，還有在尋覓過程中那個需要借助達雅族人在雨（語）林指引的雉和敘述者本身。這是一齣看似沒有導演、失控的殘酷劇場，因為它操演的不是對「時代的騷動和不安的狀態做出回應」，[41] 而是史前的荒誕和失序，但在另一方面它又指向殘酷劇場的可能：借鑑象形文字的功能，讓它可以無限地複製下去。[42] 這種操作方式在之前《群象》所指涉的「希見生象」之符號表徵，早已露出端倪，到《我思念的長眠中的南國公主》，更是一發不可收拾。這一切無不向讀者宏偉展示著作者張貴興在美學探索的高難度操作：遠在中原（臺北）以五彩斑斕的暴力想像和追憶，直接憑象形文字的感悟來遙控（遙想）一座番國（南洋）雨林的豐饒和兇險，個人的體驗反而不是前提，而首先是對象形文字近乎膜拜的情結，才是語（雨）林的生產條件，一如《我思念的長眠中的南國公主》的蘇其母親，她一手佈置的那座龐大無與倫比的園林，如果從飛機上看下去，那座園林和婆羅洲雨林沒有太大區別，某些路徑和漢字筆畫極為相似。這以漢字設置的雨（語）林猶如迷宮，張李一直以來都很努力地讓小說人物／

---

41 Antonin Artaud, The *Theatre and Its Double*（New York: Grove Weidenfeld, 1958），122.

42 Ibid, p. 94.

屍首在這片雨（語）林裏宣告失蹤，重複的委派一個敘述者去尋找、揭秘和救贖。

這些人失蹤的意義，就是敘說者把故事繼續說下去的意義。正因為這些小說人物不在小說現場，張李兩人本身也可以不需要把自己置身在南洋雨林的殘酷劇場，而可以坐在二十世紀末那座「盡是魅影的城國」臺北，以大量冷僻的象形繁體字，遠遠超過一般現代簡體漢語字典所收納的區區兩、三千個字塊，呼起原鄉的山風海雨，遙控並且虛擬遠方的一座超越現時生活和社會的暴力美學原始世界：古南洋婆羅洲雨林。他們並非是要「繞過歷史」，而是要借助方塊字的神秘符碼來鑄造圖騰：南洋圖像，以圖騰那不受時空約束的「神秘力量」「穿過歷史」，為逝去的古南洋招魂。中國古代文人的招魂儀式素來與鄉關之憂有關，宋玉的《招魂》在張李的筆下卻是「魂兮歸來哀『南洋』」，張李兩人經營的語（雨）林猶如符咒，可以讓逝魂歸來或者把死者從墳墓喚醒，然後與之展開對話，只有從這種招魂儀式來理解張李筆下那些在雨林中數量龐雜的動物殘骸（死象或狗屍等等）和革命分子的屍首，我們才能明白在雨（語）林中反覆大聲質問「誰的歷史？誰的南洋？」，得到的回音／回聲為何永遠只是問題本身，因為那已經是逝者的歷史，鬼魂滿佈的南洋。

所以我們不能說他們不敢面對歷史而要繞過之，而是他們對那作為符號的歷史南洋招魂的興趣，遠遠多過要去追蹤那作為馬來西亞史實的歷史。雖然如此，張李兩人都在文本中，直接處理了北加里曼丹人民軍（簡稱砂共）在砂勞越活動的史跡，在《群象》裏這支部隊名為揚子江部隊，在李永平的〈一個游擊隊員的死〉和〈雨雪霏霏，四牡騑騑〉裏，直接以北加

里曼丹人民游擊隊的名號出現。但我們要注意，砂共在1963
年展開全面的武裝鬥爭，那正是馬來亞把砂勞越、沙巴和新加
坡合併為馬來西亞的那一年，砂共反對的正是馬來西亞這個國
家概念，而要企圖建立婆羅洲三邦共和國。那整整四十年以來
血與汗的政治鬥爭和起義，不是張李小說敘事的重點，張李更
感興趣的是那些在婆羅洲雨林失蹤的（馬來西亞）人所穿過雨
林的路徑，和所看到的奇花異獸。說他們是（馬來西亞）人，
而不是馬來西亞人，那是因為這些全副武裝的華族青年男女要
對抗的正是馬來西亞，所引用的作戰資源正好來自「天朝」中
國，要打造的是那以中國（人民共和國）為參照的南洋（婆羅
洲三邦共和國）。在歷史現場中，砂共部隊陸續在慘敗、招安
和投降中走出雨林，但在張李的文字魔障中，作者的潛意識是
寧願他們逃亡：穿過歷史在南洋雨林中失蹤下去，不然招魂的
儀式不能展開，「失蹤／尋覓」的故事很快就會說完。

在這裏我們已經看到，張李兩人在文本中相繼「逃亡」的
路線，不是朝向整個二十世紀的流亡作家隊伍的路標：西方，
而是把時鐘調回到從前：重返還未受到破壞的東方雨林和南
洋，讓筆下的人物在「南洋雨林」裏失蹤。張貴興早在三部大
塊頭的雨林大作之前，就已在〈彎刀、蘭花、左輪槍〉裏設置
了他的小說人物日後失蹤的路線：

> ……離草叢不遠是原始叢林，我們可以躲在那邊，倘若
> 我們逃不出來，我們乾脆住在那兒。（張貴興，1990
> 年，頁222）

原始叢林一直是張貴興所確認的安頓（藏匿）自身主體意

識之處，在很早期的少作〈衣袂飄飄──致 A Girl Named Chew〉裏，年少的張貴興就已生起這樣的念頭：「你們如果已經有了女朋友，我勸你們把她帶到深山中談戀愛，在灌木間成家，替國家製造一點美麗的傳說。」[43] 這種不著邊際的浪漫情懷，是構成他日後創作雨林三部曲的基調之一：纏綿不盡的雨林傳說，「歷史在其中其實是以傳說的方式而存在……離史詩遠而離傳奇與神話近。」（黃錦樹，2003 年，頁 270）這些雨林的神話傳說，讓人看到主體的不完備，最終一直令黃錦樹耿耿於懷的是，大馬歷史在其中自我貧困化。也許黃錦樹真正不能釋懷的是，他不能對張貴興的「詞的流亡」的表述，進一步在作者近乎蒼白的馬來西亞歷史意識中得到合理的印證和解釋。整篇「詞的流亡」的背書，舞臺背景指涉是古南洋，而不是馬來西亞，的確有點讓人變得不知所措和失落，他們的「流亡」變成是一個沒有任何當代具體歷史情境指涉的時髦名詞，〈彎刀、蘭花、左輪槍〉那位失去理智的被迫害妄想的敘述者之狀態，反而成為一種反諷說詞：留臺作家不是被迫害而去流亡（漂泊），而是幻想（妄想？）他們會被迫害然後才蓄意去流亡（漂泊）；整個所謂「詞的流亡」到最後變成黃錦樹對留臺文學主觀設置的期待和定位，留臺作家的寫作方向並沒有隨著黃錦樹主觀意志的寄託而轉向，留臺文學的集體無意識也沒有因此朝向「流亡」的路標，反而是以宣告（馬來西亞）人的失蹤來作為敘事下去的理由。

43　紀小如：〈衣袂飄飄──致 A Girl Named Chew〉，刊登在馬來西亞《蕉風》第 276 期，1976 年 2 月，頁 37。早期張貴興在《蕉風》以羽裳和紀小如為筆名，這篇甚長的創作分兩期《蕉風》才登完，該期主編稱讚作者是「極具潛力的年輕作者」。

五、在膠林中武裝自己：
黃錦樹的弒父和鄉仇

　　歷史和黃錦樹相遇的地方，不在南洋，而在馬來西亞。黃錦樹認為在南洋「這個封閉、自足的符號世界裏，現實早已被徹底放逐」（黃錦樹，1996年，頁214）。首先黃錦樹置換了文本書寫的場域：把「南洋」的熒幕和婆羅洲雨林的庇蔭抽掉，改種馬來西亞半島大量生產的膠林。在這片膠林深處，劉小新在《局限》一文裏以為都是「失蹤—尋找的故事」，其實深究下去，我們會發現作者筆下的人物很多時候是「尋找—失蹤的故事」，不是因為失蹤了，敘事者才去尋找，而是敘事者的尋尋覓覓，導向小說人物的失蹤（或複現）。

　　成名作〈M的失蹤〉，敘述者，一名馬來西亞記者，據說要尋找的是一位在馬來西亞以M隱名的大作家，在美國用英文發表了一篇引起學術界哄動和一致好評的長篇小說，更有大學教授欲推薦他競選諾貝爾文學獎。由始至終，M並沒有現身，只是以各種替身例如「X達夫」、「一名在報章地方版被報導失蹤的三流作家」、「一條金色的大魚」複現。敘事者到最後的體悟是「M是一個複合函數，而他（記者）是當中微不足道的一個」。最後那名記者在一張紙上寫下「也許不久後會有人發現我的『失蹤』（那是結構上的必然……）」（黃錦樹，1994年，頁39）。敘事者到最後也是失蹤者。

　　為何敘事者和失蹤者到最終需要隱匿起來？張錦忠認為：「馬華作家一旦遠離自己的語言族群，頓成身分隱匿的、不明的書寫人」（張錦忠，2003年，頁62-63），由此來思考，M的注定失蹤，在於發表的創作語言不是自己的母語華文，而是英

文，又羼雜了各種語文如阿拉伯文、馬來古文、爪夷文、德
文、法文、巴厘文、甲骨文，況且又在西方發表，這些語言取
向遠離了以官方語馬來文為中心的馬來西亞國家文學，也偏離
了自己族群以華文為書寫的馬華文學，M書寫的文學語言無
法得到歸類，進一步導致自己的身分也無法得到明確的安頓，
在無所適從中在自己的國土被冥冥中的目光凝視。

　　黃錦樹的小說常常再現「被凝視者」的恐懼或不安，在
〈烏暗暝〉、〈非法移民〉裏，在黑暗中凝視小說人物的是那些
作奸犯科的印尼非法移民，在〈說故事者〉、〈舊家的火〉和
〈未竟之渡〉裏，光天白日下凝視小說人物的是鬼魂或不知名
的陌生人。這樣的場景被設置在膠林裏，相對於張貴興以華麗
文采精雕細鏤的那座神秘龐雜的雨林，黃錦樹的膠林書寫反而
顯得渾然天成，簡而有力地揭破大馬華人的邊緣險境和歷史疤
痕：在膠林，隱喻了大馬華人長期生活在敵意的陰影下的無名
恐懼，那曾是馬共與抗日游擊隊和歷史擦槍走火的現場，也是
印尼非法移民和不法分子出沒的所在地，說故事者黃錦樹把自
己武裝起來，他拿起的不只是膠刀，而是比那把膠刀還要鋒利
的筆。黃錦樹和故鄉歷史記憶的對峙和衝突，就在這裏發生。
他的鄉愁和鄉仇，同在這一刻發生。

　　黃錦樹一直要清算的鄉仇，可大約分成兩類。一類是黃錦
樹對華裔族群在馬來西亞的集體創傷記憶的追索：日治時代的
屠殺（例如〈說故事者〉等）、馬共鬥爭（例如〈魚骸〉等），
和族群在政、經、文、教被巫族去勢的邊緣化困境（例如〈烏
暗暝〉、〈非法移民〉），可稱之為馬華族群痛史；另一類是黃
錦樹對馬華文學史以現實主義為教條的反動，恨鐵不成鋼：經
典缺席的控訴和嘲弄，例如〈M的失蹤〉和〈大河的水聲〉

等，這裏把它稱為馬華現實主義的倫理史。在主體理論裏，這兩種清算都涉及到對「父親」的象徵性法規的顛覆和嘲弄。早有論者指出，「父」的缺席、失蹤、死亡，是黃錦樹主體意識裏的深層結構。[44] 大馬處於當權的種族政治與馬華現實主義文學傳統所構成的「父」的法則，是埋下黃錦樹弒父的火種。所謂父親法規的象徵性，即是指無論父親是否現實在場他都具有法規的威力，「父」的法則已成了一種普遍的象徵符號了，體現在馬華族群痛史的是族群主體「被閹割」的命運，黃錦樹感嘆道：

> 我們是被時代所閹割的一代。生在國家獨立之後，最熱鬧、激越、富於可能性的時代已成過往，我們只能依著既有的協商的不平等結果「不滿意，但不得不接受」的活下去，無二等公民之名，卻有二等公民之實。[45]

1969 年的「五一三」種族暴亂慘劇，黃錦樹認為是「馬來人以刀和血來『教訓』華人」的結果（黃錦樹，1998 年，頁112）。「五一三」過後，以巫族激進派為核心的巫統領導層實施新經濟政策，1971 年推行的《第二個大馬五年計畫》，開始推行種族固打制，導致華裔在政、經、文、教方面受到極度不公平的待遇和剝削。五一三事件是大馬華人集體被閹割的開始，大馬華人從那刻起被建構為無限盼望著失去事物的「存

---

44 林建國：〈反居所浪遊——讀黃錦樹的《夢與豬與黎明》〉，收錄在黃錦樹：《由島至島 Dari Pulau Ke Pulau》（臺北：麥田出版公司，2001年），頁 370。

45 黃錦樹：《烏暗暝》（臺北：九歌出版社，1997 年），頁 11。

在」。黃錦樹作為「後五一三時代」的馬華留臺作家，在種族固打制體制下的打壓中滿腔忿忿不平地成長。他的〈開往中國的慢船〉以一個小孩的離家出走（失蹤）的沿途所見，處理了「五一三」事件。黃錦樹比任何一位留臺作家更具有強烈的憤怒和追究歷史的意識。陳大為的史詩一筆帶過五一三事件，在〈六百年的大事劄記〉裏交代說：「聽說死了好些人」（陳大為，2001 年，頁 207）；黃錦樹在〈開往中國的慢船〉裏，企圖附魔在那位小孩懵懂不清的意識裏，回到五一三歷史的暴力現場，一幕幕的歷史煙雲到最後暴露了殘酷的真相：所謂死了好些人其實是堆積如山，那些屍體在小說裏被描述成多到裝滿整艘巨大的帆船，以極慢的速度似真似幻航回中國。

在很多官方所擬的歷史教科書裏，五一三事件一直被暗示成華人的咎由自取：挑戰馬來人的特權，以致引發馬來人的憤怒而最終造成種族暴亂，至於馬來人如何不惜以暴力流血來企圖解決華人的手段，卻受到歷史的寬容甚至遺忘。而選擇性遺忘的也包括大馬華社自己編寫的歷史，《馬來西亞華人史新編》竟然把五一三暴力事件說成是大馬華裔「吸取馬來西亞的道德價值觀」〔曾松華：〈華人社會發展（1957-1990）〉，頁 186〕。華社族群對五一三事件的失憶，暴露了族群面對政治的集體失語—失身。這種失語失身表現在〈開往中國的慢船〉是小孩對自己身世的遺忘。與〈M 的失蹤〉模式「尋找—失蹤的故事」一樣，小孩為了尋找傳說中鄭和下西洋在某個半島港灣留下的寶船，導致本身主體的失蹤，最終也失去了自己的文化和種族屬性——失身，昏迷中醒來變成一個馬來人「文西鴨·都拉」。這是作者意識裏最為焦慮的真相：華人最終在別無選擇之下入籍回教，被作為「父」（上帝阿拉）的法則的馬來屬性

同化。在〈阿拉的旨意〉裏，是「父」（阿拉）和「兒子」的不平等交易，一個華人政治犯的自由，必須以喪失自己種族和文化的身分：永不再做華人與使用華文為交換的契約而得以流放，被父的法則流放到一座荒島，皈依回教。

在這樣一座滿佈著「父」與「子」不平等契約的壓抑種族政治氣氛中長大，黃錦樹拿起了筆，那是他自稱的「非寫不可的理由」（黃錦樹，1997年，頁3）。同時間他也翻開前輩作家開拓的馬華文本，那是黃錦樹與另一種「父」的法則相遇的形式。外在惡劣的環境他個人克服不了，至少族群內在的窘境他要企圖改變，這種由外壓抑的心結逐漸逆轉，族群中的父親形象成為他鬱結的內爆因由之一。

從表層上看來，現代主義者黃錦樹和馬華現實主義作家的衝突，源於現代主義和現實主義本質上的對抗，包括兩方都蓄圖讓大家相信這一點。但我覺得根本被遮蓋的原因還在於「欲望」和「倫理」的對峙，黃錦樹的主體欲望和作為父的法則的馬華現實主義倫理史，發生了嚴重的牴觸。「馬華文學現實主義傳統」作為父親的其中一個自認為「十分優良」的倫理法則，但在黃錦樹看來「那不過是歷史情勢所造成的『不得已』，不能引以為通則」（黃錦樹，1997年，頁3）。這個馬華現實主義倫理史所生產出來的作品的品質引申他的一個焦慮：經典缺席。為此，黃錦樹說他要「不惜與馬華文學傳統徹底決裂」，為自己的這一代「重尋出路」（黃錦樹，1997年，頁3），用黃本人的措辭，那已經是一個「破產」的父親。從上述這些強烈的修辭我們發現，黃錦樹的潛意識焦慮在於：為什麼父親出現在這兒不是一堆死肉，而是以一個阻撓者的身分出現在面前？於是不斷弒父：宣佈父親的死亡（不在場）變成黃錦

樹的倫理強迫性。

從早期的〈大卷宗〉、〈鄭增壽〉到近期的〈公雞〉、〈槁〉、〈大河的水聲〉，都出現一個死亡或待亡的父親形象。不管怎樣，作為父的法則的倫理，在父親死亡後（不在場）還是依舊起著本質性的作用，他讓主角終日游離於現實與夢幻之間，或者尋尋覓覓，不然就是失蹤。我們要追問，主體的欲望到底是什麼？如果只是要生產經典，作者坐下來自行生產就是了，為什麼那個作為對立面的「破產」的父的法則，還一直是他所要嘲弄的對象？這種欲望必然存在另一種法則暗地裏操作，跟父的倫理發生角力。這種欲望的法則，必須從在作者文字佈局下出現的另一種足以和父的法則抗衡的強大形象分析著手。在〈刻背〉裏，那是一個對現代主義近乎瘋狂追求的福先生，他把自認為最經典的創作：「像尤里西斯一樣偉大的長篇小說」（黃錦樹，2001 年，頁 354），用針刻在無數的南洋男性苦力身上，把赤裸的男身當作創作的載體，並與他們發生性關係，宣稱找到「不可替代的革命性的現代主義方案」（黃錦樹，2001 年，頁 353）。作者選擇南洋苦力自然有他的考量，是因為南洋苦力是現實主義作家最愛刻畫的社會小人物，他們近乎是早年現實主義作家的精神象徵。乍看之下，作者又要我們相信，這篇小說又是現代主義（福先生）和現實主義（南洋苦力）的對抗，其實是投射出主體的另一種欲望的法則：欲望的是男體，主體重構的欲望，是回流到男體身上，而這必然和父的三綱五常的倫理發生劇烈的衝突。此類主體暗中操作的欲望法則，在之前的〈魚骸〉已露出了端倪，以夢境成全了兩個男性之間的欲望，在近期作品如〈猴屁股，火，及危險事物〉、〈天國的後門〉，也分別出現了類似〈刻背〉裏的那個足

以和父的法則對質的反叛男性領袖形象，不斷重複的行為是那被父的法則賦予定罪的「雞姦」。

在近期結集的《由島至島 Dari Pulau Ke Pulau》裏，黃錦樹彷彿為自己潛意識的弒父情結和作品中那些作為「父」的法則的普遍象徵符號，做了註釋。作者在題言裏不諱言把此書獻給亡父，在後記裏提到：

> 父親逝世已三年多……那是個人寫作和身在他鄉作夢的
> 原初舞臺，如今卻被死亡拖進深淵裏去了。這一切總已
> 是象徵。（黃錦樹，2001年，頁124）

六、結論

留臺作家主體建構焦慮的關鍵所在，不在於認同一個國家屬性或族群屬性，而在於不被兩者認同。陳大為曾表示，定位問題一直困擾著他，雖然在臺灣獲獎無數，臺灣的很多本土派不承認他，很多人問他到底是馬來西亞的詩人還是臺灣詩人（許通元：〈旅臺與本土作家跨世紀座談會會議記錄〉）。黃錦樹也嘆道：「和李永平、張貴興一樣，漸漸已無法回頭，不論寫什麼或怎麼寫，不論在臺在馬，反正都是外人。」（黃錦樹，1997年，頁4）這些話延伸出來的窘境是，無論留臺作家書寫馬來西亞或者臺北，抑或在創作的美學思考上走在尖端或保守，留臺文學仍然可能會被那些各自在臺在馬的本土派文人視之為「異類」，永遠是異鄉人，只能在想像與現實的狹縫中操作，永遠在邊陲中尋覓他們的主體和身分，於是體現在他們

文本的集體無意識是「尋覓／失蹤」：在尋覓中的失蹤的國度
裏各自完成了他們自己。

留臺文學的窘境其實折射出馬華文學／文化總體自身的困
境，無論馬華文學如何凸顯出馬來西亞的國土色彩和文化，以
土著和回教價值為中心的馬來西亞國家文學，永遠會把馬華文
學排除在外，視之為移民文學，而不是國家文學的一部分；反
過來，即使馬華作家如何在作品文字裏，把五四的現實主義傳
統或古典詩詞的美學精神移植過來，寫得再好再出色，中國現
代文學史也不能再把馬華文學收編，而只會把它納入海外文學
的一部分。在中國性和馬來亞性之間，留臺文學的「南洋圖像」
提供了一個曖昧的視域：南洋，凸顯南洋色彩而擱置本土意
識，「南洋」是（馬來西亞）華人的家園遭受壓制／壓抑的置
換，[46] 那是陳大為企圖指稱的「第三大馬印象」，卻是（馬來
西亞）人失蹤的地方。那也是未經過第二次世界大戰洗劫的東
南亞前身，那也是陳大為史詩所要通過鏡像一再確認的南洋，
那個還是群象與猴黨的異鄉，馬來民族主義和東南亞國家主義
還沒生猛地操作，雨林密佈婆羅洲和馬來群島，那裏暫時允諾
了未來的許多可能：馬共的鬥爭和飛禽走獸的幻想，滿足了書
寫的欲望，重複委派同一個敘述者去尋覓失蹤的意象，所有的
不可能在辭藻的想像自組操作中都是可能，革命者的屍首和動
物的殘骸，通過象形文字的招魂——還魂：重新組裝，那是在
張貴興和李永平的文本裏，殘酷和邪惡演出的劇場。

46　張錦忠曾經懷疑，1920、30 年代的新馬作家提倡南洋，是一種沒有本
　　土意識的壓抑的置換。今天以同樣觀點省視留臺作家，恐怕也相差不
　　遠。張錦忠：《南洋論述：馬華文學與文化屬性》（臺北：麥田出版公
　　司，2003 年），頁 105-106。

　　但上述這一切「南洋圖像」的操作，面臨黃錦樹的抵抗與改寫。黃錦樹把南洋雨林置換成馬來西亞的膠林，狠狠地展示了他的野心：企圖還原當下歷史物質性的能動量。也因此他比任何一個留臺作家更容易面臨書寫的阻力和困惑，他面對的是一張非但不可再現而是自我隱匿的馬來西亞華人歷史，黃錦樹的歷史意識太清醒，像希臘悲劇的英雄伊底帕斯，知道越多真相反而帶來了更大的災難，[47] 他和父的法則的劇烈衝突是結構上的必然。他的弒父是為了建構自己欲望的主體性，雖然這迫使他無時無刻不武裝自己，像個革命分子在膠林裏尋尋覓覓，忍受大家的凝視或者紛紛的閃避。

　　其實這一切都強烈指涉回作為他者的馬華文學，主體建構的危機：馬來西亞的國家文學早已把「他們」排除在外，歷史無法安頓「他們」，國家亦然。即使有一天「他們」不再出現，沒有回來，瑞典斯德哥爾摩那班諾貝爾文學獎評委會的老頭子都不會承認馬華作家的逃亡是流亡，最多也不過猜測這些人是故意選擇自我失蹤，再有待未來的馬華作家委派一個敘述者去把「他們」給找回來。

參考書目

王潤華：《南洋鄉土集》，臺北：時報文化出版公司，1981 年。

李長傅編著：《南洋史入門》，東京：葦牙書局，昭和 17 年（1942 年）。

47　這也是林建國的看法，參閱林建國：〈現代主義者黃錦樹〉，收錄在黃錦樹：《馬華文學與中國性》（臺北：元尊文化出版公司，1998 年），頁 20。

李永平：《雨雪霏霏——婆羅洲童年紀事》，臺北：天下文化出
　　版公司，2002 年。

何國忠：《馬來西亞華人：身分認同、文化與族群政治》，吉隆
　　坡：馬來西亞華社研究中心，2002 年。

何國忠、何啟良、賴觀福等人合編：《馬來西亞華人史新編》
　　第一冊，吉隆坡：馬來西亞中華大會堂總會，1998 年。

周憲：《超越文學——文學的文化哲學思考》，上海：三聯書
　　店，1997 年。

拉康：《拉康選集》，上海：三聯書店，2001 年。

林運輝等人編：《中文古籍中的馬來西亞資料彙編》，吉隆坡：
　　馬來西亞中華大會堂總會，1998 年。

胡塞爾（Edmund Husserl）著，李幼蒸譯：《純粹現象學通
　　論》，臺北：桂冠出版公司，1994 年。

陳大為：《盡是魅影的城國》，臺北：時報文化出版公司，2001
　　年。

黃錦樹：《謊言或真理的技藝：當代中文小說論集》，臺北：麥
　　田出版公司，2003 年。

———：《馬華文學：內在中國、語言與文學史》，吉隆坡：馬
　　來西亞華社資料研究中心，1996 年。

———：《馬華文學與中國性》，臺北：元尊文化出版公司，
　　1998 年。

———：《由島至島 Dari Pulau Ke Pulau》，臺北：麥田出版公
　　司，2001 年。

———：《烏暗暝》，臺北：九歌出版社，1997 年。

許雲樵：《南洋史上卷》，新加坡：星洲世界書局，1961 年。

馮承鈞：《中國南洋交通史》，臺北：臺灣商務印書館，1965

年。

福原泰平：《拉康——鏡子理論》，中國：河北教育出版社，
2002 年。

楊建成：《馬來西亞華人的困境》，臺北：文史哲出版社，1982
年。

張貴興：《柯珊的兒女》，臺北：遠流出版社，1990 年。

———：《我思念的長眠中的南國公主》，臺北：麥田出版公
司，2001 年。

張錦忠：《南洋論述：馬華文學與文化屬性》，臺北：麥田出版
公司，2003 年。

Artaud, Antonin, *The Theatre and Its Double*. New York: Grove
Weidenfeld, 1958.

Ritchter, D. ed., *Critical Tradition*. New York: St. Martin, 1989.

Wang Gung Wu, *A Short History of the Nanyang Chinese*.
Singapore: Eastern University Press, 1959.

從文化角度看戰後新華新詩的包容性

⊙梁春芳

一

　　文學是文化的現象，談華文文學，很難不涉及華人的民族性、華人的心理、認知方式或深層結構等文化問題。著名語言學者邢福義在《文化語言學》中指出：

> 世界具有可知性，人類的發展史就是對世界不斷認知的發展史。對世界的認知，包括客觀世界和人類社會，往往要透過一定的圖式（Schemas）來進行，並用這些圖示相關的語言來表述認知的成果……各種各樣的圖式，代表著人們對世界進行認知的模式，屬於心理文化的深層次。它最具穩定性，最能體現民族文化的個性，是文化的核心內容之一。認知世界的圖式，對社會成員來說，常常是不自覺的，是在生活閱歷中，特別是在獲得使用語言的過程中，無意識地建立和發展起來的。[1]

1　邢福義：《文化語言學》增訂本（武漢：湖北教育出版社，2000 年），頁 495。

　　戰後新加坡的華文新詩是在中國五四搖籃裏成長的，使用同樣的語言載體——華文（漢語）作為表達形式，這樣的認知圖式，使得新華文學無可避免地帶著中國文化的屬性，也自然而然地會體現這種文化特質。中國傳統文化中有一個十分重要的特質，那就是由厚德載物所衍生的包容性。商聚德等編的《中國傳統文化導論》對厚德載物有一段分析：

> 《易·坤卦·篆辭》說：「地勢坤，君子以厚德載物」，「厚德載物，德合無疆」。意思是說，大地具有寬厚載物德性，君子應效法天地，也養成寬厚、並蓄的品格。這句話也道出了中華民族的精神。它也具有豐富的含義。[2]

　　基於厚德載物的精神，中國人發展了一種「萬物並育而不相害，道並行而不相悖」的信念。隨著時間的推移，這種信念逐漸外化為兼容並包的精神。對於外來文化，中華民族都能以開放的胸襟發揮這種兼容並包的精神，展現出寬厚的包容性。事實證明，中華文化每次與外來文化發生碰撞，都能以其包容性吸收外來文化的優點，從而豐富自身的文化。漢朝是一個例子，唐朝是另一個例子。從這個角度看，中國近代史從遭西方列強宰割到建立新中國，也可以說是中華文化與西方文化碰撞並吸收西方文化的歷程。在這方面，新華詩人面對的情況更複雜，他們從中國現代文學那兒接受了包容性的特點，可是他們所面對的異質文化，卻比中國詩人還要多。除了西方文化，他們還得面對新馬社會的另外兩種異質文化——馬來文化和印度

2　商聚德等：《中國傳統文化導論》（保定：河北大學出版社，1996年），頁13。

文化。以下本文就分別從理論及創作實踐兩方面去觀察戰後
（1945 至 1965）新華新詩對異族文化，特別是馬來文化所體現
出來的包容性。

二

　　首先，讓我們先從理論著手，看看當時的作家與文藝工作
者是如何看待異族文化的。莊鑿過在〈文化界的統一口號〉
中，把破除各民族間的猜疑列為推展愛國主義文化運動的一個
要點，他說：

> 馬來亞的民族相當複雜，就中以華、巫、印三民族為最
> 多。這三大民族是否能放棄一切成見建立起共同的信念
> ——共存共榮，進一步以達到效忠馬來亞為最終目的
> 呢？對於這個問題，我們認為有了以國家觀念的實踐為
> 基礎，始能破除民族間的猜疑，也就是說，把愛國的觀
> 念建立起來，華、巫、印三大民族方能共同為未來的獨
> 立、自由、民主與和平的祖國共存共榮的目標而努力。[3]

　　莊鑿過的言論，傳達了華族願意在政治上與異族共榮共存
的意願。本著這樣的一種意願，他主張包容三大種族的文化，
建立愛國主義文化。[4] 文學是文化的標誌，要建立愛國主義文

3　莊鑿過：〈文化界的統一口號〉，收入苗秀編選：《新馬華文文學大系・
　　理論》（新加坡：教育出版社，1973 年），頁 319。
4　同上註，頁 320。

化，就不能不提倡愛國主義文學。趙戎在〈現階段的馬華文學運動〉中，把愛國主義文學的內容歸納為四點：

> (1)愛國主義文學是發揚各民族各階層一致愛護這新馬來亞國家的文學；
> (2)愛國主義文學是團結各民族各階層和平共處的文學；
> (3)愛國主義文學是團結各民族各階層反侵略反壓迫的文學；
> (4)愛國主義文學是建立新文化的文學。

　　他指出：要建立馬來亞新文化，使它成為各民族所需的，必須把各民族文化中的優點、精華加以吸收，去其糟粕，建立起適合各民族的文化。[5] 跟莊鑿過一樣，趙戎也認為對異族文化應該要兼容並蓄，主張經由異質文化的融合建立屬於馬來西亞的新文化。他們的言論反映了當時一般華文作家與知識分子對異族文化的包容心理。

　　既然愛國主義文學是建立新文化的文學，那麼，作為愛國主義大眾化的新文藝，在創作時應該優先採用什麼樣的題材？表現什麼樣的力量？卓舒的〈當前愛國主義應有的動向〉提出以下幾點：[6]

> (1)反映時代浪潮過程的題材；
> (2)反映當前建國浪潮的題材；

5　趙戎：〈現階段的馬華文學運動〉，收入苗秀編選：《新馬華文文學大系·理論》，頁101-102。

6　卓舒：〈當前愛國主義應有的動向〉，收入苗秀編選：《新馬華文文學大系·理論》，頁322-326。

(3)反映民族團結合作的題材；

(4)整理及改變馬來亞各民族的傳說與神話等；

(5)翻譯及相互介紹各民族的文藝作品。

　　他所提的五點，有三點直接與包容異族文化相關，由此可知，兼容異族文化在當日一般作家與知識分子心目中所佔的分量。另一位作家克全也極力呼籲文藝工作者，在溝通不同民族的文學工作上多下工夫。他認為翻譯家在這方面的責任很大。他說：「舉例來說，馬來人的『班頓』是一種很好的作品，它可以表現馬來人傳統生活的精神，人們希望多讀到這種譯作。反過來說，華文有許多有價值的作品，如《紅樓夢》、《水滸傳》，也有譯成巫印文的必要，彼此認識不同民族的優秀作品，在瞭解彼此不同生活方式的努力上，也有其一定的功效。」[7]

　　以上言論顯示，二戰以後新華作家在認同本土的基礎上，開始認真思索如何與異族相處溝通的問題。他們配合愛國主義大眾化文學口號的提出，把兼容異族文化的主張置於愛國主義的旗幟下，加以討論和實踐。他們挾著五千年中華文化的強勢，對異族較弱勢的文化並沒有加以輕蔑、排斥，反而紛紛提出要在平等的基礎上與異族文化互相融合的主張，展示了極大的包容性，這固然與中華文化群體在當日新馬社會的強勢地位和自信心有關，但更重要的根源，卻是中華文化厚德載物、兼容並包的精神特質。

7　克全：〈我對於「馬來亞文學」的管見〉，收入苗秀編選：《新馬華文文學大系・理論》，頁121。

三

　　詩一向是華文文學最敏感的神經，舊詩如此，新詩亦然。文壇上主要文藝思潮與社會上的重大事件，在詩歌作品中都會有所反映。戰後新華文壇要求兼容異族文化以建立國家文化的呼喚，站在最前線的詩人自然不可能充耳不聞，這樣的呼喚也自然會成為詩人創作的一個方向。當日詩人為實現溝通不同民族文學的目標所做的努力，歸納起來，有以下幾點：

　　　(1)創作異族民間傳說或故事的詩篇；
　　　(2)翻譯馬來詩人的詩歌作品；
　　　(3)在詩中表達種族和諧的題旨；
　　　(4)以詩反映異族的生活與思想感情。

　　在創作異族民間傳說與故事的詩篇方面，最著名、最出色的作品是韓玉珍的《丹那蘇布爾》和《茉莉公主》。這兩部作品的篇幅都在數千行以上，堪稱鴻篇巨構。《丹那蘇布爾》寫的是馬來民族英雄漢都亞率領軍隊跟風妖、水怪、山魔決鬥的傳說；《茉莉公主》寫的是布沙加國的獨裁女皇冬卡・安・宋邦為六個女兒招親的故事。文藝評論者對這兩部作品的評價不一。周粲推崇《丹那蘇布爾》，他在《新馬華文文學大系・詩歌》裏的〈導言〉說：「如果當作一場戲來看《丹那蘇布爾》，這場戲是沒有冷場的。我們這本選集裏節錄的，只是其中能夠分隔而又非常精彩的一部分。單是這一部分，已經可以看出韓玉珍的才華了。」[8]原甸則對《茉莉公主》讚賞有加。他說：「其中的《茉莉公主》寫得更是情節迂迴，高潮跌宕，

把讀者引進如幻疑真的藝術境界。這部被方修認為比《丹那蘇布爾》更有分量的《茉莉公主》，成功塑造了一個權力慾望無邊無際的女獨裁者……」[9]

儘管周粲、鍾祺、方修和原甸對《茉莉公主》和《丹那蘇布爾》的看法不同，但他們都異口同聲地肯定韓玉珍的創作才華。的確，要以詩的形式來表達情節豐富多變的民間故事，是需要高超的藝術技巧與深厚的語言功力的。《丹那蘇布爾》與《茉莉公主》無論是在內容或藝術技巧上都極為出色。特別是《茉莉公主》，更是詩壇難得一見的佳作。

在這部罕見的詩劇中，作者韓玉珍大量使用比喻、誇張、反覆、排比、呼告等修辭手法，透過女皇冬卡・安・宋邦、她的五個公主（孔雀、百靈、月亮、星星、玉蘭）、茉莉公主的愛人納奇達、首相、馬六甲王子、巫師等人物，以及他們之間的互動，把人性的貪婪、自大、虛假、自私、殘酷、怯懦等，淋漓盡致地展現在讀者眼前，並透過茉莉公主的獨白，表達了作者要掃蕩這離亂的人間，建立人類相愛世界的願望。更難得的是，作者在詩中採用多角度、多變化的表現手法，使故事的發展立體化，例如大膽地創造了兩個代表善與惡、良知與慾望的虛假人物——左耳魂靈和右耳魂靈，透過他們跟女皇的對白來反映女皇內心善惡交戰的情形。又如利用老伯珊多沙及一些路人的話，側面地揭露女皇給公主們招親這個事件的本質。此外，本詩最後安排幾位到布沙加國求親的國王和王子，分別說出自己到布沙加招親的夢，同一件事卻出現不同的內容，這種

8　周粲：〈導論〉，見周粲編選：《新馬華文文學大系・詩歌》（新加坡：教育出版社，1972 年），頁 25。

9　原甸：《馬華新詩史稿》（香港：三聯書店香港分店，新加坡：文學書屋，1987 年），頁 153。

從不同角度敘事的處理，為故事添加了一層撲朔迷離的色彩，使整首詩在一種如夢如幻、似假還真的情境中結束，給讀者留下極大的想像空間，大大地強化了藝術效果。從創作手法來看，韓玉珍在詩中採用的這些較大膽的表現技巧，以及對人物心理所進行的剖析，顯然是受了現代主義文學的啟示，這一點是值得注意的。總的來看，《茉莉公主》雖然長約五千零五十行，[10] 但並沒有出現一般長詩常犯的毛病——鬆散拖沓，反之，它氣勢恢弘，非常精緻耐讀，這得歸功於作者靈活多變的表現手法、精緻的語言及貼切的修辭。以下這一節頗能顯示詩人聯想與駕馭語言的能力：

> 茉莉：我現在對誰說話？
> 　　　我的嘴巴說給耳朵
> 　　　我不能叫喊
> 　　　我不能戰鬥
>
> 　　　呀！我到何處去？
> 　　　我到何處去？
> 　　　我瘋狂了
> 　　　我很快就要瘋狂了！……
>
> 　　　我看到你們的眼睛長在腳踝上
> 　　　你們的嘴巴生在屁股中間

---

10 關於《茉莉公主》的行數，說法不一。新馬文化事業公司 1964 年版《茉莉公主》的推介文字說它長達六千多行，而原甸的《馬華新詩史初稿》說它長達七千三百多行。筆者根據新馬文化事業公司 1964 年版的《茉莉公主》計算，該詩的總行數應當在五千零五十行左右。

你們的鼻孔在笑

你們的牙齒在跳舞……（節錄）[11]

對新華文學史而言，《丹那蘇布爾》與《茉莉公主》的出現，可以說是具有非常特殊的意義。原因除了它們是文壇上罕見的長篇敘事詩之外，還在於它們充實了「愛國主義大眾化文學」中備受重視、但卻少有人問津的兩個文學領域：(1)整理及改變馬來亞各民族的傳說與神話等；(2)翻譯及相互介紹各民族的文藝作品。它們從另一個角度，實質性地豐富了本土意識的內涵，說它們是戰後詩壇的重大收穫，也不為過。

另一位詩人馬陽的兩首馬來民間傳說的敘事詩——《神箭手》與《素山仙子》，也值得稱道。這兩首詩寫的都是跟滿剌加國王有關的故事。前者敘述年輕的神射手以近乎神技的箭術，射殺暹羅國王，從而解除了敵軍對邊境圍困的故事；後者寫新喪偶的滿剌加國王派勇士去向素山仙子提親，仙子開出了條件，包括造金子路、銀子路，而且要國王和王子的血各一瓶。這門婚事最終結不成，原因無他，只因為國王捨不得自己的血，結局富於諷刺意味。[12]

另外值得一提的是曹莽的《阿凡》。這首詩寫的是有關橡樹起源的馬來民間故事，內容敘述一個好心腸的少女，為了救體弱多病的弟弟，便遵照一隻母鳥的指點，到龍洞盜取狗熊的乳珠，並把它吞進肚子裏。結果，她不但用自己的乳汁哺育了弟弟，還充當窮人家的乳母，哺育了許多無奶吃的孩子。三年

11　韓玉珍：《茉莉公主》（新加坡：新馬文化事業公司，1964年），頁172。

12　馬陽：《山民曲》（新加坡：沙漠出版社，1958年），頁61-74。

後，她本來必須按照規定把乳珠吐出來，可是為了哺育窮人家，她不肯這麼做，因此變成了一株橡樹。這首詩的寫作技巧雖然差強人意，溝通異質文化的努力卻值得肯定。

除了創作馬來民間傳說的詩篇之外，新華作者也從事馬來詩歌作品的翻譯，藉以推介馬來詩人的詩作。詩人谷衣在 1961 年 12 月出版了他的馬來詩譯作《馬來新詩選》，所收輯的譯作包括著名詩人東革‧華蘭、瑪蘇里、沙末‧賽益、蘇海米及莎爾美‧曼查的作品。從瑪蘇里的《椰樹的呼喚》可以瞭解一般馬來詩歌的風貌：

> 為祖國而生而死，
> 是我的選擇，
> 誰要是侵犯我的土地，
> 我就跟它鬥爭到底。
>
> 鮮紅的熾熱的血在流貫，
> 槍彈撕開了我的胸膛，
> 我們青年咧著嘴笑，
> 滴滴的鮮血表明了敬忠的願望。（節選）[13]

為了實踐包容異族文化的主張，詩人們也致力於表達種族和諧的題旨，這主要是透過與異族相處、工作、甚至戀愛的經驗和感受等來呈現的。這類作品以米軍的〈跳「玲瓏」〉最為著名。在這首詩中，米軍以富於音樂性的語言，描繪了各民族

13　谷衣編譯：《馬來新詩選》（新加坡：上海書局，1961 年），頁 23。

和諧共舞的歡樂情景，表達了自己對馬來亞這塊土地的熱愛，
流露出濃厚的本土意識：

> 在星光閃閃的天幕底下
> 在靜靜的海濱的綠地上
> 我和一群馬來少男少女們
> 無所顧忌地跳起「玲瓏」來了
>
> 「碰碰空」
> 「碰碰空」
> ……
> 「碰碰空」
> 「碰碰空」
>
> 來唱一支「亞里巴巴」吧
> 來唱一支「打蘭武蘭」吧
> 你知道這大地屬於我們底時候
> 我們原就是一個信仰裏的姐妹兄弟
> 因此我們才這麼狂熱喲
> 向馬來亞底椰樹、膠林和山丘
> 唱出我們底戀歌[14]（節選）

〈跳「玲瓏」〉不只在內容上蘊含本土意識，在語言上也極
富本土特色。大量音譯詞如「跳玲瓏」、「亞里巴巴」、「打蘭

14　米軍：〈跳「玲瓏」〉，收入周粲編選：《新馬華文文學大系·詩歌》，頁
　　49-50。

武蘭」、「馬來」以及地方詞如「椰樹」、「膠林」等的使用，使本詩呈現出非常濃厚的本地色彩。如果說米軍的〈跳「玲瓏」〉表達了新華詩人對異族友情的看法，那麼，佐丁的〈拾到的情詩兩章〉則可以說是新華詩人對異族戀情的讚美和肯定：可敬的穆罕默德把愛情注定——／我的幸福該在你身邊開花／我將我純潔的心獻給你呀／華蒂瑪，用你的眼睛點亮我的光輝吧。[15] 這是詩人對異族少女真誠的愛情告白，也是詩人對異族婚姻熱切的期盼。然而，戀愛的果實不一定都是甜美的，馬陽的〈回憶〉抒發了異族相戀、最後被拆散的無奈與遺憾：

> 對面那一帶膠林，
> 是我們相會的地方。
> 你穿著美麗的紗籠，
> 靠著我的肩膀。
>
> 我還記得很清楚，
> 就是在相識的那年；
> 我們彼此不瞭解語言，
> 我笑著看你，你笑著看我。
>
> 時間那麼快過，
> 你說最聰明是我；
> 一下子就學會了舞蹈，
> 一下子就學會了你的歌。

15　方修編：《佐丁詩稿》（新加坡：春藝圖書貿易公司，1991年），頁36。

……

這是一段美麗的回憶，
每一次回憶都要眼淚。
誰能忘記1948年，
那年使多少人心碎。

那年我和迦娜，
硬硬被拆散了。
我們被趕走了，
甘榜沒有了歡笑。（節選）[16]

　　透過創作反映異族的生活情形，對他們的窮苦寄以同情，
是新華詩人另一個努力的方向。他們筆下的人物，幾乎都屬於
貧苦的勞動者。米軍的〈印度老人〉、泡蒂的〈寫幾個守門
人〉、佐丁的〈刈草的馬來婦女〉等都是。以下是泡蒂反映印
度司閽生活的〈寫幾個守門人〉：

（有幾個印度司閽看管
這裏的一組工廠和棧房）

黑夜儘管來
他們只需些微燈光
併合幾張繩床

16　同註12，頁30。

　　圍坐幾個夥伴

　　暫且忘卻有些夜晚的

　　淒風苦雨和提心弔膽

　　耍一回撲克牌

　　來一次放聲高歌

　　（生活作弄他們

　　他們也嘲笑生活）

　　痛苦儘管來

　　他們只需要些微歡暢

　　敲著銅壺與鐵片

　　拍著手掌與大腿

　　還有拇指與食指的捺響

　　彼此會心的微笑

　　拈一拈鬢鬚　翻一翻眼

　　搖一搖頭　裝一裝鬼臉[17]

四

　　在建立愛國主義文化的旗幟下，在融合異族文化的呼聲中，新華詩人所樂於見到的，必然是各族和睦相處的生活畫面，就像常夫所描繪的那樣：「我看見一張張／質樸的面孔／

17　泡蒂：〈寫幾個守門人〉，收入周粲編選：《新馬華文文學大系・詩歌》，頁 456-457。

華人的，巫人的／印度人的／他們在一起談著，笑著／工作著
──／和兄弟一樣」。[18] 這種把異族都當「兄弟」的想法和態
度，毫無疑問是中國傳統文化兼容並包的寬厚精神特質的一種
具體呈現。若將它與當時馬來文學作者對待異族文學的態度做
比較，就能更清楚地把握這種特質。

1962 年，新加坡國家語文局在國家圖書館召開了一次馬
來亞作家會議。主辦當局原來是希望透過這次會議，使馬來亞
各族作家有機會共聚一堂，互相切磋，讓各族作家更瞭解馬來
亞文學的問題，進而能從馬來亞民族的觀點去透視這些問題。
參加會議的華文組認為，馬來亞文學是指那些表達馬來亞人的
思想感情，或者以馬來亞生活為背景的文學作品。至於用什麼
語文來寫並不是關鍵。然而，與會的馬來作家卻發出了不同的
聲音。馬來組的代表認為：馬來亞文學是國語即巫語的藝術產
品，馬來亞文學必須以國語即巫語為基礎，其文學樣式與語文
技巧也都應該以馬來文學為依歸。[19] 華文作家的包容性與馬
來作家的排他性，在這裏正好形成對比。兩種語文的作家在
「馬來亞文學」課題上的分歧，顯然是不同文化與價值觀所造
成的。

總之，新華詩人從中國文學中繼承了獨特的文化氣質，又
按本地的客觀現實與歷史條件給這種特質增添了一層本地色
彩，增加了新的內容。他們所表現出來的包容精神，使他們得
以正視異族的生活與思想感情，並進一步嘗試吸納這些異質文
化，從而鑄造作品的「本土性」。他們的大部分作品或許顯得

18　常夫：〈我在馬來亞的原野奔馳〉，收入周粲編選：《新馬華文文學大
　　系‧詩歌》（新加坡：教育出版社，1972 年），頁 146。

19　陶臨：〈馬來亞作家會議記〉，收入《新聞春秋》第 4 期（新加坡：新
　　加坡全國新聞工作者協會，1962 年）

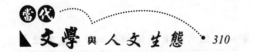

淺露，表現或許流於概念化，但經由厚德載物、兼容並包精神所呈現出來的，卻是一種有別於中國新詩的、屬於自己的文化特質。這不能不說是戰後新華新詩的一項收穫。

參考書目

方修編：《佐丁詩稿》，新加坡：春藝圖書貿易公司，1991年。

王潤華：《從新華文學到世界文學》，新加坡：潮州八邑會館，1994年。

王潤華：《華文後殖民文學到世界文學——本土多元文化的思考》，臺北：文史哲出版社，2001年。

邢福義：《文化語言學》，武漢：湖北教育出版社，2000年。

谷衣編譯：《馬來新詩選》，新加坡：新加坡上海書局，1961年。

谷衣編譯：《馬來新詩選》，新加坡：新加坡上海書局，1961年。

苗秀編選：《新馬華文文學大系·理論》，新加坡：教育出版社，1973年。

周粲編選：《新馬華文文學大系·詩歌》，新加坡：教育出版社，1972年。

周憲：《超越文學的文化哲學思考》，上海：三聯書店，1969年。

馬陽：《山民曲》，新加坡：沙漠出版社，1958年。

原甸：《馬華新詩史稿》，香港：三聯書店分店，新加坡：文學書屋，1987年。

黃錦樹：《馬華文學與中國性》，臺北：元尊文化出版公司，
　　1998 年。

商聚德等：《中國傳統文化導論》，保定：河北大學出版社，
　　1996 年。

新加坡全國新聞工作者協會編：《新聞春秋》第 4 期，新加坡：
　　新加坡全國新聞工作者協會，1962 年。

趙戎編選：《新馬華文文學大系‧史料》，新加坡：教育出版
　　社，1974 年。

楊義：《文化衝突與審美選擇》，北京：人民文學出版社，1998
　　年。

韓玉珍：《茉莉公主》，新加坡：新馬文化事業公司，1964 年。

小文學，複系統：東南亞華文文學的（語言問題與）意義

張錦忠

一、再界定／命名的必要（與困難）

　　「東南亞華文文學」一詞，作為普通語言，看來不辯自明，似乎很少人會提出「何謂東南亞華文文學？」這樣的問題。但是作為專業術語，箇中問題疑義重重，頗為複雜。首先是「東南亞」的地理歷史情境。從中南半島、馬來半島與群島、到婆羅洲，這些地區的物質風貌不同、生態有別，歧異性其實多於同質性。其次，各國的土著人種、地方語言、文化殊異。第三，這些地區的華人移入歷史、華教發展、華文報館規模也都不一。第四，華社在東南亞各地的人口比例、政治、經濟地位懸殊。第五，諸國的華文文學在當地文學複系統中的地位，或和當道主流文學的結構關係並不盡相同。第六，各國的華文文學建制、生產模式、流通與消費市場、文庫（repertoire）、意識形態與美學傳統更是大有分別。借用林建國近年來喜歡用的海德格（Martin Heidegger）式房子意象反向思考：[1]我們無法蓋一座房子，因為每一座房子都不一樣，雖然森美蘭

州的米南加保式房子也可以在印尼看到。或者引用新加坡作家
陳瑞獻談星馬詩人作品異於臺灣詩人作品的一句話：「我們跟
他們都背著一個殼，殼上卻有大異其趣的顏色和線條⋯⋯因為
我們是生長在不同山谷裡的蝸牛」（1971 年，頁 9-10）。因此，
我們在界定「東南亞華文文學」時，如果僅僅以「東南亞的華
文書寫」統稱在這區域發生的華文文學現象，或進行的華文文
學活動，難免有把相當複雜的問題過分簡單化之嫌，也把究竟
是華文文學還是華人文學的辯證可能性一筆勾銷。這樣看來，
本文的副標題：「東南亞華文文學的（語言問題與）意義」，
其實是沒什麼意義的，因為「東南亞華文文學」一詞本來就語
焉不詳，或根本不存在。也因此，每次我們在談到「東南亞華
文文學」時，不是理所當然地以為這個詞語毫無疑義，就是非
重新加以界定一番不可，彷彿談起「東南亞華文文學」就要回
到天地玄黃、宇宙洪荒的創世初始那命名紀元。事實上也的確
如此。我現在正是在再界定「東南亞華文文學」。可是當我試
圖重新加以界定時，上述「東南亞」、「華文」與「文學」的
諸種疑義與歧異性，卻使我無能為力，無能使「東南亞華文文
學」一詞的定義清楚指涉確切。這種書寫或思考 / 書寫者或思
考者的無能，正是本文的寫作動機：書寫或思考「東南亞華文
文學」的無能，或可能。這種無能或可能，也就是不可能非如
此書寫：一方面只能書寫「東南亞華文文學」，另一方面則是
以「中文」書寫之不可能。換句話說，書寫「東南亞華文文學」
即書寫「中文」之不可能。[2] 也因此，「東南亞華文文學」一

1　林建國的蓋房子比喻見〈蓋一座房子〉，《中外文學》第 30 卷第 10 期，
　　2002 年，頁 42-74。

2　這裏已經預設了「華文」或「東南亞華文」與「中文」不同的說法。這
　　其實是黃錦樹的高見，詳下文。

詞在本文的用法，只能是暫時解決無能與困境的權宜之計。

二、東南亞華文文學的語言問題

　　「東南亞華文文學」的問題或思考「東南亞華文文學」問題的意義，其實在於語言及其語境的思考。儘管「東南亞華文文學」設定了以英文、泰文、越南文、泰加洛文或馬來文書寫之不可能，這個詞語基本上是一個開放的概念，包含東南亞華人的華文書寫、非東南亞華人作家在東南亞書寫的華文作品（如中國或港臺作家南來期間的作品），及東南亞非華裔人士的華文書寫（如有）等。不過，即使把討論對象設定在語言的脈絡——只談華文作品，或只談華人的華文作品，不談華人文學或華文文學的其他可能，問題也不見得就可以單純化，因為在東南亞華文文學的實際運作系統裏頭，翻譯文學的性質（同樣涉及語言與語境）、分量與功能都不應等閒視之。另一方面，舊體詩文與各方言民間文學，其活動場域及發展因白話文學或文人雅士與知識階級的強勢主導而受到干預，漸趨邊緣化，但舊體詩文傳統並未曾間斷，民間歌謠、民俗與地方戲劇活動也沒有銷聲匿跡。晚近學者（如楊松年）也已指出這個文學傳統為文學史（書寫）的重要環節，不可偏廢。無論如何，談論「東南亞華文文學」不管怎麼談，都難免涉及語言問題。因此，唯有回到「東南亞華文文學」的語言現象及其語境問題來探討，才能指出或說明「東南亞華文文學」的本質或系譜，及其作為專業術語的意義。

　　表面上看來，談「東南亞華文文學」的表現語言現象及其

語境問題，好像是在重彈 1930 年代的老調。其實不然。實際
上這個問題黃錦樹在 1990 年代中葉即寫了〈華文／中文：
「失語的南方」與語言再造〉一文重探，[3]不過比起他談馬華
文學「經典缺席」的短文，或批判馬華現實主義文學的長文，
這篇在理論上頗有開創性的重要文章，並沒有引起多少回響或
非議聲浪，可以說有如投入死水微瀾的石子。儘管黃錦樹企圖
探討的是馬華文學的語言困境，從他的「南方」一詞可以看出
其視域涵蓋了「東南亞華文文學」，甚至擴大到包括港臺在內
的中國華南地區華文書寫的語言問題。換句話說，儘管「東南
亞華文文學」如前所述陳義紛紜，在離散論述的脈絡裏，卻有
共同的議題：語言。馬華文學或東南亞華文文學的語言問題，
向來是極少受關注的重要議題，黃錦樹的這篇文章的開創性即
在此。事實上，馬華文學或（中國）海外華文文學的文字／語
言問題，正是黃錦樹十年來的南洋論述的最大關注（從他更早
的〈馬華文學的醞釀期：從經典形成、言／文分離的角度重探
馬華文學史的形成〉，到後來的析論李永平與張貴興的幾篇文
章，論述重點都是語言與文字書寫這個議題）。

　　黃錦樹的論點凸顯的是「中文」與「華文」間的差異。依
據他的看法，淨化了「中國本質」後的東南亞華人（黃錦樹舉
馬來西亞華人為例），口操「華語」與／或方言，手寫「華
文」。[4]按照「文學質地」（literariness）的準繩，作為書面語文

3 黃錦樹這篇文章為〈馬華文學的醞釀期：從經典形成、言／文分離的角
度重探馬華文學史的形成〉（1991 年）的補述。〈馬〉文收入他的《馬華
文學：內在中國、語言與文學史》（吉隆坡：華社資料研究中心，1996
年），頁 27-54。

4 當然「東南亞華人」也包含「不會講『中國話』」（「中國話」包括華語與
方言）、無法閱讀華文的華人。

的華文，在作為「馬華文學的語言」時，理應比日常生活用語，或「報章雜誌書信文件中的『華文』」來得「純粹、精鍊、豐富」，但在黃錦樹的檢視下，馬華文學的語言卻和日常生活通用的華文「殊無二致」（黃錦樹，1998年，頁54），這就是馬華文學的語言問題所在（其實也就是馬華現實主義文學問題所在，也就是黃錦樹所指的「馬華現實主義的實踐困境」[5]）。造成這種現象的原因，黃錦樹也提出幾點看法：(一) 馬華現實主義的平庸與膚淺基調與在反映現實或議論功能取向；(二) 大馬社會的多言語境，形成駁雜華文；(三) 文類形式與文學語言自覺的不足；(四) 書寫者文化識字率低，文字敏感度差（黃錦樹，1998年，頁55-60）。[6] 換句話說，東南亞的華文是相當貧乏、淺顯的「社會性」語言，毫無「文化性」可言，以此華文書寫創作，無疑是在「華文的困境」掙扎求生。「華文」或「華文文學」，在這個論述脈絡裏有如遊牧四方的吉普賽人。

不過，黃錦樹的檢視並沒有指出，這種離散遊牧性質（「華文的困境」）究竟是造成「東南亞華文文學」社會性強文化性弱的因，還是「東南亞華文文學」社會性強文化性弱形成其離散遊牧性質？

---

5 馬華現實主義文學實踐的困境其實在於其基本教義派的反美學心態，或只講現實美學。
6 在更早的〈馬華文學的醞釀期：從經典形成、言／文分離的角度重探馬華文學史的形成〉中，黃錦樹也指出海外文學語言貧乏的原因，為「遺棄（或忽視）」在海外以文言文書寫的古典文學作品，結果「令那些意識形態指導之下產生的〔白話〕文學作品顯現某種『貧血』的症狀——文學語言的貧乏」（黃錦樹，1996年，頁28）。

三、從「華文」語境進入「中文」語境

如果僅僅指出困境，而沒建議出路，這樣的論述恐怕沒多大建設性。所謂建設性並不是說，教示東南亞華文作家該怎麼寫（黃錦樹自己也是東南亞華文作家），而是指陳某種看待這樣的困境的視域或思考方向。在黃錦樹的論述中，處身這樣的語境的東南亞華人作家，如果想擺脫或超越貧乏的華文，唯有進入中文的語境（華文→中文）。中文的語境，指的不是地理的語境，而是從「言」的語境進到「文」的語境。黃錦樹舉的例子是李永平。舉李永平為例的疑義（problematic），在於李永平不僅志在「冶煉出一種清純的中國文體」，人也實際出走華文、進入中文的語境——臺灣。從《吉陵春秋》開始，李永平就刻意以「文字煉金術」或「文字修行」的姿勢，追求「中國白話特有的簡潔、亮麗，以及那種活潑明快的節奏和氣韻、令人低迴無限的風情」。他認為中文作者應維護「中國文字的純潔與尊嚴」，以對「中國語文的高潔傳統」有所交代（1986年，頁i-ii）。《吉陵春秋》以降的李永平小說可視為落實此理念的文學實踐：體現了他對「純正中文」的認知與捍衛此「支那象形字」傳統的使命感。不過，由於李永平是出走的、人與文都不在東南亞的例子，這裏或可以提出下面這樣的問題來辯證一番：例如，這種文字與文體自覺，在貧乏的東南亞華文語境是否可能出現？是否一定要從「多語的南方」（相對於黃錦樹所說的「失語的南方」）離散出走、回歸臺灣的中文語境才算走出困境？或者反過來說，沒有「留臺經驗」的東南亞華文作家的文學書寫，是否可能就地從「華文」進入「中文」？[7]李永平的「純正中文」自覺，據他自述，主要來自臺灣大學的

中國語文教育，雖然他念的是外文系。[8] 這種文字或風格自覺，在黃錦樹所指陳的上述四大原因中，屬於個人主體／主觀的精神現象。李永平和其他東南亞華文作家不同的是，如前所述，他不僅文體從「華文」進入「中文」，連主體也進入中文的地理語境——臺灣。

表面上看來，李永平找到了走出華文困境的出口——離散到臺灣，人與文皆從華文進入中文的語境。尤有進者，李永平顯然不是唯一的例子或特殊的個案。遠在 1960 年代初或更早，就有東南亞——尤其是新加坡與馬來西亞——華裔留學生來臺，他們之中，有的和李永平一樣，來臺之前已開始文學創作，甚至已取得作家身分，有人則是來臺之後才走上寫作之路。這種東南亞華裔（尤其是留學生）往北回歸線方向離散與流動的途徑，直到今天仍然暢通，新世代留臺／居臺作家也陸續出現（例如黃錦樹、陳大為、鍾怡雯）。這些論者籠統稱作「在臺（或留臺）東南亞華文文學」的文學創作，其文字風格，也許未必都表現出李永平所說的中文的「簡潔、亮麗」或「活潑明快」，但顯然也不至於「貧乏、淺顯」。

另一方面，從文學史發展脈絡看來，早期東南亞的華文文學新舊傳統的奠基者，主要還是來自「中文語境」（中國、香港）的「南來作家」、教員與報界人士。不管他們下南洋的目的與動機為何，或後來有沒有北返，這裏要強調的是，這些上一代的「南來作家」和上面提到的北上留臺作家流動的方向相

7　黃錦樹當然不是那樣認為。他寫道：「當海外華文作家在冶煉文字時，在信仰的驅使下，也就必然求助於傳統中國文化」（黃錦樹，1998 年，頁 67-68），顯然人在海外也可以冶煉中文，「達到精緻化的目的」。

8　說得更具體確切，則是受到樂蘅軍教授的啟示。不過李永平後來也在某個訪問中說，小時候家裏藏古書多，耳濡目染，對中國古典文學並不陌生。

反，他們飄洋過海，從一個中文語境遷移到一個華文語境，有些人後來索性長居斯土，直到老死。毫無疑問，東南亞華文文學建制在開始時，是中國文學與中國作家在海外的「境外營運中心」，但是這些來自「中文」語境的熱帶旅居者，已對這個地區的文學建制的形成與發展做出貢獻，產生足夠的文庫以聚集成殖民地時期東南亞華文文學。

此外，在「華文語境」的東南亞本土，除了服膺黃錦樹所說的「現實主義的平庸與膚淺基調與在反映現實或議論功能取向」的文學主張的華文作者之外，1960年代初以來，也有許多在文字意象與表現技巧力求創新突破的作者，尤其是新馬菲的現代詩人，這些人後來多半被稱為「現代派」，儘管他們不一定屬於現代主義者。如今看來，他們的最大貢獻，也許不在以文學見證時代風雲或民族文化變遷，而在於提升了華文作為文學表現媒語的功能，同時也見證了他們在華文語境的「中文自覺」。

換句話說，這個處於中國、臺灣、港澳以外的東南亞華文文學，早已自成一華文文學複系統。每個地區的華文文學現象皆有其文學文本生產者、消費者、建制、市場、產品、文庫這些基本構成分子，只是系統規模大小與成就不一罷了。這些華文文學系統，在本國的多語文學系統中的地位，多屬邊緣。東南亞各國皆以本地先住民語言為國語，以國語書寫的文學作品自然也是國家文學，居主流或宰制地位，建制強、市場大也不在話下。但是不管何種語言的嚴肅文學作品，總已是「人的文學」，而不是經濟作物，難以完全量化或大量生產。故某一語言的文學，對該族群的文化意義與重要性，並不因是否被執政者視為廟堂文學而有所不同。無論如何，「東南亞華文文學」

作為一文學複系統是早已存在的現象，即使這個語境形成的是一個「華語」或「言」而非「中文」或「文」的語文／文學環境。

不過，東南亞華文文學的存在與自給自足並不表示其文學表現與成就已令人滿意。相對於臺灣這個中文語境，東南亞華文文學是否位居劣勢，尤其是我們在描述亞太地區華文作家跨國流動時可以探討的方向。東南亞華文文學向來與華文教育與華文報業存亡息息相關。單單瞭解華文教育與華文報業在東南亞的歷史與現狀，便令人不敢對東南亞華文文學過於樂觀了。在東南亞諸國中，新加坡與馬來西亞的公私立大學設有不同名稱的華文科系，可以學術研究建制與支援華文文學，造就詮釋社群，不過後續發展仍待觀察。此外，這也是東南亞華文文學如何產生與華文文學教育的問題。如果說，這些系統規模大小不一的華文文學建制，提供了最低限的文學與作家生產條件，這個低限環境是否只能產生（低水準或水準平平的）華文作家作品，而無法讓作家產生自覺，進而從華文進入中文的語境？另一方面，從當代華文文學系統國際交流現象與華文文學的旅行跨國性看來，中國、香港、臺灣，及東南亞的華文文學都不是孤立隔絕的鎖國系統，以馬華文學為例，早期舊文學的文言系統因五四白話文學運動干預而產生變化，而 1960 年代的現實主義文學也因（遲來的）現代主義運動的干預，而出現雙中心並立的局面，可見文學系統之間的滲透性與擴散性不能低估，而且通常是大國的滲透性與擴散性較強較優。臺灣文學系統與東南亞華文文學系統，何者較強何者較弱，自不待言；擴散性較強的臺灣文學向東南亞華文文學系統擴散滲透，誠屬自然現象。也因此，姑且不論當代臺灣作家的影響力如何，李永

平或其他留臺馬華作家的「中文表現」，對原居國馬華文學乃
至東南亞華文文學有何啟示，特別是在語言文字方面，顯然值
得檢視。

　　弔詭的是，和東南亞諸國的華文語境一樣，李永平與大馬
留臺作家所進入的臺灣的中文語境，竟還不是中國的語境，這
是王安憶的發現，或黃錦樹的「發現王安憶」。王安憶比較了
中國大陸與臺灣的小說語言之後，指出臺灣的小說語言書面化
語文化，沒有地域特徵，不夠自然清純。換句話說，李永平或
陳大為到臺灣來文學取經，可是就「純正中文」語境而言，依
王安憶的考量，臺灣也不是優越的文學環境。因此，李永平冶
煉出來的中國文體，並不夠清純不夠自然。臺灣的文學語言亦
然。另一層弔詭則是，換了一個語境，中國的口語卻是其文學
語言的特色。王安憶即指出大陸小說語言口語化。為什麼在臺
灣、港澳以及東南亞諸南國，華文或中文作家「我手寫我口」
會成問題？黃錦樹的解釋是：因為他們處在失語的南方。

四、作為「小文學」的東南亞華文文學

　　不過，僅僅指出東南亞華文文學「失語」，顯然還不足以
解決東南亞華文文學的語言問題，我們不妨順著這個脈絡，借
助「小文學」理論來建構東南亞華文文學的意義。「小文學」
（littérature mineure / minor literature）為德勒茲與瓜達里（Gilles
Deleuze and Félix Guattari）1975 年論述卡夫卡（Franz Kafka）及
其書寫時提出來的理論。將德勒茲與瓜達里二氏的理論譯為
「小文學」，難免令人望文生義，以為是一國之內的少數民族語

言的文學。其實不然。小文學之成其小，在於其乃在主要語文
內所建構而成。依據德瓜二氏的說法，小文學有下列三特質：
(一) 去畛域化；(二) 政治性；(三) 集體價值。身為布拉格的猶
太人，卡夫卡以德文書寫，依小文學理論，乃「不可能」的現
象——不寫之不可能，因為民族意識的存在必須藉由文學彰
顯；不得不以德文創作——因為捷克原鄉已去畛域化；但是以
德文寫作也不可能——因為這樣的德語已去畛域化，為與群眾
隔離的少數民族用語。因此，「簡而言之，布拉格德語乃去畛
域化的語文，用法怪異，用途卑小」（Deleuze and Guattari，
1986 年，頁 16-17）。其次，小文學的特質是這些文本充滿政治
性。大文學有足夠的空間容納作家個人關注，小文學的壓縮空
間則將小我放大成大我：伊底帕斯三角習題被淨化成社會政治
經濟議題。第三，由於具個人才氣的大家並非小文學的普遍現
象，個人的發聲無法和集體聲音分開。「其實，具才華的大作
家不多反而是好事，這樣一來非大家文學才得以出頭；每個個
別作者的看法也就略同人人所見」，文學也因此得負起「集體
發聲——甚至改革——的功能與角色」（Deleuze and Guattari，
1986 年，頁 17）。[9]

　　換句話說，東南亞華文文學之為「小文學」，並非因為在
東南亞諸國，相對於馬來文（印尼文）、泰文、英文、泰加洛

9　從這個角度來看，郁達夫式的「期待大作家」心理就大可不必了。郁達
　　夫 1939 年初的話見〈幾個問題〉，郁風編：《郁達夫海外文集》（北京：
　　三聯書店，1990 年），頁 480-485。在臺灣新電影出現之前，臺灣影壇
　　也普遍存著「等待大師」的心理，觀諸新電影的冒現模式，顯然和大師
　　出現與否無關。新興華文文學成氣候，也不必求諸大作家。依同樣的邏
　　輯，奈波爾（V. S. Naipaul）榮獲諾貝爾桂冠，千里達文學固然與有榮
　　焉，但也並沒有因沾光而飛上枝頭變鳳凰，該努力打拼的還是該努力打
　　拼。文學本來就是個體戶的私體事業，他人只能當幽靈作家替你捉刀，
　　無法分工代勞。

文或越南文及其文學，華文或華文文學位居邊陲，而在於東南
亞「華文」之對於中港臺的「中文」而言。從中國或港臺離境
的「中文」，到了南洋，處身多語的南方，成為去畛域化的
「華文」。這樣的「破」華文，其特色為詞彙貧乏、修辭淺顯、
句法怪異、甚至充滿「異國情調」，簡直是歧文異字。[10] 東南
亞華文作家只能用這樣的去畛域化語言創作，再怎麼煉金或修
行，也還是去畛域化的東南亞華文。李永平《吉陵春秋》刻意
錘鍊的純正書面語文，雖近「中文大國」的中文，卻離「華文
小國」講華語的普羅群眾遠矣。難道這意味著東南亞華文文學
的宿命——去畛域化了就不是東南亞華文文學？可是林建國不
是進一步說「任何一位出身大馬的華文書寫者包括李永平，都
必須面對去畛域化的過程」嗎（林建國，1993 年，頁 81）？
[11] 林建國的設論中的「去畛域化」，指的即是對「素淨的標準
中文」（即李永平所說的「中國文字的純潔與尊嚴」）的追求。
這也符合了小文學的「不可能」之任務。

　　在東南亞，華裔作家選擇或不得不（卻又不可能）以華文
創作，就已是一種政治行為。作家表達民族文化情緒或抒感時
憂國之情固然是小我的一己之見，也反映了族群的政治潛意
識。詹明信（Fredric Jameson）當年曾指出「大凡第三世界文
本，莫不屬於諷寓文」，認為這些國家的小說往往是文以載道
的「國族寓言」，故事中的小我命途多舛，乃文化與社會鬥爭

10　林建國早在 1993 年即借用德勒茲與瓜達里的「去畛域化」閱讀《拉子
　　婦》，指出「《拉子婦》的中文本身變得異國情調。……李永平發動了對
　　標準中文的去畛域化」（林建國，1993 年，頁 81）。林所謂的「標準中
　　文」，指的是馬來西亞的「華語」〔「然而大馬華語人口閱讀和書寫的卻是
　　『標準中文』，寫作時『臺北中心』起來可以亂真」（林建國，1993 年，
　　頁 81）。這個看法顯然和黃錦樹不同。

11　這一點林建國的看法又和黃錦樹一致。

情境之縮影（Jameson，1986年，頁69）。詹氏的說法頗引起
一番爭論。不過，從這小文學的角度看來，詹明信自有其道
理。因此，東南亞華文小文學的文本性不是在小我或私人空間
建構，而是在社會經濟政治的公共空間構成。

　　作為小文學，東南亞華文文學的意義與價值，不在於誰是
大作家，或個別優秀作家產生了多少經典，而在於其集體性。
[12] 在這樣的集體性認同脈絡下，作家所創作的是一種非大家、
無經典的「小文學」，代表集體發聲。首先，東南亞華文文學
作者的去畛域化（從華文進入中文），例如李永平從《拉子婦》
進入《吉陵春秋》，已是某種集體性的認同，就像林建國所寫
道：「去畛域化是一個不安的過程，揭示了語言的嚴重錯位，
使書寫行為本身成了一個問題（是誰的語言在誰的空間？），
也是政治問題〔該認同怎樣的集體性（collectivity）在哪一個
『中心』？〕」（林建國，1993年，頁81）。也因此，在沒有大
師或大作家有如鳳毛麟角的階段，「經典缺席」也不是壞事；
正好相反，「經典缺席」既彰顯了這種集體性——集體認同或
認同集體，而非大作家——也凸顯了東南亞華文文學為群眾發
聲宣言的使命。

五、結論：東南亞華文文學的「歧文異字」

　　檢視東南亞華文文學的語境，當能覺察「中文」與「華文」

12　當然這不表示東南亞華文文學界古往今來沒有大作家，或者不需要大作
　　家，不過時至今日，放眼看去，像邱菽園、陳瑞獻、李永平這樣的大作
　　家有幾人？

間的文體差異。正是這種語文歧異性，使東南亞華文文學成為
「歧文異字」。東南亞華文作家以此華文創作，其作品可視為
「小文學」或「異文學」。「小」與「異」指涉了一個擴散力較
強、言文傳統久大的中文複系統的存在。自覺的東南亞華文作
家往往會努力將「東南亞」去畛域化，藉由語文煉金術尋找一
套書面語文，以進入或面對「中文」。這其實是「去去畛域
化」，或再畛域化的作法。究竟從華文進入中文，是離中文的
高潔傳統更近，還是離得更遠？因為不管作者自認如何純正，
其實都是書面語文──再豐富多姿，也還是「歧文異字」，結
果讀者／批評家只好「抱著字典讀小說」（或「抱著小說讀字
典」）。這種自覺的冒現可以李永平為代表，而以《海東青》為
高潮。換句話說，東南亞華文文學從華文到中文，不管是否離
散流動到中文的地理語境，「歧文異字」的（離散與流動）痕
跡恐怕早已無法拭清，故有其集體價值。

　　「中文」既然並非東南亞華文文學的「華文」語境，我們
無法蓋一座房子（「中文」）來容納這些「歧文異字」。「異」
與「小」才能彰顯東南亞華文文學的意義。

參考書目

李永平：《吉陵春秋》，臺北：洪範書店，1986 年。

林建國：〈異形〉，《中外文學》第 22 卷第 3 期，1993 年，頁
　　73-91。

陳瑞獻：〈答客問〉，《蕉風》第 225 期，1971 年，頁 5-18。

黃錦樹：《馬華文學：內在中國、語言與文學史》，吉隆坡：華

社資料研究中心，1996 [1991] 年。

———：《馬華文學與中國性》，臺北：元尊文化出版公司，1998 [1996]年，頁 53-92。

Deleuze, Gilles, and Félix Guattari, *Kafka: Toward a Minor Literature*. Trans. Dana Polan. Minneapolis: University of Minnesota Press, 1986 [1975].

Jameson, Fredric, "Third-World Literature in the Era of Multinational Capitalism", *Social Text,* 15（1986）, 1965-88.

文學與社會心理

——以新加坡海南作家作品為例

⊙王永炳

一、前言

　　儘管有人說文學作品是個人的創作，是自我表現，其實這種說法並不全面。沒有人會質疑，作家在構思寫作時，完全從個人的思維出發，但可不要忘記，作家總會不自覺地受到現實社會的制約與影響。即使他憑一股衝動寫出作品的同時，他是不是也想到他為什麼會宣洩這樣的思想感情？他是否會想到這篇作品是為什麼而作？是否能引起共鳴？抑或是對某個集團喊話？即使他的作品內容與廣大社群人民的觀點意願背道而馳，這也是另一種社會心理影響反彈或制約。雖說作品是作家個人的努力結晶，或說是不與眾苟同的個人聖經，但他的作品必有人欣賞，必有喜歡者，也必有厭惡者，這就是社會心理的不同反應。就以文學作品的思想內容或本性來說，古之高則誠《琵琶記》第一齣開宗明義地說：「不關風化體，縱好也徒然」，今之高行健說：「脆弱的個人，一個作家，孑然一身，面對社

會，發出自己的聲音，我以為這才是文學的本性」，[1] 事關風化體也好，發出個人的聲音也好，總的來說，文學作品是社會現象的產物。

雷·韋勒克（René Wellek）與奧·沃倫（Austin Warren）明確地說：「文學是一種社會性的實踐，它以語言這一社會創造物為自己的媒介。諸如象徵和格律等傳統的文學手段，就其本質而言，都是社會性的。這些手段是只有在社會中才能產生的通例和準則。但進一步說，文學『再現』『生活』，而『生活』在廣義上則是一種社會現實，甚至自然世界和個人的內在世界或主觀世界，也從來是『模仿』的對象」，所以「作家是個公民，要就社會政治和重大問題發表意見，參與其時代的大事」。[2]

當然，社會是個很大的範疇，如果說作家能完全而詳盡地表現整個生活，或者整個時代，那是不切實際的。他只能在力所能及的範圍內表現生活。

作家不僅受社會的影響，他也要影響社會。藝術不僅重現生活，而且也造就生活。[3] 但是，作家受社會的影響是多方面的，其中一個就是社會心理。

所謂社會心理，根據《文化學辭典》：「人們在社會生活中自發產生並相互影響著的心理反應。它不是個體心理的簡單相加，而是人的所有社會關係綜合起作用的結果」，「從文化環境的角度觀察社會心理，可以看出生活在相同文化環境中的人們，有著大體一致的社會心理。」[4]

1　高行健：《沒有主義》（香港：天地圖書有限公司，2000 年），頁 10。
2　René Wellek & Austin Warren 著，劉象愚等譯：《文學理論》（北京：三聯書店，1984 年），頁 94、96。
3　同註 2，頁 101。
4　覃光廣等主編：《文化學辭典》（北京：中央民族學院出版社，1988年），頁 426。

李叢中說：「社會心理，是一種自發的、經驗式的、不定形的、瀰漫於社會環境中的普遍情緒。它反映出特定時期的特定的社會公眾心理、願望、風尚、習俗和審美趣味。」[5]

社會心理不僅影響作家的創作意向，也會影響讀者的閱讀心理，而讀者的閱讀心理又影響作家的創作意向。

二、順應社會心理的要求

中國人過去形成的傳統社會心理是講求和平、團圓、圓滿；不喜歡殘缺、戰亂。在這種社會心理的影響下，作品中的人物儘管受盡磨折，只要結局有個很好的交代，那麼這作品就受歡迎。例如《琵琶記》，原來的情節是「馬踹趙五娘，雷轟蔡伯喈」，但高則誠改編為「一夫二婦同歸故里」，結果《琵琶記》大受歡迎，至今還有生命力，而原來結局的《趙貞女蔡二郎》，卻湮沒不聞。也是在這種社會心理的影響下，《竇娥冤》中的竇娥死後託夢雪冤，《梁祝》死後化為雙雙飛舞的蝴蝶。這樣的安排，由於得到廣大人民觀眾的接受而流傳了下來。

人民心理絕大多數愛好和平，害怕戰爭，尤其是厭惡那些破壞別人和平安定生活的侵略者。 1937 年至 1942 年，是新馬華文學繁盛時期，也是新馬華散文全面成熟的時期，記事、抒情、說理……各種體裁都在這時候充分的發展。此外還有一些新的文體如報導文學、文藝通訊等的興起，加以作者陣容鼎盛，各展所長，因而呈現了百花爭妍，多姿多采的壯觀場面。

---

5 李叢中：《文學與社會心理》（昆明：雲南教育出版社，1990 年），頁 5。

當然，基本主題還是抗戰救亡，以及戰時人民生活面貌的描寫。[6]這段時期，海南作家李蘊郎[7]基本上捕捉了這條社會脈搏而寫作，結果在他年僅二十出頭的青年時期，就成為新馬華作家中相當出色的一個。

這時期，新馬華人的身分是華僑，大家基本上是心屬中國，都關心中國的興亡。1931年九一八事變以來，新馬華人與中國人民一樣，都對日本的不斷挑釁與欺凌感到忿忿不平。1937年7月7日盧溝橋事變，日本開始了全面的侵華戰爭，中國也開始了全民抗日戰爭。當時中國是弱國，海外華僑也備受欺凌，主客觀的因素使他們對祖國復興格外急切。魏宏運在〈華僑對抗戰的貢獻〉中說：「中國的抗戰，改變了外國人對中國的看法，絕大多數華僑陸續投入抗日救亡運動，是中國這一民族意識和文化背景，把他們和中國的命運聯繫在一起，他們時刻關心著自己家鄉和國家狀況，抗日戰爭激發了他們固有的祖國觀念和愛國熱情，他們在為中國的存亡奔走呼號，而貢獻自己的力量」。[8]抗日戰爭的巨浪也化解、掃除了華僑之間

6　方修：《馬華新文學大系・導言》（新加坡：星洲世界書局，1971年）第7冊，頁1。

7　李蘊郎，字蘊香，祖籍海南瓊海縣福田市新潮村人，生於1914年。早年從海南來，居住在蔴坡，接著來新加坡就讀於華僑中學，後負笈廣州。1937年回新加坡，從事文藝工作。歷任新加坡《南洋商報》特寫專欄記者，吉隆坡《馬華日報》及《新國民日報》文藝副刊主編。但當時中日戰事正濃，他主持下的各刊物，宣傳抗戰，鼓舞民心，不遺餘力。又以蘊郎、李湘、芝茵筆名，創作小說詩文，描寫救亡活動，暴露日軍兇殘，作品遍見新馬各大報刊，文名顯著。戰後，先後擔任吉隆坡《民聲報》、新加坡《中南日報》編輯，邵氏電影公司，麗的呼聲公司翻譯各職。1955年，出任麗的呼聲中文部主任。十多年來，積極培育演藝人才，公而忘私。正當英年更有貢獻之際，不幸積勞成疾，於1969年3月23日因肝癌逝世，年僅五十五歲。

8　http：//203.198.70.29/schfac/libr//7713.h

幫派的嫌隙和陋習。以往閩粵幫、潮州幫、廣肇幫、海南幫、客幫等地域觀念嚴重,彼此之間互相對立。但是,這個壁壘給抗日戰爭的浪潮衝擊掉了。為了救鄉、救國,大家同仇敵愾,各地華僑組織了名目繁多的愛國救亡團體,例如新加坡華僑,在陳嘉庚、侯西反、郭新、符致逢等人的推動下,組成華僑籌賑祖國難民委員會。還有各種公開合法的群眾組織,以及半公開或秘密的社團,如華僑抗敵後援會等,極為振奮人心。換句話說,整個華族社會的心理傾向只有一個:抗日救亡。在這方面,文人藝術家不落人後,他們捕捉這條社會脈搏,寫出許多慷慨激昂、熱血奔騰的作品。李蘊郎是其中一個。他的作品大都發表在《南洋商報》副刊及其他文藝刊物上,如《星火》、《晨星》、《南洋文藝》、《世紀風》、《獅聲》等。大約統計一下李蘊郎的作品:

1937年,〈平凡的事件〉,〈記一個走路被難者〉,〈坐車霸王和吃飯霸王〉,〈福音〉等;

1938年,〈回國的故事〉,〈歸〉,〈古巴樹〉,〈大肥頭家〉,〈亡鄉人〉,〈回顧〉等;

1939年,〈王文雄〉,〈這廿八歌手的行列怎樣建立起來〉,〈聲的合流〉,〈華團大會印象記〉,〈籌款工作在一艘郵船上〉,〈新巴剎五九義賣〉,〈一個工人歌詠團體的介紹〉,〈瓊州帆船逃難到星洲〉,〈吼社詩刊徵稿公開信〉,〈元旦記事〉,〈年批〉,〈房子〉,〈轉變〉,〈海南街的隆幫館〉,〈X先生〉,〈隆幫人的歌唱〉,〈怒吼,五指山〉等。

這些作品無不與抗日救亡主題密切相關,比如〈歸〉,寫一個月薪僅夠維持生活的窮教員,接到妻子從廣州寄來的信,述說敵機差不多天天空襲廣州,人民大都逃難去了,妻子要求

快寄點錢做旅費，好讓她和幼孩投靠他。接到信後，他不勝其矛盾：

> 這是怎麼的一回事啊，國家正需要我貢獻出我的一切
> 時，我卻在為自己的家人打算，叫自己做妻兒的奴隸，
> 用自己的手來毀滅自己。世界上還有比我更自私，無
> 恥，沒有出息？

接著：

> 然而，我能夠讓自己睜著眼睛，看著自己可愛的妻子，
> 還未見過面的孩子，給敵人的炸彈轟的一聲炸個粉碎
> 嗎？不能，絕對不能！

這種「家」與「國」的矛盾像毒蛇一般纏嚙著他的心。幾天後的一個早上，一個人在他的書桌的抽屜裏撿出一張條子，條子上的一行字是：

> 我回去了，回去用我的鮮血保衛我的家鄉和我的妻兒。

這大概就是矛盾的統一吧。

〈華團大會印象記〉寫陳嘉庚在快樂世界主持「精神總動員宣誓大會」的情形。會場旁掛著布條，寫著：「取締阻礙抗戰的論爭及非法活動，全體僑胞團結起來，化除幫派區域」。接著寫陳嘉庚解釋「精神」的含義及會場的熱烈程度：

陳老先生還把精神總動員兩個字的意義，用閩南土話來
解釋。他說閩南話：「精神就是睡醒了和做事有力的意
思」。繼著他說到了無名英雄，無名英雄在腳踏實地為
著國家民族服務，但他們卻沒有半點名利的企圖，我們
的精神總動員，也就是要發揚無名英雄的精神。拍拍
拍，一萬多人讚美著無名英雄，不，全中國的四萬萬人
都讚美無名英雄。

⋯⋯⋯⋯

散會時，已經是下午的三點多鐘，忘記肚餓，忘記口
乾，忘記疲倦，人們在烈火似的會場中消磨了五個多鐘
頭。

作者筆下所反映的情況正是當年熱火朝天的愛國行動。整個社
會無不心繫祖國（中國）的命運。如果這時候有人唱反調，那
下場可想而知。就是滿腔熱情的李蘊郎，寫了一篇〈回國的故
事〉，批評有些人投軍目的只想個人的升官發財，這種人的心
理是要不得的，主題相當明確，但卻引來一些朋友的批評。作
者在〈回顧〉中說：「朋友們認為在這困難期中，一個人只要
他的『目的』對抗戰沒有妨害，那他的『動機』是好是壞我們
是不要管他的，所以我的那篇便中了點『反動』的嫌疑。」這
樣的批評，對李蘊郎的信心與勇氣的打擊相當大，他本來計畫
寫一系列短篇，都沒勇氣拿去發表而堆在抽屜裏。但是，經過
一陣子的反省後，他又有所肯定：

我認為為了加強我們抗戰的力量，這種要不得的個人升
官發財主義的心理，是無論如何要揭露和撲滅的。而那

篇作品失敗的地方,卻是主題表現得不夠,這當然是生活體驗不足和技巧幼稚的緣故。

經過這次的反省,他終於與一群詩人創立詩歌團體:《吼社》。他同時寫了〈吼社詩刊徵稿公開信〉,開頭幾句話這麼說:

> 親愛的愛好詩歌的同志們:自從七七抗戰爆發以來,文藝便成了動員民眾最有力的武器。詩歌,是文藝的部門之一,所以它也不能例外。它已經不是文人的吟風弄月的玩意兒,不是藝術之宮裏的象牙,它成為全民族的吼聲,它是時代的號角,它是抗戰的歌頌者。

他寫了一些愛國詩篇,在《馬華新文學大系》卷六轉載六首詩,[9] 其中一首長詩〈怒吼,五指山〉,寫海南島這顆珍珠遭受敵人侵略,詩人極為憤怒地吼叫:

> 五指山腳下的一百萬戰士
> 即將舉起他們的
> 磨利了多年的刀槍,
> 把百年仇恨當作一顆炸彈
> 　　　一聲春雷
> 　　　　一座火山
> 連同著你的骨頭
> 　　　　罪惡
> 　　　　幻夢

　　轟！炸！噴！
　　一起拋進太平洋的浪裏

熱血奔騰，激動人心。這是當年社會群眾的共同願望。「患難
出詩人，當中國飽受著國破家亡的苦難，新馬社會已成為日本
軍國主義的獵食對象時，新馬詩人用詩歌傳達了罹難的民族的
最沈痛的控訴，最壯烈的怒吼」。[10]

三、反映轉變型的社會心態

　　1954 至 1964 年，在獨立前的十年中，新加坡歷經了從內
部自治到最終獨立的過程。 1957 年馬來半島建立了馬來亞聯
邦共和國， 1959 年新加坡人民向英國爭取自治地位。 1963
年，新加坡與馬來亞合併成為馬來西亞國，但這段關係並不融
洽。這段期間，中國也發生極大變化。由於兩岸政治因素，一
度使中國和新加坡的關係處於某種隔離的狀態。新加坡華文文
學遂在自己的道路上邁步向前。

　　這十年間，新加坡社會還是處於不穩定與貧窮階段，社會
問題是滿多的，尋求安定生活是當時人們的最大願望。但是，
現實是無情的，一般人的生活畢竟一時無法獲得改善，特別是
華校的老師。戰後十年，殖民地政府對華文教育採取不聞不問
態度，資金多靠當地小商人、社團的支持，教師的待遇很低。

9　方修：《馬華新文學大系》第 6 冊，頁 172-175。
10　黃孟文、徐迺翔主編：《新加坡華文文學史初稿》（新加坡：新加坡國立
　　大學中文系、八方文化企業公司，2002 年），頁 165。

丁冰[11]本身是一位華文教師，他的學生也是新加坡著名海南作家莫河回憶說：「丁冰老師是位嚴肅、負責任的好老師。同時也是位十分孝順的兒子。」[12]

丁冰對華文教師生活有深刻生動的描繪。教師待遇之低微，正如丁冰在〈出世之前〉中所說：

> 老子不曾為我置下豐厚的家產，自個兒偏又不爭氣，不會鑽營吹拍，只當了個在這拜金社會裏為萬人唾棄的「教書匠」，過著所謂「吃不飽，餓不死」的粉筆生涯。

這是當時華校教育圈裏的現實。身為教師的丁冰，寫了不少有關教師苦難生涯的作品：〈除夕夜〉寫學校裏人人回家吃團圓飯，唯獨藍老師留在宿舍過年。正在鄉思難排時，學生來求救，原來是學生的弟弟患了急驚風。結果藍老師出錢延醫救治。〈微流〉寫丁老師的熱誠善良，對貧寒學生及其家庭的幫助與關懷，對不長進的學生的痛心及對富進取心的學生的讚賞。〈出世之前〉寫教師聽了妻子懷孕的消息，驚憂多過喜悅。主要是教師的薪金低微，生兒育女的喜事無形中加重當事人的負擔。〈錢〉及〈廖繼成〉描繪教師們待遇低薄而無法持家的無奈心情。〈錢〉裏的凌忠國是個「幹了十多年吃不飽餓不死的教育工作者」，他那營養不足的太太問他是否可以預支

11　丁冰，另署蘇夜、藍之夜，是蘇文慕的筆名。1972 年生於中國，祖籍海南瓊山。1948 年華僑中學簡師畢業，擔任過南洋工商補習學校和克明學校教師。1960 年因病逝世，年僅三十三歲。著有《芭野上的春天》、《丁冰小說遺作集》等。

12　莫河：《丁冰小說遺作集·憶丁冰老師》，頁 127。

薪水,他說:

> 預支?更渺茫!學校經費不夠,我每個月能在月初領了
> 全個月的薪水,還算是同事們看我生活困難,讓我先拿
> 的。有幾位同事,到現在尚分文未領,還好意思預支薪
> 水!

廖繼成也是一位教師,沒錢交房租,原因是:

> 董事老爺把學校的存款扣著做生意,要教員收了學費才
> 領薪。山芭地方學生大多數是窮的;學費收不到,同事
> 們的薪水一個月一個月地拖著。要我們擠出乳來,連草
> 也不給我們吃。我們甘心情願為孺子牛,然而,孺子牛
> 也無可為了。

通過丁冰的刻畫,窮教師的各種情況歷歷在目。海南有句熟
語:「狗不賤不舔椰殼,人不賤不做先生」,正此之謂也。教
師的地位如此低賤,逼於無奈,誰還想做教師?所以丁冰筆鋒
一轉,教師改行踏三輪車去了。在〈三輪車夫〉裏老江說:

> 忍不住眼看自己的孩子餓著肚子嚷叫,便也顧不了斯文
> 掃地了。好在,我還有這副氣力。

老江改行做三輪車夫後:「生活倒比教書好得多了」。要求生
活過得好,這難道不是當時社會上華校教師群體的共同心態
嗎?

四、反映社會和諧與穩定心理

1965 年，新加坡與馬來西亞分家，獨立成為新加坡共和國。獨立之初，新加坡經濟面臨重重難關，譬如英軍撤退、印尼對抗等，但幸得政府處變不驚，精心策畫，充分利用地理形勢，因地制宜，因勢利導，揚長補短，並且準確地運用符合新加坡國情的經濟發展策略。因此，在短短的幾十年裏，一躍而成為世界上的著名大港和重要的製造業、金融業、商業貿易和航運業的中心之一，與香港、臺灣、韓國並稱亞洲四小龍。

這時，新加坡的整個社會的共同信念是，新加坡再也不屬於其他國家的殖民地，而是名正言順地屬於自己的國家。人民誓言效忠自己的國家，熱愛自己的土地，在這種社會心理的驅使下，作家們以一種真摯而深厚的感情頌讚本地鄉土的人與事。

年輕的海南作家符氣南[13]可為例。符氣南雖年輕，但對鄉土氣息的嗅覺卻是極為敏銳的，即使在他身患重病之後，他總是那麼樂觀地真情地歌頌著自己的鄉土。〈海的歌唱〉（1967 年）裏寫道：

> 我是一個在海島上長大的孩子，我熱愛著海，就如同熱
> 愛著土地一樣。無論海唱的是什麼樣的歌，我都喜愛去
> 聆聽、去欣賞。

---

13 符氣南，祖籍海南文昌，1944 年生於新加坡，高中畢業後，因家庭經濟拮据，不允許他進入大學，只好投身於商行。筆名有竹付、南山、符銓等。1978 年因病逝世，年僅三十四歲。著有《海的歌唱》、《八年以後》、《幸福的期待》、《鼉》、《我要去溜冰》、《符氣南小說·散文遺作集》等。

所以，他「沈醉在那優美的旋律」的丹那美拉海邊；到紅燈碼
頭聽海以雄壯的歌聲歌頌「我們繁榮的海港」；到裕廊海岸聽
海歌頌漁人的勇敢、堅強。〈裕廊之夜〉寫作者對裕廊這塊土
地已經產生了濃厚的感情。他說：

> 我愛上了裕廊，更愛上了夜裏的裕廊。不是因為這裏的
> 夜有著幾許神秘，更不是這裏的夜有著色彩的引誘。

那麼，他到底愛上裕廊什麼呢？原來，他愛裕廊鄉村之夜的寧
靜柔和，愛上小裕廊的熱鬧，愛上裕廊的山崗，愛上裕廊雄偉
的工廠，也愛上裕廊的漁村。每次經過裕廊路上，不管是清
晨、白天或夜晚，他總是「心中充滿著希望和歡欣！」對於與
裕廊路為鄰的武吉知馬山，也是愛得很深，主要的原因是：山
是「堅強的代表，也是純潔的象徵」，只要「登上武吉知馬
山，你會感到心曠神怡，心胸更豁然開朗。一切的紛爭，都會
從你的腦海裏消失」。

他把武吉知馬山寫得很美、很真，令人有目不暇給之感。
作者有心無緣進南洋大學，但他的弟弟進了南大，所以他經常
拜訪南大。對於南大的標誌相思樹，他寫著：

> 多少日子裏，這些相思樹在這裏守著山崗，陪著學院。
> 多少年來，她們迎來了一批批充滿青春朝氣的小夥子，
> 更送走了一批批有為的青年人。
> 在相思樹下，有人許下了諾言；
> 在相思樹下，曾有人依依話別；
> 在相思樹下，也不知有多少深深的懷念啊！

接著，他說：

> 朋友，你們是幸福的！你們有機會生活在這美麗的環境
> 裏，有機會在相思樹的陪伴下，接受學問的薰陶。但願
> 你們努力！

這確是出錢出力的關心南大的社會人士的共同願望啊！

新加坡獨立建國後的欣欣向榮，鼓舞了這年輕國家的人民。社會上絕大多數人一心一意要把國家建設得更好。 1976年，符氣南已身患嚴重腎病，但他對國家鄉土的熱愛依然不減，在〈從前‧今日〉裏，他這麼寫道：

> 今日的新加坡在變化，今後的新加坡還將變化，這些變
> 化的目標，都是為著我國的進步和繁榮的，為著我國人
> 民的利益和理想的。就像海洋一樣，這些變化是不停息
> 的，它永遠向前，一個接一個……

符氣南對國家鄉土的歸屬感並非只是一種普遍的社會心理，它實際上包含著強烈的道德意識和道德行為。有強烈歸屬感的人，必然會愛自己的家鄉和親人，必然會愛自己的祖國和人民。有歸屬感的人，才會心有所託，才會情緒安定，才不會怨天尤人，這就是符氣南最後身患重病依然歌頌祖國的土地的原因了。因此歸屬感是穩定型社會心理的體現。

五、反映穩定型與多變型的社會心態

進入 1980、90 年代，新加坡向高科技發展，並積極邁向世界施展手腳，經濟又往前跨一大步。整體而言，新加坡社會到了 1990 年代，中產階級社會已經形成。美國南森‧加德爾斯在《華盛頓郵報》發表〈美國可向新加坡學習些什麼〉中說：

> 這個高科技城市國家由中產階級組成，它容忍多元文化，秩序井然，卻屬於後自由主義時期。它為進入二十一世紀所做準備之充分，是舉世無雙的。[14]

對一般人民來說，民生的衣食住行問題已經解決。衣食足，人民不免會想到文化的問題。經過多年的移山倒海、破舊立新，新加坡的面貌整個兒全然一新，生活完全電氣化，居住環境完全現代化，舊日景觀已不復存在。在這種多變型社會裏，人們不免要尋根懷舊起來。換句話說，這也是穩定型社會與多變型社會互補轉換的現象。王潤華說：

> 在全球化與本地化衝擊下的文化現象，學術研究與方法更加複雜化。雖然有人擔心全球化會把各種文化差異逐漸抹掉，然而，全球化的極致，會導致本土特殊性的重視。本土化會阻礙現代化所造成狹隘的本土中心主義，其實本土的極致就是走向全球化。唯有本土化得到重視，才有資格與信心與全球化接軌，甚至並駕齊驅。[15]

14　《聯合早報》，1996 年 2 月 16 日。
15　王潤華：《華文後殖民文學》（臺北：文史哲出版社，2001 年），頁 7。

王振春[16]在這種社會現象影響下，1987年開始寫「根」，一寫便寫了五年多，輯成《根的系列》，共五集。作者意猶未盡，繼續寫「根」，又成書《尋根記》。這些作品引起很多人的興趣，很受歡迎。作者曾把《根的系列》中的〈梨園篇〉拿去《海峽時報》參賽，在各語文報章同行的競爭下，榮獲「最佳專題報導獎」。後來，還有多篇與「根」有關的文字得獎。這些肯定，為作者打出了名堂。根據作者說：

> 有一次和一群年輕的朋友開會，主人介紹我給大家認識時，一位年輕的朋友聽到我的名字，沒等主人介紹，便叫出了《根的系列》四個字。《根的系列》，已成了我的招牌。[17]

多變型社會心理必然留存傳統心理的印跡，新時期文學作品中也會有發思古幽情的作品，但那是在現實社會生活觸發下的對舊日的「尋根」。「尋根」的目的，並非是要回到遠古去，而是為了關照現實，預示未來。所以，《根的系列》與《尋根集》的面世，是一件極有意義的事。作者把過去一些已湮滅的或形將失跡的重要的人與事物，通過有趣而深入淺出的講述描繪手段，呈現在讀者面前，使人對重現眼前的事蹟倍加珍惜，並深受啟發，對新加坡由過去的一窮二白到目前的富裕的發展過程，提供了有力的線索。正如駱明為《尋根集》寫的

---

16 王振春，祖籍海南文昌，1942年在新加坡出生。早年在華義中學畢業，後負笈臺灣，回國後在報館服務。現為報業高級編輯，海南文化學會會長。著有《根的系列》五集，《少年寄簡》二集、《聽歌三十年》三集、《與中學生談歷史》、《尋根集》。

17 王振春：《尋根記》(新加坡：新加坡文藝協會，2001年)，頁211。

序文中說：「《尋根集》會給我們一個指引，一個思考與行事的指引」。王振春在寫作過程中，也不時遇到有心人的電話，告訴作者一些不為人知的往事，補足空白部分，對作者與廣大的讀者都得益，真是一舉數得。例如，作者講述《益世報》的創業與關門往事一文發表當天，便接到曾在《益世報》當編輯的老報人陳名宗的電話，告訴作者《益世報》關門真相，這真是意外的收穫。

　　二十世紀末至二十一世紀初，全球化經濟更是席捲全球，資訊科技的發展一日千里，全球變成一個地球村，加上中國的改革開發成功，各種往來非常頻密。在這種情況下，穩定型的社會心理受到新社會激流的無情衝擊。新的價值觀、審美觀，正在不斷地萌發和興起。過去人們一見面，問候的用語是：「您吃飽了嗎？」如今，人們見面，問候的用語竟是：「你打算到哪裏旅遊？」或者是：「你到過ＸＸ嗎？」多變型社會心理，必然反映到文學創作中來。作家要趕上新時代的變化，不能不關注多變型社會心理的細微變化，然後細緻而生動地描寫多變型社會心理在人物關係、社會關係中的種種表現。但是，什麼是多變型社會的文學特質？簡言之，反映社會的變化和變化了的社會心理，就是它的特質之一。在海南作家中，莫河[18]算是相當早捕捉新時期社會心理變化的作家之一。莫河寫作甚勤，自1962年至今已出版了十九本著作。從他長期的寫作路程中，有不少作品反映了穩定型的社會心態。他以一種熱情奔放的情緒去追溯歷史，回顧過去：作品如〈童年學校生活雜

18　莫河，原名黃昌虎，祖籍海南文昌。生於1938年。畢業於新加坡師資訓練學院。執教近四十年，1998年退休。目前擔任錫山文藝中心副主席，武吉知馬瓊崖聯誼會秘書等職。莫河被譽為「散文抒情聖手」，是個多產作家，著有《莫河文集》、《莫河散文選集》等十九本。

記〉、〈懸吊在牛車背後的童年〉、〈走進烏節路的童年裏〉、〈鳳凰園裏的童年〉、〈火車軌道上的童年〉等；體味人生，如〈燈前舊夢心頭影〉、〈傘〉、〈永遠讓我拖欠的兩塊錢〉等；懷抱自然，如〈含笑的新加坡河〉、〈浪濤聲裏〉、〈江中生明月〉等；思念故土，如〈荒涼了的鄉土〉、〈遊子的夢鄉〉等；讚賞淳樸的舊俗，如〈會館生存與發展〉等，作品太多，難以一一例舉，這些作品多與穩定的社會心理相應和。對於這點，海南大學王春煜教授說得好：

> 在莫河的散文中，最豐富、最深刻的思想感情，是對生於斯長於斯的新加坡本土的熱愛。在作者心目中，這個島國的自然景觀，日新月異的生活風貌，無一處不可愛，哪怕是一條新修的高速公路，一座新建的蓄水池，都令他的心激動不已，正是由於愛得深沉，愛得實在，所以把一腔眷戀之情，毫無保留地傾訴出來。在〈含笑的新加坡河〉、〈向前邁進吧，新加坡〉等作品中，作者以飽蘸感情的筆觸，將自己的主觀感受和體驗置於歷史與現實交融的宏觀背景之中進行，文字流暢，氣勢浩瀚如長江大河，讀者從中可以窺見時代的變遷，感受作者對本土的深切厚愛，對生活熱情的禮讚和對未來充滿信心的憧憬。

讀過莫河作品的人，都會同意王春煜的話句句屬實。

這裏，我想提到莫河捕捉多變型社會心理的例子。

海南作家們如烈浦 [19]、莫河等，當然也拜經濟成長及中國改革開發成功所賜，早就在 1990 年代陸續帶團訪問海南、

湖南長沙、河南安陽、上海等地的文化界,大家建立友誼,雙方多次互訪,創作一篇又一篇的作品。大家都注意到社會發生新變,而這新變的形形色色成為作家們的焦點時,他們就對新事物毫無保留的盡情讚頌、歌唱,作品的題材與風格有些相似相近是必然的事。全球化使人的視野擴大,時間空間縮短縮小,價值觀也大為改觀,人們的來往已無疆域之分,換句話說,不管是新加坡,還是海南,還是英美紐澳,主要是作家們欣賞到了美好的新事物,就興之所至的盡情傾吐自己的思想感情。在這方面,莫河無疑如魚得水,加上個性豪爽,寫作起來更是揮灑自如,得心應手。他到〈蘇州小唱〉,接著在〈無錫隨筆〉,在〈海南馳筆〉,漫步於〈杭州的林蔭小道〉上,迎著〈冷風颼颼下揚州〉,又〈渡過長江的晨曦〉,俯視著〈岳陽樓煙波滾滾〉,目睹了〈貴陽在夜色朦朧的夢裏〉;拜訪孔子的家鄉,一夕〈曲阜夜談〉後,便趕去享受〈青島的夏天〉、〈海南的春天〉,在灼熱的陽光中,登上了〈八達嶺上〉、〈攀登嘉峪關〉,再續程〈西去陽關多故人〉等等,文章如流水行雲,舒收自然,引人入勝,自然而然地把讀者牽引到文中的景觀,與他共賞良辰美景。在〈海南的春天〉裏,他這麼寫:

> 一樣的蒼穹、一樣的湛藍、一樣的墨翠、一樣的夢、一樣的太陽、一樣的季節,彼此間的心都默默地醞釀著一個熱帶底春天。哪管是年代的遙遠。只要是海潮還繼續地吟唱澎湃,只要乾萎了樹木,深埋在泥層裏的根鬚,

19 烈浦,原名陳川強,祖籍海南文昌。1938 年生於新加坡。現任錫山文藝中心主席。擅長寫小品文、新詩及議論文章,作品曾榮獲「冰心兒童文學創作優異獎」。

稍尚有一點生機，它始終會鑽出厚韌的土層，抽芽長
葉，綠蔭成林。亞熱帶的春天，將會來臨海南，來臨獅
城。

這就是新時期文人的一般心態：以一個全球化觀點，站在時代
的高度，審視新時期文學所反映的社會心理。作家盡情地讚頌
美好的事物，但是，儘管如此，他並沒有失去對自己鄉土的歸
屬感，他真誠地希望別地所擁有的美好，獅城也要有一份，這
在多變型社會裏是一種很重要的心理表現。因為今日多變型的
社會心理，經過一段時間的積澱，可能成為明日的穩定型社會
心理。同樣，今日的穩定型社會心理，在一定的條件下，又可
能在明日使人感到新鮮，感到一種新的刺激，轉換為多變型社
會心理。那時，作家的作品又以嶄新的面貌呈現在世人面前。

六、結語

作家在社會心理的影響下完成作品，作家未必意識到他的
作品與社會心理的關係，換句話說，作家的作品與社會心理似
乎是不謀而合。這並不奇怪。其實，這與作家的社會態度[20]
有密切關係。一個具有正確社會態度的作家，他必然具有深厚
的社會情感，也就是說，他對社會的各種現象會產生愛憎、好
惡、安危、信疑、親疏、進退、美醜、廉恥之感，這種感情在
作家內心醞釀昇華，成為作家的「直接印象」。關於這點，董

20　同註5，頁432。

學文說得好：「文藝創作的心理活動，特別是創作中的某些關鍵時刻，確乎存在著某些非自覺的東西，它彷彿使主體不受理性支配似的，進入一種茫然若迷的境界。這時，主體不但能認識事物的特徵和本質，而且構成一種特殊的思維洞察力。例如，創作中的直接感受，它在選擇和捕捉生活現象時，不僅具有第一印象的直接鮮明性、獨特性，而且還能憑藉感情、心理的傾向，直接判斷個別事物的屬性，使之形成比直觀印象更高的『直接印象』」。[21] 從而可見，一部作品的完成過程，實際上是作家多年來對社會觀察，經過認知、情意的思考提煉而產生出來的成果的過程。上述海南作家便是在這種情況下完成了他們的作品。

　　成名的新加坡海南作家不少，但這兒只提出數位，目的只是為了舉例說明上的方便而已。

參考書目

方修：《馬華新文學大系》第 6 冊，新加坡：星洲世界書局，
　　1971 年。

───：《馬華新文學大系》第 7 冊，新加坡：星洲世界書局，
　　1971 年。

王振春：《尋根集》，新加坡：新加坡文藝協會，2001 年。

王潤華：《華文後殖民文學──本土多元文化的思考》，臺北：
　　文史哲出版社，2001 年。

21　董學文：〈文藝創作心理規律與反映論〉，見趙捷、王欣編：《文藝新學
　　科講座》（天津：百花文藝出版社，1988 年），頁 185。

李叢中：《文學與社會心理》，昆明：雲南教育出版社，1990年。

莫河：《莫河散文選集》，哈爾濱：北方文藝出版社，1999年。

———編著：《海南文學之夢》，新加坡：武吉知馬瓊崖聯誼會海南作家作品研究室，2001年。

———：《莫河文集》，新加坡：錫山文藝中心，2001年。

———：《鄉情、腳跡、鮮花》，新加坡：錫山文藝中心，2002年。

烈浦、莫河編：《符氣南小說·散文遺作集》，新加坡：錫山文藝中心，2001年。

———、———編：《丁冰小說遺作集》，新加坡：錫山文藝中心，2000年。

黃孟文、徐迺翔主編：《新加坡華文文學史初稿》，新加坡：新加坡國立大學、八方文化企業公司，2002年。

楊松年：《戰前新馬文學本地意識的形成與發展》，新加坡：新加坡國立大學中文系、八方文化企業公司，2001年。

趙捷、王欣編：《文藝新學科講座》，天津：百花文藝出版社，1988年。

Wellek, René & Warren, Austin 著，劉象愚等譯：《文學理論》，北京：三聯書店，1984年。

對話與對質：《大馬詩選》／《赤道形聲》量詞的比較研究

⊙謝川成

一、緒論

　　《大馬詩選》在 1974 年出版，《赤道形聲》在 2000 年印行，其間相隔二十六年。艾略特（T. S. Eliot）認為二十年是一個文學週期，寫作風格、表現手法、詞法句法都會有明顯的變化。《大馬詩選》出版了二十九年，評論文章共有六篇。第一篇是郭書遠的〈書評〉，[1] 第二篇是筆者於 1980 年代寫的〈前路難尋知己〉，[2] 第三篇是張光達的〈從《大馬詩選》看女詩人的風格趨向〉，第四篇是葉嘯的〈論馬華現代詩的發展〉，[3] 第五篇是張光達的〈象徵主義與存在迷思——70 年代《大馬詩選》的兩種讀法〉。除此之外，還有溫任平對葉嘯和張光達兩篇文章的回應。[4] 張光達的切入點是女詩人的風格趨向及從

1　郭書遠：《蕉風》1975 年元月號，頁 77-79。

2　謝川成：《現代詩心情》（吉隆坡：馬大中文系畢業生協會，2000 年），頁 135-144。

3　葉嘯：《馬華文學的新解讀》（吉隆坡：馬來西亞留臺校友會聯合總會，1999 年），頁 290-297。

4　溫任平：〈重估《大馬詩選》——兼回應葉嘯、張光達的論見〉，《南洋商報》（南洋文藝），2000 年 11 月 7 日。

象徵和存在主義這兩個角度，提出兩種閱讀《大馬詩選》的方法；筆者主要是從入選《大馬詩選》的詩人是否還繼續創作，來探討馬華現代詩的前景，從這一批詩人的當前表現做一番評估與探測；葉嘯則因《大馬詩選》的作者沒有反映 1960、1970 年代的時代背景，而在文中表示訝異。這幾篇文章從不同的角度評論《大馬詩選》。《赤道形聲》出版才兩年多，到目前為止，尚未有文章探研。

為什麼選擇《赤道形聲》來與《大馬詩選》比較？為什麼不選擇陳大為編的《馬華當代詩選》？原因是：(一)《馬華當代詩選》只選了十八位詩人的作品（應允收錄者十五位），人數太少，代表性不足；(二) 收錄的作品是從 1990 年到 1994 年這幾年的作品，時間太短不能反映詩壇現實。《赤道形聲》則收錄了二十七位詩人的作品，人數與《大馬詩選》相同。雖然有幾位作者同時出現在《大馬詩選》及《赤道形聲》，這並未影響《赤道形聲》詩歌部分的代表性；(三) 作品的年代橫跨 1991 至 1999 年，接近十年，一個不算短的斷代時段，比《馬華當代詩選》多出近乎一倍。這幾個原因促使我選擇《赤道形聲》的詩歌部分與《大馬詩選》進行對比研究。

二、本文重點

本文研究的是 1970 年代出版的《大馬詩選》以及 1990 年代出版的《赤道形聲》（詩部分）量詞運用的共時現狀（synchronic situation）及兩個時代詩人運用量詞的歷時變化（diachronic change）。

　　文章以比較研究的方法,並從統計學的角度出發,再以數字、圖表為手段,研究兩個年代馬華現代詩的語言事實,從中歸納概括其中量詞使用的共時現狀及歷時變化,並做出相關的結論。

　　換言之,本文企圖以語料庫語言學(corpus linguistics)來對兩部詩選中量詞的量化研究,並希望通過這樣的對比研究,進一步理解量詞在現代詩中的作用。

三、量詞的語法作用及修辭作用

　　量詞是表示數量的單位,在現代漢語中有明顯的語法功能與修辭作用。它屬於實詞,其「語法功能是絕對重要的」。[5]量詞的語法功能是指一般的語法搭配,搭配方式有一定的規則,有一定的語法制約。某個名詞應該與什麼量詞搭配或與哪幾個量詞搭配無疑是肯定的。如果搭配不當,大概可以歸為語法的錯誤。但是,作家有時為了「加強語氣、突出語意或增添韻味」,而改變既定的搭配方式,使用某種超常的搭配形式,以達到量詞的修辭作用。

　　量詞的修辭作用可以從量詞的比喻用法看出。以我們熟悉的「一輪明月」為例,可以這樣分析:在「一輪明月」中,「輪」從句法的角度看,與「一」組成數量短語「一輪」,充任「明月」的定語,因此「一輪明月」的句法結構是偏正短語;從修辭的角度看,「輪」是「明月」的喻體,「明月」是本

────────────

5　林萬菁:《語法修辭論集》(香港:香港中文大學中國文化研究所吳多泰中國語文研究中心,1994 年),頁 47。

體，只要把「一輪明月」轉為「明月如輪」，兩者之間的關係就比較明顯。「輪」字顯現了月的圓滿。「輪」本為名詞，指的是車輪，現狀圓形，轉化為個體量詞來修飾「明月」，其編碼是運用了「輪」與「月」的整體相似情況，襯托出明月的整體形態特徵，即圓形。古今詩詞中，與「月」搭配的量詞很多，常見的有「個」、「鉤」、「彎」等。「一個新月」，林萬菁認為是「十分粗鄙」[6]的。「鉤」與「彎」則比較能夠使得平凡的事物躍然紙上，形象具體。

研究現代詩中的量詞，目的在於希望從中看出不同詩人使用量詞的風格，進一步概括出 1970 年代和 1990 年代兩個不同時期的現代詩人使用量詞的風格。

四、《大馬詩選》中的量詞

《大馬詩選》中的量詞共有九十六個。最常用的有六個。這九十六個量詞如下：個、片、陣、腳、河、朵、口、樹、條、場、溪、串、抹、頁、街、株、段、棵、隻、行、臺、襲、聲、則、枚、座、輪、位、處、室、扇、邊、灘、把、塊、根、滴、支、張、對、句、崖、聳、管、葉、麓、海、窩、具、種、幢、泓、叢、部、組、架、環、骨、團、隊、面、曲、本、份、江、匹、線、瓶、身、筆、院子、雙、群、方、截、點、罐、柱、道、堵、臉、列、圈、絲、層、首、排、眸、輛、營、息、勺、家、脈、幅、股。

---

6 同註5，頁54。

除了「個」以外,使用頻率最高的五個量詞如下:

序號	量詞	次數
1	只	25
2	片	17
3	種	16
4	朵	14
5	座	14

　　在上述量詞中,有一些是地道的量詞,有一些是從名詞轉化過來的。必須說明的是,上面所列的量詞都是名量詞。[7] 無論如何,1970 年代的詩人在量詞的使用方面還是比較保守的。一般而言,所謂保守,指的是詩人使用量詞依照一般的語法規律,名詞和量詞的搭配符合語法規則。詩人所用的量詞都是經過約定俗成的,使用範圍比較肯定,搭配比較穩定。例如一則故事、一對情侶、一聲嘆息、一株樹、一支歌、一道窄門等。這些名量[8]搭配對讀者而言耳熟能詳,用在詩中沒有什麼特殊的效果。

7　量詞分類學者有不同的看法。呂叔湘、趙元任把量詞分為九類,但名稱不同;黎錦熙、胡裕樹、郭紹虞等根據量詞的分佈特徵,把量詞分為名量詞、動量詞、形量詞三大類;張志公主編的《現代漢語》把量詞分為名量詞、動量詞及複合量詞;房玉清把量詞分為八類,但其中六項可以歸納為物量詞,所以實際上,房玉清把量詞分為三大類而已。本文所為的名量詞乃採用張志公主編的《現代漢語》的看法。

8　本文所引的例子都是物量詞。動量詞並未引述,因為在《大馬詩選》中,動量詞的使用並不普遍。

五、《赤道形聲》中的量詞

　　《赤道形聲》裏的量詞比起《大馬詩選》在數量上有過之而無不及。筆者初略計算，前者量詞總數共達一百零六個。所用的量詞如下：個、頭、顆、群、串、張、陣、排、間、棵、種、段、聲、行李、株、葉、場、雙、道、面、首、點、把、具、樽、尊、座、綹、匹、本、絲、介、些、杯、份、條、片、章、篇、隻、抹、幢、蔟、截、幅、地、封、支、朵、伴、堆、句、把、行、泡、扇、位、船、幀、部、管、盞、枚、根、頂、批、回、所、塊、節、指尖、冊、口、宗、架、卷、艘、滴、紙、框、臉、川、亭、針、天、帶、縷、套、輛、束、名、則、出、對、疊、尾、鎮、溪、湖、棟、團、脈、粒、寸、壺、叢。

　　除了「個」以外，使用頻率最高的五個量詞如下：

序號	量詞	次數
1	種	23
2	座	21
3	片	18
4	條	17
5	顆	16

六、頻率高量詞的比較

　　兩本詩選的五個使用頻率最高的量詞中，其中三個是相同

的。這三個量詞是種、座和片。

　　「片」這個量詞是用來計量平而薄的物件的。《大馬詩選》中有以下的實例:

　　(1)在世故的圓鏡裏定形

　　　　以足指計算晨昏

　　　　袒一片雲　翻一頁風　為我日記

　　　　　　　　　　　　　（方秉達:〈流浪人〉,頁8）

　　(2)　　　　　　　靜止時

　　　　她的坐姿宛若一片雲彩

　　　　　　　　一叢山色（李木香:〈唇〉,頁23）

　　(3)第二天

　　　　一杯橙汁

　　　　一杯牛奶

　　　　一杯咖啡

　　　　二片土司

　　　　二片滷肉

　　　　二個煎蛋（林綠:〈週末〉,頁129）

　　(4)在一隻逐漸隱息的蟬聲裏

　　　　在一隻山鳥的飛起中

　　　　驚起的一片落葉（賴瑞和:〈果園〉,頁246）

　　例(1)和(2)計量薄片狀的雲,例(3)計量片狀的麵包和薄片狀的肉,例(4)計量薄片狀的落葉。這幾個例子無疑都用了量詞「片」的本義。根據研究,由「片」本義的派生而產生的義項一般計量面積、範圍較大的物或景。《赤道形聲》也有實例:

一片原野／一片山林／一片未被時代唾棄的風景／一片土地／
一片海洋／一片不再反抗的版圖／一片未被開發的處女林／一
片曠野，都是明顯的例子。

　　由上所得的結論是，「片」的義項可以歸納為(1)平、(2)
薄、(3)有一定的面積。三個義項都涉及具體的中心詞。 1970
年代及 1990 年代馬華現代詩人在這方面的表現可謂一致。

　　除此之外，在上述兩部選集中，與「片」搭配的中心詞有
一些是抽象的名詞。例如，《大馬詩選》中就有：一片灰燼、
一片沁涼、一片幽香、一片靜寂；《赤道形聲》中則有：一片
蒼涼、一片可以掌握的空白。「片」的使用使抽象的名詞具體
化，如，「蒼涼」本來難以捉摸，加個具體的量詞「片」和數
詞「一」構成數量短語「一片」，去修飾抽象中心詞，使它們
變成形象具體，這樣，讀者比較能夠感受到「蒼涼」之範圍，
感覺也比較深刻。雖然如此，抽象量詞本身的模糊性使得它們
具有模糊義，用「片」來修飾，比較具體，也離不開整體相應
的模糊義。也因為這種模糊義，語言的模糊特徵因而使人有文
學的聯想。其他例子亦可作如是觀。

　　「座」通常用來修飾山、橋、深林、建築物等。對於「座」
的使用， 1970 年代及 1990 年代的差別不大。試看與「座」搭
配的中心詞：

序號	《大馬詩選》(頁數)	《赤道形聲》(頁數)
1	斷崖(27)	陰涼(13)
2	山(40)	事實(15)
3	古老的碉堡(48)	城市(35)
4	圍牆(49)	花園(37)
5	海(56)	島嶼(70)
6	觀(69)	山(82)
7	石碑(81)	城堡(85)
8	無法超越的牆(95)	亞熱帶的森林(86)
9	蔥青平坦的大草原(123)	防風林(87)
10	大湖(126)	城堡(123)
11	古代遺留下來的宮殿(126)	狂野的島(169)
12	天地(208)	會館(177)
13	果園(245)	熱帶的唐山(179)
14	遺忘的海(250)	美麗的木雕(187)
15		墓園(205)
16		河流(206)
17		瀑布(207)
18		磚牆(107)
19		原始森林(211)
20		山(225)

　　《大馬詩選》中的十四個中心詞都是具體名詞，與「座」
搭配，沿用約定俗成的規律，形成數量型定中結構，沒有修辭
效果。由此可見，1970年代馬華現代詩人在量詞的使用方面
趨向保守。在《赤道形聲》裏，二十個中心詞中，十八個是具

體名詞，只有兩個是抽象名詞。由此觀之，在量詞的運用方面，1990年代的詩人也沒有什麼突破，數量詞和名詞的搭配缺乏變異所帶來的特殊效果。其中兩個例子是比較新的搭配：

(5)簡簡單單地

以單薄的枝臂與葉網

棚建一座陰涼（《赤道形聲》，黃遠雄，頁13）

(6)我忠於自己的操守

疏失整座事實的感受（《赤道形聲》，黃遠雄，頁13）

例(5)的「陰涼」乃抽象名詞，前置「一座」，「陰涼」頓時立體化；在例(6)中，「事實」是抽象名詞，前冠以「座」，把「事實」具象化，予「事實」空間的形象，讓人有「闊」得像「一座山脊」或「一座橋／建築物」的感覺，凸顯了詩中要表達的感受。

七、新鮮搭配，詩意盎然

量名搭配必須遵循一定的語義規範。不同的事物需要不同的量詞。但在詩裏面，詩人為了達到修辭效果而突破規範，讓量名在一種超常搭配中增添韻味，甚至創造意境。例如，明代張岱的〈湖心亭看雪〉就是典型的例子：

惟長堤一痕，湖心亭一點，與餘舟一芥，舟中人兩三粒而已！

這裏的四個量詞是痕、點、芥和粒,而相應的四個名詞分別是長堤、湖心亭、餘舟和舟中人,搭配不可謂不新穎,帶出的效果是「新穎獨特,韻味悠然」。張鵠這樣評論:「一般的情況下稱人為『粒』,那簡直是笑話。可在這種特定語境中卻恰到好處:作者巧用『外視點』觀察事物,如凌雲鳥瞰地面,大小相形,以小襯大,則更顯示西湖冰雪世界的廣闊與浩茫,從而經營出一種特有的詩意氛圍。」[9]可見,張岱的匠心是在量詞的超常用法,微小隱約之狀生動形象,遼闊深遠的雪景圖躍然紙上。難怪張愛民、王冬梅如此讚嘆:「用『粒』來修飾人,既寫雪中遊人稀少,又寫從湖心亭遠觀雪景,寥寥數筆,而妙趣橫生,西湖雪景盡收眼底,意境之美,令人叫絕。」[10]

在兩部選集中,比較有新意的用法或名量搭配超越常規的例子不多,但也有一些實例。這類量詞的使用可以歸類為活用量詞,抑或通過某種方法讓量詞發揮修辭作用。以下是《大馬詩選》中的例子:一樹夕陽、一片灰燼、一室溫暖的春雪、一根歲月、一窩冷禪、一株不可親的星、唇是一叢令人自慚的霞色、她的坐姿宛若一片雲彩/一叢山色、一骨疲倦的靈魂、一株火焰、一片沁涼、每一朵青春、一朵寂寞過的戰慄、將哭泣鎖成一片斷魂幽香、像琴弓拉亮一片靜寂、摺攏一襲希望、一眸的癡、每一片蒼白。可以看出,例子中的量詞和中心詞之間的搭配與一般的搭配相異。這就是量詞的超常搭配。李繪新說:「在特殊的語境中出於修辭上的考慮,偶爾可以突破通常運用規則的約束,採取臨時性的變通用法。這叫量詞的超常搭

9　張鵠:《文學語言藝術》(中國長沙:南方出版社,1999年),頁312。

10　張愛民、王冬梅:〈漢語量詞的辭格用法〉,《修辭學習》第5期,1996年,頁35-36。

配。」[11]

上引例子中，有一些量詞的使用能把抽象的中心詞具體化，形成一種抽象具體的搭配而散發詩意。例如，「歲月」本難以捉摸，配上「一根」，「歲月」躍然紙上，具有形象。量詞「片」本有「平」、「薄」及「有一定面積」幾個義素。例中除了「雲彩」稍與本義相關之外，其他如「一片沁涼」、「一片靜寂」及「一片蒼白」，都可以說是為了強調沁涼、靜寂、蒼白的瀰漫或多的修辭作用而用的。這使我想起余光中的詩句：「那就折一張闊些的荷葉／包一片月光回去／回去夾在唐詩裏／扁扁地，像壓過的相思」。溫任平在分析這節詩句時強調：「動態語言使詩中的景物具體化、具象化，使詩中的張力洋溢貫串在字裏行間。」[12]筆者同意溫任平的看法。但我要指出的是，量詞「片」修飾「月光」，賦「月光」予一種非平面的形體，使詩句較有實感，這是量名超常搭配的效果。

「一株不可親的星」和「一株火焰」中，中心詞並非抽象詞而是具體名詞。「株」的使用使得遙遠的「星」宛如近在眼前。「可親」一詞使「星」人格化。這種寫法是通過比擬來達到量詞的超常搭配。有了這樣的搭配，「株」的使用就予人形象化和生動的感覺了，整體效果是鮮明動人。「火焰」則又如樹一般的高崇向上，令人生畏。

另外，量詞「朵」通常與「花」和「雲」搭配，不和抽象名詞搭配。但是，在「每一朵青春」「一朵寂寞過的戰慄」

11　李繪新：〈略談量詞的超常搭配〉，《中學語文教學》1993 年 3 月號，頁40。

12　溫任平：《文學・教育・文化——研討會工作論文集》（馬來西亞安順：天狼星出版社，1986 年），頁 49。

中，中心詞都是抽象名詞。這樣的搭配突破人們的思維定勢和語言習慣，形成超常的搭配，甚至是「錯配」，一方面產生了詩的意境，另一方面使句子生動而貼切。

在《赤道形聲》中，量詞的超常搭配有以下例子：

(7)冷漠的過客

　　方向是唯一的答案

　　一行李的心事

　　氾濫了季節（頁8）

(8)登岸的新交舊雨

　　在獵獵的秋風中

　　是夕陽中一株容易扭傷的

　　投影（頁8）

(9)他贈我

　　一把除妖的桃木劍

　　一面辟邪的八卦鏡

　　一具降魔的葫蘆（頁12）

(10)他回首

　　擁有的每一具輝煌

　　都是躺著

　　排列的

　　骨骸（頁16）

(11)你已經遺忘

　　卻又不能遺忘你的遺忘

　　僅僅是這一絲微弱的懷想（頁24）

(12)時間，你就到郊外等我吧

　　等我挨過一截哮喘的心情

　　等我換過一副容顏才與你相見（頁36）

⒀開窗，世界收縮成一枚

　　鳥鳴（頁75）

⒁宣佈春天的第一卷消息（頁109）

⒂想像一匹魔毯，我想像

　　以刀的姿態切穿時空的激流

　　我想像魔毯（頁143）

⒃掏出顆很細的記憶（頁178）

⒄一尾滿足，安詳遊歸他多愁的眉宇（頁175）

⒅一匹獅子溫柔地走來（頁217）

⒆一串舊文字，任我詮釋任我組織（頁172）

　　上述詩例中，「行李」、「絲」、「尾」本為名詞，充當量詞之後，對中心詞有一定的修飾作用。「絲」作為量詞有不定量的特徵，模糊的意義，因為它所修飾的客觀對象外延界限不明確。例(11)的「懷想」是個名化動詞，語義不清楚，「絲」的使用並未將它量化，只能夠通過「絲」的模糊量或模糊效果，體現一種氛圍。例子揭示的是「遺忘」與「懷想」的矛盾情感，「絲」的使用很能營造相關的氣氛。《大馬詩選》也有兩個使用量詞「絲」的例子，不過修飾的是聲音而已：「一絲悚人的微響」、「我茫茫地躺在鐘樓下的廣場／建築物在我的四周／安靜地豎立著／沒有一絲聲音」。

　　例(17)量詞用法很特別。眾所周知，「尾」是魚的特有量詞。當然，「條」也是。兩個量詞語義相近，但是理據選擇不同。「條」勾勒出魚的整體外形，理據重點是外表整體特徵；

「尾」是魚較具形象特徵的部分,理據重點是用部分特徵來概括整體形貌,其中不乏借代修辭的意味。這樣的摹擬方式在方法學上可稱為援物取象的編碼機制。也就是說,以援用魚的部分特徵而取象於整體的表量手段來突出「尾」的形象色彩。那麼,「一尾滿足」又如何解釋呢?「一尾魚」是讀者熟悉的搭配,「一尾滿足」則是陌生的搭配。當詩人把平常的語法規則陌生化,他一定是為了某種目的或為了達到某種效果。「滿足」本為動詞,在詩句中充當主語。「尾」是魚的量詞,一般修飾名詞,在這裏修飾動詞,有很好的美學效果。只要與謂語中心「遊歸」一起來看,我們就不能不驚嘆詩人用語之巧妙。如果改為「多愁的臉上有一種滿足的表情」就索然無味了。

例(18)也有陌生化的情況。「一匹獅子」中的量詞中心詞的搭配是前所未有的。「匹」用於馬,約定俗成,不會有爭論。對於獅子,通常用「隻」或「頭」來修飾,從來沒有人用「匹」。如果說詩人想以量詞的超常搭配賦「獅子」予「馬」的奔騰、快速的精神,我就有點保留。在此例中,我看不出陌生化所帶來的審美效果。這裏欠缺的是合理的情境。另外,句中的「溫柔」與「獅子」森林之王的威嚴、暴戾特徵相去頗遠,與「馬」亦難以聯繫。「匹」的用法也許是受到魯迅的影響。魯迅喜歡用「匹」與狗、貓、老鼠、狼、兔、麻雀、馬、羊、猴子等搭配。根據林萬菁的研究,「匹」這種用法「古雖有例,卻是獸類為限,後來緊縮而固定地用於馬」。[13] 在本例中,詩人是否刻意援用古法以求新奇,我不敢肯定。雖然,詩人的執照給予詩人破格書寫的權利,然而修辭作用的缺席,特

---

13 同註5,頁58。

殊語境的闕如，是否意味著詩人寫作時的一時失誤或筆誤？
「匹」的另一個用法是計量綢、布、呢、絨等。例(15)的「一
匹魔毯」看似特殊，其實還是平常的量名搭配，新意不顯。

　　例(13)的「一枚鳥鳴」不合邏輯，因為「枚」這個量詞一
般用於計量小錢，形體小的東西和彈藥。在這裏，作者用「枚」
搭配「鳥鳴」就不是不同用法，可以說是超常的搭配，效果是
把「鳥鳴」具體化，成功地帶出鳥聲縈繞的氣氛或情景。洛夫
〈隨鳥聲入山而不見雨〉中的幾句詩亦有同工：

> 下山
> 仍不見雨
> 三粒苦松子
> 沿著路標一直滾到我腳前
> 伸手抓起
> 竟是一把鳥聲

這裏，詩人用了兩個修辭格。首先是溫任平所謂的換喻。在他
看來，「鳥聲」是「苦松子」的換喻。[14]「鳥聲」在這裏暗示
山中的風景和記憶，是借代修辭格。從量名的搭配看，「一把
鳥聲」與「一枚鳥鳴」情況一樣，乃量名的超常搭配，以使訴
諸聽覺的「鳥鳴」或「鳥聲」有了形體，並在特殊的搭配中迸
發詩意。老舍〈犧牲〉中的一句「美國博士幾個子兒一枚？我
問他」，雖不是詩，帶出的是「微不足道」的意味，同樣達到
修辭效果。

14　同註12，頁89。

例(14)的「一卷消息」值得玩味。量詞「卷」,源自「卷」。眾所周知,古代書籍一般寫在帛或紙上的,可以捲起來收藏。所以,書籍常用「卷」來修飾。在現代漢語,「卷」用來計量書的一部分。在「一卷消息」中,詩人用計量具體事物的量詞「卷」修飾「消息」,使抽象的「消息」從量上具體化了。詩人要告訴我們的是春天到來的消息,而這個消息是可以像書一樣慢慢展讀的,那種因春天來臨而產生的喜悅,通過量名的超常搭配而顯得具體而漫溢。

根據以上論述,無論是《大馬詩選》或是《赤道形聲》(詩部分),量名超常搭配帶來的修辭效果可以歸納為四項:表達事物,形象生動、抒發感情,褒貶適宜、創造意境,增添韻味、化實為虛,朦朧真切。[15]

八、萬能量詞「個」的氾濫

在眾多量詞中,「個」的使用是最廣泛的。筆者從《大馬詩選》摘錄的共有五十七項。其中的中心詞有的是實詞,有的是抽象名詞,而實詞的範圍又很廣。最常與「個」配合的中心詞是有關人的名詞,如難民、人、孩子、少年、老頭、士兵、和尚和男子。接下來是時間名詞如:下午、晚上、夜、清晨、過去、朝代、日子、小節日時刻、冬日、白天黑暗。其他是物象如:觔斗、天窗、島、浪花、煎蛋、木筏、村落、傷口。有些是抽象的名詞如:悲傷、存在、圓滿、災難、全圓、世界、

15　同註10,頁35-36。

視野。由此可知，「個」的使用有表達隨意的情態色彩，[16]
是個十分概括的量詞，可以用於人，也可以用於物。當然，這
樣多種的使用方法並非偶然，而是人們約定俗成的。何潔認為
人們使用「個」有時是「為了淡化莊重的情態色彩」，有時是
為了「語體的方便」。[17]

在《赤道形聲》的詩部分，使用量詞「個」的詩例共有一
百一十五項，比《大馬詩選》多出一倍以上。由此可見，「個」
化的情況比1970年代更加明顯。

《赤道形聲》中的絕大多數例子都是一般的數量＋中心詞
合乎語法規則的組合。我們可以這麼說，1990年代的馬華現
代詩人喜歡使用量詞，且習慣在中心語前面加上定語，但是，
用法卻是陳舊的，沒有新意，與1970年代詩人的用語情況了
無二致，只是中心語的範圍稍微廣泛而已。其中兩個例子或許
值得探討：

(20)一間四四方方的辦公室

堆砌著一個四四方方的心情

我是被嵌在裏頭的畫像

曾經要求過以青綠的山林做背景

結果配上的是灰色的噪音（頁35）

(21)為你而來，海剛剛溫

鳥在你頭上圍起

監獄的樣子　比欄杆還高

16　何傑：《現代漢語量詞研究》（北京：民族出版社，2000年），頁103。
17　同註16，頁104。

> 一個頭,一個想逃獄的藍色
>
> 比海水還要沈默(頁93)

例(20)「四四方方的心情」是個大膽的搭配。單看例句,讀者一定摸不清其中意蘊。「心情」是個抽象名詞,與「個」搭配,未能帶出形象化的效果。定語「四四方方」更是荒謬,令人難以接受。如前所述,量詞中心詞的超常搭配必須在一個特殊的語境內進行,或為了達到某種效果而臨時組合。在閱讀本例時,讀者必須從整段的語境中才能夠體會「四四方方的心情」。有了這層基礎,「個」的使用才有立足之地,儘管搭配略嫌勉強。我在想,詩人如果選用其他量詞,效果會否更好呢?無可否認,「個」是個概括性特強的量詞,表意籠統,本身又抽象,所以隨意性很強。何傑的研究發現,「個」可以用於人,如「一個人」;也可以用於「物」,如「一個蘋果」;有些已有了專門量詞的事物,也可以用「個」計量,如「一個桌子」(一張桌子)。量詞「個」無論用於人還是用於「物」,隨意性都很強。[18]

1970年代和1990年代的馬華現代詩人大量使用「個」這個萬能量詞,到底是語境或表達的需要,還是詩人本身的用語態度?上面所列出例子中的「個」,很多其實可以用別的量詞來代替。這個「個」化的現象反映了詩人使用詞語時的「求雅」、「求新」、「求簡」以外的「求便」心理。[19]「求便」是

---

18 同前註,頁103-104。

19 郭伏良認為,無論是創造或使用詞語都會受到心理因素的影響。這種心理包括 (1)求雅心理,即摒棄粗俗語而創造委婉語;(2)求新心理及(3)求簡心理。見郭伏良:《新中國成立以來漢語辭彙發展變化研究》(中國:河北大學出版社,2001年),頁5-19。

為了方便，欠缺仔細推敲的態度。這種用語心理導致量詞在詩中無法發揮特殊的修辭作用。

在語法學界，「個」的使用範圍的爭論在三十多年前就已經發生。著名語法學家劉世儒指出：

> 例如有人看到現代漢語中「個」字的廣泛應用，就得出結論說：漢語量詞正在消亡；漢語量詞是沒有歷史前途的，將來發展，它將完全被消滅，一切量詞都將歸於「個化」。這種論斷，表面看來，也有理由，其實是非常錯誤的。從歷史上看，漢語量詞是遵循著兩條道路發展下來的：一條是由簡到繁的路，一條是由繁到簡的路。所走的道路雖然不同，但圍繞的目的卻只有一個。那就是讓語言的結構更加精確、鮮明、完善。因為要讓事物的類屬明確化，所以量詞的分工就越來越細密。如人、牛、羊、豬等，南北朝都還可以用「頭」量，後來發展，就各有專職的量詞了，……因為要讓事物的性質形態更鮮明化，所以量詞的用法就越來越活脫。如「一點春」之類的說法；又如現代漢語中的「一線希望」「一縷愁思」之類的說法，這就使比較抽象的或者比較平實的事物登時圖畫化了。類似這樣的情況，都可以說是由簡到繁。但若繁而無謂，那當然也就不是需要的，所以同時又有由繁到簡的一條路。如「同義量詞」的淘汰，一般退色量詞的「個化」等等。這就可見「一切量詞歸於個化」的論斷是如何的沒有根據了。[20]

20　劉世儒：《魏晉南北朝量詞研究》，轉引自林萬菁：《語法修辭論叢》，頁60。

林萬菁認為劉世儒的分析客觀中肯,我也有同感。「個」的氾濫顯示其應用範圍不斷擴大,這是語言適應趨簡的自然現象。另一方面,量詞「個」也受到形象量詞的排擠,應用範圍逐步縮小,這是語言適應生動活潑趨勢的發展。[21] 可是,「個」在兩部選集中還是很多。「個」的泛化其實是受到強勢語言英語冠詞 a 或 an 的影響,對漢語的形象美學、特性、規範毫無貢獻。語言必須日益精確,量詞的使用也應該就其語法與修辭作用做巧妙安排,尤其是在詩中使用量詞,詩人不能不考量詩境。換言之,在寫作時,詩人應該多注意量詞的形象特徵如何配合詩境。照顧周全,漢語的形象美學得以發揮,詩的主題思想得以更有效地表達。

九、結語

本文就《大馬詩選》、《赤道形聲》詩部分的量詞研究只屬初步的探討,所得到的結論是:(一) 1970 年代和 1990 年代馬華現代詩人在量詞的使用方面比較保守,量詞和中心詞的搭配合乎語法規則,可謂四平八穩,沒有錯誤,當然也欠缺新意;(二) 部分詩人嘗試打破傳統的量詞用法,而讓量詞和中心語在一種陌生的組合中發揮特殊的修辭效果,從中更能看到詩人用語的巧妙;(三)「個」化現象在 1970 年代和 1990 年代都很嚴重, 1990 年代的情況更令人擔心,這可能是受到用語「求便」心理的影響。

21　南開大學對外漢語教學中心編,《漢語研究》第 2 集,頁 95。

　　拙文所舉的例子還不夠全面，所探討的面向亦有待拓展。
量詞「種」、「具」、「朵」等的用法亦來不及深究。除此之
外，量詞重疊後在詩中所起的修辭作用以及所充當的句子成
分，也是值得研析的。有興趣者或許可以從共時現狀，來歸納
《大馬詩選》或《赤道形聲》詩部分量詞搭配的共同現象或趨
勢，也可以比較兩部選集的量詞用法，而分析其歷時演變的情
況或脈絡。這種研究回歸到語言事實，讓人更加瞭解詩人用語
的態度和心理，從而體悟詩人作為語言試驗者的身分與責任。

參考書目

何傑：《現代漢語量詞研究》，北京：民族出版社，2000 年。

于根遠：《二十世紀中國語言應用研究》，中國：書海出版社，
　　　2000 年。

林萬菁：《語法修辭論集》，香港：吳多泰中國語文研究中心，
　　　1994 年。

郭先珍編著：《漢語量詞的運用》，北京：中國物資出版社，
　　　1987 年。

張志公：《張志公文集I》，廣州：廣東教育出版社，1991 年。

張鵠：《文學語言藝術》，中國長沙：南方出版社，1999 年。

南開大學對外漢語教學中心編：《漢語研究》第2集，天津：南
　　　開大學出版社，1989 年。

溫任平：《文學‧教育‧文化——研討會工作論文集》，馬來西
　　　亞安順：天狼星出版社，1986 年。

湯志祥：《當代漢語詞語的共時狀況及其嬗變》，上海：復旦大

學出版社，2001年。

謝川成：《現代詩心情》，吉隆坡：馬大中文系畢業生協會，
2000年。

書寫策略：尷尬與超越之間的遊走[*]

——以《新加坡華文文學史初稿》為中心論新華文學的定位

⊙朱崇科

　　毋庸諱言，為年輕的新加坡華文文學立言絕非易事，其中不乏弔詭之處。除了要探討對駁雜、深邃甚至有時有些玄奧的文學史理論（或哲學）的普遍性借鑑和建構以外，它還同樣必須解決更多棘手問題，如它對中國文學的承襲與拒斥，與唇齒相依的馬華文學的有效分家等。

　　文學史理論因了仁者見仁、智者見智的各家學說的風雲際會，而顯得迷霧重重，同時又弔詭的因此爭奇鬥豔、五彩繽紛，從而更加魅力十足。

　　但就文學史與歷史思維來看，「在文學史領域，歷來有兩種不同或對立的傾向。一種傾向體現在把文學史視為人類精神史，亦即從一般的精神史角度來重建文學史；另一種傾向反映在強調文學的歷史是人類文化史中的一個特殊歷史類型，它特

*本文曾呈交美國哥倫比亞大學東亞系系主任王德威教授、臺灣元智大學文學院院長與中文系系主任王師潤華教授審閱，臺灣中央大學中文系系主任李瑞騰教授在「當代文學與人文生態──2003年東南亞華文文學國際學術研討會」（2003年2月22至23日，新加坡）會上及會後，也提出寶貴意見，特此感謝。

別體現在文學自身的風格演化歷程中」。¹我們不難發現，在鼓聲隆隆、殺聲震天的兩桿大旗（精神史與文學自身的歷史）的背後，同樣也涉及了一個悖論，即對文學史某一思維模式的固執堅守。實際上，真正的文學史恰恰不得不面對二者求同存異的融合，抑或消弭絕對衝突的有機操作。

文學史，顧名思義，實際上涵括了文學與歷史兼而有之的思考與書寫邏輯，「作為歷史性著作的文學史，必須建構一種敘述歷史的邏輯，亦即在相對完整客觀地描述歷史原生面貌的基礎上，呈現出史家的史學眼光和歷史的想像與思辨力，從而達到歷史與邏輯的統一。更準確地說，文學史必須從紛繁雜亂的文學現象中抽繹出其演繹的內在邏輯規律。」²

因此我們可以推斷出，文學史家所必須承擔的歷史使命或者基本目標，應該是對上述二者靈活機動的兼顧。如俄國著名思想家巴赫金（Mikhail Mikhailovich Bakhtin，1895-1975）所言，「文學史在不斷形成的文學環境的統一體中研究文學作品的具體生活；在包圍著它的意識形態環境的形成中研究這種文學環境；最後，在滲透於其中的社會經濟環境的形成中研究這種意識形態環境。因此文學史家的工作應當在同其他意識形態的歷史、同社會經濟的歷史的不斷的相互影響中進行。」³這顯然考慮到了文學及其生成環境的密切關聯。

美國學者柯潤（R. S. Crane，1886-1967）曾為文學史研究

---

1 周憲：《超越文學——文學的文化哲學思考》（上海：三聯書店，1997年），頁219-220。更加詳細的闡述可參考該書第三章。

2 劉小新：〈對海外華文文學研究中若干問題的思考〉，《人文雜誌》2002年5月號，頁93。

3 巴赫金（M. M. Bakhtin）著，李輝凡、張捷、張傑等譯：《巴赫金全集》第2卷（石家莊：河北教育出版社，1998年），頁143。

列出需要考察的四個重要任務：（一）作家們在不同時空所追尋的藝術或形式目標（ends）的持續變化；（二）實現目標所憑藉的材料（materials）中的持續變化；（三）不同材料中為實現不同形式而採取的更有效的或者至少是新的技巧、手段的持續變化；和（四）與歷史相關的不同藝術中有藝術價值和歷史意義的作品生產中，所有這些變化著的可能性的持續實現（actualization）。[4] 儘管表述不同，側重點也更偏向文學的創新性，柯潤的論述也仍然顧及了文學與歷史的密切關聯。

如果將問題進行逆向思考，也就不難發現，文學史家同樣在文學史的操作實踐中，扮演了積極主動的角色，發揮了他內在的主觀能動性，如果我們探究文學史著的建構性，那麼，文學史家的角色舉足輕重。由於「文學史的建構者是作為主體的文學史家，因而建構性也就是主體性。主體性體現於建構性，而建構性則集中反映了主體性、依賴於主體性」。[5]

顯而易見，文學史中無論大到書寫體例與主線貫穿，還是小到具體而微的材料選擇，都充滿了文學史家的主體性（subjectivity），儘管這種主體性多數必須恪守著述的客觀性（objectivity）。著名文學史理論家雷・韋勒克（René Wellek, 1903-1995）就指出，「我認為，文學史的相關材料的選擇，必然關聯了價值以及包含價值的結構。歷史不能同批評分離，批評意味著對歷史學家的必要的價值系統的不斷指涉（reference）」，[6] 對文

4　R. S. Crane, *Critical and Historical Principals of Literary History*（Chicago: University of Chicago Press, 1971）, pp.37-38.

5　陶東風：《文學史哲學》（鄭州：河南人民出版社，1994 年），頁 25。

6　René Wellek, *The Attack on Literature and Other Essays*（Chapel Hill: The University of North Carolina Press, 1982）, p.74.

學史家主體性的強調一目瞭然。

不難想見的是,當我們將這些駁雜精深的文學史理論投影於新加坡華文文學的書寫時,自然後者也必須要遵守箇中的基本範式。當然,新華文學史的書寫亦有其獨特性,我們同時又要注意理論的普適性與否,從而進行必要的調整。

某種意義上講,新華文學史的本土書寫,理應比中國視鏡下作為海外華文文學成分之一的新加坡國別(區域)華文文學史的書寫,更具說服力和客觀性。在我看來,後者的主要弊病如下:

(一)資料匱乏導致視界褊狹。由於新馬的出版與發行物很難成功的直接大批量進入中國,往往只是靠饋贈等方式獲得有限第一手資料(文本),研究者在資料受限的情況下更多只是「窺豹一斑」,自然也往往無法做出準確的判斷乃至剖析。在接受他人贈書的同時,也順帶附加了些許情感因素,同時,在無法將研究對象置於相關大文學史背景(框架)中考量時,又考慮到研究長遠的互惠互利性,研究者往往毫不吝嗇的將讚美的高帽送人,這樣皆大歡喜的操作,既使研究者獲得了無形的話語霸權(至少也是發言權),又保住了自己的飯碗。但對學術研究來講,確實有百害而無一利,極大的破壞了中國學者的學術聲譽、「生態平衡」和學術的嚴肅性。

(二)中國中心論的隔閡與評價體系的殘破。由於對新加坡缺乏更深入、細緻的必要瞭解,研究者在解讀文本並做出價值判斷時,往往以中國的現代文學研究模式硬套新華文學,其研究效果之「隔」可想而知;由於對新華文學的獨特性缺乏深刻體會,新華文學研究在作為「海外華文文學」分支之一進行觀照時,往往有隔靴搔癢之感,而且,中國中心意識時不時冒

頭，阻撓了研究者對新華文學的可能更深入的認知。同時，由於老輩學者相關理論知識結構的陳舊和意識形態因素影響，新華文學研究的深度也難以一如人意地展開。

如人所論，他們往往認識到「作為意識形態的文學是社會政治的反映，文學史本身亦是社會政治經濟文化脈動的構成部分」，卻無法真正意識到「文學發展過程還存在歷史、文化與美學諸因素的互動關係，文學史的發展還存在藝術演變的自身內在規律」，[7]更遑論對這種內在邏輯的巧妙與細膩掌握。

當然，新華文學的本土研究也有自己的不便之處，太近距離的審察往往因如人情世故等因素的干擾和幫派主義等的無奈羈絆，或多或少影響了研究者的主體性，同時而使其科學性難免打折扣。同時，本地文學批評理論素養的厚重積累的缺乏，也妨礙了文學史哲學的深度與開拓。

還需要指出的是，文學史的寫作也因歷史思維的迥異體現為不同的書寫體例，而「體例的選取，也就是寫作者觀察視角的選取，受制於研究對象，更取決於寫作者所設定的任務」。[8]同樣，書寫體例的選取也因而限制了文學史書寫的側重、開放性與否等等考量標準。

上述種種論述在在指向一個貌似不言自明的話題：新華文學史的書寫並非「得來全不費功夫」。同時，我們也會發現，為新華文學定位也並非輕而易舉的事情。[9]從此角度講，黃孟文、徐迺翔主編的《新加坡華文文學史初稿》（以下簡稱《初

7　劉小新：〈從方修到林建國：馬華文學史的幾種讀法〉，《華文文學》2002年第1期，2002年1月（總第48期），頁50。

8　姜建：〈海外華文文學研究的標誌性工程〉，《世界華文文學論壇》2000年第4期，2000年12月，頁73。

稿》），作為新華文學的第一部通史，其誕生和書寫意義都非同
尋常：其拓荒性和貧弱之處都極具觀賞性和借鑑（抑或告誡）
作用。竊以為，如果想準確精鍊地為新華文學定位，必須解決
好如下問題：(一) 命名的尷尬；(二) 如何新華文學？(三) 客觀
性等等。

一、命名的尷尬：合法性／正當性

人常言，「名不正，則言不順」。新華文學史的命名書寫
同樣也不容迴避，尤其是，新華文學同中國文學、馬華文學的
實質性剝離，在操作起來特別困難重重的情況下。

命名的意義無疑非常重大，因為「任何一種學術命名，不
僅僅揭示某類特殊的現象以引起關注，更預示著方法論與學術
視角的更新，或者，暗示著某種被忽略的隱蔽關係以引起探
討。命名可能導致一門新學科的誕生，也可能只是帶來一些嶄
新的學術問題，而開拓原有學科的視野、思路」。[10] 無論如
何，對新華文學的命名勢在必行，《初稿》對這一不容迴避的
任務貌似聰明的繞過，其實頗有放虎歸山、後患無窮之果。

9　新加坡文藝協會最近發起為新華作家定位的號召。考察其定位的必要性
　　和目的性，其實際更多指向作家「應得的地位及福利」的物質性，也即
　　希望政府為老年優秀作家提供「生榮」：物質的幫助和精神的關心與重
　　視。但整件事情最後不了了之（哪怕最後即使頗有爭議的達成一致），箇
　　中複雜糾葛卻又從另一個側面反映了從文學上為新華作家定位的難度和
　　爭議性。詳情可參《新加坡文藝報》創刊號，2002 年 9 月，頁 2；第 2
　　期，2002 年 11 月，頁 1-4。

10　饒芃子、費勇：〈論海外華文文學的命名意義〉，《文學評論》1996 年第
　　1 期，1996 年 1 月，頁 34。

　　當我們考察新華文學確立命名的標準時，悖論油然而生：是以區域作為標準，還是以國別劃分？再進一層，是以作家的政治身分為準，還是以其文學文本作為劃分依據？

　　在面對作家個體時，我們不得不看到他們的流動性，其中也可能包含了國別身分的轉變，所以在確立「新華文學」這個名詞時，要「在一種流動的狀態裏把握它所表達的內涵。因為『區域』與『語言』這兩種似乎定量化的科學標準，一旦依附於具體的個人或具體的時空，會以千百種姿態變幻莫測」。[11]

　　（一）國別。如果我們以國別來劃分，1965年新加坡共和國的獨立自然為新華文學確立了一個時間的起點，儘管從文學史概念看來，它並非非常嚴格。[12] 但如果想實現新馬華文文學的分家，政治與國家獨立無疑是一個重要的理由，「因為沒有理由拒絕一個國家擁有它自己的文學。」[13]

　　這一理由並不特別充分的起點，的確也成為新華文學得以公認的理由：絕大多數新馬本地研究著述（出版物）都以此作為新華文學起點。作為新華文學研究重鎮之一的中國的學者，往往也持類似觀點，如人所論，「新加坡是一個小小的島國，然而，建國三十多年來，發展神速，經濟繁榮，並且為新加坡華文文學（以下簡稱新華文學）的發展與繁榮，拓展了一片藍

11　同註10，頁33。
12　如方修在《看龍集》（新加坡：春藝圖書公司，1994年）頁3-4就認為，「國家獨立或政治制度有所改變之後，文學情況趕不上那樣的形勢，兩者之間不太符合……所以如果單單從文學的觀點來界定，雖然可以從1959年來劃分，但界線並不是十分明顯。如果是提前兩年，從1957年底或1959年初開始，算是新加坡自治前後，那麼界線反而比較分明。」
13　周寧：〈僑民文學、馬華文學、新華文學——試論新加坡華文文學發展的三個階段〉，見《文藝理論與批評》2001年第1期，2001年1月，頁114。

天」。[14] 而臺灣的柏楊在主編《新加坡共和國華文文學選集》（臺北：時報文化出版公司，1982年）時，顯然也採用了上述標準，並指出新加坡「政治上的獨立，中華人由僑居而定居，由移民而成為新興國度的原始居民，文學上也跟著進入一個嶄新天地，開始跌出移民時代中國文學的羈絆，在新土壤、新國土上生根、發芽、成長」。[15]

（二）地域。當我們採用地域作為新華文學劃分的衡量時，我們在面對1965年新馬分家前的文學史時，則多了一份難以迴避的尷尬：如何實現真正的文學分家？甚至在新加坡建國初期，這種文學上的獨立性也未見得涇渭分明，因為實際上，「從馬華文學進入新華文學，既找不到審美的轉化，又找不到歷史的轉化的痕跡，唯一一點變化大概是，當作家們再次表現愛國主義主題時，所愛之國明確成為新加坡」。[16]

所以我們不難發現，如果為命名的一貫性，即新華文學的術語貫穿性，而對戰前戰後的馬來亞文學（包含了有些人刻意強調的所謂馬華文學與新華文學）進行生硬割裂的話，那不過是處於一種庸人自擾的尷尬或者本末倒置式的自尋煩惱。因為「1919年以來馬華文學傳統是一個不可缺少的歷史性的詮釋背景，因為很多問題是相互關聯、無法明確分開的……任何時候，我們都無法脫離馬華文學的傳統背景來談論新華文學」。[17]

黃孟文、徐迺翔主編的《初稿》著眼於新華文學歷史發展

14　賴世和：〈「新華文學」三十年〉，《新東方》1998年第5期，1998年9月，頁57。

15　柏楊主編：《新加坡共和國華文文學選集·總序》（臺北：時報文化出版公司，1982年），頁2。

16　同註13，頁118。

17　同註13，頁114。

過程中，從「移植」到「本土」，從「僑民文學」到「獨創的新加坡華文文學」的獨特拓展姿態，的確也屬立意新穎、用心良苦。在處理新加坡建國前的華文文學時，他們也考慮到了箇中的某些複雜性，「1965年之前的新加坡和馬來西亞，不僅有過歷史與地域上的整體性，新華文學和馬華文學也有很強的一體化特徵。我們為了探討新加坡共和國建立之前的文學發展軌跡，把它和馬來亞文學適當加以區分，更多地也是在地域的意義上，並非著重在文學本體。因為這個時期的新、馬華文文學本是一家，兩地的文學即使有某些差異，也是大同小異，很難形成各自獨立的文學特徵」（緒論，頁 XIV）。

問題的弔詭之處在於，即使是在新加坡這塊土地上發生的文學事件、思潮論爭、文本生產等，在新加坡作為國家的政治實體尚未誕生之前，多數文學作者與消費者尚屬中國子民或英殖民下的馬來亞人民的前提下，從中生硬的割裂出新華文學這一地盤，其合法性（Legitimacy）也就顯然有些荒誕與值得懷疑了（意識形態的對文學的粗暴干涉？）。

如所謂「**新加坡**的『新興文學』運動」，卻是在1928年由**中國**作家許傑由上海來到吉隆坡，「在**馬來亞**大力提倡」，爾後逐步引發、推廣的（黑體字為筆者所加──朱按）。不難發現，書寫者為確立新華文學的合法性所做的刻意乃至機械的強調，而「新加坡和馬來西亞只有一水之隔，這些理論自然也影響到新華文壇」（頁14），則又反映了這種強行為之的心虛和尷尬。如寫李西浪的長篇連載小說《蠻花慘國》（載於《新國民雜誌》副刊，1925年），作為新華文學萌芽時就書寫的南洋本地生活題材的例證時，卻弔詭地指明這部小說描寫的是「南洋西婆羅洲的社會風貌」（頁21），可讓人質疑的是，那它不

應該更是馬華文學嗎？它成為新華文學的有力證據何在？

饒有趣味的是，書寫者明顯混淆了如下的邏輯：馬來亞華文文學（或簡稱馬華文學）在 1965 年以前是包括新華文學和馬華文學的，但新華文學卻不能等同於馬來亞華文文學。而將新華文學硬性獨立，就好比兩個情同手足的姐妹齊心協力繡出一幅美輪美奐的織錦，後來因二人鬩牆非要將織錦一分為二一樣。表面上兩人獲得了二分之一價值的寶物，實際上，這幅織錦很可能因為分割導致面目全非而不值一文。

新馬文學史家方修、楊松年等對這一特定時段的命名處理值得借鑑。如為照顧該時期馬華文學的完整性，方修在主編大系時，往往以「馬華新文學」稱之，甚至為了更加強調其文學性，而有意部分忽略國別的劃分。[18] 楊松年教授致力於這一時期的研究時，往往也以「新馬」合而稱之。[19]

有鑑於此，1965 年之前的新華文學因為無甚特立獨行，理應納入「馬來亞華文文學」術語和範疇之下，而無須刻意因了種種需要而做譁眾取寵的割裂，否則，我們將持續面對表面僵硬的新華文學與內在表達的馬華文學之間不斷衝突，乃至將問題片面化的尷尬。[20]

18　如方修編《戰後新馬文學大系》（北京：華藝出版社，1999 年）時，甚至將該名稱推到 1976 年，見《小說一集‧導言》，頁 1。

19　如楊松年：《戰前新馬文學本地意識的形成與發展》（新加坡：國立大學中文系、八方文化企業公司，2001 年）、《新馬華文文學論集》（新加坡：南洋商報，1982 年）、《新馬華文現代文學史初編》（新加坡：BPL 教育出版社，2000 年）、《戰前新馬文學所反映的勞工生活》（新加坡：新加坡全國職工奮鬥報，1986 年）等，都力主此見。

20　中國的新華文學研究學者也有類似問題，如胡凌芝在她的〈對新加坡華文文學歷史軌跡的思考〉，《汕頭大學學報》（人文社會科學版）1997 年第 3 期，1997 年 5 月，頁 88 中，引用黃孟文的引文指向的是 1940 年代末的「馬華文藝」，論述字眼卻是「新華文學」，明顯亦有貨不對辦之嫌。

　　如果在逼不得已之下選擇一種命名／分期方法的話，以新加坡作為一個文學文化的場域進行處理，不失為一個替代的好辦法。在「整個文化場域」[21]中探討在新加坡這塊熱土上發生的形形色色的文學事件、剖析「文學場域的變遷」，同時再在遊刃有餘的處理新加坡與吉隆坡作為不同文學場域的互動關係中，將新加坡華文文學進行勾勒與梳理的話，則反倒有可能呈現出一種相對鮮活、有機的風貌來。[22]

　　需要指出的是還有《初稿》的分期問題。王賡武在評價方修的《馬華新文學史稿》時，曾對方的分期（即萌芽、擴展、低潮與繁盛期）做了一針見血的酷評，「這樣的分期法即使如何合理，卻使本書產生不必要的支離破碎的作用」。[23]《初稿》將新華文學史分為四期：(一) 初創（1919-1937）；(二) 抗日戰爭（約1937-1945）；(三) 戰後（約1945-1965）；(四) 新加坡共和國時期（1965-）。在我看來，此分法也有類似的弊病，我們自然允許有不同的分期標準，但更大的問題在於：文學的位置何在？如果說新華文學的合法性不容置疑的話，新華文學史的分期就更應體現出對新華文學自我發展的內在規律的有機切割，而不是讓它淹沒在歷史事件的汪洋大海中。這樣一來，「文學就被認為是完全由一個國家的政治或社會革命所決定。如何分期的問題也交給了政治和社會史學家去做」。[24]

　　如楊松年所論，為新馬華文文學史分期，「是在沒有更好

21　張誦聖：《文學場域的變遷》（臺北：聯合文學出版社，2001年），頁202。

22　此處觀點得益於與臺灣中央大學李瑞騰教授的對話與交流，在此不敢掠美。

23　方修編：《池魚集》（新加坡：春藝圖書公司，1993年），頁129。

24　韋勒克（René Wellek）和沃倫（Austin Warren）著，劉象愚等譯：《文學理論》(Theory of Literature)（北京：三聯書店，1984年），頁303。

的辦法的情況下，干預具有有機性的連續性的文學生命，目的是為了方便與較為清楚的說明問題。因此我們必須慎重對待文學史分期的方法與原則」。[25] 誠然，新華文學史的分期同樣也因與其合法性息息相關，而更要兼顧文學的內在規律與歷史情境與科學評價的有機融合。

二、文學性與本土性：如何新華文學？

俄國形式主義學說最關鍵的名詞之一──文學性（Litera-riness），是指文學之所以成為文學的特質，也就是文學區別於其他一切意識形態或精神文明創造的質素。該派的代表人物之一雅各森（Roman Jakobson, 1896-1982）就認為，「文學科學的對象不是文學，而是文學性，也就是說使一部作品成為文學作品的東西」。[26]

毋庸諱言，文學史的書寫理所當然也應當側重文學性在不同歷史時空情境下的演進：飛升和失落、急進與徘徊、曲折或盤桓等。如果我們切入到新華文學史中時，本土性（Native-ness）無疑又成為另外一個必要又充滿活力的向度。「由於不同的人文生成環境，海外華文文學表現出與大陸本土華文文學不同的模式和軌跡，具有自己獨特的進程和形態，因此，加強

25　楊松年：〈編寫新馬華文文學史的新思考〉，見陳榮照主編：《新馬華族文史論叢》（新加坡：新社，1999 年），頁 28。

26　[法]托多洛夫（Tzvetan Todorov）編：《俄蘇形式主義文選》（北京：中國社會科學出版社，1989 年），頁 24。有關論述還可參 Antonio Garcia Berrio; translated from Spanish into English by Kenneth A. Horn, *A Theory of the Literary Text*（Berlin; New York: W. de Gruyter, 1992）。

對其獨特性的研究是十分重要的。」[27]

應當指出，在理論術語滿天飛、無須界定、不加思索就隨便使用藉以標榜自我以訛傳訛的今天，對本土性的清晰界定尤顯必要。本文所指的本土性就是指本土特質、本土特色，也即在地的精神與特性。體現在文學創造中，也就是本土認同（Local Identity）與文學性的有機鑄煉。筆者將本土性分為三個層面：(一) 本土色彩：本土自然風情與人文景觀的再現；(二) 本土話語；(三) 本土視維：文學書寫中本土精神或意識的自然又顯著的流露。[28] 應當指出的是，這三個層面並非涇渭分明、鐵板一塊，也並非同時出現才算高度體現了本土性的表徵。相較而言，第一個層面本土色彩多指向本土性的物質性（materiality）層面，本土話語往往是特定歷史情境中對中文的再造與發展，也同時凝結了本地文化；本土視維作為本土性的最高層面，是指作者的文本書寫中本土精神自然而然地噴薄而出或超然潛伏其間，無論書寫對象關涉本土事件，還是放眼本土以外。

由上所述，本土性的確立、成熟與繁盛，都仍然是一個尚未完結的開放的過程，對新華文學來說，這仍然是一條漫長的路。

一方面，新加坡作為一個年輕的移民社會國家，個體本土認同的真正實現不可能一蹴而就，所以有時「融合與同化，常常淪於一種理論神話，一旦落實於具體的人事或時空，就顯現

---

27 饒芃子：〈海外華文文學學科建設與方法論問題〉，《文藝理論研究》1998 年第 1 期，1998 年 1 月，頁 36。

28 朱崇科：〈在場的缺席──從本土研究看馬華文學批評提升的可能維度〉，《人文雜誌》（馬來西亞）第 13 期，2002 年 1 月，頁 26。

出希望與現實之間的鴻溝，有時甚至是宿命的、難以逾越的鴻
溝。在一個多民族的移民國家裏，同一空間分佈著無形的文化
邊界，割裂成許多邊緣性族群」。[29] 儘管新華社會並未完全如
其所言，但從某種意義上講，新華文學也是被官方侏儒化過的
文學，華、英語言政治化的隔閡也耽擱、壓抑了新華文學本土
性的張揚。[30]

　　另一方面，崇尚實際、有些急功近利傾向的新加坡文化，
缺乏提升本土性的良好氛圍，新華文學中的本土性層面因而缺
乏宏觀的質的飛躍。因為「任何一種文化，都不意味著種種文
化行為的簡單相加。它必須具有一個內核，這個內核就是統一
的價值觀念。所謂文化是包含著一整套價值觀念，具有相當內
聚力的符號體系，它意味著一貫的思想與行為模式，一體化的
價值意義」。[31]

　　退一步講，即使本土文化認同已經傲然獨立了，它如何真
正切入、滲透到文學文本中去，仍須假以時日，所以對本土性
的使用同樣必須慎之又慎。

　　《初稿》對本土性，或者具體一點，對新華文學主體性的
強調是不遺餘力的，整本著作的架構也頻頻以本土字眼點綴其
間，用意頗為明顯。但總體上看來，《初稿》對本土性的處理
並不太成功：

29　饒芃子、費勇：〈海外華文文學與文化認同〉，《國外文學》1997 年第 1
　　期，1997 年 2 月（總第 65 期），頁 27。

30　今天看來，儘管新、馬華文文學各具特色，但新華文學整體成就低落的
　　事實卻不容質疑。這或許可以為上述論斷提供一個佐證。當然，新加坡
　　華文及文學水平低落的原因並非只關涉政府，民眾也要承擔不可推卸的
　　責任。

31　周寧：〈試論新加坡華文文學的文化語境〉，《文藝理論與批評》1997 年
　　第 6 期，1997 年 11 月，頁 126。

　　（一）本土性在書中並未演化成有機的主線貫穿，它的影子時而清晰時而模糊，給人以撲朔迷離之感。另外，即使在切入到具體分析時，本土字眼兒更多只是化為空洞的能指（signifier），與所指（signified）的關係似乎時斷時續。如在第三章「戰後時期的新華文學」中，該書寫道，「從創作數量看，散文遠遠超過了其他文學體裁，儘管水平有高有低，參差不齊，然而就體現『本土性』精神而言，其價值也不能忽視。」（頁104）然而，何謂本土性精神？如何體現？皆被「不能忽視」的存而不論了。

　　（二）本土性、本土化概念混淆，對本土性進行肆意的預支。簡單說來，本土化是一種姿態和進程，本土性則指向內在特質。該書中第三章第四節「文學『本土性』的確立」對本土性的使用頗為混亂：在對本土性概念缺乏清晰界定的情況下，新華文學就已實現了作家們對此概念的普遍認同；寫了一些「南洋色彩」格外濃郁的作品，本土性之花卻已然絢麗綻放。這種隨意的高帽饋贈與牽強附會，一方面表現了書寫者對「本土性」認知的膚淺，另一方面表明了作者對本土色彩、本土性界限認識的錯亂。

　　類似的弊病也出現在其他學者的論述中，論文作者往往由於資料的匱乏，而只是進行理論上空泛的自我假定，而罔顧了區域文學的獨特性。如莊鍾慶就認為，「東南亞華文文學將民族性統一到本土性中，要求作品表現東南亞各國本土社會風情、歷史面貌、文化、心理特徵、自然風光等……這樣的東南亞華文文學就有民族性、本土性，使國際性與民族性、本土性有機統一起來」。[32] 對東南亞華文文學意義上的泛泛而談，對民族性、本土性交叉之處或區別缺乏必要的交代，而單純讓原

本可能確定的意義部分消失在名詞術語的游移中，「本土性」在此處的被濫用和「民族性」內涵的含混，仍然反映了論者自身論述邏輯的散漫。

黃萬華在〈論馬來西亞華文文學的本土特色〉中，對本土特色的闡述和結合文本分析的方法，是一個值得借鑑的嘗試，儘管他對此方面的理論概述仍然不該有的缺席。如他在論述馬華作家們本土題材的開掘上就指出，本土色彩的深層含義指向了馬來西亞本土上的「人性描寫、人生哲理、人際關係、人情世事等」的深深扎根，「寫馬來西亞華人的心路歷程成為一種自覺實踐」，同時，馬華文學的本土色彩也開始表現為馬華人視馬來西亞為「鄉土」的心境。[33] 他的詞有所指和條分縷析，無疑讓人讀出了「本土特色」的實在涵蓋，儘管他該文的選題仍未完全擺脫宏大敘事（grand narrative）的弊端。

以本土性切入分析新華文學史並非一個遙不可及的夢，儘管操作起來可能陷阱處處、困難重重，但使之成為有機的體系或結構也並非天方夜譚。如對戰前新馬華文文學的處理，如果將之作為本土性第一層面，或者更加準確一點，對本土性雛形的描述，則可以發現：從 1920 年代的「南洋色彩」到 1930 年代的「馬來亞文學」，再到 1940 年代「馬華文藝獨特性」的論爭，恰恰清晰演示了這種特質的逐步深化和豐富。限於篇幅，且已有前人論述，[34] 此處不贅。

32　莊鍾慶：〈東南亞華文文學研究的一些問題〉，《海峽》2002 年第 1 期，2002 年 1 月，頁 154。

33　黃萬華：〈論馬來西亞華文文學的本土特色〉，《華僑大學學報》（哲社版）1995 年第 1 期，1995 年 3 月，頁 58。

34　稍微詳細的論述見朱崇科：〈在場的缺席——從本土研究看馬華文學批評提升的可能維度〉，頁 24-25。

　　如果考慮到個案分析的操作，《初稿》中對英培安的處理，是將之納入現代主義文學實驗者的行列中，從其語言的選擇（如他的揉合傳統與現代的富有詩歌想像力的小說語言）和敘事形態的創新上進行分析（頁296-298）。而實際上，我們如果從本土性角度上展開論述的話，英培安則可以展現出更符合其本真的另樣姿采來。如果從其以新加坡為書寫對象——新加坡鏡像角度進行分析的話，主要可以看到：

　　（一）被去勢的「華族」男子。應當指出的是，這裏的「華」族男子意義已被縮小，主要是指受華文教育的男人。在英培安的所有長篇小說中的男主人公都是被去勢的對象，而且姿態各異，這不能不說是英的苦心經營，也反映了作者思考的一貫性和焦點，「他們都是新加坡的華校生，在英語為主導的國度裏極度地被邊緣化，被掌權的英校生排除在主流之外，造成這一批弱勢男生總是感到一種無力感和挫敗感。」[35]

　　新加坡「華」族男子的被去勢主要表現在如下層面：1. 事業往往敗落。2. 愛情／婚姻／性往往挫敗。3. 人生往往無望。

　　（二）隱喻政治：人「神」對話。

　　（三）本土視維：從物質性到「新」式觀照。本土視維的部分彰顯是英培安處理新加坡鏡像的較高層次。他曾經不無見地的指出，「思想突破的困難，是因為思想不是表面的東西，要破除舊思想，換一套新的思想，不僅需要才華，更需要見識和勇氣。所以，這種突破，才是真的突破，令人賞識的突破」[36]

35　翁弦維（許維賢）：〈受挫的男（陽）性與他們的蠢蠢「騷」動〉，《蕉風》復刊號第489期，2002年12月，頁117。

36　英培安：《翻身碰頭集》（新加坡：草根書室，1985年），頁119。

英培安不僅犀利的抨擊現實世界的功利、冷酷、勢利、目光短淺等惡俗，而且他還非常講究策略的以政治與性，來試探與開拓新加坡鏡像的豐富性和更廣闊的空間。需要指出的是，由於筆者對此已有專文論述，[37] 故此處暫不展開。

三、科學性：主體介入與客觀立場

歷史書寫帶有不可避免的主體性，著名歷史哲學家柯林伍德（Robin George Collingwood, 1889-1943）就指出，「每個新的一代都必須以自己的方式重寫歷史；每一位新的歷史學家不滿足於對老的問題做出新的回答，就必須修改這些問題本身；而且——既然歷史的思想河流是一條沒有人能兩次踏進去的河流——甚至於一位從事一般特定時期的一個單獨題目的歷史學家，在其試圖重新考慮一個老問題時，也會發現那個問題已經改變了」。[38]

作為特定歷史的文學史書寫自然會表現出同樣的特徵，但同時文學史的書寫卻又有自己的獨特性。一如中國著名現代文學研究家王瑤所指出的，「作為歷史科學的文學史，就要講文學的歷史發展過程，講重要文學現象的上下左右的聯繫，講文學發展的規律性」。[39]

---

37 朱崇科：〈書寫新加坡與新加坡書寫——解讀英培安的一種向度〉，見《人文雜誌》（吉隆坡）第 19 期，2003 年 6 月，頁 79-97。

38 柯林伍德（R. G. Collingwood）：《歷史的概念》（北京：中國社會科學出版社，1986 年），頁 281。或參照其英文版本 R. G. Collingwood, *The Idea of History* (Oxford: Oxford University Press, 1956).

39 王瑤：《中國現代文學史論集》（北京：北京大學出版社，1998 年），頁 276。

可以推證的是，如果一部文學史缺乏對這種規律性的探尋、缺乏對主線貫穿的精細處理和有機敘述，那麼這樣的文學史至多是作家（品）、文學思潮資料彙編，抑或是雜亂無章、主次不分的文獻與評價拼湊。

《初稿》在幾番周折、耗集體之功達九年之久（後記，頁457）的情況下，對新華文學資料上的把握自然勝人一籌。而且難能可貴的是，它基本上摒除了新馬文壇固有的門戶之見和幫派之爭（或許和它的參編者大都為中國學者有關，可以部分排除人情的干擾），而給書寫者或多或少的篇幅，或高或低的位置。

但遺憾的是，在對材料的巧妙處理上，該書還普遍缺乏清晰的主線貫穿概念，而對作家（品）的取捨不力、缺乏明朗的入史標準的情況下，這本《初稿》也同時注定了它並不完全出於謙虛的「初稿」特徵和很強的過渡性。如韋勒克所言，「文學理論不包括文學批評或文學史，文學批評中沒有文學理論和文學史，或者文學史裏欠缺文學理論與文學批評，這些都是難以想像的」。[40]

舉例而言，順手拈來，如《初稿》對韋銅雀（吳耀宗博士）代表作《孤獨自成風暴》的評價不如人意處甚多，原文的評價篇幅約有一頁（頁431-432），但遺憾的是，對這部詩集的評價，卻基本屬於「移植」操作，[41] 而未見書寫者的主體性。

40　同註24，頁32。

41　我曾逐字逐句對照過，《初稿》評價的文字中，百分之九十來源於王師潤華教授為該書作的序言〈走向後現代主義的詩歌〉。見《孤獨自成風暴》（新加坡：點線出版社，1995年），頁3-15。其中有些文字的改變明顯是對原文的曲解。如王原文為「作者打破嚴肅的文學藝術與大眾文化的界限，使到藝術崇高性破滅，把日常事件，把生活美學化」（序言，頁7-8）。《初稿》文為「他的詩打破了嚴肅文學與大眾文化的界限，蔑視藝

　　《初稿》中文學史觀、書寫體例的相對陳舊，相較於資料的豐富，著實令人惋惜，這又恰恰彰顯了其主體性的貧弱：主體介入在史料面前束手束腳，或者並未凸顯文學史家的銳氣。如人所論，「史觀、方法、體例的僵化與雷同，意味著文學史研究主體性的失落。文學史研究者的個性特徵與自由創造性，在已有的大多數文學史著作中幾乎不存在，合作著作尤其明顯，個人著作也是如此，因為真正的個體性和主體性不在個人寫的，而在於個人的獨立思考和獨到發現，即精神的主體性」。[42]

　　當然，有些時候，主體性的氾濫其實也標誌著另一種層面上的主體性的匱乏。《初稿》從緒論到第一章長達五十多頁的篇幅，居然沒有一個註釋，而該書篇末也未附錄參考書目。後輩如我者或許沒有資格懷疑書寫者的高度創造性，但絲毫不用他人的心血之作互相論證，不用乃至毫不提及先鋒（前衛）者的成果，無疑顯示了論者的封閉，無論是視野，還是心態，除非該學者在該領域已屬獨執牛耳之輩。

　　問題遠非如此簡單，比如《初稿》在論述萌芽時期的新華文學特點「新舊並存」時，認為「有些報紙副刊在支持新思想新文學的同時，還在繼續傳播舊思想舊文化。大多數作者也是從舊思想舊文化營壘中過來，有一個逐步轉換的過程。因此就出現新舊思想、新舊文化、新舊文學並存的現象」（頁10）。

　　術的崇高性，把日常事件、生活瑣事予以美化」（頁432）。「美學化」和「美化」雖一字之差，意義涵蓋卻相差甚遠。「美學化」是指對事物的藝術表達，自然也極可能不是美化；而「美化」則指為事物渲染、貼金等。韋銅雀詩作的特點明顯是前者而非後者。這種缺乏創造力的書寫反倒讓人懷疑《初稿》九年之功的效率。

42　同註5，頁20。

由於不能及時吸納新成果、相容並蓄，《初稿》其實在此非常輕率地丟棄了新馬文學發展初期一種不容忽視的獨特性：文學傳播方式恰是由舊派文化陣營自上而下展開的。楊松年對此非常敏銳地指出，「馬來亞在整合新文學的過程中並沒有像中國，或者臺灣那樣，受到舊文學界的責難。相反的，它是在舊文學的作者的提倡之下振興起來的」，考察箇中原因就在於「馬來亞作者當時所關心的，也是面對的最大難題，是當時的社會問題」，或者思考「如何通過淺顯的文字來傳達資訊，來感化普遍大眾的問題」，或者關心「學校教育學生的語言」。[43]

另一方面，倘若是引用了他人的成果而不註明，這無疑又是對他人的漠視和不尊重，也同時顯現了書寫者態度的不夠嚴謹。

眾所周知，此一時段的文學文本第一手資料非常難得，因為主要集中於報紙副刊，若窺全貌，必須翻閱大量縮微膠捲，所以非常消耗人力物力，有鑑於此，實在更有註明出處的需要，以方便後來者查閱。[44]當然，可能的替代方法主要就是查閱方修等主編的「大系」，箇中問題顯而易見：一方面，極有可能有遺漏，未竟全功；另一方面，他人的「大系」在編選時已然打上了深深的主觀烙印，難免有遮蔽和誤導之嫌，儘管方修的篳路藍縷之功在此方面可謂厥功至偉。同時，筆者認為，如果我們能自己動手掌握第一手資料，也應該是對方修先生精神的最好承繼。

43　楊松年：《新馬華文現代文學史初編》（新加坡：BPL教育出版社，2000年），頁34-35。具體可參〈文學傳播推行的方式〉，該書頁30-37。

44　楊松年教授數十年來的操作無疑值得推崇，他對資料的梳理就頗費心機，而且在相關研究著述後面往往註明出處以做索引，極大的方便了後來者。

錢理群教授在返觀文學史的書寫時認為，真正的文學史的把握，要「深入到『作家、作品、讀者』的內部深層肌體裏，去審視開掘發現特定歷史時代下的知識分子群體與個體（作家），讀者群體與個體，以及作品所顯現的各種類型『人』的群體與個體的生存境遇、體驗與困惑，及其美學形態，並從這一切的綜合把握中，揭示出一個特定歷史時代中人的生存困境及其美學形態」。[45]

不難看出，錢的高屋建瓴之處，在於一針見血的道出了真正文學史的超越之處：有機融合（連綴）個人或群體的精神史切片，與其美學形態的文學書寫風格史兩大層面。在我看來，《初稿》似乎已經基本擁有了相關的資料選編（當然也要及時跟進新著的出版和其他層面的文學事件），卻缺乏畫龍點睛式的精神與靈氣，所以新華文學史的書寫其實仍然有巨大的提升空間。

作為第一部新華文學通史，我們應當欽佩並嘉獎它的「敢為天下先」的勇氣，但客觀而論，作為主要參與執筆者都是中國學者，這部文學史並沒有彰顯獨到的本土視角和嶄新的本土立場，箇中架構也有不盡如人意之處。比如《初稿》對新華文學批評的缺席處理令人扼腕。新華文學批評相對於創作的嚴重滯後雖然是不爭的事實，卻也一直是個耐人尋味的問題。悖論的是，新華文學的批評家卻相對不乏其人，可以專章單列者，筆者以為，方修、楊松年、王潤華可居此列。但《初稿》對此一筆帶過，顯出其論述架構的褊狹。

45　錢理群：《返觀與重構——文學史的研究與寫作》（上海：上海教育出版社，2000 年），頁 152。

四、結語

新華文學史的書寫應當是一個與時俱進的過程與操作。在今天各種新理論、新方法紛至杳來時，我們或許並不一定要時時刻刻追風捕影、「趨炎附勢」，但從多個視角、層面、向度來觀照新華文學，勢必給新華文學的定位提供更豐富多彩，也可能更生動傳神、精確立體的選擇。

如人所論，「海外華人的文學書寫藉始源性想像、歷史記憶和生存寫實，參與了族群文化屬性的創造性重塑工程，因此文學書寫的意義對身處邊緣的華族而言，就不僅僅在於藝術上的某種獨創性和可鑑賞性了，因此一種整合性的文化批評是更妥切可行的方法」。[46] 無論如何，我們必須既要高瞻遠矚，又要腳踏實地的開拓新華文學史的書寫空間，這樣才能避免不必要的尷尬，逐步實現對前人的繼承與超越。

參考書目

巴赫金（M. M. Bakhtin）著，李輝凡、張捷、張傑等譯：《巴赫金全集》第 2 卷，石家莊：河北教育出版社，1998 年。

朱崇科：〈在場的缺席——從本土研究看馬華文學批評提升的可能維度〉，《人文雜誌》（吉隆坡）第 13 期，2002 年 1 月。

———：〈書寫新加坡與新加坡書寫——解讀英培安的一種向度〉，《人文雜誌》（吉隆坡）第 19 期，2003 年 6 月。

46　同註 2，頁 95。

周憲：《超越文學——文學的文化哲學思考》，上海：三聯書店，1997 年。

陳榮照主編：《新馬華族文史論叢》，新加坡：新社，1999 年。

韋勒克（René Wellek）和沃倫（Austin Warren）著，劉象愚等譯：《文學理論》（*Theory of Literature*），北京：三聯書店，1984 年。

陶東風：《文學史哲學》，鄭州：河南人民出版社，1994 年。

楊松年：《戰前新馬文學本地意識的形成與發展》，新加坡：國立大學中文系、八方文化企業公司，2001 年。

———：《新馬華文現代文學史初編》，新加坡：BPL 教育出版社，2000 年。

Crane R. S., *Critical and Historical Principals of Literary History*. Chicago: University of Chicago Press, 1971.

Wellek, René, *The Attack on Literature and Other Essays*. Chapel Hill: The University of North Carolina Press, 1982.

都市變遷中的新華女性思考

—— 20 世紀 70 與 80 年代新華女性小説之社會觀

⊙胡月寶

一、前言

　　1970 年代之後，新加坡因為經濟（工商業）起飛與國家迅速城市化的結果，導致了社會生活與意識形態的改變。按照簡麗中的歸納，這時期的社會可稱之為「轉型期之社會」（Transitional society），[1] 是社會朝向現代化發展的過渡時期。而在現代化過程中，人們將把「新知識、新技術、政治、教育等新概念」分階段地運用在生活上。現代化也因此對男女兩性生活產生一些影響。[2] 其中，對新華女性小説產生最大意義的，莫過於現代化進程為原本只能在社會門檻外張望的知識女性提供了參與的機會與權利。對當代新華女性作者而言，現代化意味著「一種心理態度、價值觀和生活方式的改變過程」。[3]

1　Aline Wong, *Women as a Minority Group in Singapore*（Singapore: Singapore University, Department of Sociology, 1975）, p.5

2　Nalla Tan, "The Impact of Modernisation on Women", in *Modernisation in Singapore, Impact on the Individual*（Singapore: Education Press, 1972）.

3　逢增玉：〈現代性與中國現代文學的幾個基本問題〉，見宋劍華主編：《現代性與中國文學‧現代意識與現代文學》（中國：山東教育出版社，1999 年），頁 209。

社會現代化中的女性位置是雙重的：女性在私領域（private sphere）──家庭的妻女／主婦之傳統位置與公領域（public sphere）──社會的公民／社會職能之現代位置。不過，在1970與1980年代的轉型期裏，男權社會架構牢固不動；再加上，在現代化過程中，新加坡社會又高舉「傳統文化」作為抵禦西方不良風氣之旗幟；因此，新加坡社會在倫理與家庭觀念上極為保守，而婦女位置依然被邊緣化；[4]所謂兩性平等，不論是在法律、教育、經濟、社會與家庭地位，都不徹底。[5]在這種情況下，新加坡女性就往往必須在傳統位置與現代位置之間掙扎游移。

在本論文中，筆者提出「社會主題的文本創作乃出於女性小說作者的寫作『自覺』」的論點。這種自覺的產生，可說是女性小說作者潛意識地向傳統靠攏的結果之一。延續了中國五四文學「針砭時事」文學傳統的新華文學，以將「社會」映照在文學之中為使命。而新華女性小說既由這種文學傳統所催生，女性創作是否能與男性創作一樣，在現實主義的路線下反映社會，針時議世，便成為判斷女性創作「優劣」的唯一指標。

在現實主義文學傳統影響下，女性作者努力擴大「女性視野」、[6]以便使小說「社會化」。這些以社會生活為題材，以個人的精神追求、人格實現、個性獨立等現代意識為主題的女性

4　《李光耀四十年政論選》（新加坡：聯合早報，1993年），頁398。

5　當然，這其實也正是社會逐漸轉型的一種必然現象。直到二十世紀末，即使在女權運動蓬勃發展的西方社會裏，男女尚無法真正平等；因此，我們也難以苛求新加坡。

6　周寧：〈新加坡華文文學論稿〉，見李一平、周寧：《新加坡研究》（北京：國際文化出版公司，1996年），頁329。

小說文本中，所流露出來的社會使命感，令人強烈地感受到女性參與社會的欲求。現分析如下：

二、透過社會題材反映的社會觀

在女性小說作者以點敘面的寫作策略下，新華女性小說文本世界裏展現出來的新加坡華族社會是點狀的。女性小說文本最關切的是社會現代化、城市化之後的傳統斷裂問題，如：傳統倫理、語言文化的失落；道德淪喪、人性異化的現象。女性文本中所反映出來的傳統斷裂，也正是周寧所謂「發展性危機」；[7] 女性作者以大量的臨床實例為周寧的立論提供了理論基礎。

(一) 社會現代化、商業化是導致傳統倫理道德淪喪、人性異化的主因

社會工商業發展、急速現代化之最大影響，是傳統倫理的動搖與傳統道德的淪喪。女性文本對人性為因應現代化生活而產生的種種變化，表現得相當難以接受。因此，在感傷的基調下，女性文本以堅守並傳承傳統的姿態出現，以捍衛倫理文化的立場來應對這場人性異化的社會危機。

〈變調〉、〈塵燼〉、〈入世記〉和〈都市陰霾〉這四部由張曦娜所創作的小說文本一向備受讚譽，原因正在於這四篇小

7　周寧：〈轉型時期的新加坡文化〉，見《新加坡研究》，頁176。

說採取了有別其他女性小說的小說結構與敘述角度。按照評論者的評析，小說以社會為敘事結構上的佈景、以家庭為小說的基本，再以家庭裏的男與女分別擔任不同的社會角色，層次分明地敘述了家庭、倫理（以男性大家長為代表）在現代化中的瓦解過程；對叛離傳統倫理、人性異化了的角色進行嚴厲的道德審判。

在〈入世記〉中，作者直接以女性第一人稱為文本的議事觀點，賦予陳子娟「記者」的身分，暗喻傳統華校生「為伸張正義，爭取人權而出生入死」的精神特質。[8]透過這一位具批判權力的社會角色觀點，作者揭露了所謂熱心公益的社會精英陳子文的醜惡嘴臉。陳子文利用其作為婦產科醫生之職業上的便利，糟蹋了無知少女碧樂，並無情地始亂終棄，成為導致碧樂自殺的劊子手。作者安排了一個諷刺意味強烈的結局——子文不但逍遙法外，繼續享受著上流社會生活，還在「全國十大傑出青年獎」中，以「熱心社區服務工作」當選傑出青年。

在小說中，入世而得益於世的是陳子文和他的能幹妻子；出世的是因語言文化價值觀均不合於世的子娟和譚鐵真（無私的幫助落難的碧儀，不被現實所容，被誣為顛覆分子）；為世所淘汰的是競爭能力、生存能力薄弱的碧樂。三種入世、出世、不容於世的代表人物，在「社會」這一現實的輪盤上發生了一連串的衝突：精神文明與物質文明的衝突、中華語言文化、道德價值觀與西方語言文化價值觀的衝突、男女兩性之間的性別衝突、社會上層精英與下層「普通」百姓之間的現代階

8　張曦娜：〈入世記〉，見《變調》（新加坡：草根書屋，1989 年），頁11．

級衝突。[9] 衝突的結果是掌握西方語言與文化價值觀的精英分子獲勝；而以子娟為代表的東方知識分子因不斷的挫敗而深深懊惱。女性作者對「神采飛揚」的精英分子，「有說不出的反感」，[10] 卻也莫可奈何，只能為傳統道德的迅速消亡發出「一聲聲淒慘的哀嚎」。[11] 此外，作者安排子娟堅持到底，堅守記者的崗位，來對比子文的沈迷名利。在這個文本中，女性肩負起了捍衛傳統的責任。文本最後出現了「一路鳴叫、急駛在夜裏清冷寂靜得跡近荒涼的」，「有如一座死城」的羅敏申路裏的「救傷車」；並以此意象，象徵為挽救重創的傳統而奔命的鬥士。

如果說〈入世記〉基本上嘲諷社會所謂的精英制度，〈變調〉則對華文知識分子向現實妥協感到不滿，〈都市陰霾〉更鄭重地發出了倫理道德被顛覆、人性無限墮落的警告，〈塵燼〉則更進一步宣告了傳統家庭倫理的死亡，與人性已淪落至無可救藥的地步。〈塵燼〉同樣地以 1980 年代為時代背景，小說裏董家的變化，則是新加坡社會的縮影。此外，〈塵燼〉更是

9　子娟代表的是東方傳統精神文明、語言文化和價值觀；子文代表的是西方物質文明、語言文化與價值觀；在性別衝突上，碧儀（被日本經理所誘騙，自殺未遂，生下碧樂）與碧樂（兩次墮胎，第一次與男友胡搞，第二次愛上子文後懷孕）兩母女都遭男子始亂終棄；在階級衝突上，碧儀與碧樂均屬弱勢階級，有著共同遭遇：讀書少、被男子所騙，後自殺。碧儀出身讀書不多，家庭貧寒的下層階級，曾是工廠女工，後來苦學成功，成為擁有美髮院、撰寫美髮專欄的專業美髮師，碧樂則是新加坡教育改革下的犧牲品，被分配到備受歧視的普通班中，無心向學，流連娛樂場所，自暴自棄，以致懷孕，被迫墮胎。她因此結識婦產科醫生子文。碧樂努力透過選美比賽，成為模特兒來擺脫低下身分。不同的是，碧儀自殺未遂，努力在事業上證明自己。碧樂則必須依附男性，無法獨立，遭拋棄後只能自殺身亡。

10　同註8，頁45。

11　同上註。

新華女性小說作者以五四文學經典為學習對象的最佳實例，此文本在小說架構、主題與人物形象設計上，都明顯的是隱藏著五四文學泰斗之一的巴金之小說巨著——《家》之影子。

在這四篇小說裏，不論是子娟、叔思、馨蕊，還是令薇，她們都以堅定的立場，勇敢地捍衛著傳統。即使傳統處境艱難，前景黯淡，但她們都堅毅地守城，頗有城在人在城亡人亡的決心。必須注意的是，支持她們把守傳統之門的，除了來自傳統文化的力量，也有賴於現代化所賦予女性的獨立自主意識。可以這麼說，現代女性的獨立自主是女性能勇敢的捍衛傳統的力量泉源。

(二) 現代化使華族語言、文化與教育面臨危機

隨著國家政治、經濟與教育的現代化，傳統母族語言文化因此處於危機四伏的困境裏。在現代化的教育策略下，母族傳統語言文化負起了一項特別的使命，成為青少年用以「應對旁觀西方歪風和偏差，而不受其害」[12]的保護傘。實際上，母族語言文化是否肩負起它的使命了呢？在女性小說文本世界中，我們看到的是處境岌岌可危的母族語言文化，以及因此形成的一種深沈的危機感。為母族傳統語言文化發出不平之鳴，便成為女性小說的社會主題之一。

石君〈那顆龍的心〉、〈梅花梅花〉和〈丹鳳眼〉等一系列以母語文化憂患意識為主題的小說，以站在捍衛位置上的華文教師為發言人，企圖喚起華族社會的族群歷史記憶。此一系

---

12 同註7，頁176。

列的小說文本,如:「龍」、「梅花」、「單鳳眼」充滿華族優美傳統意象的小說,表達了深切的族群焦慮感。〈那顆龍的心〉以對比的手法,譏諷初院校長羅拔洪所代表的鄙視本族語言文化的人。文本先以「有著一顆龍的心」、[13] 為了傳承華族文化而在「只講英語,不講華語,華文又過半學生不及格的名校」[14] 裏默默耕耘的一位華文老師為第一層對比;再以尊重語言文化的外籍院長(新上任)為第二層對比,對以「不識華文華語」為榮的「高層知識分子」極盡諷刺。小說的結局是,在外籍院長的支持和學生的熱心參與下,華人新年慶祝會成功圓滿。這樣令人鼓舞的結局,淡化了文本世界中的母族語言文化危機感。

〈梅花梅花〉的主角 Mrs Tan,是口操「一半英語、一半馬來、一半福建、一半廣東的多種語言」、家裏的牆上掛著「富貴花」的中國畫的「偽華人」(「富貴花」指梅花,梅與楣諧音,故事的主角為了怕倒楣而稱之為富貴花)。作者透過她刻畫了「偽華人」純因功利、商業需要而學華語的心態。〈丹鳳眼〉則從社會語言運用來突出華文華語的困境。文本寫一個女推銷員的故事。在輕視華語的社會環境下,女推銷員不但否定自己那一雙具有華人特色的單鳳眼,更寧可講不流利的英語,也不講自己所熟悉的華語,以免碰壁。作者為這種不合理的語言與文化歧視,萌生了深沈的「感嘆和悲涼」。[15]

在華族語言、文化與教育面臨危機的時刻,女性小說作者

---

13 石君:〈那顆龍的心〉,見《她來自東》(新加坡:潮州八邑會館,1985年),頁 10。

14 同註 13,頁 14。

15 同註 13,頁 19。

並不願意沈溺於失落與悲傷之中。在新華女性小說中，就出現了一系列頌揚華族優良傳統文化的小說。這一系列文本在質和量上都屬佳作，其中以〈白香祖與孔雀圖〉、〈羽丁香〉、〈碧螺十里香〉和〈斑步曲〉（作者是孫愛玲）等最為成功。孫愛玲以細膩、優美的文字、濃郁的華族文化色彩，塑造了一組將傳統文化如華族傳統戲曲、刺繡、珠寶、蠟染等）發揚光大、讓傳統藝術現代化、從而得到新生命的人物形象。可堪注意的是，這些對優美的傳統藝術「依然執著、而且應該執著，直到生命燃盡為止」[16]的捍衛者，大都是外柔內剛的女性。這幾個文本中，傳統藝術文化能歷經時代的考驗，最後得以嶄新姿態出現，在孫愛玲的文本世界中，傳統文化的前途是光明的。

二、透過家庭生活題材反映的社會觀

在男性評論家傾向於從社會角度來審視小說的要求下，一些女性小說作者如張曦娜、尤琴、孟紫等，都努力使題材和主題社會化。在「家庭」這一意向被認為是狹隘題材下，女性作者採取一種迂迴的策略：盡量使家庭生活題材、婚戀主題社會化。在這種策略下，不論女性書寫自覺或不自覺，都設法將小說主題架掛在「社會問題」的頸脖之上。

在家庭生活題材上，女性小說文本所觸及的層面頗廣，主要觸及的包括：家庭結構與責任、家庭倫理、夫妻婚姻關係、少年／少女及兒童問題。依筆者觀察所得，女性小說文本世界

---

16 孫愛玲：〈白香祖與孔雀圖〉，見《碧螺十里香》（新加坡：勝友書局，1988 年），頁 26。

之家庭觀在現代化與傳統之間各有取捨，形成一種現代家庭中的傳統倫理觀，以下將分別論述：

(一) 婦女被迫獨當家務，兩性關係失衡不利於現代家庭的建立

在新加坡，現代化家庭結構指的是一夫一妻制、兒女二／三個，或與男方父母同住或分開住；這就是女性小說文本世界中的基本家庭結構，女性作者對這樣的家庭結構一般都沒有爭議。文本世界中對現代化家庭有所爭議的部分，是家庭責任的承擔問題。

「男主外，女主內」的家庭傳統職責分配，在女性小說文本世界中受到質疑。質疑的基礎有二，一是女性已和男性一起進入就業市場，「男主外、女主內」的家庭職務分工逐漸被顛覆；其二，女性教育程度提高，女性自我意識亦隨而提高。

女性小說文本如〈你和我〉（蓉子）、〈其父其子〉（蓉子）、〈用口的人〉（蓉子）、〈希望〉（黃華）、〈孩子誰看？〉（寧舟），都對男性在「丈夫」、「父親」這兩種家庭職責上嚴重失職感到不滿，並分別提出不同程度的抗議。其中，〈你和我〉中的職業婦女玉芬，陷於家庭與事業內外難以兼顧的困境時，丈夫先明（會計師）卻袖手旁觀。文本提出質疑是：丈夫「你」與妻子「我」，彼此之間的婚姻關係是夫妻還是主僕？另外，〈其父其子〉中的女主角麗英，是在家庭工作之間疲於奔命的職業婦女；她的丈夫回到家裏後，只顧看報、休息，不肯幫忙處理家庭事務，尤其是完全不理會孩子的學業問題，麗英對此提出了抗議。〈用口的人〉則透過幾個終日困於家務中的

婦女之口，批判那些在家裏永遠只曉得「衣來伸手、飯來張口」的丈夫，並譏諷他們為用「口」來生活的人。而〈希望〉中的職業母親則對分居了的丈夫棄管教孩子的責任於不顧之作法，頗有怨言。

當言辭上的諷刺、精神上的抗議還無法引起身為丈夫、父親的男性之注意時，當男性依然以一家之主自居，仍然對家庭事務視而不見，萬事不理時，女性就必須採取更激烈的抗議行動了。在〈孩子誰看？〉中，婚後被羈絆在家裏，終日家務纏身、照顧孩子的女性，在種種抗議無效後，決定採取「杯葛」行動——出走一天，以便「至少能使他明白這個家絕對不能缺少我，否則將一團糟」。「我」更希望得到的是，丈夫能尊重自己在家庭中的位置。但是，「我」的抗議最終以失敗告終。

女性小說文本世界透過上述四篇文本，提出了對家庭職務全得由女方負擔的問題出發，從中挖掘出婚姻中的男女兩性關係失衡，以及婚姻理念迥異的問題，主題不能說是不深刻。

在上述分析裏，我們瞭解到女性小說對現代小家庭制度的認同，也看到了女性作者對傳統家庭職務分工和不平衡的夫妻關係，提出了尖銳的質問。不過，我們找到的家庭模式，只是形式上的現代化，其內在的世界觀卻還是傳統男尊女卑觀念下的「男主外，女主內」。

(二) 家庭倫理日漸崩解、傳統須由女性繼承

在女性小說文本世界裏，家庭倫理道德的根本因受到現代化的挑戰，而發生了一連串變化。變化之一便是孝道淪喪，親子關係疏離；之二是婆媳之間的矛盾關係日漸淡化；變化之

三，母女關係因金錢物質欲望而變質。

　　女性小說文本世界對孝道淪喪的關切遠勝於其他二者，也傾向於將孝道的淪喪與社會現代化／西方化掛鉤、甚至將矛頭直接指向西方化，是重個人主義的西方現代文明侵蝕東方傳統文化的貽害之一。

　　在女性小說文本世界中，以「夕陽」、「暮」、「冬」之意象來比擬人老之後的窮途末路；以「墓」、「遺物」之意象來說明孝道精神的淪喪；而父母、長輩對兒孫輩的撫育是一場缺乏報償的「犧牲」，最終卻被拒於「門外」，「有子成龍／「有女成鳳」的結局是被視為「不速客」，最後只能在晚景淒涼的「家」（包括老人院）中度過「茫然的歲月」，等待生命的終結。〈墓的故事〉（藍玉）、〈暮〉（尤今）、〈有子成龍〉（孟紫）、〈遺物〉（孟紫）、〈不速客〉（孟紫）、〈犧牲〉（梅拉）、〈茫然的歲月〉（蓉子）、〈老太太的煩惱〉（蓉子）、〈門外〉（楊秋卿）、〈冬，是屬於心的〉（尤今）、〈棄〉（尤今）等多篇女性小說，都對作為家庭倫理主要支柱的孝道精神日漸淪喪、瀕臨消亡的困境感到悲哀，並對孤苦老人寄予無限的同情。

　　其中，〈暮〉、〈棄〉、〈有子成龍〉、〈犧牲〉、〈不速客〉、〈冬，是屬於心的〉和〈夕陽〉等，則從微觀的日常生活細節描寫來披露老人遭棄養的事實、對子女成才後棄父母於不顧的不孝行徑感到痛心。此外，〈老太太的煩惱〉、〈茫然的歲月〉、〈家〉描寫了寂寞老人百般為難家人，令兒／女／媳忍無可忍的問題。〈門外〉敘述了老人含飴弄孫的期望永遠落空的感傷。而〈暮〉則以收留了一百多名孤苦無依的老人的老人院為人生舞臺，以遲暮老人群淒清的晚景為簾幕，敘述了

老人院舍長王莪眉與丈夫孤獨、悲苦的晚年。在文本裏，作者嚴厲地批判東方傳統孝道倫理淪喪的不良現象。小說中的言川利用父母的血汗錢留學西方、落戶西方，不肯回國履行兒子、國民的責任，作者以此來暗喻西方個人主義侵蝕了人性，間接導致東方家庭倫理的喪亡。

女性作者不斷地在文本世界裏重述類似的題材，再三表達了女性作者對孝道淪喪的深沈悲哀。經過歸納之後，筆者發現：文本中背叛孝道精神多是兒子（除了〈犧牲〉中逆轉為侄女背叛叔叔的撫養）、願意承擔撫養父母親之責任的則多是女兒，甚至是兒媳（如〈茫然的歲月〉）。透過兒子背叛、女兒繼承傳統倫理的軌道，女性小說作者提名女性為傳統之繼承人。

(三) 家庭缺乏溫暖是少年問題的主要導因

在現代化文明的衝擊下，首當其衝的是青少年男女。青少年問題日漸增加，並製造了令人關注的社會問題，如墮胎、犯罪、自殺等。導致青少年問題產生的原因十分複雜，但不在本論文的討論範圍內，姑且不贅述。筆者所關心的有二：一是女性小說文本對少女問題的關注遠勝少男問題；二是不論是少女問題還是青少年問題，女性小說文本都傾向於將最根本的過失歸咎於家庭缺乏溫暖。

少女之所以成為女性小說文本的觀察焦點所在，有不同的原因。女性小說作者對婦女本身（自然包括少女）的關心以及傳統對婦女道德的嚴格要求，是其中最重要的原因。此外，與青少年相比之下，少女為所犯下的錯誤所必須付出的代價更加高昂，因此，女性作者對少女特別關切。當然，少女可能是女

性小說的潛在讀者也是原因之一。另外，新華女性小說也往往自覺地負起教育並警惕婦女的使命。

女性小說文本世界中的少女問題主要集中於品行與貞節上。在女性小說文本世界中，少女墮落問題的公式是：家庭缺乏溫暖、管教→少女流連於外面的花花世界、縱情玩樂→誤交不懷好意、品德敗壞的男友／性伴侶→失貞／未婚懷孕。

在此墮落公式下，少女問題不斷地在文本世界裏重複，顯示了女性小說作者在面對少女問題時的焦急心態。女性小說文本用以面對現代化的力量，既然主要來自傳統，在處理少女問題時，當然也不例外。

在小說文本世界裏，幾乎所有墮落的少女都來自缺乏溫暖、關愛或教育的家庭。這些少女，有的因父親忙碌、花天酒地或搞婚外情而被忽略；更多的是被母親嚴重忽略或刻薄奴役。一個最好的例子是〈哀悼我這一生〉（尤琴）裏的小蝶，小蝶的悲劇也正式被評論者視為「社會問題」。[17] 小蝶來自下層社會，缺乏父母的教育與關懷之餘，還被當作一個家庭勞工。在家裏，「每一個成員彼此冷漠、各自為政。」[18] 家庭因此成為她急於逃離的牢獄，而母親更成為她所指斥的對象，因為，「在母親眼裏，我是待罪的羔羊囚犯，是待宰的羔羊。」[19] 母親在小蝶墮落過程中所扮演的角色，是利用女兒、羞辱女兒的迫害者，[20] 最終導致女兒求助無門，走上絕路。

17　林景：〈值得同情的下場——讀尤琴的《哀悼我這一生》〉，見尤琴《婚事・哀悼我這一生》（新加坡：東升出版社，1988年），附錄一，頁162。

18　同註17，頁8-9。

19　同註17，頁16-17。

在女性小說文本世界裏，家庭缺乏溫暖與適當的管教是製造少女問題的溫床，而母親往往是罪魁禍首。尤今的〈老樹已是百孔千瘡〉，便是把少女墮落的原因歸咎於母親的一個文本。文本以第一人稱「我」為敘述觀點，交代了一對澳洲父女在新加坡生活的經歷。「我」是東方賢良婦女傳統的代言人，從東方傳統道德標準出發，對來自西方世界——澳洲的少女絲丁娜進行了婦德批判。十六歲的絲丁娜有著一副發育良好的典型西方少女青春逼人的身材，聰明絕頂；但是，在她身上，卻集中了人性所有的缺點：嬌生慣養、時怒時樂、陰晴不定、隨意揮霍金錢、精於享受、不喜約束，要「用錢的自由、社交的自由、生活的自由」、[21] 性濫交、嗅吸強力膠、注射麻醉品等。在東方傳統婦德觀點下，絲丁娜被定型為受現代化物質文明影響至深的少女，從內在性情到外在行徑，都無法令「我」接受。文本追究絲丁娜墮落原因的結果有二，一是父母離異對絲丁娜打擊很大，絲丁娜因此是「父母婚姻失敗的犧牲品」。[22]「我」認為絲丁娜無法擁有完整幸福的家庭之遭遇令人同情。但是，「我」更要追究的是：母親的嚴重失責。文本在另一代表傳統婦德的聲音：鄰家婦女珍娜的敘述下，把絲丁娜的母親形容為不守婦德的蕩婦、[23] 疏於母職的「惡母」，無法適

---

20 小蝶的母親在重男輕女的傳統觀念下，讓兒子讀書，卻要小蝶停學去工作賺錢。小蝶年齡未達到二十一歲即要和阿樓結婚，根據法律規定，必須獲得父母的書面同意，才能去婚姻註冊局註冊。她的母親不但反對，還羞辱她，說她「跟不三不四的男人跑了，沒媒沒聘的，結什麼婚，也不怕人見笑，你不要臉，我要臉呢！」甚至把她送來的結婚蛋糕丟進垃圾桶裏。見註 17，頁 26-27。
21 尤今：〈老樹已百孔千瘡〉，見《大鬍子的春與冬》（新加坡：新亞出版社，1989 年），頁 41。
22 同註 21，頁 51。
23 同註 21，頁 55。

當管教女兒，只知道給女兒大量的金錢，還養成女兒揮霍的惡習。[24] 在文本末處，「我坐了下來，無法抑制地放聲大哭！」[25] 為了絲丁娜的墮落而哭、也為其母不履行「妻職」與「母職」而哭、為因此受害的丈夫／父親麥力格而哭、更為現代化社會中婦女道德敗壞得無法挽救而痛哭！[26]

相對而言，女性小說文本在剖析青少年問題時，雖然同樣的以缺乏家庭溫暖為走上歧途的主要原因，但將矛頭對準父親的情況卻不多，對父親的譴責也不比少女問題中的母親那般苛刻。在〈趁還有光的時候〉裏，白金刻畫了一位強迫熱愛文學的兒子修讀理科的嚴父；〈異鄉〉（緹緹）中的父親為了兒子的光明前途，千辛萬苦籌錢，將大、小兒子都送到新加坡求學。此外，〈老駱駝、小蠻牛與紙老虎〉（孟紫）、〈小家長〉（孟紫）、〈風雨黃沙〉（孟紫）、〈青蛙王子〉（緹緹）、〈殘局〉（緹緹）、〈白色的夢〉（緹緹）、〈軌外〉（蓉子）等文本，都只交代了家庭缺乏溫暖與管教對青少年的負面影響，而不直接點名譴責的對象。

綜上所述，女性小說文本世界希望藉以解決青少年、尤其是少女問題的呼籲有二：第一，家庭應該為青少年，尤其是少女，提供一個適合成長的環境；其次是父母應該給予兒女健康的教育、樹立良好榜樣。在這裏，隱約可見母賢女慧、父慈子

24　同註21，頁55-56。
25　同註21，頁58。
26　除了指責母親對女兒疏於管教之外，文本世界還出現給予女兒錯誤的價值觀，直接將她們推入火坑的無良母親。《模》中的母親為滿足一己的物質虛榮而逼迫女兒當舞女，《追雲月》中的母親不但是女兒的錯誤榜樣，更將女兒「培養」為交際花。女性小說文本世界對少女墮落寄予無限關懷，對家庭無法為少女提供良好的家庭環境，以作為少女成長的精神鋪墊來與現代化的不良影響互相抗衡，感到痛心疾首。

孝的傳統倫理訴求。換言之，這些努力社會化的小說文本裏所隱含的世界觀，仍然是局限於華族傳統倫理觀之下，而且往往採取質疑現代化，並與西方保持距離甚至對立的立場。

三、透過異族、異域化的題材反映的社會觀

小說題材異族、異域化是女性小說文本用以突破女性小說生活狹隘的策略，是使女性小說更具「社會性」、更具「世界性」的慣用計略。新華女性小說世界透過異族、異域化題材傳達的社會價值觀，可歸納如下：

(一) 現代化的華族家庭倫理是家庭幸福的基石

「現代化的華族家庭倫理是家庭幸福的基石」之社會價值觀，是透過雙重比較帶出的：第一重是透過東方傳統家庭倫理與西方現代家庭倫理的對比，以貶西揚東來肯定華族傳統家庭倫理；第二重是開放進步的現代東方與保守僵化的傳統東方，與第一重相反的是，後者以貶舊褒新來肯定現代。綜合起來看，這兩者之間看似十分矛盾，其實並不矛盾。

在以東方傳統與西方現代家庭倫理觀之間的對比中，〈他是一條活的亞文河〉（尤今）是一篇頗具特色的文本。文本以屬於西方世界的紐西蘭為背景，塑造了一個待人無私的中年單身男子——比利。小說以第一人稱「我」為主要敘事者、「詹」（丈夫）輔之，分別從工作和家庭這兩種責任來為比利這一現代西方男子，注入傳統價值觀的血肉。

　　在忠於職守這一敘事支線上，比利對遠到異鄉深造的亞洲學生加倍關懷，並盡力協助之。當學生福利顧問的他，本來是絕對不必到機場去接送學生的。可是，比利認為學生初臨異地，舉目無親，應該有人給予溫暖的指引，所以只要有空，他總會親自到機場去迎接他們。學生學成歸去，他也去歡送。因此，「他在他們的眼中，絕對不是一個單單負責掌管學生的生活起居的福利顧問，而是一名足以信賴的兄長、一名能夠交心的知己。」[27]

　　在家庭職責上，比利更是恪盡孝道。比利十歲喪母，由父親一手撫養成人。父親非常愛他，為了他終生不娶。比利長大成人後，父親竟因車禍以致下半身癱瘓。比利於是以烏鴉反哺的孝道精神來回饋，甚至犧牲自己的事業也在所不惜。敘述者——「我」，對比利「老萊子穿彩衣以娛樂雙親」的行徑，深為感動；並把他歌頌為「一條活的亞文河。他緩緩地流經了許多人的心田，毫不吝嗇地滋潤他們」。[28]

　　在這個文本世界裏，紐西蘭的西方背景確實深具比較意義。在西方普遍不重視孝道反哺的現代文明中，安排了東方華族傳統孝道故事中「老萊子」[29]式的男性，再以紐西蘭本土的亞文河之意象作為圖騰象徵，以重振傳統倫理秩序，寓意明顯。以紐西蘭為背景，也體現了作者嘗試以「東風西漸」的構想，來顛覆西方歪風的文化侵略模式，並且企圖藉以抵擋現代文明對傳統道德倫理的腐蝕。還有，紐西蘭是西方的明喻，由

27　尤今：〈他是一條活的亞文河〉，見《風箏在雲裏笑》（新加坡：東升出版社、熱帶出版社，1988年），頁31。

28　同註27，頁45。

29　尤今：「我想起了老萊子穿彩衣以娛樂雙親的故事，我怎麼也想不到類似的故事，居然會在現代的西方國家重演！」同註27，頁40。

於它與新加坡有著相同的殖民地身分，因此亦是西化程度日深的新加坡之暗喻。

可惜的是，尤今畫蛇添足地在文本中直接說明了重傳統輕現代的倫理觀點；[30] 濃厚的說教意味反而破壞了文本世界以鏡子反射現實世界的小說結構。

透過紐西蘭的場景安排、以西方父子為父慈子孝的倫理關係為敘述載體，新華女性小說世界的社會意義獲得了實質上的擴大：只有以東方傳統倫理才能拯救世界的簡單隱喻，蘊含了東西方文明之間的哲學思辨。在小說世界裏將東方傳統倫理輸出到西方社會，以東方倫理緩和西方瀕臨分崩離析的倫理關係——以父子倫為代表，並對比夫妻倫的斷裂，是充實新華女性小說文本世界社會內涵的一種重要嘗試。

與〈他是一條活的亞文河〉互相呼應的異域化小說，還有〈沙漠的噩夢〉（尤今）。〈沙漠的噩夢〉仍以具強烈家庭責任感的男性為主角，不同的是，現代的西方之「子」被傳統的回教世界之「父」所取代，而家庭責任的範圍亦有所擴大——從「子」對父親的贍養擴大至「父兄」對母親、弟妹和妻子的照顧。文本以具備典雅含蓄的傳統舊城——大馬士革為東方傳統倫理的保留地，採取近距離角度，頌揚了一個敘利亞家庭堅固的倫理紐帶。除了〈沙漠的噩夢〉，尤今尚創作了一系列以阿拉伯為背景的遊記小說，主題仍然集中在東方家庭倫理價值觀的再強化。如〈失蹤〉正面說明了家庭幸福應是建立在精神而非物質層面的主題，並強調傳統夫妻倫理觀念的重要；〈駱駝「塔巴」〉以反筆敘述了夫妻與父子之間的雙重矛盾，構成了錯

30　尤今：「坦白地說，在西方國家裏，像他這樣注重孝道的，是不多見的！」同註27，頁35。

綜複雜的家庭倫理關係並釀成的家庭悲劇。

女性小說文本所堅守的傳統,是經過現代化力量洗禮的傳統,換言之,女性小說對傳統並不是完全接受。在尤今的〈織布匠〉與〈風箏在雲裏笑〉這兩篇寫新加坡本土異族家庭的文本裏,筆者看到了女性作者在現代女性意識的影響下,對缺乏自主、獨立精神、完全屈從的傳統婦德之否定。〈織布匠〉、〈風箏在雲裏笑〉可說是女性小說文本世界裏的兩扇門,讓我們向內探視新加坡華族文化、印族文化與外來文化,在現代化生活中對家庭所造成的影響。

〈織布匠〉、〈風箏在雲裏笑〉之審視觀點,還是建立在華族文化的優越性之上。〈織布匠〉更以具體的文化聲明比較了華、印這兩種文化的優劣。文本中的華族文化觀點都是第一人稱「我」——「我」是敘事者,代表著新加坡現代華族女性。在「我」的現代燈光照射中,〈風箏在雲裏笑〉的茉莉亞、〈織布匠〉裏的茵娣娜,都是屈從於夫權/父權、傳統家庭制度的弱勢角色。文本對她們除了寄予深切同情,更對她們的懦弱感到強烈不滿。

〈織布匠〉以婦女地位更卑微的印度文化為背景,直接與華族的現代婚姻觀做比較,敘述了教育水準高的印籍少女茵蒂娜在選擇婚姻時,自願被家庭、傳統所束縛,在缺乏愛情與婚姻自主權的情況下,陷入一夫多妻制度裏、失去自我的婚姻關係中,甘願淪為生育工具的悲慘命運。文本對印度傳統文化之美一方面表示欣賞,另一方面卻對保守落伍、壓抑人(女)性的傳統婚姻觀感到強烈不滿。文本對父母之命、媒妁之言,透過相親、金錢物質濃厚的聯姻方式,一夫多妻的婚姻制度,婦女淪為生育工具,剝奪了「人」的價值、缺乏自由等毀滅性的

「傳統」，提出了嚴厲的抗議。〈風箏在雲裏笑〉以續篇的身
分，繼而敘述愛爾蘭婦女茱莉亞在不平等的婚姻中，甘心忍受
丈夫因大男人意識作祟的一切無理行徑。在「我」所代表的華
族現代家庭觀的觀望下，茵蒂娜與茱莉亞的價值觀都被否定。
印度傳統風俗，尤其是婚姻制度是文本首要否定的。在文本批
判僵化了的印度傳統時，也以能與時並進、積極改良後的華族
傳統為傲；[31] 並對茵蒂娜堅守傳統，毫無改變傳統的勇氣，
墮入傳統婚姻的陷阱而感到悲哀。文本更透過「我」，明確地
描繪了現代婚姻與家庭的美麗圖景。

在兩篇文本裏，女性作者透過異域、異族題材，以宣揚其
去蕪存菁後的華族家庭倫理，並以此為家庭幸福的基石。在家
庭倫理的首倫——夫妻倫之上，吸收了一定程度的現代觀念，
女性小說文本世界中首先要求自主、理智、物質與精神並重的
婚姻：堅持女性自由擇偶的自主權，[32] 但認為必須謹慎、理
智選擇對象。[33] 此外，也強調理想的婚姻是物質與精神並重
的：婚姻的基礎不在於金錢與學歷，而在於男女雙方「兩個人
的生活態度和人生觀，是否能達致協調」。[34] 在這種現代婚姻
的基礎上，妻子則應該確保能執行傳統妻職與母職，並在行有
餘力的情況下保有自我與自由；丈夫則應尊重妻子的犧牲，在
家庭事務上給予協助，也不應該強行使用男性霸權。這一點，
正是異域化題材與本土本族題材之不同：異域化小說突破了本
土本族題材小說，如〈其父其子〉、〈用口的人〉和〈孩子誰

---

31 尤今：〈織布匠〉，見《風箏在雲裏笑》，頁 101-102。
32 同註31，頁 102。
33 同註31，頁 108。
34 同註32。

看？〉等的質疑困境，尋找出婚姻女性的一條「生路」：必須在現代婚姻的基礎上履行妻母職責。

(二) 優越的母族傳統在現代社會裏應加發揚

在母族語言文化問題這一社會主題的表現手法上，以異域與本土進行文化對照，是女性小說文本世界裏常用的比較手法。〈羽丁香〉和〈白香祖與孔雀圖〉（孫愛玲）以作為「特殊異域」、深具傳統文化意義的中國，與現代化、物質化了的新加坡互相對比，突出了傳統藝術在現代生活中所傳承下來的文化美。當然，這兩篇小說也毫不例外地站在優秀華族語言文化立場之上，透過對比來頌揚華族語言文化傳統、強調其超時代的意義，並肯定繼承華族語言文化的努力。小說彰顯了新華女性小說將華族傳統文化蘊含於其價值觀之中心地帶的苦心。

在「香」的意象的引領下，〈羽丁香〉和〈白香祖和孔雀圖〉都以早期移民南來的歷史為小說背景，將華族的文化源頭定位於中國，而這種定位的意義主要是在於文化祖國。然後，小說以新加坡為定點，展開了跨越時空的情節鋪敘。〈羽丁香〉中的「我」以文化遺產繼承人（繼承了父親的珠寶招牌「得寶齋」的名號，經營假珠寶生意）自居，卻在新加坡找到真正鑽研傳統藝術文化的年輕女子——羽丁香。「我」和羽丁香都屬於第二代移民，卻都能在現代生活中找到足以讓自己安身立命的文化——發揚經過改良、創新的華族傳統文化藝術。文本以父親（「我」的父親和羽丁香之父）為傳統藝術的代表人物，[35]

35　孫愛玲：〈羽丁香〉，見《碧螺十里香》，頁1。

以羽丁香為主、「我」為副，作為繼承、改良、發揚傳統的承接人，要求在現代生活中為傳統文化藝術留一隙生存的空間。其中，珠寶從真到假，暗喻了華族移民內涵的轉移；以真珠寶比喻中華民族的內涵。在女性小說文本世界裏，女性肩負起了繼承傳統的使命，羽丁香即是一個典型例子，文本甚至讓身為「兒」的「我」必須透過身為「女」的羽丁香，才能輾轉從「父」那裏取得文化認同的領悟。文本在東方／西方、過去／現在、父親／女兒、父親／兒子、男性／女性這一系列的對比中，完成將傳統藝術文化轉型為現代藝術文化的使命。

相對於〈羽丁香〉以文化藝術在第二代移民間的承接工作，〈白香祖與孔雀圖〉則直接表揚了中國南方的傳統女性——白香祖，在家庭手工業裏改良傳統文化（以刺繡技藝為代表[36]）的勇氣，以及南來到新加坡以後，努力推廣傳統藝術的決心。在人物意象上，「香祖」這一名字承繼了發揚祖業，接近於「香火」承傳的意義；女性作者將繼承與發揚的重任交付給女兒，其用意極其明顯。在敘事手法上，〈白香祖與孔雀圖〉是以新加坡為定點（先敘白香祖在新加坡開班授藝，再倒敘入南來以前的時空裏），交叉著以素馨（白香祖的入門師傅）的「我」第一人稱和白香祖的第一人稱「我」之雙重女性敘事。小說為白香祖安排了嚴父孝女、詩禮傳家的背景。在父親視以接近對兒子[37]的認同來期盼女兒、栽培女兒的動作中，再一次可見女性文本對女性繼承傳統的欲望。

---

36 同註35，頁9-12。
37 同註35，頁9。

（三）現代女性應進入社會，但仍保持傳統美德

在女性小說之共時世界裏，女性既然走出家庭，透過就業，進入「社會」，女性職業生活也因此成為展現女性世界觀的途徑之一。以職業生活為題材的女性小說裏，具有異域化色彩的有四篇：吳賜蘇的〈夢〉以及劉雙慧的〈安琪和愛瑪〉、〈天涼好個秋〉和〈小雨來得正是時候〉。這四篇同樣以「我」為敘述視角的文本，展現了與家庭生活中不同的女性世界觀。

在〈夢〉這唯一的書信體小說裏，「什麼才是理想人生」是文本裏三位女性「我」所迫切需要解決的人生問題。文本透過三個性格不同的女性：莉、芸和蕾的書信、以第一自稱「我」來探討女性定位問題。第一位女性，莉雖然覺得自己生活在過去「朦朦朧朧的，美得跨越」的理想與現在令人「感到失望、幻滅、不可信又不可不接受，感到接觸到真的痛苦」[38]的現實之間，但她安於在本地當教師的現狀，「從來沒想著要出國」。[39]芸，小說中的另一位女主角，則「身在新加坡，可是心在異國」。[40]第三位女性，蕾，人在美國，是芸所羨慕的對象。但是，蕾卻在理想幻滅之後感到後悔，有家歸不得。蕾認為「出國的夢想在陽光裏，飄著會呈現很好看的七彩泡泡球」；[41]留在新加坡腳踏實地、從事有意義的工作，雖然「什麼幻想也沒有」，卻「也一樣接受良好的教育」。莉雖然是個平凡的教員，每天在做平凡的事情，但是，卻「覺得很滿

38　吳賜蘇：〈夢〉，見《夢》（新加坡：萬里書局，1986年），頁2。
39　同註38。
40　同註38，頁1-2。
41　同註38，頁54。

意，覺得很快樂」。[42] 相比之下，芸「不要做個沒沒無聞、平凡的人」，「要出國，要追求西方自由開放的學術風氣與文明」，[43] 一心想成為「人中雄」不斷地往上攀爬，但放縱自己，更懷疑自己的人生價值。

文本分別從莉和蕾的角度來否定芸認定外國即是夢想之土的想法；首先，莉開宗明義地表明了在祖國生活是幸福的。[44] 然後，再以蕾在異鄉處處碰壁後的懊恨來奉勸芸不要盲目追求出國。[45]

由學問、事業、物質、名利所構成的「理想」、「抱負」，這些傳統屬於男性的成就成為了芸和蕾所積極追求的夢想，為了這個「最高最光榮最體面的期望與年輕的夢想」，[46] 蕾甚至於可以毫不猶豫地犧牲婚姻。女性小說文本顯然並不認同這種外國月亮比較圓的夢想，蕾在學業道路上的失敗、對西方文化無法認同、孤獨、信心瓦解、淪為餐館侍應生、受人歧視、不敢回家面對父母、認為出國是「自投苦海，永不得翻身」、[47]「終生遺憾的錯誤」[48] 的困境說明了這一點。

在文本裏，蕾以為「西方是自由、理想、幸福」的崇洋夢被粉碎了：它被以新加坡為代表的東方、傳統、踏實、幸福所顛覆。〈夢〉這一小說文本以家在祖國、在祖國的土地上踏實的生活、為祖國貢獻自己為幸福；在這裏，作者宣告了女性的幸福不在愛情，也不在婚姻，而在於社會國家。家國的公領域

---

42 同註38，頁3。
43 同註38，頁7。
44 同註38，頁4。
45 同註38，頁13。
46 同註38，頁11-12。
47 同註38，頁17。
48 同註38，頁14。

意義取代了婚戀的私領域意義，也取消了女性的傳統宿命。
〈夢〉不僅意味著進入社會，以服務社會、貢獻國家這一理
念，已經成功進入了女性小說文本世界之人生與社會價值觀的
外圈。雖然，進入社會對女性而言，仍只是一個缺乏實質意義
而且模糊的概念；但是，這個模糊的概念卻足以讓新華女性否
定女性的傳統定點，讓新華女性作者抹殺女性特質，毫不猶豫
地向社會靠攏。這一股擺脫邊緣化位置的訴求，是新華女性小
說文本世界中，女性所發出的一種要求自我肯定的欲求。

　　吳賜蘇透過〈夢〉，從感性的立場提出了服務社會的夢
想，卻無法為讀者展現女性在社會上實現自我的實質內容；劉
雙慧卻在稍後的 1980 年代裏接下了她的棒子，以平實的寫作
手法，在〈安琪與愛瑪〉、〈天涼好個秋〉和〈小雨來得正是
時候〉這三篇自傳性小說中，為讀者開展了一幅女性為事業奮
鬥的圖景。三篇小說裏的「安琪」繼承了〈夢〉裏的「芸」的
夢想，並加以實現。三篇小說以化驗室技術人員為寫作對象，
刻畫了女性在職業上發揮潛能的經過。〈安琪與愛瑪〉透過兩
種職業女性的不同價值觀與工作態度，來反映女性的自我成
長；愛瑪視婚姻為歸宿，在不同的男性身上尋找歸宿、注意儀
容打扮；感情態度是「玩世不恭，喜新厭舊，朝三暮四」；[49]
工作上主要以打小報告、搬弄是非、欺負新人為手段。安琪
（和白麗兒）代表著另一種工作態度：具有職業自豪感，也很
踏實、勤奮、敬業樂業、敢為下屬爭取合理待遇的工作態度。
文本裏第一女性人稱「我」的安琪與「化驗室裏的女孩子」，
在外籍上司的屢次刁難下都能過關，以事實說明了「實驗室裏

49　劉雙慧：〈安琪與愛瑪〉，見《小雨來得正是時候》（新加坡：勝友書
　　局，1988 年），頁 84。

的女孩都一樣強，可能的話，讓其他女孩們都有學習的機會」，更證實了女性不遜於男性的超越功用。[50]

在這三篇文本裏，安琪代表一種既傳統又現代的時代女性：具有樸實、善良、不重視外在儀容、以禮待人、以德報怨，「薛寶釵」式的傳統優良品德，[51] 同時又具有踏實、自信、獨立、自強、虛心學習、認真負責、堅持在工作上表現自我、與同事關係良好、能為下屬出頭、足以成為現代女性楷模的現代品質。在這種職業形象中，女性小說文本成功的逾越了性別意義。

總括本節所述，女性小說題材異域化的主要目的有三：一是堅定東方／華族傳統文化倫理的立場，以傳統倫理為中流砥柱，來抵禦社會現代化的滾滾洪流；二則肯定現代化的一些有利於女性，但不動搖傳統倫理道德價值觀的力量，如在精神及能力上獨立自主的現代女性觀。最後是相容傳統與現代力量，塑造出一種既能負起傳統職責，也不喪失自我的理想女性。

四、結語：新華女性小說文本世界社會觀之意義

筆者以為，在小說的書寫過程中，女性小說作者非常清楚的自覺到自己身為華文知識分子之特殊身分；至於女性作者的身分，或者不被意識到，或者被有意地壓抑。換言之，不管是自覺地以社會題材、社會主題為創作方向，或是採取使主題社

50　同註49，頁109-110。
51　同註49，頁90。

會化的策略，女性小說作者都傾向於認同其作為小說作者的華文知識分子身分，而非「女性」作者這一性別身分。可以這麼說，在國家、族群、家庭之社會結構面前，在多重的社會認同視點下，「女性」這一性別身分被透視了。在社會主題與主題社會化的一些文本裏，可以看到男性話語的女性書寫。

在各式各樣的社會問題中，從華族語言文化淪落、人性異化、孝道淪喪到青少年與少女墮落問題，女性作者都以傳統倫理道德成為支撐社會倫理結構的萬靈丹。在父慈子孝、兄友弟恭、妻母恪盡其職等傳統家庭倫理的支持下，家庭才能幸福和諧；和諧幸福的家庭是確保社會問題不至於層出不窮的堤防；以傳統語言文化價值觀來抵禦西方現代化文明，則是凝聚社會的強力膠。個人、家庭、社會之間的層層相繫都有賴於傳統倫理價值觀。在這裏，筆者看到了女性小說負起了「建立新加坡特色的、現代的新加坡話語」的社會責任；負起了「明確維護傳統文化」，建設「思想文化體系」[52] 的社會教化職責。

參考書目

尤今：《大鬍子的春與冬》，新加坡：新亞出版社，1989年。

———：《風箏在雲裏笑》，新加坡：東升出版社、熱帶出版社，1988年。

尤琴：《哀悼我這一生》，新加坡：東升出版社，1988年。

石君：《她來自東》，新加坡：潮州八邑會館，1985年。

52 　同註6，頁176。

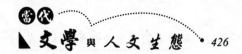

李一平、周寧：《新加坡研究》，北京：國際文化出版公司，
　　1996 年。

《李光耀四十年政論選》，新加坡：聯合早報，1993 年。

宋劍華主編：《現代性與中國文學‧現代意識與現代文學》，中
　　國：山東教育出版社，1999 年。

吳賜蘇：《夢》，新加坡：萬里書局，1986 年。

孫愛玲：《碧螺十里香》，新加坡：勝友書局，1988 年。

張曦娜：《變調》，新加坡：草根書屋，1989 年。

劉雙慧：《小雨來得正是時候》，新加坡：勝友書局，1988 年。

Tan, Nalla, "The Impact of Modernisation on Women", in
　　Modernisation in Singapore, Impact on the Individual.
　　Singapore: Education Press, 1972.

Wong, Aline, *Women as a Minority Group in Singapore.*
　　Singapore: Department of Sociology, Singapore University,
　　1975.

華文文學世界的吉普賽人

——汶萊華文文學掃描

⊙王昭英

一、前言

在世界華文文學地球村中,汶萊華文文學是處在邊緣的邊緣地帶,基本上還未形成自己的獨特傳統。這與汶華文學的歷史短暫以及汶萊的特殊國情有關。

1996年,新加坡南洋理工大學中華語言文化中心委任本人主編該中心出版的《東南亞華文文學選集:汶萊卷1945年至1999年》。經過幾年的資料收集及整理工作,選集終於在2001年出版,分詩、散文、短篇小說、微型小說、論文與史料,以及戲劇六部分,共六百六十八頁。本文試圖從這選集作品的閱讀中,探討汶萊華文文學的特色。

對許多人來說,汶萊是一個陌生的國度。在華文文學世界中,汶萊華文文學是一塊待開墾的土地。此文若能引起專家學者對汶華文學的研究興趣,在探討之餘,指出汶華文學的可能發展方向及前景,相信有助於汶華文學的成長。

在進入正題前,有必要簡單地介紹汶萊這個國家及有關汶

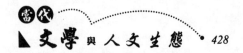

萊華文文學的發展概況。

二、汶萊和平國簡介

汶萊地處加里曼丹島（舊稱婆羅洲島）之西北部。北臨南中國海，東接沙巴，西鄰砂勞越，南與印尼的加里曼丹接壤。

汶萊盛產石油及天然氣。石油的生產，給這個王國帶來巨大的財富。汶萊因此有「石油王國」之稱。

地廣人稀的汶萊，國土面積為五千七百六十平方公里，全國人口根據 2001 年官方人口普查報告，2000 年全國人口是三十三萬二千八百四十四人。華人人口為三萬七千零四十人，佔全國總人口百分之十一。馬來人為汶萊最大的族群，約佔總人口百分之七十左右。

汶萊為馬來回教王國。是亞細亞成員國之一。在 1984 年 1 月獨立前，為英國的保護國，汶萊因此無論在經濟、政治、行政以及文教等各方面，都留下殖民統治的烙印。

汶萊沒有民選的國會。國家的經濟、政治、外交、軍事及防務等大權，都掌握在王室手中。國王蘇丹理所當然成為國家元首。

三、汶萊華文文學發展概況

汶萊不像東南亞其他國家，在二十世紀初就有大批中國人南來墾荒。根據資料統計，在 1911 年，汶萊的華族人口只有

七百三十六人。

　　華族人口的增長，與汶萊石油的發現關係密切。自 1929 年汶萊發現石油以後，華人技工才開始大量移入汶萊，直到 1931 年，已增至二千六百八十三人。戰後華族人口增加的速度更快，1947 年華人人口已達八千三百人。1960 年華族人口已增至二萬一千七百九十五人。1989 年以後則保持在四萬人左右。

　　華人人口的增長，在某種程度上促進了華文教育的發展。而華校是華文文學發展的溫床。汶萊共有八所華校，除了首都斯里巴克灣市的汶萊中華中學、油城詩里亞的詩里亞中正中學，及馬來奕的馬來奕中華中學設有中學部外，其餘五所均為華文小學。華校學生總數約在五千五百八十四人。

　　汶萊華校遲至 1957 年才有高、初中部，這就決定了汶華文學歷史的短暫。歷史悠久的馬華文學早在十九世紀已經發軔，泰華文學在 1919 年五四後已經萌芽，雖然它真正形成是在 1930 年前後。菲華文學則在 1925 年左右也已發端。

　　除了短期存在的一份華文報外，汶萊至今還沒有本國出版的華文報，汶萊寫作人只好把作品投到以東馬砂勞越為主的外地報章。1993 年以前，汶華寫作人也沒把作品結集出版，造成資料收集上的困難。因此汶華文學起源於何時，難有定論。

　　與其他亞細亞國家一樣，汶萊華文文學的發展與華校及華文報副刊關係密切。

　　創刊於 1957 年的砂勞越《美里日報》，其副刊「青年天地」、「華風」、「青年文藝」上，已有為數不少的汶華作品，但多為青少年的青澀作品。這與汶萊華校遲至 1950 年代中以後，才增設初中及高中部有關。這些作品，只具有歷史價值。

1950 年代中至 1960 年代初，反殖民主義、爭取獨立的浪潮席捲著亞、非、拉。汶萊近鄰的砂勞越也通過合法的政黨活動，展開如火如荼的反殖爭取獨立運動。

文學反映現實。當時砂勞越報紙的文藝副刊，已出現不少反映此時代浪潮的作品。然而卻沒有資料顯示汶萊寫作人亦被此浪潮波及。

1962 年 12 月 8 日，汶萊發生了震撼北婆三邦（砂勞越、汶萊、沙巴）的武裝叛變事件。1963 年初，印尼對馬來西亞展開了對抗的軍事行動，導致砂勞越的政局動盪不安。各種活動都受到了壓制。不少華文報刊被逼停刊。砂華文學陷入低潮。汶萊寫作人亦相應的沈寂下來。這是一方面。

另一方面，到臺灣大專院校深造的汶萊留學生，從 1964 年開始，出版了名為《婆羅乃青年》的期刊。這份期刊，除了報導留學生及汶萊近況外，也刊登了不少水準較高的大學生作品。作品內容有反映留學生涯的，有抒發思鄉之情的，也有暢述各種生活感悟及兒女情懷的。這些作品的整體水平較高。可惜能收集到的資料不多。

1968 年，汶萊的文藝愛好者又開始活躍起來，他們與砂勞越《美里日報》商借版位，出版了名為〈火炬〉的文藝副刊。每月出版一期。〈火炬〉編輯是汪相坡（筆名向波、向遠、默湘及汪坡等）、莫麗明（筆名藍衣女、丹丹）、林玉枝（筆名夜星、燕云）、陳信汪（筆名 C 君）及劉意雄（筆名待查）。

〈火炬〉的主要撰稿人是汪相坡及筆名黑白人的楊慶光。他們是當年汶華文壇的兩支健筆。除了為〈火炬〉供稿外，作品亦經常在當年水準頗高的馬來亞文藝期刊《蕉風》上出現。

幾十年後的今天,汪相坡已記不起當年的大部分筆名,造成資料收集上的困難。汪相坡於1970年高中畢業後負笈臺灣。1975年赴英深造,攻讀法律。1979至1987年在汶萊執律師業。他博覽群書,是汶萊寫作人中,文、史、哲造詣都很高的專業人士。可惜已移居臺灣多年。莫麗明也已於多年前移居沙巴,陳信汪及劉意雄下落不明。只有林玉枝還偶爾執筆。〈火炬〉只維持了三年就停刊了。

此後汶華文壇沈寂了近六年,才在1977年重新活躍起來。1978年12月,與砂勞越《詩華日報》借版出版的文藝副刊〈油城文藝〉創刊。編輯之一為當年在汶萊工作,筆名為「醉」的砂勞越人劉國勝。另一位編輯為至今還活躍於汶華文壇,筆名為海庭的張銀啟。發表在〈油城文藝〉的作品,也多為留臺同學的作品。這些作者學成歸國後,是否繼續創作,無從考證。這時期,除了個別的幾個作者如傅文成、嚴莉英等之外,本國作者的水平一般較低。

汶萊不但沒有本國出版的華文報,也沒有出版社及獲准註冊的華文文學組織。1989年旅居汶萊的馬來西亞作家謝名平,徵得汶萊留臺同學會的同意,成立了「汶萊留臺寫作組」,附屬於該組織。成立時大約有四十位組員,可惜堅持寫作者不超過十人,可謂人丁單薄。由寫作組與東馬砂勞越借版出版的文藝副刊〈思維集〉,至今總共出版了一百多期。

汶萊留臺寫作組雖然不是獲准註冊的獨立文學團體,但它的成立,打開了汶萊文學界與外面溝通的管道,具有里程碑的意義,對促進汶華文學的發展,作用重大。汶萊寫作人因此有機會受邀出席各地舉行的文學會議,拓展了文學視野,提升了文學鑑賞及創作水平。

1998年汶萊馬來奕縣馬來奕五屬鄉團聯誼會文化組，出版了每月一期的藝文版〈五屬文苑〉。也是與砂勞越華文報商借版位出版的。〈五屬文苑〉的出現，不但擴大了汶華的寫作隊伍，還可與〈思維集〉起著互相輝映的作用。

四、已結集出版的作品及作者

到目前為止，已結集出版的汶華作品，數目不多，只有十位左右。現根據中國汕頭大學陳賢茂教授主編的《海外華文文學史》中，列出較有代表性的作家及其作品簡述於下：

(一) 謝名平（劭安）

作品：《腳印》（散文集）

《劭安小品》（散文集）

《蛻變》（小說集）

《大藍圖》（小說集）

謝名平（已故）是南來的文化人，1918年出生於中國廣西省，1953年南渡，先後在砂勞越及汶萊兩地任教近三十七年，是汶萊留臺同學會附屬組織汶萊留臺寫作組的創始人。1990年退休返砂勞越後，仍筆耕不輟。

謝名平擅長撰寫隨筆小品。其小品文短小精悍，多寫日常生活中的各種感悟。善於在日常生活中發掘哲理。其小說則採取中國古典小說常用的技法，故事情節多為單線發展，用白描手法勾勒人物形象。小說內容多為反映現代生活中功利主義的

傾向。

　　(二) 傳文成
　　　　作品：《避世圃隨筆》

　　傅文成生於1949年汶萊詩里亞，曾任教於詩里亞中正中學。現為電腦程式編寫員。《避世圃隨筆》是傅文成在風華正茂的青年時代的作品，卻遲至2000年才在新加坡出版單行本。中國文評家趙朕在其文學評論集《認同文化的結晶》中，給予此書如下極高的評價：「這部驚世駭俗的傑作，如今讀來仍以其才思睿智、內涵深邃、筆鋒犀利，煥發著灼灼的光彩，獲得了廣泛的讚譽，顯示出不凡的生命力。」[1] 作者在這部隨筆中虛擬了十二個神。他以形象及詩樣的語言表達了他對諸如命運、公平、成功、正義、智慧、真理、變通、歷史、懲戒、世故、虛偽及毀譽等人生永恆課題的探討與領悟。

　　(三) 李佳容 (煜煜)
　　　　作品：《青春兒女》(小說集)
　　　　　　　《春暉》(小說集)
　　　　　　　《溫馨的日子》(詩文合集)
　　　　　　　《荊陌》(小說集)
　　　　　　　《那季秋色》(小說集)
　　　　　　　《輕舟已過》(小說集)

　　李佳容，1951年出生於東馬砂勞越美里，為馬來西亞公

1　趙朕：〈清詩句句盡堪傳〉，《認同文化的結晶》(中國：時代論壇出版社，2002年)，頁341。

民。1970年代開始，在汶萊任教職至今。早在1960年代末，就開始寫作，至今筆耕不輟。她以小說創作為主，亦寫散文。不幸人的遭遇，愛情的波折，家庭的糾紛，可以說是她小說的主旋律。她的小說由於「過於強調故事情節的完整性，忽視生活的真實，在某種程度上具有通俗流行小說的特徵。然而煜煜通過這些故事塑造的賢妻良母典型，仍然具有特殊的光彩」。[2]

　　(四)王昭英（一凡）

　　　作品：《灑向人間都是愛》（詩文集）

　　　　　《跨越時空的旅程》（散文集）

　　王昭英，1939年出生於新加坡，在古晉成長。1968年隨夫定居汶萊至今。1962年新加坡南洋大學畢業後，到英國倫敦大學東方與非洲學院（School of Oriental and African Studies）攻讀一年。以散文創作為主，亦創作微型小說。她「在散文、小品、詩歌、評論諸方面均有建樹。尤其是她的散文、小品和詩歌大都直抒性靈，褒貶人生，揭示哲理，是體現她的創作的核心部分，從中不難看出她的創作特色和追求」。[3]

五、汶華文學的特色

　　從上述四位較具代表性的作家作品中，可以看出，大部分作品沒有反映所在國的現實生活。如果文學的本土性指的是反

2　陳賢茂主編：《海外華文文學史》（廈門：鷺江出版社，1999年）第2
　　卷，頁294。
3　趙朕：〈率真清麗巧交融〉，同註1，頁337。

映生活周遭所發生的一切,汶萊華文文學在很大程度上,是沒有本土性的。發生在汶萊本國兩個重大歷史事件:1962年的武裝叛變及1984年汶萊宣佈獨立,都沒有得到作者應有的關注,就算在作品中偶爾提及,亦多是以局外人的態度闡述。這除了和汶華文學歷史短暫有關之外,在很大程度上,是由於大部分汶萊華人的移民身分所造成。

美國威斯康辛大學華人學者周策縱教授認為,海外華文文學都有「雙重傳統」,即「中國文學傳統」與「本土文學傳統」。若以此觀點來檢視汶萊的華文文學,不難發現汶華文學既無深刻的中國文學傳統,亦無鮮明的本土文學傳統。這除了由於汶萊沒有如新馬及其他亞細亞國家一樣,早在二戰前,已有大批文化人南來,而有僑民文學有關之外,與汶萊對華人的政策關係密切。

汶萊實行的是馬來回教君主制。對華人既不像印尼、泰國及菲律賓一樣,採取同化政策,也不像馬來西亞及新加坡一樣,認同華人為國家的一個族群。

在汶萊出生的華人,不能成為當然公民。必須通過特別申請,參加官方舉行的巫文考試及格,方可成為汶萊公民。能通過這項考試的華人,人數不多。這部分土生土長的華人,因此成為無國籍的汶萊居民,並不享有諸如擁有土地、房屋、醫藥福利等的公民權益。

根據官方1991年的統計,汶萊華族人口中,只有百分之二十三‧一為公民,百分之二十九‧三為永久居民,百分之四十七‧六為臨時居民,領取工作准證,在汶萊做短暫或長期居留。換句話說,每五個華人當中,大約只有一人為汶萊公民。[4]

上述四位較具代表性的作家中,連一個汶萊公民都沒有。

謝名平與李佳容是領取工作准證的臨時居民，傅文成與王昭英則為永久居民。傅文成是在汶萊出生的無國籍人士。王昭英則為新加坡公民，以入境簽證持有者的方式，定居汶萊。

汶萊華人這種身分上的吉普賽人或移民處境，自然形成心態上的沒有歸屬感。這種心態，在汶華作品中亦得到反映。汶萊詩人林岸松，就是汶萊出生的無國籍華人，曾先後在不同國家生活過一段頗長的日子，考獲了哲學博士、文碩士及理學士的學位。漂泊多年後，返回出生地，卻因身分上的無所依歸，始終無法融入當地社會。在收入其詩集《秋天的過客》中的詩篇〈四季風〉中，有如下的詩句：

> 當秋風自平地線上颳起
> 我又將天涯遠遊
> 我非季候鳥
> 並非依據時節的律程
>
> 這裏是我出生的家園
> 但告訴我，為何
> 你鵲巢鳩佔，致我流離失所
> 如無家可歸的吉普賽人
>
> 這裏是我成長的故鄉
> 但告訴我，為何
> 你移除我適當的位置，令我亡命他鄉

4　饒尚東：《落地生根》（砂勞越：砂勞越華族文化協會，1995年），頁108。

　　如天涯流浪的猶太人

　　這裏理應屬於我的國土
　　但告訴我，為何
　　你否定了「出生地主義」和與生俱來的權利
　　且無情地使我家離人散，淪為無國籍難民

　　我的吶喊聲嘶力竭
　　我尋求正義之情無人理解體會
　　別再問我去向何處
　　我是四季風，在海上陸上漂泊[5]

深刻表達了這種無法落地生根的悲哀與無奈。作為邊緣人的汶萊華人，由於身分認同的問題，很自然地以移民心態看待汶萊發生的事件。加上當地出生的華人的無國籍困境，更加深了汶萊華人的邊緣人心態。這些土生土長的無國籍華人，既無法落葉歸根，亦無法如其他國家的華人一樣，可以落地生根。

　　汶華作品，既無如中國文評家欽鴻在其論文〈菲華文學中的「中華情結」〉中所說的「中華情結」，亦無如其他亞細亞國家，尤其是馬華文學中的本土意識。

　　菲律賓華人，由於曾受排華及同化政策之苦，很自然對祖先來自的母國產生戀母情結。由於不願被同化，只好以華僑的身分，僑居所在國。以對中華文化的孺慕與眷戀，對故國的關注與吟詠，安身立命。以鄉思鄉愁紓解遊子情懷。華僑的處境

5　林岸松：〈四季風〉，《秋天的過客》（慕娘印務有限公司，1999 年），
　　頁 114。

以及尋根的意識，在菲華文學作品中，有很深刻的反映。

　　菲華名詩人雲鶴，寫了首膾炙人口的詩〈野生植物〉。詩
云：

　　　　有葉

　　　　卻沒有莖

　　　　有莖

　　　　卻沒有根

　　　　有根

　　　　卻沒有泥土

　　　　那是一種野生植物

　　　　名字叫

　　　　華僑[6]

汶萊華人的處境，亦與此詩所表達的華僑之處境，有類似之
處。惟菲律賓華人不願被同化，還可落葉歸根。而在汶萊出生
的無國籍華人，卻無根可歸。

　　新馬華人在獨立後，已成為國家的一分子，認新馬為自己
的祖國。文學作品已由早年的僑民文學轉為充滿本土特色的本
土文學。

　　汶萊華人大部分既不被認同為國家的一個族群，也沒被同
化。雖然久居客似主，卻沒把居住國當作祖國。反映在作品
中，少有國家意識及本土意識。大部分汶華文學作品中，只認
汶萊為其家園，為其故鄉，卻少有稱汶萊為祖國的。

6　莊鍾慶、陳育倫、周寧主編：《面向二十一世紀的東南亞華文文學》（廈
　　門：廈門大學出版社，2001年），頁81。

　　汶萊作為舉世聞名的石油王國發生的重大事件，既甚少在華文文學作品中得到反映，而汶萊華人的邊緣人處境，也不常在汶華作品中出現。

　　汶華作品中，幾乎沒有反映汶萊最大族群馬來民族的生活，也少有感時憂國之作。除了上述的移民心態之外，與汶萊的政治、經濟有關。

　　汶萊由於沒有民選的國會，造成國民對國家大事及對政治的疏離。汶萊盛產石油，又沒有徵收個人所得稅，人民生活較東南亞其他國家富足，加上沒有政權更迭所可能引起的動亂，人民生活安定。無天災亦無人禍，國泰民安的環境，造成汶華作品的主要藝術導向，是表現個人自我及對人生、人性、天地宇宙等永恆課題的探討。

　　在汶萊出生的華人這種吉普賽人處境，曾經引發了一波又一波的移民潮。為了一本國籍護照，為了結束身分證上的無國籍處境，他們大部分移居到澳洲與加拿大。汶萊華族人口因此由1991年的四萬多人跌至2001年的三千七百人。

　　這些移居他國的移民中，有不少資深的寫作人。其中佼佼者，當推曾任新加坡《聯合早報》資深記者、《亞洲週刊》副總編的丘啟楓；已封筆定居臺灣的汪相坡；落葉歸根，返回馬來西亞的謝名平及江素珍；以及移居紐西蘭的楊慶光，及移居美國的鍾煥生等創作水平頗高的寫作人。造成汶萊寫作隊伍中，許多資深作者的缺席，殊為可惜。

　　汶萊華人這種特殊的處境，在文學上很難形成自己的獨特傳統。沒有本土文學個性，可以說是汶華文學的個性。沒有汶萊特色，可以說是汶華文學的特色。汶萊華文文學是華文文學世界中的吉普賽人。

六、汶萊華文文學往何處去

文學傳統的形成不是一朝一夕的事。需要一支能立足本土、放眼世界的寫作隊伍。汶萊寫作隊伍，不但人丁單薄且不穩定。能寫或寫得較好的，基於各種原因，不願露面或已封筆。只剩下為數不多的寫作人，苦苦支撐場面。大部分寫作人的年紀偏高，中年作者不多，年輕的寫作人更少。與亞細亞國家如泰國一樣，有後繼無人的隱憂。

然而，近期的客觀形勢發展，似乎對汶華文學的發展前景有利。首先，汶萊政府已放寬考取公民權的限制。已有不少本地出生的無國籍華人，通過考試成為汶萊公民。汶萊華人歸屬感問題的解決，指日可待。

其次、中汶建交後，華文華語的運用越來越顯出其重要性。而汶萊華校華、英、巫三種語文並重的政策，已得到官方的認可。

另一方面，科技的發展，已可克服汶萊沒有華文書店及華文報刊等，不利於華文文學發展的情況。只要輕按電腦鍵盤，就可閱讀各地的報章及各種華文書籍。華文文學網站亦提供了耕耘的園地。

根據可靠的消息來源，官方已批准成立汶萊華文文學組織的申請。有了合法註冊的華文文學團體，方便文學愛好者出國交流溝通。汶萊華文文學這條小溪，必須匯流入世界華文文學的大海洋，才不致乾涸。

汶華文學是否有明天，主觀努力非常重要。汶華文學是否能逐步形成自己獨特的傳統，關鍵在於汶萊是否能有一支穩定而創作水平可以逐日提高的寫作隊伍。

參考書目

王昭英主編：《東南亞華文文學選集·汶萊卷，1945、1999》，
　　新加坡：南洋理工大學中華語言文化中心，2001年。

陳賢茂主編：《海外華文文學史》第2卷，廈門：鷺江出版社，
　　1999年。

欽鴻：《遙望集》，中國：三峽出版社，2002年。

本土特色與藝術創新

——新加坡華文微型小説創作述評

⊙劉海濤、劉天平

新華微型小說發端於 1970 年代，蓬勃於 1980、 1990 年代。它在世界華文微型小說中佔有十分重要的地位。尤其在創作技巧上，新華微型小說作家敢於大膽創新，藝術形式上開創出詩歌、寓言、科幻、公文、書信、訃告等多種非傳統意義上的「微型小說」體式，或者將這些體式的精髓融合到微型小說中，在形式和藝術手法上不斷出新，形成別具一格的創作特色。從資深作家及中生代的「傷痕文學」、「文化鄉愁」到新生代的詩化、散文化和創作技巧的多樣化，新華微型小說逐漸走向成熟，並取得了矚目的成就。在現階段，新華微型小說正從一個高峰步入平穩的發展階段，並做著調整向另一個高峰探索。

2002 年新加坡作協出版了《跨世紀微型小說選》，總結了1992 至 2002 年十年間新華微型小說界所取得的成就和存在的不足，並以此探討這種現代小說文體在未來的發展道路。該書的編輯意圖是「在新華文學的長河裏做一次截流式的選擇」，[1]

1　董農政主編：《跨世紀微型小說選》（新加坡：新加坡作家協會，2003年），頁 5。

將新華微型小說界迄今為止最繁榮的十年間，具有代表性的作家作品結集出版，這在新華微型小說史乃至新華文學史上，都具有歷史性的意義，它是見證新華文學發展的一個里程碑。該書集合了資深作家、中生代作家、新生代作家三代作者的作品，因此具有「題材的繁複、新技巧的實踐、內容的時代感」[2]都涵括在內的特點，入選作品在創作主題、語言風格、創作技巧等都極具本土特色。可以說，這本書較全面地呈現了新華微型小說界這十年間的藝術特色，同時也是新華微型小說這十年間的成果展。

縱觀全書可以發現，這十年間的新華微型小說的發展變化表現為：在題材上是從「華文情結」、「文化鄉愁」轉向「都市生活」、「情感婚戀」；創作手法上則是逐漸融入了詩歌散文的因素，並有不少新技巧的「發明」，創作技巧漸趨多樣化。這也體現了從資深作家、中生代作家到新生代作家人生經歷、創作觀上的差異與轉變。

上述三類作家，他們的共同之處是能夠真實地反映社會的面貌，作品的語言、人物情感、地名（如烏節路）、選材等都極具「本土化」，「南洋色彩」格外濃郁，體現了較強的現代感和真實感。他們大都在東西方文化衝撞、道德情感新變、華文教育沒落、創作技巧探新等方面去著手努力，很少去塑造理想化的正面人物，在文化底蘊方面也相對略顯薄弱一些，大多數作家都是從日常生活中較為表層的人和事去選材立意，多是體現個人的主觀追求，沒能站在人性、時代本質這些深層次的角度去思考和審度。這很大程度與新加坡的文明程度高、法律

2　同註1。

健全、經濟發達、環境優美等因素有關。由於這些因素,文人
們內心「受傷」的程度就會低些,視角也就會集中在「華文教
育」、「情感和諧」、「追憶鄉愁」等方面,這雖然使創作具有
本土特色,但也削弱了作品的藝術魅力。雖然黃孟文、希尼
爾、董農政、卡夫等,還是有相當數量的作品能夠寫得深沈曠
達,表現了作家深刻的洞察力和濃厚的人文精神、可貴的憂患
意識。然而也有相當數量的作家作品的「覺悟」性還未能令人
滿意,這部分作家還未有用「沈痛」的目光去「透視」世界,
把立意深入到人性和社會深層的本質去。他們大都是持樂觀的
態度去審視現在這個社會,他們的作品多數是「平靜」地向社
會呼籲在哪些方面要提高。他們筆下沒有官場腐敗、環境保
護、重大犯罪、欲望膨脹、人性弱點等重大社會問題,而多數
涉及的都是人性情感、人生態度、工作壓力、人際關係等較為
生活化、片面化的話題,有些還常常是生活上的小事或一些小
問題、小片斷。如一篇論文的提綱(〈論文〉);一些個人對生
活的想法(〈十二想〉);一件生活上的小事(〈戒煙〉);一些
「常見」的小人物(〈黑狗仔〉)。當然這些作品雖然沒能站得更
高更遠,但我們不能否認它們也是一些優秀的微型小說作品,
它們雖然沒有使人黯然淚下的情節,沒有讓人疾首的惡霸,沒
有讓人崇拜的傳奇人物,沒有讓人回味無窮的英雄氣概,沒有
讓人恐慌的變故(這裏是指多數作品沒有或沒有其中的元素,
並不是所有作品都缺乏這些元素),但卻也有自己的特色,能
把故事裏的情、意、社會內涵、時代本質、生活底蘊都鎔鑄在
一起,使作品有相當的藝術張力。一部分作品更是在思想和藝
術兩方面達到較高的水準,特別是張揮、彭飛等發人深省、關
乎民族榮辱的「華文情結」;黃孟文、希尼爾、南子等關注政

治黑暗、戰爭殘酷的作品，具有很強的憂患意識和社會責任感。

一、「華文情結」與「文化鄉愁」

　　文化與教育是新華微型小說創作的基本母題，是新華微型小說的一大特色。在城市化進程中，華文教育沒落，現代意識突起，東西文化對撞，這些都使得具有強烈責任感的華人作家們感到十分痛心與憂慮。謝裕民的〈論文〉透過「我」把論文題目由原來的「新加坡的民間遺產」改為「新加坡流失的民間遺產」，這樣前後強烈的對比，道出了一個令人痛心的敘述母題──「華族遺產的流失」；黃孟文的〈邁克楊〉則透過描寫楊邁克身為一個正統華人卻不會讀不會寫華文的窘態，道出了一類人輕棄華文的心態，也正視了一個深刻的現實──「華語（母語）的低迷與式微」，導致人們生活方式的改變；尤今的〈七叔的書店〉以「七叔」經營書店與音像店的截然不同經歷，斥責了當代青年男女價值觀的改變，也揭示了另一個更為深沈的敘述母題──「華文教育的沒落」；而吳彬映的〈僧推月下門〉則以荒誕的形式，透過韓愈與賈島的對話，從中隱喻他們對西方文化的不同態度，一者是仍然堅持傳統文化，另一者卻是「棄中從西」了，從而挖掘出另一個敘述母題──「東西方文化的衝撞」等，這些就使華文作家們形成了一種傷惜華文的創作主題，煥發起一股挽救華文的文化使命和創作激情。這些作家在華文教育者和華文作家中佔有較大的比重。其原因，黃孟文就這樣提過：「在 1950 、1960 年代，新加坡社會

注重儒、道、釋三教,孝道思想至濃,遵循規範迥然不同,對
老一輩的族群產生了衝擊。三十五歲以下的年輕人不會有這種
感受,所以他們用別的題材寫作。一些資深作家寫校園苦悶,
寫被歧視,為作品提供了最原始的素材。其實,文化地位低落
便是新華微型小說的最大特色……」[3]在現代經濟大潮和社會
劇烈轉型時期所產生的新的思想意識,不但對文化領域產生重
大影響,而且對人的生活、對人的傳統習慣和生存狀態,都產
生了激烈的衝擊。在新的道德規範、行為準則、人生態度、生
活習俗、文化氛圍中,人們都感到困惑,感到無奈。許多作品
都對此有所反映。藍玉的〈林大光想移民〉道出了人們不再適
應新加坡到處要使用英語的西化生活;林高的〈捨不得〉則透
過一個老年人對舊事物的不捨情懷,道出了這一類新加坡人不
願意改變原來的生活狀態的意願……以上這類主題的創作我們
稱之為「華文情結」;而快速的城市化進程,也使許多作家生
發出一種危機感,在懷舊與留戀的情緒中手足無措、焦慮不
安。他們對新環境感到難以適應,精神焦灼憂鬱,於是便有了
留戀舊日生活狀態與思古懷鄉情緒的作品。張揮的〈門檻上的
吸煙者〉題材雖然普通,但卻寫得深沈蒼涼,在這一位吸煙者
的經歷中,我們看出了骨肉分離、民族異化,同時華文教育日
趨式微,這令老一輩愛國念家、思古懷鄉的人如何不傷懷?他
們始終不變的,又何止是吸煙這一習慣?而懷鷹的〈最後一夜〉
就表現了時代變遷,人生滄桑,在世事變幻中,人的內心亦備
受磨礪,在莫名的悲痛中,人們懷念昔日的習慣與氣味,留戀
那流失的年華。雨還是那場雨,但青春不再,時代變遷,許多

3　同註1,頁195。

東西都已不同，這如何讓人不傷懷？……這些作品可稱之為
「文化鄉愁」。「華文情結」和「文化鄉愁」都是一個長久的敘
述母題，至今仍未停息，而這類作品多數是中生代以前的作家
創作的，人們把這一時期充滿感傷情懷創作的作品稱之為新加
坡的「傷痕文學」。

二、重審情與義話題和歷史精神

　　隨著現代化經濟發展，社會城市化進程加快，許多外來的
新思想也滲透到本土的思想中，社會觀念進入了劇烈的轉型時
期，新舊文化、中西文化之間發生了激烈的交鋒。在金錢觀及
追求享受思想的強化突起中，人性與親情受到了重大的挑戰，
開始逐漸淡薄或異變。都市生活中出現林林總總的新現象，這
些，都引起了許多文人作家的關注，他們用其高度的社會責任
感、強烈的社會憂患意識以及高尚的人道主義精神，對社會道
德規範、人際關係、價值觀等生活內容中所囊括的情與義，進
行了重新的審視。同時，在這樣的氛圍中，他們也會很容易回
顧歷史，重新尋找和思考歷史精神，並給這些歷史賦予新的意
義，希望以此喚醒人們的民族精神，重樹社會的道德規範，重
塑人性的真善美。

　　在審視情與義的話題中，有如反映現代工作繁忙的〈傷
疤〉[4]等作品。〈傷疤〉反映了在這個競爭激烈的社會中，人
們為了不被淘汰，不得不爭分奪秒地忘我工作，以適應這快節

4　本文所討論的小說文本，若無另外註明，則皆取自董農政主編：《跨世
　　紀微型小說選》。

奏的「經濟性」生活方式。從而發掘出了新的社會問題——如
何處理、優化我們的生存狀態呢？反映人與人之間缺乏溝通的
〈電話怎麼還不響〉、〈沈默族〉等作品，都道出了現代經濟社
會中人與人之間的隔膜增強，人們的交流減少，不善於溝通，
而〈沈默族〉更是寫到人們甚至互相猜忌，從愛誹謗到顧慮重
重，變得沈默，甚至失語。反映要珍惜親情的如〈打嗝的親
情〉、〈彬彬〉等作品。〈打嗝的親情〉透過一系列意識流的
回憶與幻想，告誡人們，要給孩子們多點愛心，不要成為他們
心目中的「大灰狼」、「外星人」。〈彬彬〉則寫出了母愛之深
沈，那在死亡邊緣掙扎的母親卻牽掛著自己兒子的安危，用自
己的血肉之軀挖出了一條深溝！她的靈魂，她的品質，感動了
每一位活著的人，提醒了麻痺的人們思考，我給孩子們的愛夠
了嗎？反映要品味生活的如〈滴〉、〈憋〉等作品。〈滴〉、
〈憋〉的作者是梁文福，作品用隨意識流而動的交互敘述方
式，構成一種類比映襯，用一種為人所熟悉的事件去闡明另一
件為人不注意或難以理解生活哲理，並道出其形成原理，使理
性形象化，深入人心，讀來「入口甘甜，回味無窮」；質問生
活與藝術價值取向的〈手〉則訴說了女主人公內心的矛盾，同
時也是現實與理想的矛盾，這些矛盾是透過一組意象的對比構
成的，茉莉花香與汗臭，藝術的純潔的手與按摩後油膩的手。
從以上作品我們可以看出，現代人在新的生活方式中有了新的
煩惱，他們心中對由於社會的快節奏、競爭激烈所產生的人情
淡薄、道德失範、求實主義等，感到煩惱和迷惑。而微型小說
則為他們提供了傾訴的園地。

　　在現代化較為發達的社會中，或許人人都已忘記或淡薄了
歷史英雄和民族精神，但無論在何時何地，歷史和民族精神都

是不應被遺忘的，它是一個民族的靈魂。許多從歷史中走過來
的作家就用他們敏銳的筆觸，激發人們去回顧歷史，也藉此來
提倡民族精神。

新加坡屢受別國侵略，長期遭受殖民統治的屈辱史，以及
在爭取獨立的民族鬥爭中所呈現的民族英雄與民族精神，都使
新華作家們有了重提歷史，將民族精神發揚光大的歷史使命。
林錦的〈血胎〉就是用慘烈的筆調和奇特的表現手法，寫出了
英殖民者的掠奪與日軍侵略者的暴行，提醒人們要謹記殖民者
和侵略者破壞環境、破壞家園的罪行。柯奕彪的〈狙擊手〉則
刻畫了一位在新加坡反殖反侵略民族鬥爭中沈著、冷靜的民族
英雄形象。梁文福的〈歷史之一日〉則透過表現孔子刪史及後
人拍攝時也刪史的輕率態度，借古諷今地批判了現在部分新加
坡人甘願遺忘歷史的「忘祖」現象，也指出了歷史在一個民族
乃至整個人類發展中的重要性。這些篇章並沒有因年代久遠而
「生鏽」乏味，沒有因現代化的喧囂而褪色，這些篇章讀來，
仍然因它們的內在意蘊之深厚，而讓人覺得盪氣迴腸，熠熠生
輝。

當代世界在和平的大環境中卻處處表現出不安的狀態來。
如「九一一」恐怖襲擊、「中東戰爭」、「美伊戰爭」、「反車
臣武裝分子」等等，這些戰火，讓具有憂患意識的新加坡文人
思古度今，懂得了歷史及民族精神的重要性，它們是保衛家
園、保衛主權和維持本國社會安穩的有力武器。希尼爾的三篇
作品就是透過反映新歷史條件下帝國主義種種新形式的「侵
略」，來提醒人們觀照歷史，反思自我的。如〈貓語錄〉用象
徵的手法，揭示了社會所存在的假民主、假自由的現象，指出
了人們被愚弄，意識受壓抑，思維受強制，從而變成了一群沒

有主見、愛跟人屁股排長龍、盲目追潮流的人;〈 I ＆ P 〉中則描寫了政客間的爭權奪利,卻釀成了民族仇恨、恐怖襲擊異族等慘劇。〈認真面具〉更是將政客們虛偽、貪婪、冷血、好戰的特性表露無遺,同時也十分同情和「責備」那些甘受「奴役」的軟弱、被愚弄的民眾。歷史讓人們能認清帝國主義者的本質,從而能使人們在新的歷史條件下,辨別各種新形式的「侵略」。

總之,這些作品所蘊含的民族精神和文化底蘊,在現代化的意識大潮中重新提起,更是具有特別的意義,它們為許多迷失了方向的人們重新指明道路,使他們不至於感到困惑,也避免了自己這個「個體」在社會「類」的壓抑下變形消亡。

三、探討情感婚戀問題

隨著社會的發展,人們的素質不斷提高,對情感的要求也越來越高,他們不再僅僅滿足於「責任夫妻」,而是追求情感的伴侶。生活節奏的加快,工作壓力、競爭壓力的加大,也使身心勞累了一天的「白領」們想找一個可以放鬆身心的地方——情感的歸宿。喧囂的社會環境,也使愛情這一本來濃郁純正的味道變得淡了,有時還沾上了銅臭,於是,社會上婚外戀、移情別戀、三角戀、包二奶、一夜情、網戀等諸如此類的現象,便「流行」起來了。而第三者(情婦/夫,競爭者)、第四者(介於情人與朋友之間的關係)也不再是什麼新鮮的事物了。而這些都對家庭和愛情造成情感危機,探討這方面的問題,對人們如何選擇正確的愛情觀與家庭責任感,都具有十分

積極的意義，對社會的穩定也起到較重大的作用。

於是，探討情感問題成為新加坡微型小說一個重要的敘述母題。柯奕彪的〈紅顏〉是講述兩個各自有家室的一男一女卻成為「紅顏」，但他們的「偷情」並不是出於肉體上情欲的渴望，也不是因為金錢和名利的互相利用，而是出於精神的依託，心靈的交流；林高的〈相片的故事〉則是以傷感的筆觸去審視愛情禁不起歲月的考驗而淡化或消亡。艾禺的〈快樂的關係〉[5]寫的是現代人對於美滿婚姻的失望情緒，他們寧願追求一種異化的快樂關係——雇傭妻子，把家庭那種溫馨快樂的關係作為一項服務！當然，也有像陳家駿的〈捉迷藏〉這樣用浪漫的情調讚揚那些純樸、永恆的愛情。作家們都希望自己能喚醒人們心中要遺忘的真愛。

而這些問題中，家庭問題異常突出。首先是家庭結構的改變。傳統的家庭結構都是要求世代同堂，父母兒媳都是住同一大院宅的「大家庭」，但現在有越來越多的年輕人因為受到西方家庭觀的影響，在他們心目中「家庭」的定義已經發生改變，不再是傳統的世代同堂，共撐一棵樹的樣式了。他們喜歡追求自由的「兩人世界」的「小家庭」，當他們長大成人，能夠獨立時，就會離開父母搬出去住，組織一個新的家庭，這使家庭的結構發生了劇烈的轉變。如周粲的〈搬〉[6]就是透過一個小時候極孝順父母的兒子讀完大學，準備結婚的時候，還是向父母提出了令他們難以接受的要求——和妻子搬出去住！

二是一個新家庭的建立基礎出現了異變，不再是單純的感情結合，而是把婚姻作為金錢名利、權力色欲的交易。簡而言

5　石鳴：小小作家網論壇・海外擷英 http://www.xxszj.com/bbsxp/index。
6　《新華文學》第 50 期，2000 年 8 月，頁 116-118。

之，就是「男才女貌」演變成「男財女貌」。甚至出現了連自己親生骨肉也成為自己生活、前途的累贅的觀念，如李忠慶的〈爭〉講述的就是一對離婚的夫妻爭的不是兒子的撫養權，而是為推卸撫養兒子的責任來爭吵，這是一種親情淡薄的倫理悲劇，是一種倫理失衡的社會現象。

三是家庭關係的冷漠化。由於以上兩種原因之一或這些原因的交叉結合，又或人們因為工作等關係的影響，把以前曾經有的情感都「埋藏」起來了，形成了心靈上的「牆」。他們雖然表面上沒有什麼矛盾，但卻保持一種淡薄的關係，生活程序化，上班、下班、煮飯、教育孩子，但卻沒有情感和思想的交流，沒有生活的情趣。林高的〈點歌〉[7]寫的就是一個丈夫一邊與情人偷情，一邊卻打電話給妻子點一首〈月亮代表我的心〉，其實丈夫是用這種方式建立一份虛偽的「形式情感」，其實他和妻子之間已經有一堵無法破解的「牆」，那堵無形間隔起的「牆」是為了保護自己，使這段還有其「存在價值」的婚姻不至於就此結束。

隨著社會的發展，情感在婚戀、家庭的比重有所削弱，甚至出現情感荒漠化的跡象。人們對待婚姻、家庭的態度和觀念也發生了很大的變化，從而出現了許多婚戀的新現象，這引起了作家們的注意，使他們紛紛參與了探討，希望能幫助人們樹立正確的婚戀價值觀。

7　林高：《籠子裏的心》（新加坡：潮州八邑會館，1997年），頁43-44。

四、創作技巧的藝術創新

　　新華微型小說與中國等較為寫實的微型小說一個很大的差別，同時也是它的優勢，就是它在技巧上的大膽創新。新華微型小說雖然沒有像中國微型小說那樣，有那麼深厚的文化底蘊（從總體上來說），但它在技巧上的靈活運用，卻也能產生讓人耳目一新的感覺，在短短的篇幅裏，卻能對一些很生活化的題材進行藝術加工，使作品產生一種強烈的藝術衝擊力，達到讓人「頓悟」的境界。這類作品主要有以新體式出現的，如〈十二想〉（筆記體）、〈黑色日記〉（日記）、〈論文〉（論文提綱）等；有科幻、夢境等虛幻題材的，如〈死刑〉、〈滅〉、〈尋找唐烏拉山〉等；有集散文化、詩化的部分特性出現的，如〈紙鶴〉、〈捨不得〉、〈吃下午茶遇到蒼蠅〉等。這些創新，在技巧上是具有十分積極意義的探索和開拓，應該受到肯定和鼓勵。但這些創新又往往會缺乏作為一篇小說的元素，如人物、情節、細節單元等，因而它也受到了一些作家和讀者的質疑。於是人們對於這些非傳統意義的「微型小說」就有了兩種觀點：一種是把它看成「非小說形式」的，如新華小說家艾禺的看法：「既然冠以『微型小說』的稱號，我始終認為它說什麼都應該具有小說的『樣子』。我不是反對它以『反小說形式』出現，但如果一味在求變換花招，雖然有他的創意，但卻走成一個讓人看不出的樣子來，說是賦予了微型小說新生命，我卻覺得是在糟蹋這四大家族裏的新新文類。」[8] 而孫愛玲則認為：「微型小說一定要有一個完整的小小結構，換句話說，要成『型』，雖小但五臟俱全。有人物（或異類）、有事件、有事

8　同註1，頁198。

件發生之所以然,或後果。」[9]謝裕民也認為,要區分「微型小說」與「極短篇」的差別。「新加坡的一些微型小說其實根本不是微型小說,而是『極短篇』,因為它沒有故事可言。」[10]

　　另一種看法認為在創作上要擺脫任何文學教條的束縛,不斷地探索和試驗新的技巧,這樣才可以為微型小說的發展壯大開拓更大的空間。如黃孟文的「五臟不全說」認為:「微型小說不能講究麻雀雖小,五臟俱全,因為微型小說的特徵就在於五臟不全」;[11]林高的「微型小說和詩是鄉親說」就提出:「在技巧方面,微型小說須寫得有韻味,讓讀者回味無窮。微型小說可以有深度,但從單篇來看,不易有厚度,難與短篇小說一較高低,如果含有詩的韻味,則可加強迴旋的深度。」[12]董農政、希尼爾則提出了「小說詩」的主張,希尼爾在「走出文化傷口,繼續自覺探路」的座談會上提到:「詩與微型小說互相滲透和結合,這基本上是好的……詩是語言的精華所在,詩和小說相結合而衍生出另一種文體是可行的,不過需要另一段時間的嘗試和試驗。」[13]旅新作家石鳴也贊同他們的觀點:「詩重意象、留白,而且詩節間也多有跳躍性,微型小說也最忌『開門見山』,所以這兩種文體之間其實是有共通之處的。我們在創作微型小說時,完全可以融入詩歌的元素。」但他又指出:「不過不是形式上的模仿,而是從精神上去吸取詩的神髓,融會貫通於小說創作中。」[14]此外還有希尼爾的新聞小

9　《微型小說季刊》第 18 期,1996 年 10 月。
10　同註 1,頁 199。
11　同註 1,頁 192。
12　同註 1,頁 194。
13　同註 1,頁 197。
14　同註 1,頁 197。

說、現代寓言等。馬來西亞作家朵拉對於微型小說的創新，曾這樣提出過要求：「微型小說創作的規律，不斷重複，到最後會形成一個窠臼，微型小說作者也許因此陷落在創作法則裏，反而走不出來。」[15] 著重指出對於微型小說的創作技巧，我們需要有創新的精神，不要只想著沿用前人的技巧。

我們比較贊同第二種看法。這主要是從它們的作用來說的，而不是從它們的形式來說的。無論是微型小說還是「極短篇」，都有一個共同的目的與作用：運用短小的藝術形式，在快節奏的現化生活中，給予讀者一種認知生活、情感、道德規範和文化素養等方面人生內涵的機會。因此，我們有理由將這類「短小的藝術形式」歸類或並列在一起，因為它們所負載的質——「神」是相通的。當然，這種藝術形式與詩歌、日記、散文等又有所不同，它是詩與小說、散文與小說的結合體，是把詩歌、散文的神髓吸收鑄鍊後，以另一種新的藝術形式出現在讀者的面前。它的最大特點是能夠快速地刺激和感染讀者，形成一種厚重的審美快感。因此，它也應有一個「本體規範」，以使它能與其他文體有所區別。美國的小說評論家羅伯特·奧佛法斯特認為：「微型小說『不超過一千五百字，卻要具備小說的一切要素』。他規定這種文體的三個要素是：1.構思新穎奇特；2.情節相對完整；3.結尾出人意料。許多中外微型小說研究者都認為羅伯特的第一條和第三條的概括比較準確，能夠普遍地被人們接受。而他們對羅伯特的第二『情節相對完整』卻紛紛提出商榷意見。」[16] 由此可見，微型小說這種文體不一定要求情節完整，但它在情節構思和結尾上還是有自

---

15 《微型小說季刊》第 21 期，1997 年 7 月，頁 31。

16 劉海濤：《歷史與理論：二十世紀的微型小說研究》（北京：中國社會科學出版社，2002 年），頁 69。

己的特色的，這裏面可以運用許多的技巧以達到創新的目的。
當然，在創作技巧的不斷變革中，第一和第三要素也開始了異
變，如結尾往往是沒有出人意料。雖然如此，但它還是有一個
模式的：

微型小說的結構＝「常規性鋪墊敘述」＋「突轉性上升
敘述」

這裏的「突轉性上升敘述」其實就是結尾部分。當然這裏的突
轉也不單單是指「出人意料」，它指的應是藝術的突轉。微型
小說的結尾往往都是用一兩句話來點睛，無論它是不是「出人
意料」，但它們都有一個共同點是給人以強大的「審美速率刺
激」，我們稱這種藝術機制為「藝術的突轉上升」。當結尾是
「出人意料」的，那麼它就是「藝術的反轉斜升」；當結尾只
是將全文的資訊融會在一起，起點睛之功，那麼它就達到了
「藝術的急轉上升」。

　　概而述之，微型小說的「本體規範」不可丟，至於這種本
體規範的特性，在現階段我們可以這樣概括：「微型小說是在
當代生活的基礎上發展起來的，字數在一千五百字左右，既體
現出小說的一切要素又具有其特殊規律的小說品種。」[17]

　　總之，新華微型小說的成就是華文微型小說界不容忽視
的，但旅新作家石鳴認為：「走下坡路是事實。新華微型小說
所以會經歷 1990 年代那段蓬勃時期，是建基於黃孟文、希尼
爾、裕民和林高等人的社會責任感……在作品中，不僅批判、

17　劉海濤：《規律與技法：轉型時期的微型小說研究》（北京：中國社會科
　　學出版社，2002 年），頁 6。

反思，也將傷口呈現出來，試圖『痛』醒一些人，這就形成了那一時期的『傷痕文學』。但現代的年輕作者大都對那一段歷史沒有認識，也沒有感受，他們感受到的是全球化、城市化所帶來的衝擊，所以他們的作品更多的是邊緣化、私語化的寫作。而這種寫作最好的載體是散文，所以年輕作者從事微型小說寫作的比較少。這也間接造成了新華微型小說近幾年的低落。」[18]新華小說作家董農政也承認：「我也認為新華微型小說已經走下坡，特別在文學技巧與作品視野上。」[19]這種創作上的低潮，與當代新加坡華語的低迷與式微也是有密切的關係的。文學失去了載體，就根本沒有創作的可能。因此華語地位的改變使新加坡的文學創作都受到很大的阻礙。

但我們也看到其強大頑強的生命力，它的再度繁榮、再創新高的時刻將不會太遠。首先從新華微型小說的創作現狀來看：新華微型小說作家在年齡結構分佈比較均勻，他們可以延續和發展微型小說這一文體，相信在三代作家的共同努力下，一定會開創出一個新華微型小說再度繁榮的好局面；而作家們在技巧上的創新精神、現代生活不斷湧現的創作題材、日趨成熟的理論研究，是新華微型小說創作興盛的動力。除此，發表新華微型小說的陣地也較為寬廣，《聯合早報》、《星洲日報》、《微型小說季刊》等報紙刊物，每期都刊登微型小說。而從時代需要來看，當代快節奏的生活，人們更願意去品味微型小說這一短而精的「文化速食」，人們都希望花費最少的時間和精力去獲取最大的審美信息量，而微型小說能夠迅速反映生活，深刻揭示時代本質，因此能夠滿足讀者的「速率審美刺

18　同註1，頁199。
19　同註1，頁199。

激」，從而受到大眾的歡迎。眼下新加坡政府積極鼓勵使用母
語，許多社會團體和文學團體也進行「語言復興」運動，華語
的地位在未來也會逐步提高。綜上所述，新華微型小說的興盛
雖是面臨著挑戰，但我們也應保持樂觀的心態，看到它強大的
生命活力，並預知它繁榮昌盛的未來。正如《新加坡華文文學
史初稿》所言：「新華微型小說……創作實踐和理論研究都在
發展，可以預見：有好的作家、好的題材、好的技巧，同時有
好的作品評論與理論研究，就有可能寫出一流的作品來，從而
為新華文學走向世界又拓展一條道路。」[20]

參考書目

小小說作家網 http://www.xxsjz.com。

黃孟文、徐迺翔主編：《新加坡華文文學史初稿》，新加坡：新
　　加坡國立大學中文系、八方文化企業公司，2002年。

董農政主編：《跨世紀微型小說選》，新加坡：新加坡作家協
　　會，2003年。

楊曉敏主編：《百花園》2003年第1期。

───主編：《小小說選刊》2002年第5、13期。

《新華文學》第50期，2000年8月。

《微型小說季刊》第18期，1996年10月；第21期，1997年7
　　月。

劉海濤：《規律與技法：轉型時期的微型小說研究》，北京：中

20　黃孟文、徐迺翔主編：《新加坡華文文學史初稿》（新加坡：新加坡國立
　　大學中文系、八方文化企業公司，2002年），頁265。

國社會科學出版社，2002年。

───：《歷史與理論：二十世紀的微型小說研究》，北京：中
國社會科學出版社，2002年。

新馬華文文學的本土性建構

——以王潤華的相關論述為中心

⊙南治國

一、緒言

本文所討論的「本土性」是指新馬華文文學的本土性。論及「本土」，這裏當指新馬本土，它既是一種地域意義上的本土，同時，其指涉又毫不含糊對準中國本土（包括臺灣）。一般說來，本土性往往是相對於「外來性」的，這裏討論的新馬華文學的「本土性」的參照對象自然是中國文學傳統無疑。本文試圖描勒在中國文學的背景下，新馬華文文學如何努力建構自身的本土性。因為新馬華文文學的「本土性建構」問題是一相當寬泛的研究課題，而且，相關概念需要在對新馬華文文學有了全面細緻的梳理後，方可釐清，因此，深入詳盡的研究只能留待他日。本文僅以王潤華在 *Post-Colonial Chinese Literature in Singapore and Malaysia*、[1]《華文後殖民文學——本土多元文

---

1 Wong Yoon Wah, *Post-Colonial Chinese Literature in Singapore and Malaysia* (NJ: Global Publishing Co. Inc., 2002).

化的思考》[2]以及《從新華文學到世界華文文學》[3]的相關論述為基點，提出一些問題，並試圖就新馬華文文學的本土性建構的一些方面做淺要之論述。

二、本土性建構之一：注重新馬華文文學 的歷史書寫

在殖民統治中，文學或歷史的文本可以是帝國權威的一種載體，它既是一種象徵，也可能是「行使佔有權利的具體行為」；因而書寫變成一種權力和統治工具，它是收集資訊和行使權力的手段。[4]作為「他者」，同樣可以採用文本書寫的形式來抵制或消解帝國之權威。他們渴望有、也迫切需要一部以自身為主體（即本土的）「鑑證性」的歷史，用書寫的形式記錄下他們移民本土、開拓本土的早期經驗、他們在本土上的生存和發展史，以及被殖民者壓抑的「人民記憶」[5]等等史實。而本土早期的歷史和人民記憶，往往藉文學書寫的形式得以保存。從這個意義上講，方修對馬華文學史的整理和編寫至少有

---

2 王潤華：《華文後殖民文學──本土多元文化的思考》（臺北：文史哲出版社，2001 年）。

3 王潤華：《從新華文學到世界華文文學》（新加坡：潮州八邑會館，1994年）。

4 Elleke Boehmer, *Colonial and Postcolonial Literature* (London: Oxford University Press, 1995)。這裏的引文參見盛寧等譯：《殖民與後殖民文學》（瀋陽：遼寧教育出版社，1998 年），頁 13。

5 這裏「人民記憶」是借用張頤武的說法，指受殖民者壓迫、為殖民者忽略、甚至被殖民者抹殺的本土民族的「刻骨銘心」的記憶。見張頤武：《在邊緣處追索──第三世界文化與當代中國文學》（北京：時代文藝出版社，1993 年），頁 80-82。

其「反殖民」的意義。同樣的，王潤華在其著述中，也非常注重新馬華文文學史（特別是新華文學史）的整理和書寫。在《從新華文學到世界文學》一書中，他用了整整一卷，近三分之一的篇幅，來探討新華文學的發展史實，瞻望新華文學的前路。其指歸，便是新華文學的本土性建構：

> ……外來的種子（指中國文學，作者註）播種在異國的土地上，每粒種子都會受到它生根成長的泥土和氣候的影響。因此，新加坡當時的社會因素，對華文文學的形成和發展，應該看作新加坡國家成長的一環，這樣更能準確地尋找出它發展的正確方向及其精神內涵。[6]

正如南帆所指陳，形式紛繁的文學史已經組成了一個龐大的家族體系，已然是文學學科的重要基石；[7] 文學史意味了某種堅硬的、無可辯駁的事實描述，是一種「可以信賴的知識」。[8] 對多數國家（尤其是有著悠久文學傳統的國家，如英國、中國）而言，文學史的意義主要在於對過去文學事實進行記錄，並做規範和解釋，至於其文學（無論是從國家、民族，還是單從語言意義上）的身分和認同（Identity），則已是不爭之事實，因而，不是文史學家煩憂之心病。但在新馬，華文文學史的書寫

6　同註3，頁3。

7　韋勒克（René Wellek）認為，文學作為學科通常包括文學理論、文學批評和文學史三個部分，而這三者之間並無清晰的界標。見韋勒克：〈文學理論、文學批評和文學史〉一文，收入 René Wellek & Austin Warren, *Theory of Literature*（New York and London：Harcourt Brace Jovanovich, 1977）。譯文據劉象愚等譯：《文學原理》（北京：三聯書店，1984年），頁30-39。

8　南帆：〈文學史與經典〉，《文藝理論研究》1998年第5期，頁8。

不僅是其獨立的文學身分的重要指標，同時還隱含著遙指「大中華」的權力之爭，其鵠的所指，便是一種力圖主宰新馬文學現實的權力。文學史的書寫，就是本土性的張揚和建構，是展呈給世人的一種獨立姿態。王潤華多次主編或參編新馬華文文學的各種選集，並在不同時期撰文討論新馬華文文學各時期的發展脈絡，指陳新馬華文文學由受中國文學影響到獨立發展的歷史軌跡，其建構新馬華文文學本土性之苦心，不言而喻。

三、本土性建構之二：強調本土色彩的文學創作和批評

強調本土色彩，一直都是新馬華文文學的聚焦點。王潤華認為「1927 年是新加坡華文文學發展史上的里程碑」，因為這一年朱發雨、黃振、張金燕、鄧勵誠等，開始對創作具有本地色彩的文學發生興趣，主張「把南洋色彩放進文藝裏去」，並產生了一批以張金燕的《悲其遇》為代表的「富有南洋色彩」的文藝創作，因而可視為新華文學發展史中的「極重要的第一步」。[9] 對其後丘士珍「反對以上海才有文藝的錯誤高調」，明確打出「馬來亞文藝」旗號的舉措，王潤華同樣予以高度的評價：「丘士珍的理論，代表當時僑生作家開始認定新馬地區為其服務對象，而且在文學運動算是新馬華文文學自立運動之另一個里程碑。」[10] 在對新馬華文文學史進行整理的過程中，王潤華非常注意其中哪怕是非常細微的關於本土色彩的提倡，其

9　同註 3，頁 8-10。
10　同註 3，頁 12。

實，這也是方修、苗秀等在整理新馬華文文學史時所關注的重心。

在文學批評中，王潤華也獎掖那些帶有本土特色的創作。他很欣賞鐵戈的新詩〈我們是誰〉，因為「鐵戈的新詩〈我們是誰〉中的『我們』，最能代表戰後至獨立前華人的政治意識及其社會遭遇」；[11] 他喜歡梁鉞的〈魚尾獅〉，因為「魚尾獅」這一意象反映了新加坡華人在立國後的文化困境；他給黎紫書的小說以「響亮的承認的掌聲」，因為黎紫書的小說「是中華文化流落到馬來亞半島熱帶雨林……掙脫了中國文學的許多束縛，再以熱帶的雨水、霉濕陰沈的天氣、惡腥氣味瀰漫的橡膠廠、白蟻、木瓜樹、騎樓、舊街場等陰暗的意象，再滲透著歷史、現實、幻想、人性、宗教，巧妙的在大馬的鄉土上建構出魔幻現實小說」。[12] 他對慧適、劉文注、希尼爾、郭永秀、張揮、吳岸、冰谷等的文學作品的評論，無不強調其作品所反映出的本土的語言、意象和文化上的色彩。

注重文學史、文學創作和文學評論中的本土色彩，是新馬華文文藝者所共同關注的課題，因為它對新馬華文文學的本土性的建構意義殊重。[13] 余光中在論及馬華文學創作時指出，馬華作家只有把自身所處的社會和地理環境寫出來，馬華文學才有其本身的價值。[14] 余氏強調的其實就是馬華文學的本土

11　同註3，頁44。
12　同註2，頁225。
13　黃錦樹在考察馬華文學史時，也同樣指陳馬華文學獨特性的意義。他說：「從馬華文學史的脈絡來看，以『馬華文藝的獨特性』論爭為分水嶺，之前是僑民文藝當道，蔚為主流，在儀式上象徵了把南洋視為是中國的大後方，是中國地域的象徵延伸；論爭後逐漸的扭轉了情勢，清算了文學上的中國意識，當地的地域意識及具本土色彩的文學開始建立起來。」見黃錦樹：《馬華文學與中國性》（臺北：元尊文化出版公司，1998年），頁186。

色彩。馬華文學的本土色彩，可是說是其區別於中國或其他地
區華文文學的「衣裝」，強調本土色彩就是給新馬華文文學穿
上獨特的衣裝。只是在這同時，我們亦應切記，新馬華文文學
的本土色彩固然取決於新馬本土的地理條件、社會歷史和文化
傳統，但這並不意味著我們可以輕視源自於「大中華文化」的
影響。相反的，在一定程度上，我們甚至可以說，是中國文學
和新馬華文文學的同源性和差異性，決定了新馬華文文學的本
土色彩，因為新馬華文文學的本土特色的建構，在很大程度上
是離不開中國文學這一參照系統。

四、本土性建構之三：構型新馬華文文學典律

其實，文學經典的確立，是文學史的任務。通常，文學作
品可以粗略地分為兩類，即文學史上存留的經典和尚待甄選、
可能成為經典但更可能湮沒後世的當代作家的創作。也許當下
的讀者傾向於閱讀當代文學作品，但他們可能更傾向於認同文
學史上的經典作品的地位，即便是他們並沒有讀過這些經典。
這就是經典的權威，也是文學史和文學史家的「權力」。[15]在
某種意義上，經典便是構建文學史這幢森然大廈之磚石，基於

14　參見《蕉風》月刊第424期，1989年3月號的刊首編者按〈腳踏實
　　地〉。

15　劉勰在《文心雕龍·宗經第三》中有「經也者，恆久之至道，不刊之鴻
　　教也」之說。見劉勰著，向長清釋：《文心雕龍淺釋》（長春：吉林人民
　　出版社，1984年），頁54。福柯（Michel Foucault）亦認為，文學史乃
　　知識和權力之聯盟。見櫻井哲、姜忠蓮譯：《福柯：知識與權力》（石家
　　莊：河北教育出版社，2001年）。兩人皆言史和史家之「權力」。

此,建構經典亦即建構文學史。對新馬的華文文學,情形尤甚。

那麼,新馬華文文學有沒有經典?如果有,何為經典?哪些作品堪當經典?對此一設問,方修、方北方和苗秀等學者均持肯定之態度,在他們的文學史、論著中,做出了自己的選擇,選取的標準主要是現實主義的創作原則;但是,反對他們的聲音也不小,如中國大陸學者周寧就認為,馬華文學,從1945年到1965年,完成了一個偉大的文學傳統(馬華文學傳統)的定位,卻沒有出現支撐這種文學傳統的偉大作品,即便是建國後的新加坡華文文學,也是「有作家,無大作家;有作品,無名作;有新人新作,但無人願意留連文壇;有人寫,無人讀,華文普遍識字率與閱讀水平在降低」。[16]馬來西亞旅臺學者,如黃錦樹、林建國等,對馬華文學是否存有經典也有不同解讀,譬如,黃錦樹就不客氣地認為,「在馬華文壇,一直存在著一股『經典的焦慮』,由於沒有可立於雞群之中的鶴,每一隻雞都等高,誰也不服誰」。[17]此類爭論,近乎1980年代中期對香港文學和文化的爭論,當時不少學人對香港文學持一種「文學沙漠」的「沒有文學」論。知名學者余英時甚至撰文指出,香港如有文化,「大約『聲色犬馬』四字足以盡其『文化』特色」。[18]所幸的是,迄今的新馬華文文學似乎尚無人敢以「文化沙漠」視之,但爭論本身至少說明了馬華文壇遴選經

16　周寧:〈僑民文學、馬華文學、新華文學——試論新加坡華文文學發展的三個階段〉,《文藝理論與批評》2001年第1期,頁118-120。

17　黃錦樹:〈馬華文學的醞釀期?——從經典形成、言/文分離的角度重探馬華文學史的形成〉,見黃錦樹:《馬華文學:內在中國、語言與文學史》(吉隆坡:華社資料研究中心,1996年),頁35。

18　余英時:〈臺灣、香港、大陸的文化危機與趣味取向〉,香港《明報月刊》,1985年4月,頁36。

典的難度（抑或是期待經典的焦慮？）。

　　關於新馬華文文學經典的確立，王潤華並沒有直接和專門的論述，但在〈從反殖民到殖民者——魯迅與新馬後殖民文學〉和〈走出殖民地的新馬後殖民文學〉等論文中，可以看出他對構型新馬華文文學經典的理解和期待。與其他學者不同的是，王潤華更清楚地意識到經典與新馬華文文學的「本土性」之間的關係：

> 當五四新文學為中心的文學觀成為殖民文化的主導思潮，只有被來自中國中心的文學觀所認同的生活經驗或文學技巧形式，才能被人接受，因此不少新馬寫作人，從戰前到戰後，一直到今天，受困於模仿與學習某些五四新文學的經典作品。來自中心的真確性（authenticity）拒絕本土作家去尋找新題材、新形式，因此不少被迫去寫遠離新馬殖民地的生活經驗。譬如當抗戰前後，田間、艾青的詩被推崇，便成為一種主導型寫作潮流。[19]

以中國新文學為參照，王潤華注重的是新馬華文文學對中國現代文學經典的棄用（abrogation）、挪用（appropriation）和突破（如果說不是超越）。在〈從反殖民到殖民者〉一文中，他高度評價了土生的一代新馬作家開始調整和修正以魯迅為代表的中國現代文學經典，用自己的文學形式和文學觀來表達和承載新馬的本土生活和本土經驗。他認為雲裏風、黃孟文、曾也魯（吐虹）等的創作已然顯呈了新華作家開始拒絕和抵制中國文

19　同註2，頁139。

學的權威，在修改和挪用中破除了中國文學經典（如魯迅的文學作品）對新華作家的束縛，因而在某種程度上構建了新華文學的經典。[20]

五、結語

　　新馬華文文學的本土性建構是一個複雜的系統工程，本文結合王潤華著述中的一些觀點，從馬華文學的歷史書寫、本土色彩的創作，和馬華文學的經典建構三方面，做了簡述。值得注意的是，新馬華文文學的本土性建構，從一開始就同中國文學發生了絲縷不絕的關聯；我們應該清楚地認識到，新馬華文文學和中國文學只是彼此參照的兩極（儘管在地理和文化上客觀地存在中心和邊緣之別），但它們絕非不可相容、非此即彼的兩極，事實上，它們間的互動和影響一直存在，而且隨著全球化進程的推進和新馬華文文學的發展，這種相互的影響將越來越明顯。在某種意義上，我們甚至可以說，中國文學（也許還包括其他的國族如英、美文學等）始終都在參與新馬華文文學的本土性建構。此外，我們還須看到，任何一種文學的本土性建構總是一個漸進卻又開放的進程，新馬的華文文學也不例外，從 1920 年代便已開始這一進程，在不同的時期，會呈現不同的特點，但這一進程並非是封閉式的，原則上，它始終是開放的、進程中的。

20　王潤華：〈從反殖民到殖民者〉，《華文後殖民文學——本土多元文化的思考》（臺北：文史哲出版社，2001 年），頁 139。

參考書目

王潤華：《華文後殖民文學──本土多元文化的思考》（臺北：
　　文史哲出版社，2001 年）。

───：《從新華文學到世界華文文學》（新加坡：潮州八邑會
　　館，1994 年）。

余英時：〈臺灣、香港、大陸的文化危機與趣味取向〉，香港
　　《明報月刊》，1985 年 4 月，頁─。

周寧：〈僑民文學、馬華文學、新華文學──試論新加坡華文文
　　學發展的三個階段〉，《文藝理論與批評》2001 年第 1 期，
　　頁 118-120。

南帆：〈文學史與經典〉，《文藝理論研究》1998 年第 5 期，頁
　　8。

韋勒克著，劉象愚等譯：《文學原理》，北京：三聯書店，1984
　　年。

張頤武：《在邊緣處追索──第三世界文化與當代中國文學》，
　　北京：時代文藝出版社，1993 年。

黃錦樹：《馬華文學與中國性》，臺北：元尊文化出版公司，
　　1998 年。

───：《馬華文學：內在中國、語言與文學史》，吉隆坡：華
　　社資料研究中心，1996 年。

盛寧等譯：《殖民與後殖民文學》，瀋陽：遼寧教育出版社，
　　1998 年。

劉勰著，向長清釋：《文心雕龍淺釋》，長春：吉林人民出版
　　社，1984 年。

《蕉風》月刊第 424 期，1989 年 3 月。

櫻井哲、姜忠蓮譯：《福柯：知識與權力》，石家莊：河北教育
　　出版社，2001 年。

Boehmer, Elleke, *Colonial and Postcolonial Literature*. London:
　　Oxford University Press, 1995.

Wellek, René & Warren, Austin, *Theory of Literature*. New York
　　and London: Harcourt Brace Jovanovich, 1977.

Wong Yoon Wah, *Post-Colonial Chinese Literature in Singapore
　　and Malaysia*. NJ: Global Publishing Co. Inc., 2002.

新馬文壇的現實主義與現代主義論爭

⊙韓寶鎮

　　現代主義在 1950 年代末、60 年代初傳入新馬文壇，並於 60 年代中期以後約十多年間，成為新馬文壇的創作主流之一。期間，關於現實主義與現代主義的論爭也持續出現。

　　大體上，現實主義一派指現代主義作者脫離現實，寫出晦澀難懂的作品，其中現代派詩人所受到的批評最為激烈；現代主義一派則指現實主義作者抱殘守缺，受縛於五四傳統等。

　　在這裏必須先說明的是，筆者所使用的關於兩派論爭的資料，除了論者們針對特定論爭內容所做出的反駁之外，還有他們對於文壇現象所提出的看法，這包括作者在著作的自序和後記中所發表的意見和表達的立場。

　　此外，由於這次研討會的其中一個課題是「都市變遷與文學」，談到都市的變遷，自然也讓人聯想到時代的轉換，本文因此突出了論爭中所提及的與這兩者相關的內容，並側重於探討現代派論者的看法。

一、緊張、紊亂、窒息：現代主義論者對新時代特徵的掌握

值得注意的是，現代主義論者都能夠認識到時代的特徵，並且提到時代和環境的轉換所帶來的新的面貌和精神，需要新的創作手法來表達，現實主義的手法已經不合時宜。

高賓在〈我們有救了！〉一文中，就已經認識到「在這過度發展的商業工業化社會，產生一種緊張的氣氛」。他說：「現代世界是非常紊亂的、窒息的，和向傳統挑戰的。人們的心理更複雜，行為更離奇。」他認為，文學是反映社會人生的，而「現代作家當然要在作品中反映現代人的生活了」。[1]

高賓等論者們在 1960 年代初期的《蕉風》發表看法時，都把現代主義的作品稱為現代文學作品，而現代派作家則稱為現代作家。

在同一篇文章中，高賓一針見血地指出：現代主義作家「為了要呼喚人們從紊亂中醒覺，便得赤裸裸的、無情的暴露現代人生活的荒謬、怪誕、荒唐、無意義、虛偽、苦悶、焦慮和憤怒。讀者們看了，如不產生激動、厭惡、恐懼、孤獨、憤怒，是不肯張開眼睛，利用理智，來改善這不滿意的現實生活」。高賓也說：「現代文學作品的內容看似荒謬和紊亂，然而，卻正是現代人類生活的反映。」[2] 這個看法在當時的提出，可以說是相當典型的。

在同一時期，另一名論者高文在對現代主義文學進行討論時也指出，勤勞的作家「還會體驗到二十世紀的紛亂、苦悶和

1　高賓：〈我們有救了！〉，《蕉風》第 128 期，1963 年 6 月，頁 3。
2　同註 1。

失望」。他說：「我們怎樣在科學和工業文明的重壓下活得有
價值呢？這是有良心作家的使命。」[3] 言下之意，勤勞作家和
良心作家指的就是現代主義作家了。

另一名論者海晴則以更加迫切的語氣說：「即使我們沒有
忘記自己是生長在 1960 年代的今日，我們不妨睜開自己的眼
睛，看看這個時代的藝術特色：破碎、殘缺、雜亂、無章」，
又說：「我們今日所處的時代特色就是這樣：紛亂、彷徨、沒
有方向，我們所習慣的統一的世界已經破碎幻滅。」[4]

社會環境的變遷，尤其是新馬社會從 1960、1970 年代開
始趨於都市化，也使得敏感的現代主義論者和作者意識到現代
人生活和心理的複雜化，進而提出在文藝作品中表現現代人心
理，即所謂「內在現實」的說法。這一說法的提出，不僅讓人
們認識到了現實的另一個層面，也對現實主義批評心理描寫為
「囈語」、「夢囈」的說法，做出了有力的反擊。[5]

完顏藉指出，十九世紀的自然主義作家沒有體察到人還有
一個內心世界。到二十世紀，佛洛伊德的心理分析學說一出，
作家才領悟到人還有一個屬於自我的心靈活動現實。對此，完
顏藉說：「以反映現實為己任的作家，當然就更沒有理由歧視
內心現實。」[6]

3　高文：〈堅毅、熱誠、信心——再談〈為什麼沒有偉大作品〉〉，《蕉風》
　　第 129 期，1963 年 7 月，頁 4。
4　海晴：〈療治你對現代詩的色盲症——對於林寒澗先生〈寫詩是苦悶的
　　嗎？〉的一些商榷〉，《荒原》第 5 期，1962 年 10 月，頁 3。
5　史狐：〈談現代詩（上）〉：「更何況他們是以主觀的意識去設想，去造
　　一個不可知的世界和意境，很自然的，他們寫出來的詩，也只能是夢囈
　　一般的，荒唐怪誕的現代詩了。」見《奔流》第 3 期，1970 年 5 月，頁
　　12。
6　完顏藉：〈開個窗，看看窗外，如何？〉，《文藝季風》第 5 期，1968
　　年 10 月，頁 25。完顏藉在文中，以小說筆法，藉虛構人物「無名先生」
　　的口介紹現代主義文學。

流川也說：「一首詩如不反映時代、反映人生（外在和內在的），或批判時代、批判人生，那無論如何，都是說不過去的。」[7]

論者和詩人們提倡用現代主義手法創作，不僅是為了要反映現代社會的真實面貌，及體現現代感情和思想，另一個推動他們的原因，是他們同時也意識到在新時代中若不求進步，也會受到時代的淘汰。

孟仲季說：「我們的文化是商業文化，科學與工藝正傾全力向前推進，文人作家再不努力不長進，就會被時代的洪流所吞沒，葬身機『腹』……工業文明，機械化，自動化，理性的隱沒，人性的迷失，存在的疑慮，道德重建，價值重估，在在可望而不可即……」[8]

對於現代主義作家和論者來說，新馬文壇當時原有的表現手法，顯然是不足以用來表現新時代、新事物和人們日趨複雜的心理的，論者們知道這些都需要新手法，即現代主義的手法來表現。

對此，完顏藉以充滿時代感的語言表達道：「現代人的生活，比過去人的生活複雜多多，許多原有的手法已經不夠達到效果，正如汽車摩托無法運送太空船，只有發明推送火箭。」[9]

7　流川：〈小談詩評〉，《流川論評集》（新加坡：五月出版社，1973年），頁30。

8　孟仲季：〈論詩的現代化（代序）〉，《第一聲》（新加坡：萬國印務公司，1969年），頁3。

9　同註6，頁29。

二、擺脫五四影響，建設如同現代化大廈的詩壇

現代主義論者在深入探討了時代的特色後，當然必須對 1950、1960 年代仍然深植於新馬文壇的五四傳統和現實主義，以及受中國共產主義文藝觀影響的新現實主義，做出批評，並且針對對方論者的指責做出回應。

對於五四傳統，現代主義論者一般都能夠以尊重、堅定的態度，做出理性的表白和分析。白垚於 1964 年間在《蕉風》發表了一系列稱為〈現代詩閒話〉的文章，他在第一篇就清楚指出：「詩人們不滿於五四以來新詩的成績，毅然走上一條新的路，這是一種創造的精神，反對者是徒費力氣而已。」[10]

詩人賀蘭寧以自信的口吻，提出由新一代填補詩壇「真空的地帶」，他說：「我們不能否認：一個時代有一個時代的產物。50 年代的星馬詩歌仍然延續著中國五四運動的遺風……那時代的詩，含有那時代的精神面貌，含有那時代的語言和精神背景。我們絕不能否定它的價值……」

「這是 60 年代。舊的詩人老去，思想老去，不論在創作手法，在精神表現方面，都與目前的環境格格不入……當舊的一代老去，新的一代必須鎮靜地跨上來，填補真空的地帶，以迥異的個性、獨立的風格、現實的精神去寫詩，去反映這時代這社會。」[11]

完顏藉說：「五四新文學運動時期的中國文學是偉大的。

10　白垚：〈現代詩閒話之一〉，《蕉風》第 137 期，1964 年 3 月，頁 12。
11　賀蘭寧：〈自序〉，《天朗》（新加坡：五月出版社，1968 年），無頁碼。

但那個時代在空間上、在時間上，都遠離了我們。把五四時期的文學內容、表達方式搬上星馬現代的藝術銀幕……其難以使觀眾心服是顯而易見的。」[12]

另一名論者兼詩人流川說：「關於內涵精神方面，由於時代的差別，國度的不同，環境的迥異，就呈現了各種各樣的內容。例如：中國五四文學運動時的作品的內容思想，幾乎都是反禮教、反封建、反軍閥、反侵略的，但是這些內容可能就不適應本地了。」[13]

謝清也透過他讀冰心〈春水〉和〈繁星〉，及聞一多〈紅燭〉等小詩時的感受，以具有時代精神的語言，表達了他對新馬詩壇在新的時代和社會環境中仍然延續著五四傳統的看法。

他說：「生活在世界最繁忙港口之一的我們，讀它時確感到一股清逸，但舉目一望，車來車往，重又墜入陣陣的雜亂，只在心頭多添一份茫然。30年代像冰心、聞一多等小詩並不是不好……即使我們去海邊面海三年，我們也無法寫出像冰心這首詩來（除非是閉門造車）。因為我們的海灘不是人群湧動，就是人造的石柵，海面不是浮滿油垢垃圾就是戲水鴛鴦。若我們假作什麼柔浪拍岸之句，未免對不起自己的良心了。」[14]

謝清以「繁忙港口」、「車來車往」和「油垢垃圾」等字眼，提醒人們這已經是一個工業商業化社會，新加坡已經進入了一個與五四時期全然不同的時代和環境中。

他也進而指出：「本地的新詩在形式上多少都承受五四運

---

12 同註6，頁26。

13 流川：〈談文藝批評的準繩──從郭沫若批判李白杜甫的準繩談起〉，《蕉風》第239期，1973年1月，頁29。

14 謝清：〈詩談〉，《蕉風》第216期，1970年12月，頁71-72。

動時風行的新詩體,有些作者甚至故意模仿那時的作風方式……這類模仿是不太成功的,時常令讀者感到它們遠不如 30 年代的作品。」[15]

對於當時一批年輕的現代主義論者和作者來說, 1960 年代的詩壇已經陳舊破落了,需要運用現代主義這一新的創作手法來重建。

牧羚奴說:「在整個詩壇像是一間老舊的屋子的今天,我們,星馬少壯的一群,我們身材健壯,走了進來,自然只有苦悶和不能自如的感覺。重建是必須的。為了重建,我們只好把一間風來搖、水來漏的老屋拆掉。在這個地基上,在重建的過程中,藍圖的設計、材料的採購與應用等,除本地的之外,當然可以參考或選擇一些外來的東西。但,沒有一個詩作者可以從外地搬來一間房屋,除非他是神燈裏頭的惡魔。我們必須自建,自建一座自己的有現代化通風設備的大廈。」這可以看成是都市變遷所造就的一種語言和想法。

三、現代主義論者對於批評者的反駁:囚禁於自製的文牢而不能自拔

現實主義和新現實主義論者,尤其是後者,對於文壇出現的現代派極力排斥,[16]引起現代主義論者的反感。對於這個

15　同註 14,頁 73。

16　例如史陽〈反對形式主義詩歌〉說:「我們在發展現實主義詩歌的過程中,必須反對形式主義、自然主義和現代派詩歌,因為這些反現實主義詩歌的本質是反人民、反前進的,是舊社會的沒落意識的體現。」見趙戎編:《新馬華文文學大系·史料》(新加坡:教育出版社,1972 年),頁 557。

當時十分普遍的文壇現象，牧羚奴不禁忿忿不平地說：「多少年來，在我們的詩壇上，一直有人努力要使詩稱為某種特定意識的附屬品，他們喧囂叫喊：不是這種模式製出來的，都不是詩；另一些人，從外地運來一些第三手的理論，鼓勵所有寫詩的人去依模製作。這些毫無自尊的模式主義者，給我們的詩壇帶來了嚴重的陰悒和不自由的空氣。」[17]

孟仲季在〈論詩的現代化〉一文中說：「一元論者與二元論者對問題的剖析未免以偏概全……再加上自我意識（文化上）的作祟與種族中心主義（Ethnocentrism）的夾纏，把一己囚禁於自製的文牢而不可自拔，是當前的普遍現象……」

詩人也分別引用殷海光和周策縱的看法說：「我們的詩作者（請原諒，夠格的詩人並不多），對歷史的認知似乎太差勁，總是跳不出達爾文與馬克思的圈囿，表現在創作態度上分明是儒家意識形態的惡劣翻版，特別是退化的歷史觀和泛道德主義。這種有害的文藝觀是一種人為的絆腳石和纏腳布，難怪我們的詩作者多是一批不成熟的小大人，論詩以五四為準，就事論事，五四人物的言論並不見得高明。」[18]

孟仲季在自己詩集《第一聲》的後記中更奮力疾呼：「以口號為詩，以標語入詩，迷執某類創作教條，自命正派或主流，地球遂小如圓心，偉大也只在眼鼻之間。寫詩並非烹飪，非用某種特定調味品不可。嗚呼！追新創新竟被誤為邪門。」[19]

他也以凌厲的語氣說：「所謂『為人群服務』云云，說穿

17 牧羚奴：〈自序〉，《巨人》（新加坡：五月出版社，1968年），無頁碼。
18 同註8，頁2。
19 孟仲季：〈後記〉，《第一聲》，頁82。

了只不過是『商標』，自供出一己的低能與褊狹。詩人必先為自己服務，然後才談得上為他人服務。」[20]

對於現實主義和新現實主義論者的批評，流川的駁斥具有概括性。他說：「如所周知，詩本身不是實用的工具，它不是道德的教誨，也不是政治的指導，更不是宣傳的玩物，它是一種藝術，因此最能引起詩評者注意的，就是它的藝術問題，而不是什麼實際的功用。」[21]

不過，也有論者認為現代主義作品，對於人們能夠產生啟發性。海晴說：「目前，生活在這個處處盈溢著器械的喧囂聲與文明產生的緊張情緒的年代裏，我們所面對的特色是：窒息、苦悶、痛苦、恐懼、困惑，因而一般現代小說的表現，不僅是反映這年代人生所感受的窒息、苦悶、痛苦、恐懼、困惑，更使我們的感情得到恰當的疏導，產生新的啟示，讓我們進一步地看到問題的存在，這就是文藝創作追求真的目標的表現。」[22]

詩人憂草吶喊道：「……際此二十世紀完全工業器械化的年代，現代詩能更深地探求我們已被煙囪吹黑的靈性，能更深地解剖我們變形的思想，能更反映我們畸形的喜愛與悲傷。我想藉現代詩來赤裸、來哭、來瘋狂。」[23]

---

20 〈十五人序〉，《新加坡十五詩人新詩集》（新加坡：五月出版社，1970年）。

21 同註7，頁29。

22 海晴：〈心靈追求的目標〉，《荒原》第12期，1964年4月15日，頁2。

23 蕭艾、憂草：〈五月的星光下（自序）〉，《五月的星光下》（檳城：海天出版社，1965年5月），頁32。

四、脫離時代與現實：如同「凌遲」一般的誤解

對於現代主義作品被指頹廢荒謬、脫離時代與現實，甚至被冠上了「毒草」、「逆流」的稱號，[24] 支持現代主義的論者也做出反駁。論者們也更有意識地強調，現代派對於現實的重視。

完顏藉說：「也許有人因為不少現代詩太敏感地表達了現代人對時代的絕望與悲觀，而就否定了他們的詩的價值，須知絕望與悲觀正是我們這一代人感觸的一面（當然也有樂觀與朝氣的一面）……」[25]

流川在〈現實主義及其他〉一文中劈頭就說：「很多人都酷愛將我們的文壇分成什麼『現實派』與『現代派』，且進一步闡明：『現實派』的作者都是為人民服務，深入群眾，歌頌生活，而『現代派』卻是閉門造車，脫離現實，頹廢荒謬：這樣的論調根本就毫無依傍，沒有根據。」[26]

流川在另一篇文章中則指出，雖然現代詩一再強調純粹的表現，但是身為現代詩人，他的思想與生活方式是不可能完全擺脫時代的。他說：「如果只是沈溺於純粹表現的範疇裏，他

24　例如，鍾祺曾在〈一首現代詩〉、〈新詩的逆流——現代派〉、〈論詩歌創作的兩條路線——現代詩的再批判〉等文章中，都有這種說法，見《談談詩歌創作》（香港：上海書局，1966年）。他在《新詩月報》編委的一個詩歌座談會上也說：「那些自稱為現代主義者，寫起詩來，像夢囈又像咒語……這種牛鬼蛇神的哀號，正足以證明沒落的形式主義者無可避免地趨向自我毀滅的深淵。」見《新詩月報》第4期，1966年12月，頁4。

25　同註6，頁27。

26　流川：〈現實主義及其他〉，《蕉風》第217期（吉隆坡：蕉風出版社，1971年1月），頁33。

必定是個閉門造車、躲在象牙塔中的詩人。否則他不可能完全遠離時代而去創造空中樓閣、海市蜃樓,他必須接受時代的挑戰,在現狀人生中尋求藝術的題材,利用這現狀人生的題材去表現藝術……」[27]

同樣的,何紹莊在〈十五個詩人,十五種風格——簡介《新加坡十五詩人新詩集》〉中,一開始就對這種誤解表示了深深的感嘆。他說:「據某些愛好文學的朋友說:『現代詩是脫離生活和時代的。』這種誤解現代詩的觀念對埋首創作的詩人來說,痛苦的情形不下於古時代的『凌遲』。」[28]

謝清說:「現代詩在一些人的眼中是頹廢的,所以他們稱它為新潮或毒草。我個人感到,說這類話的人他是別有用心的……而現代詩是否頹廢,我覺得這問題是多餘的。另一方面,也有些人說現代詩不能表現現實或反映現實(我早說過,這是句政治口號)……難道說所謂的人民大眾一定是妓女、三輪車夫嗎?現實就是那些挑水泥走木板架的場面嗎?」[29]

現代主義論者也指出,現代派表現頹廢和墮落,並不是要人們變得頹廢和墮落,而是要他們避免頹廢和墮落。海晴說:「目前,我們可以發現許多現代文藝作品所描繪的多是人類墮落的表現,揭發人類文明醜陋的一面,但其最終目標並不是引導讀者墮落,而是引導讀者提防墮落,超越醜陋,探究完美的境界。」[30]

孟仲季也說:「作為現代文學最重要的一環的現代詩,沒

---

27 流川:〈詩說〉,《流川論評集》(新加坡:五月出版社,1973年),頁24。
28 見《蕉風》第215期,1970年11月,頁50。
29 同註14,頁77。
30 同註22。

有理由不表現時代的困惑與挑戰，目的是在『消除困惑、恐懼荒謬』、『游離荒謬』。落於荒謬而不為荒謬所圍，正是現代作家的創作動向。」[31]

五、結語

　　現實主義和現代主義兩派的論爭是否有造成對方吸納彼此的觀點，並不在本文的討論範圍。不過，從論者們提出的眾多觀點看來，這類論爭確實帶動了論者對於文藝觀點的深層思考。而具有敏銳時代嗅覺的現代主義論者對於時代特點的掌握，以及他們所提出的關於時代和環境變化，需要新表現手法的積極觀點，也讓我們對新馬文藝的發展軌跡有了更進一步的瞭解。

參考書目

白垚：〈現代詩閒話之一〉，《蕉風》第 137 期，1964 年 3 月，頁 12-13。

史狐：〈談現代詩（上）〉，《奔流》第 3 期，1970 年 5 月，頁 12。

完顏藉：〈開個窗，看看窗外，如何？〉，《文藝季風》第 5 期，1968 年 10 月，頁 24-35。

31　同註 12，頁 5。

何紹莊：〈十五個詩人，十五種風格——簡介《新加坡十五詩人新詩集》〉，《蕉風》第215期，1970年11月，頁50-62。

牧羚奴：《巨人》，新加坡：五月出版社，1968年。

孟仲季：《第一聲》，新加坡：萬國印務公司，1969年。

高文：〈堅毅、熱誠、信心——再談〈為什麼沒有偉大作品〉〉，《蕉風》第129期，1963年7月，頁4。

高賓：〈我們有救了！〉，《蕉風》第128期，1963年6月，頁3。

流川：《流川論評集》，新加坡：五月出版社，1973年。

———：〈談文藝批評的準繩——從郭沫若批判李白杜甫的準繩談起〉，《蕉風》第239期，1973年1月，頁18-30。

———：〈現實主義及其他〉，《蕉風》第217期，1971年1月，頁33-38。

海晴：〈療治你對現代詩的色盲症——對於林寒澗先生〈寫詩是苦悶的嗎？〉的一些商榷〉，《光華日報·青年文藝》，1962年8月6日；《荒原》第5期，1962年10月15日，頁2-5。

賀蘭寧：《天朗》，新加坡：五月出版社，1968年。

———編：《新加坡十五詩人新詩集》，新加坡：五月出版社，1970年。

趙戎編：《新馬華文文學大系·史料》，新加坡：教育出版社，1972年。

謝清：〈詩談〉，《蕉風》第216期，1970年12月，頁69-80。

鍾祺：《談談詩歌創作》，香港：上海書局，1966年。

———整理：〈詩歌座談會〉，《新詩月報》第4期，1966年12月，頁2-5。

論文集論文作者名單

（按作者姓氏筆畫排列）

王永炳　新加坡南洋理工大學國立教育學院副教授

王昭英　汶萊作家

王潤華　臺灣元智大學文學院院長兼中語系主任

古遠清　中國武漢中南財經政法大學世界華文文學研究所教授

舛谷銳　日本立教大學社會學部助教授

朱崇科　新加坡國立大學中文系博士候選人

李瑞騰　臺灣中央大學中文系主任

吳耀宗　新加坡國立大學中文系助理教授

孫愛玲　香港教育學院中文系高級講師

胡月寶　新加坡南洋理工大學國立教育學院助理教授

南治國　新加坡國立大學中文系博士候選人

陳大為　臺灣國立臺北大學中國語文學系助理教授

陳鵬翔　臺灣世新大學英文系主任

張錦忠　臺灣中山大學外文系副教授

黃萬華　中國山東大學中文系教授

梁春芳　新加坡教育部課程發展與規畫署助理署長

許福吉　新加坡南洋理工大學國立教育學院助理教授

許文榮　馬來西亞南方學院中文系副教授

許維賢　馬來西亞《蕉風》執行編輯

曾　心　泰國泰國留學中國大學校友總會負責人

錢　虹　中國上海同濟大學文法學院中文系教授

劉天平　中國湛江師範學院中文系本科生

劉海濤　中國湛江師範學院中文系教授

謝川成　馬來亞大學馬來西亞語文暨應用語言學系講師

鍾怡雯　臺灣元智大學中語系助理教授

韓寶鎮　新加坡國立大學中文系碩士研究生

研討會節目程序表

新加坡國立大學藝術中心、新加坡作家協會合辦

2003 年 2 月 22 日節目程序表

開幕典禮　　Carlton Hall, Level 2
8:45　與會者就座
9:00　研討會籌委會主席吳耀宗博士致歡迎詞
9:05　新加坡國立大學藝術中心主任唐愛文教授致詞
9:15　大會嘉賓新加坡作家協會名譽理事長傅春安先生致詞
9:30　專題演講（一）：
《文藝生態與東南亞當代華文文學》
李瑞騰教授（臺灣中央大學中文系教授）
10:00　專題演講（二）：
《重新幻想：從幻想南洋到南洋幻想——從單元的中國人幻想到東南亞本土多元幻想》
王潤華教授（新加坡作家協會主席）
10:30 茶點

11:00 - 1:00　第1場分組研討會　Carlton Hall, Level 2

主席：杜南發先生（《新明日報》總編輯）

1. 從新生代創作看東南亞華文文學人文生態的構築

　　　黃萬華教授（中國山東大學中文系教授）

2. 商晚筠小說中的國族與情色書寫

　　　陳鵬翔教授（臺灣世新大學英文系主任）

3. 從編輯角度觀察東南亞華文文學

　　　陶然先生（《香港文學》主編）

4. 滅殺踵武者：英培安與希尼爾小說的孤島屬性

　　　吳耀宗博士（新加坡國立大學中文系助理教授）

1:00 - 3:00　午餐　Rose Room I & II & Coffee Bar, Level 1

3:00 - 5:00　第2場分組研討會　Carlton Hall, Level 2

主席：溫任平先生（馬來西亞文學評論家）

1. 論當代馬華散文的雨林書寫

　　　鍾怡雯博士（臺灣元智大學中語系助理教授）

2. 全球化語境下東南亞華文文學的生存策略

　　　劉海濤教授（中國湛江師範學院中文系教授）

3. 關於僑民文學論戰的幾個問題

　　　舛谷銳助教授（日本立教大學社會學部助教授）

4. 傾訴聆聽、克制昇華：新華散文的人文關懷

　　　許福吉博士（新加坡南洋理工大學國立教育學院助理教授）

5:00　茶點

2003年2月23日節目程序表
分組研討會

9:00 - 11:00 第3場研討會 Carlton Hall, Level 2	9:00 - 11:00 第4場研討會 Marie Room I & II, Level 1
主席：莊永康先生（《聯合早報》評論員） 1. 都市空間的詮釋差異：論當代馬華都市散文 　陳大為博士（臺灣臺北大學中國語文學系助理教授） 2. 都市變遷中的女性思考 　——20世紀70至80年代新華女性小說之社會觀 　胡月寶博士（新加坡南洋理工大學國立教育學院助理教授） 3. 都市化的文學訴求 　賴世和教授（中國武漢中南財經政法大學世界華文文學研究所教授） 4. 陽光與燭光的映照，心靈與生態的對話 　——解讀女作家蓉子的「城市系列」作品 　錢虹教授（中國上海同濟大學文法學院教授） 5. 城市化進程中新華作家的本土寫作與文化想像 　張世明先生(石鳴，旅新中國作家)	主席：何啟良博士（新加坡國立大學政治學系高級講師） 1. 新馬華文文學研究在兩岸 　曹惠民教授（中國蘇州大學中文系教授） 2. 移民意識在泰華文學的表現 　曾心先生（泰國留學中國大學校友總會負責人） 3. 消費文化與文學 　戴小華女士（馬來西亞作家協會會長） 4. 強化新華文學的主體性和獨立性 　——新加坡文學評論與研究生存狀態考察 　古遠清教授（中國武漢中南財經政法大學世界華文文學研究所教授） 5. 小文學，複系統：東南亞華文文學的意義 　張錦忠副教授（臺灣中山大學外文系副教授）
11:00 茶點	

11:30 - 1:30 第 5 場研討會 Carlton Hall, Level 2	11:30 - 1:30 第 6 場研討會 Marie Room I & II, Level 1
主席：劉海濤教授（中國湛江師範 　　　　學院中文系教授） 1. 在尋覓中的失蹤的「馬來西亞人」 　　——論「南洋圖像」在張貴興和黃 　　錦樹小說裏的意義與分歧 　　許維賢先生（《蕉風》執行編輯） 2. 新華小說家筆下的教育現象 　　黃孟文博士（世界微型小說研究 　　會會長） 3. 當馬華文學遇上陌生詩學 　　溫任平先生（馬來西亞文學評論家） 4. 新馬文壇的現實主義與現代主義 　　論爭 　　韓寶鎮先生（《聯合早報》採訪組 　　高級記者） 5. 離散文學的政治無意識 　　許文榮副教授（馬來西亞南方學 　　院副教授）	主席：陳大為博士（臺灣臺北大學 　　　　中國語文學系助理教授） 1.「背景安排」與東南亞華文文學創作 　　——以新加坡文學為例 　　孫愛玲博士（香港教育學院中文 　　系高級講師） 2. 東南亞華文「文學策略」初探—— 　　個人作者和出版的思考 　　傅承得先生（馬來西亞大將出版 　　社社長） 3.「歷史」與「現實」：考察馬華文學 　　的一種視角——以《赤道形 　　聲》為中心 　　劉俊副教授（中國南京大學中文 　　系副教授） 4.《大馬詩選》／《赤道形聲》：對 　　話與對質 　　——論 1970 年代及 1990 年代馬華 　　現代詩語言的變異 　　謝川成先生（馬來亞大學馬來西 　　亞語文暨應用語言學系講師）
1:30 - 3:00　午餐　Rose Room I & II, Level 1	

3:00 - 5:00 第 7 場研討會 Carlton Hall, Level 2	3:00 - 5:00 第 8 場研討會 Marie Room I & II, Level 1
主席：鍾怡雯博士（臺灣元智大學中語系助理教授） 1. 東南亞華人少數民族的華文文學——政治的馬來西亞個案 黃錦樹副教授（臺灣國立暨南國際大學中文系副教授） 2. 長篇小說在新加坡的發展 陳實教授（中國廣東社會科學院教授） 3. 尷尬與超越——以《新加坡華文文學史初稿》為中心論新華文學的定位 朱崇科先生（新加坡國立大學中文系博士候選人） 4. 在烈火中重生的印華文學 廖建裕教授（新加坡東南亞研究院高級研究員） 5. 文學與社會態度——以新加坡海南作家作品為例 王永炳副教授（新加坡南洋理工大學國立教育學院副教授）	主席：舛谷銳助教授（日本立教大學社會學部助教授） 1. 戰後新華新詩的中國文化屬性 梁春芳先生（新加坡教育部課程規畫與發展署助理署長） 2. 本土性建構與後殖民焦慮 南治國先生（新加坡國立大學中文系博士候選人） 3. 科技的極限與人文的無限 王勇先生（菲律賓《商報》編輯） 4. 世紀呼喚：人文教育與科技教育相融合 王昭英女士（汶萊作家）

5:00 茶點

研討會籌委會名單

顧問：唐愛文教授
　　　王潤華教授

主席：吳耀宗博士
　　　許福吉博士

秘書：林南伶
　　　劉瑞金
　　　艾禺
　　　希尼爾

財政：林南伶
　　　民迅
　　　伍木

註冊：林嘉儀

會場：景祥
　　　蔡寶龍
　　　卓振傑

司儀：張千玉

攝影：杜紅
　　　郭永秀

接待：張薇
　　　鍾偉耀
　　　池賢漢
　　　陳佳穎
　　　戴琳芝

委員：淡瑩
　　　林錦
　　　烈浦
　　　陳華淑

國家圖書館出版品預行編目資料

當代文學與人文生態 ／吳耀宗主編. -- 初版.
-- 臺北市：萬卷樓, 2003[民 92]
面； 公分

ISBN 957－739－461－2(平裝)

1.東南亞文學－論文,講詞等

868.07   92021926

當代文學與人文生態

主　　　編：吳耀宗
發　行　人：楊愛民
出　版　者：萬卷樓圖書股份有限公司
　　　　　　臺北市羅斯福路二段 41 號 6 樓之 3
　　　　　　電話(02)23216565‧23952992
　　　　　　傳真(02)23944113
　　　　　　劃撥帳號 15624015
出版登記證：新聞局局版臺業字第 5655 號
網　　　址：http://www.wanjuan.com.tw
E－mail　：wanjuan@tpts5.seed.net.tw
經 銷 代 理：紅螞蟻圖書有限公司
　　　　　　臺北市內湖區舊宗路二段 121 巷 28 號 4F
　　　　　　電話(02)27953656(代表號)　傳真(02)27954100
E－mail　：red0511@ms51.hinet.net
承 印 廠 商：晟齊實業有限公司
定　　　價：500 元
出 版 日 期：2003 年 12 月初版